—— 江湖之远，何必再见！

江湖之远

蒋峰 著

山西出版传媒集团
北岳文艺出版社
·太原

图书在版编目（CIP）数据

江湖之远 / 蒋峰著 .—太原：北岳文艺出版社，2023.3
ISBN 978-7-5378-6623-1

Ⅰ.①江… Ⅱ.①蒋… Ⅲ.①长篇小说 – 中国 – 当代
Ⅳ.① I247.5

中国版本图书馆 CIP 数据核字（2022）第 163864 号

江湖之远

蒋峰 著

出品人 郭文礼	出版发行：山西出版传媒集团·北岳文艺出版社 地址：山西省太原市并州南路 57 号　邮编：030012
选题策划 美读文化	电话：0351-5628696（发行部）　0351-5628688（总编室） 传真：0351-5628680 经销商：新华书店
责任编辑 刘文飞	印刷装订：山西新华印业有限公司
特约编辑 马媛慧	开本：787mm×1092mm　1/32 字数：402 千字 印张：15
封面设计 付诗意	版次：2023 年 3 月第 1 版 印次：2023 年 3 月山西第 1 次印刷
印装监制 郭勇	书号：ISBN 978-7-5378-6623-1 定价：68.00 元

本书版权为本社独家所有，未经本社同意不得转载、摘编或复制

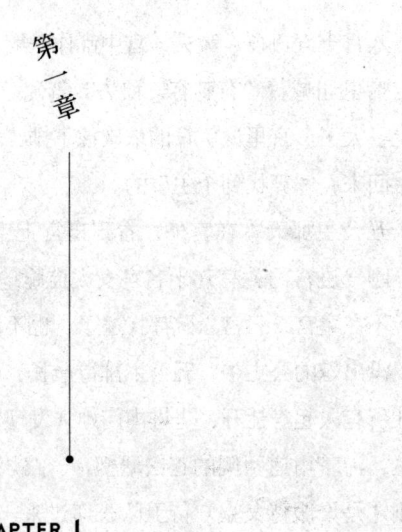

CHAPTER 1

1

八月十五日夜，大火，宫中乱作一团，宫女太监们三五成群地四处乱窜，嘴里还喊着"有刺客，快去救驾"。可是谁也没撞见刺客，也没见着皇上、太子。宫里说了算的依次往下排，小顺子拉着侍卫队长一直等到五公主回来，才算找到个主事的。

五公主那天本在宫外，看到皇宫上空有火光。她让车夫赶紧掉转回宫，刚一进宫门就有几十名宫女太监跪地请命。小顺子和侍卫队长禀报，皇上不在寝宫，三宫六院都找遍了，也不见太子踪影。皇上就这么一个皇子，没出嫁的公主中，五公主排行最长，请五公主快快给大家做主。五公主让所有人起身让开，走进内门她才发现，火势原来那么大，从后花园丁香丛，沿着甬道两侧的苍松翠柳，一路烧到了池塘边。她看得双眼发干，问刚才是谁服侍父皇。侍卫队长递过来一个名单，今晚轮值的太监宫女，一夜之间全没了踪影。

"是谁放的火？"五公主问，"到底有没有刺客？"

侍卫队长不说话，他也答不上来。

大火映得漫天血红，肯定有刺客，这么大的火，不是意外碰倒俩油灯就能点着的。

"宫里还有什么人？"这次她问所有人，"太监总管常公公在哪里？"

没人知道，又不敢吭声，多说一句话没准儿都要掉脑袋。五公主倒吸一口凉气，好半天不知道该下什么命令。远处一株快被烧枯的古柏轰然倒下，火花掉到池塘里吱吱作响。晚风将烟雾吹过来，熏得五公主眼泪直流。她用食指关节部位抹抹眼睛，清了清嗓子，尽量让自己的声音保持镇定和最后一丝威严。她命令这些人把水桶放下，不要管火，都去找皇上、找太子。

"要是父皇出了什么事，"她停了几秒钟，巡视着每一个人，牢牢记住他们的脸，"谁也别想活过今晚！"

2

满地的尸体让他脑子都空了，旁边的苏妃讲了什么他都没听进去。地上也不全是死人，有两个人还活着，夹杂在尸体之间。有一个是年轻人，一身素衣，躺在地上昏迷不醒；另一个年纪大些，身着龙袍，虽然脑后淌了一地的血，但似乎并没有死，胸部时起时伏。显然，他和苏妃还不打算杀掉他们俩。

皇上是不在寝宫，这里是尚书房。不是没有人发现他们，只是先前进来的人都死了。刚才找进来的是两个小宫女，她们被五公主的一番话吓坏了，相互打着气，要活过今晚。两个小姑娘逆着火势结伴而行，一路哭着摸到尚书房，看到里面影影绰绰地站着人，先隔窗喊话，问皇上是不是在里面，太子是不是在里面。苏妃说在的，都在的，有什么话快进来说。两个小宫女一阵窃喜，一前一后地小跑进屋。刚一进门，大点的那个喉口一凉，被苏妃用匕首割了喉。小点的那个转身要逃，也没躲过，苏妃匕首一挥，划开了她脖颈侧部的动脉，踉跄几步死在了院子里。

又是两条人命，她们太小了，小的十四岁，大的也不过十六岁。对着这些尸体，他有点恍神。苏妃从腰间拽出一条手帕，擦掉刀刃上的血，然后将手帕扔到那个昏迷的年轻人的胸前，低声细语地说："常公公，把他带走吧。"

常公公还在发愣，一时缓不过来。本来就是老太监，声音一发颤，显得更尖了。他问送到哪里，"你们让我把他带哪儿去？"苏妃没理他，踩着带跟的弓鞋向门口走去，出门之前将擦好的匕首抛还给常公公，对他笑了笑："百花谷。"

苏妃走后，只剩他一个人了。他长吁一口气，不小心把眼泪带了出来。也没时间悲伤，外面呼天抢地地喊着救驾救火，再撞进几个人，也是白讨几条人命。他弯腰将地上的年轻人扛在肩上，踏过尸体，大步出了门。人们东奔西跑，没人注意到他，他也不知道跟谁讲，嘴里念叨个不停，反复说着对不起。

房间里还有一个偷听者，一直闷在东南角的书箱里。等了好一阵儿，确定没人了，一个长者探头探脑地从箱子里爬出来。看到这一地的尸体，他有点眩晕。他先吹灭油灯，双腿发软地抱住皇帝，摸了下脉搏，确定皇帝没有死，又用手按住其后脑的伤口。长者四下张望没找到一块干净的白布，慌乱中从怀里掏出一张羊皮，将嘉和皇帝的头包扎上。

这些常公公不知道，他悔恨不已，却还要躲避凶险。逃走的路上，他被一个太监认了出来。太监追问他跑哪儿去了，五公主一直在找他。常公公敷衍几句就向前大步走，可惜这太监没眼色，跟在屁股后面问背着的是谁。没办法了，再多条人命吧。他回身捅了他一刀，太监的生命凝结在惊恐不解的表情上。需要偷天换日，活要见人，死要见尸。常公公把自己太监总管的衣服脱下来，换到他身上，又用那把匕首将他的脸划花，想想还不放心，提着他的头发甩到火焰上方烧了十几秒，然后用力一抛，尸体穿过大火，落到了池塘里。

人可以见一个杀一个，但总要逃出这皇宫，即使是最小的侧门，也有四个侍卫把守。西侧偏门的一个侍卫是老熟人，姓张，四十有余，大老远就看见常公公背着人往这边来。常公公知道对方有所察觉，又是四个人协防，没那么好下手。他试着攀谈几句，投其所好，说这是三王爷要的人，出去领赏一起喝酒吃肉。张侍卫端着不说话，忽然发力将另外三个侍卫给杀了，随后一脸嬉笑，对他作揖说："常公公眼力果然厉害，隐藏这么多年,还能知道我是三王爷的眼线。"

张侍卫将门推开一道缝。刚一出宫就感觉天光暗了下来,走了半里地常公公才想明白,里面的是火光,围墙把大火挡在了皇宫里。张侍卫带他直奔王爷府,其间还总想验验货,看看他背上的是不是三王爷要的人。常公公不想给,岔开话题,问他是从哪年开始成为三王爷的人的。

"眼线又不止我一个,"张侍卫说,"宫里一半都是他的人。"

常公公点点头,倒吸一口凉气,当年要不是他建议将太子召回,嘉和皇帝可能早就遇害了。张侍卫问他皇上怎么样,是死是活。常公公没说话,心里想着怎么才能解决这个张侍卫。主要是肩上扛着一个,第一刀捅不准,就是一死两命。远处传来马蹄声、脚步声,轰隆隆得像有军队朝这边碾来。张侍卫说三王爷来救驾了,说完还生怕常公公没听懂,一脸猥琐地在那儿笑。他拉常公公站到路中央,干脆就在这儿拦住三王爷的乘舆,直接交人换银票。

声音愈来愈近,感觉几千人在行进,连地面都震了,再不动手就来不及了。常公公说:"你验验人吧,到时别说我常公公误了你。"说完把人放地上,故意让脸朝下,等张侍卫翻过来。张侍卫弯腰抱起年轻人,刚看见脸就感觉后脖颈发凉。常公公一刀从后脖扎进去,一直穿过去,在喉咙口冒出一个刀尖。他把尸体踢进草丛,在军队赶来之前抱着年轻人,闭眼一跳,一路滚到了半山腰。

常公公把年轻人抱得很严实,弄得自己浑身是伤,跌跌撞撞地到后半夜才找到一间破庙。没死就好,他将年轻人放下来,端详半分钟,痛哭起来。常公公脱下他的衣服,双手抵着他的后背,将最后一点儿气力传过去,为他续命。直到自己浑身无力,昏倒在地上,才换来那个年轻人睁开眼睛。

年轻人浑身不舒服,咳了几下,吐出一口浓血,然后一脸疑惑地看着旁边的这个昏倒的太监。他觉得眼熟,但是实在想不起来这个人是谁,是敌是友。他从常公公身上翻出那把匕首,看着刀刃上的血迹琢磨,是坐在这里等这个老太监醒过来,还是趁他睡着,把他杀死在破庙里。

3

三王爷感觉自己一天都在赶路。他一大早就起床了,虽没有早朝,却要把京城里的几个大户全见一遍。中秋佳节,身边的幕僚早就建议他,皇上只有一个皇子,等到驾鹤西去那一天,他作为皇弟,与太子的王储之争还要指望这些大户人家的财力势力。请他们一起到王爷府吃一顿是最省事的,但是太招人耳目,他得一家一家走,一直忙到傍晚,还要去皇宫和文武百官一起赏月。月亮是扁是圆他根本不在乎,他只关心这些官员的立场,打点一下自己的眼线,观察哪些人可以试着拉拢,哪些人是太子的死忠,找个机会杀鸡儆猴。

回到王爷府时已入夜,双腿累得直打战。即便他这般淫色之徒,这一天也是早早就上了床。他最近一直在做梦,白天实现不了的事情,希望梦里可以黄袍加身。三年前做过一次这样的梦,甜到笑醒,后来就一直没再梦过这美好画面。今晚的梦有那么点意思,皇陵祭祖,他点好三炷香,死活没见着皇兄,回头一看身后百官对他跪叩,难道他已登基? 他正要低头看一眼自己是不是身着黄袍,西北的六公子在门口将他唤醒了。

换别人早被杀头了,唯有少数几个幕僚有这样的特权。三王爷深知,少了六公子这样的左膀右臂,这辈子也就只能做做皇帝梦了。隔着门他听明白了,宫里出事了。三王爷赶紧让六公子进来,问他老东西死没死,有没有缺胳膊少腿。六公子摇摇头,见三王爷有些失望,他补上一句,太子被昆仑公子掠走了。听到这个,三王爷来了劲,从床上蹦下来,问六公子怎么办。六公子建议他多带些人去宫里救驾,待他将皇宫占领,别说太子进不来,皇上的生死也在他股掌之间。

这主意倒挺好,可是没有兵。皇上这几年每逢洪水地震就跟他借兵,把他几十万军队裁得就剩百十名家丁,杀个猪都得满院子追,还指望他们去宫里救驾？六公子说他有人，这几年他在京城中秘密养了三千兵马，以备紧急状况；在河北定州还招了五万人的军队，即刻就可以向京城出发。好像是天赐良机，三王爷赶快唤人更衣，鞋子穿好后他才反应过来，三千人占领皇宫，明天再有五万人将皇宫包围，登基之事指日可待，但总有哪里不对劲。

"那么，"袖子只套一只，三王爷停下来，盯着六公子问，"这五万三千人，是你的人，还是我的人？"

4

天快亮时才知道太子被人掠走了。先是有人在池塘里找到了常公公的尸体，已经被烧得不成样子。五公主让人将尸体放置到棺材里，那些死了的宫女太监，也一并堆到御膳房后身的马厩旁。后来终于找到皇上了，他在尚书房里昏迷不醒。五公主问太医皇上伤势如何，太医支支吾吾，说睡醒就好了。只剩下太子未有下落。五公主命令宫人一间间搜查，没多久便有人在皇宫后门发现一行血字，八个字从右至左是：三年之内，归还太子。侍卫队长惊呼这是昆仑公子的手段。

"谁是昆仑公子？"五公主问。

死一般的沉寂，看表情好像那些习过武的侍卫，个个都知道昆仑公子是什么来路。五公主追问道："到底是什么人，哪门哪派，能把皇家侍卫队吓成这样？"

过了好一阵儿，侍卫队长说："昆仑公子没有门派。"

"那你们怕什么！"五公主吼起来。没有人回答，弄得她也害怕了，颤着声音问："为什么要三年？太子能不能活着回来？"

"太子不会死，"侍卫队长说，"昆仑公子没杀过人。"

五公主松了一口气。但是侍卫队长没讲完，他说他们不是怕太子死，是怕太子生不如死。所有见过昆仑公子的人，或被挖双眼，或被断脚筋，总要留下点什么。

五公主蒙在原地,她命人把血字擦掉,让九门提督李准驸封锁京城所有大门,就算挨家挨户地查也要把太子活着救回来。李准驸还未领命,小顺子过来通报三王爷前来救驾。总算有个可以倚仗的自家人了,五公主要亲自迎接。侍卫分列两侧,给五公主让出一条路,她大步走向大门。在距离宫门三十米远处时,她做了个开门的手势。宫门在她面前缓缓开启,进来的不是三王爷,十几个手持盾牌的冲锋兵正往里挤,后面黑压压的全是人,一个个地将刀枪举过头顶。

"关门!"五公主在后面声嘶力竭地下命令。

最先冲进来的盾牌兵先后被刺死,几百名侍卫拼着老命将宫门顶了回去,插上门闩的一刹那,几乎所有的侍卫都瘫坐在地上。五公主还不能倒,她对着宫门喊话:"父皇并无大碍,早已休息,请皇叔午后再来请安!"

话音未落,她示意放箭。弓箭手分三列登上城楼,向宫外放箭。五公主看不到外面,她一直盯着城楼最高处,询问侍卫队长哨兵是否都已被买通。队长低着头不说话。城楼上的负责人宣布叛军已散,是否开门追击。五公主摇摇头,命令侍卫队长将昨晚在城楼巡逻的人,全部斩首。

随后她又一次跟太医确认:"我父皇果真睡醒即好?"太医强调,他在宫里已二十多年,小到风寒,大至绝症,没有一次误诊。五公主点点头,那就等父皇睡醒吧,又向小顺子传令:"通知文武百官,圣上偶染风寒,早朝取消!午后待命!"

她想了想,又派人将皇宫内外清理干净,所有人不得泄露三王爷叛乱的事,对方底细不明,还不是硬碰硬的时候。

"昆仑公子那边,"她说,"查出这个人,就是把京城捅出几个洞,也要找到太子!"

5

昆仑山庄在汴梁，围墙上面也有八个字：要务在身，择日再聚！各大门派已约好在八月十五日夜绞杀昆仑公子。

江湖已不剩几个门派，强的不强，弱的怎么说呢，也就比种地的农民强点。大家打打杀杀上千年，留下来的都是苟活者以及苟活者的后代。人类的发展就是负基因的扩散，那些最好的死士、最好的忠烈之士，早早地就将自己以及自己的基因，自绝于他们的时代。樊於期让荆轲提着自己的头去见秦王，于是自刎于荆轲面前；荆轲身子被剁成肉馅喂狗，脑袋被挂在城楼上示众，两人都没有留下后代。倒是见势溜掉的秦舞阳日后可以生上十个八个，将自己胆小懦弱的基因子孙万代地传下去。适者生存，强者，都绝种了。

三大帮派——少林、武当和丐帮留存至今。寺庙、道观一直兼具福利院、孤儿院的功能，养活了一帮孤儿流浪儿；至于丐帮，历朝历代都少不了要饭的，把他们整合到一起，倒解决了朝廷的麻烦。大概化缘和乞讨是一回事，找大户人家施舍，也不需要与人相争，自然存活至今。倒是其他门派轮流坐庄，占个山头就是王，自己的买卖都没做明白，还总惦记着对方盘口的那点生意。

过去是乱象，明争暗斗；昆仑公子出现后，大家倒是同仇敌忾地抱成了一团。要说大恶倒也不算，就是自打半年前，各门派的老大陆续收到一封请帖，邀请他们于八月十五日夜来山庄赏月，赏一赏九宫图。江湖中这种想搏名的人多了，就是王公贵族拿张金帖来，也不一定请得动各路名宿。只是昆仑公子送帖的方式有些特别，在客栈酒馆遇见一些游侠，便打听对方是哪门哪派的，然后双手奉上请帖，客客气气地请他们宗主中秋赏月，临了还提醒对方别不当回事，怕对方忘了，挖一双眼睛或是砍掉一条腿，以加强记忆。小门小派就不说了，三大派都未能幸免，收到请帖的宗主看着自己缺胳膊少腿的弟子，不为赏脸为复仇，总得去一趟吧。

听说昆仑公子不杀人，谣传到最后人也杀了不少。黄山派迎客道长的师兄就是被昆仑公子所杀，尸体也没找到，死无对证。虎头教也有类似的情况，不同的是教主被弄死，教主夫人上了位。

唯有丐帮算是例外，现任帮主不但没死，前任帮主居然也还活着，只是他们都不在帮中。之前有个姓向的老帮主，后来去练无为掌了，将帮主之位传给了徒弟何振生。没几年，徒弟也不干了，陪师父练功去了，丐帮便交由关、马二位长老打理。两人倒也不敢争权，逼急了，向老帮主出山每人五十大板。不过关长老的眼睛确实是最近才瞎的，被人下了毒，一日不如一日，后来什么都看不见了。马长老逢人就说，一定是昆仑公子下的毒。对此，关长老回以冷笑："我是怎么瞎的，没人比你更清楚。"

乔帮主跟关长老一样，好事坏事要捋清楚，有些账要跟昆仑公子算，有些可能是借刀杀人。昆仑公子总是要死的，但他绝不姑息欺师灭祖的败类跟着浑水摸鱼。

乔帮主掌管狮吼帮，负责在河上喊号子，押送船上的货物。往来江河，只要听他自称一声乔三，大家都会给两分薄面。两个月前他也收到了请帖，昆仑公子托女儿乔文君送来的。他当时惊出一身冷汗，所幸女儿毫发无损，也许她是江湖上唯一一个全身而退的人。然而流言很快就传开了，乔姑娘借宿昆仑山庄两天一夜，昆仑公子不但没要乔姑娘点什么，怕是还送狮吼帮一个外孙。这两天一夜到底发生了什么，也不好问女儿，他知道以她刚烈的性子，要是真有那种事发生，怕是早就不堪侮辱，自刎了。

除了赏月，请帖中还提到了九宫图。就是江湖上瞎传的东西，说是集齐九张图，就能坐拥天下，活到五十岁的乔帮主至今也没见着一张。前两年听别人说，嘉和皇帝有一张，给了太子；武林至尊沈老前辈有五张，依次给了他的四个弟子，剩下一张到时陪他下葬；百花谷谷主有一张；两朝宰相文再兴也有一张，后来他被抄了家，把房子翻漏了也没找到；还有一张不知所终。

九宫图是这二三十年才兴起的事，再往前好像还有过"五行卦""十二生肖兽首",反正都是号令天下的宝贝,可是没听说哪个开国皇帝是靠攒宝贝登基的。少林思考生死,丐帮思考饱暖,他狮吼帮乔三就思考这些宝贝,思考了很多年,终于想通了,这是朝廷制定的游戏规则。朝廷看江湖太和平了,练了一身本事,人丁又日益兴旺,联合起来叛乱怎么办?于是定了夺宝规则,让江湖内部消化。要是哪天真有人踩着尸体集齐了宝物,朝廷就换个宝贝重新玩。

乔帮主是想了二十年才想明白的,换个道行浅点的,一听"九宫图"就双眼放光。能看出来,有人就是为这个来的,能得着九宫图做镇派之宝,即使满门尽丧于此,也能含笑九泉了。大家各怀心思,跑到昆仑山庄扑了个空,墙上留着八个字:要务在身,择日再聚!再发请帖,是不是又要挖几十只眼睛、断几十根脚筋啊!

昆仑公子还够客气,人不在,还摆了宴席等着众宾客。看起来很美味,但没人敢以身试毒。都是从五湖四海奔这儿来的,就地解散好像也不对劲。乔帮主提议在外面安营扎寨,等天亮再说。迎客道长附和,十五的月亮十六圆,没准儿明天就出现了。乔帮主瞪了他一眼,既然坐实了武林败类的名声,怎么说话还这么没条理?

夏日的傍晚,蚊虫乱飞,周围人声喧嚣,乔帮主以为自己睡不着,结果一睁眼已快天亮。乔姑娘不在身旁,找了半天,原来是在屋后呕吐,也没吐出什么,就是恶心得难受。乔帮主皱了皱眉,将手绢递过去。他盯着女儿,看她擦净嘴角的污秽,犹豫着该不该问清楚,张嘴却只问出:"你没有吃他们留下的东西吧?"

远处,一匹快马朝这边行进,有人从京城带来消息。少林方丈最早得知,召集各派集合商议。他说昆仑公子果然有要务在身,他潜入皇宫,行刺皇帝未遂,将太子劫走了。这是大忌,武林与朝廷井水不犯河水,昆仑公子作为武林人士,他的所作所为必定让朝廷向武林发难,大家的日子不会好过了。

用不着再动员,搁置分歧,暂停各帮各派的事务,合力追杀昆仑公子献于朝廷,是武林唯一的活路。大家挥拳赞同,乔帮主全没听进去,他还在想着,要是他乔家真走到最坏的那一步,他该怎么办。这时乔姑娘从屋后回来了,她拉着父亲的衣袖,有个请求要他应允。她说:"若是有一天真抓到昆仑公子,求爹一定留他一条活命。"乔帮主瞪大眼睛看着女儿,舌下生津,止不住咽唾沫。东方既白,真是的,刚出来的太阳,还没有昨晚的月亮圆。

6

醒来时还在庙里,只是被绑在柱子上。不远处的年轻人早就醒来,光着膀子在门口烤着匕首。常公公扭头看一眼,双手正是被年轻人的上衣绑住的。他那么认真,也不知道要干吗。匕首已经够锋利了,他还把匕首捆在扫帚棍上,在火焰上方来回晃动。刀刃都被烧红的时候,他举着扫帚棍走进来,见常公公醒来也不惊讶。他吹着刀尖上的火花,好像这把匕首是他刚打造出来的,一边欣赏一边说:"我还以为你死了呢,一会儿我问你是什么人,你先别告诉我,等我把这一套刑罚玩够了,你再讲。不然就算你说了,我要是不尽兴,一样杀了你。"

他说完还是不放心,过去拍常公公的胸口,点他的哑穴。食指中指戳了十几下,常公公吸口气劝他别胡乱点了,他不说就是。

年轻人没面子,自言自语道:"记得哑穴就在这一带。"他弯腰把常公公的袜子脱下来,团巴团巴塞进其嘴里。之后充满仪式感地举起烧红的匕首,去烫常公公的脚心,用刀尖在他的每一个脚趾缝穿一遍。

常公公不说话,也不叫,耷拉着脑袋,一脑门儿的汗。他担心常公公死了,动刑固然好玩,但他还是好奇月圆之夜,怎么会和这么个老太监待在破庙里。他把袜子从常公公嘴里掏出来,还颇有耐心地替他穿回到烫伤的脚上,用劝解的语气讲:"说吧,我也累了,你到底是什么人?"

常公公吐出一口气,看着他的后方,说出了第一句话:"小心身后!"

有六个人站在庙门口，其中一位公子引弓射箭。年轻人侧身一躲，箭朝常公公的喉咙飞去。常公公被缚住，左右无法闪躲，只好低头用牙咬住箭头。过了好一阵儿，将箭和震碎的半颗门牙吐了出来。

年轻人来气了，六个人又如何！他跳起来喊道："要打出去打，别伤到我的人！"说着他跑出庙，直往草垛后面跑。五个年长些的追了出去，剩下的一个是西北六公子，他盯了常公公好半天道："我就说常公公这么大的本事，怎么会被烧死在宫里？"

西北六公子也出了庙，常公公被绑在柱子上独自叹息。听起来外面还没打，也不知道年轻人是在叫嚣还是在求饶。他喊着："既然你们是六兄弟，那就合葬在这庙里。谁是老大，谁是老二，你们做个决定，我是从大到小地杀，还是从小往大来？"有两个不忿的，大吼两声朝他劈去。常公公听出来，年轻人在草垛旁上蹿下跳的，一时砍不到他。后来听剑法，应该是六个人将他包围在草垛上。

"那就一起死！一个抵六个，值了！"一阵草垛燃烧的声音，火光映得庙里都发红。后来的剑法他听不真切，直到年轻人再次叫嚣："杀了你的五个哥哥，就留你一条性命传我威名，日后若是再让我撞见，非把你先剐再杀！"

常公公听得一头雾水，以一敌六，不知道他是怎么做到的。没过两分钟，年轻人进来了，看到柱子上的常公公，三步并作两步地跑过来给他松绑，嘴里问个不停："常公公，是谁害的你？"

绳结打开，常公公坐在地上，脱下袜子给他看脚底的伤口。他指了指年轻人手上的匕首，低声说是他弄的，继而仰天大哭："孩子，你这是中了断魂掌啊！"

年轻人看了看手上的匕首，环顾一圈这破庙，不时地摇头，他终于害怕了，几乎哭出来："我还有多久？"

7

"还有多久才能醒来?"一个上午,五公主问了太医三次,"你说醒来就好了,但是什么时候能醒来?"太医支支吾吾,坚持说皇上的确醒过来就好了,可是何时醒来无法预估,可能三年,可能三十年,也可能明天。

五公主打断他:"那现在算是活着还是死了?"

"活着,肯定是活着。"

"所以,不可以立新皇!"

可能是比昨天更糟糕的一天,没有一个能她让喘口气的消息。九门提督李准骈带着两万名禁卫军,一夜之间查了京城九十万户人家,还是没有太子的下落。涿州知府上午发来快报,从定州过来的五万精兵正经过涿州准备进京。五公主下令全力阻截,并要求固安、涞水派兵增援。直至午后,前方也无快报传来。小顺子进来通报,三王爷和文武百官想向皇上请安。五公主让他传话,皇上身体欠佳,请众官稍候。她还在等,等前方战事的结果,等父皇突然醒来。黄昏时,小顺子劝她不要再等了,京城已经传遍了皇上驾崩、太子被刺的消息,大臣们都以为三王爷要登基,已经开始摇摆了。五公主看着沙漏,将桌上的发簪扎到发髻里,一字一句地说:"宣百官上朝!"

龙椅上是空的,五公主坐在一侧的偏椅上听文官辩论。她在观察哪些是三王爷的人,哪些又是她可以托付的大臣。两派的观点很明确,一方说皇帝还活着,现在就是太子回来也不得继位;另一方则表示,倘若皇帝永远不醒,又不算驾崩,活个十年二十年,岂不是天下大乱?五公主和三王爷都不表态,两个人偶尔面带微笑地对视几眼。有人建议暂时由五公主代理朝政,直到皇上醒来或太子归来;另一些就嘲笑,既然公主能代理朝政,那为什么偏偏是五公主、六公主、七公主、八公主,皇上有二十七个公主,每个公主当一年皇帝好了。

双方僵持不下,轮到三王爷说话了。他一反常态,赞成由五公主代理朝政的提议，如果有利于黎民百姓，他可以放弃这个皇位。"可是，你不是吕后、武则天，你日后的孩子还不知道姓什么，你是公主，生不出皇子。"

那些拥护五公主的大臣，此时也没了声音。无论如何都不能退让，倘若让三王爷登基，不出一个月，皇上一定会无疾而终，三王爷一定会举全国之力绞杀太子。

小顺子送来前方快报，她扫过一眼，长吐一口气："三皇叔，前方刚刚剿灭五万来自定州的叛军，你可知道这是谁的部下？"

三王爷皱眉凝思，差不多用了十几秒才确定：五公主并没有诈他，前方已经全军覆没。梳理一番，他表示自己久疏朝政，无法推断何人有弑君之心。五公主追问："若是朝中有人和昆仑反贼里应外合，谋害父皇，是否该斩立决？"三王爷连连点头，直言叛贼为何人，请五公主明示。

五公主伸出右手食指，指过每一位大臣。在三王爷处停留片刻后，她指着三王爷身旁刚刚最张狂的两位大臣，宣布他们的罪行，然后唤侍卫进来，将其斩首示众。

8

年轻人在吃面。不知道为什么，这家面馆的面条特别长，一根面嘬不到头。常公公在桌对面对他说，江湖上只有两人会断魂掌，一个是沈老前辈，另一个是沈老前辈的弟子南海真人。刚开始时，南海真人的掌力未练到家，中掌者只是片段性失忆，要么被一掌打死，要么伤好后恢复了记忆，总之远远达不到他师父的功力。听说他后来跑回南海修炼了，算起来也该练成了。

"练成是什么样？"年轻人问。

"二十四个时辰，中掌者只有二十四个时辰料理后事。这期间，中掌者的记忆还是时有时无的，时辰一到，记忆将彻底消失。任何人对中掌者来说都是陌生人，中掌者可能会被仇人利用，可能杀自己的爱人。中掌者失去的不只是记忆，所有的感情都没了。"

年轻人停下筷子，看着面汤，低声说："你不要走，你要告诉我，哪个是我该爱的，哪个是我该杀的。"

"没有用的，两个时辰前，"常公公摇着头，"你差点儿把我给杀了。"

年轻人不说话了，面汤摇摇晃晃，隐约能从中看见自己的脸。

常公公接着说："失忆跟死了一样，就像投胎，谁能记得自己上辈子是怎么过的，爱过谁，恨过谁。但万幸你还活着，万幸你还在我身边，我不会让你活得那么羞耻，莫名其妙地给哪个仇人当家丁走狗。"

年轻人把碗朝前一推，面汤从碗边溢出来。"你谁啊？"他环视一圈面馆，敲着桌子说，"那么多空桌，你跟我挤一桌？"他端着面站起来，坐到旁边的桌子前，"没钱吃面你说话，跟谁套近乎呢？"

下午他又回来了，坐在房里发呆，桌上摊着纸笔，想到什么写什么，有些想不起来了，就使劲抓头发，弄得常公公一阵阵心疼。后来常公公说："你别写了，写了也没用，三更一到，我就把那些字条烧掉，以后我想让你怎么活，你就怎么活。"

他不接话，害怕常公公说的是真的，把已经写好的字条放到衣服的最深处。常公公笑了，问他藏得住吗。他站起来，抄出匕首将常公公抵在墙角，威胁现在就可以杀了常公公。

"你杀了我吧，赌一赌你再睁开眼能碰见谁。"

刀尖都已经划到喉咙时，他将匕首甩了出去，浑身发抖地大吼两声，将客房中的每一个物件都砸碎，然后怀揣着字条下了楼。

他要刻很多字，他要刻"瑶"，他要刻"百花"，他要刻"五"，想了想他又刻上"断魂"，他得知道自己是怎么失忆的。匕首划在手臂上，每一刀下去，都涌出血滴，夕阳的余晖掠过树林照射过来，映得血滴晶莹剔透。最疼的时候，他揪一把山坡上的草攥在手心里，牙齿咬得咯咯响。常公公坐在草坪上整理包裹，哪些带走，哪些扔掉。太监总管的衣服是不能再穿了，不过料子真好，他在想改成什么合适。再刻就要死人了，他放下匕首，吹干上面的血，和常公公较劲："到时候你得砍我胳膊了吧？"

常公公抬头看看，他的小臂上血肉模糊，什么字都看不出来。常公公不理会他，继续思考绸缎料子能用来干点什么。

"你打算让我下半辈子怎么活？"年轻人问，"带我去哪儿？"

"不知道，我还没想好。"常公公放弃了，把衣服塞进包裹里，先带着再说，"上面要我带你去百花谷，重新塑造你。"

"塑造成什么？"

常公公看着他，一时间觉得他的脸还挺柔和的，说："杀人机器。"

"我很残忍吗？"年轻人仔细回想，过去仿佛被拆解成小碎块，三五成群地从他的记忆里离家出走，"没想好是什么意思？你还想怎么塑造我？"

"杀猪，找个偏远的地方，让你在肉铺当一辈子伙计，杀一辈子猪，把你那火暴脾气发泄在猪身上，别再踏进武林半步。"

太阳就要掉进山沟里，年轻人眯着眼睛直视阳光，跟想明白了似的，把上衣穿上，盖住小臂上的血字，站起来拍拍屁股说："带我去百花谷吧。"

夜里下雨了，年轻人忽然惊醒，常公公还在睡觉，他出了客栈，去偷马。马都已经牵出来了，他又忘记要干吗去了。在雨中站了几分钟，又将马牵回马厩。回到客栈，他把常公公摇醒，用哭腔哀求道："我什么都不求你了，你就答应我一件事，带我去见她，让我告诉她这一切，别让她在那儿一直等着我。我要是真失忆发狂了，你就把我随便扔在个什么地方，不用管我。但是我得让她知道，我死了，这辈子结束了，我不能让她一直在那儿等着我。"

常公公还没完全醒，不紧不慢地把蜡烛点上，问道："要我带你去见谁?"

他盯着蜡烛,眼神茫然,抓着常公公的肩膀哀求道:"去见谁?你告诉我,你肯定知道,我应该去见谁!她是谁?"

9

她见不到谷主,跪在帷帐前听谷主训话。谷主说常公公不可能叛变,百花谷谁叛变也轮不到常公公,之后停了一会儿又说:"我本来是要你带少谷主回来的,为什么要转交给常公公?"说完,谷主又不说了,冲帷帐外挥了挥手,让她去找。外面的女孩没听清,她清清嗓子又讲了一遍:"找回来,我命你走遍天涯海角,也要把少谷主找回来。"

她听明白了,起身后退。这时谷主叫住她:"苏子瑶,他是不是你相公?"

"是。"

"那就对了,你去把你相公找回来。"

方丈他们到了,正在外面候着。五公主吩咐御厨拿出最好的点心招待他们,她想再跟父皇说会儿话。这是九门提督李准驸的主意,他说昆仑公子来无影去无踪,长什么样都画不清楚,就是派八十万大军也不一定能找到这个人,解铃还须系铃人,何不请些武林前辈组一个同盟来找人。救太子,杀昆仑,同盟的名字他都想好了,就叫寻龙屠狼。听起来不错,不过也就是形式感十足。反正也没别的办法了,五公主看着李准驸苦笑:"你倒挺会起名字,李准驸,你的名字是你自己起的吗?"

此时她和嘉和皇帝共处一室,她不知道该说什么,父皇有二十八个孩子,还要操心朝政,也不剩什么时间给她了。她感觉过去二十年加起来,也没有这几天跟父皇相处的时间多。她让人把父皇抬起来,她来喂吃的。全都是流食,米汤和菜汁搅在一起。她舀起一勺,吹一吹,打开父皇的嘴轻些灌进去,然后将他的头向后仰,用食指中指抵他的喉咙。她觉得他能听到,句句进心里,只是懒得醒来。她说:"父皇您放心,太子一定给您找到,万一太子有什么闪失,我也不会将皇位交给三皇叔。我可以一直等,等到三皇叔也百年,把皇位传给他儿子,天下还是我们孙家的。"

文思清抱着骨灰盒,头上插着稻草站在集市口。集市里人来人往,天上飞的,地上走的,什么都有的卖。头上有稻草意味着文思清也是可以卖的,头上稻草的数目就是文思清的价钱,然而没人看这个,每个人都只报自己想出的价钱。一个窑婆子出价三两银子,文思清身后的女人笑着直摇头,点着文思清的头顶说:"这是两朝宰相文再兴的女儿,三两银子是开玩笑吧?"

窑婆子忙说:"不少啦,上个月买一公主才花二两半。"

"这真是文宰相的千金,他就这么一个女儿。"

窑婆子懒得戳穿她,伸出左手说,一口价五两。女人在犹豫,按理说这身份应该换黄金才对,可是行情就这样,再拖两个月过了十八,就更出不了手了。文思清转身跪地求女人:"把我留下来吧,我什么都能干,别把我卖到窑子里。"

"你会干什么啊?你是宰相的女儿啊,我们全家伺候你还差不多!"

女人冲窑婆子点头,示意出钱交人。一位摇着折扇的白衣公子叫停了这笔生意:"强人所难卖到窑子里,这位姑娘的一辈子就被你们两个毁了。"他出五十两银子替女孩赎身。窑婆子气得直跺脚,那女人当然乐得这笔大买卖。文思清看着白衣公子,感觉自己终于熬出头了,春天就要来了。

春天也不总是好天气,白衣公子一直想弄清楚一件事。难得的晴天,他把文思清带到花园里,鸟儿成对,蝴蝶成双,他问文思清是不是真是宰相的千金。文思清点点头道:"多谢公子的救命之恩。"

"那你以后不要再做那些脏活累活了,那些不是你该做的。"他拨开她的刘海儿，望着她的眼睛说，"你以后让我一个人舒服就行了。"说完扑到她身上，撕开她衣服的前襟，嘴里还念念有词，"宰相的千金被我收了。"

上衣被撕烂，待要拽她裤子的时候，文思清从骨灰盒的侧壁抽出一把匕首，抵住自己的咽喉，警告他不要过来："五十两银子我保证双倍还你，要是不想这五十两银子打水漂，永远不要靠近我。"

窑婆子双手叉腰，气鼓鼓地听芙蓉月弹古筝唱小曲。这几个月她都在懊悔，五十两怎么了，管她真千金还是假千金，把她弄到紫竹院，肯定比芙蓉月能赚钱。曲子快结束的时候，她整理下发髻，上台讲每天都要讲一遍的话，什么春宵一刻值千金，哪位想和芙蓉月共度良宵，价高者得。

几个纨绔子弟相互抬价，价钱一度到了二十两。奇怪的是，有个长者坐在那儿不说话，一直盯着芙蓉月看。总会出手的，窑婆子想，一大把年纪了，留着钱还有什么用。果然价钱还没敲定，长者就上了台，把一袋银子扔给窑婆子，走向芙蓉月。窑婆子打开数了数，冲下面的人喊："三百两！"

长者没回头，还在看芙蓉月，吐出两个字："赎身。"

又是赎身！这次她可不会贪小便宜吃大亏了。窑婆子掂了掂银子，说："这可是我们的头牌，不赎身。你就是把紫竹院买下来，我也要带着芙蓉月走。"

长者没理会，指甲在古筝的弦上滑过，依次发出由低到高的声音。弦随即断了，大概又过了两秒，古筝断成两半，掉在地上。他对芙蓉月说："跟师父回去吧。"

芙蓉月含着泪摇头。

"江湖出事了，师父需要你帮忙。"

京戏很好看，生旦净末丑轮番登场，台下狮吼帮的弟子不时地站起来喝彩。可是乔帮主的心思不在这儿,他老是不自觉地瞥一眼乔文君的小腹。其实也没有,离显形还早着呢,可他就觉得这孩子随时可能蹦出来。

他和乔文君中间隔着灵牌,是他发妻的。乔文君的母亲,去世十来年了,活着的时候就爱看京戏。乔帮主那时开玩笑说,就算哪天她不在了,他看京戏也带着她。一语成谶。其实他以前不喜欢看京戏,打打杀杀都是假的,照京戏这样一言不合就开打,他乔三早死几百回了。因为要给发妻看,便请戏班子来狮吼帮,他相信她能听得到。看多了,他自己也看出了一些门道。

今天来的是最好的戏班子,约了好几年,回京路过才演上这么一出。可此时他真看不进去,不只因为乔文君,烦心的事多着呢。皇帝昏迷了,太子不见了,朝廷中是五公主和三王爷并行,武林也分成了两派。按五公主的意思,绞杀昆仑公子,但更重要的是太子必须活着找到;三王爷呢,昆仑公子怎样他不在乎,虽说以寻太子为名拉拢各门各派,可谁敢把活的太子带到他面前?大家都在站队,太子是死是活,押上帮运来赌国运。听说丐帮几乎一分为二,马长老带着人押宝三王爷,眼瞎的关长老则坚持太子是正统的皇位继承人。

他狮吼帮虽然算不上百年大帮,但百十号弟子的身家性命都在他一念之间。观望一下吧,还好离京城足够远,请个戏班唱戏都要等三年,反应慢了点总比站错队伍强。某个名角出来的时候他闭眼听了一会儿,再睁眼时又看了一眼女儿的小腹。这一次他气炸了,他看到乔文君在揉自己的小腹,好像担心胎儿在里面太挤,揉一揉腾些地方给他。他一直盯着她的手,恨不得双眼射出两把刀,把胎儿扎死在腹中。她的双手停住了,乔帮主抬起头,发现乔文君正瞪着他。

他不怕她,家族之耻,眼睛张得更大回瞪她,低声说:"别在你娘面前揉,她如果知道这件事,会替你蒙羞,再死一次的。"

乔文君看了看空位,拿起灵牌贴在小腹上,眼泪在眼中打着转道:

"爹，娘，我会死的，你等我把孩子生出来，我以死谢罪。"

10

好像时辰不多了，常公公抓紧最后的时间，和他并排赶着夜路。脚下不停，他时不时地看常公公几眼，忽然右手一探，手持匕首刺向常公公肚子。常公公弯腰闪开，试图抓他的手腕，此时匕首已换至左手，向常公公肩膀劈去。

"你一直在跟踪我，都快贴上我了，你当我瞎啊？"

常公公点头，做出请的手势，让他先走。之后的路程是他在前面走，常公公满眼泪水地望着他的背影。他们往东走，太阳就要从前方升起来，附近的农庄里已经有公鸡在打鸣，雨后的清晨道路泥泞。时辰要到了，常公公希望年轻人的记忆能再恢复一次，认一认他，和他聊一聊。无论现在是好是坏，他们将再也不会回到现在这种关系。然而他没有回头，常公公看见他越走越艰难，磕磕绊绊，终于面部朝下摔倒在泥潭里。

常公公一时间傻了几秒钟，蹚着泥水跑过去扶起他。泥巴糊住了他的脸，看见是常公公，他紧紧抱住他，试着去摸他的脸，睁大眼睛说："我快完了，你别走，求求你，千万不要带我去百花谷，我害怕，你别走。"

时辰到了，他捂着脑袋，直到昏过去前，他都使劲咬着嘴唇，好让自己的眼泪不要甩出来。倒是常公公大哭起来，嘴里不停地念叨："爹对不起你，爹错了，爹再也不为难你了。爹现在就带你走，我们去没人知道的地方，我们再也不去百花谷了。"

常公公一边说，一边从他身上翻出那些字条——烧掉，然后哭哭啼啼地把他抱起来，背着他向远方走去。

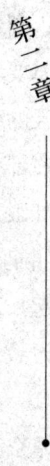

CHAPTER 2

1

通常要早上五点钟醒来，杀猪，刮毛剔骨，趁集市开张前把一整头猪分割成一块块摆到案板上。小五子总要早醒来几分钟，他得花点时间寻思一下，自己是谁，睡在哪张床，昨天的事还记不记得，好确认新的一天是否可以继续，不用从头来过。他现在都有点怕了，来田独近一年，每件小事他都认真记下来，生怕哪天一睁开眼又忘了。

想不了多久就会被钱老板进门叫起，开始一天的工作。钱记猪肉之所以好吃，是因为他们从来不把猪绑起来杀。打从小五子进肉铺，钱老板就跟他说明白了，让猪跑起来，一刀致命，猪肉里不会有瘀血，全身的活肉。

其实钱老板什么都不会说，他是个哑巴，咿咿呀呀的声音都很少发出来，也不见他打手语，估计是中年失声，现学都来不及了。不过也无所谓，杀猪就那几个步骤，把刀磨好，用竹竿捅捅铁笼里的猪，差不多快把它激怒时，打开铁笼，任其在院子里横冲直撞。近一年的时间，小五子早已熟悉这工作，左躲右闪，还不至于让猪撞到。他在等钱老板的手势，等猪活动开了，钱老板手臂一挥，小五子抄起杀猪刀，迎着发狂的活猪，一刀从脖子划下去，再顺势一挑，刚好把猪放到案板上。

钱老板讲不出话，但是听得懂，每当这时候小五子都会说："我这使刀的本事绝对是天生的，打进你们店我也没练过啊，没准儿以前是一位武林高手，啥都记不起来，给你杀猪来了。"他打听自己到底是怎么来的，

"只记得一觉醒来,就在你这儿杀猪卖肉了。"他是叫小五子吗?以前叫什么名字?手臂上刻了不少字——瑶、百花、断魂、五,看来看去也就这个"五"字和自己有关系。父母是谁不知道,上面兄长肯定有四位,就叫小五子吧,没准儿他们以前都叫他五爷呢。他连自己的生日、年纪多大都搞不清楚,说着说着还挺难过,忍不住抱怨几句。钱老板说不了话,也懒得搭理他,背着手走出肉铺,留他一个人,守着一头死猪,等待第一个客人。

第一个客人迟迟不来,小五子看着手臂发呆,百花又断魂,这个"瑶"字一定是某个姑娘。他找了将近一年的时间,田独没有哪个姑娘带"瑶"字。那就走出田独,往南方去。可是他又不敢,人生地不熟,连个朋友都没有,生怕哪天睁开眼睛,又把现在给忘了。

百花一定不是这里,田独哪有花,极北之地,一年最多有三个月的夏天,大概有九个月处于寒冬之中。等进了腊月,天都不怎么亮了,每天从下午开始就黑下来,一直要熬到第二天中午才能勉强见到太阳。有事得抓紧办,买肉的客人陆续上来,也就两个时辰,天色又暗下去了。盛夏时节刚好相反,根本没夜晚,天就那么一直亮着,直到三更才能抓紧时间休息。可也没多久,感觉刚睡着,公鸡打鸣,天又大亮,人们又出来活动了。

客人没上来,倒是来俩官兵,卷一张通缉令让他贴在店门口。他问这次通缉谁。当差的说,还不是昆仑公子,朝廷的命令,抓不到这个人,就永久通缉。当差的退后两步,将墙上能撕的全都撕掉,又问旧版呢。小五子说,毕竟是做买卖,门口总贴通缉令不好。

"下次再撕,把你家猪牵走。"当差的说,"贴新版的吧,据说这版和昆仑公子本人更像了。"

小五子多刷点糨糊,把通缉令贴墙上,也没觉得和旧版有什么变化。画像的师傅本事有限,再加上有偏见,故意把昆仑公子画得贼眉鼠眼的,想靠这个抓人,别说一年,十年都抓不着。

到了下午，人多起来。明天是立秋，贴秋膘的时节，仿佛不吃点猪肉，就撑不过冬天似的，个个举着银子让小五子割肉。每份三五斤他都短个三五两，三百斤猪能克扣三十斤肉钱。不到下午，一头猪卖得就只剩下二十斤。这个不能卖，这是他给何员外留的。何府是田独的大户人家了，老爷姓何，大腹便便，成天笑呵呵的，特别喜欢吃钱记的猪肉，有时候路过还会跟小五子闲聊两句，估计是在中原犯了事被流放到这里的。

小五子每天都会给何府留二十斤臀尖，把这个送过去，这一天就算是收工了。给何员外的肉可不能短斤少两，吃好了是要领赏钱的。这一次他扛着臀尖捶大铁门，老管家慢悠悠地打开一条缝，门缝里露出满脸褶子的半边脸，说："把肉放下吧，老规矩，月底一起算。"门都不给开。小五子偏要见见何员外，让他看看这肉新鲜不新鲜。他的心思很简单，见着何员外，说几句奉承话，赚点赏钱花。每当这时，小五子都觉得这管家狗仗人势，门缝里看人。

员外当然不在，肉还不错，跟老管家要不来半文赏钱。送完肉，小五子耷拉着脑袋往赌场走。他连输几天了，希望今天能好点。刚开始也不行，几把色子摇下来，本钱差点儿输光，直到有个姑娘出现在赌场，手气开始好起来。

一般赌场不会有姑娘，这是个少爷带过来的丫鬟，谁知道是私奔的还是被拐卖的，跑到田独来了。小五子才不管这些，玩两把就知道，这少爷他吃定了，色子都听不明白，更看不出他手上那点活儿。

小五子是杀猪的，赌场里碰到这种人傻钱多的大户也叫杀猪。小五子对那些眼熟的赌客使个眼色，有个年轻点的明白了，几钱几钱地逆着少爷押，少爷押大，他就押小，反正色子在小五子那里，每次都是他赢少爷输。也就三五十把，少爷把钱输光了，从里到外翻了一遍，钱都堆在小五子桌前呢。小五子挑出两贯钱扔给他，这是规矩，输光了返点回去的盘缠，不至于出门转弯就跳河。

小五子把钱装好，起身准备告辞。少爷一把拉住他，问："我这丫鬟，你看能值多少两？"

小五子打量了她一番，她从头到尾都捧着一个盒子，也不知道干吗用的。小五子摇头说："我又没买过人，再说，人不都是搭钱的吗？"

"我五十两买的，"少爷伸手对他比画着，"养了一年多，各种开销算起来怎么着也得一百两，你看值多少钱？"

"那不还是搭钱吗？"

"你还没娶媳妇吧？"少爷让丫鬟退后一步，站直了给小五子好好看看，"这是两朝宰相的女儿，绝对的大家闺秀。你也知道我今天赌运不行，既然你把我的钱都赢完了，那就把我的人也赢走吧。"

小五子再好好看看她，姑娘二十岁左右，管她是不是宰相的女儿，长得确实好看，不知道他的"瑶"跟她比起来怎么样。他看看手里的银子，十两不到，便坐下来搁桌上，说："咱就来最后一把，大不了就当今天没赢钱。"

少爷这次留了个心眼，他后押，让那个年轻赌徒先押。既然年轻赌徒一直在赢，他就跟他押一样的。小五子拿起三个色子，故弄玄虚地对着色子吹了口气，一并投进色盅里。三个色子在里面叮叮当当，最后落成了三个六。小五子赢了，年轻赌徒和少爷都输了。

少爷倒也不难过，好像卸了个包袱，把丫鬟一推，说："愿赌服输，以后她就是你的了。"

小五子低头不应，将灌铅的色子换回来，站起来拍拍屁股，对少爷讲："当你欠我十两，丫鬟你留着吧。跟你赌这把，也就是赌口气。以后你要再想跟我赌钱，就去钱记肉铺找我，随时奉陪。要是你还想赌人的话，就找个稍微漂亮点的。"小五子说的这是反话，不然不会一直盯着丫鬟，都迈不出赌场的门。路上他还在犹豫，回去把那姑娘领走吧，钱老板要是不答应，他们就搬出去住。

回到肉铺已入夜，钱老板已经睡了，留盏小灯和半盘冷菜在桌子上。吃到一半，外面下起雨来，钱老板披着衣服走出来，坐到他对面看着他吃饭。小五子将黄瓜掰一半递给他，钱老板摆摆手，小五子把右手那半根塞到嘴里，嚼着黄瓜说："你看我像多大，二十多？三十多？我是不是该找个女人成家了？"

钱老板不说话，笑了笑，回房间继续睡觉了。小五子倒没了胃口，左手那半根黄瓜还没吃，推门又去了赌场。哪里还有少爷丫鬟的踪影，他张望了一圈，顶着大雨，回了钱记肉铺。

雨下了一整夜，醒来就听见雨水夹着冰雹砸在屋顶上的声音。那就用不着杀猪了，钱记肉铺停业一天。他在房间里把衣服洗掉，下楼将炉火引燃煮点白粥。钱老板还惦记着圈里的猪，撑着伞出去看猪圈有没有淹水。刚出去十来秒，就砸着门让小五子出来一趟。

外面雨太大，落在地上噼里啪啦的，钱老板正在房檐下，站在一个姑娘面前。那姑娘换了一身粉衣服，头上多了簪子，但手上依然捧着那个盒子。小五子愣了几秒，让她先进屋再说。姑娘低声说了两句，大雨中也没听清，小五子让她大点声。姑娘冲他望过去，满脸的雨水，使足力气说："我进去就不出来了！"

小五子想了两秒，不敢再拉她进来了，问她怎么了，难不成在房檐下待了一宿。姑娘点点头，说："我家少爷讲，既然把我输给你了，我就该跟着你，他没脸再带我回去了。你觉得我丑，我给他丢人了，"她指指身上早已浇透的粉衣说，"他让我梳妆打扮一番再过来。"

这次是小五子不好意思了，他低声说："也不是嫌你丑，先进屋吧。"屋里果然暖和些，他看见姑娘打从进来就浑身发抖。她自我介绍说叫文思清，跟着少爷出关后，一路往北到了田独。小五子想问两句，比如问问她多大，跟那少爷到底怎么回事，为什么说她是宰相的女儿。想想也不大对，好像真是谈婚论嫁，便找来两件衣服，让她上楼换了，一会儿出来喝热粥。

文思清进去后就没了动静，好半天都不见她出来。小五子几次想进去催催，担心她万一正在换衣服，便在楼下看白粥在锅里咕嘟。可能是睡着了，白粥咕嘟咕嘟都要干锅了，文思清都没有出来。

2

钱老板不同意文思清住进来，这是他的肉铺，这个家他说了算。小五子说："没问题，你去把她赶走。"为此，钱老板还认真地写了封长信，揣了几天送不出去，见文思清还挺勤快的，把家收拾得也干净，便默认她先住着，跟小五子商量，明年开春必须让她回中原。

分房是个麻烦事，一楼是钱记肉铺，二楼一共就两间房，小五子的房间让给文思清了，他只能和钱老板挤一挤。别看钱老板白天是个哑巴，晚上呼噜声倒是不小，将近十天总算习惯了。有天夜里，小五子被说话声吵醒了。听不清在说什么，声音尖细尖细的，讲的内容又含糊。他在夜里睁开眼睛，明白是钱老板在讲梦话。他仰躺在钱老板旁边，一动不敢动。直到钱老板翻了个身，一把抱住他，右腿骑在他胯上，又打起呼噜来。

第二天吃早饭时，他一直在留意钱老板。文思清出去喂猪的时候，他盯着钱老板说："你不是哑巴？"钱老板皱着眉，表示没明白。小五子接着讲："我昨晚听见你说梦话了，说什么不知道，但是你能说话。"钱老板把筷子放下，指着自己卧室的门，示意他再也不许踏进一步。

怎么跟文思清解释呢？晚上他抱着被子来到文思清房间，告诉她钱老板不让他住了，咱俩以后就在这儿过日子吧。文思清坐起来，把自己裹在被子里，问他为什么。

"因为我听见他说梦话了。"

"他不是哑巴吗？"

"对，所以他不让我再进去了。"

别说文思清，连他自己都不信。房间里就一张单人床，小五子把被子扔上去，让文思清往里一点儿，袜子都没脱就上了床。文思清从床上跳起来，表示虽然她是他的丫鬟，但他要是对她有非分之想，她宁可一头撞死。

小五子眨巴着眼睛，不明白她为什么那么激动，就算不上床，打地铺也不合适，好像赖着不走一样。他让文思清把门窗锁好，然后抱着被子出了门。

一楼地面太冰，他试试案板，像头死猪等着被分割卖钱，冷风从被子缝一股一股地挤进来。有个地方一定暖和，只是得有勇气，但真的暖和。

两头猪对着他的脸呼热气，弄得他一脑门子汗。他卷点纸把鼻孔塞上，大口呼气，总算睡着了。后半夜，他被一阵阵的雷声惊醒，小五子起来瞧瞧雨有多大，双手伸出去，没见半个雨滴，转身一看，是这几头猪在打呼噜。

他彻底不敢睡了，担心一觉醒来，自己的脑子被震得再次失忆。他坐在猪圈里发呆，东想西想，想到文思清这么刚烈也算是好事，起码她和那富家少爷不会有什么，自己要做点什么事情取得她的信任。做点什么呢？女孩子喜欢什么呢？直到再次睡着，他都没想明白。

文思清把他摇醒时，他还在猪圈里。文思清说："你还是回房睡吧。"小五子不干了，正是表现的好机会，可话一说出口又是贱贱的。他说不行，他回房睡觉，有人又要呼天抢地、撞墙寻死了。文思清保证不撞墙，小五子这才抱着被子爬出猪圈。

也许好事将近，洞房花烛夜，金榜不题名。但文思清没有跟出来，她留在猪圈里，自言自语："我保证不撞墙，我就在这里睡啦。"她铺平身下的干草，拍一拍，躺了下来。

那可不行，怎么能把文思清丢在这里。小五子又钻了进来，俩人在猪圈里一顿瞎聊。文思清说小时候的日子可好了，花园里种的都是云南的小月季、广西的桂花、洛阳的牡丹，长大了倒是四处颠簸，睡惯了牛棚马厩。但总还是活着，上面的哥哥、爹爹、伯伯都死了。小五子问因为什么事啊,瘟疫横行吗。"我爹爹是宰相啊,"她说,"惹怒了朝廷,一夜之间死了一万多人啊。"说完她看着他,似乎奇怪这么大的事,他怎么会不知道。

小五子假装想起来一般点点头,心里盘算,一万多人,比两个田独的人还多,每天得吃几头猪,居然可以在一夜之间全杀掉。聊着聊着,那几头猪扛不住了,窝成一团打起呼噜。文思清也越来越困,意识恍惚,不知不觉睡着了。

小五子把她抱回房中,放在床上,拿着铁锯、绳子出门上了山。傍晚时分,他拖着一棵水曲柳回到肉铺。照着图册边学边做,花了一个星期的时间打了一张床,摆在房间的另一侧。铺被褥的时候,小五子就想,以后睡醒睁眼,再也不用想昨天发生什么了,只要看看对面睡着的姑娘认不认识,就知道新的一天还要不要继续了。

秋天就这么过去了,从十一月开始,大雪封山,人畜都进不来。到了腊月,钱记肉铺将关门封店。田独也进入极夜,有时候一整天都见不到太阳,除了睡觉,便是望着漫长黑夜里的飘雪。来田独四个月了,文思清也摸清了田独的地形,三面环山,一条小河狭长穿过。偶尔会有好天气,拨云见日,他们会抓紧这一两个时辰,上山拢火烤土豆烤肉。钱老板才不会来,只有小五子和文思清靠近火堆坐下。以前都是小五子一个人上来,看山望雪,想想过去的事情。也没有多过去,他对文思清讲了自己的病症,就这一年的记忆,再往前,什么都想不起来。小五子说,除夕夜,就他和钱老板,连年夜饭都没准备,两人就着花生喝了两壶酒。可能是喝多了,再加上他难过,车轱辘话反复问,自己从哪儿来,父母在哪儿,有没有老婆孩子……后来钱老板被问烦了,摔了酒壶要回房睡觉,他就追进去问。没准儿钱老板也喝多了,指着夜壶,阿巴阿巴地示意他,这是你爹用过的,拿去拜吧。

"我知道不是,"小五子说,"我当然知道不是,可是大年初一的早晨,我还是端着夜壶上山,跪下来冲它磕了三个头,挖个雪坑把它给埋了。"

文思清拉过他手臂,看着上面的字,说:"这不还有一个瑶姑娘吗?等开春了,我陪你去找她吧。"小五子摇头,忘了就忘了,想不起来也就没感情了。再说,名字里带"瑶"字的姑娘多了,天南海北没处找。文思清把他手臂上的每个字都摸了一遍,最后落在"百花"两个字上说:"去百花盛开的地方吧。"

小五子撕一块肉塞嘴里,他不想只聊自己,岔开话题问文思清,为什么老带着这个盒子,上山都得抱着爬上来。文思清有意抱紧盒子,说只要盒子在,爹娘就在她身边。文思清不让别人碰这个,小五子俯下身瞧了半天,问她里面装的到底是什么。

"我爹娘的骨灰。"

小五子盯了她一会儿,抽了一下鼻子说:"你我都一样,都没过去了,我找不到过去,你回不到过去,就往前看吧。其实田独也挺好,钱老板也不错,虽然苛刻了点儿,但待我还算不薄。他肯定不是哑巴,谁知道碰到什么事躲这儿来了,岁数也大了。管他过去是好人坏人,既然要在田独终老,真到走不动那天,咱们就给他养老送终吧。"

3

眼看着就要过年了,因为有了女人,年味也浓起来。腊月二十三这天,文思清拉了好长的一张货单,吃穿饮用一直到正月十五,要小五子和钱老板去集市采购。晴朗的日子来回也要一个时辰,何况大雪天,马车根本拉不动,他们便下了马车牵马。离家不到两里路时,钱老板留意到雪地里有一行脚印,积雪一尺多厚,每一步到底都要到膝盖处,但这行脚印只有一指多深,好像身负轻功之人脚尖点着雪赶路。钱老板示意他先回去,查看是否有埋伏。

果然有人造访,一个身后佩剑的女子背对着门口坐在桌前等待。文思清刚煮好一锅肉汤,跟小五子说,那女的迷路了,说买碗肉汤喝,雪小点就走。小五子接过汤碗,说他么会会这个女人。

"会什么会,可狐媚了呢,一看就是小狐狸。"

说完她还不放心,拿着抹布跟了进来。小五子把肉汤放在桌上,从她身后绕过去,坐到她对面,想瞧瞧这姑娘到底怎么个狐媚法,冰天雪地地跑到田独,非奸即诈。话还没有问,姑娘先是惊到了,半张着嘴盯着小五子。最后把小五子都看毛了,问她是不是认识自己。文思清留了个心眼,连忙过去,挡在他俩之间用抹布擦桌子。小五子晃着头,借空再看这姑娘两眼,倒真是狐媚,尤其含情凝望他的时候,感觉要把心掏出来求你揉揉。

小五子继续问她:"我们过去认识?"

那姑娘皱眉望着他摇头。小五子明白那不是否认,而是失望。她又看了看文思清,此时文思清恨不得整个人都趴到桌子上,把他们俩完全隔开。姑娘穿着蚕丝绸缎,一看就是从南方来的,虽然名贵,但无法御寒。文思清轻蔑一笑,说天寒地冻的,让小五子去房间拿件厚棉衣送给姑娘。小五子问哪个房间。

"就是咱俩的房间啊,压被子的那件。"

姑娘反应了几秒,明白他俩已经成了亲,忙说不必了。她扭头看看外面的大雪,说时候不早了,她要赶路了。出门前她又望一眼小五子,忍不住地叮嘱道:"少谷主,以后没人照顾你,一个人去赌场时,别再摇三个六了。"

小五子彻底傻了,记忆可以丢失,但是习惯永远不会丢。他跑过去堵住门,撸起袖子让她看手臂上的字,问她:"你认识我,这里面你知道哪一个?"

文思清过来拉他,让他去修修猪圈,随后瞪着这姑娘说:"有只母猪发情,把猪圈给拱坏了。"

小五子让她闭嘴,等这姑娘说话。她看着上面的字忍不住掉了两滴眼泪，正要讲话时，钱老板顶着风雪推门进来了。看到是她，他挥挥袖，示意她跟他上楼。

小五子和文思清看着他俩踩着楼梯上去，将房门插上。里面在说话，他没有听错，先是这姑娘说话，随后是一个尖细的声音，跟他那天听到的说梦话的声音一样。说话声越来越大，最后是那姑娘高声说了一句："谷主有令，找到少谷主，不惜性命也要把少谷主带回去！"

随后他们打了起来，房门里面叮叮当当的。小五子盯着房门发呆，自顾自地说着："我是少谷主。"他抓着扶手上了楼，站在紧闭的房门前。里面传来击剑的声音，小五子听见一剑下去，花瓶碎了。他深吸一口气，一脚踹开房门。姑娘回头朝门口看了一眼，钱老板赤手夺下她的剑，抵住她的喉咙。大概持续了十几秒，似乎在等她服输。钱老板将剑收回，剑柄朝外递还给她，做了个出去的手势，不知道是针对谁，反正姑娘先掩面下了楼。小五子愣在原地，看着钱老板，他跟没事人似的把家具扶正，将地上的花瓶碎片扫干净。一阵冷风吹进来，姑娘推门离开了。

小五子一路追出去，雪下得更大了。果然是她的脚印，每一步只借一层雪的力，便踏出下一步。小五子一脚深一脚浅地拼命追，实在没力气了就坐在雪地里喊她。他说他只问几句话，问完他就回去。姑娘停下来转身，慢慢朝他走回来。

"你一直在找我，对不对？我是谁？"

姑娘犹豫片刻说："我既然答应了常公公，就绝不会再讲半个字了。"

"谁？"姑娘没说话，小五子想明白了，那么尖细的声音，装哑巴就是不想让人听出他是官里的太监，"总要告诉我一点，我叫什么名字？"

姑娘冲他摇头："名字不能说，说了你就知道你是谁了。"

"你叫我少谷主，是什么谷？"

她含泪望着他，咬了咬嘴唇，作揖告辞，说自己只能讲这么多了，有缘再见，此生多保重。

大片大片的雪花扑进他嘴里，他冲她的背影喊："百花谷！我是百花谷少谷主！那你是我什么人？"

她在远处停下来，但不打算再过来。远远望去，她的肩膀一颤一颤的，应该是迎着风雪在哭。小五子也不敢走过去，生怕一上前她就消失了。大概过了几分钟，全身都挂满了雪，她才又哭又笑地说："谢谢你，谢谢你在努力记得我，请你忘了我吧，请你忘了苏子瑶吧。"

4

他试过各种办法，钱老板——可能现在得叫他常公公了，仍然只字不提。自己打不过他，单是看他空手夺白刃的功夫，就知道自己永远没办法逼他讲什么。他想再等等，总会有下手的机会。

只要他还装哑巴，就算不上常公公。钱老板最近焦虑起来，苏子瑶能找到，别人也有可能找到，他每隔两个时辰就出去查看一圈周围的脚印。他还担心苏子瑶会带救兵杀回来。不过人都在中原，田独那么远，至少可以安心地把年过完。除夕夜里，钱老板终于喝多了。文思清做了一桌子的好菜，仿佛要对得起她的手艺，哪怕小五子下了两大袋的蒙汗药，钱老板第一杯酒下肚就开始额头冒汗，他也坚持着把菜吃得差不多了才轰然倒下。

文思清吓坏了，她看小五子把钱老板扛进卧房，又去厨房拿了绳子菜刀，以为他今晚就要杀了钱老板。她拼了命地抱住他，求他不要干傻事。他把她推开，将她反锁在门外，隔着门向她保证，不会杀了他。

小五子把钱老板绑在床头，结结实实地捆了三圈。怕钱老板不服软，他找出捅火铁棍，放在炉火里烤红，右手提着棍子，左手脱下钱老板的袜子。脚底已经有了烫疤，两指宽的一条，像是匕首烙上去的。他看看右手烧红的铁棍，又看看那道疤，想不起来，但他确定，这是自己干的。

这时钱老板醒了，似笑非笑地看着他，这多少激怒了小五子。小五子举起铁棍在他眼前晃着，警告他不要不信，这次他要烫瞎他。钱老板眨眨眼睛,他当然相信,他小五子就是这样的人。

反正还是那些问题:"你不是肉店老板,我也不是杀猪伙计,你是谁,我是谁,把我藏到这儿,到底要干什么?"钱老板没有回答的意思,小五子把烙铁靠得更近一些,感觉脸上的汗毛都在吱吱作响。

"我不杀你,不管你是谁,这一年多你确实没动我,反倒对我不错。我只求你告诉我,我是谁。这是我的事情,你应该让我知道。我答应你,我不跑,不管我是谁,我都在田独被你看着,行吗?"

小五子的声音都颤了,钱老板依然不为所动。外面有人放起了鞭炮,田独虽然人少,地处偏僻,但每年过年时,鞭炮都放得特别多,仿佛声响响都想让中原听到。噼里啪啦地响了十几分钟,钱老板看看窗外的天光,转回头看看眼下的烙铁,终于要说话了,那么尖的声音,不男不女的。他说:"你是嘉和三年五月初七生的,今年二十五岁,无父无母,没有兄弟。百花谷的事就别问了,我早晚让你知道。新年了,咱们也过个年,去外面把鞭炮放了吧。"

鞭炮放到一半哑了,炮捻子落到地上被雪扑灭了。他想过走,往南方去,一路独行,看看哪里才是百花谷。可是他一没银子,二没武功,怕是没进山海关就被饿死打死在路上了。最想不明白的就是这一点,他都已经是少谷主了,为何除了杀猪摇色子,一点儿功夫都不会。他冒出个奇怪的想法,就从摇色子做起。

色子自然要在赌场摇,小五子答应过文思清戒赌的,好好开肉铺赚钱,给钱老板养老。现在看来全是扯淡,早晚有一天他会杀了常公公。大年初一,赌场人不多,两三桌的赌客几钱几钱地押,更像是找个地方取暖。他每个桌子巡视一遍,有对师兄弟似乎有些功夫。小五子坐过去,隔着桌子跟他俩说他来坐庄,一起玩两把。趁他俩不注意,小五子换好灌铅的色子,扣过色盅摇了三圈,开底之后他赢了。

年纪小些的端不住了,嚷着"在老子面前出千,我剁你一只手",拔剑就要弄小五子。年长的那个按住他肩膀，冲小五子笑笑，说："这把多押点，还是你坐庄。"小五子点头继续，示意他们看看这三个色子，将色盅罩在上面摇起来。想要什么点数，都可以照口诀摇的，这次别是三个六，险胜就行，一套动作下来，应该是俩四一个五，开了色盅，居然是三个一。

小五子数钱给他，要他们再押。这次他慢点摇，就奔三个六去，竖起耳朵听色子。他知道问题出在哪儿了，三个六刚刚要落好，里面的色子自己动起来，变成了三个一。他再去摇三个六，色子还是要多动两下，变成三个一。他迟迟不开，盯着对面的四只手，注意到年长的那个人的右手搭在桌上，时不时地用内力震动桌面，将色子变点。年纪小的那个催他快点，小五子笑道："再摇最后一圈就开。"小五子重新奔三个六摇，对方刚要发力时，他忽然跳起来，抓住那个人的右手，叫道："兄台，这么玩是要剁手的！"

那个人的手就这么被小五子抓着，等了半天也不见小五子出招，他便反手扣住了小五子的脉门。小五子只是想找人打一架。这就是他奇怪的想法，一直使不出功夫，也许是没遇见强敌，这两个人刚刚好，生死攸关之际没准儿就把功夫逼出来了。可功夫迟迟使不出，反而一次次地被这两个人羞辱。

年长的师兄与他交手两个回合，便知道小五子只是个赌场混混。这时那个师弟来劲了，好像难得找个人肉靶子练，一次次地把小五子放倒，踢出赌场大门。小五子不服，每次站起来后都还往赌场里冲。最后一次，这个师弟连给他三掌，又坐在小五子脸上，结结实实地放了一个屁。

赌场里的人都笑了，师弟举着手跟大家一起笑，捡起小五子输掉的银子跟赌客们分。小五子躺在地上，好半天才支撑着站起来。肯定有肋骨断了，从衣服里摸进去，左边第三根骨又已经支在外面。他让他们俩等着，他回去拿钱，一会儿好好赌一把。

他扶着肋骨，一路踉跄地回到肉铺，翻箱倒柜地把这一年多的积蓄掏出来，抄起杀猪刀又折回赌场。他把杀猪刀揣在怀里，一进门就把一百多两银子撒在桌上，喊着全押了，一人一色盅，直接比大小。年轻点的笑道："没这么多钱，你慢慢押，慢慢输。"

"没钱没关系，赌命。"

师兄弟相视一笑，年轻的先来。小五子规定这次来硬的，谁也别玩猫腻。年轻的点头同意，年长的把手拿开，叉着腰看他俩玩。这时有个要饭的拄着拐过来讨钱。小五子本来说没有，转身发现是个瞎子，一时有点难过，便喊住他说："你别走，这把赢了全给你，输了你帮我收尸。"

他和那个师弟，一人一个色盅，摇好之后，他让对方先开，两个六一个五，一共十七点。小五子将自己的色盅露出一条缝，三个六。

他没有作弊，这回是真赢了，他在琢磨对方会不会乖乖让他宰。他盖住色盅，手伸进怀里捂住胸口，说："你赢了，桌上的钱都是你的了。"

师弟笑话他："看把你心疼的，小心肝都扑通扑通的。"说着站起来弓着身子，双手伸过去划拉小五子面前的银子。小五子看准时机抄出杀猪刀，手起刀落，将那师弟的左手剁了下来。

师弟的手腕开始喷血，小五子第二刀去砍他的右手，被他师兄挡开。暂时没法理会小五子，他连忙撕下布条，系在师弟的左手手腕上止血。抓不到另一只手，小五子将留在桌上的左手连剁三刀。看着自己的手被剁成肉泥，师弟也顾不上止血了，右手拔出剑朝小五子捅过来。第一剑被小五子用杀猪刀隔开，第二剑砍向他的肩膀。这次小五子挡都不挡，转身就往外跑。年长的师兄一个跃身堵住门口，后面师弟的剑也直抵他后背。小五子侧身躲开，又往赌场里面跑。

赌场早就乱了，小五子拿每个赌客作挡箭牌，刚躲到身后，赌客马上就跪了，有的赌客直接倒在地上装死，只剩下那个要饭的瞎子顶着桌角摸桌上的银子。小五子拉着乞丐的肩膀躲在后面，突然感觉一阵阵的内力传来。他看眼乞丐，乞丐没事人似的数着散碎银两。两个发了疯的师兄弟从后面绕过来，一左一右朝他劈来。小五子无处逃遁，乞丐低声说："先砍左边的大杼穴,再去点右侧的大肠腧。"小五子完全不知道他说的是什么位置。乞丐通过瞎眼仅存的一点儿视力看了看他的杀猪刀,换了个方式说:"左边猪颈肉,右边大里脊。"

这是小五子的强项,就是活猪冲他跑过来,他都一砍一个准儿,加上刚获取了内力,左右两刀便将师兄弟砍翻在地,靠在墙角哼哼唧唧。乞丐把银子收好,作揖道"多谢公子施舍",点着拐杖走出了赌场。年长些的看出来这乞丐非同寻常,可等他日小五子落单再算账,便要小五子报出山头姓名,待伤养好后前去赴会。要是早半年,不用对方问,小五子自己都往外说,"不服来钱记肉铺找我"。他和死太监两条贱命也就算了,现在多了个文思清。但不报山头真的太屁了,他朝门口看看,那个乞丐已在雪地里走远,变成了一个黑点。他转过头,对师兄弟二人摇着食指说:"你们两个,不配打听我的名字。"

5

小五子出去找了好几圈,这回雪地里连个黑点都见不着了。田独没乞丐,自己活得都费劲,哪还有闲钱施舍别人。中原要饭的也不至于到田独来,那他就是为什么人而来。有一阵儿小五子感觉他找的是自己,没准儿百花谷还是江湖中数一数二的门派。冷静一下他明白不是,要是找少谷主,就在赌场门口等他了,用得着他在大雪里兜三圈吗?那么是常公公吗?田独还有什么大人物呢?

常公公不在店里,文思清也说,没见着什么要饭的。他点点头,肋部疼得厉害,他要上楼躺一会儿。楼梯爬到一半,脚下一滑,他滚了下来。

钱老板晚一点儿回来,扒下他的衣服查看伤势,确定只是硬伤,不是什么高手所为。他捏着折成两半的肋骨,忽然发力,将骨缝合到一起。小五子也没叫,咬着牙忍了半天,想着杀猪剔骨那一套手法也是钱老板教的。缓过来一点儿，他喘着粗气问道："你以前在宫里，到底是杀猪的，还是看病的？"

钱老板没搭理他，用纱布将他的肋骨缠好，起身拍拍他说："好好躺着吧，这半个月，你别想下床了。"

文思清怕他闷，给他弄了一箱子书。小五子哪看得进去，有时候盯着书名都能睡着。后来他就卧床上嗑瓜子，可他从来不吃，香香腻腻的，嚼两口就反胃，他只是把瓜子仁剥出来攒着，留给文思清晚上一大口吃完。

要躺十五天，他怕等能出门的时候，乞丐早离开田独了。他想过和钱老板聊聊这件事，田独还有哪个深藏不露的狠角色。可是从哪里聊起呢？他连自己是谁都不知道，聊的那些人都不知道是敌是友。

他还在犹豫，钱老板先出事了。有天快天亮，钱老板才回来，脚步沉重，直奔小五子房间，告诉他猪圈底下有一个地窖，一会儿扶他进去，他身上有一个方子，让文思清这几天把药凑齐，等他七天后上来服用。要是七天后他没能自己爬上来，就地给他竖一块墓碑好了。小五子问他："墓碑也得有名有姓，你叫常什么呀？"钱老板说了几次"沈"字，随后一大口血吐出来，瘫倒在床边。

钱老板姓钱，常公公姓常，这回立个墓碑又他妈姓沈！文思清把猪轰出去，拨开上面的一层干草，果然露出地窖的门。底下漆黑冰冷，将油灯点亮，说是一座地宫也不为过。老家伙天天不在店里，原来是跑猪圈里挖这个来了。底下有半亩地大小，正中间摆着一个红色的冰床。小五子把常公公放上去，用手在冰床上化点冰水，手指被染红，凑到鼻子前闻一下，不是血水，像是某种草药的味道，估计是用某种植物熬出来的红汤，一点点铸成的冰床。

那就等七天。文思清跑了附近三个镇子的药局，唯有一味红参全都断货。药局老板说这东西山上有的是，只是季节不好，大雪封山，谁都上不去，等开春雪化了，要多少，他卖多少。

等不到开春，既然谁都上不去，文思清就自己上。小五子拦着不让她出门，老家伙不杀他就不错了，怎么能冒着生命危险救他！再说七天之后，他既然能从地窖里爬出来，少吃点药还能死回到地窖里去？说不动文思清，小五子答应，再等两天他肋骨接好了，陪她一起上山。

他以为文思清答应了，一觉睡醒发现她悄悄出门了。只到山腰的话，来去两个时辰，他想如果晚上不回来，他就上山找找。可半个时辰不到，他脑子里就闪现了十几个雪崩坠崖的画面。他拽出纱布将自己的肋部绷紧，打了个死结，抄起杀猪刀上了山。

一直找到半夜，手脚都使不上力气了，脑子里那十几种死法差点儿都发生在自己身上。爬到山顶看到几株红参，他揪两把揣在身上。那就换一条路下山，没准儿回去的时候，文思清已经做好早餐等他了。下来的路上，他看到石缝间有两只老虎仔嗷嗷待哺，这让他有种不祥的预感。沿着脚印寻找，一只成年母虎堵在山洞口，远远望过去，困在山洞里的正是文思清。他把杀猪刀掏出来，轻轻走过去，在距离老虎三十米远的时候，大叫一声。老虎嘶吼一声，转过身子朝小五子冲来。他让文思清快跑，离开山洞，自己则扎稳马步盯着老虎的颈部，好像在等钱老板的手势，活动开了，解决吧。猛虎跃起的瞬间，他一刀砍过去，顺势将老虎挑到头顶，开膛破肚。老虎的内脏瀑布一般泄出来，洒到他的头上。老虎还在雪地上奄奄一息，小五子忍不住吐了出来。

他捧一把雪擦脸，头发里净是老虎的血腥味。文思清扭伤了脚，小五子背起她，半步半步地下山。小五子怕她睡着了着凉，一路编着笑话讲给她听。他自嘲道，自己这个也不知道是什么本事，两条腿的都打不过，四条腿的，哪怕狮子老虎，他都不怕。文思清好半天没说话，他担心她睡着了，捏了捏她的大腿。文思清用脸蹭蹭他的肩膀，手臂在他脖子上勾得再紧一些，低声说：“我听着呢，一句都没忘。你答应我，小五子，不管你过去怎么样，不管你以后跟谁好，你这辈子一定要娶我一次，好不好？”

6

冬去春来，三月过后转四月。五月初七，小五子给自己过了二十六岁的生日。钱老板一脸嘲讽的表情，不过生日当天还是煮了两个鸡蛋当作礼物。文思清去山里兜兜转转，找到了那只死老虎，扒下虎皮给小五子做了把椅子。每天小五子坐在虎皮椅上切肉收钱，好不神气。

六月开始，田独进入极昼，街上的人也多了起来。夏天时，小五子几乎不睡觉，接近三更天才黑下来，躺上一个时辰天又大亮，人们又出来活动了。今年多了一帮从中原来的侠客，骑着马在田独兜了两圈，挨家挨户地找昆仑公子，找太子，见没有线索，继续往北找去。他们不是一起的，各找各的，估计从京城组团一路往北，终于到了田独。好像有两伙儿人意见不统一，在赌场里还打了起来。人一个没伤，倒是把赌场砸了个稀巴烂。

小五子后来听何员外说，这两伙儿人中一伙儿是五公主的，一伙儿是三王爷的，他们都找太子，但目的不同，五公主的人要救太子，三王爷的人要杀太子。

"那皇上呢，他想杀，还是想救啊？"

何员外瞪大眼睛，觉得这孩子不可理喻，"不知有汉，无论魏晋"，皇上在昏迷啊，都快两年了。小五子摇头，这可怪不着他，他的记忆也就两年，过去的事谁知道。何员外来了兴趣："真的一点儿都不知道？没受过什么伤？"他眯着眼睛看小五子分割切肉，似乎想看看有没有哪门刀法的底子。直到身后的钱老板故意咳嗽一声，何员外才识趣地离开。

那两伙儿人走后，田独又恢复了平静。赌场被砸，小五子没地方去，没事就自己拿色子在猪肉案板上摇，左手和右手赌。有天，他大老远就看见一个老熟人往肉铺这边跑。正是被他砍掉一只手的师弟，估计是来寻仇。小五子把文思清支走，抄起杀猪刀，只等动手。

那人慌慌张张、左顾右盼地往前跑。经过钱记肉铺，见是小五子，一时间满脸杀气，随即扑通一声跪在地上，说后面有人追杀，请求大侠庇护。

"我成大侠了，"小五子一乐，"干吗追杀你啊，只剩一只手了，还能出千呢？"

看着自己仅存的一只手，他恨不得跟小五子拼命，可是后面还有劲敌。他继续跪着，边回头边说："不是，是两个姑娘。"

那得看看热闹，小五子让他把剑交出来，躲在肉案底下。

小五子一刀一刀地使劲在案板上剁猪爪，远处过来两个白衣姑娘，身上没剑没刀，只是手上托着一盆仙人球，见到小五子也不打听一下，完全无视，从门前匆匆走过，任凭他叮叮当当地剁肉。小五子不高兴了，人家都过去了，他喊住她们："两位姑娘不买点肉啊？"

其中一个看样子是师姐，让他别捣乱，她们有急事。小五子在后面喊，不管追什么人，聊两句再追也不迟。年轻一点儿的奇怪了，低声问师姐："杀猪卖肉的也敢过来和我聊两句，我长得真有那么难看吗？"师姐安慰她："一个杀猪的懂什么？"其实年轻的这个漂亮，师姐倒是个丑八怪，也不知道谁安慰谁。师妹折回来，走到小五子面前，问他："你怎么知道我们在找人？"

小五子盯了她半天，说："看面相看出来的，一只手的那个，对不对？"师姐看出小五子知情，过来抢话说，那人是她师弟，偷了师父的钱，她们奉命来剁他一只手。

"还剁手？"小五子笑起来，"又不是我家养的猪，四个猪爪，人哪有那么多手给你剁啊？"

师姐让他闭嘴，随后和师妹对了一下眼神，问："你们家是不是有后院？"

"有啊，是猪圈，刚才有个一只手的跑过来找工作。我看他都那样了，也就干干喂猪的活儿吧，赌是不行了。"

这跟赌有什么关系？师妹不解，跟着师姐冲进后院。钱老板正在猪圈弓身喂猪，师妹冲过去，先拍一下仙人球，然后连刺带血地对着钱老板的后背又是一掌，嘴里还喊着："贼子，看你还往哪儿躲！"

　　钱老板吃痛回身，师姐又一掌过去。钱老板拿盆挡，盆被一掌击碎，猪食溅了他一脸，更看不清是谁了。师姐师妹一起动手，一掌掌拍在钱老板身上。直到打累了，她们才发现这个人的年纪好像差得有点多。相视一愣，师妹抱怨道："这么大年纪了，还喂什么猪啊？"

　　两个姑娘耷拉着脑袋回到前院，师妹低声对小五子说："后院有个老头儿擅自喂猪，我们帮你教训了他一顿。"

　　"你们把我的老板打了？"

　　"为什么老板喂猪，你卖肉啊？"师妹又不解了，"这盆仙人球送你，就当我赔不是了。"

　　她递过仙人球，小五子并未伸手去接，他摇头道："仙人球你留着吧，长得这么好看，把你名字告诉我就行。"

　　师妹皱了皱眉，手掌拍了一下仙人球，接着给了小五子一掌。小五子没顾上喊疼，右手抬起给了她一耳光。师妹瞪着他，扔掉手中的仙人球，掐住小五子的喉咙。

　　文思清刚好从外面回来，拼了命地要去救小五子，脖颈被师姐一把抓住，挣脱不动。于是嘴上开始撒泼，从未见她如此失态，一时间把骂女人最脏的话全抖搂出来了。钱老板用衣袖抹着脸走到前院，袖子里藏着暗器。他盯着师妹的手指，倘若她发力，宁可暴露身份，他也要先将她击毙。

　　师姐掐着文思清劝阻："师妹，这人不会武功，就算了吧，师父不是说了吗，一次出门最多只能杀五人，你已经杀了七个了。"

　　"一人杀五个，咱俩加起来十个，你再让我一个，我先取了他性命。"

　　"不行，我这名额还要留着杀我那小白脸和他那三个小贱人呢。"

　　师妹翻眼皮算了算，提醒她，全杀完就十一个了。师姐说那就杀三个,刺瞎一个。

"上次那一只手还不知道是不是你刹的,这次又说要刺瞎双眼,就知道你舍不得杀他。"

两三句话,师妹消了火,放开小五子,跟师姐离开了。文思清跑过来解开他的上衣,查看他的伤势,帮他拔掉仙人球的刺。除了点皮外伤,也没什么大事。"一只手"从案板下面战战兢兢地爬出来,也不知道该谢该怨:"让她们过去,不就完了嘛,非要叫回来,总之多谢你救我一条命。但断手的仇,还是要报的。"

小五子说:"好啊,那我们就好好算算。一只手值多少命?算你半条命吧,我救你一条命,扣掉半条,还剩半条,以后别让我见着你,不然我要你半条命!"

话讲得恶狠狠的,总觉得哪里不对,又不知道怎么反驳,"逃了一天的路,饥肠辘辘,银子都跑丢了,索性你再给我点吃的,算我欠你半条命加一顿饭。"

小五子挥手让他快走吧,欠太多怕他还不起。"一只手"还挺懂规矩,说了句"后会有期",就要告辞。小五子叫住他,还有句话要问他:"你那小师妹叫什么名字?"

"一只手"慢慢走回来,手撑在案板上,一字一句地告诉他:"吴思若。"

小五子正回味这三个字,"一只手"抓起案板上的猪爪就跑。小五子拎刀追出去,连追两条街,撞倒了街边的何员外。何员外要小五子扶他起来,说:"我这是不差钱,你要是真撞到个穷光蛋,像我这个岁数的,把你们肉店搭进去都不够赔的。"

"一只手"一边回头笑,一边朝前跑。他太饿了,生猪爪都忍不住舔两下。他举着猪爪对小五子挥舞,正得意间,撞到了前面两位姑娘的后背。

小五子目瞪口呆,他看到小师妹抢过"一只手"的猪爪揣进自己的行囊；师姐拿起绳子要反绑他，却不知道只剩一只手了应该从哪里绑起，最后气得师姐连打了他几巴掌，又心疼地抱着他哭起来。

7

小五子好几天都吃不下东西，文思清都气死了。她抱怨小五子想着那个小狐狸，茶饭不思。倒是偷偷想一点儿，但真的是没胃口，后来他发现钱老板也没吃东西。五日不食，小五子瘦了一圈。文思清做了一桌子好菜，两个人就是不动筷子，弄得她酸溜溜地吟诗作赋：“为伊消得人憔悴。”钱老板拿起筷子，将每个菜都夹过一遍后，难得地说了一段话："那两个姑娘是大漠仙人的弟子，还好火候没练到家，等过几天毒性消失，就可以恢复正常了。如果碰到高手，比如大漠仙人，他能让你持续不吃不喝，直至干枯而竭，死的时候形如枯槁。"

"好大的本事！"小五子问他，"这把仙人球的刺扎手上，再拍过去的掌法是什么掌？"钱老板叹了口气说，仙人掌。小五子以为他听错了，重问一遍。钱老板还是回答仙人掌，仙人是仙人掌的仙人，掌是掌法的掌，仙人掌是江湖三大毒掌之一，就是借用了仙人球不吃不喝也能茂盛生长的特性。练掌的过程中，修炼者要不断提取刺里的毒素。这两个姑娘还是初学者，出掌之前还要现向仙人球借刺，练到大漠仙人的程度，已是满手倒刺。

"另两个毒掌是什么？"

也不知道是没胃口，还是不想回答，钱老板只是摇了摇头，又把每盘菜夹了一遍。小五子握住他的筷子尖，盯着钱老板问："其中一个是不是叫断魂掌？"

8

后来小五子想明白了，人活的就是一口气、一股魂，终其一生，一贯至底。有人把它人为地断掉了，这就是断魂吧。他问钱老板："如果大漠仙人使的是仙人掌，那么断魂掌是谁的绝学？"

钱老板不说，岔开话题："你这肉切得不对，精肉要带点肥，肥肉一点儿不能有瘦肉。肉皮别剔，带皮跟着卖。照你这么弄，一头猪少卖七八十贯。"

小五子打量着钱老板，好像初次见面似的，从头到脚地打量一遍，然后摇头冷笑道："你没这本事，我要找的不是你。"

找到也没用，这是小五子更不明白的地方，啥本事没有，大人物凭什么要给他一掌断魂掌？不是百花谷少谷主吗？靠什么当上的，难道谷主是他爹？苏子瑶怎么说的，"谷主有令，找到少谷主，不惜性命也要把少谷主带回去"。不用带，他早晚会自己过去。钱老板那天要死要活地下地窖，到底是谁伤的？还有，那个乞丐来田独究竟要找谁？断魂没有用，事情总会露出端倪，要是一死了之就算了，所谓的重新开始，根本不可能。

倒是有人在夏天死了，何员外的老管家，门缝里看人的那个，估计活到岁数了，在躺椅上摇着摇着就掉下来摔死了。何员外要大办，远近都通知到了，又不是死了爹，老管家而已。小五子接到通知，葬礼那天挑一头上好的肥猪送到何府。

扛一头太麻烦，小五子一大早就赶着活猪过去了。何府的人早起来了，上上下下忙着筹备葬礼。新来的管家更跋扈，让他到后院杀猪刮毛，可别弄脏了厨房。今天先忍了，找个日子总要弄一下这个新管家。小五子在后院把猪杀好，开膛破肚，掏干净内脏，喊人拎壶开水出来，他要刮毛了。喊了三声，没人答应，他只好自己把猪扛进厨房。

厨房瞬间没人了，小五子巡视一圈，每个活儿都是干了一半就撂下，是不是何府有点名做早操的习惯？他不管这些，洗洗手准备找新管家算账。这时大厅里有人说话了，狠巴巴地问："何振生，你师父向问和躲到哪里去了？搞这么大的阵仗，棺材也是空的吧？"

话未说完，这人跃过去一掌劈碎了棺材，里面躺着的是一个纸人，一时间纸屑乱飞。怪不得跟亲爹似的操办，原来是假的，办给仇人看的。小五子想等会儿再出去，别钱没要来，惹得一身骚。外面有人回答了："我师父早就知道，师兄弟中出了一个叛徒，所以让我留下来，誓死也要看到是哪位师伯。"

听声音好熟悉，小五子从窗缝看过去，正是大腹便便的何员外。对面领头的把脸蒙上了。带了几个人他看不清楚，不过何府的几十号人都站在何员外身后。

那领头蒙面的说："还口口声声地叫师父，我看叫老乌龟还差不多，这么缩着脑袋，能活到一百五十岁。躲到这么偏的地方，装模作样地盖起了员外府，让我找得好苦。"

蒙面人的几个弟子一起哄笑。小五子也没听出哪里好笑，倒是何员外有意思，原来是假员外，来田独躲命的，起码换个姓啊，常公公还知道开个肉铺叫钱记肉铺，你何府那俩大字儿，生怕别人不知道你姓何。

他们还在笑，何员外被惹急了，怒斥蒙面人。貌似蒙面人也一肚子怨气，还回去一大段话。两伙人不动手，一来一往说了好半天。小五子慢慢捋明白了，有个沈师祖，是何员外师父的师父，早年创立了三种掌法——断魂掌、蓬莱掌、仙人掌，三个弟子各传一掌，这样互相牵制，有所畏惧，哪个都不至于霸行于世。可偏偏出了个叛徒，可能就是这蒙面人吧，二十多年前把《三藏经》偷走了，带回家偷摸练，三种掌法全部练成。这时三个师兄弟再见面就没那么愉快了，除了寒暄打哈哈，就是互相猜忌，说不上哪天就被师弟或师兄下黑手拍死了。沈师祖知道出了逆徒，研发了无为掌，专破这三大掌。几年前，沈师祖选了何员外的师父向问和做关门弟子。向问和当时还是丐帮帮主，为此他辞掉了帮主之位，将帮主之位传给了何员外，自己则专心修炼无为掌。到明年八月十五，即可练成。蒙面人当然不干，要赶在无为掌练成前除掉四师弟向问和。为此，何员外带着向问和东躲西藏，换了七八个地方，本以为可以在田独撑到向问和出关，没想到还是被找到了。

小五子在厨房寻思，江湖的事真乱。赌场那个乞丐他清楚了，来田独找的就是何帮主和向问和。何帮主就是何员外，可是向问和又是谁呢？哦，修炼呢，没准儿何府也有个地窖，摆个红冰床黑冰床各种修炼。那蒙面人是何员外的哪个师伯呢？小五子就知道一个大漠仙人，吴思若的师父，希望不是他，不然上梁不正下梁歪。给他断魂掌的也是一个，还有一个叫蓬莱掌，那个中掌后不知道怎么样。断魂掌是断片儿，仙人掌是耗得生不如死，沈老前辈这么毒，蓬莱掌肯定好不到哪里去。

可何员外不觉得沈老前辈狠毒，还说沈师祖已百十岁，还在因他这样的逆徒蒙羞，他劝蒙面人顾念师徒情分，回头是岸。这时候蒙面人急了，吼道："不要提那个老贼，他不是我师父。要不是他把我刚出生的女儿摔下悬崖，我也不会偷秘籍。"

何员外哈哈大笑，说道："我知道你是哪位师伯了，何必还蒙着脸！要不是你做了苟且之事，沈师祖也不会夺走你的女儿。"

"本想饶你一命，可你自作聪明，知道了我是谁！"

蒙面人说着朝何员外扑过去，后面的弟子与何员外的家丁也兵戎相见。现在想想，这些家丁应该都是丐帮的。大堂里叮叮当当的好不热闹，小五子忍不住透过窗缝偷看。看来蒙面人也不一定打得过何员外，两人纠缠不休地打了十几个回合，反倒是何员外逐渐占了上风，一个虚晃顺势扯掉了蒙面人的头巾。何员外手握着头巾，一脸惊愕地问他："怎么是你？"说着被一个蒙面的弟子抓住，那弟子低声问他："你师父的那张九宫图在哪里？"何帮主回头笑道："你这无名小卒，哪有资格问我师父？"

蒙面弟子瞬间移动，一眨眼的工夫，就在何员外的前胸后背各拍了一掌，继续追问他九宫图的下落。何员外面色苍白，嘴里说着没有九宫图。蒙面人摇了摇头，一掌拍在他的胸口。何员外空挥了几次手臂，要抓这个人的头巾,终于还是倒在了大厅里。

其他人还在撕打,这名弟子在混乱中快步穿过人群,等他从人群中出来时,何府所有的家丁都被击毙了。他和已经被扯掉了头巾的"蒙面人"对了下眼神,蒙面人命令弟子搜搜何府是否还有其他人。

小五子看见他们来了后院,好像有丫鬟抓着绳子藏在井下,有人一刀斩断绳子,丫鬟尖叫着落井。脚步声临近厨房,小五子无处藏身,蜷缩成一团,钻到了大肥猪的下面。两个弟子进来一顿乱踢,其中一个说,火灶里面有一个。那是新上任的管家,趴在柴火堆里,死抓着火灶门不出来,口中喊着饶命。

"那就别出来了。"

一个人说着点了个火折子,扔进柴火堆里,关上了火灶门。里面的管家拼命拍打,两个弟子关心起地上的肥猪。嘴馋的弟子提议,火都点起来了,干脆吃完再走。他提了一下,没提动,要另一个人搭把手。小五子身子一轻,猪被提起来,他使劲抓着猪肚子两边,裹在里边,以让自己别掉出来。身子晃了两下,忽然一震,连人带猪都被扔进了铁锅里。

锅还没热,隐约听见下面的新管家踢着火灶门挣扎。两个弟子倒是有了分歧,一个说加水煮,一个说烤熟了吃。小五子心里骂娘,你们这么讨论,有想过猪的感受吗?下面没了动静,估计新管家已经被烧死了。锅热了起来,小五子把自己封进猪肚子里,里面又闷又臭。那个领头的蒙面人进来呵斥他俩胡闹,赶快离开这是非之地。两个弟子连连认错,蒙面人身后的弟子忽然上前,一人一刀,把他俩都刺死了。

"你这是卸磨杀驴!"蒙面人吓得声音都颤了,"你答应我们陪你演完这出戏,就送我们马帮一张九宫图的!"

那个弟子冷笑几声,伸手去掐他的喉咙。剩下的弟子闻声而来,一个个拔剑喊着:"放下我们帮主。"

那人掐着帮主的喉咙,提起他身子抡了一圈,那些弟子脸上都留下了帮主的鞋印,不出三秒钟,鞋印迅速发黑,弟子们倒在了厨房里。而帮主被放下来的时候,喉管早已被捏爆,喷出来的血浆粘在那个弟子的手上。他蹲下来,用帮主的衣服把手擦干净,收剑出了门。

终于没人了,该死的都死了,小五子打算在猪肚里再数十个数,要是没有动静,就赶快逃命。数到六时他就从铁锅里蹦出来了,踩着死人磕磕绊绊,举一盆冷水浇到头顶。铁锅里的肥猪已经吱吱作响,煎出板油。新管家还在火灶下烧着,小五子忽生恻隐之心,想给他留个全尸。他打开灶门,蹲下来用木棍掏了半天,只勾出一块大腿的骨头。他摇摇头,把骨头又扔回火灶里。

大厅里尸横遍地,小五子倒吸一口凉气,感觉这两年杀的猪,都没有今天见到的死人多。平静过后,小五子反倒舍不得走了,他装模作样地查看每具尸体。他又不懂,还煞有介事地分析,这个是中掌,这个也是中掌,这个呢?还是中掌。一点儿新意都没有,江湖的逻辑他想不明白,有刀有枪干吗都拿手拍?他扶起何员外,真看不出来,平常吃得比猪还多,居然是丐帮帮主!都他妈会武功,就我小五子不会!小五子剥开何员外的上衣,对着前胸的掌印,比比自己的手掌。寻思什么掌,自己怎么就整不明白,一掌能把人劈死?他深吸一口气,右手奔着掌印拍下去。好像有点感觉了,他加点力拍第二下,最后使出全力拍第三下。尸体打了个激灵,一口血吐出来,喷在小五子脸上。

人家是一掌打死,他竟能一掌打活!小五子蹦起来,退后一步,声音颤颤悠悠地提醒他:"你看好了,我可不是杀你那人,我是肉铺的小五子,你肉钱还没给我呢。"

何员外指了指小五子,半天才想起来,说:"对对对,你是送肉的,正好肉来了,我去给我师父烧俩菜。"何员外站起来,貌似伤好了,腿脚利索地往后厨走,转身又对小五子说,"你也别走了,留下来吃口,咱爷仨好好喝一顿。"

小五子"啊"了好几声不知道怎么接,看着何员外进了厨房。虽然你没死没伤,可你们何府被灭门了啊,心再大,也不至于坐在尸体上喝两盅啊。也许就是个冷血动物,自己活命比什么都强,这些家丁都是上辈子欠你的,为你战死都不多看一眼。得了,我打不过你,但也绝不会和你这种人坐一桌喝酒。"

小五子准备撤了,他要插空蹦过去,才能到大门口。有两个人并排死在一起,小五子跳过去时踩到一具尸体的手背,习惯性地说了声对不起,身后的人还不满意,抱怨道:"疼!"

他以为是幻听,慢慢扭过头,被踩手的那个人坐起来揉着手背,嘴里骂着:"跟你说过多少回了,要玩出去玩!"

小五子半张着嘴不敢出声,赶紧走吧,转回身时发现面前的尸体也在动。他揉揉眼睛,再睁眼时,那具尸体已撑着手臂站了起来。大厅里的"尸体"陆续醒了,一个个地站起来。他们有人傻笑唱歌,有人手舞足蹈,有人盯着身上的血迹凝眉思考,到最后有个女人大哭起来,说:"娘,你买这么好的布料,为什么不给我做件衣裳?"

就像被困在车水马龙的路口,前后左右都是人,小五子一下子蒙了,他站在原地,一动不敢动。

9

"谁把一整头猪下锅里了,还把火点上了?"何员外把猪从锅里拽出来,放在马帮弟子的尸体上,用刀割了一片臀尖,切好葱姜蒜,扔到刚熬出的板油里。他想做红烧肉,把肉切成拇指宽的小块。这是他的老本行,以前在某个大户人家做厨子,每天都会用剩下的边角余料乱炖一锅,送给破庙里的那些乞丐。老爷发现后,乱棍把他打出门,还叫人一把火烧了破庙,让那些乞丐无容身之处。不管多委屈多不忿,当乞丐们提出把老爷宅子一把火烧了的时候,他还是硬生生地把这些人拦住了。

这事过去多少年了,二十年总有了吧?猪肉被他均匀切好,拢在菜刀上下进锅里,锅里噼里啪啦地往外溅油,要找个锅盖焖一会儿。好久没下厨了,当上"何员外"就没进过厨房,灶台右下方应该有个锅盖架,大户人家好点的厨房都是这么摆放的。他弯下腰,手臂在下面掏着,脚底下软软的,低头看一眼,踩在了一具尸体的肚子上,喉结上都是血。他蹲下来看一眼,是漠河马帮的刘帮主,旁边还有四五具尸体,应该是马帮的弟子。而他在干什么,他看看左手中的菜刀,锅里的肉还在等他翻炒扣盖。他扒着灶台边站起来,知道自己中的是什么掌了。

大厅里已经乱了套,刚推开门就有两个家丁要拉着何员外出去放风筝。他看着这两个小伙子,一个是何府的马夫,丐帮的二袋弟子,负责和外界弟子保持联系;另一个是他收养的义子,为了避嫌,何员外迟迟没有给他名分,他打算秋后让他从一袋弟子做起。要干净利落,少些痛苦,他咽了口唾沫,挥剑对两人胸口各插一剑。

没人注意这边杀人了,每个人都有自己的世界,唯有小五子目瞪口呆。他看到何员外屏息咬牙,含泪刺向每一个人。几十秒钟,几十号人被一一刺死,到最后只剩下他们二人。何员外呼吸急促,太阳穴上青筋暴突,控制着不让自己哭出来。他将剑扔在地上,背对着小五子往外走,边走边说:"我等下交代你件事,之后你要把我也杀掉。"

这回是真死了,小五子双腿发抖,扑通一下坐在血浆中。何员外再回来时,托盘上放了两碗米饭和一盘红烧肉,嘴里还不住地道歉:"好久不下厨了,手都生了,让你久等了。"红烧肉色泽不错,小五子接过米饭,却一点儿胃口都没有。一口米饭一块肉,何员外给他做着示范。吃到第三块时,他恢复了理智,将托盘打翻,抓紧时间向小五子交代:"我中了蓬莱掌,这屋子里的所有人都是,现在是时有时无,再过几个时辰,我会彻底疯掉。"

小五子举目望去,血流成河,流到前面的血已凝固,挡住了后面血流的去路。他低声回应:"就算是中掌,但他们是被你杀的。"

"这是蓬莱阁老的伎俩,他们如果活着,丐帮就毁了。"他在打翻的托盘里翻找,后来把小五子手中的铜碗夺过来,将米饭倒掉,捧着碗对他说,"这是帮主之碗,我并非员外,而是现任丐帮帮主。我师父向问和是前任帮主,现在已在京城皇宫大牢里闭关修炼,明年八月十五之前,把这个铜碗交给他,点他的百会穴和膻中穴,帮他老人家出关。"

小五子摆弄着碗,这碗也没什么特别的,碗底镶着一块拇指肚大小的玉,他看得直皱眉,他不愿搅和进来,屁大点功夫没有,还想去京城,不等进关就被像蚂蚁一样碾死了。他摆手推辞说:"我得留在田独,你师父是老人家,我们肉铺也有个老人家,你自己去吧,把碗亲手交给他老人家。"

何员外等了等,知道求不动他,转身拾剑,剑柄朝着小五子递过去,说自己真的要疯了,身体发肤,受之父母,以前曾经誓绝不自尽,拜托小五子刺他一剑。小五子站起来摇头,他没法答应,过去什么样他不知道,但是从来田独开始,他这辈子都不想杀人。他想起文思清总说的一句话,有时候他要亲她,要抱她,文思清总会扭身躲过去,她说:"不是不行,是有些事一旦开了头,就一发不可收拾了。"

小五子转身要走,何员外在身后最后一次求他:"杀了我,不然我还能疯癫地活三十年,别让我在这世上受辱三十年。"

小五子仰头看看梁顶,转身接过长剑。何员外用食指从肚脐往上,一直指到喉咙,画了一条线,"用你杀猪的本事,开膛破肚。"

可杀猪的时候手没有这么抖,小五子右手拿剑,左手抓住右手的手腕,告诉他:"我数三个数,你抓紧跟这世上的一切告别。"

一、何员外闭上眼睛,活了四十五年,告别只要一秒钟;二、他睁开眼睛,眼神坚毅地说,来吧;三、小五子将剑压低,只待起手将对面这个人挑落。何员外低头看了看地上打翻的饭菜,抬头看着刀刃说:"你要是没吃饱,我府上还有上好的糕点。"

小五子左手松开,右手依然握着剑,盯着他问:"你是又疯了,还是怕死?"

"你尝尝嘛,吴州张知府托人送过来的,放我这儿一年了,都没舍得吃。"

何员外说完就要去后厨取。小五子轻吐一口气,右手松了剑,将地上的铜碗踢还给他,头也不回地走出何府。

10

镇上传开了,何员外在葬礼那天发了癫,将何府上下满门杀绝,一个人跑到山上当野人去了。几十个当差的进山搜了三天三夜,誓要将何员外绳之以法。绳是绳了,但始终没有以法,过去五年,大大小小的差人多多少少都受过何员外的好处,眼见他疯得不成样子,不忍心他坐牢问斩。何府还有几十具尸体,他们一把火烧了灭证,又把何员外放回田独。

钱老板问小五子是怎么回事,"你那天一大早赶着猪过去,满屁股是血地回来,到底发生了什么事?"

小五子这次讲得很明白:"等你告诉我我想知道的,我再说说你想知道的。"

钱老板点点头,笑了笑,说:"我明天再知道也不迟。"

明天什么样呢?他和文思清逛了一天的集市,买好布料回来时,肉铺的门口已经堆了两个包裹。钱老板说:"我年纪大了,肉铺干不动了,你们去别的地方吧。"文思清不知所措,求钱老板工钱可以少给点,但留他们住下来。小五子知道他要什么,死太监多少也会点功夫,算是江湖上的人,办事的手段怎么这么下三烂!他提起两个包裹径自走进去,路过钱老板身边时说出三个字:"蓬莱掌。"

三个字引出更多的问题,钱老板跟着小五子上楼,看着他铺被褥追问,何员外是什么人,闯进来的是谁,为什么马帮的人也在里面,那些人是怎么死的……一连串问了七八个问题,小五子把床铺好,拍了拍,对钱老板耳语道:"以后每过一个月,我回答你一个问题。"

用不着一个月，七月中旬以后，田独逐渐转凉，何员外也从山上下来了。何府被烧为平地，他住街边，喝脏水，捧着一个铜碗，捡着什么吃什么。每次路过肉铺，小五子都会切一片肉扔给他。何员外就地坐下啃起生肉，直到打饱嗝，才擦擦嘴角上的血，心满意足地离开。

有时候小五子会后悔没杀了何员外，至少有三次，小五子看见他在别人的窗下撒尿，被房屋的主人追出来痛打。眼看要入秋，小五子让文思清做了一套被褥，自己打了一排木栅，在猪圈隔出一块空地留给何员外住。

有天夜里，文思清吓坏了，她把小五子摇醒，哭着让他去管管。他披上衣服，赶到猪圈，看到何员外正骑在一只母猪身上酣畅。小五子的眼泪马上涌了出来，他去厨房拿刀，一把将粗喘着的母猪头砍了下来。何员外号啕大哭，裤子都没有提，抱着猪头哭："我没本事，保护不了你。"小五子都回房了，他还在哭。后来小五子又回到猪圈，切下一块死猪屁股上的肉，说："我们去把它厚葬吧。"

他们走到河边，拢起火，把猪肉架在钳子上。火化的过程中何员外一直流口水，一再催促"熟了熟了"。小五子用刀把肉切成块推给何员外，他抓着往嘴里塞，烫得他吐出来，捧在手里吹个不停。

小五子问："你还记得自己是谁吗？"

他不急着回答，注意力都在肉上面，感觉凉一点儿了，他一口咬下去，闭上眼睛细细地嚼，咽下去的一刻他睁开眼睛问："什么东西，这么好吃？"

"臀尖，何帮主。"

何员外愣了一下，恍然大悟，"啊啊"了半天说："臀尖肉，我最爱吃臀尖肉！"

"那就多吃点，吃饱。"小五子把剩下的肉烤熟切好，看他狼吞虎咽。

后来他吃不动了，看着剩下的肉发愁，忽然想到说："这些就下葬吧。"然后他开始挖坑，挖出两个拳头大小的坑，毕恭毕敬地让臀尖肉入土为安,还跪下来磕了三个头。

再看下去,小五子都要哭了,他拍拍他的肩膀,让他看着自己,告诉他:"你是何员外,何振生,你师父是向问和,你不能再这样丢脸地活着,你是丐帮帮主!"

他掏出刀,对着何员外的心脏一刀捅下去。何员外眼睛睁大,不知道是回光返照,还是这一刻怕死了。小五子从他身上摸到铜碗,确认碗底有块玉,之后他松开何员外的肩膀,不敢再多看一眼,转身走开了,都不知道何员外倒下的时候,是躺着的,还是趴着的。

还是杀了人,他狠掐大腿两把,让自己别太难受。天就要亮了,这是最正常的时节,白日和黑夜旗鼓相当,彼此较着劲,看谁先被吞噬掉。过了秋天,赢的总会是黑夜。都走出挺远了,后面有人呼喊救命。小五子脑袋嗡的一声,停住脚步。杀个人都不利索,应该狠狠抽自己俩耳光。

何员外躺在河边火堆旁,一只手抓着胸前的刀把,一只手伸向他,求他救救自己。小五子跪下来,哇地大哭起来,鼻子一抽一抽地说着:"对不起,对不起,让你受苦了。"

呻吟、粗气和那种轻声的言语混在一起,何员外说:"我身上有一张九宫图,你等下拿走。"小五子瞪大眼睛,问他是清醒的吗。何员外点点头,勉强说:"我清醒,我知道你在干什么,我也知道我这段时间都在干什么。"

何员外示意他动手,自己快挺不住了。可已经没有第二把刀了。小五子向四周看看,咬牙跺脚,使劲把插在何员外心脏的那把刀拽出来。何员外疼得坐了起来,大口大口地喘着粗气。小五子握着刀把,闭上眼睛连捅十几刀。他怕他不死,他怕他再遭一次罪。

他说到九宫图,小五子在他身上翻,从裤腿里拽出一张羊皮。不清楚有什么用,何员外临死都让他收好。他抱起他,蹚着河水往里走,水位大概到腰间,他把何员外平放在河中。

11

田独已经不想待了,小五子和文思清计划私奔。出了那么多事,死了那么多人,那之后每回经过被烧成一片焦土的何府,小五子都觉得有些未竟之事,要替何员外办完。再说年纪轻轻,他不能在田独窝一辈子。他想马上就走,已经是八月份,再等两三个月就要大雪封山,又是一年厮守。文思清建议他再等等,就此南下总要做点准备,再说现在是八月十一,怎么着也得陪钱老板把中秋过完,别留他一个人在这儿孤苦伶仃。小五子当时只是觉得她善良,可怜钱老板,直到很久以后他才明白,是文思清想和他再过一个中秋,她根本没打算跟他下中原。

八月十二,他们去集市挑了两匹脚力好的马。肉铺倒是有匹马,可娇气死了,碰上雪天,都得人拉马。文思清说,一匹马就好,她喜欢坐在他怀里,被他抱着。八月十三,文思清给他打包裹,装的全是小五子的衣物,她说她的就不带了,等着小五子赚钱给她买好的。八月十四,她把那些没戴过的首饰都卖了,塞给他做路上的盘缠。八月十五,他趴在案板上磨洋工,盼着太阳下去,月亮上来。文思清在厨房做中秋宴,三个人,她准备了十几道菜,好像真把小五子当骆驼了,吃一顿能顶半年。

快打烊时发生了一件小事,一帮京城口音的人骑马路过田独,不知道是什么身份,"王爷""公子"地互相叫着,穿得都不错,就一个带补丁的,他们喊他马长老,小五子知道那是丐帮的。走到钱记肉铺时,他们停住了,几个人侧头看他。小五子犹豫着要不要把何员外那碗拿给马长老。这时有个背弓挎箭的走过来,听他们的叫法是六公子,非要买五斤精肉、五斤肥肉、五斤三肥两瘦的五花肉。小五子也是跟他们较劲,看准了一刀切,个个上秤,三块肉都在五斤上下不超一两。六公子扔了二两银子在肉案上,盯了他好半天,对旁边的那个王爷摇头说:"不是他,确实是个杀猪卖肉的。"

管他是谁呢,过了今晚,他连杀猪刀都不带碰的。不过这样也好,最后一单生意,像是对他两年肉铺生涯的肯定。他们连肉都没拿,空赏二两银子,那就是佩服他刀下的准头。

晚饭的时候他还在高兴,和钱老板连干了五六杯。虽然十几个菜,中秋宴,但总还是散伙饭,几杯下肚他忽然有点动情。他说:"我来你这儿两年了,说不上好坏,总算没把我饿死。还有啊,以后你可得吃点好的,这么大岁数,没几年活头了,还天天喝粥吃咸菜。还有肉铺的生意就别做了,又不是没钱花,有几个像我这么趁手的伙计?"

钱老板也动情了,微醺着跟他表态:"你要是走了,我肉铺就关了;你要是还想干,等我死了就把肉铺留给你。不了,不用等我死,我明天就给你。"

小五子饮尽杯中酒,去上厕所。出来时他拐弯去了趟猪圈,当然不至于跟猪告别,前天买的马被他养在这里——当时给何员外隔出了一片空地。远远看去,马头从下面露出来,躺在地上。他走过去的时候还寻思,马不是站着睡觉的吗?可能这是匹好马,睡得香,跑得快。把帘子一掀,酒醒了一半,马背上被砍了好几刀,马死在马厩里了。

回到房间,钱老板还在喝,小五子举起酒坛子砸在地上,问他马是不是被他杀的。钱老板倒是没否认,满嘴胡话,说马是一般,马鞍真不错,可惜卸不下来,只好杀马割皮,再取下来。小五子揪住他的衣领,瞪着他问:"你是不是知道我要跑?"

钱老板继续装醉,说:"你要是觉得亏,肉铺是你的了,我就喜欢那鞍子。"

文思清也不知道是好是坏,出去闯一闯挺好的,留在她身边当然更好。她说:"其实小五子天生就是杀猪卖肉的料,今天来了一帮人,王爷公子的,要小五子三样肉各切五斤,小五子刀刀切得准呢,弄得那六公子还说,'王爷,肯定不是他。'"

小五子让她闭嘴,这店白给他,他都不要。钱老板问,那个六公子是不是张弓搭箭的。文思清看看小五子,不知道该不该答。钱老板接着问,王爷是不是三王爷。这回是小五子点头了，还有个乞丐，他们叫他马长老。小五子想了一会儿，问道："他们说不是他，其实就是我，对吧？"

钱老板没说话，背着手上了楼。文思清已然被这爷俩儿绕蒙了。下楼的时候，钱老板拿着一块巴掌大的羊皮，他告诉小五子："这张羊皮万万不可以丢掉，还有，你现在就走。"

"真是喝多了，马都被你宰了，我靠什么走？"

"想活命的话马上走，他们肯定会找回来。出去以后，别管你过去是谁，你就记住两件事。第一件事，你过去不是什么好人，仇家太多，江湖上有一半的人要取你人头。你现在谁都不认识了，要提防每个亲近你的人，没准儿哪个就是要杀你的。第二件事，真到性命攸关时，你就说九宫图在你手上，再适时拖延，想办法保命。这张图你藏好了，别放在身上，让他们搜出来，你就彻底没命了。你要活下来，慢慢你就什么都知道了。"

文思清半张着嘴听钱老板讲完，咚咚咚地跑回去收拾包裹。小五子终于忍不了了，他问这玩意儿有几张。常公公食指勾成一个弯，说九宫图自然有九张，随便一张都是无价之宝。

"是挺无价的，"小五子把何员外给他的那张掏出来，"真巧，我也有一张。"

常公公愣了一下，抢过羊皮检查一番，奇怪这居然是真的。来不及多问了，两张都给小五子，让他藏好。之后，他喊文思清："行李收拾好了吗？"文思清说快了，都打好结了。她想了想，把头上的簪子摘下来，准备塞进去。刚解开一个结，包裹一沉，一支箭从下面飞进来，将包裹钉在了墙上。

他们已经来了，白天那七个人。钱老板上前作揖，把房门关上说："三王爷、六公子，好久不见。"

领头的三王爷看到钱老板一愣，说："果真是你常公公，我还当你死在宫里了呢。"他指了指小五子说："都还活着。常公公，我三王爷跟你要个人，总可以吧？"

"那得看你要的是谁。"

常公公话音未落，备好的镖已朝三王爷甩过去，他身旁的六公子挥弓将三王爷罩住。常公公借机连打三只镖将蜡烛全熄灭，房间里瞬间漆黑。小五子什么都看不见，只听镖器乱飞，房间里叮叮当当，仿佛到处都是常公公。有人喊着先保护三王爷，常公公则喊小五子从后门上马。这间房住了两年，闭着眼睛都能找到方位，黑暗中小五子先是上楼梯，从墙上拽下包裹，接着拉起文思清往外逃，耳边嗖嗖嗖的全是飞镖声，扶墙跑了小半个房间才想起来，肉铺没后门！

可那些人都在往里冲，在正门的对面摸着找后门。咯吱一声，正门开了，中秋圆月，大片的月光泻进来，两个身影溜了出去。刚踩到门槛，远处伸出一只手，拽住他的包裹。小五子往后拉，又不敢太大力，怕对方一松手，自己又摔回房间里。就是那个乞丐，左手拽着包裹把小五子往怀里扯，右手已蜷成鹰爪状抓他的肩膀，拳出一半忽然收回去，痛叫一声。文思清把簪子插进马长老的手背，簪尖从手心穿出来。马长老松开包裹，用右手拔左手上的簪子。小五子弯腰接过包裹，拉着文思清向月色中跑去。

外面果然全是马。小五子拉着文思清问上哪个，文思清说好看的。小五子在七匹马前过一遍，挑了匹白的。里面的人一时出不来，常公公堵在门口冲屋里发暗器，将月光挡在门外，将敌人挡在门里。六公子张弓搭箭朝身影射去，飞镖连挡了三支箭，第四支箭射到了常公公的左腿上。

小五子把文思清抱上马，看着常公公一瘸一拐地跑出来，他要常公公上马逃跑。常公公懒得理他，嘴里念叨："没你拖后腿，我让车马炮跟他们打。"他拔下左腿上的箭，箭头倒钩带出一大块肉。常公公咬牙忍痛，告诉他，跑多远，跑多久，都记着回来，自己给他看店。说完手握箭头一下扎在马屁股上。白马吃痛开始狂奔，也没个方向，就是撒了欢地跑。小五子和文思清四手捆着缰绳，才不至于摔下来。

12

可能是往西,白马一口气跑了一个多时辰,行进山林深处不见人烟之地,一声长啸,倒在了泥地里。小五子抱着文思清提前跳下马,马屁股还在流血。文思清问这是哪儿啊。小五子也不知道,北方地广人稀,一个地名能管方圆百十里,没准儿还在田独。文思清仰头看看天色,月圆而皎洁,嘴里算着,马跑一个多时辰,走回去要多久啊。出都出来了,还走回去?小五子被这念头逗乐了,跟她算了一下,走回去大概要十八年。

文思清瞪眼睛尖叫:"不可能那么久!"

"当然不可能。"

"那你说十八年!"

"哦,那我算错了。"小五子找个石头坐下,歇一会儿。文思清执意回去,她父母的骨灰还在店里,要是三王爷一把火把肉铺烧了,就分不清哪个是她父母,哪个是猪了。而且她压根儿就没想跟他南下,她知道他怎么想的,他去找他的"瑶",找他的梅兰竹菊。要是他过去花心,南下一趟,不得拉上一车女孩回田独?百花谷少谷主,听着就八九不离十。她才不要跟着去,当个碍眼的、拖油瓶的。

"再说,你这么机灵,遇到事肯定能逢凶化吉,有我在就是拖累你。"她看小五子摇头,补充道,"你真的特别好,遇到你,是我文思清的福气,要是早几年,你都看不上我。"本来挺深情,说说又跑偏了,文思清开始抱怨,"赌场第一眼,你就没看上我。赢都赢了,还说下次要赌人就带个好看点的,就是嫌我丑。不管了,丑也要回来,一起睡一年了,不能说扔就扔。"

小五子连忙打断她:"别,别这么说,那是一间房的两张床。"

"以后拼起来,不就是一张床了?"

小五子有些犹豫,文思清又不高兴了:"果然嫌我丑,我都这样说了,你还犹豫。"说完,她转身就往山下走。小五子跟在后面解释,真不是在犹豫，他想歪了，他在想，那俩床不一样高，拼起来有点怪。文思清回头扑哧一笑，示意他下山再说。

后来两个人没怎么说话，踩着月光往下走。小五子偶尔拉住她的手，担心她滑下去。前方越走越亮，从山腰就可以望到田独的轮廓了。文思清在一条小溪前蹲下来，喝了两口水，告诉小五子，溪水尽头就到南方了。喝过水后她掏出小刀，早准备好的，在手臂上刻了一个"五"字，血从这四画中涌出来。小五子没拦住她，摇头说："我叫不叫小五子，还不一定呢，万一我跟钱老板一样，好几个名字，能在你胳膊上凑首诗。"

"以前叫什么我都不管，反正在我这儿，你就是小五子。"

她把小刀递过去，说："该你了，刻个'羚'字，别哪天再中一回断魂掌。"小五子拿刀比画半天，跟她商量刻"儿"字行不行，"羚"字笔画太多了。"我就要'羚'字，我要刻'文思清'。"

文思清抢过小刀，把他胳膊拽过来，摸着上面的"五"字，有点心疼，不忍心落刀。她放下他的衣袖说："你顺着溪水走吧，我想通了，你就算找着了你的苏子瑶王子瑶，我也不怕，她们跟你没关系了。你上辈子是她们的，你要记得，你这辈子是我文思清一个人的。"

总之是告别，叮咛的话一辈子也讲不尽，她不愿再说了，掩面离开，都不敢回头看小五子蹚过那条小溪。

第三章

CHAPTER 3

1

他想找丐帮，把碗还回去，跟他们说三件事：一、你们何帮主死了；二、向老帮主在皇宫大狱等着你们去救；三、马长老是坏人，差点儿把碗抢去。可是哪有乞丐啊，人生无常，丐帮还没找到，他先成了臭要饭的。

有钱的时候，南行八百里也不见一个要饭的；等盘缠没了，终于硬着头皮讨口饭，刚坐下来吃两口，丐帮的人就出现了。七八个乞丐把他围成一圈，用竹竿敲着石头，问他是哪堂哪会的。小五子吃着剩饭直摇头。"没堂没会，那你就是个臭要饭的，这里可是丐帮的地盘。"丐帮不就是臭要饭的吗？小五子听得直搓脸，仰头问他们领头的是谁。一个二百多斤的胖子站了出来，一脸的横肉，让人觉得真的是跟着丐帮有肉吃。小五子终于把那番温习无数次的话讲了出来，你们何帮主死了，向老帮主在大牢里，马长老是坏人。后两句还没说出口，领头的就摆手打断他，回头问他的几个弟兄："谁是何帮主？"

估计是新来的，看他胖得不成体统，最多也就要过两个月的饭。小五子换个问法："丐帮现在谁说了算？"

"我们长老。"

"你们长老是谁？"

七八个人不是瞎子就是瘸子，在这个问题上，跟一二三预备齐似的异口同声："马长老。"

小五子倒吸一口凉气，那完了，后面的话不用说了。人家在田独没杀成你，你现在倒是追着人家往南跑。他起身拍拍屁股，低头说那没事了。这时，刚才的"合唱团"里发出了不和谐的声音，一个瞎子弱弱地说："我们关长老说了算。"

小五子转回身，却看不到那个瞎子。以胖子为首的一帮瘸子把他围住了，揪着他的衣领，问他敢不敢再说一遍。旁边的几个瞎子仿佛被感染了，说出了心里话："我们听关长老的。"

"我没问你们！"领头的胖子有点镇不住了，又揪揪那个瞎子的衣领，"我让你再说一遍。"

瘸子围着他，几个瞎子又把瘸子围住了，大肠包小肠，瞎子想了想，说："关长老管事，不过在这儿，我们听你的。"

死胖子算是满意了，转回身，瞪着小五子，看他再问点什么。小五子也听明白了，无非是群龙无首，两个长老相互夺权那点事，碗总要送到，希望关长老比马长老好点吧。他长吐口气，先走一步说："那就带我去见关长老吧。"

这下他们不干了，大步跨过去。小五子愣了一下，看来要饭也要凭本事，这些人根本不是瞎子、瘸子，一着急全都跑他前面来了。领头的胖子这回腰板也硬了，刚才几句话，差点儿让这小子带到沟里去。他带着头用竹竿敲地面，威武升堂似的呵斥他："你个臭要饭的，哪配见我们长老！"

那就跟着他们，走在队尾，看先碰见哪个长老，随时准备跑。走了几天，小五子打听明白了，关长老在锦州呢，这帮人就是要往南走，入关跟其他兄弟们会合，一起去昆仑山庄参加寻龙屠狼大会。杀龙宰狼的事他不关心，重要的是和其他弟兄们会合。他相信那些弟兄中总有些老人，哪怕没有关长老，但是瘦骨嶙峋的，一看就是要了十年二十年的饭，受过何帮主的恩泽。到那时小五子再去跟他们讲，何帮主死了，快去救向老帮主。老前辈们抱头痛哭，跪下来接碗，感谢他是丐帮的大恩人。他要的就是这个结果，不像这几个新来的，都觍着脸要饭了，还要挑荤素。

一脸横肉的胖子姓胡，在队伍里负责炊事，丐帮居然还配厨子。白天他们边赶路边要饭,晚上一人端一盆剩菜回来,堆在胡胖子面前。他把铁锅烧热,十来盆剩菜一股脑儿地倒进铁锅里,烩成一大锅。一人一大碗,菜品齐全,营养丰富,里面有菜有肉,多吃两口还能发现面条和饭粒。

小五子既不是瞎党,也不是瘸党,每天要的比谁都少,可是饿的比谁都快。锅还没烧热呢,他先偷摸把何员外那铜碗推到第一个。胡胖子把碗踢开,跟他说两条规矩:第一条是,要不到饭就卖点力气,以后赶路时他背锅灶;第二条是,吃饭别再用碗了,空着碗来,盛满了回去,让弟兄们看见不像话。

那就像话一点儿吧。第二天小五子早早起来,把铁锅绑后背上,等着队伍出发。胡胖子皱眉瞅了他老半天,指着地上烧黑了的砖说:"锅是带了,灶呢?"

灶?灶太沉了,几十块砖捆结实了,扛肩上比一头母猪还重。那也强过拉下脸要饭,最难受的是吃饭没碗,还得排队尾,一人一碗零一勺,轮到他剩多少抓多少,双手捧在脸上。几乎顿顿吃的都是锅底的锅巴,硬得要死,嚼起来青筋暴起,太阳穴跟着牙床疼。有一天他忽然意识到,这似曾相识,他吃过这个,他以前过的绝不是什么富贵生活,他是苦出身,说不定是吃着百家饭长大的。

天天吃锅巴,又要干力气活儿,九月初五,他扛着锅灶在山路上晕倒了。午后烈日下,他躺在泥地里喘着粗气,黑砖掉了一地,大铁锅滚来滚去,一直落到山下的溪水里。胡胖子下马过来,低头看着他,一大坨肥肉在小五子脸上投下重重的一道阴影。他问他怎么样,死了没有。小五子使劲摇摇头,可别把他活埋了。胡胖子点点头,意思是很好,要死也别死在丐帮。他叫人下去把锅捡上来,砖收好,捆在马背上继续赶路。临走时还过来关心一下小五子:"我们先下山了,你在山顶不要急,慢慢死。"

对啊,他们有马载货。小五子仰躺着,听马蹄声嗒嗒远去,丛林里的知了依然吱吱乱叫。想死也不容易,太阳照得他睁不开眼睛,也不知道是晕死还是睡着,合上眼睛都是一片光芒。

傍晚下雨了，醒来的时候身上湿透了。小五子张开嘴灌了几口雨水，他还不能死，文思清还在田独等着他。他大喊一声给自己打气，撑着双臂爬起来，迎着大雨往山下走。饥肠辘辘，找到半山腰才看到挂在树上的几个果子。他抱着树干往上爬，下过雨太滑了，一次次地从树上溜下来。后来他就靠树下，等雨停，把衣服脱下来拧干，那时他已没半点力气，死活也爬不上去，他大喊两声继续下山。

跌跌撞撞地下到山脚，远处有篝火，丐帮的人已经安营扎寨，貌似又来了一队乞丐，合在一起百十来号人。他不管这些，先坐在角落里候着，到开饭的时候混到队伍里。分饭的还是胡胖子，离老远见着他就乐了，伸手示意他上前。小五子走过去，看到两个大桶里分别装着鸡腿和馒头。胡胖子稍显浮夸地钦佩道："你命够硬，来吃点热乎的，养胃。"他竖起拇指，把两个铁锅搬下去，端一口新锅上来，隔着锅盖都能看出来里面热腾腾的。开盖之前，他提醒小五子："老规矩，你空着碗来，只能用手。"锅盖都快被热气顶开了，小五子先咽口水再咬牙，双手伸出去。掀开锅盖，一锅白粥刚煮好，胡胖子用铁勺在里面舀了几下，一层层白气扑上来，然后他抬头看小五子。

小五子的手没有撤，拢成碗状等着他。一舀稀粥浇上去，疼得小五子双手打战。他把米汤沥掉，指间还剩个十几粒米。胡胖子一脸笑意，说："你先喝着，不够我再给你打一碗。"小五子盯着他，舔掉手上的十几粒米，掏出身上的那只碗，说再来一碗。胡胖子对他摇着手指，提醒他空碗来的没有碗。小五子依然盯着他，将碗伸进锅里，不紧不慢地舀了一碗粥，送到嘴前。

第一口还没喝到，碗就被胡胖子掀翻了，整碗粥都扬到他脸上。小五子左手抹着脸上的米汤，右手掐着碗边，瞪着眼睛扇了胡胖子一个铁巴掌。血从耳根顺着脸颊淌下来，胡胖子抄起铁勺朝小五子的太阳穴凿去。小五子向后躲，铁勺还是一下子将他鼻梁打折了。鼻血崩出来，混着米汤，一时间，小五子满脸是血。从来都是这样，屁大点武功没有，但是贱命一条。小五子不要命地往胡胖子身上扑，揪着他头发把头往盛粥的铁锅里按。

场面乱了起来，近一些的弟兄们跑过来帮架，其实是趁乱偷锅里的鸡腿。那些还在等鸡腿的乞丐看出端倪，一个个从远处跑过来，将小五子、胡胖子和一大锅鸡腿结结实实地围成了一个圈。架不能打得太快，一刀捅死小五子，谁都别想吃鸡腿。在里圈吃饱了还出不来的乞丐，一边拉着胡胖子要杀人的手，一边抓小五子的衣服，一件件衣服从圈里扔出来，小五子始终死攥着铜碗。大家使劲掰开他的手，将碗夺下来，扔出人圈。碗在空地上转了几个圈，扣在地面。

先跟丐帮会合的是关长老，晚饭都没吃，就找地方休息了。不知道是乞丐做惯了，还是修身养性，这几年关长老都是过午不食。他二徒弟帮他在两里之外找了一间破庙，前后无门，四处透风。他让二徒弟早点回去，自己摸黑找到一个避风的凹槽睡了一觉。听见打架声，他也没急着赶过来，丐帮嘛，天天都有冲突，伙食不好抢粥，伙食好了抢肉。只是醒来后，他发现这凹槽原来是菩萨盘起的两腿间，他向上摸去，摸到菩萨的脸。这让他吓出一身冷汗，连滚带爬地跪在地上磕了三个响头，求菩萨恕罪："我关震有眼无珠，冒犯了。"然后他举起右手的食指中指，抠自己的眼睛给菩萨看，自己的确是有眼无珠啊。

他离开寺庙，循着打架声，磕磕绊绊地走回营地。也许管不了这么多了，只是别让途经此地的武林中人看笑话罢了。这次去关外，听说何府被灭门，他围着田独找了个遍，也不见何帮主及向老帮主的踪影。倘若他们死了，最担心的还不是丐帮散了，毕竟百年江山也有易主的时候，他在忧虑谁来继任帮主。换几年前，哪怕那时他已经眼瞎，但总还年轻几岁，也不会将帮主之位让给马长老，任由他一人独大。而现在不行了，两位帮主既死，他关震被马长老杀了倒也不足惜，可丐帮在他手里早晚会发展为邪教。

人群在扎堆，不断地往外扔东西。他喊了两声"住手"，无人应声。

外圈几个正往里拱的弟子回头看看他，欺负他眼瞎，悄声地绕到人圈的另一侧，继续往里挤。他清楚自己就是个废物，那些弟子之所以还喊他一声长老，其实只是想学学怎么装瞎子讨饭吃，除了一点儿内力，他已经没有本事再教给弟子了。他心中有个盘算，在与马长老会师前，将既有的丐帮解散。那就让他们打吧，这种想法大逆不道，打散伙了，总比跟着马长老作恶强。

他仰着头，迈着碎步，用拐杖扒拉地上的东西。被扯烂了的长衫摊在地面，几根鸡骨头杵在上面，不知道谁吃的，还要发着内力往地上扎。关长老用拐杖拨了两下，鸡腿骨拦腰断开，下半截依然插在地里。往前走几步，好像是靴子，挑起来却不见鞋底，靴筒将拐杖套住半截。任凭他们打吧，别让外帮外派看见取笑就好。他缓慢转头，辨别风向，打算迎着晚风回寺庙。大概走出三步，踢到了一个铜碗。丐帮沦落至此，他心中苦闷，抬起拐杖朝碗底戳去，铜碗严丝合缝。他皱了皱眉，难不成这双眼瞎了，功力也退步了？他用拐杖沿着碗边划了一圈，深吸一口气，发力向碗凿去。一声闷响，似乎地面都已经被凿出一道细纹，而这只碗却全然没有破裂的脆响。

他蹲下来捡起碗，在碗底摸到嵌在里面的玉，这一下去就没再站起来。他单膝下跪，将碗举在头顶，朗声道："丐帮关长老拜见帮主！"

声音在山间回荡，乞丐们全部停住，仰头张望一圈后开始往外挤。人圈变大变疏，里圈的胡胖子也松开了手，捂着已经血凝的耳朵看关长老。最后是小五子，他都快被扒光了，从盛满鸡腿的铁锅里站了起来。

2

这是个真瞎子，小五子见过，他是好人。关长老要和他单独谈谈，丐帮弟子原地驻扎。他们往山里走一点儿，站在瀑布脚下。小五子觉得该说了："我见过你，以前在赌场救过我一命。"

关长老点点头："原来是你啊。"他问他碗从哪里来的。小五子说，何员外给他的，他只是田独一个卖肉的。何员外办丧事时，他送猪过去，正好赶上何府被灭门。何员外临死前把碗给他，要丐帮在明年八月十五之前去京城大牢帮助向老帮主出关。说了几句，小五子停下了，一路上想了那么多遍，居然没想过最重要的一点。何府灭门，碗是何员外给的，那何员外是怎么死的呢？

他得换个说法，不是说两个长老争权嘛，顺水推舟送个人情。他说："碗差点儿被马长老掠走，我拼老命抢回来的，现在我给你，你来做帮主，丐帮千万别落到马长老手里。你就说是何帮主传给你的，需要的话，我去给你在马长老面前做个见证。"

这样就好了，首先是你们何帮主求我杀的他，再就是，你万一查出来是我干的，还有用得着我的时候，不至于杀了我。全是要饭的，也不图你封我个一官半职，留我条小命就好。

关长老不说话，也不知道想什么呢，没准儿就这么站着睡着了。小五子额头上直冒油，拽起袖子抹一下，感觉更油了。他扯一绺头发闻了闻，在桶里待了那么久，哪儿哪儿都是鸡屎味。小五子跳到瀑布下面的池子里，把衣服脱掉。冷水从悬崖扑下来，把他浇个通透。

上来时关长老还站在原地，瞎就算了，话还那么少。小五子把衣服尽可能拧干，一件件穿上。碗就在小五子脚边，小五子把碗捡起来递给他，说："消息我也传到了，这里先恭喜关帮主，以后要是马长老不信你，尽管去田独找我作证。"

关长老不接碗，直接抓住他的手腕，面冲瀑布说道："我现在不行了，就算我做了帮主，马长老一样会杀了我，篡夺帮主之位。"

小五子使了半天劲，挣脱不开，说："他本事这么大，就让他做帮主啊。"

关长老摇头，松开他的手，指着小五子的方向说："找到向老帮主之前，你来做帮主。"

小五子连连往后躲，摆着手说："不行，我被他打过，他弄死我更容易，帮主还是他的。"

"你死了再想办法，不能让他那么快得逞。"

小五子倒吸一口凉气，朝关长老吼了起来："杀死我也就三秒的事，能争取多少时间让你再想办法？要不你现在就弄死我得了。"

关长老也不杀他，提着小五子的肩膀往营地走。转过一个山坡，关长老安慰道："你不会白白送命，你是丐帮帮主，他若把你杀了，我自可以号令天下讨伐逆贼。"小五子脑袋嗡嗡的，他没想这些，他还在想，刚才那么大的瀑布声，怎么转个山坡，就什么都听不见了。

3

关长老的眼睛虽然瞎，吹牛的功夫倒是一等一。大清早的，他把关外的丐帮弟子集结起来，让小五子站旁边，听他往大了吹。他先说咱们何帮主仙逝了，向老帮主尚未出关。说完他连叹三声，这帮弟子也不解风情，没一个掉眼泪的，瞪大眼睛等关长老往下说。也难怪，都是新来的，个个肥得流油，吃得比盐商富贾还好，"不知有汉，无论魏晋"。关长老又叹三声，哀其不争，那就使劲地吹呗。他先说："诸位也不必太难过，我旁边的这位五先生是丐帮的新任帮主。他是向老帮主的关门弟子，可武功比他师兄，也就是我们的何帮主不知强多少。向老帮主叱咤江湖数十年，到老了将一身的武学悉数教给了他的关门弟子。我二人昨夜在瀑布下切磋一番，即使是老夫，也全然不是五先生的对手。"关长老捅捅他，要他跟大家打个招呼。

小五子有点走神，他一直在跟自己新换的衣服较劲。以前听说过，丐帮没什么好行头，地位越高穿得越寒碜。可这帮主的衣服实在是太邋遢了，打几个补丁也就算了，这颜色搭配得他一时灵魂出窍——灰衣服上打个绿补丁，绿补丁上又嵌了两个红补丁，前襟还甩出两道彩虹色的百褶，往台上一站,就像掉了毛的孔雀。关长老让他打个招呼,他好半天才把手从翻毛袖口里伸出来,勉强作了个揖,低声说:"诸位弟兄好,我是你们的帮主。"

下面的弟兄直摇头,胡胖子带头嚷嚷:"这臭要饭的怎么成了我们帮主了,昨儿连个鸡腿都抢不着,今天就成什么关门弟子了?要选帮主,也要在马长老在场时一起商议!"说着,他提着菜刀就往上冲,后面几个也都举着棍棒跟着他。

小五子想往后躲,什么事啊,马长老没见着,先让这几个死胖子给宰了。大步刚跨出去,就被关长老提住了后衣襟,跑都跑不掉。他听见关长老说:"几个逆徒,任由他们胡闹,你先扶我下去吧。"

可是往哪下啊,人家从两头堵过来,左边的胡胖子上得快一些,第一刀就下死手,直奔他面门砍去。慌乱之中小五子只能伸手挡脸,关长老在后面轻推一下,小五子脚步一乱,右手正好抓住胡胖子的手腕,左手上去一抄,夺下他的砍刀。他把刀换到右手,朝胡胖子腰上横劈,劈到一半,关长老收力,感觉左腿腾空,一脚踹过去,上来的又一个弟兄被他蹭到台下了。后面几个举枪举棒的,跑到一半见情况不妙,当场就跪下了。

有人撑腰就好办多了,小五子拍拍前襟的彩虹百褶,让那些人跪成一排,他提着菜刀走过去。关长老在后面扑通一声跪下了,求五帮主手下留情。小五子回头看看,这也太浮夸了吧,再转回来,一百多个弟兄全都跪了。那还挺好的,他把菜刀扎地上,拍拍手说自己不是不出手,被自家弟兄打两下又怎么了,他跟向师父学了一身的功夫,出手即杀招,伤了自己兄弟,他心里也难过。当务之急不是争谁强谁弱,而应该万众一心,助向帮主练成无为掌,待他大功告成,他就是把这天下第一的位子让出去又何妨。

好像有点过,小五子转身看关长老,想怎么把天下第一的大话收回来。奇怪的是,下面也没人质疑,等了片刻响起一片欢呼声。也是,丐帮势弱这么多年,不管是真是假,起码有五十年没听过"天下第一"这几个字了吧？就当他是真的，就让大家高兴这么一回。

4

头几天还蛮威风，快入关的那天他忽然有点难过了，可能入了山海关，就彻底离开田独了吧？他问自己当初为什么南下，给丐帮送碗是一个，再就是看看百花谷是个什么地方。那个苏子瑶，不是喊他少谷主吗？他现在不想去百花谷了，那个少谷主不做也罢。百花谷，听起来就是妻妾成群的地方，没准儿他这个少谷主以前就是江湖第一大淫贼。百花又怎么了？哪怕个个貌美如苏子瑶，也不及文思清的一根头发丝。

人是会变的吗？倘若他过去真的是万恶淫为首，如今怎会毫无兴趣？也许是因为遇见了文思清吧。他开始想念文思清了，仿佛被蚊虫咬的包，一阵一阵地想她，想她做的精致饭菜，想与她同房的另一张床，想一旦有姑娘和他多说两句话，她就跳出来骂街的样子。连带着常公公他也想，跟老太监死了似的，他说的每句话都记得真真切切。有一句是什么来着？"要时刻小心，江湖上起码有一半想杀你的人。"应该是吓唬他的，怕他斗胆跑出田独，他小五子哪有这本事。但多少得注意，用不着一半，哪怕仇家就一个，他又没记忆，还当是新交的仗义朋友，聊着聊着突然来一刀，含着眼泪骂："我平生娶了五个老婆、六个小妾，全他妈被你戴了绿帽子，快拿命来！"

没准儿，百花谷少谷主嘛。那得化化妆，小五子对着铜镜盯了好半天，哪里会易容术，真要是世仇，不都说"化成灰我也认识你"吗？干脆就弄点炉灰，和水糊在脸上。已然是要饭头子了，破罐子破摔吧。关长老眼瞎，看不出来，下面的弟子开始一愣，以为这是防晒的土法，再走两天，他们连五帮主长什么样都不记得了。

帮主他也不想当了，尤其是给一帮要饭的当头儿。浩荡大军沿着山路前行，回头一看全是破衣烂衫的乞丐，锅碗瓢盆，残羹剩饭，比土匪还寒酸。关长老说，到了关里人就多了，到时候他一家一家介绍，让整个江湖都知道，丐帮的新任帮主是他小五子，而不是马长老。

那我死得更快了！

入关头一天晚上他睡不着，在山海关客栈想着如果明天他就死了，今晚要和文思清说点什么。别等我，把我烧了，骨灰就放那盒里，好让你成天抱着，但别忘找个板隔开。想着想着下雨了，马棚里传来扬蹄嘶叫的声音。丐帮就这一匹马，有时候他骑，有时候关长老用，但大部分时间都是他用，走两个时辰就腰酸背痛，关长老不想别人看出来这届帮主内力不行。

他从窗户跳下去，还好雨够大，岗哨的乞丐都撤了，跳下去那么大声都没人听到。他踩着泥水把马牵出来，上马的一瞬间，他觉得他经历过这场景，当时也是夜里，大雨，偷偷把马牵出来，急着去见一个人。见到那个人了吗？是谁呢？苏子瑶？他晃神几秒，这一次不能再错过，跳上马背扬鞭而去。

他往北跑，是来时的路。越往北雨越大，每一脚都踩出一个泥坑。跑出半个时辰，一个趔趄把马跑翻了。他趴在泥汤子里，侧头喘了两口气，灌进一大口雨水，努力爬起来。马早就不见了，他抓着树枝前行，每一脚都要使好大劲把靴子从泥里拔出来。真够讽刺的，丐帮衣服没法看，倒是配双上好的靴子。后来他把靴子系腰上，光着脚走。

大路积水更多，他拣小路走。前方一片影影绰绰的光点朝他这边来，侧身退到树后，趴地上等着看都是什么东西。

有队伍在前行，穿得花花绿绿的，那些光点都是小伞，每人打着一把小伞，扇子那么大，不撑在头顶，全都撑在胸前，给手上的什么东西挡雨。人人手上都捧一个，走过五六排，小五子才看清楚，手上捧着的都是仙人球。他大概知道这些人是谁了。

"他们有多少人？"

小五子被吓了一跳，关长老就在离他一米多远的地方，跟他一样，也趴在泥浆里。变成苍蝇飞我兜里了吧，你个瞎子能跟我这么远？小五子不想理他，脑袋耷拉在肩膀上。红男绿女陆续从小路走过，也没多少人，队伍虽然挺长，但是道窄，每排也就三五人。

"帮主大老远顶着雨过来，是要见仙人教里的哪位朋友吧？"

哟，帮我找台阶哪。我谁也不见，就是不想在你们丐帮待了，不想给你当挡箭牌了。跑不掉我认栽，弄死我，就地把我埋了得了。他盯着队伍，想过冲出去会怎样。反正都是死，仙人掌他中过，不吃不喝，滋味更不好受。队伍走了一大半，后面的断断续续，有的隔百十米才又上来几个，就是有要见的，黑灯瞎火的也看不出谁是谁。

"有个叫吴思若的在仙人教，你把她弄出来见我。"

"吴思若是谁？"

小五子抹抹脸上的雨水，说："我朋友的女儿。"

"哪位朋友？"

"何帮主的女儿。"

"何帮主姓何。"

他编不下去了，你不是会找台阶吗，再给我找一个，何帮主的女儿为什么叫吴思若，找好了我还是你帮主，给你当傀儡。人走得差不多了，最后几个人过去十几分钟了，也不见再有人经过。关长老从泥里站起来，把小五子也提了起来，恳求道："先回去吧，帮主，属下明日帮你办成此事。"

5

小五子最初听到的是江湖三大高手——南海真人、大漠仙人和蓬莱阁老，到关长老这儿变四大高手了，他们的向老帮主也算一个。估计少林的方丈、武当的道长，在他们的版本里面都有自己的四大高手。三个老怪物是毋庸置疑的厉害，断魂掌、仙人掌和蓬莱掌，他亲眼见过这令人发指的阴毒。

天一亮就可以进关了，守在山海关关口的关长老让人回去打探，仙人教行进到哪里了。回来的人报告说，他们还有两个时辰就可以到关口。关长老说再等一等，他让胡胖子准备午饭，说大家吃饱了再入关，别让人以为咱们这些关外的是饿死鬼投胎。

可是早饭还没打完，锅还没腾出来呢。胡胖子一肚子气地劈柴烧火，丐帮三堂十六会，自己大小也是个会长，五帮主一上任，他彻底沦为厨子了。雨下了一夜，木头都是湿的，胡胖子趴在炉灶前扇风吹气，熏得眼泪直流。他爬起来揉眼睛，想着跟他们拼了。这时关长老却大哭起来，双手拍地号啕："向老帮主，我对不起您，丐帮对不起您，女儿托付给我们，却由她入了邪教。"

那就先不动手，把耳朵留着听，胡胖子趴下去继续往炉灶里吹气。小五子开始也是一愣，听了几句知道他是唱哪出了，过去低声提醒他，不是向老帮主，是何帮主的女儿。说完，他站起来大声问："关长老，为何如此难过？"

这回他改过来了，说何帮主年轻的时候风流不羁，情事不顺，跟心爱的女人、黑苗五毒教教主的女儿吴玲在外面留下一个私生女。几经辗转，女孩已随母姓改叫吴思若。谁知她长大后误入歧途，加入了仙人教。何帮主临死之前曾嘱咐他，一定要找到这个女儿，留在他师弟五帮主身边，代他严加管教，去一去她身上的邪气。

"那向老帮主呢？"众人还在等，他到底是怎么对不起向老帮主的。

关长老停住不语，他编不下去了，一个劲地摇头，说："至于个中缘由，我们五帮主是再了解不过了。"有帮主的指示最好不过了，他们又扭头看着五帮主。

小五子后退两步，上了个台阶，面对丐帮众人，清了清嗓子说："我师父向老帮主是天下四大高手之一，当然不惧怕什么大漠仙人，只是他们仙人掌的刺着实令人讨厌。况且两派交好，能不正面交锋，就不要拼个两败俱伤,还请各位献计献策,让这个姑娘落单,从而把她救出来。"

能有什么计策呢,这些人天天吃残羹剩饭,脑子都不大好用了。大家闭眼冥思,只等着开午饭。有个进来没多久的、脑子还在的,举手说他倒是有个办法。胡胖子大老远咳嗽一声,意思是你是我的人,好主意要留给我来出。新来的过去跟他耳语几句,胡胖子放下铁锅大勺,过来说:"帮主,仙人教是实实在在的邪教,您想要哪个人,准备好银子,问问她身价,过去买就是了。"

这也太邪了吧?小五子左右看看,除了闭眼睡着的,没一个像他这么惊讶。那就是真的了,他指指胡胖子,让他接着往下说。胡胖子说:"江湖本来就不好混,他们又不能像我们丐帮肯低下头要饭乞讨。这么多教徒,多大一笔支出啊,不赚点银子能撑得住吗?大多数门派维持生计的办法,就是收些年轻弟子,让他们练一些功夫,明码标价地卖给镖局,或者是给达官贵人做侍从。"

如果只是钱,那就好办了,小五子让人把银票兑现。关长老死活不干,这点银票都是十文二十文攒下来的,就怕哪儿地广人稀,要不到饭,好拿来买干粮。前任盖个员外府没问题,我买个人都不行,真当我是傀儡帮主啊。受两任帮主的嘱托,小五子不禁凛然,为了丐帮的复兴大业,从即日起开始一日一餐运动,不吃最好,直到把这笔亏空填补上。

跟着马长老最高能混到什么职位呢?堂主?副长老?可眼前的这位是帮主啊,胡胖子终于想明白这一道理,鞍前马后地伺候小五子。一直等到黄昏,仙人教才稀稀拉拉地过来,五十多人能分成四十多排。估计大漠仙人不在,远望过去,打头的是吴思若那师姐。小五子问,要不要躲起来。胡胖子摇头道:"躲什么,咱们丐帮光明磊落,我去给您打头阵。"

胡胖子迎上去,挡住仙人教的去路,和师姐一番交涉,回身喊着有请五帮主。小五子踩镫上马,确定自己脸上的炉灰还在。师姐已然认不出这是店铺的伙计,双手作揖说:"仙人教弟子见过丐帮帮主。"

两队人马停在路上,后面的教徒也陆陆续续跟了上来。小五子看到了队伍里面的吴思若,还是那身白衣。这一点小五子在田独时就没想明白,老是那些红衣少女、绿衣公子,行走江湖,他们的衣服都不洗的吗?胡胖子问小五子吴思若是哪位,还不等小五子指给他,他就挥舞着手臂说:"今日两帮偶遇,我们帮主一时仁心大发,想买你们一个教徒收为弟子,不知哪位有这个福分?"

富商人家,达官显贵,卖哪儿不好,偏要卖给丐帮!生怕被挑中,仙人教的人都低头不敢对视。这时人群里一只没有手的手臂举起来,高喊着:"买我!买我!"

师姐回头呵斥他:"早说你这一只手卖不上价钱,还是乖乖地跟我回去,看是被师父处死,还是罚你下半辈子伺候我!"

抢猪爪这小子等会儿再说,小五子指指吴思若,问这位姑娘是什么价钱。师姐满脸笑意,奉承他:"五帮主好眼力,一眼就能看出这是个姑娘。"

小五子接不上话,长女相,穿女装,当然是姑娘。

"那可未必呢,"她指着关长老说,"像这位长老,就不一定看出她是个姑娘。"

他眼瞎,还看不出这是个人呢。小五子懒得理她,想他们长期在大漠,乏于交际,寒暄一两句都让人尴尬。胡胖子去跟他们讨价还价,一张口就二百两,比买栋楼还贵,好说歹说杀到了三十六两。师姐收过钱,将吴思若拱手奉上,问小五子要不要买个保险。

"这是什么东西?"

师姐解释:"买了我们教的人,如果她跑了,或是伤了你,我们负责把她抓回来,惩罚过后奉还给你。"

小五子问:"保险要多少钱?"

"一百六十四两。"师姐回答他。

那不还是二百两吗?小五子差点儿笑出来,摆手说:"不必了,我的人我自己会管好。"

师姐把银子揣好，忽然喝令一句："吴思若，归队！"

吴思若一跃，又回到了队伍里。小五子带人正要去抢时，仙人教个个扬起右手，左手捧起仙人球防御。

那算了，小五子叫胡胖子数出一百六十四两。这时师姐又谈条件了，她说："一百多两不够，要二百两。你花六十四两买人，没买保险，人给你了，她又回来了，刚才的买卖清了。"小五子瞪着她，倒吸一口凉气。

关长老在旁边说："我早提醒过你，他们是邪教。"

"拿二百两。"他让胡胖子数钱，"不过这'一只手'我也要，连人带保险，这两个人都是我的。"

"一只手"乐了，欢天喜地地自己往这边走。要饭怎么了，不会死在师父掌下，也用不着伺候这母夜叉几十年。

听起来可以，谁让他出去搞三捻七的，真到师父那里也不一定能活命。人钱两清后，师姐还是好奇，要他这个废人做什么。小五子双手合十，转着手腕，说自己在练五脏俱裂掌，苦于找不到活体做实验，既然这有个半残的，早晚要被你师父处死，不如拿来给自己练一练。

师姐愣了半晌，作揖别过，行至尽头还回头看了两眼。"一只手"用仅存的一只手伸向师姐的方向，痛哭流涕地不让他们走。小五子让"一只手"放心，好不容易找到他这么个活人，怎舍得一掌把他打死，要慢慢来，青蛙用温水煮，味道才最美。说完小五子拍拍"一只手"的胸脯，问他这两掌感觉怎样。"一只手"瞪大着眼睛感受心肺，说胸口闷，心慌。

那就对了，小五子点点头，吩咐关长老收拾行李入关，这两人虽买了保险，但也要看住了。"至于你，"他冲吴思若笑了笑，"晚点到我房间来，我细细跟你讲你的身世。"

6

入关后就热起来了，田独两年，他都不知道出汗是什么滋味。一切妥当,到晚上他纠结起来,是先调戏"一只手",还是吴思若呢?银钱掷了三次都是"一只手",但他还是想见吴思若。关长老比他还犹豫:"这么晚把何帮主的女儿送到你房间,不合适吧?"

"她是我师兄的女儿,关长老何出此言?"

关长老想了想,皱眉道:"可何帮主不是你师兄啊。"

"她也不是何帮主的女儿啊,不都是你编的吗?"

入戏太深,关长老想了半天才反应过来,退身出去,说:"我这就送吴姑娘进来。"

"把她的仙人球收掉,既入了丐帮,就得学我们丐帮的功夫。"小五子还在戏里呢,"先把她捆起来,若是她反抗逃跑,我武功这么高,怕一出手杀了她。"

小五子想想先不洗脸,等吴思若进来。她是被绑好了蹦着进来的,关长老说声"帮主请慢用",就在外面把门关好了。老家伙够不正经的。小五子拽张桌子从里面顶住门,走回来打量吴思若。还是那身白衣,这不行,入我丐帮,就得穿我丐帮的衣服。小五子说着去解她的衣服,可是五花大绑着,连袖子也拽不下来。吴思若看他忙乎半天,说:"我这衣服再穿几天就脏了,跟你们的不就一样了?"

说得有道理,那就进行第二步。小五子拉开桌子,将门打开一条缝,让人把仙人球送进来。巴掌大的花盆,他捧着仙人球在她脸旁比画半天。吴思若始终盯着仙人球,就快扎到时尖声叫道:"五帮主,要是你对我有什么非分之想,我宁可咬舌自尽!"

小五子退后一步,鼓励她咬吧,长这么大总听说咬舌自尽,还没见过谁咬呢,咬吧!吴思若使了半天劲,脸憋得通红,终于口齿不清地说:"我咬到涩(舌)头了。"

小五子有点失望,真以为她能吐半截舌头出来。小五子又拿起仙人球,问她是划左脸,还是划右脸。吴思若说容她想想。等得小五子都犯困了,她还没想好。小五子打了个哈欠,说:"我惯用右手,就先划左脸吧。"

眼看刺就要贴到脸上了，吴思若高喊："且慢！"

"又怎么了？"小五子看她还能玩出点什么花样来。

"帮主白天不是说，要细细地给我讲我的身世吗？我父亲是谁，我母亲是谁，我堂兄堂弟是谁，我表姐表妹是谁，一定要细细地讲。"

你的身世，要我告诉你？小五子翻眼皮回忆了半天，虽然是编的，但也得把谎话圆了："你父亲是丐帮帮主何振生，受情事所扰，爱上了你的母亲，黑苗五毒教教主的女儿吴玲。但是他有家室，出于大义不能陪在你和你母亲身边，后来你就随了母亲姓吴。"

"原来是这样！"吴思若眨着眼睛问，"我父亲有老婆，为什么我母亲还会爱上他？"

小五子左右看看，实在编不下去了，端起仙人球凑到她面前。

"等等！"

这都第几回了，他放下仙人球，再等最后一回。

"为什么呀？花二百两银子，就为了扎我两下？你就是脱我衣服，我也不至于这么蒙啊？"

"那我就告诉你。"他喊人打盆水进来，把脸上的炉灰洗掉，露出真面目，反问她："你说呢？"

吴思若看了他半天，摇摇头："不知道。"

你他妈不记得我！鼻子一酸，想哭的心情都有了。他继续暗示她，往北边到过哪儿，田独去过没有，在哪儿抓的"一只手"。吴思若一直摇头，小五子原地打着转，我就这么不起眼？他去照照铜镜，脸上一点儿泥都没有了。又捧回仙人球，他问她有双胞胎姐姐妹妹吗，还是中过断魂掌。吴思若依然不解，摇头。小五子长叹一声，将仙人球对准她颧骨，说："希望你以后记得我吧。"

"啊啊啊！我想起来了！你是卖猪肉那伙计！我还以为你早死了。"她兴奋起来，蹦了两下说，"快快快，快把我解开，快给我讲讲，你个杀猪的，怎么就当上丐帮帮主了？"

小五子还站在原地，吴思若冲他耸耸肩，让他快点："你是丐帮帮主，你怕什么呀，好好给我讲讲，杀猪卖肉的，怎么就成五大帮主了？"

7

醒来时他发现自己在地上，隔着裤子他掐一下自己大腿，还疼，还活着，然后他问了自己三个问题，我是谁，今年多大，我最爱的女人是谁。第一个答案他不知道，继续当他的小五子吧；第二个他不确定，是常公公告诉他的，嘉和三年生人，五月初七的生日，今年二十六岁；唯有第三个千真万确，他很想念文思清。

那就是没有中断魂掌。床上还有一个人，好像还有细细的鼾声。他努力爬起来，站到床边，抓起枕头旁边的仙人球。床上的姑娘早已被松绑，嘴唇微张，仰面熟睡。小五子举起仙人球，想着数三个数就把这玩意儿落下去。数到第十六时，吴思若睁开了眼睛，怒视他："你敢！"

不敢。我要是敢，你今早都不用洗脸了。一整天他都难受，行进时，小五子一直霸着那匹马，关长老倒也理解，只是提醒他，虽是洞房花烛夜，但一定要注意身体。可能是那么好的事吗？小五子回头看了眼吴思若。都知道这是帮主房里的人，也没人敢看她，倒是"一只手"鞍前马后地求她说说情，五脏俱裂掌害人害己。他们背着阳光行进，一时间看得他眯起眼睛。到底是怎么了呢？感觉被醋泡了一夜，从头顶到脚尖都酸得要死。

丐帮其他人今天也不行，没走多少路，就一个个喊饿。安营扎寨，胡胖子给帮主开小灶，把吴思若拉过来，俩人面前摆了四个菜。小五子说："你先吃吧，我还不饿。"他打了两个饱嗝，起身看帮里的弟兄都在狼吞虎咽，太阳正从西边缓缓下落，原来他们走了一天了。他明白了，走回来夺下吴思若手中的碗，低声质问道："你他妈又给了我一掌仙人掌？"

小五子一整天都食不下咽,早早地就进帐篷休息了。睡又睡不着,脑子空空地看着帐篷里的两只蚊子。关长老过来通报,何帮主的女儿求见。小五子腾地一下坐了起来,问她又来干什么。

"她说,还要跟你打听她的身世。"

小五子赶紧起来穿衣提鞋,嘱咐关长老:"跟她说我不在,一会儿把'一只手'给我带过来。"

排不了毒,总得把一肚子气排出去。小五子走出帐篷,丐帮的弟子们就地靠在树下,或纳凉,或酣睡。他穿过人群,于不远处找到一个山洞,外面没有老虎,里面没有文思清。他在黑暗中静坐了一会儿,让人把"一只手"带进来。

行进了一天,"一只手"也没动逃跑的心思,跟得比谁都紧。他坚信,既然这世上有五脏俱裂掌,没准儿就有五脏俱愈掌。一进门他便跟小五子讲:"帮主如果想拿我练五脏俱裂掌,我建议啊,还是等到了京城,找个郎中先给我检查一遍身体,这样帮主才能知道这掌法有没有练到家。"

有道理啊,可这五脏俱裂掌都是没有的事啊。小五子摸着黑给他号脉,一分钟里东想西想,最后放下他的手腕,说:"你五脏没问题,咱们开始吧。"

小五子看不到,听声音应该是扑通一声跪下了。那就先聊聊吧,他问"一只手"那只手哪儿去了。赌场里被一个杂种给剁了。哎哟,也就背后这点能耐,手都被剁了,敢当面骂杂种吗?可惜见不着啦,那杂种早就被我给宰啦。用不着可惜,我送你去见他,咱们开始吧。

小五子堵在山洞门口活动筋骨,"一只手"看着月光下伸腰拉背的黑影,失声哭了出来。那就等等呗,一边热身一边听他哭,后来他也哭不出来了,杀猪似的干号。小五子听得直烦,喊着"五脏俱裂掌"就往上扑。第一下没打着,"一只手"也不敢往外跑,昨天打那两掌还指望五帮主解呢。于是两人就在山洞里绕着圈。"五脏俱裂掌!五脏俱裂掌!"小五子一遍比一遍大声,最后一下用尽全身的力气扑上去,"一只手"大叫一声,倒在了山洞里。

"瞅你这小胆儿。小五子让人拿些蜡烛,围着自己点了一圈,再把脸上的炉灰洗掉,盘着腿坐到蜡烛中央。大概过了两刻钟,"一只手"睁开眼睛,看见被烛光笼罩的小五子,认出是肉铺的伙计,眨着想了半天,说:"原来你真死了。"

"死了也不会放过你!"小五子跳出蜡烛圈,继续喊口号,"五脏俱裂掌!"

"一只手"哭都哭不动了,咚咚咚地磕头。同样是露出真面目,吴思若的反应是,你个杀猪的,怎么当上帮主的?"一只手"想的则是,你都是帮主了,怎么还去杀猪?他想起关长老他也见过,当时陪同帮主赌钱的乞丐,丐帮不是要饭的吗?他们还有些什么秘密组织啊?

"一只手"佩服得五体投地,这回是真磕头。小五子弯腰下去,却不打算扶他。他要先把暗器搜出来,说不准一会儿弹出点什么。"一只手"身上全是乱七八糟的东西,一根拐棍,不知道从哪儿偷来的,拔出来是一把刀;几串铜钱,喝壶酒都不够;一对水银色子,要几打几,这个小五子收了;衣服最里面,贴着胸口,他摸到一块羊皮。可能是九宫图,小五子要平静一下,他装作不在意,说:"怪不得你不怕我这五脏俱裂掌呢,原来你有羊皮护体。但我告诉你,没有用,我这掌就是拿羊练的。"

小五子把羊皮拽出来,"一只手"马上抓住另一头,死活不给他,说这个九宫图,是他冒死从师父那儿偷来的,留身上保命。哪天万一师父要杀他,还能把这个交给师父,捡回一条命。

"那我这儿丢的就不是命了?"小五子背手问他。

"一只手"这次硬气了,说:"在你这里也是命,不如你杀了我吧,九宫图一样是你的。"

小五子皱眉看他,摇头笑了笑,找出一张纸,说:"我不杀你,这欠条是你摁了手印的,你欠我半条命。你刚说宰了那杂种,是说我吗?""一只手"直摇头。小五子表示先不找他算账:"记着,现在你欠我一条半的命；我从你师父手里把你救出来，又是一条；我今天没给你用五脏俱裂掌，是第三条命，一共三条半命。我先不能让你死，杀了你，你还欠我两条半的命，你死后投了胎，我还不一定能找得着你。"

"一只手"频频点头，真是集功夫与智慧于一身的大人物。他爬过去求小五子收了他，下半辈子给师姐做牛做马他可不甘心，要是给五帮主，三生三世都嫌不够，还要再加上半辈子呢。

8

过了关就慢下来了，走走停停，第三天才到北京。羊羔熊掌鹿尾儿，花鸭雏鸡儿子鹅，京城那么多好吃的，小五子却什么都咽不下去，勉强能喝点开水，加两片茶叶都忍不住地反胃。吴思若有点不好意思了，中午吃饭时坐他对面。本来想安慰他两句，但是实在太饿了，菜刚一上桌就被她席卷一空。小五子远离桌子，向后靠在椅背上，眼神涣散，他连瞪吴思若的力气都没有了。

第一碗吃完她放下碗，把嘴角上的饭粒塞到嘴里嚼掉，跟小五子说："不然喝点稀粥，吃点面条，这么干耗下去可不是办法。"

"你是在劝我吗？说得好像是我没心情吃东西。"小五子想说要不是你给我这一掌，这一桌子饭菜根本就没你的份儿。话到嘴边却说不出，嗓子干得说不出话来。他指了指吴思若，叹了口气，转半个身子对着门口坐。

"先跟你借一碗，回头好了再还你。"吴思若拿起小五子的铜碗，开始吃第二碗饭。有个手捧鲜花的小姑娘从外面走进来，到小五子跟前说："大侠，买朵花吧，送给这位女侠。"

小五子苦笑摆手，吴思若却笑出声来，敲着铜碗说："小姑娘你也不看看，这人自己就是要饭的，哪儿来的钱买花？"

小姑娘看到吴思若手里的碗，扔下怀里的花跑出去了。过一会儿领了一大帮人进来,也是破衣烂衫的,不过每人手里都有点东西,有的拿着二胡,有的举着刀枪棍棒,还有个年纪大点的,牵了只猴。这些人看到他们两个也不知道朝谁跪,先是一边一下鞠个躬,然后双手作揖,单膝朝中间跪下。牵猴的老头儿朗声道:"北京堂堂主陈少卿,拜见帮主!"

这也是丐帮的?小五子将他们扶起来,清了清嗓子,说悄悄话似的向他们问话。陈堂主没听清,小五子又问了一遍,声音比刚才还小。陈堂主看着小五子,还是没听见。之前他们还怀疑来着,怎么年纪轻轻就做了丐帮帮主,现在看这病恹恹的样子,一定是少年英雄,练了某种神功,大功告成之日没准儿都能发出女声来。小五子又问一遍,只见张嘴不听声。陈堂主带着人干脆又跪一次,"北京堂堂主陈少卿,拜见帮主!"

小五子叹了口气,坐回到椅子上。吴思若抓紧时间吃完第二碗饭,替小五子翻译道:"快起来吧,帮主问你们,堂堂丐帮的人,怎么又是卖花,又是耍猴的?"

不问则已,提起伤心事,他们几个抱头痛哭。陈堂主说,京城人家非富即贵,对乞丐却是十二分瞧不起,不与施舍也就算了,碰上蛮横的还要棍棒驱赶。所以北京堂的弟子光靠要饭难以为生,为了活命只能自谋生路,卖花、耍猴都已经算好的了,天桥下面的几个弟兄,天天都要表演胸口碎大石。

小五子听不下去了,嘶哑着声音喊起来:"还胸口碎大石?你们这么干,对得起丐帮的称号吗?"

陈堂主愣了两秒,慌忙跪了第三次,抹着眼泪说:"北京弟子何以为继,还请帮主指条明路!"

哪里是明路呢,烧杀掳掠肯定不行。既然是丐帮,还得是伸出双手看人脸色。小五子要等两天,他要给弟兄们做个样子。第二天醒来突然就有胃口了,一个人吃了半个满汉全席。他警告吴思若,要是再敢碰他一下,丐帮这么多要饭的,拿她当福利发下去。之后他带着队伍出发,浩浩荡荡,走最繁华的大街,敲最有钱的人家的门。张府、李府、王府,把响当当的名号报出来:"丐帮五帮主请张大人、李大人、王大人赏口饭吃。"个个都一样,话没说完就被管家关在了大门外。

小五子对着大门思考了一阵儿,转身对陈堂主说:"这就是我给你指的明路,你就像我这样,一家一家地敲门,持之以恒,不言放弃,一定能要到钱。"

陈堂主把猴儿抱在怀里,盯了一会儿小五子,既没有哭,也没有发火,转身对众弟子说:"都散了吧,该干吗干吗,别耽误五帮主时间了。"

还好花还在,大石也没扔,猴子还活蹦乱跳的,没毁了这些人的生路。小五子没脸看他们,低着头等他们散场。吴思若凑到他耳边说:"不然我帮你再指一条明路吧。"随后冲他们大喊:"帮主有令,全体弟子过来,跪在张府门口,府内老老少少不得出入,直至给钱为止!"

有人把大石搬过来,请小五子坐上面,众人跪在他身后,几百人乌泱泱地糊在张府门口。府上的人报了官,巡捕过来一看,都是下跪请愿的,奇怪为什么不拿点银子打发了呢。到了午时,张大人终于想通了,让管家出来商量。

"五十两行不行?"

"当然不行!"小五子指着他的脸质问,"你打发要饭的呢?"

管家蒙了,挠着头看这满地的乞丐,你们不是要饭的吗?管家进去跟老爷商量,出来重新报价:"二百两怎么样?"小五子摇摇头:"男儿膝下有黄金,我们还是继续给您守门吧。"这次回去久一些,小五子听到里面的几个奶奶跟张大人吵了起来。瓷器摔碎满院,管家开门送出银票:"一千两,再不走我家老爷就要出兵了。"

小五子起身对他鞠躬,目送他进院关门。大门合上的一刻,小五子举起银票跳到大石上,跟着丐帮弟子一起欢呼。他挥舞着手臂,带大家去下一家。他看着陈堂主,总觉得哪里不对劲,命令道:"陈堂主,你还是把你牵那猴儿放了吧。"

89

9

要是以后小五子有子孙，有机会对他们描述这段经历，他该怎么定义江湖呢？行走于江湖，天天都是在赶路。偏安一隅守在一方不是挺安逸吗？一大帮人候鸟迁徙似的南行北进，也不知道图点什么。到了京城还要往南走，日行几十里，说要去昆仑山庄，说要参加寻龙屠狼大会。小五子说："你们去吧，我在京城晃晃，到了明年八月十五，救向老前辈出来。"

"可你是帮主，"关长老提醒他，"丐帮这么多年才等来一个肯露脸的帮主，怎么能留你在京城当小混混？"

行进队伍浩浩荡荡，这回是真的，沿途不时有丐帮分队汇进来，在关长老的引见下，一一拜见新帮主。仿佛雪球越滚越大，小五子成了大要饭头子，但他知道总会有一天蹿出一个人，一脚将雪球踹碎，将队伍打散，他知道这个人就是马长老。

关长老命令他不得走远："我不管你是收了吴思若，还是'一只手'，但不许离开我的视线，不许超出我伸出手臂就能给你助力的范围。"小五子听着叮嘱，手掌在关长老面前画圈，还不能逃出你的视线，真不知道多远才算远啊。

马长老迟迟未到，已经有人发觉新上任的帮主是个草包。刚过行唐的那个上午，不知谁拽了一下马尾巴，马蹄前扬，小五子从马上摔了下来。他躺在地上，听着千八百人憋不住地笑。他在回想刚才都谁在马后，谁成心让他出洋相。他是领头的，千百号人在身后。关长老伸手过来，说山路崎岖，请帮主搀扶一下。

小五子没理会他，自己站起来，看陆续从他身边经过的人群。他们还在笑，是那种即便捂住了嘴，鼻孔仍憋不住的笑。吴思若也冲他似笑非笑，唯有"一只手"满脸费解，帮主智慧与武功齐飞，怎么能被一匹马甩下来呢？关长老又问一遍，小五子摇摇头，也不管他能否看见自己拒绝。他重新上马,走在最前面,他要看看是谁这么大胆子,能摔他第二遍。

余下行程总算平安,行至高邑,他们安营扎寨。胡胖子还是一脸谄媚地备好小灶。小五子没胃口,这次是真的没脸吃,他说出去转转,关长老摸到身边的拐杖,说陪帮主一同前往。

"不必陪同!"连同吴思若、"一只手"在内,小五子怒视丐帮所有人,打从当上帮主,他第一次用这样的口气命令众人,"容我一人独处!"

关长老还是摸起拐杖,朝他这边走。小五子迎面过去,低声对他说:"你既当我是帮主,就别这么盯着我,你放心,我不会那么快就死了。"

他没往远走,前面转一个弯,握着杀猪刀守在关卡,看有谁跟上来。直到日头西下,天色渐暗,连只野兔子都没守到。他收起刀,走远一些,坐到河边。不然就回去吧,他对着河水想,马长老在前面等着宰了他,在那之前,还得被这一千多号人耻笑个够。他又想念文思清了,他根本就不属于江湖,一点儿武功不会,走二里路就喘个不行,还冒充什么少年英雄?他捡起石子打两个水漂,回去吧,回田独杀猪卖肉,把文思清八抬大轿娶过门,今晚就走。他起身,拍拍屁股,刚一转身肚子上就挨了一脚,面前一片黑,有布袋套在了他头上。他伸手去扯,腰上又被踹了一脚,黑暗中他三晃两晃,倒在了河边。

他喘着粗气,哈气被布袋挡回来糊在脸上。他们一共三人,伸手在五帮主身上捋一遍,抄出一把杀猪刀,然后让他脸朝下趴在岸边。不时涌上来的河水搅着稀泥,透过黑布渗到他嘴里。他听到他们在笑,这回不用憋了,开怀大笑。"真是一草包,还好意思当咱们帮主,用不着马长老,我动动手指头就能捏死他。"说着,还掐了一下他肋骨。小五子也不叫,咬着牙回想,这些声音都是谁发出的,以前有没有听到过。

掐不过瘾,另一个都上脚了,单脚踩在他后脖颈,"平时看你趾高气扬的,怎么一落单就这么废物啊?知道我们是谁吗,知道吗?你不知道,你五大帮主怎么能记得我们呢?"说着脚跟向上,前脚掌在他后脖颈上又碾了两下，追问他，"你倒是说话啊，五帮主，跟我们聊两句啊。"

小五子咬着浸湿的布袋，后脖颈顶着他的脚往上撑，顶出点空隙把泥水吐出来后，咳了几声说："你们三个别让我认出来，不然我让你们活不到明天。"

说完就没了力气，脖子一松，又趴到泥水里。最刻薄的那个乐了："那倒认识认识啊，来来来，我把你翻过来，认认我们，看谁活不到明天。"

小五子死猪一样被掀起来，又被重重地仰摔在地上。后脑还在震荡，脸上又挨了耳光。他们隔着布袋抽他脸，说："你醒醒，认认我们是谁。"六七个耳光吧，小五子感觉头顶的布袋在往上提。有个同伴觉得过分了，说："要是掀开，咱就真得杀他了。好说歹说，他也算咱们帮主。"另一个同伴也劝提他的人："是不是帮主倒无所谓，主要是今天把他杀了，明天咱玩什么呀。留着他，隔三岔五地玩玩，不是挺好吗？"貌似有道理，那人说："那就收工吧，改天再来找你玩。"

小五子仰躺着，耳边"嗖"的一声，他们把杀猪刀扎在泥地里。听不到他们走远，也听不到他们说话，小五子知道这次他不能举刀拼命，跟赌场那次不一样，他多了文思清，还多了何员外的遗愿。什么时候他的命这么值钱了，哪怕被百般凌辱之后？

等了几分钟，他又吐口河水，在布袋里睁开眼睛，他打算站起来。忽然传来一阵急促的脚步声，布袋忽然被拉起来。只回来一个人，那人把杀猪刀提起来，说："咱俩没玩够呢，你倒是睁眼看看我啊，看着我了，我就不留着你了。"

小五子紧闭双眼，他说："你们走吧，我今天认栽。"

"你不栽，好东西我还给五帮主你留着呢。"

小五子不说话，只闭眼。那人也不说话。好半天都没动静，忽然有水喷下来。那人一边喷，一边大笑，让他睁眼看看，是什么好东西。他闭着眼感受，水是温的，一柱冲下来，喷在鼻孔，喷在嘴角，很重的味道。他指甲向地里扣,将污泥捏在拳头里。

最后几滴落下,那人打了个哆嗦,弯腰把杀猪刀塞到小五子手里,让他握紧了,说:"你这他妈是什么玩意儿,菜刀还是杀猪刀啊?装腔作势也得选个差不多的啊。你歇着吧,我先回去了,我给你俩选择,要么追过来砍我,要么数一百个数,可别让我回头看见你睁眼。"他拍拍小五子的脸,想起来很脏,手又在裤子上抹了两下,"记住了,没了关长老,你屁都不是。"

他还真在数数,闭着眼睛,想一个人,数一个数,钱老板、文思清、苏子瑶、何员外……他只有两年多的生命,认不到一百个人。后来他就想事情,想自己都做了哪些事,想自己还需要做哪些事,趁自己还活着。差不多一百了,他在河边滚两个圈,头朝下浸在河水里,这一次他终于把眼睛睁开了。

事情还没有想清楚,也许都不知道自己要想什么,他从河里坐起来,露出半个身子。营地里在喊帮主,已经有人发现他不见了。倒是吴思若先找到了小五子,他不肯上来,让她先回去。吴思若就抱腿坐在岸边,两人一个水上一个水下对视。吴思若问谁干的,用什么兵器,穿什么鞋,说哪儿的口音,她错杀一百个,也不能这么算了。

小五子不说话,一头扎进河水里。他怕再望一会儿,吴思若就要哭出来了。大概有一分钟,还是两分钟,他从河里站起来,一步步上岸,他说:"以前在田独,我们钱老板,你见过他,喂猪的那个常公公,他希望我一直留在他身边,怕我不听话跑了,骗我说江湖凶险,说我是武林第一大通缉犯,甚至还扣我工钱。我当时气得要死,现在想想这算什么呀,常公公是太监,留我的手段也都婆婆妈妈的。但江湖不是,没那么多情分道义,想让我听话很容易。"他蹚着水上来,经过吴思若往营地走,走出十几步,停下来,背对着她说:"这事是关长老干的。"

10

寻龙屠狼大会在汴梁举行,到了封丘县,意味着只剩半日的路程。各门各派都会早到几天,提前通通气,小帮小派会结盟,万一会上有人起腻子,彼此还有个照应。丐帮用不着拉拢关系,少林、武当、丐帮,三大帮派几百年来都是坚定盟友。可是关长老这次要摆宴,破天荒第一次,要饭的请客吃饭。小五子明白,这是要显摆他,告诉整个武林,丐帮有新帮主了,以后他要是被害了,那一定是马长老干的。

小五子倒盼着马长老来,带着一队人马,跟关长老拼个你死我活,起码还有一次斡旋的机会。这半个月来,他确定了一件事,在关长老身边他逃不掉的,必死无疑。

关长老备了十几份请帖,陪着小五子一家家送过去。大多数掌门人和他是老相识,双方作揖寒暄,都快聊完作别了。关长老拉着小五子对他们说:"对了,这就是我们的新帮主。"掌门人打量这个满脸炉灰的小伙子,心里都明白,丐帮看来是要姓关了。

请帖里没有百花谷,收帖人也不见常公公,小五子最后的希望也破灭了。送的最后一家叫狮吼帮,靠嗓门取胜的门派。离老远就听见屋里面吵架,一男一女,好像是父女俩,问题是还有孩子哭。小五子和关长老在门外候了一阵儿,他们越吵越凶,后来直接变成了羞辱,小五子还没听过哪个当爹的这么说女儿,说她生的是野种、小杂种,说一把摔死了都洗不净他这张老脸。

小五子听不下去了,隔着窗子咳嗽一声,关长老双手抱拳,自报家门:"丐帮关长老、五帮主见过乔帮主!"

屋里也没处躲,乔姑娘鞠躬问候过,抱着孩子背对着他们。小五子刚才也听明白了,大概就是未婚生子那种事,问题是那孩子又不是刚生的,看样子有一两岁了,难不成天天被乔帮主奚落?

关长老介绍,这是丐帮新任帮主。乔帮主打量小五子,小五子却一直打量乔姑娘的背影。乔帮主冷笑一声,继续与关长老寒暄。都是孩儿他娘了,小五子还盯着人家后身看。可能是心疼,自己过得不好,就特别心疼一样苦命的人。乔姑娘左前方有面铜镜,小五子装作不经意地走了几步,倚在房梁柱子上,刚好可以从镜子里看到乔姑娘的脸。他看到她在哭,一点儿声音都没有,就是眼泪充盈在眼睛里,每次眨眼刚好有滴眼泪挤出来。

小五子看得都失礼了,关长老眼瞎看不到。乔帮主气鼓鼓的,又不好明说,一再请小五子这边坐,老抱着那根柱子干什么。反正早晚要死在关长老手里,那就活得撒野一点儿吧,小五子说:"我不过去,这边好看。"关长老好奇:"什么字画这么好看?"乔帮主铁青着脸不说话。小五子说,可是胜过好字好画呢。这时乔姑娘也注意到了,瞥了一眼镜子,把镜面倒扣在桌上。

小五子坐回去,听他们寒暄,可总忍不住偷看几眼她的背影。乔帮主已经很生气了,生怕关长老听不出来,故意很大声地拂下袖子,说时候不早了,乔某晚点定去赴宴。其实关长老也明白了,问题出在小五子和乔姑娘身上。他拉着小五子起身告辞。虽然很嫌弃,乔姑娘还是转回身冲他们微微点头。就那两秒钟,小五子又看愣神了,为人妻,为人母,竟如美人出画。是真的美。文思清也很美,可是小五子跟她同屋一年没起过色心;吴思若也好看,五花大绑地到他面前,小五子只想拿个仙人球逗她;苏子瑶是那种端庄的美,觉得有个这样的妻子会是个很体面的人生;唯有眼前的乔姑娘,美得让他心生淫意,只想天天跟她腻在一起。

晚宴她不会来,乔帮主绝不会让女儿及外孙成为酒桌上的话题。挺不了几天,早晚要死在关长老手里,可能是最后一次见到她了。一生一期,一期一会,小五子想说点什么留给她。都走到门口了,他回头对她说:"你生得这么美,其实用不着害怕的。"

在说什么呢,他也不知道,挺好的意思讲出来是乱的。乔姑娘这次没有躲,皱着眉看他。他做了个见谅的手势,想再解释一两句,手腕一吃力,被关长老拉出了房间。

晚上小五子喝多了,来了十三个掌门人,他一个也没记住,各派拎来的酒他倒是记得一清二楚。又不为他,全是冲关长老的面子,小五子就喝闷酒。最气他的乔帮主,后来都有点看不过去了,陪他连喝了三杯酒。

戌时开席,不出三刻便开始晕了,但他一句话也不说,言多必失,他怕一张嘴会求助:"来的都是前辈,帮我主持公道,我不求帮主之位,只求活着回家。"他不能说这些,说出来也许活不过今晚。他想好了,寻龙屠狼大会也许是他最后的机会,趁乱逃走,或者干脆跑台上去申冤,没准儿马长老会跳出来保他这条小命呢。那就继续喝,兰亭派的女儿红、桂党的三花酒、峨眉派的五粮醇、黄山的宣酒。他以为他会倒下,有两个帮主比他醉得还快,三五句不合,隔着桌子就要比试比试。后来他们扯到外面,找了一片空场。小五子眯眼看了几十个招数,胃里一阵阵地恶心,拐到后门弯腰吐了起来。

连吐了两三次,感觉肠子都要吐出来了,还是止不住地干呕。他双手扶墙看着口水往下坠。有人轻拍他后背,墙上是一个女人的影子。这让他些许感动,手背抹掉口水说:"还好你来了,我差点儿死在这儿。"

"你居然没死。"

不是吴思若,他挺身站起来。是乔姑娘,她拿出湿手帕,伸手擦小五子的脸,从额头到脸颊,从鼻尖到嘴唇,当炉灰擦尽,他的样子一点儿一点儿地呈现在她面前时,她说:"真的是你,你还活着。"

他已然酒醒,左右看看。显然,乔姑娘今晚一直在外面等他。他拉过她肩膀,再往里躲一躲,问道:"你是百花谷的?"

"什么?"

小五子说没事,凝眉回想她到底是谁,过去怎么会遇上这么美的姑娘。他想多问几句,比如我和你是否好过,比如难道那孩子是我的。这些都是亵渎,他问不出口,近在咫尺,望着她的眼睛,等她说下一句话。

她看了看他,摸了摸擦干净的脸,低声对他说:"你今晚就走,千万别去昆仑山庄。"

"为什么？"

有人朝这边走，自言自语："都好好喝酒，怎么见面就打？"

她没时间了，把手帕塞给他，又叮嘱一次："千万别去，那种地方你有去无回。"

第四章

CHAPTER 4

1

文思清见到了小五子，快进汴梁城那天，坐在酒楼二层往下看，一大帮乞丐前拥后簇，他高高地骑在马上，跟一个小狐狸眉来眼去。开始也不确定，小五子浑身打补丁，脸上还涂满炉灰。不过那小狐狸很眼熟，一脸媚笑，她盯了好半天，原来是捧着仙人球来钱记找碴儿的那个师妹。跟她也能搞到一块儿去，文思清气不打一处来，面也吃不下去了，看着旁边的西北六公子、马长老，一时都想告发他。

她是有底线的，她其实想明白了，小五子没记忆，要是来个老相好的，比如大冬天喝羊汤的那个，为了唤醒他记忆，真跟她旧情复燃，自己也就让了。可那小狐狸算什么，当时还给过你两掌，见面都要拔刀的主儿，现在屁颠屁颠地给人提鞋。文思清气得满脸通红，大口吸气呼气，盯着他们进了城门。她放下筷子，对六公子说："我吃完了，走吧。"

"急什么，三王爷还没吃好。"

她朝包厢看过去，里面一桌子饭菜，三王爷筷子都不动一下，两个婢女卑躬屈膝地夹菜往他嘴里送。跑这么一路，净等他吃饭了。她抽出一根剔牙杖，剔着牙看窗外的乞丐，清汤寡水，一点儿肉丝都剔不出来。眼不见为净，她合上这边的窗子，把剔牙杖掰成两截扔面汤里，问："马长老，你们丐帮立新帮主了，你不下去露个脸？"

马长老还在揉他的左手，文思清用簪子扎的洞，包了一个多月，包扎布比桌上的抹布还脏。他也在看窗外，但不是看小五子，他在观察关长老，看着看着还现出一抹胸有成竹的笑意。事情进展这么顺利，丐帮帮主之位已经不能满足他了，保三王爷登基，大了不敢说，弄个巡抚总没问题吧。

因为三王爷，酒楼被包了场。楼上客房的所有住客早上就已经被请走，楼下吃饭的客人全是换装的侍卫，防着外人上楼。二楼除了王爷包厢，就剩他们三个人大眼瞪小眼。文思清百无聊赖，靠在椅背上双臂环抱，看对面的两个男人。六公子也无聊，把箭筒里的每支箭都抽出来擦了一遍。文思清让他去催催，青天白日地在这儿瞪眼睛。六公子眼皮都没抬一下，擦好最后一支箭放进箭筒，又抽出第一支箭再擦一遍。文思清又催一次，她还惦记着跟上去，看看小五子跟小狐狸是怎么回事。六公子停下来，手指转着箭，慢声细语地警告她："我只是暂时不杀你，你话不要太多。"

那就不说话呗，她再抽根剔牙杖，一截掰两截，两截掰四截，八截之后手指都捏不住了。有个婢女从包厢里出来，边整理衣服边说："三王爷说了，时候不早了，明日再进城，今天就在这里休息。"

文思清上下打量着婢女，一脸的嫌弃："是和你休息吧。"

婢女装作没听到，转身又回了包厢。文思清想求助六公子，但他根本没打算搭理她，他收起弓箭，起身去安排下面的侍卫。她向窗外探出头，他们进城了，城外大道空无一人。丐帮就像个巨大的磁铁，本来有那么几个要饭的，丐帮扫过之后，街上一个乞丐都不剩了。文思清转回身，瞪大眼睛看着马长老，问："午饭还没吃完，又要休息了？"

2

他们是中秋夜跑出去的，骑了一夜的马，文思清说她得回去了，她爹娘还在店里呢，虽然是骨灰，那也是在店里。经过小溪他们分开，她看着他往南走，消失在树林尽头。白马向西跑了一个时辰，她回田独走了两天。所有人都不在了，钱记肉铺一片狼藉，那些猪竟然活得挺好。反正店是不开了，第三天，她喝了两斤酒，抄起刀壮着胆子把几头猪都杀了，切成十几大块挂在绳子上做腊肉。第四天，她洗衣服，上面全是猪血，怎么也洗不干净，拢一个火堆全烧了。第五天，她搬个小板凳坐在院子里，推测常公公去哪儿了，一场恶战后是谁赢了，是小五子先回来，还是常公公先回来，他们会在入冬之前回来吗……第六天，下雨了，漏得屋里都是水，她要学会很多事，她抱着新瓦爬上梯子，趴在房梁上看哪片瓦在漏雨。下来的时候梯子没了，几个打着伞的人站在房下，他们又回来了，还是那个王爷，有两个侍卫在给他撑伞呢。

他们掠走了常公公，半路被人救走了。回马枪杀回来，她还在这里。她说不知道，她连他小妾都不算，只是他赌场赢来的丫鬟。他们也不为难她，每天都去查看绳子上的腊肉怎么样了，闻起来不错。六公子把那些箭磨光上色，一支支地审视，好像一辈子一支都不放，就靠这几支箭活着似的。之后他修理箭头，指甲刮着箭羽说："他早晚会回来的，对吧？"

"好像是吧。"她知道他会回来，小五子答应了的。都是王爷公子，前不着村后不着店的，她以为他们一定受不了。三天，五天，他们真的待下来。绳子上的腊肉一天少一挂，你们不走我走。上次给常公公的蒙汗药还剩下不少，九月初一夜，他们睡得特别香，她抱着她父母的骨灰跨过横七竖八的侍卫，溜出了钱记肉铺。

她想好了，出门就往北，等着他们追上来。第三天时，她知道有人跟上来了，她不慌不忙地带着他们向北走。他们也不抓她，三王爷英明神武，认定她一定是去找小五子。越走天越冷，过了冰川就是罗刹国，三千里路茫茫白雪，他们盯着雪地里的黑点，明白自己被耍了。没人能活着蹚过那条冰川，小丫头是要和他们同归于尽。三王爷做了个手势，让六公子前去拦住她，带回汴梁，带去寻龙屠狼大会。

3

他们包了一座塔，站在顶层刚好看到下面的昆仑山庄。武林那么多人，透过大门看里面，乌泱乌泱的全是人。原来有这么多人会武功，文思清想不通，和平盛世五十年，这些人不好好在家过日子，出来打打杀杀干什么。三王爷说先休息一下，等他们会开得差不多了，再下去不迟。文思清可没心思休息，她在找小五子，找不着小五子就找小狐狸，找不着小狐狸就找那一大帮要饭的。可是都好不到哪里去，九门十八派，一个比一个穿得寒酸，也许丐帮今天是正装出席呢。

主持的是个方丈，后面坐着一帮缺胳膊少腿的，不知道是什么人。方丈一口河南话，她也听不明白。文思清专心找小五子，门派都是按区域分好的，一群道士，一群和尚，再往前瞅是一群要饭的，打头的是个瞎子，双手拄拐坐在头一排。文思清往后看，连"一只手"都看到了，还没找到他。她从后面捋，一排一排往前看，原来被一个胖子结结实实地挡住了。小狐狸呢，原来换了男装，正站在小五子旁边说悄悄话呢，聊着聊着，小五子还张牙舞爪地跟她比画。文思清气得直喘粗气，恨不得从塔上跳下去骂他们。她转回身问六公子，是不是该下去了。六公子这次不玩箭了，专心摆弄麻袋，还抻开对着她的肩膀比量大小。

"短了点，"他自言自语，打开袋口，一个眨眼套在她身上，"我一会儿带你下去。"

套完他就不管了，马长老过来收尾，他让她蜷蜷腿，把口系上。躺在麻袋里，反倒能听懂方丈的河南话了，大概是说昆仑公子没找到，朝廷对武林持续打压，大家的日子都不好过。这时有人喊："什么狗屁公子，明明是昆仑小贼，倘若是公子，何必过街老鼠一般不敢露面？"有人起哄，就有人附和："是啊是啊，昆仑小贼。"文思清听一会儿就走神了，她在想，要是小五子真跟那小狐狸好了，她也不能不要他，就算把那姑娘娶回家，那也是她做大，天天折磨小狐狸。

下面打起来了，两个有过节的门派上台盘道，打了一刻钟，又上来几个门派，朋友的敌人是敌人，敌人的敌人是朋友，后来他们自己也拎不清了，面前的门派是该暴打还是结盟。台上一片混乱，文思清听着下面噼里啪啦的声音都要睡着了。这时有人喊:"诸位英雄住手!"文思清身上一轻,人在麻袋里被倒着提了起来,先前喊话的那个人更卖力了,哑着嗓子喊:"三王爷驾到!"

4

乔姑娘嘱咐小五子不要来,她自己却跟着乔帮主坐在第一排。昆仑山庄真不小,比昆仑山还大,小一万人进到庄园,还能留下五个猪圈那么大的空地。昨天到庄园,他花了小一下午,才找着一个记得住的地方,刨坑把两张九宫图埋了。钱老板不是说羊皮能保命吗,"一只手"也说过。真假不一定,但他知道,想让九宫图救他的命,起码不能放身上,得吊着人家走,一下子搜出来,第一个杀的就是他。

人群面前有一个两米高的台子,安静下来后,先是一帮缺胳膊少腿的,那么高的台子,腾地一下就上去了,一个个面对着他们入座。小五子问这都是干吗的。吴思若分析了一下,说既然这次大会的主题是绞杀昆仑公子,那这些人应该都是被昆仑公子害的。

都这样了还能蹿上蹿下,当年不得上天入地啊,昆仑公子多大的本事,小五子对接下来的大会还挺期待的。他没本事,帮不上忙,不过他握紧双拳,随时准备着喊打倒昆仑公子的口号。大家都安静了,方丈上来讲开场白,说承蒙各帮各派赏脸,从五湖四海来汴梁参加大会。小五子在下面还讲了个笑话,他问吴思若,知道为什么是方丈做主持吗,因为方丈是少林寺的住持。吴思若半张着嘴酝酿了半天,实在是笑不出来。小五子讲了句意味深长的话:"就算不好笑,那也是我这辈子讲的最后一个笑话了。"

不笑就算了,怎么还伤感了呢?吴思若有点不好意思了,说她讲一个更不好笑的吧。她问他,没来的那些门派都去哪儿了,因为他们听错了,都去昆仑山了。这种笑话,都能让小五子笑得前仰后合,弄得关长老还得咳嗽一声,提醒他别笑死在这里。

前半段也没提昆仑公子,方丈总结这一年江湖中的污点及亮点、光荣与龌龊。批评的都不点名,听来听去都是争抢九宫图。他记得何府灭门有一半是因为这个,都是拿命抢来的,到底有什么用,居然还有九张,凑齐了真的能掉下来天兵天将吗?

年年争名夺利,岁岁抄家灭门,江湖上多少还有点美好的事情。穆家拳的掌门人穆林双水性极好,人称"水上白条",今年五月由于救人淹死在洞庭湖,连朝廷都发匾,让其他人向他学习。小五子没法打断方丈,只好又问吴思若:"水上白条,因为救人淹死了?"

"因为他救上来一个,又救一个。"

"救两个淹死了?"

"不是,之后又救了第三个。"

"哦,救三个,然后自己死了?"

"还有第四个。"

"一共几个?"

"一百二十七个。"

"原来救了一船的人。"小五子叹息着,"要是少救一个,只救一百二十六个,穆老前辈也不会死了。"

"对,问题是第一百二十七个捞上来的还是一具尸体,白救了。"

"真的假的?"

"假的,我逗你玩的,我哪能知道这么多江湖上的事?"

小五子不想跟她打听了,好好听方丈讲课。方丈说,穆老前辈非但没有得到武林中人的尊重,反而还有人趁着掌门人仙逝,一举灭了穆家妻小以及九九八十一位弟子,盗走了穆家拳谱。说到这里,全场寂然。小五子知道差不多了,该喊口号了,他高举双臂,冷不丁地喊了一句:"打倒昆仑公子!解放旧江湖!"

全场燃了起来,上万人抬起右臂跟着喊。这几年大家都习惯了,江湖上的大案死案,查不出来的,必是昆仑公子所为。真要是查出来了,冤有头债有主,仇家十有八九也是受了昆仑公子的蛊惑或刺激,总之打倒昆仑公子,江湖必被解放。

所幸还有理智的人,乔帮主一跃上台,示意大家安静,听他讲两句。他说自己与穆兄相识三十多年,听闻穆兄溺水后他连夜赶往枭阳,想在下葬之前见上一面,一半出于交情,另一半原因是他始终无法相信,以他的水性会溺死在水里。"开棺验尸,穆兄肺部浸水,是溺水不假,可右手腕上的一处不起眼的红点,才是他意乱神迷并淹死在鄱阳湖的真正原因。经我乔某仔细查看,江湖上只有一人会使此功,而此人已不在人世。"

台下人都凝眉沉思,回忆小红点是谁家的绝技。乔帮主接着说,当时他也不敢确定,可能是自己多虑了,毕竟穆兄救了一船的人,一百二十多人,体力难免不支,溺水也是情有可原。安葬好穆兄后,他回了重庆府,人还在长江上就听说了穆家被灭门洗劫的事,可见仇家是有备而来,穆兄淹死是他计划的第一步。

下面的人让他赶快讲,不要卖关子,这手腕的红点到底是谁的绝学。小五子不关心这些,他在追问吴思若:"你刚才不是说逗我玩吗?真是整船人,一百二十多个。"

吴思若不想分心跟他聊,一直在听乔帮主讲话,她漫不经心地应付小五子:"哦,我说逗你玩那句,是逗你玩呢。"

小五子瞪大眼睛看着她,但凡会点功夫,真想在她脖子以下肚子以上,一边给她一掌。

乔帮主背着手在台上走了一圈,待众人的议论声减弱后继续说:"乔某愚钝,为查清事情原委,特地去鄱阳湖小住了一个月。众所周知,穆兄一直在江西做客运生意,事发当日,仇家乔装打扮后上了客运的船,行至入夜在船板上凿洞。自己生意,穆兄自然要将这一百多号人一一救上岸。而此仇家一直潜在水中,待穆兄筋疲力尽时,佯装溺水。穆兄伸手营救之时,此人在穆兄手腕处一扎。"乔帮主走到西南角时单膝蹲下来,看着一个道士说:"迎客道长,这门绝学你是再熟悉不过了,正是贵师兄苍松道长的松针指。"

前半段,众人听得目瞪口呆,凶手揭晓后,众人连说不可能,苍松道长已死好几年了。小五子又慢了半拍,他想问松针指是什么东西,怕吴思若还跟他来回绕,便问关长老。关长老解释,首先要将指甲留很长,前面削成松针般纤细,之后起码要练十五年,逐级食用各种毒物,功成后便能将体内毒素运到指尖,只要能扎进血管,对方便会心悸而亡。

"这么麻烦,直接买根毒针不就好了吗?"

"那不一样,"关长老轻蔑一笑,说,"全都用道具,谁还练武啊?"

"那就不练呗,一样地杀人,毒针还能飞出去,指甲削尖了,还得够得着才能扎得透。"

关长老迟疑了一下,本来他是跟着大家的思路的,苍松道长死好几年了,怎么能和穆林双的死联系上。这下好了,小五子的问题让他都开始怀疑人生了,自己也练了五十年,风吹日晒的,白练了?他上半身倚着拐杖,摇头道:"肯定哪儿不对,你让我想想。"

小五子等半天也没个答案,就往西南方看。苍松道长死后,一直由迎客道长做黄山派的掌门人。迎客道长侧过身,伸出手臂对着人群转半个圈,意思是听听大家怎么说,还松针指,我师兄几年前就死了。乔帮主还在盯着他,迎客道长笑了笑,说:"乔兄不会是认为我也练成了松针指吧?"

"你不会,我还要为两件事向你道歉。"乔帮主说,"前两天丐帮五帮主请吃饭,跟你推杯换盏,乔某仔细观察过迎客兄的指甲,非但没有留长削尖,指甲肚上也不见喂毒的迹象,穆兄定不是被你所杀,这是我要道歉的第一件事。"

小五子听见自己的名字还挺得意,频频点头,高声说:"乔帮主说得对,我当时也看出来了。"

吴思若让他少说话,他能看出啥。乔帮主对他笑笑,继续说:"至于第二件事,几年前苍松道长被害,你四处宣扬是昆仑公子下的毒手,我还曾怀疑你弑兄篡位,嫁祸于人,现在看来是我错了,我向你道歉,因为苍松道长根本没死。"

迎客道长要说话，刚说两个字就被乔帮主用更大的声音盖过去了，人家狮吼帮的嘛。他说苍松道长不但没死，而且正是在迎客道长的掩护下，为非作歹，屠害忠良，将各派的拳谱剑谱据为己有。这几年，江湖惨案不断，都说是昆仑公子所为，怕是有一半的账要算在他们师兄弟二人的头上。

迎客道长大吼一声，提剑跳上高台。正常的剑或长或短，总之是笔直的，他的剑果真如迎客松一般，九转十八弯。小五子也没看出好在哪里，不过比乔帮主徒手要强一些。二三十招后，这把剑始终不得近身。迎客道长手腕一抖，弯弯曲曲的剑仿佛铁鞭瞬间被拉直，直奔乔帮主的喉咙。眼见乔帮主的喉管就要被捅破，乔帮主一声嘶吼，就像一阵狂风，将铁鞭又吹回到弯曲的形状。

小五子跟大家一起鼓掌叫好，关长老看不到，不过还是点点头，拍拍小五子说："毒针可能扎到自己，自己练出来的松针指，是不会毒死自己的。"

还想这个呢，小五子说既然带了毒针，顺便把解药带上就好了。也是啊，关长老又开始低头沉思，一定要想明白，这关乎大半辈子的价值观。

台上乔帮主那边多了几个帮手，指着迎客道长说："我师父死时身上也有小红点，现在想想，真是错怪了昆仑公子。"一直坐着的老弱病残不干了，纷纷站到迎客道长那边，破口大骂："单是寻仇也就算了，还说是错怪昆仑小贼，难不成我们身上的残缺是自己磕出来的？"

台上越来越热闹，有两种人都上去了，不要命的和武功高的，大家纷纷站队。小五子低头问："咱们丐帮站哪边？"关长老正思考人生，哪有时间理他！他是帮主，他做主，丐帮跟乔帮主站在一起。一是因为他女儿乔文君；二是昆仑公子又没害他，他这断魂掌是南海真人干的；第三呢，他想明白了，昆仑公子是这个龌龊江湖的遮羞布，如果哪天他被关长老杀了，肯定也是昆仑公子干的。

他有点后悔刚才挥拳喊打倒昆仑公子，尤其是"解放旧江湖"这句，江湖现在陈旧迂腐，老迈得快转不动了，需要昆仑公子这样的人打破旧江湖，建立新秩序。丐帮的人都在等着他下令，他手臂一挥大喊："弄死迎客苍松，平反昆仑公子！"

台上的人停手不打，齐刷刷地看着他。吴思若提醒他，迎客苍松该死没错，但是昆仑公子真的是罪大恶极，应该千刀万剐。小五子倒吸一口凉气，让吴思若挡一下，自己悄悄坐在地上。已经有人朝他这边走来，帮主说糊涂话，丐帮的人都没法护着他。小五子叫关长老保护他，只听关长老说："毒针可能被偷，但武功偷不走，所以练功还是有用的。"算了，弯腰埋住头，看这些人下不下死手吧。还好这时从高塔上传来一个声音："诸位英雄住手，三王爷驾到！"

5

他们提了个麻袋，是中秋夜闯钱记肉铺的那班人：一个王爷，一个公子，一个乞丐，再加几个侍卫。进中原转了一大圈，这几个人他都认识了，三王爷、西北六公子、再就是和他渊源颇深的马长老。之前他从侧面跟胡胖子打听明白了，这西北六公子为什么就一个人啊？因为他排行老六啊。那一二三四五呢，怎么就他陪着三王爷啊？因为都被昆仑公子杀了呀。那为什么杀了一二三四五，不杀六呢？因为若是把六公子也杀了，江湖就没人知道是昆仑公子干的了，就白杀了呀。那昆仑公子不太好，做好事还要留名。

三王爷上来就不好玩了，各种打官腔，各种朝廷政策，说大家聚在这儿是为了杀昆仑公子，共谋大计，怎么能为了自家恩怨打起来呢。大家上面是父亲，是师父，但更是朝廷！小五子听得都想骂街了。六公子等人突然扑通一声跪下了，磕了三个头高呼："王爷英明，王爷万寿无疆。"

小五子在下面感慨:"还好他那五个哥哥被昆仑公子干死了,不然我怕他们磕头磕死。"

"给我们看呢,"吴思若说,"他要登基当皇帝了。"

三王爷还在说,小五子也不听了,看那麻袋还挺好玩,扑棱扑棱地还会动。三王爷说几句话,它还跑远了,弄得六公子跪着过去把它拉回来。三王爷说:"朝廷找了两年了,终于在田独查到了昆仑逆贼的下落,可惜让他溜走了。不过也还算有收获,我们把逆贼的妻子从田独带来了。"他打了个响指,示意六公子解开麻袋,一个捧着骨灰盒的姑娘从里面钻了出来。

"那不是你媳妇吗?"吴思若转过身笑着审视小五子,忽然全明白了似的,表情僵住了,她指着小五子说,"你居然……你居然被昆仑公子戴绿帽子了!"

小五子完全蒙了,声音发抖地问:"你以前见过我吗,你见过昆仑公子吗?"

"你是谁,你自己还不知道吗?"

"我不知道。"

"你再想想,你要是昆仑公子,这就是你家。"

小五子四处望望,偌大的昆仑山庄,装二百个钱记肉铺都绰绰有余。钱老板说,你出不了田独,江湖中有一半人想杀你;乔姑娘说,千万别去昆仑山庄,那种地方你有去无回。小五子摇摇头,盯着文思清,低声对吴思若说:"我是昆仑公子,这山庄是我的,这山庄所有的人,都是来杀我的。"

6

小五子的脑袋嗡嗡的,吴思若还在耳边喋喋不休:"你既然是昆仑公子,应该早点告诉我。一路这么哄着我玩有意思吗?还花二百两银子买我,你弹下手指就能把我抢过来。现在是我错了,有眼不识泰山,希望你大人不记小人过,别把小女子逐出门。"

"我不知道!我要是知道能挨你那么多打吗!"

小五子忍不住吼起来,目光全转向他,示意他不要吵。"一只手"也在田独见过文思清,他从队尾说了一万次"借过"挤到前面来,对小五子竖起大拇指道:"太厉害了,五帮主。"文思清在人群中找到了他,盯着他微微摇头,那眼神失望至极。小五子冲她摊开双手,表示自己真的一无所知。不是这个,文思清对他稍稍努嘴,哦,旁边站着吴思若呢。小五子马上向左跨一步,离吴思若远一点儿,连连摆手,把"一只手"拽到他俩之间。文思清笑了,都听不到三王爷的问话了。

三王爷问她:"你男人是干什么的?"文思清说是杀猪的。后面的老弱病残干不了,打不过就死,还要被小姑娘羞辱我们是猪。文思清说真是杀猪的,让猪先跑起来,等猪跑高兴了迎面一刀就开膛破肚。后面有人气得吐血,文思清回头看他们:"我说错什么了吗?"有两个被锯双腿的,从凳子上跳下来跪在地上,请求:"皇恩浩荡,三王爷,让我们杀了这个小娼妇,我等以死谢恩。"

三王爷笑言不急,接过侍卫递来的香一一点上,说:"我们先陪小丫头再聊几句,我赌昆仑逆贼今天在场。若是这炷香烧完,逆贼还不现身,我们再杀她不迟。"

底下上万人,大家相互看着,小五子满脸炉灰地低着头,他隔着"一只手"问,要是真杀她怎么办。吴思若说:"那你去救啊。"

"我真没本事,那台子我都上不去。""一只手"表态先去打头阵,回头让小五子把山庄踏平。小五子叹气,吴思若好奇她手里那盒子是什么。

"她父母的骨灰。"

吴思若吐吐舌头,说:"你要是不救她呢,你就把她也装那盒子里;你要是救她呢,我就把你们俩都放那盒子里。"

"那我是救,还是不救?"

"肯定要死的,要看你是让她自己死,还是陪她死。"

血海深仇,有人等不及了,在后面暗自发力对香吹气,烧香比烧纸还快。眼看香即将燃尽,三王爷站起来从六公子那儿抽把剑,说我数最后三个数,再不现身人头落地。三王爷数出一,文思清对小五子微微摇头,让他千万不要上来。小五子浑身发抖,他推"一只手"上去。"一只手"都结巴了,说:"我就跟你确认一件事,你到底是不是昆仑公子?"小五子摇头。"一只手"为难了,说:"我这点本事,不是帮人磨刀吗?"

三王爷数到二,一个黑影飞了上去,蒙着脸,大喊:"昆仑公子在此,别动我娘子!"

7

不知道这是不是昆仑公子,还没近身,就被六公子用弓挡了一下。小五子一时看不懂了。吴思若说,没准儿还被戴绿帽子了呢。那黑衣人武功不行,三下两下就被六公子用弓抵住了喉咙。三王爷持剑过去,说这还只是本王爷的护卫,以阁下这点本事,伤皇帝,劫太子,也太小瞧皇宫的御前侍卫了。说完剑尖一挑,面纱被揭开,长发散落。三王爷一脸惊讶,先说是你,然后低声说,刚刚好,早就想杀你了。这些外人听不到,三王爷缓了几秒,哈哈大笑,昆仑公子做了缩头乌龟,想替他死的女人倒是又来了一个。

小五子在后面也看不到她的脸,文思清面对着她,认出这是腊月二十三来店里喝肉汤的姑娘。她低声问:"又不是救小五子,你上来是何苦呢?"苏子瑶说:"我怕他上来送死。"这句话说得文思清一阵阵难过,刚才快点数数,三王爷那一刀早点下来就好了。

六公子把苏子瑶扭过来,和文思清并排面对大家。三王爷提剑绕到苏子瑶这边,说还剩最后一个数,再不出现,两个一起杀。吴思若此时竟然轻声笑了,问小五子:"这姑娘你总认识吧?"小五子望着台上的两个姑娘,咬了半天嘴唇说:"我以前认识,现在不认识。"

"再跳上来两个,怕那盒子装不下了呢。"

小五子看明白了,苏子瑶这是要替他死,假冒昆仑公子被乱剑砍死。众人以为大仇已报,不会再找他小五子的麻烦了。过去到底发生了什么,能有这样一个女人为他死?

吴思若拿出胭脂,用拇指摁了几下开始抹脸。她挺嫌弃地看看自己这身丐帮衣服,抱怨早知道这样,换身衣服好了。小五子皱眉,刚要斥责她,她却腾地一下上台了。

吴思若可不跟他们打,上来就笑眯眯地说"三王爷好,六公子好",还有模有样地行了个礼。弄得三王爷也是笑盈盈的,问她又是谁。吴思若说:"我是谁不重要,就是在下面看得着急。你找我相公,抓两个小妮头有什么用?"文思清睁大眼睛瞪她,吴思若警告她:"瞪什么瞪,勾搭我相公的账还没跟你算呢!你看看你哪里好啊,你就算死在这儿,我相公这辈子哪怕一秒,都不会想起你。"

文思清不经说,三两句就哭起来了。吴思若不忍心多损她,走到苏子瑶那边。相比文思清的伤心,苏子瑶更多的是好奇,她面带笑意地看着吴思若。这把吴思若弄不高兴了,指着她鼻子骂:"看什么看,昆仑公子跟你什么关系啊,一个个蹦上来献殷勤,还蒙着脸,我相公根本就不认识你。"她拉起苏子瑶的手腕,拇指不经意地在上面摁了一下,留下一点红。吴思若笑得前仰后合,举起苏子瑶的手腕给台下的人看,大声斥责道:"不要脸的贱人!守宫砂还在呢,竟冒充昆仑公子的女人。别说我相公,是个男人都没碰过你,你就是装也得装出点样子啊?"

六公子不信这东西,要走近一些看。吴思若一下子把苏子瑶的袖子盖上,笑道:"六公子,你急什么,一会儿我给你送洞房去。不过我听说当时在庙里,你们六兄弟和我相公打过一架,你五个哥哥都死了,唯独你还活着,但好像卸了你什么物件。卸的什么我不知道,反正爱好变了,以前对女人是见一个奸一个,自从那晚从庙里出来,对女人是见一个杀一个。

也好，三王爷早日登基，这太监总管的位子就是你的了。"

台下哄笑，六公子脸色煞白，这对三王爷倒是很受用。吴思若又对三王爷行了个礼，说："三王爷，我求求您别查数了，赶快把这俩冒牌货杀了，到时候我和昆仑公子举案齐眉，百年好合，我请你们喝喜酒。"说完她就往下走，避着小五子走向另一侧。她低头查着步子，今天就死到这里吧，文思清不会让她进那盒子的，她若进不去，说明她俩还活着。吴思若刚才想明白了，小五子是昆仑公子，他没骗她，是不记事了。这俩姑娘肯定都爱过，一个是记事前的，一个是记事后的，反正都比她吴思若强。她已然贱命如此，能换她俩一条命，也算是不亏了。

走到台边都没人拦她，她还不放心地回头看。三王爷和六公子双臂环抱，似乎在等着看她接下来唱哪出。她报以一笑，转回头，一个乞丐在下面等着他。她记得这个人，刚才他在台上的时候，帮里的兄弟都叫他马长老。他冲吴思若努了努嘴，示意她转身走回去，别想下这个台子了。

8

女人们站在台上，三王爷也不想数到三了，反正有三个呢，先杀一个，还剩两个，看杀到第几个，昆仑逆贼会出现。他右手握剑，左手对着三个女人来回地点，杀哪一个凭心情，停到谁那里就把剑刺过去。"一只手"紧张起来，他深吸一口气，低头掏出九宫图递给小五子，说："这图给你，算一条，我去救我师姐，算第二条，不是还欠你三条半的命吗？先还你两条，剩下一条半，下辈子慢慢还。"

小五子摇头，让他把图收好，倘若自己不死，再要也不迟。小五子向前走几步，俯身到关长老耳边说："你放心，我死不了，咱俩的账，早晚要算。"关长老眯着瞎眼不明白，哪根筋不对了，这小子要作妖上天啊。小五子说完还往前走，忽然嚷了那么一句："昆仑公子在此！"

两米多的高台，个个脚尖一点儿就上去了，此时高台挡前面，就像是羞辱。小五子绕了半个圈，连个台阶都没有。他后退几步向前冲，蹦到最高也才把指尖搭到高台，撑了好半天，又掉回到地面。全场笑起来，狮吼帮有弟子说，师父，咱后山的青蛙都比他蹦得高。乔帮主也看迷糊了，自言自语道："丐帮帮主怎么会是昆仑公子？"

那就别上去了，他转回身，面对所有人，用袖子把脸上的炉灰一点点擦干净，让大家看个清楚。有人认出来了，惊呼："果然是你！"小五子笑了笑，别说他们，他自己都想惊呼，打他进钱记肉铺，昆仑公子的通缉令就贴在墙上，半年一换新，原来一直在找他啊！

人群里有人喊杀了他，说这话时还不禁后退一步。小五子转身看台上众人，示意谁过来拉他一把，死也得上去再死。大家都有点蒙，武林第一恶人昆仑公子怎么连个高台都上不去。"一只手"从后面冲出来，他怕帮主折了面子，抱着小五子的大腿使劲往上托。

从后面看，这画面更丢人，但没人敢笑，不知道昆仑公子唱的这是哪出，都怕他死前再杀几个陪葬。好不容易上了高台，他拍拍裤子上的灰，让"一只手"出门直走，别再回来了。见"一只手"犹豫，他又说咱俩以后两不相欠，那三条半的命不用还了。他看着"一只手"往外跑，还没到门口，就被昆仑公子的两个仇家给搋住了。小五子怒视过去，瞪得仇家胆寒，放过了"一只手"。然后他转回身，问六公子："你那五个哥哥可是我杀的？"六公子还没应答，三王爷倒是"咦"了一声，对六公子耳语几句，手掌向下做了个格杀的手势，自己带着几个侍卫先走了。

小五子走到台子中央，和每个女孩都对视几秒，他让六公子把她们都放了："你五个哥哥的命，我今天还你。"

六公子走过来低声说："我可以放她们，但你看下面，全是想扒你皮吃你肉的人，她们跑不出这山庄。与其被那些人凌辱，死了反倒干净。"

小五子朝下面看去，几乎都不认识，但显然这些人认识他，咬牙切齿地瞪着他。小五子脊背发凉，他回头看着文思清、苏子瑶和吴思若，苦笑道："我小五子没本事，今天就一起死吧。"

说完他马上转回身，他害怕看到她们哭，看到她们摇头，看到她们点头。他求六公子，就一件事，让他死在她们前面。虽然不说话，但六公子答应了，他举起剑，想了想又换成弓，退后几步弯弓搭箭。文思清一下子明白了，一路上擦来擦去的，原来是在选用哪支箭杀死昆仑公子。小五子盯着箭头，估计要射自己心脏，死到临头还是想不起来，自己以前到底是什么人，脑子里有个声音，钱老板说的："真到性命攸关时，你就说九宫图在你手上，再适时拖延，想办法保命。"

"慢着！"小五子扬手喊。

六公子不为所动，依然绷着弦。

"九宫图在我这儿！"

没有用，弦似乎绷得更紧了。下面倒是骚动起来，僵持了十几秒，方丈起身请六公子且慢，待问清楚再杀不迟。六公子依然没松弦，盯了他一阵儿，忽然放箭出来。箭迎面而来，画了个弧线从头顶飞过，扎在他身后的房柱上。六公子打开箭筒，仔细挑选第二支箭，漫不经心道："你说吧。"

小五子轻吐一口气，缓一缓心跳，问下面众人："诸位武林高手都是从小习武练功，少则十年八年，多则三五十年，图的是什么？名、色、权、利，都不是，无非是为了九宫图。九宫图自然有九块，试问你们有几块？有的拿出来，数数一共多少？我昆仑公子有五块九宫图，比你们加起来还多一块。你们现在就可以杀我，但你们要想清楚，还有很多人没来，南海真人、蓬莱阁老、大漠仙人、向问和，四大高手都不在场。以前他们是找我要，倘若我今天被你们杀了，那他们日后自然是问你们拿。可你们有吗？保命的都没有，我死后，今天来的所有人，都别想活过明年。"

说完，小五子还有点后悔，说有五张九宫图，是不是太多了。他往台下看去，赌这里面没人拥有超过四张的九宫图。台下一片寂静，天天吵着追杀昆仑公子，等他手无寸铁地露了面，反倒不敢动他了。下面有人提议把他关起来细细审,六公子不为所动,跟做精细活儿似的,把第二支箭搭在弦上。他左手端起弓,瞄准小五子,朗声道:"人是我杀的,问起九宫图,让他们来找我西北六公子。"

那就这样吧,虽说只活了二十多年,但一生过了两辈子,也值了。文思清在哭,满脸泪水,小五子说哭什么,下辈子还去山顶给你烤肉吃。这句说得苏子瑶直皱眉,小五子想跟她说对不起,憋了半天也没说出口。吴思若却在笑,那表情似乎在说,你真行,一个杀猪卖肉的,居然能换我们三个陪你死。这笑容让他还挺欣慰,闭上眼睛,用命令的口气对六公子说:"来吧!"

他听到了箭的声音,听到了弓弦在震,听到了文思清哭着喊他小五子,然后就是叮的一声,有人用刀挡开了箭,他听到六公子问"怎么是你"。睁开眼睛,三个女人还不够,台上又多了一个女人,剑剑刺向六公子的面门。六公子也不出招,每一剑都在躲。小五子看着她的背影,想这又是谁家的姑娘。台下有孩子在咿咿呀呀地喊妈妈,他看过去,是乔帮主抱着的孩子,上来的是乔姑娘。

前生掠过乔姑娘的心,那他小五子的一生更值了。他不由得多望了两眼那孩子,越看越觉得像自己。三个姑娘神态各异,吴思若还在笑,好奇小五子到底哪里好啊,反刍似的一会儿冒出一个。最惊讶的是乔帮主,问了好几年,这孩子是谁的,竟是人人得而诛之的昆仑公子的。他愣在那里摇着头,眼见女儿直落下风,昆仑公子性命不保,他欲带弟子冲上去救小五子。迎客道长第一个拦住他。过了十几招后,更多的人举枪提剑上来。跟刚才不一样,这次没人帮他了,谁都想趁乱捅上昆仑公子一刀,好成为日后吹嘘的资本。十几个人挡在乔帮主面前,迎客道长左手揪着小五子的头发,右手提着迎客剑就要割他的头。

乔帮主急了,大吼一声,功力浅些的已经有些摇晃。他施展着狮吼功喊道:"南海真人、大漠仙人、蓬莱阁老,快请现身吧!"

大厅里轰隆隆的,桌上的东西都被这吼声震得摇摇欲坠。一些功力尚浅的摇晃了几下瘫倒在地上，小五子、文思清这样没练过武功的，直接晕了过去。迎客道长的剑被震掉了，他向四周看看，明白乔帮主在使诈，几大高手是假，喊出这话只是为了施展狮吼功。他右手中指拇指攥成一个钩子，去掐小五子的喉咙。乔帮主蹿过去，手掌捂在小五子喉前。迎客道长两指戳下去，扎进乔帮主的手背，血涌了出来，乔帮主的掌心就贴着小五子的喉咙。乔帮主不好发力，只能用手背去顶迎客道长的钩子指。拇指嵌在肉里，中指已把手背戳穿。乔帮主咬着牙，用尽最后一点儿力气又喊了一遍："几位前辈，晚辈有请！"

这次没人信了，功力也弱了不少。六公子摆脱掉乔姑娘，朝乔帮主后心击了一掌。乔帮主眼前一黑，心想罢了罢了，今日死在小人手里。这时一个更浑厚的声音传来："吵死了，吵死了，看会儿热闹都不行！"

9

那声音似乎在较劲，好像在向乔帮主示威，就你嗓门大，就你会狮吼功。如果说乔帮主的嗓门是风卷残云，那这声音虽然更大，但没见哪个人晕倒、哪件兵器震弯。可缓了一阵儿，竟发现之前晕倒的人一个个都醒了过来，这着实令人啧啧称奇。靠吼声将人震伤已属不易，竟然还能通过吼声传输内力！

谁都明白一等一的高手来了，不约而同地往房梁上看，只见一个老头儿躺在一根细杆上，满脸的不高兴。乔帮主侧卧在地，手背血流不止，拱手恭敬道："哪位英雄到场，劳烦下来相见。"

老头儿伸了个懒腰，身子一滑，双手抓着木杆悬在半空。有人哑然失笑，今天是怎么了，昆仑公子是台子上不去，这个老头儿是从房梁上下不来。老头儿又往上撑了撑，弯曲的胳膊一发力，像弹弓一样，把身子射了下来，刚好落到乔帮主面前。

在场的都练过轻功，向来都是脚上发力，用胳膊发力的，生平还是第一次见，众人一时惊讶得忘了喝彩。乔帮主躺在地上仍不忘礼数，说狮吼帮乔三拜见老英雄。老头儿听得直摇头，什么乔光磊，这么大嗓门，你还是叫乔叫唤吧。

在场的人都笑了，乔帮主努力坐起来，说恕在下眼拙，请问老英雄是哪位前辈。老头儿这就不懂了，"你把我喊下来的，还问我是谁？"说完，他向下面望了望，召唤道，"两位师兄，快出来吧。"

还有两位师兄，乔帮主想，那就是蓬莱阁老了。可是哪里还有人，都是他蒙的。蓬莱阁老又问了一遍："出来吧，师兄！要不是大嗓门，我都不知道你们来了。"

从丐帮里慢悠悠地走出一个乞丐老头儿，吴思若离老远就喊"师父"。他瞪着她斥责："知道为师舍不得你死，你就跑上来胡闹！"大漠仙人藏在我丐帮？小五子这时才想明白，死到临头大家都在哭，就吴思若似笑非笑。

别人都装着翅膀飞过来，大漠仙人不紧不慢，走到台下脚尖一点，身子直上直下地落在高台上。蓬莱阁老刚才喊两位师兄，只出来一个，他问大漠仙人："大师兄没和你在一起吗？"

大漠仙人长叹一声，怪他脑筋还是这么不够用，这个乔叫唤是狗急跳墙瞎叫唤，哪里看到他们了。他转头对乔帮主点点头，说："你内力还不错，差点儿吓我一跳。"

乔帮主想回谢一下，张了半天嘴不知道该说些什么。六公子过来拜见，说晚辈西北六公子拜见大漠仙人、蓬莱阁老。都知道他们是数一数二的高手，众人纷纷挤过来想一睹真容。

蓬莱阁老打量着六公子问："你上面有五个哥哥，你父亲怎么单把西北射术传于你？"

"家父因材施教，我五个哥哥也学了不少本事。"

蓬莱阁老哈哈大笑，说："西北郑家除了会射箭，还有个屁本事？"

六公子不好反驳，低头不语。迎客道长起身拜见。大漠仙人说："回头让你师兄来找我，假死都能想得出来，以后肯定用得着他。"

蓬莱阁老笑道："再狡诈也不及师兄你的一半吧。"

大漠仙人反唇相讥："就算是狡诈，也比你脑筋不灵活好些。"见蓬莱阁老不争辩，只是呵呵傻笑，大漠仙人侧身对方丈、马长老等人点点头，看到那些缺胳膊少腿的，目光如炬，质问道："你们被这小子弄成这样，早该羞愧自杀，还有脸来昆仑山庄复仇？"

几个人脸色煞白，坐在椅子上不应声。蓬莱阁老看得直着急，倏地一下站到一个独臂人面前，伸手点了一下，又瞬间站回来。那独臂人一动不动，眼睛睁得老大，旁边人摇摇他，他直接倒在地上断了气。

剩下的人一脸惊惧，不明何意。蓬莱阁老将地上的剑踢给独臂人旁边的道士，说："我师兄让你们自杀，你们就赶快死啊，犹犹豫豫的，在等我动手吗？"第二个人双手发抖地捡起剑，手握剑柄将剑倒过来要剖腹。大漠仙人看这场面觉得好笑，毕竟师弟在讨好自己，也不便阻拦。那人将刀捅入腹部，吐出一口浓血，倚在椅子上断了气。

大漠仙人摇了摇头问蓬莱阁老："师弟，你骑房梁上看那么久，可不是看热闹这么简单吧？"

"二师兄不也和我一样，扮成叫花子在底下看。"

蓬莱阁老说这话时还不忘维持自杀小分队的秩序，让他们别停，就那一把剑，一个传一个，想想又不对劲，说："人死了怎么传，你去把剑从肚皮上拔下来，以后再死的，别剖腹了，拔起来麻烦，割喉就行了。"

那边连着自杀了五个人，少林方丈智明大师几次想拦阻，但碍于蓬莱阁老、大漠仙人的功夫，只能双手合十地重复"阿弥陀佛"。

蓬莱阁老和大漠仙人又试探性地聊了两句，他俩都好奇一件事，过来问小五子，中断魂掌几年了，小五子说两年多了。大漠仙人点头，应该就是昆仑公子消失的这两年。蓬莱阁老问他，过去武功怎么样，台上这几个打赢过谁。大漠仙人嘲笑他，断魂了，怎么记得住。他走到那些人面前，让后面没死的那些人别自杀了。他检查每个人受伤的部位，回头对小五子说:"你之前功夫不浅啊。"

蓬莱阁老不服了,说:"师兄你都没夸过我功力不浅,他跟你我二人相比如何?"

大漠仙人又检查一遍,说:"恐怕在你之上,我之下。"

听这话,蓬莱阁老气得要死,让小五子起来,大家比画比画。

"又在犯浑!"

大漠仙人挡在他俩之间,摸摸小五子的手腕,感慨大师兄的断魂掌已经练得这么好了。忘记招式倒不难,居然连内力也没有了。他抓起小五子,一把抛给蓬莱阁老,说带上他去问问大师兄。

蓬莱阁老不高兴了,谁都看得出来,他和大师兄有隔阂,他把小五子扔回给大漠仙人,说:"你去吧,回来讲给我听就是。"

小五子飞过来,大漠仙人接都不接,掌心一推,说:"你这么怕大师兄,那就让他练好断魂掌,到时候你可得藏好了别出来。"

小五子飘飘荡荡的,又回到蓬莱阁老身前。蓬莱阁老本来已经又将小五子推出了,但听到大漠仙人的话,他跨前两步,又把小五子拽回身前,扛在肩上。几轮下来,小五子一阵阵想吐。蓬莱阁老怕他吐自己身上,刚要甩下去。大漠仙人让他小心点,别不留神弄死,就白跑一趟了。蓬莱阁老吐吐舌头,威胁肩上的小五子:"你要敢吐在我身上,我让你吃回去。"

吴思若觉得,这是她听过的最恶心的威胁。两位长者在台上旁若无人地折腾了半天,决定去找南海真人。这时六公子展开双臂拦住二位,说三王爷有令,昆仑公子一定要杀。蓬莱阁老表示没问题:"等我们把事情弄清楚,帮你杀他就是了。"六公子为难,说需今日将此贼斩首。蓬莱阁老说:"那可不行,我们刚说好要带他去见大师兄的。"

倒是大漠仙人懂得变通一点儿,体恤六公子说:"也不让你难做,你就跟三王爷说昆仑公子是被我二人带走了,办完事情后我们把他送回皇宫。"

六公子鞠躬作揖:"这里万把余人,若说拦不住您二老,三王爷恐怕不信。"蓬莱阁老不耐烦了，拦不住就是拦不住，这有什么不信的。他扛着小五子，和大漠仙人对视一眼，同时跃起，在房梁的四个角各拍一掌，然后落到门口，哈哈大笑地走了。

众人在大殿愣住了，马长老喊了声："追！"而六公子此时却仰头看着房梁，大喊一声："跑！"房梁的四根柱子出现断裂的声音，裂缝从顶部向下延伸，也就几秒钟的工夫，房顶轰然坍塌下来。

第五章

CHAPTER 5

1

那就不是小五子了,是昆仑公子,醒来在河边洗脸,看着水中的自己都想抱拳作揖,久仰久仰,恕在下有眼不识昆仑公子。多了他就不敢想了,当小五子要在文思清和吴思若之间纠缠,当昆仑公子竟然还有俩——苏子瑶和乔文君。他冲着河水长叹一声,转身对蓬莱阁老和大漠仙人说:"洗好了,我们走吧。"

被他俩擒走也不算坏,抛开感情不谈,真自由了,命都保不住。大会那么多人,恨不得镶上獠牙啃他两口。二老看起来也不打算杀他,要把他活着带到南海真人那里。只是路上实在无聊,两人不搭理他也就算了,他们俩也不说话,各有心事的样子。那种漫长的无言,时光要多久,沉默就要多久。

到了晚上他们却充满着互动交流。头几天小五子还没被绑起来,怕他夜里跑了,大漠仙人和蓬莱阁老把他夹在中间睡。睡到半夜,小五子被摸醒。蓬莱阁老在后面把手伸到他衣服里抚摸他后背,满手老茧,摸在背上像在澡堂子搓澡,只是速度更慢,一寸一寸地往下摸。手就要伸到裤子里的时候,小五子扭了一下屁股,大漠仙人在前面也把手伸了进来。他从领口进,从脖子往下摸,检查完右胸,再检查左胸。手在小五子心脏的位置停下来,感受他的心跳,时不时还要捏两下。另一只手从肚皮处进去,拇指压在肚脐上,四根手指以肚脐眼为圆心画了一个圆。小五子努力挣脱,可前后身都被他们用掌力吸住。他屏住呼吸,忍住不吐,忽然四掌将他翻转,这回换蓬莱阁老摸前面,大漠仙人摸后面。

持续一两个时辰,来来回回翻了四五次,小五子都要呻吟了。等到掌力稍微松下来,他猛地坐起来喊:"你们俩一把年纪了,到底想要干什么?"

仿佛馋嘴被发现,蓬莱阁老马上翻过去,背对着小五子打呼噜。大漠仙人的手还在摩挲他的后背,嘿嘿地笑说:"师弟,你不是在背着我验他的伤吧?"

"不错,明人不做暗事,这一掌断魂掌正是打在他膻中穴偏下一点儿。"

"是吗?"大漠仙人眼珠子比萤火虫还亮,他又摸了摸小五子的胸口,轻捏两下,点着头说,"果然如此。"

小五子牢牢记住这穴位,第二天夜里,他们的手又伸进来了。小五子闭着眼睛说:"不用摸了,是打在膻中穴偏下一点儿。"人老会健忘吗?他们把他摁在地上,前后上下,一寸肌肤都不放过地又摸了一遍。

"确实是吧?"停手之后,小五子问。

两个人都沉默,直到大漠仙人先问:"九宫图在哪儿?"

"是啊,"蓬莱阁老补充道,"你说你有五张,在哪儿?"

小五子不知如何解释,只说自己没有,骗人的。蓬莱阁老叹口气,说:"本来你骗别人,跟我也没关系,可你把我也骗了,你说该怎么办吧?"

"你问我该怎么办?"

"对。"

这下小五子急了,说:"被你们摸两宿也就算了,现在已经开始耍我了。你问我怎么办,我说你们请我吃顿好的,行吗?"

"不行。"

"那就不要问我啊。"

蓬莱阁老反而没生气,觉得小五子这话在理。他翻过身,背对

125

着小五子。

后来大漠仙人讲："我那张九宫图被我那不争气的弟子偷走了,你也用不着九宫图,改天我拿宝贝跟你换。"蓬莱阁老反问他,能有什么宝贝配得上九宫图。大漠仙人故意卖关子,说:"到时候再看,没准儿到时候你求着我换。"

两个老头儿吵死了,夹在中间的小五子翻来覆去,他想起身远点睡,但被蓬莱阁老一掌按下去。没办法,他整整衣服,干脆趴在地上放空。

好像都没睡着,就又要起来出发了。白天一天都是困的,三个人面无表情。大漠仙人永远都在捻佛珠,二三十颗串成一条链子,不管是在吃饭、在赶路,还是在杀人前、杀人后,手上肯定有条链子慢悠悠地转。而且不是一颗一颗地捻,是跳着捻。小五子有一次看明白了,他先捻一颗,摸准了,圆圆的,下一次直接摸两颗,第三次三颗一起过,第四次四颗、第五次五颗、第六次六颗,一直到第二十四次,中指指节顶着出发那颗,拇指一颗颗捻着查,第二十四颗是出发那颗。一整圈链子,一个轮回,他又从第一颗开始捻。小五子就要疯了,强迫症似的盯着他捻,一直等他捻完二十四颗,小五子抓紧时间揉揉眼睛,歇一下,好等他从头再来。

蓬莱阁老就好很多,他不捻佛珠,也不看他二师兄捻佛珠,他看打身边走过的年轻姑娘,眼珠子发亮,满脸期待。小五子开始以为他是淫贼,可惜不是,白瞎那么好的功夫。他就是坐着不动,满脸期待地把迎面来的姑娘硬生生地看成背影。一不用钱,二不用强,总以为哪个姑娘能被他吸引,在他这儿停一下,没话找话问个路什么的。姑娘一靠近,他还特显摆,眼巴巴地向她露两手,把筷子插桌子里面,或是用手劲把金元宝捏成小兔子。问题是他都那么大岁数了,要么别想,想的话就敞亮点,花钱去窑子,或是当个采花大盗。这么大本事,他就是当第一淫贼,武林里能惩治他的也不超过仨人。头发没几根了,还总觉着自己貌似潘安宋玉,有姑娘主动倒贴。

一次还真有个姑娘过来了,十八九岁的样子,一脸稚嫩。那时他们在客栈里等面条,小姑娘跟着她的十几个师兄从外面进来。为首的年轻人在二老面前作揖鞠躬,说自己是崆峒派第十六代掌门人,想跟两位老前辈借一个人。说着还满腔怒火地指着小五子说:"我们祖孙三代都被这小贼给害死了。"

大漠仙人刚捻完第六颗佛珠,一二三,四五六,就要捻七颗了,生怕这会儿查错了。他停了一下,说:"你想把他借走,可你怎么还啊?"

"晚辈想把他拉到我父亲、爷爷的牌位前,手刃了这小贼。"

"然后你怎么还呢?"

少当家的也明白这么还不合适,但是大仇未报,只好觍着脸说:"我跟您借活的,杀死了之后还您二老全尸,再打副棺材当利息。"

大漠仙人斜眼看他,不说话了,聚精会神地捻下面七颗佛珠。小五子满脸憧憬地看着少当家的,心想着带我走吧,现在就杀了我吧。店小二把第一碗面端上来了,小五子望了他们好半天,叹了一口气,低头吃面。

蓬莱阁老倒是一直盯着小师妹,把筷子掰成十几节,全都拍进了桌面,心想她怎么这么害羞,见到喜欢的男子都不敢抬头直视。后来他着急了,但他又不是主动跟姑娘说话的人,他只好跟那少当家的没话找话:"你们崆峒派三代人是怎么被他害死的?"

少当家的又自我介绍一遍,说他是崆峒派第十六代掌门人,他爷爷,第十四代,当年就是被这小贼杀死的。他爹爹,因为寻仇,不小心坠崖身亡,崆峒派和昆仑公子有不共戴天之仇!

"那第三代呢?"大漠仙人问。

"啊?"

"你说,祖孙三代都被他害死了。"

他眼神迷离了一阵儿,说自己就是第三代,家破人亡,爷爷死了,父亲死了,自己苟活于世也是行尸走肉。

大漠仙人想了想，跟蓬莱阁老说："行尸走肉，还是你来吧。"

第二碗面迟迟没上，他把佛珠放桌上，拽过小五子吃了一半的碗接着吃。小五子只剩筷子没有碗，抬头看着他们，把还没咽下去的面条细细再嚼一遍。蓬莱阁老也不掰筷子了，突然跳到少当家的面前拍了一掌，然后又坐回到位子上，吃刚上来的第二碗面，并跟小五子说："你真是造孽啊，害了人家祖孙三代。"

他的那些师兄弟开始时吓了一跳，见掌门人也没倒也没晕，那就是没事，刚要说"谢前辈手下留情"，少当家的就呵呵傻笑起来，梦游一般出了客栈。有弟子明白了，这是蓬莱掌，就算是活着也疯了，也是行尸走肉。哎哟，他们明白了，怪不得要蓬莱阁老出手。这些弟子的剑拔了一半却不敢抽出来。

不愧是属仙人掌的，半碗面就吃饱了。大漠仙人放下筷子换佛珠，问他们谁来做第十七代掌门人。他们互相看看，谁也不敢应。

"不管谁做，别再寻仇了，你们回去的时候，顺便告诉后面那些跟着的沙河帮、嵩山派，都散了吧，没本事报仇，无非是再搭几条人命。"

十几个弟子低着头走出客栈，那个小姑娘气不过，没一会儿又跑回来，右手揣在怀里冲他们三个大喊："看镖！"随后甩出一把毒针，不等他们反应过来，转身就跑了。十几根针对二老来说当然不在话下，蓬莱阁老拂袖要接。只可惜小姑娘功力不到，扔出来的暗器轻飘飘的，离他们还有好几米，一大把全掉到了地上。

小五子借两步，低头看地上的毒针，问："后面还有人寻仇？"

"跟两三天了，就在后面五六里。"蓬莱阁老呼噜着面条说，"你停他也停，你走他也走，又不敢上来。前面还有人堵你，上午过去那几个小道士，应该是报信的。"他说着端详一下小五子，"你之前多大本事，招那么多仇家？"

小五子摇摇头，过去的事他也不知道，但本事再大也不及他们俩，怎么就闹到整个武林先杀之而后快？他说这几天他都觉得奇怪，那天昆仑山庄那么多人,居然没一个找他们俩报仇。

大漠仙人和蓬莱阁老相视一笑:"这么简单的道理,你想想就明白了。"

没仇家,是因为不杀人吗?不可能。是他们不敢来寻仇吧?二老摇头。第三碗面上来了,大漠仙人推到小五子面前,让他快吃,要赶路了。小五子用筷子挑几下面,热腾腾的白气扑上来。他吹两下,入口还是烫,端着一筷子面条继续吹。大漠仙人着急了,佛珠换到左手,右手食指插到碗里。只见他面不改色,食指在碗中散发出阵阵寒气,不一会儿一碗面结了冰。他拔出手指,刮掉挂在上面的冰碴儿,叮嘱小五子:"快吃吧,现在不烫了。"

小五子用筷子敲敲上面的冰,为难地看着这一碗面,起身跟伙计要两个烧饼带走。他走到店外,解开缰绳把马牵过来。一共三匹马,二老各骑一匹,照规矩白天赶路,小五子要横着趴在第三匹马上,大漠仙人用绳子把他绑在马背上。小五子看着地面,说:"我知道了,早听说你们已经几十年没行走于江湖了,没人寻仇是因为你们把仇家都杀死了。"

"杀人很麻烦的,你杀一个人,他师父师母,他哥哥弟弟,甚至他儿子过了十八年,都来找你报仇。所以说,"绳结打好,大漠仙人把缰绳和自己那匹马系在一起,翻身上马,慢悠悠地讲,"要杀就灭门,免得被一茬儿又一茬儿的人烦。"

2

他们的两匹马走在前面,小五子趴在马背上只能看见途经的草地、污泥和沙尘。一路上,他也不消停,问个不停,南海真人在哪儿啊,是在南海吗,南海在哪儿啊,咱们花两三个月过去,万一人家不在家,去长白山了呢,到时候咱们北上去长白山,人家又回南海了怎么办……后来把大漠仙人问烦了,下马在他脖子后面点了一下。小五子第一次被点穴,还觉得挺新鲜的,可惜已经被绑住,看不出效果。他眨巴了几下眼睛,贴在马屁股上的手指还能动。他用脸蹭马背,悬在另一侧的双腿甩了两下。他想问到底点的是什么穴,张了几次嘴就是出不来声。完蛋了,他被点了哑穴。露营休息时也没给他解开,看样子要一直哑巴到南海。

小五子没胃口吃饭,跑到树下去抠嗓子。手指够到嗓子眼,连恶心的声音都发不出来。以前在田独掷色子听哪个赌客说过,人被点了穴,十二个时辰后会自动冲开。十二个时辰是一天一夜,他早早地躺下睡觉,等着二老晚点时把他围起来。要是声音还在,他肯定要抱怨,一个比一个抠,花点钱住店啊,拢一堆树叶子当床算什么玩意儿?

天不亮他就醒了,手脚被捆,像个粽子一样勉强坐起来,看着二老洗漱。他要有耐心,等着时辰一到,"叮"的一声,就可以说话了。从日出到日落,声音还是没回来。他拿树枝在地上写字,问他们是永远哑巴,还是只是暂时的。一句话写半天,大漠仙人看过一眼把这些字踩掉,然后冲他微笑,安慰他别担心,人和人之间本来就不需要说话。

十几个字他又写一遍,拉蓬莱阁老过来看。虽然出不了声,他还是张大嘴巴问了一遍,他是永远哑巴了,还是只是暂时的。蓬莱阁老看看他的嘴型,又低头看了半天。

"什么意思?"

"阿巴,阿巴。"

"我不识字。"

"阿巴!阿巴……"

他计划逃跑,寻找一个石片藏袖子里。白天赶路还是他们俩在前,小五子在后面慢慢割绑在身上的绳子。大漠仙人今天的心事似乎更多一些,走了一个多时辰突然哈哈笑了起来。

"不识字这个办法好,师父的秘籍自然不是你偷的了。"

"我打拜师学艺那会儿就不认字,口诀都是你和大师兄读出来,我硬背。"

大漠仙人长叹一口气，说："这么多年也难为你了。"

"你说我装这么多年？后面那小子，你验过他的伤没有，秘籍就在大师兄那儿。"

大漠仙人回头看。小五子马上停住，将石片推进袖口。大漠仙人摇着头说："我看也未必。"

小五子等他们转过去，不再聊这个话题，进入惯常的沉默，再试着把石片从袖口抖出来。一个颠簸，石片掉了下去，他想今天就算了，脸贴在马背上眯了一会儿。

醒来时他知道哪里不对劲了，绳子割了一半，这么大的口子晚上肯定要被发现，那就再没有机会了。他盯着豁口，又看看日头，时间不多了。他把头伸过去用牙咬。咬到眼泪都出来了，最后一个细绳终于被他咬断了。他将绳子在手掌上缠几圈，挺起上身，用胳膊撑着马背，足尖离地面不到一尺远。他心里默数着三二一，前方就要拐弯的时候，他手腕一松，轻轻落了下来。他先不动，趴在草丛里看着前面的二老。夕阳西下，二老的身影刚好挡住迎面的斜阳。只要再数十个数，就可以顺势从山坡往下滚。他闭上眼睛，尽量数慢一点儿，那三匹马越来越远。这时马蹄一声长鸣，没有了小五子的负重，那匹小马高高兴兴地跑到二老坐骑的前面。

大漠仙人骑着马朝这边过来，小五子在想一会儿该怎么说，干脆反咬一口，你们怎么搞的，正睡得香呢，被你们摔下来。要是三番五次地这么摔，也别去南海了，还不如直接杀了我。话都想好了，忽然记起自己被点了哑穴，他瞪大眼睛冲大漠仙人摇头。

马停在小五子身旁，大漠仙人捻着佛珠，在马上俯视他，那表情似乎很伤心，我们对你这么好，你居然要跑？蓬莱阁老跟过来，建议道："别找大师兄了，就在这儿把他剖了吧，受的什么掌什么伤我们看不出来吗？"

大漠仙人点点头，让小五子站起来，把上衣脱了，接着问蓬莱阁老有没有带刀带剑。

"手撕就行。"蓬莱阁老下了马,手在小五子胸前比量,"先验心还是先验肺?"

"要是断魂掌的话,直接验脑子。"

蓬莱阁老两只手向小五子脑后摸去,他在找从哪里下手。大漠仙人叮嘱他轻点撕,脑浆崩出来就什么都验不出来了。看到小五子的表情,他扯一块布,说蒙上他眼睛,别让这孩子先吓死了。

面前一片漆黑,小五子感觉到蓬莱阁老的两个拇指压在他鼻子的两侧,另外八指捋着后脑勺的中轴线,找受力点。指甲都已经嵌进头皮了,他喉结一动,咽了口唾沫,听见蓬莱阁老说:"万一发现不是大师兄呢,是你干的呢?他死完就是我死。"

"真是我的话,我现在就能杀了你。"

"你还不敢。"

小五子身子一轻,被提到马上。蓬莱阁老上了他身后的一匹马,轻声说:"好好想一想,到底是谁伤的你。"

双眼被蒙,迎面是一阵阵的风,小五子摇摇头,听见两侧树林唰啦啦地响。后来风更大了,有雨点打在脸上。蓬莱阁老停住马,把小五子带到榆树林里避雨。小五子解开眼前黑布,看着头顶一串串的榆钱流口水。他爬上树干,让蓬莱阁老递他一根棍子打榆钱。

后来大漠仙人也到了,两个老头儿并排坐在树下的大石头上等雨停。被打掉的榆钱从树上飘落下来。大漠仙人手捻佛珠说:"我一度以为是你。如果真是大师兄偷的,他照着秘籍练了二十多年,你我就算联手也不是他的对手。"

"去还是要去的,又不至于死在他手里。"蓬莱阁老说,"把事情查清楚,不是还有小师弟帮咱们。"

"何府被灭门的事,你听说了吧。他们跑到极北之地,还是被大师兄找到了,师弟怕是也凶多吉少。"

"那就再叫上师妹,虽然几十年没联系了,但她百花谷也会助咱们一臂之力。"

小五子在树上刚摘到两串榆钱,听到"百花谷"三个字愣了一下,他哇哇叫了两声,把手里的榆钱扔下去。二老接住,一声不吭地看着大雨吃榆钱。小五子留在树上边摘边吃,小师弟是何员外的师父,前任丐帮帮主,他早知道了。他们还有个小师妹,竟然是百花谷谷主。小五子现在是丐帮帮主,以前可是百花谷少谷主啊。他嚼着榆钱笑了起来,双重的关系,你们没理由杀我啊。

天黑以后雨终于停了,有个送葬队从山那边翻过来,看到树下有人,他们又开始敲锣打鼓,一个个晃着脑袋吹喇叭。蓬莱阁老叫他们站住,问什么人死了,高兴成这样。领头的抱拳作揖,说家中私事,就不劳二老费心了。他身后的少妇估计看出来这两个老头儿不好惹,上前解释说:"是我们家老爷的偏房。老爷早两年就不在了,这个月小老婆也死了,你说我们当家的能不高兴吗?"说完,她笑眯眯地看着蓬莱阁老,弄得蓬莱阁老春心荡漾,仰头对树上的小五子说:"臭小子,这个还真不是找你寻仇的。"

大漠仙人在一旁看着,有了主意。他一跃到车上掀开棺材盖,里面的女尸涂了厚厚的一层胭脂,面色苍白,看起来比那少妇还多几分姿色。他说:"你们把棺材、马车留下来,剩下的路,我们帮你送。"

十几个人一听紧张起来了,领头的说:"再不济这也是我们王家的人,怎么能随便丢在路上?"

大漠仙人摇摇头,那意思仿佛是,这事就这么定了,怎么还商量起来了?蓬莱阁老也不明白他二师兄是什么嗜好,就算那女的好看一点儿,可毕竟是死人啊。

领头的扎起马步,摆好架势,说:"阁下留下万儿来。"小五子在树上看得直摇头,还留下万儿,他杀人杀满门,知道了他是谁,你们今天全都得死这儿。

小少妇又来帮腔了:"前辈息怒,有什么事咱们好商量。"

"不商量。"大漠仙人奇怪这有什么好商量的,"把棺材和车给我就行了。"

领头的大吼一声扑过来,后面的十几个人一拥而上。看起来还不是寻常的大户人家,这些人的功夫好像都不弱。小五子在树上吃着榆钱,看大漠仙人从人群里几进几出,半炷香的时间都不到,十几个人都躺在地上了。

小五子揣满榆钱从树上下来,此时躺在地上的人一个个地都站了起来。他知道了,他在何府见过,是仙人掌。吴思若以前还给过他一掌,即便她功力不够,也让他个把星期食不下咽。大漠仙人跟领头的说:"你们还能活几天,快回去料理后事吧。人就别送了,我怕等你们到了那儿,一起死在坟堆里。"

"你是大漠仙人?"小媳妇问道,然后她指着蓬莱阁老问,"这又是谁?"

大漠仙人说:"他是我三师弟,我感觉他的蓬莱掌要比我的仙人掌凶残多了。"

领头的满脸恐惧,虽然此刻身体不痛不痒,但他们都知道,自此以后他们将不吃不喝,直至身竭而亡。

断魂掌、仙人掌、蓬莱掌,到底哪一个更凶残,江湖上已经讨论了几十年,如果你必须选一个,你希望是失忆、饿死,还是疯掉?换现在,小五子觉得断魂掌还好,重启的人生还会有新的美好。他想问问昆仑公子,倒退几年,那么多难以割舍的爱与情感,他最怕的是断魂掌吗?可能,断魂掌没有伤害到他,真正伤害的是苏子瑶和乔文君吧。

那些人离开后,大漠仙人要小五子把棺材里的女尸抱出来。小五子不小心碰到了尸体的手,头皮发麻。他比画着问放在哪儿。大漠仙人说:"随便,主要是你躺进去。"小五子双手发抖地扶着棺材边,两条腿迈进去,慢慢躺在里面。棺材里寒意阵阵。小五子仰躺着看夜空繁星,大漠仙人将棺材盖盖上,让蓬莱阁老找六根筷子钉进去,啪啪啪,啪啪啪!一面漆黑,他一时喘不上气,他明早会被闷死在这里。忽然一声巨响,五个手指从棺材盖戳进来,小五子吃了一嘴的木屑。原来是给他透气用的。没多久,他们找地方睡觉去了,留小五子躺在棺材里。头顶的几个洞就像是骷髅头,秋后晚风从洞口细细地吹进来,小五子偶尔睁开眼睛,还能看到洞外的微微星光。

3

棺材从外面看起来是木制的,打开盖,里面还是木头。可是不管怎么躺,小五子都觉得自己是躺在一块铁板上。何况也只有三种姿势,双腿伸直了平躺,左腿稍微弯曲地平躺和右腿稍微弯曲地平躺。小五子想,可能为了尸体防腐吧,哪怕午后烈日,棺材里面都是一片冰冷。

屁股凉,尿就特别多,大漠仙人跟他规定好的,有事敲棺材盖,敲一下是上厕所,敲两下是饿了,敲许多下就是无理取闹,没人搭理你。可是马蹄声声,一下两下根本听不到,这样小五子又不尿急又不饿,一天都在咚咚咚地无理取闹。那天下午,他憋得在里面直踢腿,恨不得用脑袋把棺材盖撞开。马车在山路上把他颠得一上一下,终于在最后一次落下来时他尿了裤子,眉头舒展,长舒一口气。原来那些卧病在床的人有卧病在床的爽法,尿了千百回,躺着尿最舒服。

所有不要脸的事情都一样,一旦开头就上瘾。白天他在棺材里睡觉,睡醒了就敲敲棺材盖,没人管就进入生活不能自理模式。要是睡太多,实在睡不着了,他就想这三大恶人、三大高手,也是三个师兄弟,到底是怎么回事。

他们心不和面也不和,生怕对方是偷秘籍的那个,练了二十多年大功告成,弄死另外两个。老大南海真人、老二大漠仙人、老三蓬莱阁老,这都是后来的封号。几十年前,他们都在一座山上,跟着沈前辈学艺。师父教每人一掌，各练各的，为的就是互相牵制，彼此能有个顾忌。不过后来事情失控了，有人偷走了秘籍。查不出是谁，沈前辈一气之下将三个人都逐出师门。头一个往南，做了南海真人；第二个往西，做了大漠仙人；三师弟往东，做了蓬莱阁老。

但这事没完，总有一天，三掌都练成的人会跑出来祸害武林。沈前辈开始琢磨，能不能开创一种掌法，比这三种都厉害，然后收个品行还不错的弟子传授给他，于是就有了向老帮主的无为掌。何员外带着他师父东躲西藏，最后还是被那个弟子找着了，蒙着脸将何府灭了门。向老帮主在京城大牢里面，明年八月十五就可以出关了，也不知道大漠仙人和蓬莱阁老是否欢迎他。这件事他先不说。那百花谷谷主又是怎么回事呢？他们的小师妹，沈前辈似乎也没教她什么本事，她又是怎么当上少谷主的？

算了，反正也想不明白。他弯了一下左腿，打算再睡一觉。但隐约觉得哪儿不对劲。闭眼睛的时候知道问题在哪儿了，他在棺材里吃喝拉撒好几天，主要是撒，怎么会一点儿积水都没有，那些尿都是从哪儿渗出去的？他把手垫在屁股下面挦着摸，果然正中间有一条缝，棺材底是可以开合的。那就有逃生的希望，他不睡觉了，也不尿尿了，在几尺空间里一寸一寸地找机关。

原来这木枕就是机关，推半圈就能把底板打开。他等待时机，从洞口看天色已晚，趁蓬莱阁老在赶马，大漠仙人在车里睡着的时候，他左手撑着身子以防掉下去，右手抓枕头边拧了半圈。底板打开时他差点儿叫出来，下面是实的，铺了好几层金条。

那些人不是送葬，而是镖局送镖，怪不得个个会武功，豁了命地保这棺材。还说什么小妈死了，当家的乐开花。小五子把金条一根根挪开，最下面是一个檀木板，留了两个拳头大的透气孔，可能那些尿液渗来渗去就从这里流出去了。他颇为遗憾地摸了好半天，把这些一一复位，又躺回板子上看头顶的手指洞。

他有点悲伤，倒不是怕死，是什么事刚有点希望，就被一盆水浇灭了。晚点他们找了家客栈休息，大漠仙人和蓬莱阁老开了一间上房，把棺材推到马厩里。酒足饭饱后，蓬莱阁老下来把棺材盖打开，扔给小五子两个馒头。小五子坐在棺材里，吃一口馒头，就一口馒头。看着他干嚼，蓬莱阁老有点心疼，进去拿了两个空盘子出来，跟他讲这家是广东的大厨，做菜的味道还不错，这个盛的是上汤焗龙虾，这个盛的是脆皮烧鹅，盘子刚刷没多久，用馒头蘸蘸还有味。

小五子点点头，满嘴的馒头噎得眼泪都要出来了。蓬莱阁老也是，似乎这辈子都没对谁这么好过，他叹了口气，说："混江湖就是弱肉强食，你打不过我们，按理说该把你杀了的，怎么可能再往你身上贴钱？"

馒头嚼得直掉渣，小五子努力往下咽，他摸摸底板，想说这下面有一百来根金条，随便抽出一根就能把这家客栈买了，但它买不来我的命。我打不过你们，所以它就是你们的。

当然不能说，没点哑穴也不能说。吃完饭他平躺下来，蓬莱阁老问他要不要上个厕所。小五子摇摇头，冲他微笑，那意思是不管怎么样，我都谢谢你。蓬莱阁老把棺材盖扣上，抽出六根筷子啪啪啪地钉进去，对着洞口说："那就早点休息吧。"

他睡不着，四周除了黑就是黑，感觉自己都要被吞噬了。小五子回光返照似的东想西想，但就是记不起过去。什么他都想，各种人各种事，从文思清到钱老板，从何员外到苏子瑶，甚至连关长老这样无关紧要的人他都要想一遍，揣测他能不能干掉马长老，当上丐帮帮主。想这些干吗呢？他中断魂掌的那几个时辰，是不是也这么瞎想？

冥想了小半夜，他一下子明白了，他是在告别，记得的人，见过的事，在离开这个世界以前，一点点重温一遍。想清楚以后就可以死啦，他闭上眼睛，试着不喘气，憋得不行了才吸一大口。然后再使劲憋住，悄悄喘两口，直到呼吸均匀地睡着。

他梦到自己过鬼门关走黄泉路，牛头马面在前面带路，两边藏好的妖怪时不时地蹦出来冲他吼,也不碰他,号两嗓子又退回去藏起来。小五子不明白,这都是干吗呀,死都死了,还怕这些吗?牛头跟他解释,这都是阎王爷安排的,怕有些人没死透,黄泉路上就把他吓死。马面不说话,走在最前面,抢先两步把鬼门关打开。门那边居然一片白光,花团锦簇。马面回头说:"我们不喜欢阳气太重的人,所以说,"他手臂伸向鬼门关外,忽然变成姑娘的声音,"小五子,你死了没有啊?"

他腾地一下醒了,大口喘气,一脑门子汗。那声音又来了,问他"你死了吧,痛快说句话"。那是吴思若,仿佛溺水十分钟,就要沉到湖底的一刻,有只手把他拉了起来。他阿巴阿巴地乱叫,使劲敲棺材盖。这还不够,他想抱住她,永远不松开。可是在棺材里翻个身都不行,他伸出右手食指,从洞口穿出去,怕她看不到,露在棺材外的半截手指拼命地动。

没声音,他手指扪着棺材盖,就像坠崖的人死命地抓着岩石,生怕自己掉下去摔死。

"我看见你了。"她说,"你别急。"

他听出来她要哭了。他将手指伸直,指肚似乎成了他的脸,他慢慢转着手指,想知道转到哪里停下来能好好看看她。一个卷好的羊皮从洞口塞进来,吴思若说是"一只手"让她给他的。小五子把羊皮放在身下,外面有了新状况。

大漠仙人出来了,质问她在马厩干什么。吴思若连诓带骗,故作欢喜地说:"师父,原来你还活着,他们都说你被阁老杀了,我还以为棺材里面的……"后半句不说了,扶着棺材盖假哭。

蓬莱阁老也醒了,见到这么好看的姑娘,从窗户上翻了好几个跟头蹦下来。他问大漠仙人:"这丫头是你徒弟,那该喊我师叔。"

吴思若盈盈一拜,一声师叔喊得可甜了,说:"昆仑山庄见过师叔一回,从此就天天想着您老人家。"

蓬莱阁老激动了,闯荡江湖这么多年,终于碰到欣赏他的女人了。他吞吞吐吐的，好半天也没讲清楚一句话。

吴思若说："不着急，您若能把我师父请走，叫他别跟着我们俩，我好好听您讲什么。"蓬莱阁老只是笑，隔着棺材都能想象他花枝乱颤的样子。大漠仙人声音压低，让她先进客栈，有什么事明天再说。

那就明天吧，小五子听见蓬莱阁老一连串的扑腾，跳回到客房。大漠仙人甩下两袖子，朝这边走来。"我得走了，"吴思若轻声说，"你放心，我肯定救你出去。"可能怕他不放心，可能她自己也没信心，她又补了一句，"救不出去，我陪你一起死。"然后她伸出手指，点在了小五子一直在等她的手指上。

4

虽然还是老样子，每天躺在棺材里看头顶的五个洞，但没那么闷了，一是因为吴思若时不时弄点花生瓜子塞进来，再就是可以听她和蓬莱阁老聊天以打发时间。他们也没聊什么干货，除了打情就是骂俏。既然好事不常来，听点恶心话，刺激刺激肠胃，时光也会不知不觉地溜走的。

加上吴思若，马车里已经放不下棺材了，大漠仙人在车外吊了两根绳，把棺材悬在马车的一侧。这样小五子更舒服，晃晃悠悠，跟摇篮似的，一会儿一觉。蓬莱阁老还是坐前面赶车，吴思若坐他旁边为他加油打气。大漠仙人倚在马车的最后面，捻着佛珠眯着眼，看前面那俩人啥时候能上天。

吴思若勾搭老男人确实有一套，也就一套，不管蓬莱阁老干什么，她都拍着手说"你好棒""天哪，你这么厉害"。蓬莱阁老策马扬鞭，吴思若惊呼："呀，你这么厉害，你这手臂应该能一把抱起我吧？"蓬莱阁老吃饭拍筷子，吴思若装傻："筷子怎么不见啦？"蓬莱阁老把桌子劈开，筷子就在桌缝里呢。店小二不干了，抬棺材进来也就算了，吃一碗蛋炒饭你劈我桌子干吗？可没人搭理小二，他跟透明的一样。吴思若睁大眼睛，嘴巴合不上，一字一顿地惊叹:"怎，么，可，能！"逼得小五子任督二脉差点儿打通，冲她喊：一整天一个路数，你换个姿势行不行？

到了晚上还真有新姿势了，吴思若开始呻吟了。前后也没个过渡，就是眼瞅着天黑，蓬莱阁老狠狠地抽了一鞭子，抓紧再跑五十里。这时吴思若跟着轻叫了一声。蓬莱阁老愣住了，上一次听到这种声音，还是给小五子检查身体的时候。他问姑娘怎么了。

"你轻点，疼。"

蓬莱阁老又狠狠地抽了一鞭子，说："不行，赶时间。"

"啊，疼。"

真听不下去了，小五子把瓜子放下，打开底板去金库转转。一根根金条腾出来，把瓜子皮通过最底下的通气孔扔出去。不行，还不够解气，他拽根金条对着孔外扬起的尘土松了手。金条掉在了路上，可是马车已经向前跑了五十米。一间酒楼就这么被他扔掉了，还挺过瘾的，他连扔了三根。时候不早了，他把金条一根根地归位。金库没那么满了，少了三根金条就多了几本书的空隙。他用拇指食指比画金库有多高，接着比画一下自己的头。他合上底板想，以后没准儿会有用。

车速变慢了，蓬莱阁老也不抽鞭子了，他在和吴思若商量："你师父也被我赶走了，现在只剩我们俩了，晚上你来我房间切磋武艺吧。"小五子鼻子一酸，他想起以前在丐帮的时候，也是叫吴思若晚上来他房间，那时说是讲讲她的身世。时过境迁，他宁可死，也不想吴思若把身子卖出去。

可是吴思若不知道，她还在跟蓬莱阁老讨价还价，她说："没用的，我师父就在前面等着我，只有他死了，我才能和你远走高飞。"

蓬莱阁老不说话，好长一段时间里，吴思若都不敢多嘴。大概过了半个时辰，蓬莱阁老喊前面骑马的二师兄，同时低声对吴思若说："哪怕我真杀了二师兄，就剩咱们俩，你也救不走这小子。"

5

吴思若要走了,她照顾他最后一餐,她说她没办法,然后她又说了那句话:"你要是死了,我跟着你死。"小五子在棺材里吃糠咽菜,他想说你谁啊,咱们算什么啊,还带殉葬的?我相信我要是死了,你会难过,但最多俩月,日子往后过,结婚生子哪样都不耽误。过个十年二十年,这会成为你炫耀的资本,跟儿子说当年有个小伙子特别喜欢我,可惜他命不好,被你爹给杀了。小五子想到蓬莱阁老,也没准儿,什么事都可能发生。

真离开那天,小五子还是舍不得,他想说你别死,我不领你情,你好好活着得了。可是他哑巴了,说不出来,想写下来又没纸笔,只能不理她。他怕多看她两眼会让她动了情,以后真寻死觅活的。他躺到棺材里不出来,对她伸进来的手指无动于衷。直到确定她已走远,他才敲了敲棺材盖。

后面的路程还挺顺利,没寻仇的,也没救人的,三个人一声不吭地往南走。从汴梁到黄陂,从黄河到汉江。进了汉口他们改行长江水路,马车不要了,棺材还得留,卸下来搁在甲板上。

刚一上船他有点晕,随着波浪忽忽悠悠。以前没坐过,小五子确定,二十多年来他第一次坐船。船上食物紧张,能分给他的就更少了。反正他也没胃口吃,赶上风浪大的时候吃什么吐什么。从汉口上船,还没到九江他就已经开始虚脱,持续地昏迷。眼睛都不敢睁,面前全都是花的。偶尔二老关心他,怕他死在船上,把棺材盖打开让他晒太阳。他都会捂住双眼,求他们把他送回到黑暗里。

不过耳朵还没坏掉,不时能听到波浪、船夫的号子,以及迎面过来的船冲他们吹号角。大概跑了半个月,江上的号子多了起来。掌舵的说他们到南京了,再跑个一天,就能从江宁换船出海了。小五子感觉天气应该不错,阳光肯定刺眼,四周都是号子声,那些即将上路的和终于抵达的船夫们互相吹号角致意。掌舵的建议他们靠岸补给，等出了海可就再没有加水补粮的机会了。大漠仙人点头应允，船慢慢进港，迎面一艘花船挡住了他们的航路。

不是纸扎的，是真的花，从船舱到甲板，爬山虎一般包住整艘船，小五子在棺材里都能闻到扑鼻的芬芳。花船上出来一个女人，后面站着如琴、如诗两个丫头。那女人问，对面船上可是大漠仙人和蓬莱阁老两位前辈。声音有点耳熟，小五子把耳朵侧过去分辨，就快想起来的时候，那女人接着问："老谷主要见怪呢，怎么二位路过南京，都不来百花谷喝茶赏花？"

那就对了，原来是上辈子的冤家苏子瑶。大漠仙人作揖称谢，指着棺材说，他们要赶着出殡送葬，多有不便，还请谷主师妹不要见怪。

"我们老谷主可见怪了呢，"苏子瑶举袖遮嘴咯咯笑了起来，"出殡送葬，只怕棺材里是个活人吧？"

大漠仙人说："姑娘果然好眼力，里面的确是活人，我们打算到了墓地现杀现葬。"

蓬莱阁老不耐烦了，句句围绕半死不活那小子，他在一旁耍那么多功夫，甲板都要站出坑了，花船那姑娘也不看他一眼。他抢话说："活人又如何，你们百花谷要是不满意，我现在就让这小子变成死人。"蓬莱阁老说完就朝棺材劈过去，苏子瑶脸都吓白了，连喊三声"且慢"，质问他："你可知道，这位公子是百花谷的什么人？"

这算威胁吧，蓬莱阁老可不吃这套，随便他是谁，弄死了再说。他抬起手臂从棺材中间往下劈。这时一个花篮向蓬莱阁老后背掷去，蓬莱阁老回手挡了一掌，花篮被打落，击碎的花瓣飘得满天都是。蓬莱阁老抱怨："原来小师妹你也在场，为何只让小孩子和我说话？"一个老妇人伴随着花瓣轻飘飘地落在甲板上，她头顶着一尺多高的双凤翙龙冠，一身红罗袍拖在地上都看不到脚面。她上前两步，漫不经心地站在棺材和蓬莱阁老之间，笑盈盈地说："三师兄，二十多年没见，你怎么还是这么大的脾气?"

那就是百花谷谷主了,小五子知道他们是来救他的,苏子瑶不是问棺材里面是百花谷什么人吗,少谷主啊。小五子使劲敲棺材盖,谷主说话时扫了一眼,知道棺材盖被钉死了,便一掌拍在盖子上。小五子随着棺材往下一沉,六截筷子被震了出来。谷主将棺材盖推开一半,天气晴朗,一道阳光照进棺材,小五子抬手挡住眼睛。他眯着眼睛,还是看不清谷主,眼前一片明晃晃的光。谷主右手抓住他肩膀,准备把他抱出来。这时大漠仙人出手了,一掌拍向谷主。她松开小五子,腾出右手挡住这一掌,小五子又被摔回棺材里。

这次是真的晕了,再醒过来,他看到大漠仙人和蓬莱阁老联手围攻谷主。三人出掌之快,掌力在船上形成一道密不透风的墙,弄得苏子瑶一直找不到空隙上船救人。那些从汉口来的船夫、厨子和掌舵的,早被吓傻了。半个多月来,棺材一直在甲板上,里面躺着的居然是活人。他们都躲到船尾,讨论是现在跳江逃命,还是等等看。毕竟这些人师兄师妹地叫着,没准儿是所谓的切磋武艺,意思意思就收手了。

两位师兄也确实没使全力,大漠仙人挥着手掌劝师妹先退回去,有什么事慢慢商量。谷主接他话说:"把人先给我,一切都好商量。"但她已然撑不住了,她知道退回花船,就别想再商量了。蓬莱阁老打一会儿忽然惭愧了,说咱们两个大男人怎么一起打起师妹来了。

"不对,不对,"他跟谷主说,"我刚才攻了你十八掌,现在还你三十六掌。"

他转过身跟大漠仙人打起来了,一二三四五地查着,还见缝插针地说:"有什么本事都使出来吧,趁小师妹在,看看到底是谁偷的秘籍。"大漠仙人一再骂他糊涂蛋,手上的功夫不得不加快。大漠仙人快,蓬莱阁老也快,一边打一边数。数到三十六,眼看大漠仙人撑不住了,蓬莱阁老一甩手不打了,退到旁边看热闹。

这时候起风了,有雨点打下来。谷主渐渐势弱,身上已挨了两掌,脚下一滑,双手撑在甲板上才免于摔倒。她打算搏一下,大家五五开。谷主回头看了一眼苏子瑶,一掌向下拍在甲板上。一声巨响,船头往水里倾斜,眼看着要沉船了,谷主拍下第二掌,整艘船都散了架,碎成上万条木板坠进江水中,棺材仿佛一艘孤船浮在风浪之中。苏子瑶盯着棺材,她知道谷主的意思,谷主拖住二老,她去棺材里救人。

船夫、厨子纷纷落水,随便抓一个板子向岸边游去。谷主和大漠仙人踩在一根木板的两头伺机出招。大漠仙人嘛,钻沙子骑骆驼没问题,一碰水可就不行了。他摇摇晃晃的,也只是不掉到水里,哪里还顾得上还手。

蓬莱阁老不高兴了,拽起帆布铺在水上指责师妹:"你这就不对了,大家打打玩玩,把船击沉了做什么?"他长期住海岛,面朝着大海看蓬莱幻境,水性要好得多,脚点一下木板,都能在水面连迈三大步。他踩着帆布,把师妹也拉上来练练,难不成你的长江比我的黄海还要凶?打两下就知道师妹不行,他要慢点打,收点力,难得在江上打一会儿,还挺过瘾的。

狂风推江水,江水推棺材,棺材摇摇晃晃向东漂流。一个浪打过来,整个棺材翻到长江里。棺材口朝水面扎下去,散开的棺材盖从水里冒了出来。苏子瑶好不容易追上了棺材,抓着棺材边却无处使力。她用背顶着棺材,憋一口气,大叫一声将棺材正了过来。她看看身下的江水,老天爷保佑他还在,她上下牙打战,撑直双臂,从水里跃到棺材上面看里面。

苏子瑶哑着嗓子喊谷主,听声音,天都要塌下来了。谷主朝那边望过去,掌势渐收。蓬莱阁老点点头同意罢战,拽起她踩着木板向那边迈去。一里多水路,他走起来比船还要快,最后一大步,他带她来到水面的棺材板上。

苏子瑶倚着棺材掉眼泪。"他不会水,"苏子瑶哭着说,"一点儿都不会。"

谷主点点头,咬着牙看四周的江水,也不知少谷主沉在江底的哪一处。蓬莱阁老也有点不好意思了,搓着双手说:"算了,就当我杀的,有什么仇,有什么气,找我撒好了。"

"我再问你一遍,你可知道他是百花谷的什么人!"苏子瑶冲他吼,"他是少谷主,是我们谷主的亲孙子!"

6

日落时分,秦淮河上一户渔家收网归船,小姑娘指着水面问她父亲,河上为什么有一个棺材。她父亲低头不语,拉网上船。刮风下雨一整天,没网到多少鱼,今天算是白干了。小姑娘又问了一次,怎么棺材会跑到河里面。她父亲抬头看一眼,说可能是西藏的喇嘛在水葬吧。

他也不知道,秦淮河上从来没见过,就是以前听说书的讲过,西藏的喇嘛不埋不烧,要是死在内地,就把尸体放在大街上,等秃鹫老鹰吃掉。可是南京城里哪有秃鹫老鹰,连老虎豹子都没见过一只,扔一个月都放臭了也没人管。后来朝廷禁止天葬,他们就改为水葬,将死人放在席子上,顺水一推送进江河湖海。不过用棺材的真是没听说过。他起身望了一会儿,河上的棺材漂漂荡荡,好像从很远的地方来呢。

小姑娘说要去看喇嘛,一个猛子扎到水里,再出头时已在二米开外。他从渔网中捡些小虾小蟹扔进铁锅,盛些河水,把火点着。水烧开,女儿回来了,爬上船说棺材是空的,里面什么都没有。他扭头看过去,说不是啊,棺材里有个脑袋露出来呢。小姑娘睁大眼睛,真的哎,刚才怎么没有呢,有头发的喇嘛,还在动呢。

他醒来的时候先吐了一大口水,平躺的身子有一半浸在水里,有个女孩在上面问有人吗,是不是被吃啦。四周一片漆黑,他想起来这是金库的暗格,棺材落水时他躲到里面去的。当时浪太大,水从半拳大的通气孔涌进来,他一只手顶住那个孔,另一只手脱掉衣服把孔塞住。随着棺材在江中的几个翻滚,他在暗格中彻底晕掉了,睁眼时就是这个女孩在问:"是不是被吃啦？"

他不敢出声，屏住呼吸，一直等到那女孩离开，才吐出一大口水。他要确定安全，等到一点儿声音都没有时，打开隔板，上到棺材里。看天色还没有大黑，他扶着棺材边坐起来。看水面的宽度，似乎不是长江，棺材顺势漂荡，早就从长江下游的右岸拐到了秦淮河。两岸都不着边际，这么漂着也不知道何时才能靠岸。刚才那小姑娘已经回到渔家，看样子不是仇家，也许可以跟他们借身干衣服，讨口饭吃。

还是稳妥为上，小五子没人管，想杀昆仑公子的人可多着呢。那些武侠话本，说的不都是背着深仇大恨临水而渔的故事吗？他坐下去，靠在棺材一头，就这么漂着总能到岸边。命是保住了，他要想想以后怎么活。赶快跑吧，离江湖远远的。可江湖不是一个地名，到处都是江湖。那就一直往北跑，田独就没什么江湖。要是那儿也不安生，就再往北，总有没江湖的地方。他忽然明白钱老板是自己人，应该是钱老板把他带到田独的，他不让自己离开，处处管着自己，就是怕自己遇见仇家。这么说自己太傻了，天天跟有多大仇怨似的瞪着钱老板，此生若是有机会再见他，真该磕两个头，跟他说声对不住。

他坐不住了，肚子饿得咕咕叫，有小鱼从棺材旁边游过，他弯腰去捞，差点儿掉到河里去。月上柳梢头，秦淮河反倒热闹起来，河面上停了十几艘花船，挂的都是假花，跟百花谷的船比可差远了。两岸人头攒动，男人喊着价，看谁能上看中的花船。

小五子明白了，这是选花魁，"古韵凌波十里欢，风摇画舫雨含烟。夜游惊艳思八艳，情洒秦淮不夜天"，还有那句更有名的"商女不知亡国恨，隔江犹唱后庭花"，他每次听到，都是一脸坏笑。花魁还没选出来，小五子先中了新郎官，棺材不受控制，朝着船头撞了过去。

还好身边有金条，不然看老鸨那破口大骂的架势，是要将棺材拆了，再把他扔回河里去。他手举一根金条，老鸨赶紧笑脸相迎，冲上面说："别叫价了，喊来喊去都是银子，这位官爷可是带金条来的，棺材棺材，升官发财。"

两个龟奴把他抬上船，给他烧了热水泡澡，换了身新袍。小五子还是无法说话，冲他们比画要吃饭。龟奴说句"得嘞"，把他抬到花房闺床上，把桌子搬到床前，三趟两趟就摆满了一桌子佳肴，看菜品都舒服得想呻吟。小五子这辈子也没吃过什么好东西，在田独天天都是猪肉炖粉条。到冬天大雪封山，粉条供应不上了，就猪肉炖大棒骨。进了丐帮更完蛋，基本上跟狗抢吃的，好不容易下次馆子，还得把菜捣烂了再吃，说丐帮弟子不能忘本。跟着大漠仙人、蓬莱阁老更是吃糠咽菜，馒头蘸馒头渣，还广东的大厨，闻闻盘子上还有味儿。

一个姑娘进来给他斟酒，坐到他对面抱起琵琶，问小五子想听点什么。小五子想问后庭花有吗，不然后庭开花也行，苦于开不了口，财主都当得不尽兴。

边听边吃，肚子快吃爆炸了，饭菜还剩一大半，两壶酒下去，小五子觉得那姑娘越看越好看。他有点晕，后仰躺在闺床上，看着影影绰绰的烛火。姑娘过来把青纱帐放下来。他犹豫就在这儿过夜吧，苦了那么久，难得对自己好一点儿。也就一念之间，他撑起来再喝了一壶酒，他知道不可以，现在已经够乱了，昆仑山庄四个姑娘拿命来救他，他知道他最终只能选一个，肯定会伤三个女孩的心，但今晚在这儿过一夜，他小五子就真的不是人了。

他用手绢抹抹嘴，示意她别来服侍，接着把手绢展开写了一个"岸"字，他要下船回去。老鸨听说之后进来劝他："怎么好现在就走，要是不满意，我再叫几个姑娘来陪你。"小五子摇头，他发现当哑巴也挺好，省了不少口舌之争。

来时俩龟奴伺候，回时就一个龟奴划小船。老鸨他们真可以，划出去没几米，就听见她宣布继续选花魁，岸上的男人又活跃起来。小五子示意龟奴远点走，找没人的地方靠岸。下船时他有些不舍地看看船上的花火，他冲龟奴挥手，转身进树林，走出两步脚下拌蒜，摔倒在草地上。他爬起来，扶着树干，两腿颤颤巍巍，好半天才迈出一步。在棺材里躺了个把月，他全身都要萎缩了。但总会好的，只要没死，一切都会好的。

第六章

CHAPTER 6

1

方丈说要找文思清谈谈,但她在少林寺待了一个月,也没见着方丈的面。她晚上住在寺外的菜园,白天跟着和尚一起进寺。第一个星期她就摸清了寺里的日常,卯时敲钟起床,天都是黑的;和尚们聚在千佛殿打罗汉拳,跟晨起早操似的,每天打一套;然后还不开早饭,要去诵经堂做早课。大家敲着木鱼,根据自身修为,念什么的都有,《金刚经》、《易筋经》、般若波罗蜜的《大般若经》。在混杂的琅琅读经声中,文思清清楚地听到,有两个小和尚含糊地反复念叨六个字:"好饿啊,开饭啊。"问题是节奏还不对,人家木鱼敲两下,他俩咚咚咚能敲五六下。

这两个小和尚是负责照看文思清的,照字在前,看字为后,好好看住她,别让她跑了,也别让她饿死,如果可能的话,也让她听听经文、学学佛法,别白来少林寺一趟。两个和尚是兄弟俩,哥哥十九,弟弟十六,净字辈的,一个叫净空,一个叫净虚。文思清到现在也没分清,净空净虚到底谁是谁,他们总是哥哥弟弟地叫。有一次弟弟叫了哥哥的法号,回头被他哥哥好一顿打:"我是你哥你知道不,直呼其名,目无尊长。"

刚开始文思清还挺担心,两个男孩都不小了,挤在一间房里,怕他们晚上摸上床。接触几天后,文思清明白方丈为什么安排他们来照顾她了。两个小和尚傻乎乎的,小时候更傻。弟弟七八岁时淘来一本《葵花宝典》——从一个乞丐那儿花二十文钱买来的。哥俩儿按照书上的指引,一人一刀把自己切了,一心一意地练神功。大概练了五年,他们发现这本书是假的,别说上天入地,爬树掏鸟都费劲。两个孩子傻眼了,跟父母讲了这本书的来龙去脉。文思清想他们的父母也够可怜的,上辈子造的什么孽,生了这么两个缺心眼的。

神功没学会,大侠梦还在,反正都这样了,不当和尚也是当太监,哥俩儿三年前跑少林寺来了。他们想学大力金刚指,可是入寺三年来,师父只叫他们到菜园里种菜,清晨练练罗汉拳,每天打一套,九个小节,每节一八二八共八个节拍。这是学功夫吗?弟弟闹了好几回情绪,每次都是哥哥给他讲道理,少林寺不同于其他门派,讲究打好根基,前三十年你打不过别人,后三十年别人打不过你。

"可是,锄地施肥做早操是什么根基呢?"

哥哥说不上来,他也有同样的疑惑,找个机会跟师父请教:"我们打一套罗汉拳,其实就是练基本功吧?"

师父摇摇头,没听明白,"什么基本功,一日之计在于晨,早上打一套,是让你们一整天都有力气挑肥种菜。"

难道来错地方了?可是天下武功出少林啊。哥哥叮嘱弟弟:"别气馁,师父和方丈考验咱俩呢,咱们好好种菜,侍奉佛祖,师父看在眼里,吃在嘴里,总会把十八罗汉的看家本领全教给咱们。"

弟弟不相信,每回这时候都要说:"藏经阁扫地的八光快五十了,不还是在扫地?"

八光也是和尚,十多年前出家,前一任方丈不给他法号,就让他叫原来的名字,说一姓一名都是浮云,名姓不改而品行转善,才是真正的修成正果。修得可好呢,十多年来没出过藏经阁的院儿,念经敲钟打罗汉拳,他统统不参与,吃饭都是兄弟俩轮流送。

"像他那样可不行,"哥哥说,"我们准备好了,机会自然就来了。"

终于在前几天,方丈从寻龙屠狼大会上回来了,还带回一个姐姐,说她是昆仑公子的女人,可一定要看好了。哥哥双手合十,一百二十个保证。昆仑公子啊,说武林第一高手也不为过,听说在这次大会上,上百个门派愣是没拦住昆仑公子,让他带着大漠仙人和蓬莱阁老逃出去了。

哥哥老成持重,深知求人办事得先把人伺候好,每天换着花样地给文思清做斋饭。菜园里没有鸡,但他会做素鸡;没有鱼,但他会做浆水鱼鱼,天黑后还要给她磨碗豆浆,说是安神补脑。忙活了一个星期,漂亮姐姐都吃胖了,哥俩儿觉得可以拜师了。这天晚上一如往常,弟弟把第二天她要穿的干净衣服放在床头,哥哥端一碗豆浆过去,看着文思清咕咚咕咚地喝完。

"是不是觉得跟前几天不一样?"哥哥说,"里面加了黑芝麻糊,又磨了些五谷掺在豆浆里。"

刚才喝太快了,文思清咂巴嘴回味着,好像是香了一点儿,再来一碗吧。哥哥犹豫了一下,他想趁热打铁,先说拜师学艺的事。他问这几天她对他们哥俩儿还满意吧。

文思清认真想了想,说:"你俩挺好的,要是能放我走就更好了。"

哥哥赔笑说:"其实以你的本事,想走就走,我们哪能拦得住!"

"怎么拦不住?"

哥哥没回答,跟在床头叠衣服的弟弟使了个眼色。弟弟拿了两个烛台放在桌上,每个上面插四根蜡烛,并一一点亮。哥哥面对桌子,向后退几步,扎马步运气,挥出一掌,八根蜡烛上的火焰摇摇晃晃,最终中间的两个灭掉了。收掌吐气,哥哥对文思清行了个礼,说:"这劈空掌我们哥俩儿练了一年多了,可惜不得其法,如何发力还请前辈指教。"

文思清完全蒙了,这都是什么呀,她皱眉问:"你这么费劲干什么呢,把蜡烛吹灭就好了呀。"

哥哥点头称是,说:"你太高看我们了,外功还没有练到家,吐息之法更是无从谈起。"

吹个蜡烛有这么难吗?文思清过去查看,挺正常的蜡烛。她闭上眼睛,生日许愿似的吹了一口气,把剩下的六根蜡烛全吹灭了。哥哥抢过去说不是这样的,他掏出火石把八根蜡烛一根根再点上,拉着文思清后退几步到床头,说要用排山倒海之势把蜡烛吹灭。

文思清摇头想笑,那神仙都吹不灭啊。她不去管蜡烛了,但还是想教育一下两个孩子,走两步都不行,人活着不能那么懒。

都怪他哥太虔诚,弟弟早就不信这个女人了,他走过来说:"你就承认吧,你一点儿武功都不会,对不对?"

文思清点点头:"当然不会,会我早跑了。"

"你就是个欺世盗名的骗子!"弟弟好大的反应,情绪都要崩溃了,他早就不信这个女人了,这回连少林寺都不相信了。

"到底怎么了?我骗谁了?"

"你骗了全天下,你说你是昆仑公子的女人,可你什么都不会!"

弟弟不玩了,把僧袍脱下来摔地上,甩手出了门。哥哥追出去,两人先是争吵,后是商量,一会儿又回到房间,扑向文思清,锁住她的肩膀,把她从头顶摔下去。文思清都吓傻了,趴在地上疼得直掉眼泪,声音一颤一颤地问:"你们为什么打我?"

兄弟俩也慌了神,跪地上给她赔不是,说没想摔她,就是想试试她的功夫。

"可我告诉过你们,我不会武功啊。"

"因为江湖叵测,有些高手深藏不露,功夫是试出来的,不是说出来的。"

文思清瞪了他们一眼,两个孩子不敢说话,想把她扶起来,帮她揉揉肩膀。文思清警告他们,别碰她。哥俩儿便把手放下,跪坐在地上等文思清哭完。大家就这么耗着,文思清越哭越厉害,浑身疼得不行,还一肚子委屈。她想小五子,又想当时台上的另外三个姑娘,想到她们的样子,她又放声哭起来。

叠好的衣服里有手绢,哥哥去床头找出来,递给她时又解释一次:"真不知道你一点儿武功都不会,你可是昆仑公子的女人。"

"我也是最近才知道他是昆仑公子的。"

"那他看上你哪儿了?"弟弟问。

感觉问题怪怪的,文思清不搭理他,接过哥哥的手绢,擦完眼泪擤鼻涕。可弟弟还在追问:"你一点儿武功也不会,长得又不好看,昆仑公子到底看上你哪儿了?"

文思清停下来,把手绢折好放进脏衣篓,瞪着他问:"你是认真问我,还是故意嘲讽我?"

"我认真问的。"

真是的,没有比这再认真的表情了。文思清倒吸一口气,起身看镜子里的自己,是过去的那种铜镜,即使那么朦胧,依然看不到自己有多美。哥哥说了,高手都是深藏不露的,她心头一酸,小五子,能看上她的昆仑公子,到底是个什么样的男人啊?

2

文思清是被方丈请到少林寺的,我请你来,你不答应,我弄死你。

寻龙屠狼大会那天,小五子被两个老头儿掠走,临走时把房子弄塌了。屋顶砸下来的一刻,她以为自己完了,赶紧蹲下来,找个儿高的挡一挡。混乱中,有个和尚揪住了她的头发,拖着她,赶在她粉身碎骨之前把她拽出了房子。文思清那次疼哭了,和尚双手合十,说自己是少林寺的方丈,男女授受不亲,更何况是出家人,还好抓的是头发,没有辱没了女施主。

她皱眉看着方丈,没头发也没胡子,感觉眉毛也被刮掉了,一时间看不出来年纪,合起来的手掌上还残留着几十根刚拽下来的头发。文思清捂着头皮也不好怨他,就说小女子谢过方丈。方丈点点头,笑眯眯地不说话,弄得文思清也不好转身告辞,便多说了两句,说自己见识短浅,还请问方丈尊姓大名。方丈没听懂,让她再说一遍。文思清说:"我问你叫啥名,大会上那么多人,个个都喊你方丈,所以我还不知道你叫啥名。"

方丈恍然大悟,这回听懂了,点点头说:"名字都是虚幻浮云,叫我方丈就好了。"

文思清眨巴着眼睛,真够噚瑟的,她又一次双手合十,半鞠躬说:"后会有期,小女子告辞。"

可方丈不让她走,从后面揪住她的头发,说她受伤不轻,建议她先去少林寺养伤,再慢慢商议江山社稷。

文思清又摸摸头皮,看手上也没血,便说自己没受伤,而且她也不能商议什么江山社稷。方丈摇头,说:"施主不要妄自菲薄,你是昆仑公子的妻子吧?"她说算是吧,反正小五子答应会回来娶她。

"他一定会来找你了?"

文思清点点头,看来方丈对她的回答很满意,还冲她微笑。突然,他伸手给了文思清一掌。文思清一口血喷了出来,方丈低着头说"阿弥陀佛",说她真的伤得不轻,还是随他去少林寺养伤吧。

原先没伤,现在受重伤了,文思清被拖上马车。汴梁离少林寺不远,连拉带拽两天就到了。等了一个月,也不见方丈来找她商议什么江山社稷。小和尚弟弟说方丈忙,可忙呢,每天都有人带着家伙来打听昆仑公子的女人的下落,方丈忙着招待他们,"阿弥陀佛,有失远迎",顺便再露几手功夫,把茶杯捏碎啦,把桌角踢下来一块啦,争取不吃饭就把他们吓走。

"他们打听我做什么呢?"

"挖你的肉啊,今天卸你一条胳膊挂在城楼上,告诉昆仑公子,再不出现,明天把另一条胳膊也卸下来。"

"那要是明天还不来呢?"

"那就再卸一条呗,笨死了。"

但是大多数都走了,知道不是少林寺的对手,留点香火钱便作揖告辞了。有几个门派不自量力,非要留下来吃饭,说要见识一下少林十八铜人。方丈到哪儿凑十八个人去，便跟人家攀交情，边吃边聊："发现贵派师爷和我们师叔祖是朋友，大家能不打就不打，真要打，少林寺当然不怕你。"

月底的时候三王爷带了几个人来，先礼后兵，方丈招呼他们留下来吃饭聊聊。可能是一点儿荤腥都没有，三王爷吃两口急了，说天下武艺出少林，咱们切磋一下。方丈心里发毛，忙跟师弟交代，凑十八个武功还行的，抹上铜粉摆摆阵仗。可没那么多人，小和尚哥哥都被拽过去了，将近二十个和尚抹了半斤的铜粉。

三王爷寻思一下，说："咱们一对一吧，我这边出四个高手，你那边也出四个，咱们切磋为主，杀人为辅。"三王爷说完转身问："你们谁先来？"

马长老跃跃欲试，从田独到罗刹，再到昆仑山庄，熬了那么久，终于有表现的机会了。

少林寺这边是方丈出战，他不敢怠慢，丐帮除了向问和，就剩关长老和他两大高手了。一上来，方丈就下杀手，同时出右脚和左拳攻击马长老的两肋，马长老没见过这招式。本来应该是无影脚的，左右腿扫过去夹攻，但几年前方丈的左腿坏掉了，他便自创了这右腿加左手的功夫。马长老一个踉跄，方丈一跃到了他的身后，拍了他后心一掌。

那天小和尚哥哥在场，弟弟留在菜园除虫。风波过去之后，哥哥向弟弟比画了一夜，一招一式，方丈是怎么给马长老留情面，陪他多打几十招，一脚一拳，就是不把他打死，直到马长老躺在地上起不来了，方丈才向后一跃，说"承让承让，老衲也只是侥幸得胜"。

"这些都是江湖上的规矩，"哥哥教育弟弟，"你把人家打个半死，还得说对方手下留情。"

弟弟猛点头，真的是，江湖处处有门道。他问第二场呢，谁和谁对打。

第二场是迎客道长，他上前一步说马长老识大体，不堕少林寺的百年威风，先让了一场，说话的空隙还冲地上的马长老轻蔑一笑，然后他抽出那把弯弯曲曲的剑，说在下不才，哪位领教几招。

除了方丈就是十八铜人了，小和尚哥哥低下头，尽量往别人身后藏。方丈沉吟了一声，说这些弟子年纪尚轻，下手没有轻重，还是老衲陪道长再过几招。迎客道长脸都吓白了，说："这可不行，说好你们四个我们四个，如果第二场还是方丈，那我们就继续派马长老迎战。"

可是马长老的腿都快被打折了，扶墙都站不起来。三王爷失望得直摇头，他的人输了就算了，居然还临阵脱逃。六公子是硬骨头，不能给三王爷丢面子，站出来接招。接下来一直到晚饭前，六公子生生被方丈殴打了一个多时辰。

眼看日落，方丈停手不打了，说："四场比武我勉强赢了两局，大家打个平手，留下来一起吃顿斋饭吧。"不说斋饭还好，青菜豆腐的，三王爷更生气了，说先不忙着吃，他这还有一位高手，方丈若是能接得住三招，他转身就下山，决不再来叨扰。

应该不是说大话，方丈打量着三王爷说的高手——胡子全白了，头发却是纯黑色。方丈请教他尊姓大名。三王爷抢过话说，方丈若是知道他是谁，怕是要做缩头龟了，说话时他还特意瞪了一眼迎客道长。

那就不问吧，不知道对方来头，说是接三招，他也不敢应承五招，而且要偷换名目，把接三招变成打三招。他算准了第一招虚打推山掌，顺势弯腰扫他下盘，对方定会跳起来，这时一掌般若禅掌迎过去，三招任务就算完成。先试试人的虚实，要是高手，他就收手说承让；要是不行，他就压着他猛揍，把那一头黑发都给人揪光喽。

按照计划，方丈推山掌过去，对方身子后仰，他扫堂腿踢下盘，对方跳起来，方丈施展般若禅掌，对方在半空躲不过，只好出掌来接。起初方丈没想发全力，震慑一下对方就好，然而对面的老人双脚落了地还不收掌。对方的力道不大，方丈也摸不清他的武功路数，便提醒再不松手会震碎他的肝。老人脸憋得通红，让他尽管来。方丈摇头惋惜，掌心加力顶上去，同时看着对方的脸色，但凡不对就收力放手。

一炷香的工夫后，对方快撑不住了。方丈没伤着，除了头有点疼，也没感觉哪儿不对。可能对方的路数就是防守，跟你耗的那种。武林功夫大体分为进攻和防守，九成的门派练各种攻击招数，防守很少见。这一掌没多长时间，方丈有的是力气，只是头越来越疼，太阳穴青筋暴起，疼得都要爆炸了。他眼前一黑，捂着脑袋倒在了地上。

那些和尚呆住了，打进少林寺，就没见方丈输给过谁。两个和尚把方丈扶起来，前胸后背地发掌续力。小半个时辰后，方丈醒过来，看看四周，让寺里的和尚快去把文思清带到藏经阁，要跟藏《大悲经》一样地把她藏好。说完看到三王爷又自言自语地补了一句："我该小点声说的。"接着他宣布自己退位，将方丈的位子传给他师弟。众僧问是哪一个师弟。方丈想了想，说名字忘记了，反正不是十六师弟就是二十一师弟。然后他站起来，冲对面的老头儿说了一句"久仰"后又顿住了，凝视了他好半天，才想起自己要说什么："原来阁下是南海真人。"

3

方丈中了断魂掌，少林寺就垮掉了，他带着三王爷、南海真人、六公子在寺里乱转。他说："我知道藏经阁，你们不要瞎找。我十二岁在那边扫地，读过一些书，没一本读完的。每本书读上那么几页，就已经超过了我师父。"他带人穿过千佛殿，走出达摩堂，经过一片鱼塘时停步不走了，转身呵斥："都是些什么人，擅闯少林寺，看我去禀报师父！"仿佛时光倒退，方丈还在十三四岁的年纪，表面上气势不输，不过心里怕极了，找个由头拔腿就跑。三王爷看着方丈在寺里乱窜，迟迟想不起来他师父住在哪一间房。三王爷摇了摇头，责怪南海真人下手有些重了。

"三王爷，我可不是朝廷请来的，只是碰巧大家都要找昆仑公子。"三王爷不说话，背过去看池塘里的红鲤鱼。南海真人说："罢了罢了，我接下来不滥杀无辜就是。"

也杀不着什么无辜，寺里和尚跑走了大半，剩下的躲在藏经阁门口。八光不让他们进阁，这些人围着文思清商量着把她交出去，反正方丈也不行了。看那老头儿本事够大，再说还有三王爷，以后有朝廷罩着少林寺。

就这么愉快地决定吧，可小和尚哥俩儿不干。弟弟不吭声，死命抱住文思清，不让她被这些人拖走。哥哥去捶藏经阁的大门，哭着说："救人一命胜造七级浮屠，我们死在外面也就算了，起码让这位女施主进去躲一躲。"门那边的八光发火了，说小和尚什么谎都敢撒，自己怕死还造谣少林寺有女人。说是这么说，他还是忍不住好奇，推门出来，在众多光头里一眼看到了文思清。十几年未近女色，八光一下子看痴了，退回到阁里，红着脸自言自语："女人要是都能来少林寺，我就不来这儿出家了。"

八光合上门的一刻，方丈领着三王爷和南海真人过来了。方丈双手合十，让他们等一下，他去禀报师父。然后他转身问院子里的和尚，师父是否在阁中清修。有人提醒他，你师父已经圆寂了。方丈愣住了，皱眉摇头说不可能，师父早上还让我背《金刚经》的。

看方丈已经这样了，之前还有点犹豫的和尚也都想通了，想活下来就得把文思清交出去。弟弟抱着她大哭，和尚们拉不开他，索性把他俩一起推过去。

"要一个给俩，"南海真人对三王爷笑着说，"我还怕不够分，真好，小和尚是你的，这个女人归我。"

三王爷有点为难，看看手下几个厌包，一世王爷居然被这个南海真人欺侮了。西北六公子站出来，说："这个女人我们先借用一下，等请来了昆仑公子，我们王爷连带着她，再多送你几个女人。"

南海真人冷笑："王爷当真以为我是好色之徒，我不过是也想看看这个昆仑公子的断魂掌，是否为我所击。"

双方推来让去，几句话把八光惹毛了，一个个都是什么玩意儿，跑少林寺来分女人？他抄起墙角的扫把，从藏经阁跳出来说："这女人本来是老子田扒光的,老子这十多年转性了,没碰她,但也不能剩给你们。"然后他用扫把杆指着南海真人和三王爷,让他们都滚蛋。田扒光,这名字好熟,但一时又想不起来这人是干吗的。

迎客道长哈哈笑起来,说:"田兄,十几年没见,原来是跑到少林寺睡尼姑来了。"

"你妈在这儿做尼姑,睡出你这个狗崽子。"话说完才认出来者是谁,"迎客,原来是你这个人渣,这么多年还没被你师兄清理门户。"迎客道长一副哀伤的表情,说他师兄几年前不幸仙逝。八光愣了一下,自言自语:"应该先弄死你,再来出家的?"

三王爷低声打听这扫地的是什么人。迎客道长说:"田兄以前是武林第一淫魔,上至八十老妪,下至五岁孩童,反正是个女的就扒光。久而久之,大家都叫他田扒光,倒没人记得他真名了。"说完还不忘补一句,故意很大声:"估计作恶的家伙被人切掉了,居然在这儿当和尚。"

"切你奶奶个熊!"八光左手拉着裤带,让迎客道长过来看看闻闻,"老子只是转了性,不干那些事了。"

南海真人一直不说话,冷眼看着他。八光被瞧得不舒服,又举起扫把杆指着南海真人:"说你呢,快滚吧。"南海真人还是笑笑不说话,八光将扫把倒个个儿,用扫把杆朝他脸上扇过去。南海真人上身后仰,出手去接扫把杆,手臂一震,发现这是用百十斤玄铁打造的,当下有些狼狈地向后一个踉跄。八光借势上前,招招冲他面门,扫把穗子被抖得漫天都是,被南海真人用衣袖弹开。

迎客知道,田扒光以前的绝技是剑术,出剑极快,电光火石之间可以在你身上刺十几个窟窿。扫了十几年地,这百斤铁扫把也被他使得如长剑一般轻盈。即便高手如南海真人,也只能出掌防御。双方斗了几十回合,扫把力道减弱,南海真人一掌强过一掌,掌掌生风。八光的扫把穗都抖下来了,光秃秃的杆子别有一番威力,仿佛一根铁爪,南海真人也不敢贸然出击。

小和尚兄弟俩左右摇头地看着，双方换招实在太快，弟弟看得一阵眩晕，哥哥捂住了他的眼睛。听声音会更清晰，他听到出掌的风声，扫把在空中抽动的声音，脚落在地面的尘土声，众人时不时的惊呼声，还有一声咳嗽，好像是从藏经阁里传出来的。出掌声慢了，扫把声缓下来，一时没人跃起，也听不到尘土声了。众人把头转向藏经阁，发出疑问声。里面是一位老人，声音低沉："八光，你进来，你打不过他的。"

　　八光满脸通红，出招更快了，喘着粗气说那就死在他手里，岂能打不过就跑。小和尚哥哥提醒他，对方是南海真人，每一掌都是断魂掌。八光手上没停，凝视着南海真人，好像打了这么久才刮目相看。南海真人后退半步，有示好罢手的意思。八光摇摇头："断魂掌最好，往日余罪剪不断，刚好借你之掌了红尘。"他开始乱打，右手扫把进击，左手伸出迎掌，你给我一掌，我捅你个窟窿，大家同归于尽。

　　南海真人早不想打了，可是对方疯狗一样搏命，出掌更快，脚下步步紧逼。八光将扫把横扫过去，南海真人左肋一阵凉风，衣服被抓烂了。他低头看了一眼，左肋下被刺穿，露出巴掌大的一片肋骨。南海真人朝八光的天灵盖击去。似乎是二次皈依，八光面带笑容，向着藏经阁方向大吼一声："师父，弟子不肖，无力再侍奉师父！"

　　南海真人皱了皱眉，手上停下来，但手掌依然罩着他头顶。阁中老人轻叹一声说："我说一百遍了，你不是我徒弟。"

　　比死还要悲伤，八光深吸口气，闭上眼睛点了点头。南海真人反倒很高兴，冲八光一声冷笑，手掌离开他的脑袋，面朝藏经阁，扑通一声跪下来，带着哭腔喊道："弟子南海真人叩见师父！"

　　跟在场所有人一样，小和尚兄弟俩倒吸一口气，张大嘴巴看着藏经阁的大门，不只是断魂掌，仙人掌、蓬莱掌都是里面这位百岁所创。功夫练得好，天下无敌，充其量算是高手；而沈老前辈这般能自创武功、开山立派的，才是三百年一遇的大师。南海真人长跪不起，左肋喷出的血顺着衣角滴到膝盖上。大门紧闭，等了好半天，沈老前辈才说出一句话："你更不是我徒弟,快些走吧。"

4

每天不到寅时,八光就会起床,一片漆黑中,溪水在屋外汩汩作响;卯时,少林寺的群僧才会陆续醒来。每次刚醒,八光都坐在床头一动不动,对着黑暗发一会儿呆,仿佛黑暗深处有什么东西在和他对视。当然是他赢,因为没东西,但他会带着胜利者的笑容穿好衣服,洗一把脸往山上爬。

人生苦短,每天还要睡丢几个时辰,藏经阁里的沈老前辈已经好几年没睡过觉了。为了这一点儿睡眠,八光在山谷的小溪旁盖了间小屋,他怕人看见,和尚们休息了他才下山,和尚们没起床他就要回到藏经阁。这么多年来,他没跟别人讲实话,他不是少林弟子,和尚都算不上,虽然他也剃了光头,找人在头顶点了戒疤,但方丈不收他。那是十几年前,现在方丈的师父还活着,说他坏事干太多,我佛是慈悲,但他这个淫贼太坏了。

软磨硬泡不成,田扒光夜潜少林寺把方丈给绑了,脱掉袜子堵住他嘴,让方丈别激动:"你听我讲,别总淫贼淫贼的,换个词儿骂。"他先磕三个头,说自己年初绑了一个姑娘,可是这次他没扒光她,他发现他喜欢她,放了之后朝思暮想的。他又去找她,想着按他田扒光的方式,把姑娘扒光就好了。可他偏偏不敢,一见她,心就怦怦跳,双腿软得走不动道。他跟姑娘商量:"我这次还不扒你,你看怎么才能自己把衣服脱了。"姑娘告诉他去少林寺,当五年和尚,把他那些孽根修干净了,她自然会嫁给他。他看方丈听进去了,点头了,便把袜子从他嘴里拽出来,说:"你看看怎么办吧,就五年,多一天我都不麻烦你。"方丈还是点头,自我认同一般地说:"嗯嗯,对,确实不行。"

田扒光能怎么办呢,简单直接就是揍。他擅长剑术,但不能把方丈捅死。八光用两指掐着剑尖儿,用剑柄捅他。连捅了三天三夜,小和尚送饭都得放门口,别打扰方丈清修。也不用加餐,田扒光饭量没那么大,一人吃刚刚好。右手拿筷子吃饭,左手拿剑柄指着方丈。第三天夜里,方丈终于摇头了。田扒光把袜子拿掉,三天没穿袜子,感觉凉着肾了。方丈摇头念叨:"不行,这样不好。"

田扒光问怎么不好,说出来他帮忙分析分析。方丈说:"你可以把头发剃了,少林寺雇你扫地。我们不和外人说你是临时工,可是你我之间要明白,你不是和尚,你就是给我们扫五年地。"田扒光双眼放光,说这么好的办法,摇什么头啊。

"要分配你去人少的地方,免得人多嘴杂露了馅。"方丈讲,"藏经阁人少,可已经有人在那儿打扫好几年了。"

田扒光打听是什么人。方丈说:"和你一样,都不是出家人,我们叫他老沈头儿,年纪大了点,但活儿干得不错。"田扒光问多大年纪。方丈说九十多吧。

"老而不死是为贼!"田扒光拍桌子站起来,"一个扫地的也能占着位子,不给年轻人腾地方。"

田扒光那年已经不年轻了,四十出头。他建议道:"我先跟老沈头儿扫着,他年纪那么大了,我猜他活不过这个星期了。"方丈先摇头,再点头,也不知道行还是不行。过两个月,田扒光再回想这些,会明白先摇头意味着,活不过这个星期的不是老沈头儿,应该是田扒光;再点头是说,让老沈头儿调教调教你,好像也不赖。

田扒光还要点脸,别让人看出来近一百岁的老头儿是被他弄死的。弄成意外死亡吧,下毒是首选,砒霜、鹤顶红、断肠草,十大剧毒熬成一锅粥,盛一碗端过去让老人喝。老人闻后直皱眉,问什么东西,太难闻了。田扒光拉下脸来,说难闻也得喝,不然一刀捅死他。

"为什么?"

"因为你辜负了我的一片孝心。"

盛情难却，老人有些感动，咕咚咕咚喝下去，一滴都没剩。之后田扒光就望着他，十大毒物，平均毙命时长是七秒钟，田扒光数了七十个数也没见沈老头儿倒下去。他试探性地问没事吗。老人问他什么事。还什么事，一张嘴都能闻到剧毒混在一起的味儿。田扒光挥了挥面前的怪味儿，说："十全大补，你吞吐一下，有没有翻江倒海的感觉？"老人深吸一口气，闭着眼睛慢慢吐出来，再睁眼时，田扒光已经昏倒在地上了。

活一百岁有什么用，贱命一条，肯定是吃了一辈子脏东西，百毒不侵了。八光换个思路，意外杀人还不容易吗？在回到藏经阁的必经之路上，他挖了一个深坑，里面刀尖朝上插了一百多把刀子，然后盖上一层浮土，踩上去相当于凌迟。他等了一天，抢着扫把扫地，说了不下一百遍："你早点进去休息吧，我年轻，多干点是应该的。"老人不理解，年轻人为什么要多干，年轻人应该多享乐，老年人玩不动了，才应该多干活。老沈头儿把院里结结实实地扫了三遍，说："你继续歇着，我进去给经书掸灰了。"

田扒光可歇不了，他要看看老沈头儿是怎么死的。夕阳西下，沈老头儿佝偻着身子，腿都抬不动，蹭着尘土往前走。地扫三遍又怎样，还是满院的尘土，老眼昏花，一个陷阱都划拉不出来。他踩着边儿了，往前一步就是刀山。田扒光在他身后停下，屏住了呼吸，半张着嘴看他在陷阱上面蹭了过去。他依然佝偻着身子，布鞋摩擦着地，跨一个门槛进了藏经阁。

哪里不对点哪里，八光走过去，脚尖轻探陷阱边，哗啦啦地往下掉渣。他可不蠢，一脚踩实了作茧自缚。他弄条咸鱼骗只猫过来，蹲在陷阱另一头咪咪喵喵地叫。波斯猫盯着咸鱼亦步亦趋，前脚踩到陷阱，后脚刚抬起来，地表坍塌，一声惨叫，扬起的尘土扑了田扒光一脸。他拿着咸鱼站起来，不应该啊，猫有九条命，那个沈老头儿，十条命也该下刀山才是。

几乎可以确定老人会武功，远胜于田扒光。九十多岁了还跑这儿来扫地，难道他也有一个八十多岁的意中人？再给自己一次要脸的机会，不行就真刀真枪地干，别怪他欺负百岁老人。

那天下午，沈老头儿打扫完庭院阁楼，田扒光问西边崖上的夕照石擦过没有。老人不明白，首先那块石头很干净，时不时有人过去修炼打坐；再就是他负责藏经阁，夕照石不属于少林寺，那是嵩山派的地界，为什么要跑那边打扫。田扒光跟他讲道理，"如果大家都是各扫门前雪，那么，"他顿了一下，好像各扫门前雪就够了，"那么，那些不扫门前雪的人怎么办？就得由我们替他们打扫。再说了，"他说，"天下不扫，何以扫一屋？"

一老一少抬着扫把过去，他们要避开嵩山派的值岗关卡，不然人家以为他们是过来挑事的。夕照石在少林寺往西三里地，下面是深不见底的悬崖，日落时，石面会被夕阳照得反金光。田扒光说："你上去擦，我替你放哨，咱们做好事千万别让嵩山派的人看见。"他看着沈老头儿颤颤巍巍地往上爬，石面很滑，要跪在上面两掌贴着石面，才不至于被风吹下去，哪里还能拿起抹布擦石头。田扒光给他加油打气："你行，你可以的，战胜自我就会迎来更精彩的未来。"可是人家都快一百岁了，未来还想多精彩啊？老人撅着屁股在岩石上不敢动，田扒光想是踢他屁股，还是出掌推他下去。能用脚的尽量不用手，但万一他真是高手，闪转腾挪，一脚踢空，再把自己弄下悬崖怎么办。

田扒光朝夕照石猛跑，随时准备收力，对方就算后脑生眼躲开，他也不至于冲下去。双脚跃上石头的一刻，他推掌出去。沈老头儿没躲，可他似乎也不吃力，浑身跟棉花似的，一掌下去打不到头。田扒光击他肩膀，沈老头儿肩头深陷下去，八光一掌拍到石面也没碰到老人的衣衫。他脸色煞白，半张着嘴看着沈老头儿。借你慈悲，要你性命，田扒光掌掌下死手。沈老头儿将缩骨之法用到极致，也不还击。田扒光知道，绝世高手的身体是唯有头部不能缩小腾开，于是他右掌朝沈老头儿面门，左掌朝沈老头儿百会穴击去。无处躲闪，沈老头儿依然不还手，一丝恻隐令田扒光停了下来，警告他再不出手就真没命了。沈老头儿摇摇头，闭上眼睛，夕阳映在他的白睫毛上,闪着几缕金光。

"罢了,罢了!"田扒光收手不打了,大不了不当和尚,硬着头皮把那姑娘扒光了就是,什么你情我爱至死不渝,衣服脱了,姑娘都一样,以后还是做我的田扒光。田扒光打算下山,他向后跳一步,心中一凛,后面不是平路,双脚没有着地。不知不觉中,几千斤的巨石已被沈老头儿转了半个圈。田扒光身下是万丈深渊,指尖几次搭到石面,都因太滑脱了手。半空中,他双手乱抓,抓到一只干瘪的手臂,顺着手臂往上望,是沈老头儿的白眉白发白胡子。

"你刚才为什么不杀我?"沈老头儿问。

田扒光羞愧得要死,红着脸说:"你那么大本事都不还手,我哪还有脸杀你。"

仿佛刚悟到一个禅理,沈老头儿点着头说:"有因有果,要是你方才杀了我,也就没人救你了。"说完他松开手臂,背对着下了夕照石。田扒光以为自己完了,任凭身子下坠,仰头看云彩斜阳,死也要向阳而死。突然,他又感觉自己的身体在轻飘飘地往上,越过夕照石,脸朝下摔在了山坡上。他撑起身体往前看,已经走到山腰的沈老前辈时不时地出现在转弯处。以前觉得他老不中用,现在简直是张三丰再世,跟他一比,自己连个蚂蚁都算不上。

5

头几年,田扒光每天都求沈老前辈收他为徒,他早就不喊他老头儿了,天天跟在人家扫把后面,抢着干活说:"要是能做您的弟子,哪怕只是一天,也死而无憾。"

老人停下手里的活儿,斜眼看他,说:"你本事也不小啊,江湖上没几个人能打得过你。"没几个还是有几个的,尤其这几个人联手的时候,他也只能撒腿就跑。但一般不联手,好事坏事大家各干各的,碰见好人,嘴上说声"久仰",恶人只要没欺负到自己头上,也犯不上多树一个敌人。武林中没善恶,以暴制暴,胜者为王,本事大的自然朋友多,他田扒光恶事做尽,也没听说谁组团要干他。近几十年唯一一次联手还是很后来的事,大家搞了个联盟说是要剿杀昆仑公子,列了他十条罪状,各地寻访。其实大家都明白,罪孽深重的多了,只是因为昆仑公子多了几张九宫图,早晚要当武林盟主,所以,不论好人坏人,大家都不忿。

这些都是后话,那时八光还叫田扒光,天天磨着沈老前辈学艺。老人不明白了,以他的剑法,早该带几个徒弟了,怎么还千方百计地找别人拜师。田扒光说以前收过一个女徒弟,合练了几个月的玉女心经,结果姑娘含恨跳江了。沈老前辈听得起疑,问他从哪儿学的玉女心经。田扒光承认他就是借一名,自己没事瞎琢磨的,怎么爽怎么写,写完了跟弟子换着姿势练,练不到半年就露馅了。女弟子感觉自己功夫没长进,肚子越来越大了。他骗姑娘说是气息不顺,郁结在丹田,为师今晚再帮你通一下任督二脉。换一般人也就信了,偏偏这姑娘绝顶聪明,孩子还没生,就猜到自己怀孕了。

沈老前辈看看他,估计这些都是假的,就为博他一笑,这孩子骨子里不坏,当然奸淫无数算不上好,他说的不坏是指,这孩子没有那种令人恐惧的野心,就是习惯性地管不住自己。他不理田扒光,低头继续扫地。田扒光恨恨地站在一旁,揪头顶的树叶子,一揪再揪,揪得手指翠绿,就那么一亩三分地,一天扫八遍。

田扒光缺点无数,如果说他只有一个优点,那就是有恒心。第二天他寅时就来,拿起扫把就开始划拉院子,一直到中午,烈日当头,前辈都没从阁里出来。那就得干下去,让前辈一推门就能看到他的勤快。午饭没吃,晚饭没吃,院子被他扫了七十多遍。月上梢头时,他把扫把放在墙角,冲藏经阁的大门行了个礼说:"前辈,我先走了。"犹豫片刻,他又加了一句,"明天我还来扫地。"里面没动静,田扒光数十个数转身离开,院门打开,吱的一声,他退到门外,将门合上。这时前辈在里面说:"你明天铸把一百斤的铁扫帚来扫地。"

沈老前辈从未教过他一招一式,每天只是扫地。扫把每两个月加三十斤,到二百多斤时已经很难再扫七十多遍院子了。他一直想问,到第二年,终于问了出来:"不教我功夫是因为不认我做徒弟,铁扫把扫地是因为要练臂力,可是即使哪天我加到一千斤又有何用,你也只是用竹扫帚扫地。"

"用不着那么多,"沈老前辈在藏经阁里说,"铁扫帚越用越轻,那不是功夫。等哪天你的竹扫帚越用越重,才算是有了一些底子。"

他隔着门和田扒光说话,细想一下,他们俩已经一年多没见面了,老前辈一直在阁中足不出户。田扒光跟他打听,到底遇见什么事了,让他一把年纪不享天伦之乐,跑到少林寺收拾卫生。

"我是来读书的,我要创立无为掌,借少林寺的典籍一阅。"

田扒光问什么书,他也想看看。这一点,沈老前辈没有藏私,从窗户里扔出五六本书。全是经文,拗口难读,有些还是天竺梵语。

田扒光请教:"你拿这个怎么练功?"

"这些都是禅宗,当然练不了功,我只是要从这些经文中悟些武学上的道理。"

田扒光听懂了,但没有兴趣,比铁扫帚扫地还令人费解。他把书摆齐还回去。沈老前辈提醒田扒光以后别再进来了,连话都不要说了,他最近要闭关冥想,无为掌只剩最后一个环节没想通。他要田扒光再坚持一阵儿,把卫生搞好,每日一餐放在门口,等到出关之日,绝不会亏待田扒光。

田扒光重重点头,知道沈前辈看不见,他又大声说了句:"弟子一切照办。"

沈老前辈叹了口气,说:"你现在必须明白,你还不是我的弟子,我还不是你的师父。"

"嗯!弟子明白!"

最后一个环节要想通，这一想又是好几年，秋扫落叶冬扫雪，第三年的时候方丈圆寂了，走得匆忙，没来得及交代谁来继任。第四个年头，十几个二代弟子打得不可开交，最终，一个五十多岁的和尚杀出重围，力压群僧。可是师兄师弟都不认识他。有一个和尚想起来了，这不是藏经阁扫地那个吗，老沈头儿以前就是他，好像还给老沈头儿打了两年的下手。新方丈开始编身世，说："我在藏经阁扫过地没错，可哪来的师兄，你们全是我师弟，我是老方丈的秘传大弟子，为了本寺的千年大计，蛰伏藏经阁取经学艺来着。"寺里的和尚有一大半不信，没关系，证明给你们看，揪起衣领就是一顿暴打，卸胳膊卸腿，脚筋挑断，看看是不是本门的正派武功。有几个骨头硬的，牙被打掉几颗还满嘴漏风地不承认。新方丈退后一步，承认是自己的错，出手太快，没让师弟看清楚。说完他突然上前，左手抓衣领，右手扇巴掌，要么打死，要么跪拜新方丈。

有一件事冲击到了田扒光，新方丈只来硬的，不来软的。头二十天害死了一百多个和尚才顺利继位，八方来贺。也就过了半年，新方丈摇身一变，成了慈眉善目的得道高僧，像之前的每任方丈一样，寺里的和尚真心觉得新方丈是有大智慧、值得信赖、可以如大山一般依靠的一寺之主。活下来的大多数和尚都被他害过，毒打、禁闭、责罚、凌辱，如今也拥护他是少林寺百年难遇的好方丈。田扒光不明白，人怎么会那么快就忘了疼痛。

那一年方丈来了藏经阁，正午时分下了漫山的大雪。田扒光说沈老前辈还在闭关。方丈说没关系，我们出去踏雪赏梅。雪是下了不少，可方丈根本不打算赏梅，走出去停下来，转身对田扒光说："我不知道你来少林寺是什么目的，但我想让你清楚，方丈这个位子是我的，我屁股下面的椅子可结实了，坐不坏。"

两三句话，田扒光听出来了，这方丈跟他一样，也是假和尚，他从藏经阁学了不少本事，自然会提防其他后辈扫地僧。田扒光表示："可能是你悟性高，从阁中经书里读出了武学奥义，我是屁也没读出来。"

"当然读不出来!"方丈像只母鸡一样咯咯咯地笑,他扬起下巴,点了点藏经阁的方向说,"你跟他学,偷点皮毛够你独步天下一辈子。"

独步天下,还能一辈子。田扒光确定他不行,少林功夫一代传一代,丢得太厉害。田扒光说:"你去吧,只要你能独步少林寺,屁股底下那椅子你能坐一辈子。我不管你,我对当和尚头儿一点儿兴趣都没有。"

"我也是为了少林寺,"临走时方丈说,"没人比我更适合带领这些和尚了。"

田扒光信,坐稳位子这半年,方丈把寺里的和尚当家人待,以弘扬武林第一门派为己任,平时都不见他睡觉,日夜处理繁杂琐事,但凡武林出点事他都在思考,少林寺能捞着点什么,怎么解决才能看似公允,维持体面,而少林寺才是最大的获利者。

谁要当和尚头儿,田扒光是在等一个人。五周年的时候,那姑娘果然来了,不顾父母家人反对,八抬大轿上山。守门的小和尚看出来她是女的,不让她进寺。田扒光扫把还来不及放下就飞奔出寺,远远看到意中人在跟小和尚打听:"你们田师兄当真在少林寺扫了五年地,当真吃五年斋念五年佛?"小和尚不明白,谁是田师兄,见田扒光过来才反应过来,是他啊,在这儿待了足五年呢。

几年不见,她更丰腴富态了,以前是闺房千金,现在倒像豪门少奶奶了。她问他法号是什么,打听半天不知道怎么形容他。田扒光说八光,以前是外号,现在是法号,只是扒字去掉了提手,师父给他起的,寓意八样罪孽统统消光。见她有疑虑,他又补上一句:"古人不是说嘛,掏光才能养晦,我这八样都掏光,不知道以后要成多大事呢。"姑娘听得泪眼婆娑,"你果然对我一片痴情,在这儿当了五年和尚。"说完她还是哭,五年相思苦,好像要在这一时片刻把它都哭出去。

田扒光伸手托住她的脸,抹掉她的眼泪,把她安顿在小溪旁的草屋里。他说现下还不能走,师父在闭关,他答应过要等他出关才离开少林寺。话说一半他卡住了,看到她正含情望着他,他咽了口唾沫,挥挥手说:"算了,你休息一下,我明天一早就跟你下山。"

他睡地上,把床留给心爱的女人。两人谁也睡不着,互诉衷肠,讲讲这五年过得怎么样。田扒光是假和尚,一时不知道怎么润色这五年。事实证明他想多了,主要是意中人在讲,掺杂着哭声从床上飘下来。她哭着说:"你对我真好,无论如何我也想不到,这辈子对我最好的男人竟然是你。"她说他出家的下半年她就嫁了,京城的一个官宦子弟,家财万贯,婚后第二年她给他生了个儿子。这男人别的都很好,就是脾气有点大,喜欢打女人,抽着鞭子还能气得声音发颤。终于有一次,他照例把她吊在房梁上,一鞭子抽出去,这口气却怎么也上不来,瞪眼指着她气死了。第二个男人是江南才子,诗词歌赋样样精通,虽然卖不出去,但他不打她,算是一种别样的幸福,饥肠辘辘却爱意绵绵,她给他生了个女儿。可人都有缺陷,对吗?诗人才子都有点骚情,有钱的从窑姐儿那里找灵感,没钱的就只好从别人家媳妇那儿找灵感,就在上个月,她的第二任丈夫被人在当街用乱棍打死了,裤子都没穿。听说凶手是他姘头的老公,带人进家抓了个现行,但是她男人知道错了,都光着身子跑出来了,何苦还要杀绝呢?

说完她长叹一口气,仿佛黑暗中一颗拉长线的流星。全讲了出来,她感觉好多了,她说:"既然活着还得往前看对吗?幸好有你爱着我,明天我们下山,去绍兴把孩子接上。其实这五年也不算浪费,起码你看,我们现在儿女双全的。"

田扒光好半天没说话,他总觉得哪里不对劲。他从席子上坐起来,摸着黑把事情捋一捋,他问:"当时是你说,我若能去少林寺当五年和尚,你自然会嫁给我?"

"对啊,我这不是来了吗?你做到了,我也会兑现承诺。"

"那也不对。"他想不通,对着黑暗深处冥思,"但是,你在这五年嫁了两回。"

"你想多了,我说我会嫁给你,但我没说我等你。而且就算我嫁了两个人,生了两个孩子,现在的我跟当年那个我还是一样的,我还是我啊。"

还是不对,他不再问了,起身找支蜡烛点亮。他走到床头,借着烛光在她的面前晃了一圈,怪不得丰腴富态了许多,确实还是她,还是那么好看。他将蜡烛放在桌上,用手指将烛光掐灭,黑暗中他都能听到自己慌张的心跳声。手上还沾着蜡油,他去撕她的衣服。意中人求他不要这样,拼命挣扎往床里面退,她说你若是想要,我们现在就可以拜天地。

田扒光手上一拽,黑暗中传来布料被撕开的声音。对他来说,这是那么熟悉又舒服的声音。他再扯一件,扯第三件时,有个奇怪的念头冒出来,他不是在扒衣服,他是在告别,每撕掉一件,都是在向这五年的自己挥手说再见,可能也是在和她告别,有些许不舍,但要对这五年有个交代。手抓过去只剩下肚兜,他听见她在哭:"遇人不淑,第三个男人对我也是这般。"手指捏着绸子边,他开始害怕了,他松手下床,回到席子上。他怕这一扯下去,就再也见不到她了。

很奇妙,睡得还挺香,一个噩梦续接一个美梦,来来回回都是美好结局。睡到半夜他意识到有嘴唇在亲自己的脸,她从床上下来了,双手抱着他的头连亲了十几下,用哭哑了的嗓子说:"我知道你很苦,我对不起你,原谅我吧。"田扒光浑身发颤,使了好半天劲才将抖动的上下牙合起来。他侧身抱住她,摸到后背知道她把肚兜摘掉了,手掌从背上往下滑,一直摸到小腿,她确实什么都没穿。再翻过半个身,他压在她身上。

一片漆黑,什么都看不见,可是抚摸她的感觉如此真实。他分开她双腿,紧抱她肩膀,接着是长时间的停顿。她比他更慌,在他身下努力抬起头亲他的脖子。她说挺好的,特别好。然而他放弃了,从她身上下来,对着天棚仰躺。两人一时无话,她留在席子上,侧过身对着床边,说可以了,其实这些足够了。他叹了口气,打断她。她也知道,此时此刻最好什么话都不讲。

后来天亮了,面前模糊的脸渐渐清晰起来。仿佛自言自语,田扒光说什么东西都一样,越用越有,今天赌明天还想赌,今天喝醉明天还想喝醉，可要是长时间不用呢，可能就永远失去这些东西了。

6

二月初二，沈老前辈出关了，满面春风，神采奕奕，好像在里面几年还胖了一点儿。那天沈老前辈亲自下厨，把锅搬到山下田扒光的草屋里，煮了个大猪头，猪舌炒辣椒，猪耳朵凉拌，剩下的猪头肉大块蒸了蘸蒜吃。

田扒光一口没吃："我现在有法号了，还是八光，肉啊酒啊不能随便用的。"

"少林寺把你收了？"

"少林寺没收，是我把自己收了。"

说话没头没尾，沈老前辈也不多打听，嘴里嚼着猪耳朵，纠结下一口吃什么。今天心情特别好，话也多起来，他说："我已经不是原来那个我了，现在的我更厉害。以前我只有三掌，现在我已经是断魂掌、仙人掌、蓬莱掌和无为掌，这四掌的创立人了。"八光瞠目结舌，虽然以前隐约猜过，但没想到真的是他。方丈说偷学一点儿皮毛就能独步武林，那是他夸张，独步少林寺吧。这三个人各学了他三分之一，却实实在在地并肩成了当世三大高手。

八光跪地叩拜，说小僧有眼不识泰山，还望老前辈恕罪。沈老前辈说："你当年要杀我，我都不怪你，不认识我有什么好恕罪的。"酒足饭饱，他拍拍肚皮，狠狠地打了个嗝。八光说今晚就不要上山了，不嫌弃的话，就留这里过一夜吧。沈老前辈本来就没打算上山，至于过夜呢，这几年在藏经阁早就睡够了，以后不睡了，一直到死也用不着睡觉了。八光问他这么晚了要去哪里。沈老前辈卖关子，说要去办件大事，见八光满脸不解，他一步一步地分析："我自创了无为掌对不对？我这么大年纪了对不对？我随时可能老死对不对？无为掌不能失传对不对？我得找个传人对不对？"

"收徒？"

"对，我要收个关门弟子。"

心脏都要跳出来了，八光要克制，装作不知地问他："想收个什么样的徒弟？"

沈老前辈摇头说："不知道，出去看看，随便找一个就好。"

怎么会这样，八光脑袋嗡嗡地响。沈老前辈出门时，他克制不住了，抱怨道："我伺候你五年，你宁可上街随便找一个，也不收我为徒。"

好像是不好，沈老前辈停住脚步，捋了半天胡子，想到一个两全的好办法："你别走，等我回来伺候你十年。"

第二天一早，沈老前辈就回来了，八光以为他改主意了，问他是不是徒弟不好找，现在风气坏了，在江湖走走，发现师父比徒弟还多。沈老前辈摇头，说随便找有什么不好找的，昨晚刚下山就碰着一帮要饭的，干脆就收领头的那个做关门弟子了。八光脸上酸溜溜的，那表情仿佛在说："哼，好吃的喂狗也不给我。"

"那他什么时候找你拜师学艺啊？"

"教完了，师父领进门，修行在个人。我教了他大半夜，这道门我起码领着他进进出出了三回。"

"那可全看他个人的修行啦。"

八光面露喜色，美其名曰关门弟子，师父却只教了半宿的时间，这种弟子不做也罢。这天，八光跑上跑下，格外勤快，有一种喜悦是，你没得到的东西，别人也没得到。到晚上，沈老前辈看出了他的心思，给他讲故事。他说楚王约庄子画条龙，问他多久能画出来，庄子说十五年。头五年过去了，楚王问他画得如何，庄子说还没动笔。又五年过去了，楚王问他画得如何，庄子说还没动笔。到第十五年该交稿时，庄子空着手进殿，楚王问他龙呢，庄子说还没画呢。楚王叫人准备狗头铡，庄子叫人准备纸和笔，画画看吧。庄子伏地挥墨，小半个时辰后，一条活生生的龙被他画了出来。文武百官交口称赞，庄子说，之前的十五年我虽没画，但我一直在想,画很容易,想明白才是最耗时的。

"无为掌我想了十几年,"沈老前辈说,"道理想通了,让他去练,他也要明白,一掌苦练十几年,打出去的时候,胜负成败,是生是死,也只是一眨眼。"

故事讲完,月亮从乌云的后面出来,月光照在沈前辈的脸上,八光发现他一夜之间就老了,虽然之前也不年轻,但这次更像是垮了,整个人瘫在那里。八光起身准备下山,他说时候不早,您也早点休息。沈老前辈没反应,眼睛直勾勾地看着前面说:"我睡够了。"八光想劝两句,看他那样子不是听不进去,而是根本听不到。他行礼告辞,沈老前辈依然看不到,目光呆滞地看着某个点。

下山的路上八光明白了,沈老前辈是活太久了,人要活多久才会活腻,活到你所有的事情做完,然后发现自己还活着。一百岁之前他创立了三掌,到无为掌创立,他实在找不到事情做了。后来沈老前辈真的不睡觉了,日夜十二个时辰一直睁眼。本来就没事干,多出来的时间更是煎熬。他在藏经阁里找了个角落,面墙而坐,有时三五天不吃饭不动身。好几次八光都以为他死了,跟高僧圆寂似的枯坐而亡,一推就倒。八光轻手轻脚地走到他身后,看见他眼睛瞪得老大,盯着墙角的斑点。看着墙能想些什么呢?人真能面壁思过吗?八光想他活了一百多岁,活过两朝四帝,从上一朝的仁丰帝到亡国的隆治帝,再到新朝的凌武帝、嘉和帝,四个时代他都见证过,加上自己经历的,那么多的往事细细回想,面壁三五天哪里够啊?

八光在少林寺待到第十三年时,方丈给沈老前辈过了一百一十岁的大寿。做少林寺住持近十年,他越来越像一个得道高僧了,性格都变了,谦逊内敛,碰着什么事都不紧不慢不慌张。他一个人过来的,知道沈老前辈的也只有他们两个。方丈到藏经阁时已经很晚了,一天一夜从京城赶回来。中秋夜,皇宫里出了大事,昆仑公子行刺皇帝未果,将太子劫走了。沈老前辈问昆仑公子是什么人。方丈说他也没见过,这两年的后起之秀,下手挺狠，被他戕害的门派能有几十个。好在没得罪少林寺，还不至于是他的心头刺。沈老前辈点点头，确定这人和他的三个弟子没有关系，也就不想再打听了。后来方丈说到九宫图，沈老前辈来了兴趣，连问好几句。方丈说他也不知道九宫图是啥，少林寺没有这东西，听说昆仑公子那儿有几张，还给少林寺发了请帖说要中秋赏月，实际上是请大家看看他的九宫图。方丈觉得时间上有点蹊跷，都是中秋夜，这边邀请了好多人去看九宫图，那边却去宫里行刺皇帝，让大家去昆仑山庄扑了个空，一个晚上计划两件事，昆仑公子到底要干什么？

不知道方丈在问谁，八光转头看过去，沈老前辈在走神，嘴里念叨着九宫图。方丈岔过话题，说明来意："从八光那里听说了您这几年的情况，我知道您的时间太多了，每天都在熬，在想阎王爷怎么还不把您带走。"方丈建议他入佛门，"佛海无边，到时候恐怕您每天都会觉得时间不够用。"

沈老前辈回过神来，让他再说一遍。方丈耐着性子又讲了一遍。沈老前辈寻思片刻，婉拒了他的邀请。他先感谢少林寺收留了他二十几年，感谢方丈替他着想，他说这是个好主意，但是这里面有私心，"我苟活了一百多岁没有出家，此时却为我的这一点儿私心烦恼遁入空门，我是在亵渎佛祖。"

方丈点头称是，不再和沈老前辈争辩，他问八光有什么打算，要不要少林寺给他补个收徒仪式。八光说他早就把自己收了，他已经是八光寺的弟子了，没办法再当少林寺的和尚了。说完他自己都笑，惹得方丈一起哄笑。笑着笑着，二人停下来，他们看到沈老前辈又去角落面壁了。方丈在后面行了个大礼，说师父多保重，弟子先去了。

"你我没有师徒的名分，快快去吧。"

方丈深深鞠躬不起，好半天才转身告辞。没师徒名分，却有师徒的情分，第二天他就安排两个小兄弟给八光送菜送饭，午饭送过来，到晚饭时，他们又来了。八光问他们要送多久，小和尚弟弟挠头说不知道，反正方丈说从今天开始每日三餐往藏经阁送。

两个小和尚挺勤快，就是话有点多，尤其是哥哥，每次过来都要打听："你在这儿扫几年地了？你师父教你武功了吗？少林寺的功夫到底行不行啊？"八光装糊涂，说："哪来的师父，扫地这种事还用教吗？"

哥哥捅捅弟弟，冲他眨眼睛，在他耳边轻声说："你看，我就说种菜比扫地有前途吧。"

春夏秋冬，八光先是不记日子，后来连年份都不查了，不知又在寺里待了几年，只看到两个小和尚越长越高，声音却越来越尖。印象里小伙子不是这样发育的，可能是在少林寺待太久，外面的世界都变了吧。

有一阵儿，两个小和尚有点怪，神神秘秘的，又忍不住想嘚瑟。他们让八光别说出去，这个秘密只对他讲："菜园里来了一位高手，具体是谁我们不能告诉你，反正跟昆仑公子有关，她都答应收我们为徒了。"

"等我们哥俩儿学好了，"哥哥说，"就收你做开山大弟子，把一身的武艺传给你。"

"两身，"弟弟说，"咱们两人呢。"

过个十来天，哥俩儿又耷拉脑袋了。他们不好意思说，八光也不问，估计人家不收，一个个五大三粗，说话却女里女气的，换他也不要。好像又过了几天，少林寺出乱子了，南海真人一路打到藏经阁，最终跪拜离开。更糟糕的在后面，那些和尚看到八光的本事，听说阁中老人居然是南海真人的师父，一茬儿又一茬儿地过来拜师。一点儿规矩都没有，带艺投师没问题，带师学艺可是江湖大忌。方丈中了断魂掌，少林寺已经乱套了。八光抡着铁扫把守在藏经阁门口，警告他们各回各的庙，敢跨进一步，他用这扫把在他们脸上刺花。

小和尚兄弟俩这次倒出奇地乖，按时按响送饭，多余的要求不提。出事第三天，饭送得有点晚，月上树梢才把晚饭送过来。弟弟脸上有两条血道，似乎是打架被人挠的。哥哥先拎出一篮子酒肉，说这是孝敬里面老前辈的，然后他使了个眼色，弟弟去外面抱进来一个麻袋，哥哥说："这是孝敬您的。"

他太熟了，闻一下他就知道是什么。先不管那麻袋，把酒肉送进去。沈老前辈还在对墙想事情，出事后的三天里，他一共说过两句，都是第二天中午说的。第一句是，八光，我担心他还没练成，就被我那三个不肖弟子给杀了。这是在藏经阁里说的，八光那时还在院子里扫凉亭，他放下扫把进去，问他练什么。这时沈老前辈说了第二句话，无为掌。

就这两句话，换以前八光早说了："再传我一次吧，多一份保障。"现在他不说了，跟沈老前辈相处了那么久，他慢慢明白，有些东西不是因为你多想要，人家就会给你。再说他在少林寺待惯了，他不想下山了，就算练成天下第一，他还是想在这儿扫地。

今天晚上沈老前辈难得地又说了第三句和第四句话。先是八光把酒肉篮子放下，说："这是那两个小和尚做给您的。"

沈老前辈头也不回地问："那孝敬你的呢？"

八光知道他内力好，百步之外的脚步都能听到，可能这就是活着的烦恼，耳朵太好，就像蜂巢，哪怕活到一百多岁，那些乱七八糟的声音还是会一窝蜂地往里钻。八光说："我一会儿原封不动地还回去。"

"还是打开吧，看一看，你能不能还回去。"

"我怕看过之后就舍不得还了。"

沈老前辈不说话了，没准儿是今天两句话的定额用完了。八光等了一会儿，走出藏经阁，到院子东头的凉亭，从石凳下把麻袋拽出来，里面还在动，前几天闻过这味道。他解开系口绳，不出所料，是那个文思清，昆仑公子的女人，嘴里塞着东西，呜呜呜地喊不出来。她望着他，不住地摇头。八光扭过去，不敢再看她。沈老前辈说打开看一看，我能不能还回去。不管是看一看我，还是看一看她，反正都看过了，我能还回去的。

可他还想再看一眼，看看她的眼睛。和以前的那些姑娘一样，她的眼睛里充满恐惧、求饶、绝望，偶尔还会掺杂一丝不切实际的希望。他忽然意识到，不是别的，正是这类眼神让他兴奋不已，过去犯的那些罪行，似乎都是因为这样的眼神。他不敢再看了，提起麻袋边儿。今晚他终于明白了,他对骗他出家的那个女人的感情不一定是爱,他只是没有在她眼睛里看到求饶和恐惧,而错把那当成两腿发软的爱了。被绑那天,她到底是什么眼神呢?热切?期待?无所谓?他说不上来,可能那就是一双荡妇的眼睛。

文思清还在挣扎,高举手臂不肯被套进去,手腕从袋口露出,死活不让系上。八光看着她的手,情不自禁地摸了一下,这一下仿佛被吸住了,从手腕一直摸到胳膊肘。然后他撕开麻袋,将她双脚抓过来,扯掉袜子,用拇指、中指轻抚她的脚踝。文思清一直在哭,嘴里塞着东西含混不清地求他放过。八光松开她双脚,站起来,看着文思清坐地上往后退。

"你别跑了,跑不了,"他向她靠近一步,影子罩住她整张脸,"我绝不会放过你这样的姑娘的。"

7

方丈说要找文思清谈谈,拖了将近两个月,等再见面,方丈都不记得要跟她说什么了。他们约在达摩堂,两个人面对面盘腿坐在达摩脚下,中间放着一壶茶、两个杯子,年轻和尚将左右两扇大门打开,退到几百步之外。北方已是深秋,午后阳光映在每一片红叶上,似乎在催它们早点落下去。

方丈不说话,冷眼看着她,中掌之后,这成了他的新习惯,脑袋里是空的,全都是陌生人。他等对方说话,抓紧认识每一个人。有两个自称十六师弟和二十一师弟的老和尚,告诉他这是少林寺,而他是这里的方丈。他俩故意轻描淡写,想看方丈满脸惊讶,我怎么这么厉害!惊讶确实有,但不是因为位高权重,他摸着自己的光头,惊讶自己怎么会是出家人。到现在他都不相信,老怀疑这帮和尚有阴谋。已经快一个月了,他更了解自己了,天天做梦都是喝酒吃肉娶媳妇,天底下不可能有这样的方丈。

他看经文,中文的都读不明白,更多的是从梵文硬转过来的,般若波罗蜜，唵嘛呢叭咪吽，读都读不利索，怎么可能倒背如流，还开坛讲道？他问过好几个人，倘若中了断魂掌，记忆是没有了，本领会不会丢掉，比如学识，比如武功。所有人都告诉他，不会。我说少林寺，你知道是天下第一门派；我说和尚，你知道是吃斋念佛，但这些可不是生来就知道的。

那就对了，《金刚经》《易筋经》一窍不通，他绝不是方丈。他想各种可能，最符合逻辑的是武林每三十年有一个下油锅大会，所有掌门人齐聚一堂，脱光衣服跳到油锅里，炸酥炸脆方可出锅，他一定是被真方丈拉来顶包的。越想越接近真相，但一时还跑不了，山上面的和尚换班盯着他，山底下那些也绝不是知客僧，而是怕他冲破重重关卡，为他设置的最后一道墙。他翻箱倒柜，看有什么办法逃出去。柜子底层有几卷少林寺住持的记录，打开翻看，一天一页，攒了三千多页。随便翻一页，他用毛笔在旁边写几个字。之后他愣住了，一样的字迹，的确是方丈，一个不学无术的方丈，架上那些经书从来没读过。

他足不出户地连读读了三天三夜的笔录，在第四天早晨合上最后一页，倒头就睡。傍晚醒来，两个师弟给他送饭，他看着他们铺席支桌，将每样小菜分碟盛出来。他先不吃饭，走过去拿住持记录，问他们文思清是谁。十六师弟说她是昆仑公子的女人，已经在寺里待了快两个月了。

方丈点头说："那就对了，不是她待了两个月，是我一直不放她走吧？"方丈把笔录翻到那一页给他们看，"寻龙屠狼大会那天写的，把文思清带回少林寺，近期要和她谈一谈，我要谈什么？"

两个师弟不说话，他们也不知道。

方丈合上笔录，抬头说："少林寺不能进女人，我让她在这儿住了两个月，一定是要谈件大事。"

当然没法问文思清"知道我要跟你谈什么吗"，那就先让她说。他问她在这儿住得还习惯吗。文思清不说话。方丈知道问得不对，和一帮和尚住一起，她可能习惯吗？他换个问法，问她在这儿过得好不好。她说有时候好，有时候糟，但总算没死掉。文思清是认真的，面无表情，那种劫后余生看淡生死的语气,听得方丈都想给她道个歉。

他给她斟茶,躲开她怨念的眼神,看大门外的落叶。文思清双手握杯小酌一口,她说没有直接的那种好,好的都是苦尽甘来,两个小和尚把她绑起来,怎么挣扎都没用。她挠花了弟弟的脸,还被装进了麻袋里,扛过去说要孝敬八光。"本来他都要放了我了,不知道看上我哪一点了,可能是手指长手腕细,他说绝不会放过我的。他把我拽进小屋,要我把衣服脱了,换上他给我备好的那一套。他在门外等,不知道他什么嗜好。我想没有刀、没有绳子,我用什么办法可以自杀。我试着咬舌头,只是疼,根本不可能流血而死。再进来时他见我还没换,他说他数五十个数,不然他给我换。我把自己的衣服一件件脱下来,穿上他给我的。不知道是什么衣服,只是很宽松,袖口、腰上都要用带子系。我双脚拖着地面出了小屋,背靠着门。他对我上下打量,说了一句话,这才是习武之人。

"你能相信吗,他要收我为徒,他说看我骨骼奇特,是习武的好料子,上好的料子,说我这种骨质不管谁教,总之是要超过师父的。我说我不学了,我都二十多了,做你徒弟早晚给你丢脸。八光师父一个劲儿地摇头,说你别想跟别人学,昆仑公子也未必打得过他。我能怎么样呢,我若不拜他为师,不知他会对我做什么。"

文思清停下来,又喝了一口茶,问方丈练过武吗。方丈低头看着手掌。文思清说:"你当然练过,你还打过我一掌呢。听说当时你为了夺方丈之位,杀了几十个和尚。"她没留意到方丈一脸震惊,继续说:"我是没练过武,八光师父做什么,我就跟着他做什么,练了两天说我不行,怪我什么都不会,就从扎马步开始。大太阳底下,他拿小棍盯着我,不让我动。后来看我哭了,估计是失望了,他叹口气,陪我一起扎马步。又扎了两三天,藏经阁里的沈老前辈都听不下去了,一个劲儿地骂他是蠢材,接着讲了一堆武学道理。我听不懂又记不住,就看到八光师父一边点头一边冒汗。最后沈老前辈说,照你这么胡乱教,东剪西裁,再好的料子恐怕都得被你剪得连手帕都不够做。说着他从藏经阁走出来,八光师父后来告诉我，沈老前辈已经好多年没出阁了。他背着手出来，眯眼看着我，说确实不错，转身对八光师父作揖，说沈某想收这个女娃娃为徒，不知八光世兄是否应允。没见沈老前辈对谁那么恭敬过，八光师父说这是江湖规矩，跟人借徒弟总要走一个客气点的过场。可八光师父却跪下了，说，'师父若收我二人为徒，我二人无以为报。'沈老前辈也不跟他争辩，转过来对我说，'你是我第五个徒弟，也是我的关门弟子。'八光师父叫我磕头。其实他不说我也知道，老人家一百多岁了，磕一磕也是我的福气呢。我得叫沈老前辈师父了，但他不让八光师父叫他师父。八光师父表面上不叫，私下里就喊我师姐，越喊越高兴，我都拦不住。他说更高兴的是沈老前辈有事情做了，活着不是耗神等死了，起码要等到我出师。说完他瞅着我笑，说我这么笨，师父得活到二百岁才能把我教出师。我就是笨啊，师父教我一遍，旁边跟着学的八光早练熟了，我却练几百次也练不好。但是奇怪呢，倘若只用师父教的招式，我和他对打，八光竟打不过我。"

把话说完，文思清忽然顿住了，仿佛鱼刺卡在嗓子眼，她睁大眼睛望着一直在倾听的方丈。茶水凉了，文思清双手捧起咕咚咕咚喝光。方丈还在想，这些和他要谈的有没有关系，他问："当时我对你还说过别的吗？"

"你说，你要和我谈的事情关乎江山社稷，可是小五子和江山社稷能有什么关系呢？"

方丈低头翻笔录，经文一窍不通，却已把这三千页日记倒背如流。江山社稷，那是皇位。方丈一路往前翻，两年前去过一次京城，赶回来为沈老前辈过了一百一十岁大寿，曾建议他入我少林，被沈老前辈婉拒。他再往前翻，去京城做什么，上面写着觐见五公主，太子被昆仑公子劫持，要求少林寺连同各大门派务必救出太子。倘若完成，朝廷重赏少林寺，继续奉少林寺为天下第一门派；倘若太子死于非命，少林寺必定被夷为平地。后面还有一行字，下面画道横线加重：当心三王爷加害太子。他合上笔录，望着门外的秋色皱眉，问她："小五子是谁？"

"就是你们说的昆仑公子啊，可我一直认他是小五子。"

"和我一样,中了断魂掌?"

"嗯,跟你一样,什么都不记得了。"

"有没有可能,小五子其实是太子?"

文思清拨浪鼓似的摇头,说:"你这是中了断魂掌,不然你绝不会这么想。寻龙屠狼大会那天那么多人,见着小五子,一大半人都要冲上去复仇。是不是昆仑公子,他们会不知道吗?"

"万一那些人都是三王爷安排好的,要把太子当昆仑公子杀了?"

文思清摇头,低声说不可能,昆仑公子已经够不可思议了,她怎么可能会嫁给太子。方丈说过去的事记不起来了,这也是他瞎猜的。至于小五子到底是谁,等见到他后慢慢查问吧,他问她还打算再在少林寺待多久。

"我不再关着你了,你现在随时可以离开。"

文思清说不知道,在少林待了近两个月,不好的都在变好,不习惯的都在变习惯,就在这儿等小五子。他若来接她,当天就和他下山;他若不出现,就陪师父待到二百岁。然后她问方丈:"你呢,要在少林寺待多久?"

方丈弓身斟茶,说想不明白,过去什么样的野心让自己一步步熬到这个位置,自己天生不该是这里的人。说话间茶水溢出来了,他放下茶壶说:"就在这儿一直待下去吧,我走了,这些人怎么办?"

忽然起阵微风,两片红叶吹到房间里,落在茶壶边,方丈捡起来一片,夹在指间。文思清将另一片捻在手指上,起身向大门走去。秋日傍晚的阳光延绵而悠长,她回头看到自己斜长的影子映在达摩佛像上,她要嫁给小五子,不管他是谁,不管未来发生什么事,一辈子总要嫁给他一回。

第七章

CHAPTER 7

1

　　小五子用手指点着，还有七个人轮到他。他在队伍里往后看，扛包裹的、推车的、抱孩子的，浩浩荡荡，七十人都不止，而且还只是一扇门，嘉峪关的士兵开了四个口给百姓出关。初冬，越往北越冷，走出塞外应该已是天寒地冻。每天都有上千人出塞离家，朝廷到底干了些什么，让这些百姓背井离乡，去塞外受苦挨冻找活路？

　　他从南京出发，走了好些时日才到嘉峪关。风声最劲的时候，还在扬州的赌场躲了几天。那些金条还在，以他的赌技，输出去费劲。他也不敢大赢，每天赢点打尖住宿的费用就够了。天生的本事，几根金条做本钱，能在扬州白吃白喝一辈子。后来，南北的赌客陆续回家猫冬，再玩下去太惹眼了。小五子打算撤了，他把本钱收好，多出来的银子，分一半散给赌场里的博头、柜主、赶羊的和账房，剩下的一半雇艘大船，沿着长江西去。他走走停停，路过大山大河的地方就让船停一天，上岸转一圈，直到重庆府才改陆路北上。

　　都知道他是昆仑公子且混进了丐帮，从山海关进的中原，这次他要绕一圈回田独。边塞二十六关十八路，他算准不会有人在嘉峪关守着他。很奇怪，亲爹亲妈不记得，从居庸关到铁门关，从函谷关到阳关，倒是记个门儿清。

　　前面还有五个人，好半天才过去两个，守城士兵拿着画像，在每个人面前比画一阵儿，确定不是才放行出关。估计是找他，昆仑公子。画像这东西,小五子根本不担心,那张通缉令在肉铺边上挂了两年,都没看出来画的是他。多少表示点尊重,他蹲下来抠一块泥,搓成泥球按在嘴角上。痣是有了,但不是说脸上长痣,痣上长毛吗,他拽根头发揪成几段,裹在泥巴里搓第二个泥球,犹豫要不要换个痣上去。应该真一点儿,只剩下最后一道关,走出嘉峪关,往东往北,就可以回到田独了。他确定文思清会在那里等他,笑靥如花地站在肉铺门口。没准儿还有钱老板,告诉他刚刚杀了一头猪,就等着小五子回来一起过年呢。他提醒自己进镇子以前要好好洗个澡,别狼狈得像条野狗一样回到她身边。

归心似箭,队伍却卡在第三个人那里,守城士兵拿着画像比对了半天,眉头紧锁,依然想不明白。士兵找来长官,指着面前的少妇说:"李大人,虽然她是女的,可是她长得和昆仑公子实在太像了,我们该不该扣下她?"

真是个难题,长官尽量放松,不愿让属下看出自己也被难住了,他反问属下:"这上面有写昆仑公子一定是男的吗?"属下摇头,说写了面部特征,写了身高臂长,但确实没说昆仑公子的性别。"那就按照规定带走喽。"

属下不住地点头,李大人果然有勇有谋,智慧过人。他手臂一挥,叫两个士兵把少妇绑了起来。

少妇张大嘴巴吓蒙了,挣扎着问他们:"画像上的人满脸胡子,我怎么就像他了?"属下可不管,李大人这么要求的。他让人把少妇送到李大人行营,请李大人验验是不是昆仑公子。

小五子看着她被押走,脑中始终响着一句话:"英雄不在本事,在胆识。"那就上吧,他跨出一步喝道:"你们要干什么!"

士兵们打量着他问:"你要干什么?"

小五子没回答,他因另外一个黑衣男人分了心。他顺着往后找,很快在隔了三个人的位置找到了另一个穿白衣服的。两个他都见过,一个黑衣、一个白衣,一个漂亮、一个丑。漂亮的那个满脸刀疤,丑的那个皮肤特别好，连痘都不长。想不起在哪儿见过，但肯定是在这几个月的逃亡路上。辽阔河山里的芸芸众生，同一个人见过两次已经很奇怪了，两个人第二次出现，一定有问题。

先排着队，眼前这么多当差的，估计也不敢怎么样，反正他在前面，一旦通过，就找个地方藏起来。他眼睛往前看，耳朵听后面的脚步声。前面就剩一个人的时候，大门关上了，士兵上了城楼，说去别的地儿排队吧，他们要午休了。小五子前面那个不干了，说："我知道你，你刚接班一刻钟就要午休？"

士兵打个哈欠，说："不是我要午休，是这扇大门该休息了。"

你争不过当差的，别看你是男的，惹急了也说你像昆仑公子，送到李大人营房去验货。百十来人就地解散，混到后面三支队伍里。小五子低着头，去最远的那支队伍。他抢得慢，几乎是站在了队尾，左右没见着黑白两只鬼。队伍往前进了几步，感觉后面有人喘着粗气，那两个人又站在后面了。

小五子低头看脚面，是见过，在黄鹤楼，本不该去那么惹眼的地方，可管不住嘴，那可是天下第一楼，就算被人认出来，从楼顶推下去，也要吃顿好的再摔死。这两个人分坐两桌，每人点两盘菜。当时客人多，店小二建议小五子和别的客人拼桌。小五子赶忙拒绝，硬着头皮点了一桌子菜，说自己要宴请朋友。于是店小二找黑衣、白衣商量，他们也是不答应，跟小五子一样，各自加了几道菜。事情发展到这儿也没什么，直到把菜上齐，小五子发现两人面前的八菜一汤是一模一样的。黄鹤楼美味千百种，一道两道相同都不应该，八道菜一样，十有八九是来盯梢的。小五子放下筷子结账走人，出门右转进了一个巷子，在一家客栈开了间二楼上房，从窗户盯着门口。两人倒也没跟出来，反而细嚼慢咽了半个时辰，并排下了楼，不认识一般，相互不说话。在黄鹤楼门口，一个向左，一个向右，头也不回地分道扬镳。

可能是下战帖，比武前的较劲，或是某个秘密帮派在接头。是不是过于小心了？小心驶得万年船，用不着一万年，保我到田独就好。现在看来并非太小心，他们是冲他来的，把气都呼到脖颈上了。他回头直视他们，两人反而左顾右盼不看他。他闭眼盘算，先排着吧，跑到哪儿，这俩货都得跟屁股后面。

下午太阳上来暖和一些，路面都化成泥浆，蹬腿出去能把泥点甩到前排的后脑勺上。天色渐暗，泥浆又冻得邦邦硬。终于排到头了，下一个就是他。小五子摸摸嘴角上的痣，指肚感受着痣上的毛，向前跨出一大步。守城士兵斜眼看他，举一天画像，早用不着这个了。他让小五子抬头，把嘴角上那泥点擦掉。小五子说这是痣，上面还有毛呢。守门的没接茬儿，把画像重新打开，看一眼画上的人，看一眼小五子，皱着眉头，让旁边士兵请李大人过来。

看样子要出事了，小五子看着士兵走过去，拉着李大人的胳膊比画，之后两人一起朝这边走来。后面的人催他快点，退是退不出去了，身后全是人。关外倒是空旷，就隔一道门槛，迈过去就是一大片冻硬了的泥地，但是弓箭手都在城楼上呢，守了一天百无聊赖，可算逮着一个拉弓射箭的机会。

后面的人还在催，小五子回头看一眼，居然是白衣男子骂骂咧咧的，不停嘴，小五子祖宗十八代都被他问候了一遍。后来把黑衣男子都骂急了，转身问他骂谁呢。白衣男子直翻眼皮，说谁排前面他骂谁。黑衣男子跳起来，越过中间几个人的头顶，扇了白衣男子一巴掌。白衣男子愣了一下，捂着他那又丑又光滑的脸，推开前面几个人，一脚朝黑衣男子的肚子踹过去。黑衣男子挨了一脚，第二脚有所准备，双手抱住白衣男子的大腿。白衣男子的一条腿被抱住，另一只脚蹬着地，伸手去搂黑衣男子的脖子。场面有些混乱，两人扭成一团，滚在地上。小五子看明白了，分明是臭无赖打架，看起来也不会什么武功，怪不得从武昌汉口，一路跟着他到了嘉峪关，都不跟他动手。

离老远就听李大人喊怎么回事。守门的指着小五子说："李大人您看看，这人像不像？"李大人瞪大眼睛，但不是看小五子，而是指着地上翻滚的黑衣白衣发火道："我问你这是怎么回事？都火烧眉毛了，你还堵着门口不抬屁股！"守门的吓着了，连忙让人把寻衅滋事的两个人抓了起来。小五子还挡在守门的面前，守门的冲他吼起来："赶快给我滚出去，不然连你也抓起来。"一个识眼色的属下推了他一把，小五子连人带包摔在了门槛外。大门在身后缓缓合上，里面传来李大人的喊话声："因为这两个人，今天谁也别想出关！"

小五子捡起包裹爬起来，摸摸嘴角的痣，竟然没有摔掉。他仰头看一眼，城门上的弓箭手陆续收弓撤岗。背对着大门，他走出几步，面前一片苍凉，雪片从空中落下来，飘飘荡荡，他大步往前走，要赶在雪下大以前找到过夜的地方，哪怕只是一个树洞。

2

睡到一半他想起来了，他们在装，三脚猫的功夫是装的，吵架也是装的，两个人保他顺利过关，别被官府抓走。李大人关不住他们，从牢里跑出来，他早晚是他俩的。之后小五子就睡不着了，裹在树叶里翻来覆去。嘉峪关以北一片坦荡，寸草不生，小五子一直走到天黑，也没见着个树洞山洞。听说还要往前走小一百里才有个辉山镇，小五子又累又困，把掺着白雪的树叶干草拢成一堆，钻进去对付一夜，万一明早还没冻死，就去镇上加几件衣服，雇辆马车往田独去。

他睡到凌晨出发，走到下一个天黑才到镇上。天寒地冻，腿都冻得打不了弯了。他犯懒找家客栈，跟店老板说开间最好最大的客房，有三个火灶的那种。身上还有几根金条，痛快点花掉，没准儿哪天死到金条前面去。

进了房间，他又睡了一觉。夜里醒来从窗户看去，外面又下雪了。他下楼让小二做碗面条。小二进厨房转了一圈，回来说面条要等，面要现和。小五子问他，炒菜米饭馄饨水饺，哪个快。小二挠了挠头，说面条快。

那还说什么呢,面条。他让小二去做,他坐在这里等。小二哼着小曲出去,没一会儿背袋面粉回来,卸在厨房问他想吃什么口感的,有嚼头的,还是软和点的。就是面条,正常什么样,他吃什么样。他说着去关门,见风雪里一黑一白从远处走来。夜色里,白的扎眼,黑的看不见,不过挂了一身的雪,感觉白衣男子牵一个雪人往客栈来。

他掏出碎银子放桌上,说自己肚子不舒服,先不吃了。小二跑出来拉他胳膊,说:"面我都和好了,这么晚,你让我卖谁去!"

小五子皱眉望着他:"你谁也不该卖,我面钱都给你了啊。"

"可是面条没人吃啊!"小二不依不饶,抓着他的胳膊不撒手,"早告诉你时间长,你说可以等的。"

小五子把着楼梯扶手,甩不掉他的手,就闷头往上走。小二也是能扛五十斤面粉的体格,胳膊抓不住就去抱他大腿。

门吱的一声开了,一阵冷风吹进来,人还没进来,白衣男子就让小二弄点吃的。小二松开手,和小五子一起回头看。黑衣白衣对了个眼神,黑衣男子手臂一展,做了个邀请的手势说:"这位公子,留下来一起吃点吧。"

小二这次要一百个确认,你们是三个人,吃面条,而且谁也不许走。明确过后,他满心欢喜地去厨房和面了。小五子靠着椅背坐他俩对面,身子都快出溜到桌子下面去了。他先表态:"我知道你们在找我。"

俩人没说话,他感觉这两个人在控制着情绪。白衣男子张了几次嘴,都被黑衣男子按住了手腕,好像要克制住什么浓烈的情感,别爆发出来。后来白衣男子还是忍不住了,不顾黑衣男子的反对,起身把椅子踢开,扑通一下跪在地上,大声痛哭,说:"少帮主,你真不记得我们了吗?"小五子腾地跳起来,但不是扶他,而是向后退了两步。黑衣男子刚才一直拦着他,此时叹了口气,事已至此的叹息声,也跟着跪了下来,埋怨白衣男子道:"叫你不要相认,这不是给昆仑大哥平添负担吗?"

小五子让他俩快起,有事慢慢讲。白衣男子把筷子掰成段,摆出一幅简易的地图说:"咱们是昆仑派,世代住在大漠以西的昆仑山下。你是我们的少帮主,前几年你涉足中原,得罪了不少武林门派。后来你消失了,江湖上的人找不到你,昆仑派也找不到你。老帮主急火攻心,带着昆仑派几十个弟子穿过沙漠,一路往东,跟我们说找不到少帮主的话,就永远不要回昆仑山了。"白衣男子说一半,黑衣男子接着往下说:"昆仑派弟子这几年分散在各地找你,汴梁的大会我俩也去了,恨自己本事不够,没能力把你从大漠仙人和蓬莱阁老手里救出来,只好一路跟随。在金陵你用计甩掉二老后,我们便跟着你一路来到了这里。"

"二老都被我甩掉了,你们俩反而没跟丢?"

"我们也曾疑惑,以昆仑大哥的本事,自然早发现我们俩了。"黑衣男子说,"但是白师弟说,没准儿昆仑大哥想起了同门情谊,才没戳破。"

"他叫白师弟?"小五子左右看看,"那你就是黑师兄?"

"不,我是白师兄,他是白师弟,我跟师弟碰巧同姓白。"黑衣男子凑近半个身子,低声说,"昆仑大哥回想一下,大漠、蓬莱二老带你走的一个月,尚且遇到了不少寻仇的;你独自北上的这段时间,是不是一个仇家都没见到?"

白衣男子终于说话了:"为少帮主扫清障碍,是我们应该做的。"

前面什么昆仑山昆仑派,小五子差点儿就信了,给你昆仑公子这名号的,三岁小孩都能猜出是昆仑派,真正有想象力的身份是百花谷少谷主,再不济也是丐帮帮主。两人一个喊"少帮主",另一个却叫"昆仑大哥",故事没编完就算了,口径先统一一下行吗?但后两句话倒不假,一路没仇家,他还以为是自己藏得好,殊不知是这黑白配一前一后地替他开路殿后。那他们找他到底干什么?先陪他们演一会儿,小五子问:"我爹怎么样?"白衣男子摇摇头,眼泪又要涌出来了,哽咽着说老帮主身体不大好,天天盼着少帮主回来。小五子看出来了,白衣男子最能演,老帮主少帮主,磕头下跪,入戏还挺深。面条上来了,等了半个时辰,就上来两碗白面。黑衣男子问菜呢，弄点酱油也行啊。小二说酱油得等，没有现成的。

那可有得等了，豆子发酵都不知道需要几个月！小五子说就这么吃吧，他呼噜着面条说："回去转告我爹，孩儿有件要事得办，事情一办完，我马上回去。"

黑衣男子摇头，咽下嘴中的面条说："还是跟我们回去吧。"

白衣男子的筷子早掰没了，他去别桌找筷子，在小五子身后那桌说："少帮主，你不知道老帮主有多想你！"

小五子点点头，他明白了，不是寻仇，也不是什么故人，他们是受雇带他去见一个人。

3

这次小五子不想跑了，也跑不了了，身边多两个人照顾他也挺好。他慢慢发现这俩人也没多大本事，跟大漠蓬莱没法比，就是跑得快，骑马技术好。通常都是黑衣人骑一匹马在前面，白衣人和小五子驾一辆四匹马车，在一里开外跟着。还是有寻仇的，横刀立马，问车里面坐的是谁，这时黑衣人便去跟他们交涉，下马作揖。仇家自然下马还礼，只要仇家脚着地，白衣人立马驾车就跑，根本不给他们上马追赶的机会。

估计约好的，每回都是，白衣人往前跑三十里，再右转跑十里，然后驻扎等黑衣人赶上来。只剩他们俩，白衣人还要演，比如小五子问他，昆仑派的绝招是什么。白衣人深深叹口气，说自己年少时偷懒，把昆仑一点儿绝学得皮像肉不像，看着好看，使出来却杀不了人。他找块空地，抡胳膊耍一通，问他现在的昆仑一点绝能打几分。

昆仑一点绝？问你昆仑派绝学是什么，就起了这么一个不负责任的名字。小五子说能打一百分，二百分，中了断魂掌之后，他是"一点"不会，"绝"也不会了。这时候白衣人又要演了，感同身受的那种难受表情，望望天,望望地,眼眶湿润,劝小五子别难过,"老帮主不是一直告诫咱们嘛,英雄好汉,武功在其次,最重要的还是人品。你要是一个好人,哪怕没武功,被人活活打死,那也是死了的英雄好汉!"多愁善感,一般都要演到黑衣人过来会合。黑衣人马都不下,持着鞭子说:"走吧,那边等着交货呢。"

那边是哪里呢?嘉峪关往东日夜赶路,过了乌海再往前就是沉狮谷。这天难得住了店,次日清早居然没有催他上路。黑衣人出门办事,留白衣人在客栈里看着小五子。白衣人说,沉狮谷就是昆仑派的老巢,他想想又补半句,暂时的老巢,老帮主年纪大了,白师兄先去招呼一声,让他老人家有个心理准备。

那交货地点就在沉狮谷了,听名字有点熟,但江湖上唬人的名字,无非就是狮虎熊豹。黑衣人一直到午后才回来,后面跟着一老一少两个人。老的也不算太老,四十多岁,一起来的小伙子喊他齐师叔。他进来就问人在哪儿呢,也不等白衣人介绍,就目光锁定小五子,奔到他面前,弯下腰,几乎是贴着脸又看一遍,起身说:"很好,你们俩谁跟我算下账?"

果然是卖小五子。脏活累活黑衣人干,用脑子的事要白衣人来。他们到门口算账,黑衣人留在房间,盘腿坐在小五子旁边,盯着他问:"不需要给你点穴吧?"小五子说不用,他哪儿也不去。黑衣人点点头,但还是不放心,拉起小五子的手,捧在手心里。一时间小五子有点害羞,跟他强调自己真不跑。黑衣人说:"我知道,所以没点你穴。"说完还摸摸他的手背,冲他笑笑,那意思是你放心,大家好聚好散,我们不折磨你。

他们在门口讨价还价,小五子听懂了,这职业有点像保镖,不过保的是人。你要找谁,管他活的死的,哪怕是躺在墓里面的,他们俩也能把棺材挖出来,完好无损地给你送到家。黑衣人握着小五子的手说:"早看见你了,反正你往北走,就想等着过了嘉峪关再跟你说。"

小五子努力抽出手,点点头说:"你们倒是图省事。"

两人在外面吵起来,齐师叔喊道,说好的价钱,临时翻倍。白师弟说:"你们没说这人这么惹眼,路途又远,躲了多少仇家才送到沉狮谷的,翻倍都是少跟你要了。"

齐师叔冷笑,说:"当初价钱是你们开的,说找昆仑公子,你们就应该知道这四个字的分量。"

白衣人也笑,说齐师叔的话在理,问屋里的白师兄准备得怎么样了。黑衣人说掌控之中,说完还不忘摸摸小五子的手背。白衣人说:"不行就弄死他,当我们没来过,昆仑公子分量重啊,我们哥俩儿就是扛着他尸体,向各门各派要份子钱,要的也比你给的多。"

原来为这个摸的手,黑衣人用拇指扣住小五子手腕,小五子感到手臂一阵酸麻,再不叫命就没了。七分痛,小五子十二分地叫出来。外面两人不说话,估计是互相瞪着,看谁先服软。最后是钱袋落地的声音,齐师叔加了钱,他说:"把人带出来吧。"

送上车的时候,白衣人还要演一波,他先把小五子绑在马车座位上,扯一块布蒙上他的眼睛,叮嘱他回去要懂事,孝顺一点儿,老帮主这几年为他操碎了心。小五子说:"好,两位师弟在哪里,下次我去看你们。"

白衣人愣了一下,黑衣人抢到他前面,说:"江湖之远,何必再见。"

马车动了。原来小伙子跟来是干力气活儿的,他在前面赶马。齐师叔坐到小五子旁边,说:"你别见怪,路不好走,绑着你,是怕你被颠出去。"

果然够颠簸,起车就往下冲,五脏六腑都被震得重新排了一下位置。进谷之前,齐师叔在旁边发出一阵怪叫,也不知在跟哪个禽兽打招呼。后来没声了,车子也不再冲得那么狠。把车停下来,小伙子把小五子抱到一个房间,解开绳子。齐师叔说:"你先休息一下,晚上还有好多事等着你干。"可这也不是床,摸起来就像一块铁板。小五子点头,说:"齐师叔太客气了,还盼早点见到贵帮帮主。"

等半天没人说话,估计是出去了。小五子把眼罩拿下来,反而吓了一大跳,一片漆黑,一丝光亮都没有,就好像有人给他套了一个更大的眼罩。他脚蹚地往前走,一直摸到墙。房间里是空的,没门没窗。他捋着墙走,都是实墙,摸不到暗门机关。摸完四面墙应该是一圈,他站住想了一下,走回去再摸一次墙角,不是直角,比直角大一半,这是一个六面墙的蜂巢一样的房子。

他们怎么进出呢?小五子回到房子中央仰躺下来,头枕着铁板,身下一阵阵凉气。他想起钱老板那张血冰床了,挖在猪圈下面,当时就是他扶钱老板下去的,那么重的伤,睡几天就好了。他也睡,睡一觉就好了。快睡着时,他自言自语道:"对啊,这也是个地窖。"

4

这一觉睡得够饱,睁眼时也不知道是白天还是黑天。小五子揉揉肚子,还不算太饿,翻身趴在铁板上继续睡。半睡半醒间听见有人喊他,老鼠似的偷偷摸摸地用那种气声呼唤:"昆仑公子,你在哪儿?"

气声是听不出男女的。小五子站起来,脚跺着铁板喊:"在这儿呢,在你下面!"

外面人不喊了,小五子头顶窸窸窣窣的,真像是老鼠在打洞。没一会儿天窗被撬开,一根绳子扔了下来。小五子抓住绳子往上爬,上面的人着急了,连忙说:"等一下,你太重啦,都快把我拽下去啦。"

这回是真声,一个小丫头的声音。小五子仰头等她,外面已经黑了,原来一觉睡到了夜里。他听见她一路小跑远去,又一路小跑回来,在天窗探出半张脸,笑着说:"这回好啦,我把绳子绑树上啦。"

虽然不会武功,但他也不是残疾,抓绳子往上爬总没问题,片刻之间就爬出了天窗。他张望一圈,地窖在一片园林之中,三十步外有个挂灯笼的房子,几个佣人在里面进进出出。小五子把绳子收好,将天窗合上,把草垫子盖到天窗上。小丫头十四五岁,就是个小孩子,肯定跟他中断魂掌前没关系。小五子问她:"是谁让你来救我的?"

小丫头微微一笑说:"到时候你就知道了。"

"嗯,"小五子趴到草丛里,看着周围的情况,低声说,"我们怎么出去?"

小丫头指着挂灯笼的房子,说:"从前门进去,推开后门就可以出去了。"小五子眯眼看过去,又有两个人从里面出来,一个抱着猪头,另一个装了一推车的猪下水往外运。看样子是个厨房,大半夜的还在赶做酒席。显然不能从那儿进出,不然一会儿厨师就要抱着他的脑袋出来了。小五子摇头问她:"你是从哪里进来的?"

小丫头指指左边,又指指右边,后来她也编不下去了,从草丛里站起来拍衣服上的土,冲小五子努嘴说:"算了,我逗你玩的,我不是来救你的。"

小五子没明白,问:"那你这是怎么回事?"

"没怎么回事,"小丫头说,"帮主叫我带你过去啊。"

这太伤人了,小五子深吸一口气,他都要哭了,噙着眼泪质问她:"我就那么好逗吗?"

没想到他反应这么大,小丫头也不好意思了,但既然问了,她承认道:"你是挺好逗的。"

小五子不想搭理她,起身往反方向走,小丫头在后面喊他:"你就跟我走吧,跑又跑不了。"

小五子一口气吐出来,站在原地。很快,小丫头到他身后了,她让小五子走前面,往前走再右转,从草丛里穿过去。果然是从厨房进去,厨师伙计停下手里的活儿看小五子。

小丫头呵斥:"还不干活去,昆仑公子也是你们看的吗?"这么小的丫头,在谷里的身份可不低。小五子扫了一眼厨房,肉还挺多,两扇猪挂在铁钩上,还有一头被剖开的牛放在案板上,不过没主食,也没素菜,这倒有些奇怪。

从后门穿出去要走段石板路，隐约能看到远处房间的窗户透着光。尽管不想说话，可还是好奇，小五子说："为什么厨房这么远？什么好菜端过去都凉了。"

小丫头在后面偷笑，她说："那些肉又不是给人吃的，根本就没热过，你还担心凉掉。"

他问："不给人吃，那是给谁吃的？"小丫头又笑起来，提醒他走直线，掉下了石板路，可就不大安全了。本来两侧就看不见，现在更是阴森森的瘆人。他把油灯放低，低头看脚下的石板。左侧忽然一声嘶吼，小五子吓得往右跳一步，这时右面又叫了起来。左右都有，小五子不敢再跳了，把油灯放在石板上一动不动。

小丫头又咯咯咯地笑了，说放心走嘛，它们在铁笼里。小五子问是什么东西。小丫头说："你想啊，我们叫什么谷？"

沉狮谷，小五子慢点走，贴在小丫头前面，恨不得拉起她的手。不能老想狮子，他问小丫头叫什么名字。小丫头说她叫小玉，本来该叫大玉的，但她打小不喜欢，就跟她娘商量，让她先叫着小玉，如果有妹妹了，就把小玉这名字还给她，自己改回大玉。结果一直到死，她娘都没能给她生个妹妹。

小五子想告诉她，其实他没那么在乎她叫什么，小丫头讲了五分钟，小五子默不作声。

走到挂灯笼的房前，小玉把门推开，一阵香气扑面而来。银梳铜镜红纱帐，小五子一时结巴起来："这……这……这是姑娘的闺房吧？"他打定主意不进去，小玉再小，也是个女的，况且真的太小了。

小玉先迈过门槛进门，说："我哪有这么好的福气，这是我们家小姐的房间。历来没什么人来沉狮谷，我们也没准备像点样子的客房，还请公子委屈一下，在小姐房间沐浴更衣，帮主还等着见你呢。"

进这房洗个澡，还不知道谁委屈谁呢。他往里走几步，小姐不在，床下面摆着一双青色绣花鞋，沐浴间在最里面。小五子挠挠头，问："你们家小姐是哪位?"

"是帮主的女儿啊。"

小五子说:"我知道,我是问她姓什么叫什么。"

小玉捂嘴又要笑,这半个时辰都在没完没了地笑,是在笑他乡巴佬一样问来问去的吗?小五子做出一个打住的手势,说:"回答完你再笑,我陪你笑。"

小丫头看出他恼火了,嘴上憋住,眼睛却还在笑,她说:"你问小姐是谁,小姐是你夫人啊。"

小五子让她慢点说:"夫人在你们这儿的方言里是什么意思?"

小玉仿佛刚知道,原来夫人是方言。她还挺认真,说夫人就是老婆、媳妇、相好的,接着抬高半个声调说:"公子今晚要当新郎官了呀。"

小五子再看看小姐的闺房,心有点慌,问她:"你又在逗我玩?"

"没有,知道你开不起玩笑,我再也不敢逗你了。"

"我怎么就开不起玩笑了?"他皱眉问,"你们大老远地请人把我抓来,关在地窖里,再让你一路看着我,这不是新郎官应有的礼遇啊?"

也不知道小姐看上他哪儿了,面前这个人笨死了,什么都要问。她再跟他讲一次,小玉说:"因为我们怕你这回又跑啦。"

5

小玉催了几次,小五子没应声。他泡在木桶里一直在思考,想明白之后他从水里出来,也没穿他们准备的新衣服,而是将原来的脏衣服一件件穿上,套进沾满泥点的靴子。他叫小玉进来,说:"你杀了我吧,我不能娶你们家小姐。"

小玉望着他,一开始她以为他是在报复她,开那种莫名其妙的玩笑。确定小五子是认真的,小玉就反复讲,我们家小姐有多漂亮,比我好看一百倍一千倍,你要是过了这个村,就是再走上十万八千里,也找不到这个店了。

小五子摇头道:"管她如何美貌,但我心里有别人了。"

"你心里有谁,我帮你杀了她,不就好了吗?"

真是养狮子的地方,小丫鬟讲话都这么生性。他不想再纠缠这些,只问小玉:"婚我是不结的,你杀不杀我?"

小玉哪敢杀,说:"你死了,我们家小姐嫁谁去?"

小五子说:"随便嫁给谁。沉狮谷这么大的庄园,如果你家小姐真如你说的那么好看,还愁没有人娶吗?"

小玉眉毛一挑,可傲娇了,背着手说:"想娶我们家小姐的人都得排长队,比满大街要饭的还多。"

小五子愣了一下,但还真能感受到,想娶她们家小姐的人应该挺多的。

"只是,我们帮主点名要嫁给你昆仑公子。"

"还不是你们小姐要嫁?"

这是要图他点什么,武功没有了,他还有什么价值?他把手伸到怀里摸九宫图,昆仑山庄保过他的命,真信了他有好几张,把女儿舍了,拜过天地,这九宫图就是沉狮谷的了。

小五子点点头,也不是认同什么,每次想明白一件事,他都会不自觉地点点头。他一句话不说,转身就往外走。小玉反应迟钝,看他出了门,才意识到这是要跑,赶紧追出去,从后面点了他的穴,拽着他的肩膀拖回闺房。她说:"我又不杀你,你瞪我干吗?婚还是要结的,你要是死了,或是跑了,我今晚不就被喂狮子啦?"

她把他放到床上,犹豫要不要给他换上新郎官的衣服,拿衣服比画了两下说:"算了,把你这脏衣服脱下来,小姐要吃我干醋呢。"她在屋里找绳子,要把他绑起来,跟小五子承认自己是第一次点南海真人的穴,"没想到真把你定住了,但一会儿穴位冲开了,你又要跑了。"她先绑脚,缠了十几圈,却打了个一拽就开的蝴蝶结。然后她问双手放在前面绑,还是背过去绑。小五子说放前面吧,结婚而已,何必上大刑似的。

"你看,你还是愿意说话的。"

她听他的,双手缠前面绑个蝴蝶结,让他等着,她可背不动他。小玉出去晃了一圈,将厨房喂狮子的小推车推进来,把他拖进车里,告诉他:"我们快走吧,没准儿已经晚了。"

傍晚从地窖里出来,折腾到现在已是深夜了。这个点儿结婚,小五子甚至怀疑:"你们家小姐是不是早就死了,拉着我办阴婚陪葬?"小玉忙捂住他的嘴,求他不要瞎说,提醒他别忘了自己是谁,那么多人找他寻仇,白天搞得大张旗鼓,什么人都来,这婚也结不利索啊。

小五子点头称是,然后发现小玉没骗他,穴道果然被冲开了,他先解开双手,在推车里前倾一下,又把脚上的蝴蝶结拽开。随时可以跳下车的时候,他又不想跑了。这姑娘脚快,轻功好,反正跑出去也要点个穴再抓回来,就在车里,跟坐轿子一样也挺好。

后来还真坐轿子了。小玉推了一刻钟,终于快到办婚礼的大厅了。远处有一顶轿子停在门口,他看见盖着盖头的新娘,从身形上看不是颐指气使的胖小姐。

新娘被搀进门后,小玉招呼脚夫们过来,新郎官也要坐轿子,别偷懒,一直抬到大厅里去。上轿之前,小五子看了一眼大厅上的牌匾,左右两个灯笼将三个金字照得反金光。小五子心头一紧,问小玉:"你们帮主姓乔吧?"小玉点头。小五子说:"你们家小姐是比你漂亮,别说比你,比文思清、吴思若和苏子瑶加起来都要好看,因为她是乔文君啊。"他不想上轿了,直接朝"狮吼帮"三个大字走过去。他知道,他应该娶她的,怎么都要给她一个交代。

6

确实没请外人,齐师叔做主持,进来一个报一个,百十来人都是狮吼帮的弟子。大厅的正位摆着两张太师椅,乔帮主抱着外孙坐右手边。上次说过的,那是小五子的儿子吧,孩子没生下来,他就消失不见,弄得乔帮主无处辩解,怪不得他现在看小五子的眼神跟要冒火似的。左手边椅子上放个牌位,写着"狮吼帮帮主夫人乔李氏"。阴阳相隔,这算岳父岳母了。认真算起来,自己父母也应该在场,十有八九不在人世了,立两个牌位列在高堂,可是上面写什么呢?张王氏,李赵氏?小五子连自己姓什么都不知道。

狮吼帮是江湖大帮,这么多弟子,一路报下来要小半个时辰。小五子看新娘,她坐在椅子上,脸在盖头下面,正低头看着脚尖。那就这样吧,别去想文思清,也别惦记吴思若,苏子瑶也对不住了,孩子都有了,就别再问他到底喜欢谁这种话了。

——报完名后,齐师叔把大门关上,意味着宾客到齐,再来的算不速之客。但还不能马上拜堂,走了好几年,他们得编个故事把狮吼帮、乔帮主的面子找回来。乔师叔拉来一个老太婆,说:"婚姻大事自古就两条,头一条是父母之命,这第二条,我们来听听媒妁之言。"

媒婆磕磕绊绊,背稿子似的,半文半白地把故事讲完。她说各位都知道,乔帮主只有一个女儿,家无男丁。几年前乔夫人还在世,托她为女儿找个如意郎君,能当半个儿子用的女婿,自此撮合了他们俩。郎有情,女有意,新婚在即,不巧夫人身患重疾,卧病在床,郎中诊断,唯有苦寒之地三千年的高丽参才能救乔夫人的命。这位昆仑公子二话不说,当晚就前往东北,走遍长白山寻找高丽参。这一走就是几年,直到今日午后,昆仑公子终于带回了这根三千年奇参。可惜乔夫人早已仙逝,没能赶上这大喜的日子。

乔帮主频频点头,其余弟子起哄似的喝彩。不知道为什么,故事编得越离谱,小五子越觉得乔帮主这几年过得不容易。几个孩子抱进来一个老树根,说这是三千年的高丽参。这就有点过了,还好没怎么做文章,装模作样地走了个过场。场上全都是狮吼帮的人,百十来个人关起门来自欺欺人,之前是有多羞耻。

齐师叔掐着时间,说时辰已到,两位新人开始拜堂。小五子和乔文君并排站在一起,背对乔帮主,面朝紧闭的大门。齐师叔先喊"一拜天地",小五子腰都弯下去了,乔文君说:"再等等,宾客都到齐了吗?"大家互相看着,该来的都来了,不该来的都是要找昆仑公子寻仇的。齐师叔清清嗓子,又喊遍"一拜天地"。这时大门突然打开,门外没有人,一支箭从外面飞进来,连同上面的红条幅扎在房梁上。条幅上写着"西北六公子恭祝乔姑娘大婚",没他小五子什么事。乔帮主一跃上去,摘下房梁上的箭,对着大门口说:"六公子前来恭喜乔某,何不进来喝杯喜酒?"

这是在亮狮吼功,他的声音硬邦邦的,仿佛可以用锤子敲。帮里的弟子都练过,小五子一时头晕得要倒,小玉赶紧拖椅子过来。坐下来时还能看见那句话的回音,像被敲碎一样,每个字都在大厅里飘来荡去。那些字越来越轻,慢慢落到地上。远处传来六公子的笑声,他说:"乔帮主无意邀请,我也就不便叨扰,昆仑公子好福气!"

这是在说我吗?小五子撑着站起来。六公子的笑声越来越远,盖头下面的乔文君说话了:"既然没有人来,我们就开始吧。"

索性把大门全敞开,两个人对着门外一拜天地,转回来冲乔帮主和牌位二拜高堂,然后都转半个身,夫妻对拜。弯腰下去,小五子一阵阵想哭。他要喝酒,把自己喝得酩酊大醉。

开始大家还放不开,看小五子一杯一杯地把酒灌到肚里,觉得昆仑公子果然豪气,纷纷向他敬酒。小玉提醒他少喝一点儿,西北六公子这一去,不知道还会带什么人回来。那就让他们来吧,他不怕寻仇,不怕折磨,管他一刀捅死还是千百刀地去剐他,他都不怕了。可总还剩点什么让他心生恐惧,他怕的不是恨,怕的是爱啊。他怕自己不爱却要厮守,他怕自己深爱却要离别。那就这样吧,别等我了,文思清;很高兴认识你,吴思若;而苏子瑶呢,不管我之前与你如何,在这里跟你说声对不起。他抱着酒坛摇摇晃晃,从一桌走到另一桌,抱每个人的肩膀,希望对方是仇家派来的,掏出匕首一刀捅进他心里。

他失望了,酒越喝越多,视线越来越花,最后瘫坐在地上看人们相互碰杯。乔帮主把外孙带过来,说这孩子暂时随他姓乔,叫乔彬。乔帮主要孩子喊他一声"爹爹",叫出来的那一刻,小五子号啕大哭,他哭着要去抱孩子,吓得孩子直往外公怀里钻。乔帮主说他喝多了,要齐师叔扶他回房。

出了大厅,小五子还死攥着酒坛不松手。他问怎么搞的,他怎么就是孩子他爹了,怎么之前就没有拜过堂。齐师叔冷笑,把他放下来让他自己走。他看着小五子每迈出两步就往地上摔一次,说:"怎么做的你不清楚?几年前连乔姑娘一起,你抓了五六个狮吼帮的人,别的帮派被你放走时,都要少胳膊掉腿的,唯有我们狮吼帮,被你关了两天一夜,毫发无损地出了昆仑山庄。以为你昆仑公子要跟我们交朋友,可真是交啊!这两天一夜里你对乔姑娘干了什么,让她出来之后给乔帮主生了个外孙?"

齐师叔还在苦笑,黑暗里一丝苍凉。小五子又一次站起来,请齐师叔早点休息,自己坚持往挂着红灯笼的房子走。自己过去到底是个什么样的人,没有了记忆,人会变好吗?他跟跟跄跄地走到房门前,指着头顶的灯笼数了几遍,每次都不一样,四个,八个,六个,七个,他双手向前一推,进了房门。

到了洞房,他清醒一些了,揉揉眼睛,看见乔文君在床边等着他。还剩最后一个程序,以新郎的名义去掀她的盖头。站起来的时候双腿打弯,他深吸一口气,一步步朝床边走去。乔文君让他先别过来。他说:"我知道。"但他什么都不知道,只是站不稳,双腿打绊扑到床边。乔文君再一次警告他:"但凡你碰我一下,我一定杀了你。"

"我知道,"他在床边站起来,"我不碰你。"

乔文君自己拿掉盖头,盯着小五子。尽管不喜欢,但乔文君的样子还是让他有些痴了。她示意他后退,再退一步。没关系,不动就站稳了。然后她皱眉看着他问:"你知道什么?"

"我知道我禽兽不如,对你做了很多恶行,这场婚事就是给狮吼帮的一个交代。没关系,我做了那么多错事,你怎样都行,怎么解恨怎么来,你杀了我吧。"

"你没做错什么。"

"你是说当时你是自愿的?我不记得了,当时什么样?"

乔文君笑了,让他别抖,坐下来再说,需要喝杯茶解解酒吗。小五子摇头,坐在椅子上等她说话。她把耳环镯子摘下来,一件件放到首饰盒里,目光似乎回避着他说:"没什么当时,我跟你几乎不认识,孩子当然不是你的,只是彬彬的父亲我不能讲。你名头大,当时又消失了,他们逼问我彬彬到底是谁的孩子,我自然而然就想到你了。"

7

乔文君答应他,一旦有机会,肯定帮他逃出去。说这话时是新婚的第七天,一大早丫鬟们就把点心送到房间里。那时乔文君刚起床,把在椅子上熬了一宿的小五子叫醒,让他到床上继续睡。刚换地方,小五子一时睡不着,休息不好,胃也烧得慌,侧卧在床看乔文君吃桂花糕,听她承诺道:"你放心,我下次出沉狮谷时,就想办法把你带出去。"

小五子眨眨眼睛不说话,他难受好几天了,天冷得地上没法睡,每晚窝在椅子上,一个星期下来浑身就像散了架。这六天他没出过门,天天都是饭菜送进来,在房里吃。首先乔文君不相信他,怕他跟乔帮主把实情都讲出来;再就是小五子自己也没想好该怎么办,狮吼帮的人看他的眼神都不对,都当他是淫魔,因为他玷污了乔姑娘,才做了狮吼帮的女婿。要是澄清呢,跟乔帮主告状,说你那外孙不是我的,我昆仑公子跟你们家没关系,又能怎样?乔帮主会拍拍他的肩膀,说委屈你了,然后把他放了吗?不会的,既然你跟我女儿没那个,那就在这儿杀了你吧,不是我女婿,你就是武林公敌啊。逃出去是最好的办法,跟乔姑娘出去办事,逮机会就往北跑回田独。他问她哪天再出去。乔文君说不上来,有事才能出沉狮谷,没事她爹不让她随便往外跑。大概何时呢,乔文君还是不知道。那就反着问:"你上一次出去是什么时候?"

"昆仑山庄的大会。"

"我知道,再上一次呢?"

"也是昆仑山庄,将近三年前。"

小五子倒吸一口凉气,继续问:"再再上一次呢?"

乔文君还在回味那一次的出门远行,她说那次出去时间可长了,差不多小一年,去了好多地方,只是昆仑山庄就去过两回。头一次是被他抓过去的,后来跟爹爹会合,先去了黄山,又去了少林寺,还去了京城。八月十五那天去昆仑山庄,他却出事了。

"不用讲那次了,"小五子打断她,"我问你,上上一次是哪年?"

乔文君被问住了,仔细想了想,回答他:"我就出去过那两次。"

"你活了二十多年,只出去过两回,然后你还告诉我说,下一次出去就帮我逃跑?"

"是啊。"乔文君也捋清了思路,前半生平均十年出去一次,以后相夫教子,也许二十年都不会再出沉狮谷了。不能让小五子在这椅子上睡半辈子,自己当然也不会真的嫁给他。心情一下子很糟糕,她让小五子先睡,别和她说话,她要好好想想。

想了一上午,一直到午饭端进来,她才告诉半睡半醒的小五子:"我们不会永远困在这里的,用不了几年,他一定会来沉狮谷,把我和彬彬带走。他答应过我,事情一办完,就会把我们娘俩儿接走。"

小五子翻了个身,背对着她问,他是谁。问完他就知道了,当然是孩子的父亲。火灶里发出噼里啪啦的烧柴声,冷风顶着窗缝往里挤,感觉又要下雪了。他说:"刚睡着的时候想起一件事,你说你这辈子就出去过两回,上回就不说了,第一回出去,你就急急忙忙地跟刚认识的男人生了个孩子?"乔文君不说话。小五子看着火灶里被吹乱的火苗,问这是个什么样的男人，有了孩子不敢认，还能让她死心塌地地等。乔文君还是不吭声。小五子车轱辘话问了好几遍，终于把乔文君问急了，甩脸说："我就是个贱种、荡妇，你满意了吧？"

一个屋檐下，一旦吵架，两个人都不舒服。小五子又躺了一会儿，确定睡不着，披件外套坐在门外的台阶上看风雪。没多久乔文君也出来了，拿了两个小马扎，一人一个并排看着白茫茫的世界。小五子张了几次嘴，最后讲出一句真心话："你说孩子是我的，置我于此，我不怪你，因为你以为我死了嘛，反正我名声也不好，本来就要下十八层地狱，多个淫魔的称号，也下不到第十九层。你跟谁好，也不关我的事，我只是觉得你很好，我希望你命也能好一点儿。"

"你当时就是这么说的，一模一样。"乔文君挑起一个树枝，在地上胡乱画着，"你说我很好，希望我过得好一点儿。"

小五子扭头看着她："真的假的？"

"真的，不是我栽赃你，是你说的。你说，日后乔帮主要是逼问你孩子是谁的，你就说是我昆仑公子的。"小五子忽然有些激动，站起来在雪地里走了几步。

乔文君问他："是不是都想起来了？"

"没有，一点儿没想起来，我高兴的是，不管我是昆仑公子，还是小五子，我这个人没有变。"

雪越下越大，他在雪地里走了一圈，回来时裤腿都硬了，但神清气爽。他说："我大概知道孩子父亲是谁了，我当时知道吗？"乔文君点点头。这让小五子有点不明白了，我没变，难道他变了吗？他要再确认一次："是恭祝你大婚的那个吗？"

乔文君笑了："单祝我一个人，还说什么昆仑公子好福气，酸溜溜的。"

"为什么是他呢？"

"你们俩当时有个计划，如果不是你出事，中了断魂掌，我早就嫁给他了。你们关系很好的,你仔细想想,以他的箭法,在昆仑山庄,怎么可能一次又一次地射偏,他根本就不想杀你。"

8

万一十年出不了沉狮谷,乔文君可以一直聊六公子,但他们在一起的时间加起来才三五天。有时小五子怀疑,这个六公子是假的,只有那三五天是真的,后面所有的六公子,都是她这几年在思念里幻想虚构出来的。他不想听他们如何相识相爱、私订终身,这一块没假。至少在她一次又一次的描述中,已经修订得天衣无缝。他要听乔文君讲别的,关于六公子与他昆仑公子的,找找里面的破绽,进而判断她是在骗人还是在被骗。

可惜除了爱情,乔文君对六公子的了解少得可怜。六公子告诉她,他要办一件大事,事情办成就来接他们娘俩儿。小五子笑了,问乔文君,六公子到底要办什么事。他问了几次,乔文君才承认,讲不出口,她也不相信六公子口中的大事。

"他要当太子,继承皇位。"她说,"我是相信他,但不能因为我信他,他就这么骗我!"

乔文君不信的事,小五子反而要认真想想。他在田独杀猪卖肉的时候,门口贴告示的巡捕就说过,昆仑公子罪大恶极的事情还不是残害武林,官府通缉他,是因为他从宫里把太子劫走了。后来知道自己是昆仑公子,他也曾想过,太子被我劫哪儿去了?钱老板是太监,好像叫常公公,自然和太子失踪有关系。除此之外,他再就不认识从宫里出来的人了。假如六公子真是太子呢?不对,他帮三王爷做事,卧薪尝胆,伺机篡位。可是三王爷瞎吗?自己侄子不认识?所以说,六公子所谓的大事,十有八九是在哄她,只有一种可能,就是辅佐三王爷登基,然后给他当干儿子,做太子。

乔文君说,这件大事是要小五子帮他一起做的。小五子问,帮他做什么。乔文君也不知道。那知道什么呢？六公子本名郑明宇，大家之所以叫他西北六公子，是因为他父亲郑令龙当年一手撑起了西北镖局。虽然镖局在山西大同，但郑令龙凭着一身功夫和豪爽性格，交了不少朋友，黄河以北的货物往来，基本都要跟西北镖局打个招呼。六公子排行老六，郑令龙五十岁才有的他。他上面有五个哥哥，最小的都要比他大十多岁，大哥要比他大三十岁。郑老爷子是开镖局的，头五个儿子学的都是外家功夫，唯有六公子练的是弓箭。

她问小五子："你知道他五个哥哥是怎么死的吧？"

"我听说是被我杀的。"

乔文君笑道："真是的，有机会我也想中一次断魂掌，自己干过的事，还要听别人说。"笑过之后，她认真地说："其实不是你杀的。"

小五子也没特别惊讶，他清楚自己几斤几两，这辈子杀猪还行，杀人的本事真没有，何况还是一次杀五个，除非他们是四条腿，跟畜生一样跑过来，而自己手里刚好有把杀猪刀，手腕一转开膛破肚。在田独老虎都杀过，人嘛，就一个何员外，还是于心不忍才下的手。

乔文君说："郑令龙是你杀的，西北镖局的掌门人，不知怎么就得罪了你昆仑公子了。那是早先的事情，你带着人血洗了大同。当时你还要杀六公子，可惜他不在，跟着三王爷去了京城。他的五个哥哥当时都在场，打不过你昆仑公子，你也没动他们，就说想报仇来昆仑山庄找你。他们知道打不过你，给老爷子办过丧事后，都投到了三王爷门下。"

小五子越听越不对劲，打断她说："先不管我能不能做出这种事，我没有武功，我确定，换多少年前，我都没本事杀人。"

"你是昆仑公子，但你不代表昆仑公子，你先听我讲完，我一会儿再跟你解释。"乔文君说，"你一直没杀掉六公子，他那五个哥哥也没机会找你报仇，就这么相安无事地过了一两年。后来你改主意了，不但不杀六公子，还想跟他合作什么事。潮阁寺的事你应该听说过，京郊的一座破庙。"

"我知道,我听人说,我是在那儿杀死了他的五个哥哥。"

"对,那天你中了断魂掌,在潮阁寺落脚,不巧被六公子和他的五个哥哥围堵在里面,寡不敌众。我后来听六公子说,唯一能帮你的常公公还被你绑起来了。"

"谁?哦,哑巴钱老板,不知他人在哪里,出去之后我要找他聊聊。"小五子说,"后来他们是怎么死的?"

乔文君让他自己想:"兄弟六个堵到庙里杀你,五个死掉了,剩下一个所谓落荒而逃的就是六公子。你想,你没本事杀他们,那是谁杀的他们?"

"六公子杀了他的亲哥哥?"

"不杀他们,死的就是你。"

为什么?乔文君也不知道。小五子提着水壶去烧水泡茶,一直盯着壶盖不说话。水开以后他拎着热水回来,往茶杯里放一把碧潭飘雪,倒水时他问她要吗,乔文君摇头说谢谢。她去茶几上拿一块玫瑰糕吃起来。等茶的时候他问:"昆仑公子是谁,我又是谁?"

"你是谁我不知道,昆仑公子是谁我也不知道,因为你们一直在隐瞒身份。"乔文君咬一口玫瑰糕,细细嚼完才继续说话,"我被你们抓去过一回,和我三个师兄,从咸阳带到昆仑山庄,和很多门派一样,被你软禁了几天。这几年我就一直在想,你不是昆仑公子,你现在不会武功,那时更不会。昆仑公子不是你,是很多个武林高手,以你昆仑公子的名义去执行任务。不知道是不是你网罗的,但昆仑公子不是一个人,而是个组织。"

"百花谷?"

"什么?"

"没事,后来这些人去哪儿了?"

"别的我什么都不知道了。"

嗯,茶叶渐渐落下去,小五子喝下第一口茶,碧潭飘雪,怎么看也不像窗外的飘雪。不能再等乔文君了,他要自己想办法出去。先不回田独,要先搞清楚自己是谁。从田独出来一直就没个目标,被人追,他跑,被人打,他躲,每一天都随波逐流。但这不是小五子啊,没本事不代表没骨气。在田独的赌场被人出千羞辱,他尚且知道拿刀报仇,现在跟过街老鼠似的,除了躲山洞就是进树洞。他不想这么过了,他要迎上去,把那些伤害过他的人,一茬儿一茬儿地找回来。

9

婚礼后,乔帮主找他聊了一次。他希望小五子学武,过去的事他们不聊,往后他们就是一家人了,他盼昆仑公子能够踏上正途,以后带着狮吼帮,做些让武林中人称赞的事情。这话挺明显,意思是他死后,狮吼帮就是他小五子的了。他要小五子拜师,教他狮吼功,从气运丹田练起。小五子委婉谢绝。肯定不是真教他功夫,他快三十了,傻子都知道,练什么都来不及了。乔帮主要的是师徒名分,现在是我女婿,还不便说你什么,等做了我徒弟,以后处处都要管着你。

乔帮主让他再考虑一下,这可是狮吼功,一般弟子练不到的,他们也就是练练拳脚功夫,传男不传女,乔文君都没有练过。小五子心想那就好,没练她脾气都不怎么样,要是练了大嗓门,就成纯种母老虎了。小五子想说,正因为是狮吼功,更不用考虑了。他偶尔见过他们练功,扎起马步,掌心向上,有多大冤屈似的,冲着山谷又喊又叫。尤其师兄弟对练,面对面就是吵架,喊一两个时辰不带喝水的,看谁先把对方吵倒。

来不及拜师学艺,他在计划逃跑,昆仑公子不是一个组织嘛,也不见谁来救他。有天晚上他把这个想法跟乔文君说了,他说:"等不了你下次出门了,天天坐着睡,我也睡够了。你告诉我谁在守大门,出门怎么走。出去混好了,我带着六公子回来看你和儿子。"

"你出不去的,"乔文君劝他,"别做傻事。"

"你别管我傻不傻,告诉我怎么出去就行。"

"你出不去!我怎么告诉你?我都没出去过!"

小五子冷笑,睁眼说瞎话:"你明明出去过两回。"

"那是我爹带我的,我自己出不去。"

"好吧,随便你。"小五子决定靠自己,每天天不亮就出门,贴着高墙在园子里瞎溜达,一直到晚上才回来。连走三天,他把园子摸得门儿清,现在闭着眼睛都能找到厨房假山后花园,连之前关他的地窖都找到了。可是大门在哪里?高墙被他遛十几圈了,也只是围成一圈的墙。难道真出不去?不可能,没有人会造一圈实心墙把自己封死。

他去跟小玉打听,不好直接问,声东击西地绕了一大圈:你们平常怎么买菜买衣服啊?客人怎么进沉狮谷啊?你知道正常的生活中应该有门这个东西吗?

"我们有啊。"小玉说。

"不是每个房间的门,是连接你们和外面世界的大铁门。"

"有啊,两扇大铁门,打开就出去了。"

"你没开玩笑?"

"早不跟你玩笑了,知道你开不起玩笑,我干吗自讨没趣?"

那就好,大铁门,总能找得到。这天他又绕着墙走了一圈,墙,墙,墙,从墙一直走到墙。那铁门在哪里呢?回去的时候他几乎死心了,晚饭饱饱地吃了一顿,拉起两张椅子就开始睡觉。睡到他猛地醒了过来,他知道哪里有大铁门了。对着黑暗他发了一会儿呆,他在想把铁门设在那里的可能性,没准儿真是这样。他起身到床前,在月光下最后看一眼熟睡的乔姑娘,推门走了出去。

他先去厨房,挑两把称手的刀揣在怀里,然后从后门穿出去,踏上两侧养狮子的那条路。他摸着铁栏杆,这些不是铁笼,是铁门,小玉所说的两扇大铁门,打开就能出去了。他往上看看,因为铁门由狮子把守,不是很高。他抓着栏杆爬上去,两只脚跨到铁门外,只要跳下去,就能逃出沉狮谷了。

不知是听见声了,还是闻着味儿了,两只睡了的狮子正努力醒过来。它们抻了抻前腿,走到栏杆下面等着他。它们也不叫,仰头张着大嘴,没一点儿恐惧,自信满满地等他跳下去,送到嘴里来。

小五子两脚钩住铁栏,腾出两只手握刀。刀光闪出的那一刻,狮子开始低吼了。真奇怪,狮子一害怕,小五子也害怕了。他把刀握紧,低声讲三遍:"我小五子从来不怕四条腿的。"越讲腿越抖,第三遍讲到一半,小五子鞋底一打滑,掉下去了。

两只狮子各自退半步,小五子脸朝下摔在雪地里,还好刀没脱手。两只狮子试探着向他靠拢过来。小五子吞下一口雪,咬牙站起来,双手举刀面朝着左右两侧的狮子。雪地里三个生物十条腿,大家都是不进不退。小五子突然从两只狮子中间穿过去,背对着铁门向前跑了几步。狮子一前一后地追上来,这就是他要的,听声音都知道它们在什么位置。他一个转身,朝扑过来的狮子一刀下去。

从脖子往下,前一只狮子直接开膛破肚,溅了小五子一脸血。血盆大嘴还没有合上,就倒在了大雪里。第二只狮子一步步往后退,小五子转身跑几步,狮子保持着距离跟在后面,不敢贸然前扑,但也不放过小五子。换平常还好,边走边等机会,可是现在这么大的雪,一脚伸雪里,还要拔出另一只脚才能迈出去,怕是走不出二里路就没什么体力了。

要速战速决,小五子转身冲着它后退,右手的刀贴着腰,左手的刀举过头顶。退到第三步,他保持着姿势仰躺在雪地上装死。他知道狮子会过来咬他喉咙,确保他已死。如果是从他身上踏过来,他就挑起腰旁右手的刀剖它的腹,如果绕到头顶,他就挑起左手刀,割它喉咙。

狮子也不再吼叫,悄无声息地观察,四周静得一塌糊涂。虽然他还睁着眼,可只能看见头顶的下雪天。雪落进他的眼睛,融成泪水流到眼角,他眨眨眼睛,听不到狮子的脚步声,无论从哪里过来,总该有踩在雪里的咯吱声。时间慢得可以在心里数数,他听见有人在上面喊:"小五子,小心头顶!"

一个黑影从他脑袋上扑过来,他左手扬起,一刀插进它的腹股沟,却怎么也提拉不起来。狮子一口咬住他的右臂,腹股沟的刀拔不出来,右臂动不了。小五子左手接过右手的刀,向它脖子捅去。狮子吃痛松开他右臂,小五子侧身打滚,翻下斜坡。狮子没有跟上来,窝坐在雪里喘着粗气。

左手还有一把刀,右臂咬得都见着骨头了。小五子撑住站起来,看一眼铁门,已经有七八个人站在门里面。刚才说话的是乔文君,乔帮主在她旁边,再旁边有小玉和齐师叔。没时间跟他们说话,小五子爬上坡,跟残喘的狮对视。它身上中了两刀,一刀在脖子上,看起来是皮毛之伤;腹股沟那刀狠些,右后腿几乎掉了一半。它三条腿站起来,后面嵌着刀的那条腿几乎悬在半空,一声声低吼,不知是拼命还是哀求。

这回小五子要出击了,他朝狮子扑过去。狮子伸出两只前爪迎击。这是虚招,在它背上捅刀没用,他一个急停跃到狮子身下,刀插进它腹部,手腕使劲往上挑,一直到脖子,狮子的身体彻底被剖开,那些心肝肺胃肠肚泄洪一般糊在他脸上,喘气都是血腥潮湿的味道。

他等狮子死透,才从它身下钻出来。小五子双腿发软,在雪地上跪了一会儿,抓两把雪擦擦脸,起身看铁门里的人。两只狮子都被他宰了,若这时铁门打开,跑出一个两条腿的把他逮回去,就真没意思了。

他左手拿刀,右手抱着左手,说:"乔帮主、乔姑娘,诸位后会有期。"看来没人要抓他,乔帮主冲他点点头,问他跟百花谷什么关系,这千岁刀练得不错。小五子愣了一下,说:"就是杀猪的功夫,哪来的千岁刀。"乔帮主笑笑,转身走了。乔文君说保重,跟着她爹离开。小玉还想跟他开玩笑,她说:"昆仑公子,早点回来,你这一身的血,我去烧水给你洗澡。"

小五子在心里数三个数,一、二、三,转身就跑。自由以后他什么都不怕了,管他前方还有几只狮子,哪怕是鬣狗狼群他也不怕了。雪地不好走,一脚深一脚浅,踉踉跄跄,行动缓慢。管他多慢呢,每迈出一步,至少还是向前走。

两侧都是山崖,中间一条小路够他向前跑的。已经是清晨,沉狮谷不像田独,中午天才亮,但起码还要再跑一个时辰才能看见日出。速度虽慢,但他大步往前。跑步时他想出了沉狮谷先去哪里,文思清、吴思若、苏子瑶、钱老板、南海真人,三个女人先不考虑,钱老板肯定什么都知道,找他问清楚,然后找南海真人去报那一掌之仇。

前面的路逐渐变宽,他忽然想起,杀猪这本事就是钱老板教的,吊起来不行,要把猪放出来,跑起来杀,这就是千岁刀啊。钱老板也好,常公公也好,他是百花谷的人了。既然是武功,肯定是要冲人来的,上次杀老虎,这次宰狮子,什么时候他才有胆量对人下手呢?

跨过小溪他停下来,喝一口水,抄起刀继续跑。跑着跑着自己还乐出声来,谁说我什么都不会,以后人送外号"千岁刀小五哥"。太阳就要上来了,已经有光从崖顶的林子里透过来。前面又变窄了,估计绕过这两座山,就是一条阳光大道了。

他提一口气,告诉自己跑三千步再停。转了个弯,有人在前面等他,越跑越近,是小玉。一定有条捷径,令小玉跑到他前面。他先放慢脚步,在离小玉几百尺的地方加速,从她身边跑过。小玉在后面喊他:"昆仑公子,水已经烧好啦,锻炼得差不多了,早点回去休息吧。"

小五子脚下不敢停,说:"你先回去,我随后就到。"他猛冲两里地,见小玉没追上来,他跑得更快了。两具尸体摊在前面的雪地上,他放慢脚步走过去,靠近尸体时他几近崩溃,原地转了一圈,明白自己再也跑不出去了。

就是被他杀死的那两只狮子,沉狮谷,这是个山谷,是个圆圈啊。他想放声哭出来,想出山谷不仅要杀狮子,还要会轻功,上得了悬崖。那也不管了,既然出来了,就再往前跑吧,哪怕跑死在外面,也不回去洗个安逸的热水澡。

跑吧，小五子，打从出田独，你就一直在跑，这次让你在沉狮谷跑个够。没有希望，他反倒跑得更畅快了。他把刀收起来，甩着胳膊跑在阳光下。还是一样的路，前面变宽，再往前是小溪，他水也不喝了，继续跑，再前方路面变窄，继续往前，两侧的悬崖高至上千尺，小玉还在原地等着他。

"我不回去，你放心，我肯定不回去！"他冲小玉大吼，加速超过她。

已经跑了两个时辰，他清楚下一个时辰的路线，变宽，小溪，变窄，两侧千尺的悬崖，小玉。他找有积雪的地方踩，要每一脚都是脚印，每一脚从雪里拔出来，每一脚踏进新的雪里。一脚下去，他踩进了雪下面的绳圈里，绳子迅速箍紧他的右脚腕，整根绳索向上提。小五子嘴里喊着"我不回去"，右脚套在绳圈里倒挂在空中，像一桶井水一路上升，一直升到上千尺的悬崖，吊在铁架旁边。

四周没有人，面前是一个小木屋。冷静下来后的小五子明白了，这不是狮吼帮在抓他，这是山顶猎人自制的陷阱。

木门打开，有人从小木屋里出来，穿了一身野兽皮毛，头顶戴一个狼头的帽子，看样子要在山顶度过这个冬天。见绳上挂的是人，那人也很意外，慢慢往这边探。貌似是个女猎人，这么大的风雪，还是倒着看，小五子也看不清楚。走近时，她问了一句："少谷主？"

说话间起风了，小五子脑袋朝下，在绳子上摇摇晃晃，偶尔刚要看清楚，又被风吹了半个圈。他看不到，但知道都有谁叫过他少谷主，想仰头望去，却是深渊。他听见女猎人在后面泣不成声。她说："天啊，本以为要等到春天才有机会救你。"她哭着去抱住他，摸他倒着的脸问："你是怎么跑出来的啊？"

第八章

CHAPTER 8

1

遇见小五子那天,吴思若做了个梦,梦见自己在池子里洗澡,倒上牛奶,撒上花瓣,水里吃,水里睡,一直没出来过。可她总是感觉洗不干净,都泡出褶子了,还一遍又一遍地用手搓。洗到第三年,她终于扛不住了,从池子里走出来,赤身裸体,水淋了一地。她站在铜镜前,双臂环抱着胸,哭道:"洗不掉了,怎么办啊,我真的洗不干净了!"

之后她在夜里醒过来,二楼的客房。头天晚上她到的扬州,睡到现在天还是黑的。她睁着眼平躺在床上,不知道几点了。楼下的赌场依然喧哗,赌场掌柜的怕不热闹,不知从哪儿请来一位老先生,没日没夜地在那儿唱评弹,一口苏州话,也听不懂他唱的是什么。就当是背景音乐了,赢钱的时候没人注意到他,只有输钱的人,一文不剩还舍不得离开赌场,耷拉着脑袋,听老先生唱那些英雄好汉出门来造反的故事。

赌鬼她见多了,给他们俩胆儿都不敢造反。以前在紫竹院,对面就是一赌场,吴思若就没见过他们打烊。紫竹院是青楼,按理说够热闹的了,可再怎么春色荡漾,也有累了睡觉的时候。感觉对面赌场开的是接力流水席,有赢有输,有去有回,赌桌上的油灯都不带断捻儿的。

吴思若十四岁进紫竹楼,被老鸨练两年,十六岁开始挂牌子,一直待到二十一岁才被她师父大漠仙人赎出去。五年里,她见得最多的就是读书人和赌鬼。读书人最麻烦,吟诗作赋还得让吴思若唱出来,清唱不过瘾,要弹琵琶古筝唱。赌鬼干脆多了,隔三岔五就有赢钱的过来,大把撒银子，说把你们头牌叫出来。赢来的钱，出手也大方。非要挑缺点的话，就是这些人有点急，进来就脱衣服上床，完事就想走，气儿还没喘匀呢，裤子已经穿上了，满口大话："今天手气这么好，过去再押几把，我能把这紫竹院赢下来。"

吴思若干那么多年，也没见哪个能赢下紫竹院的，连回头客都没有，连本带利的，都输回去了。那时她还不叫吴思若，在紫竹院的时候叫芙蓉月，再往前叫小月，也没个姓。没爹没娘，打记事起就跟着师父，有一搭没一搭地练功，反正师父独宠她，把天捅个窟窿也不会怪她。十几年来，基本上师兄师姐负责受罚，她负责恃宠而娇。人家练到掌掌致命了，她这仙人掌打出之前，还得捧着仙人球拍几下。

后来师父终于着急了，跟她谈："掌法还可以苦练，但是你几乎没有内力，再练已经来不及了。"

"那就不练呗。"吴思若反过来跟师父讲道理，"上个月来的那个道士，说自己什么什么功练了三十多年，还说什么冬练三九，夏练三伏，一分耕耘方有一分收获，结果剑还没拔出来呢，就被师父你一掌拍晕了，一个多月不吃不喝，守着绿洲饿死了。早死晚死都是命，早知道这样，吃那三十年的辛苦干吗？"

大漠仙人想了想，差点儿让这小姑娘把习武之道给扭曲了，说碰到他是例外，如果遇到江湖上的芸芸众生，多练一分总是好的。

"那我不离开你就好了，"吴思若说，"反正怎么练也打不过你。"

大漠仙人摇头说："我大你几十岁，总要比你先死的，我死了你怎么办？"

"不还有师兄师姐吗？"

大漠仙人沉默了，看着吴思若，最后看得她都有些发毛了。大漠仙人提醒她："他们替你受了这么多年的罚，我死后，他们第一个捅的就是你。"

师父说得没错，吴思若知道，有时候师兄师姐看她就是一副"早晚弄死你"的眼神。但现在练不是来不及了吗？她想，不行到时候我找个地方躲起来。大漠仙人点点头，说："你的事师父也想了很久了，总算有了个两全的办法，我要送你去朋友那里学武。你练出来了最好，就算没练出来，也没人知道你的下落。"

他们从罗布泊出发，花了两个多月时间才到江南。吴思若第一次出大漠，一切都是新鲜的。不要说市集、饭馆和水乡，她甚至都没见过这么多人。师父陪她连逛了三天，带她去金银店买首饰，去丝绸店挑料子，七八个颜色，选不出哪一个。吴思若数着泥锅泥碗，玩泥滚蛋，一个个淘汰。后来，师父看心疼了，拿出银子，跟伙计说一种颜色一匹，全扛到紫竹院。那是吴思若头一回听说紫竹院这个名字，她放下布料问师父："他们是紫竹派的吗？"

紫竹院比大漠好多了，灯红酒绿，八仙桌上宴席不断，里面的师姐也好看，而且有几个跟立了大功似的，那些婆子和龟奴都围着她一个人伺候。第四天一大早，师父要走了，嘱咐她："好好练功，别老想着玩。给你备了八匹丝绸，我打听过了，一匹布能做二十件上衣、三十条裤子，想穿新衣服了就找人定做。过十年师父再来看你，到时候试试你的功夫，就知道你有没有偷懒。"

十年！吴思若想跟师父一起回去。扬州虽好，可也不用逛十年啊。大漠仙人提醒她："你又忘了，你是来学艺的，脑子里还想着玩？"吴思若不说话了，看着师父把银子装进两个大箱子搬下楼。走的时候也不让她送，吓唬她，学艺不精，就不要出紫竹院了。吴思若要过很久才明白，这句话不是吓唬，此后七年，她真的一步都没能走出紫竹院。

原来这里不叫师父，外人叫她窑婆子，本门弟子喊她妈妈，而且妈妈不止一个，每个妈妈带十来个弟子。吴思若的妈妈姓王，一把年纪还伶牙俐齿的，跟她说了紫竹院的各种好。王妈妈问她叫什么。吴思若说小月。王妈妈还在等她说。没了，就叫小月，她也不知道自己姓什么，从小就这么叫。名字没特点，王妈妈端盆花过来，说："以后你房里就养这盆芙蓉，就叫芙蓉月吧。"

"那我姓芙吗?"

"姓芙蓉!"

吴思若没听出她在抬杠,还挺高兴自己的月字留住了,加的姓也不错。王妈妈问她多大了。吴思若左手比画一,右手比画四,说自己十四岁。

"还早,"王妈妈说,"你可以再练两年。"

紫竹派都练什么呢,房间里放一口缸,里面没有水,一只脚迈进去,然后在缸沿上坐着,什么都不干,手不许扶,脚不许着地,一坐就是一天。到晚上也不让你安生,浑身酸痛刚躺到床上,王妈妈提了一篮子鸡蛋进来,叫她起来,等会儿睡。鸡蛋不是给吴思若补的,王妈妈捡十个鸡蛋放在床中央,让吴思若平躺上去,把鸡蛋枕在腰下面。

"明早鸡蛋碎掉一个,一鞭子,碎两个,两鞭子,十个全碎,加五鞭,我要打你十五鞭。"

没准儿真会打,吴思若侧过身,小心翼翼地把鸡蛋搂在怀里。睡到一半被一鞭子抽醒了。鞭子抽在后背,吴思若缩在床头,瞪大眼睛看着黑暗房间里的阴影。

"我让你平躺在上面,可不是侧着睡。"王妈妈手拿鞭子,说完就推门出去了。

吴思若从床头慢慢平滑下来,向上挺着腰,咔嚓咔嚓地做了一晚上潮湿的梦。醒来时鸡蛋都碎了,十五鞭打了她快一上午,后背开裂,血从衣服里渗出来。吃过中饭,吴思若要继续坐缸沿,后背疼得都直不起来了。晚饭睡觉前,王妈妈又拿了十个鸡蛋过来。

"我教你一招,"王妈妈说,"屁股使劲往下翘,你要借用肩膀的力量,挺住胸才能挺住腰,之后绷紧不动,起码保住一个,保一个少打六鞭。"

吴思若不说话,也绝不会哭,她瞪着王妈妈,目送她出门。王妈妈走到门口,转回身扶着门框说:"芙蓉月,你给我记住了,你有多大委屈,多大仇,都给我咽回去,练不出来,你死在这儿我都不掉一滴眼泪。要是你练出来了,做了紫竹院的头牌,总有我王妈妈巴结你的那天。到时候你有多大仇,多大恨,随便你怎么折磨!"

吴思若想了想,吹灭蜡烛躺进被窝,照着王妈妈的方法做。屁股还没夹紧,就碎掉一个。无所谓了,反正明早也是全碎。入睡之前她尽量想些好事,早上一床的鸡蛋汤,从上到下十几层被褥,都被人换成新的了。就这一点挺好的,在紫竹院,王妈妈不要求她干一丁点儿的家务。

早上醒来奇迹发生了,居然有三个鸡蛋没有碎,吴思若恨不得把这三个鸡蛋生吃掉。但七鞭子还是要挨的,不知是王妈妈下手轻了,还是自己经打了,好像没那么疼了。第三天早上又退回去,十个只留住一个,赏九鞭。反反复复,八个月过去,基本不会碎鸡蛋了。偶尔碎一两个,王妈妈也舍不得下手打她了。坐缸沿更是轻车熟路,她现在荡着腿在缸沿上吃饭、背词、弹琵琶,干什么都稳稳的。

王妈妈开始训练她拨弦唱曲了,这些她理解,会点才艺总比种地的农妇好一些。可是练八个月的坐缸沿和睡鸡蛋到底有什么用呢?王妈妈回答得直接,一个练女上位,一个练女下位。吴思若第一次听说这两个词。

"女上,女下,这是什么功?"见王妈妈一头雾水,吴思若说了来紫竹院学武的目的,得学点一招制敌的真本事,"师兄师姐都等着师父一死掐死我呢,尤其是大师姐。"

王妈妈眨巴着眼睛,大概明白她师父是怎么把她骗过来的了,也明白这孩子在大漠长大,没见过世面,什么都不懂。怎么回答,她得好好想一想,最好有个答案能让她不怀疑,自己日后不必再解释,大家都省心,一劳永逸。

王妈妈想了三天,把扬州城里走江湖的、耍把事的都打听了个遍,晚上让厨房炒两个菜,和吴思若好好喝了一顿酒。吴思若第一次喝酒,一口下去辣得直往外哈气。王妈妈又给她斟了一杯,说:"你师父说得没错,把你送到紫竹院，就是让你练功来了。"然后她讲了男和女，男人是阳，功夫要一天一天练，十年二十年才有所成，而女人是阴，学武练功有先天优势，不用像男人那么辛苦，一拳一脚地练，在紫竹院，她可以把男人练好的内力一点一点吸到自己的身体里。

"采阳补阴你听说过吗？"

吴思若点头："好像听说过，但不是采阴补阳吗？"

"那是男人吓唬我们的，自欺欺人。"

王妈妈喝口酒，想了想，也许可以把自己推翻，换个更巧妙的表述，她说："有些男人会的，采阴补阳，不但不把内力给你，还要把你的内力吸过来。这时候就像斗法，谁法力强，谁就能把对方吸垮。那怎么办，怎么办？"王妈妈讲了两遍，直到吴思若盯着她时，她才说，"你要更加努力地练功，一旦到床上，绝不能给对方喘息的机会！"

十四岁练女上女下，到第二年，吴思若要学习琴棋书画。王妈妈解释这是要诱敌深入，功夫练好，在战场上打仗是一回事，把敌人勾引到战场，又是一门技能。到十六岁终于要挂牌接客了，价高者得，最终夺标的是一个三百多斤的老员外。看起来身体还行，只是太胖，走两步整幢楼都跟着颤，要四个人把他架到二楼，才不至于把楼梯的木阶全部踩折。

吴思若迎来了第一个对手。那天晚上王妈妈去房间，跟她说了几句话，并把油灯换成红蜡烛，在床上铺一条白绫，将酒菜摆在桌上，把客人请了进去。王妈妈边赔笑边后退，面对着两人关门出去。然后她还是不放心，叫龟奴搬两个小凳守在门前。万一有意外，真的，退双倍钱也不能让芙蓉月被这胖员外压死在房间里。

开始她还能笑出来，她清楚地听见员外坐下来吃东西，吴思若在他身后呵斥："开始吧，你还等什么！"可没多久她就笑不出来了，吴思若没了呵斥，反而不断地哀求，求他不要这样，求他放过她。似乎客人没听她的，到后来吴思若声嘶力竭地哭，大喊："王妈妈救我，王妈妈救我！"

两个龟奴实在听不下去了，从板凳上站起来要冲进去。王妈妈张臂拦在门前,指着他们说:"谁也不许动,今晚挺不过去,以后也就是个短命姑娘。"

再往后吴思若没声音了,不知是活是死,只是脚下在震动,胖员外每动一下,感觉整个紫竹院都被带得一起颤。房子都要塌了,两个龟奴缓缓坐下来,摇着脑袋低头看地面。晃动越来越剧烈,忽然一声轰响,其他房间的窑姐儿和客人都出来往这里看。王妈妈摆手让他们回去,一只手捂着嘴屏息等待。要等好久,时间慢得仿佛每个人都死了几分钟。房门轻轻拉开,老员外整理好衣服走出来,塞给王妈妈两个元宝,慢悠悠地下了楼。

王妈妈看着手里的银子,迈进房门。似乎狂风刮过,染了血的白绫被吹到墙边,地上全都是碎了的瓷碗酒杯和饭菜,四条腿的床断了两根,像一个山坡面对着房门。吴思若的衣服被扯烂,散乱的头发挡住半张脸,她裹在红纱帐里,缩在斜下来的床尾处。王妈妈走过去,把银子放在床边,将纱帐一层层打开。她没有死,还有温度,脸上的泪还没干。王妈妈把她的头发捋到后面,露出她的眼睛。吴思若瞪着她,已经没眼泪可流了,过了好半天才哑着嗓子说出一句话:"我赢了。"

此后她一直赢,第一年,第二年,第三年,一百个,二百个,五百个对手,她从来没有输给过他们。偶尔刺痛,可她的确能感受到那一股内力热流进到她身体里的满足感。每个对手她都会记下来,叫什么名字,家住在哪里,当什么官,发什么财。一半是因为成就感、得意,另一半居然是愧疚,她觉得在自己成长的道路上有这么多人帮她,一旦有机会,功成名就那天,照着花名册上的住址,欠人家的那一份,总要还回去的。

每三天一次,王妈妈要她喝一种凉药,麝香和水银混在一起,特别香,又特别硬。有时候跟客人在房间,打一个嗝,满屋子都是怪异香味。这还不是她最怕的,她最怕水银从嗓子眼里蹦出来,像小铁球一样在地上乱滚。她问王妈妈喝这个做什么。王妈妈从任督二脉到急火攻心解释了半天;后来自己也编不下去了,直截了当地问她:"每个女人都会生孩子的,对吧?"

吴思若点点头，她说她明白了。然而她没明白，她要到很久之后，一辈子都生不出来孩子的时候才明白，王妈妈和她师父毁了她一生。

你看不到真相，当所有人都对你说谎时，你会以为那是真的，你就应该那么做。紫竹院的规则是什么，姑娘都是来练功的，互相抢生意，就是抢能送你内力的那个男人。姑娘们背地里骂别人是婊子，就是这个意思吧，定期给她送功的男人，被别的姑娘抢走了。

第三年秋天，她也抢了其他姑娘的男人。一个读书的公子，吴思若见过他好几次，每次都是找丹姐。这天晚上，他还是搂着丹姐的肩膀上楼。吴思若在二楼一直盯着他，照王妈妈教的办法，两个肩膀各露出一半，冲周公子媚笑。果然在夜里，公子敲了她的门，两人摸着黑对弈斗法。完事之后，他不紧不慢地穿衣服，长吁一口气，跟她说："虽然传功这事挺扯的，但你是我见过最卖力气的。"

这算夸她吗？吴思若问他怎么称呼，去哪里能找到他。公子随便说了个名字住址，吴思若在心里默念几遍，他刚一出门，就点灯记在花名册上。

第二天，紫竹院炸锅了，丹姐站在天井往上骂，她在紫竹院做了五年的头牌，是谁家的婊子，这么没大没小！吴思若推门出去，低头看着丹姐，犹豫何时动手，师姐师妹今天是不是要切磋一场。丹姐完全不怕她，今天若是输了，守了五年的头牌就要让给芙蓉月这个小丫头了。她双臂抱胸，越骂越难听，说她就是一贱货，人尽可夫的荡妇，两条腿合一个时辰都皮痒，不夹点东西浑身难受，干吗待在紫竹院啊，送她到边塞，在军队里玩个痛快该有多好。

吴思若抓着围栏，一点一点泄下来。也许在说谎，她师父、王妈妈、大漠里的师兄师姐、紫竹院的所有姑娘，他们都在说谎，唯有丹姐在讲真话，她信任她的师父，她信任她师父的朋友王妈妈，她相信他们都是为她好，而他们让她做的，鼓励她做的，她想持之以恒努力去做的，居然全是羞耻，一生之耻。

2

吴思若是在那天晚上见到小五子的,快十个时辰之后,她在扬州客栈,夜里醒来,看着头顶的一片漆黑,想熬到天亮去吃点东西。公鸡打鸣的时候她反而有些懒了,侧身对着窗外,看着太阳一点点升上来。扛到中午她昏昏欲睡,梦到小五子,梦到自己离他越来越远,再睁开眼睛时天又黑了。并不是真的安静,楼下赌场的喊叫押注声时不时传进来,只是她能分得清,那是外面的声音。房间里很静,静得她能听到一只蜘蛛在墙角织网。

她想她怎么还不死,睡了那么久,应该睡死才是,为什么还能睁开眼睛,看着这到不了头的黑暗。而且还饿,肚子叫得已经让她听不到蜘蛛在编网。好比睡不死,她知道她饿不死,只会死去活来。她憋足力气,给自己一掌仙人掌。除了疼,什么用都没有,毒蛇是不会被自己咬死的。

她把头发扎起来,扮成男装下了楼。要穿过赌场才是饭堂,如果吃饱了,想回房间休息,也要穿回赌场才能上楼,而且不是正对着,要拐三四个弯才能把饭堂和客房连接,掌柜的在这一点上费尽心机。那些押中者的欢呼尖叫声,一惊一乍地刺激着往来的客人们。

她没兴趣停留,在老先生的苏州评弹声中找到通往饭堂的出口,人来人往,好不容易挤到门口,吴思若停下来往回看。她看到了小五子,他坐在桌前,半睡半醒地硬撑着头,赢下银子还要庄家拨给他,他就要睡着了,头沉下去,又猛地醒过来,抓着银子要押注,庄家告诉他:"下一把吧,刚才叫你押,你睡觉。"

老先生唱着:"那毕娘听,她是羞不胜,但听她句句言词触奴心。"吴思若走过去,离得越近,心跳越慌,什么都看不到,眼里只有小五子,直到一对色子飞过来,吴思若才意识到,她看小五子,而有人在看她。

那人没想伤她性命,来势不快,吴思若伸手即握住一个色子,另一个色子打中她的眉心,弹到地上。她朝人群看去,或庄或闲,大家各忙各的，唯有一个人和她对视。同样也是女扮男装，一身黑衣，吴思若想在哪里见过她。这个就在昆仑山庄，也上了高台，头一个叫文思清，说是小五子的老婆。这个是救她的那个，叫什么名字呢？话到嘴边想不起来了。进山海关那阵儿，小五子跟吴思若说过，要是有前生今世，她就是他第一个对不起的。哦，她叫苏子瑶。

人群中她俩互相望着，小五子硬撑几次，终于收起银子，躺在长椅上睡着了。吴思若确定，就像不知道她在这里，小五子也不知道苏子瑶一直跟着他。她看见苏子瑶将面纱放下来，走到小五子身旁，抓一把碎银子，冲吴思若扭了扭头，意思是我们饭堂见。

就两个人，苏子瑶点了十六个菜、一壶女儿红，回身看到吴思若的眼神，问道："怎么了？他有的是钱，他在这儿吃饱了玩儿，玩儿好了睡，咱们俩就不能吃点好的了？"

吴思若笑了，眨着眼睛说："当然要吃好的，妹妹只是想再加两个汤。"

菜都上齐了，反而吃不了几口，彼此印象都不错，两个女人聊个不停。但还是不一样，吴思若叫他小五子，苏子瑶叫他昆仑公子。吴思若问她什么时候找到小五子的，苏子瑶说昆仑公子根本就没丢过。她说南京江里翻船的时候，她就知道昆仑公子在藏金条的隔层里，但她不能说，三个百花谷谷主都不是大漠仙人和蓬莱阁老的对手。她失声尖叫，装作小五子淹死了。上岸以后她找机会溜出来，随江面的棺材一起走。直到夜里，小五子爬出来，上了秦淮河的花船。不知道和那帮船上的贱货都干了什么，反正等了快一个时辰，小五子才换身新衣服被送下船。然后她就跟他到了扬州，赖着不走了。

吴思若一阵难受，花船她也曾坐过，还以为是练功的好地方。她尽量不想这些，夹两口菜，问苏子瑶既然都到扬州了，为什么不索性现身，陪他一起走。苏子瑶凑前一点儿，低声跟她说："因为还有人跟着他，两个人，一黑一白，都在赌场里守着他。你一会儿进去就能看见，正坤桌一个，后乾桌一个，装作来赌钱的，身上又没钱，庄家催了，就押个一文两文的。"

吴思若好奇："这两个是什么人，要么抓人，要么放人，一直跟着算怎么回事？"

苏子瑶说："听师父讲过，他们叫黑白镖人，江湖上专门帮忙寻人的，不管你要谁，只要出够了银子，管他是活人还是死人，早晚送到你面前。"

"哥俩儿手头这么紧，看来小五子这单给的钱不多。"

"前天他们俩还吵架来着，我在窗下听到的。白衣男人想抓上昆仑公子就走，黑衣男人说不急，看他出扬州往哪儿走，顺路就跟着，省点麻烦；不顺路再抓他也不迟。两人吵了一个晚上，后来白衣男人开始翻旧账，'当初不让你接这单，你非要接，昆仑公子是谁都能找着的吗？还把别的事都推了，风里来雨里去，一文钱不进账，你让我喝西北风啊？'可黑衣男人讲原则，他说行走江湖靠的就是诚信，一件事没做完，怎能急着揽另一件事。"

吴思若也没见过黑白镖人，就觉得苏子瑶学得挺像。她倒杯酒，说："一会儿我去对付穿黑衣服的，你对付穿白衣服的，然后我们就拉上小五子上路吧。"酒被她一口喝干，苏子瑶握着酒杯不动，提醒她："我们打不过黑白镖人的。"

吴思若说："你都打不过，我就更不行了。"苏子瑶点头，说只能静观其变，说完还是不喝酒，筷子也放下了。吴思若让她多吃点菜，这可是扬州的蟹黄狮子头。

苏子瑶摇头，笑了笑，表情忽然凝住，认真跟她说："你不要再跟着我们了。"

吴思若被吓到了，不清楚她是怎么回事，反应了一阵儿，说："我没想跟着，我也是碰到的。还有，什么叫跟着你们？你们是谁，你和小五子就是你们了，对吗？"

吴思若问了一连串问题，苏子瑶一句话都不说。吴思若又给自己倒了一杯酒，第二杯下去，她拍桌子，把小二叫过来，问他是什么酒。小二说女儿红，十八年的绍兴女儿红。吴思若苦笑："我是在紫竹院喝大的，你说这是绍兴女儿红，一滴兑一缸吗？"小二为难，说水多少兑了一点儿，但肯定没兑一缸。吴思若不想和他争，让他上原浆，价钱不是问题。小二站原地不动，说这是扬州，又不是绍兴，哪来的原浆女儿红。吴思若指着墙上的木板："那么大的字，原浆绍兴女儿红，是我瞎了，还是你瞎了？"她站起来要打小二，掌柜的过来解围，承认字是他写的，但字是字，酒是酒，写字就是辅助客人喝酒的心情，他写绍兴女儿红，就为了让客人喝这酒的时候，能体会到喝女儿红的乐趣。

"够了！"苏子瑶喊停，她一直靠在椅背上，看着他们吵。她让掌柜的去忙，至于小二，女儿红也好，状元郎也好，只请他现在走开。反而对吴思若，她一眼都不看，重拾起筷子夹菜吃，貌似也吃不动了。注意力集中在菜上，就是为了忽视对面的吴思若。她夹起狮子头，盯着里面的肉馅和蟹黄，漫不经心地说："我刚才已经很客气了，还假装跟你亲近，和你一起吃饭，就是希望你能听明白我的话，离昆仑公子远一点儿。"

"为什么？"吴思若有点蒙，"你到底是个什么样的女人，说变脸就变脸。"

"因为你不配他！"语气之冷漠，即使旁观者都会寒心。苏子瑶把狮子头放碗里，用筷子挑碎，低头闻了一下，"我喜欢吃狮子头，但这个我不碰，因为这个坏了，肉馅其实不错，五个月的黑猪的前腿肉，可惜这蟹黄不行，不知从哪个臭水沟里捞上来的，和这么好的肉馅搅在一起，把整个狮子头都毁了。"

3

她是离开紫竹院才改叫吴思若的，二十一岁，在扬州待了七年，被师父赎回。回去以后，多余的话她不问，每天只睡两个时辰，醒来就去练功。既然没有勇气去死,就得拼了命地好好活着。

后来,吴思若回到紫竹院,她想去灭门,从王妈妈到龟奴,到丹姐,到紫竹院的每一个姑娘,谁也逃不掉,满门抄斩。然而她做不到,她看着紫竹院前门庭若市,赌场里赢了钱的那些人,还是揣了银子就往对面跑,她居然情不自禁地笑了。嫖客、妓女、拉皮条,都是些寡廉鲜耻的人,凭什么他们就该死,凭什么她吴思若就能寡廉鲜耻地活着?

寡廉鲜耻能怎样呢?不会缺块肉,也不会少条胳膊,甚至能让你更有风情更妩媚。遇见小五子后她知道了,羞耻的人生会让你没有资格去爱别人。"资格"这个词有多可怕,我能,但我没有资格。

回到房间连睡两天,她感觉自己病了,裹在被子里一夜一夜地咳。第三天中午她下楼吃东西,穿过赌场时忍不住地多看小五子两眼,然后她看见苏子瑶在远处盯着她。

她不想再讨嫌,没资格做的事情,就不要再去做了。但师父要她在扬州等他,说有大事商议,而且她病得越来越重,没办法离开扬州。她忍住不下楼,反正连下床的力气都没有。第六天夜里,身体好些了,她走下楼梯,穿过赌场,发现小五子已经不在了,而那些人——苏子瑶和黑白镖人都不见了。

黑白镖人动手了吗?她问小二怎么回事,赌场里应该叫赶羊的,羊是羊牯,生手菜鸟进来,先会被他们削一遍。吴思若问他:"之前坐这里的那位公子哪儿去了?"

赶羊的正埋头数赏钱,一遍数不对,又来一遍,两遍都数完才抬头说:"你要找他翻本儿?人都走啦。"

自己走的就好,吴思若问他去哪里了。赶羊的不理她,低头数第三遍银子。这意思再明显不过了,吴思若拿两贯钱给他。赶羊的连同这两贯钱一起数,数完之后说:"我帮他买的箱子,帮他雇的船。我说明儿白天再走,他非要今晚走。你赶紧去江边码头,兴许还来得及。"

她问清楚怎么走，黑夜里追过去。不算远，小半个时辰就追到了江边，离老远就看见两个船夫帮他搬行李。吴思若记得他没行李，看了一会儿她明白了，箱子是做样子，空手上船反倒令人起疑。

小五子独占一艘大船，不远处还有几艘小船，整夜停在江边，只等客满起锚。她看见黑白镖人赶到江边，上了后面的小船。吴思若犹豫要不要也上那艘船，这时有人在后面点了她的穴。

偷袭她的人是苏子瑶，她绕到前面笑着说，送到这里就可以了，接下来就不用麻烦吴妹妹了。吴思若看着她，想解释自己并没想跟小五子。可为什么要跟她解释呢？她干脆不说，只说黑白镖人上了后面的船。

吴思若一客气，苏子瑶反倒不好意思了，纠结片刻，还是没给她解穴。她说："以吴妹妹的功力，一个时辰之后穴道自然会冲开，劳烦你欣赏一会儿江景。"然后她朝江面走出几步，似乎过意不去，回身又对她说，"我再警告你一次，下一次就是杀了你，然后扒光你的衣服，哪儿高挂哪儿。"

她愈发觉得苏子瑶恐怖，不是做事狠，而是一点儿征兆都没有地变脸。她看着苏子瑶跑过去，在离江边不远时停下来换成女装。船夫离老远就冲她喊："不上啦不上啦，这两位公子包船了！"苏子瑶向黑白镖人求情，说小女子命苦，赶着去奔丧，请二位公子通融一下。黑白镖人低声商量一番，穿白衣服的挥手让她上来。而小五子呢，开船之前他左顾右盼，看有没有人跟着他。真够可以的，吴思若笑出声来，四个人跟着他，还以为自己聪明绝顶、神出鬼没。

大船先开走，又过一炷香的工夫，小船也跟着起航，江面又恢复了宁静。起码过了两个时辰，吴思若还站在原地动不了。苏子瑶的功力胜她三五倍不止，一个时辰冲开的话，是高估吴思若了。

直到东方既白、江水涨潮，吴思若才能活动。刚开始浑身发麻，她瘫坐在地上。后来下雨了，她还是站不起来，努力让自己转过去，不看江面，浑身湿透地看来时的路。被大漠仙人从紫竹院接走时也是这样，连骑了三天三夜的骆驼。在紫竹院练了七年的采阳补阴，现在连赶路都会浑身酸痛，还没到绿洲便从马上摔下来，动也动不了。她坐在沙砾上喘着粗气，师父提醒她早点上马赶路，不然等起风就跑不出去了。

她摇头，哑着嗓子一句话也说不出来，于是再一次地摇头。她想死在这里。后来果真刮风了，那些碎沙像海水一样汹涌，一层层地翻滚起来。两只野骆驼受惊发毛，嘶吼着逃窜。大漠仙人没法驯服两只，一怒之下将它们全都击毙。仿佛掉进海水里，骆驼刚倒下来，就淹没在流沙里全然不见了。吴思若也差不多，沙石淹到她腰间，淹到她胸口，最后脖子以下全都埋进去了。寻死成功的一刻，她反而挣扎起来，她喊师父救她，她求师父别让她死在这里。

可流沙已淹到了鼻子，抓着她的头往上拔自然是身首异处。除了绝望地喊，吴思若没有哭，但她第一次看到师父哭了。他说："你别着急，你要是死这儿，师父就陪你一起埋进来！"后来她看见了，流沙已到头顶。师父徒手挖她四周的沙子，流沙每淹三尺，他拼了命也要保持住每挖三尺的速度，不让吴思若被淹没。

大概过了一个须臾，风终于停了，大漠仙人一点点地把吴思若从沙子里掏出来。他背着她回去，吴思若在他背上睡了大半宿。差不多也是这个时候，东方既白，她从师父背上醒来，透过肩膀看着师父又走了两里路，她说没必要救她，自己像一张写错的宣纸，就该揉成一团扔掉，难道还可以接着往下写吗。师父背着她，又走出几十步，说："也许我是故意写错的。"

"所以我恨你。"

大漠仙人没说话，也没把她放下，他慢步前行。吴思若仰头看到前面大朵大朵的云，她知道快到了。她说："师父，万一我还活着，你别叫我小月了，也不叫芙蓉月，我想好自己叫什么了。"

"吴思若，"她说，"从此我叫吴思若，吴是吾，是我，思是想念，若是你，不知道那个你是谁，但既然活着，就得盼点什么，哪怕盼不到。"

"以后就叫你吴思若。"

她伏在师父背上笑了笑，即使盯着看也不易察觉的微笑。前面下雨了，沙漠里的雨只下一片云的范围，远远望去就像一个断点的水柱。那些零零散散的七色光芒已经准备就绪，一等雨停，就彼此相连，成为一道彩虹。

雨没有停，吴思若可以走路，告诫自己一百次，能动的时候还是去了岸边，站在小五子上船的地方，对着江水又哭又笑。可能没有哭，只是雨太大了，一颗颗地打在脸上。她冲江面大喊，仿佛要让埋在沙漠里的芙蓉月也听到，她遇见这个若了，虽然她没资格去爱，但她可以活下去，她可以用尽余生想念他。

4

大漠仙人带蓬莱阁老来到扬州，说要给他看样宝贝。头几天住在那家有赌场的客栈，蓬莱阁老输了个精光，顺便帮大漠仙人也输了不少。好像大漠仙人有输不完的钱，前五十两银子刚砸进去，又有二百两齐整整地装在盒里，摆在蓬莱阁老面前。三番五次，蓬莱阁老不拿了，扭头把银子推回去，说："你要是想用千八百两银子，把我的九宫图换走，我还是趁早给你打张借条。"

"银子而已，"大漠仙人说，"就是三万五万两，也不能叫宝贝。"

大漠仙人让他放心玩，把赌瘾过足了再聊。可蓬莱阁老不是小五子，武功那么高，看人摇色子就跟瞎了眼似的，那种最次的羊牯都能把他赢得晕头转向。连玩几天，蓬莱阁老自己放弃了，天生不是赌博的料。他给大漠仙人写欠条："从你这里借了一万两有没有，算利息还你一万五！"

大漠仙人看着他笑，说："其实我借了你三万五，不过无所谓，数目你随便写。"

蓬莱阁老倒吸一口凉气，仰头看大厅棚顶，三万五，买这赌场都够了。他咬牙写了张五万两的欠条，按过手印后推过去。

大漠仙人拿过来，一字一句地读了一遍，一扬手把欠条揉成了粉末。"说让你过足瘾，肯定是不要你的钱。"大漠仙人问他玩好了没有，要不再换个地方玩。大漠仙人去门口看柱子上的仙人刺，蓬莱阁老知道那是记号，以前师父教过。蓬莱阁老一直没用着，师兄弟老死不相往来，自己又不愿收徒弟，不像大漠仙人，二十多年收了百十来个弟子。好像大漠仙人改了一些，左改成右，南改成北。约莫一个时辰，两人到了一家客栈，门口一片银杏林，风起时哗啦哗啦的。

大漠仙人那个女弟子也在这里。二师兄一百多个弟子，蓬莱阁老就记住这么一个女娃娃。他记得脸，不知道叫什么名字，好像是昆仑公子的相好的。客栈环境不错，大漠仙人干脆把整家客栈包了下来，将其他客人赶走，进扬州城抓来两个厨子，换着样儿地给蓬莱阁老做菜吃。光有好菜也不下酒，大漠仙人隔天又请来一个戏班子，生旦净末丑，一个不少地在台上翻跟头。

大漠仙人问蓬莱阁老怎么样，这里住得还舒心吗。蓬莱阁老说好是挺好，但能不能把那个女娃娃支走，她在他紧张，酒都喝不下去。大漠仙人看着桌面，菜没吃几口，筷子都被他扎到桌子里去了。

不是因为年纪大，蓬莱阁老年轻时就这样，见着漂亮姑娘，满脸通红，浑身不自在，不是掰筷子，就是捏汤匙。那时候师兄弟三人关系还不错，他大师兄，后来的南海真人总是笑话他，说："你就一直这样吧，没姑娘能看上你。"没外人的时候，蓬莱阁老还能据理力争，不行就跟大师兄打一架。可是是有外人在，比如大师兄后来娶进门的嫂子在，蓬莱阁老就结结巴巴地说不明白了，干脆再捏碎两个勺。还好嫂子淑珍对他不错，给他台阶下，跟南海真人说："以后会有好多姑娘喜欢你三师弟的，他那个叫少年感，哪像你，看字画比看我还亲。不关己的事情，一点儿好奇心都没有。"

算一语成谶，蓬莱阁老真遇到一个跟他两情相悦的女人。他克服紧张，每天都提醒自己说话别结巴，看她别脸红。后来有了灵儿，再后来一拍两散，那么多人，那么多事，像一拳打在镜子上，一下子全都碎掉了。

　　想起往事，蓬莱阁老一时难过，一声不吭地连喝了几坛酒。喝到深夜，大漠仙人让那个女娃娃扶他回房间。蓬莱阁老指着夜路警告她："你别碰我，我能走回去。"然后也不知道自己走的是不是直线，只知道女娃娃一直跟在他后面，怕他摔倒，随时去扶他。走到分岔口，他停步，左右看看哪一条更像回房间的路。他问后面的娃娃叫什么名字，女娃娃说她叫吴思若，让他往右边走就行。他点点头说好名字，嗯，好名字，然后摔倒在左边的路上。

　　第二天，他的状态好多了，再见着吴思若也不再浪费餐具，心情不错时还上去唱了两段。他灌女娃娃酒，盼着她能喝多，送她回房间，把昨天的人情还上。吴思若千杯不倒，结果他又喝多了，他记得走右边，记得走直线，结果上楼梯时还是摔了个跟头，被吴思若扶到床上。

　　天天这么喝，确实比在蓬莱阁好多了。但天下没有不散的筵席，吃喝饮用都是二师兄承担，也该识趣点告辞了。这天晚上蓬莱阁老主攻大漠仙人，一次又一次地跟他碰杯。他说："吃你的，住你的，赌的还是你的银子，这些都是我欠你的，反正九宫图在我这儿也没用，所以你也不用拿什么宝贝跟我换了，我送你了。"

　　"说一不二，宝贝还是要给的。"

　　大漠仙人让吴思若去后厨加两个菜。蓬莱阁老明白这是在支走吴思若，他看着大漠仙人，大漠仙人看着吴思若，仿佛在等她走远，才把宝贝亮出来。可是，好奇心啊，蓬莱阁老还是忍不住地催他快点，让他看看是什么宝贝。见大漠仙人没反应，蓬莱阁老干脆伸手到他怀里掏。

　　"不在我身上。"

　　"那你放哪儿了？给师弟看看。"

　　大漠仙人笑了笑，转头又盯着吴思若。

"她去拿了?"

"差不多,我带你来扬州看宝贝,已经看了几天了,你居然还问我,宝贝是什么。"大漠仙人指着吴思若的背影说,"她就是宝贝啊。"

5

不可能,一切都太糟糕了,虽然你是我师父,虽然你养过我,救过我,教了我武功,可你也恶心了我七年,甚至恶心了我下半辈子。蓬莱阁老离开后,大漠仙人和吴思若谈了这件事。她明确跟师父讲,她是吴思若,不是芙蓉月,跟蓬莱阁老生活一年,陪他吃一年,跟他睡一年,怎么可能提出这种要求!吴思若觉得不用再谈了,她收拾包裹,准备离开。她让大漠仙人想清楚,不甘心的话,就在这客栈把她杀了,一旦她走出房门,他们师徒恩断义绝。

吴思若说完转身继续收拾东西,她听见大漠仙人在身后叹息,此时听来愈发假情假意。她背对着他,等他一掌打死她,哪怕是仙人掌,滴水不进,枯竭而死,也胜过永远活在他的阴影下。可大漠仙人舍不得杀她,包裹收拾好时,他站在门口说:"你走吧。"

出门的时候,大漠仙人已经备好马车。他从车里拿出一个箱子,说:"为师一直想送给你,也算是我们师徒一场的纪念。"她问他是什么,他示意她看看。她把箱子打开,一些莫名其妙的小玩意儿,一些首饰,一些衣帽,但都是用过的。

"到底是什么?"

"你仔细想想。"

肯定有点意义,她一件一件翻,没一样是她的,甚至都不算二手货,耳环只有一只,项链还是断的,但当她把耳环和项链摆在一起的时候,她想起来了,这是丹姐戴过的。她拿起金镶玉的戒指,这是王妈妈一直戴在中指上的。一顶深青色帽子,那是紫竹院的龟奴的。她把所有的东西放回去,想了想,抬头问:"所有人你都杀了?"

"我知道你下不了手。"

不是下不了手,而是他们没有罪。说不出感激,也怪不着他,她合上箱子,原封不动地还给大漠仙人,说既然过去了,就像流沙一样埋起来吧。她不用马车,给她一匹马就行。大漠仙人牵出两匹,说:"为师送一送你。"吴思若皱眉看他,摇着头。"之所以让你来扬州,我又带阁老来扬州,是想带你去个地方。"

她也不知道去哪里,大漠仙人骑马走在前面,说不着急,扬州城往东三十里就到。吴思若在后面慢慢跟着,走出客栈的银杏林是一片稻田,田里有农民在劳作。大漠仙人感慨:"要是当初没跟师父走,不学武,老老实实种一辈子田也挺好的,至少不像现在这样提心吊胆,机关算尽。拿你去换九宫图,就是个幌子,我就是希望你在蓬莱待一年,好知道他在练什么功,偷《三藏经》的人是他,还是你大师伯。"

"我以为偷《三藏经》的人是你。"

"是我就好了。我是想偷来着,谁让我害怕师父,下手晚了。我们被师父赶下山,互相提防,离得越远越好,南海、大漠、蓬莱,三个人画了那么大的三角形,但那个人总有三掌练成找到我的时候。一掌打死还好,拿断魂掌和蓬莱掌羞辱我,可是生不如死。所以早在二十多年前,我就开始准备礼物,投其所好,希望对方念旧情,让我死个痛快。我爱钱,你大师伯爱字画,这二十多年来,我帮他收集了好字好画。你三师叔好色,但他不是普普通通的淫魔,而是很腼腆的那种,总要下点功夫,找到那么一个女人,美貌、聪明、年轻,甚至还精通房中术,彻底把他拴住。你以前问过我,为什么送你去紫竹院,因为打从你还是婴儿的时候,从我收养你的那天,你就是我想送给他的礼物。"

吴思若停下来,盯着他。貌似快到了,前面又是一片银杏林,大漠仙人招呼她跟上来,"看完你就走,相忘于江湖,各不相欠。"

已是斜阳西下,阳光洒在银杏叶上,感觉全身都被金光笼罩。林子深处有一个宅子,四进的大院。大漠仙人下马,带着她穿过每一个院子。

大院里差不多有十几个人,看到大漠仙人鞠躬致意。"他们的身手都不错,"大漠仙人说,"守得住我要给你看的东西。"吴思若跟着他,左右张望。走到头了,还没见到是什么东西。大漠仙人在后门停下来,敲了敲上面的铁锁。不一会儿,两个中年人端着两个大盆,小跑着过来。一盆是满盆的菜,另一盆是几百个馒头。端馒头的人打开锁,推开大门。

吴思若以为有什么,门外只是一片金灿灿的银杏林。脚下是往来多了而踩出的一条土路。大漠仙人走出院子,端馒头的回身端起盆跟上来。大漠仙人问他,这两个月怎么样。他说都挺好的,没有死的。

"尽量都活着,我要用他们。"

几人在一片草坪前不走了,吴思若走近才发现,那是一张席子。大漠仙人招呼她,就是这里了。说完他把席子掀开,吴思若完全傻掉了。席子下面是一个百尺深的大坑,底下全是人,上千人之多,衣衫褴褛,脸上混着血,混着泥,甚至还混着尿液粪便,一个个伸出手臂往上看。大漠仙人冲端馒头的点点头,那人把馒头倒下去,之后是菜,泼水一样地洒进去。菜叶子浇到他们的头上脸上,他们捡起来塞进嘴里,再去抓别人脸上的菜。

"这是什么?"吴思若问。

"我去紫竹院,帮你杀掉那些窑婆子窑姐儿,清理衣物时发现,你还有个本子忘在那儿。从第一个到第一千多个,多大年纪,哪儿的人,叫什么名字,你都认认真真地记下来了。我心疼你啊,这些都是从我们小月床上爬下来的,怎么能放到江湖上,任由他们瞎说呢?于是师父花费十万两,用了半年多的时间,雇人把他们一个个都找回来,一千多个人,除了几十个死了的,都给你找齐了。"

吴思若看到了那个公子,她从丹姐那儿抢来的,半夜来敲她的房门,好像临走时还说她卖力气。有个老头儿很眼熟,人虽然不算胖,可是皮肤一层一层跟沙皮狗一样窝在一起,刚抢了半个馒头坐在地上吃。她想起来了,她的第一次,三百斤的老员外。

吴思若跑几步去银杏树下呕吐,吐过一次还是恶心。她抠着嗓子眼,胃里吐不出来,眼泪倒是止不住地往外涌。大漠仙人走过来,轻拍她后背,让她注意身体,千万别死了。"当然,更不能寻死。你死了,你那个小五子看见这些人,会很伤心的。帮师父做点事,只要你去和蓬莱阁老住上几个月,这些人我帮你埋了就是。"

实在吐不出来了,吴思若站起来,满眼泪水地看着大漠仙人问:"为什么,那么多师姐师妹,长得好看的,比我聪明的,那么多女孩,为什么偏偏选中我?"

"命吧,"大漠仙人又叹一口气,望着斜阳说,"有些人就是生来命苦。"

第九章

CHAPTER 9

1

苏子瑶知道那一黑一白两个怪物有问题,水路转陆路,跟了一路,就是冲着小五子来的。但不知道是吉是凶,明明要杀小五子,却把绊脚石全给清除了。过了嘉峪关,他们终于动手了,两个人把他掠上马车,日行八百里向北狂奔。一直到那个小旅馆,他们请来了狮吼帮的齐师叔,苏子瑶才明白,这事跟狮吼帮有关,乔帮主要小五子。

他们要小五子做什么呢?苏子瑶跟到悬崖顶就下不去了。大门在前方合上,齐师叔的马车仿佛坠落一般向下俯冲。等到天黑,谷里依稀闪着灯笼,鞭炮和唢呐声时不时地传到谷顶,该不会是搞什么活捉小五子的庆典吧?晚些时分,六公子也来了,那么高的功夫,一身白衣踩在雪上都不留脚印。她看到他一个人进去,又看到他一个人出来,连他也没能抢出小五子,那留给苏子瑶的只能是等待。

她用剑掏了一个树洞,垫上枯叶睡在里面。吃的还好,奇形怪状的树上还有一些奇怪的果子,有毒没毒总要吃了才知道;没有果子,还可以挖草根。一夜狂风,她在树洞里冻得瑟瑟发抖,四周隐隐发出咔嚓咔嚓的断裂声。快天亮时,轰然一声巨响,树干拦腰折断,雪片直接打在她的脸上。苏子瑶从没顶的树洞里站起来,她知道想尽办法也要造一幢房子了。

这很奇怪,她跟踪一个人,保护他,那个人被抓到谷里,她居然要造一个房子守在门口。头几天她还边砍树边问自己,真的要在这里过冬吗?回百花谷通报谷主,可能是更好的办法。造一个房子要二十七根木梁,她多砍三根作为备用。三十根木头摊在悬崖上时，她不再犹豫，无论如何都要把房子造好，大雪封山，她回不去了。

一间房子四面墙、一个顶，天气太冷，她把时间安排倒过来，每天正午睡觉，夜里拼命盖房子，才不至于让自己冻死。后来，房子盖好了，她在屋子里点上火堆，暖洋洋地睡了一天一夜。

猎人生活终于开始了，没有弓箭，她提着剑，在山上绕了两个时辰，看到一匹孤狼。她以为狼不怕她，就按照小时候长辈们告诫的，不要和狼对视，狼向你走过来时，站着别动，不要后退闪躲，要装作你一点儿都不怕它。这些她都反着来，她看着狼的眼睛往后退。那匹孤狼向她走几步，盯着她，忽然转身跳了起来。她提剑追狼，踩着雪，抓着挡在面前的每一棵树，踏过结成冰的河流，追了两个时辰，终于把它逼到悬崖。孤狼前方是上百米的悬崖，她求它不要跳崖自杀。她不敢再往前，向后退了几步。狼在崖边一动不动，一人一狼，对峙到天黑。到最后苏子瑶也耗不起了，索性拔剑冲上去。孤狼向后退两步，后腿险些踩空，回头望一眼深渊，露出獠牙朝苏子瑶扑过来。

禽兽是不会自杀的。夜里，苏子瑶吃着烤狼肉，想明白了这件事。实力再悬殊，也存在"不是你死，就是我死"的可能性，为什么偏偏是我死？她用剑将狼身一片片地切开，扔到火里烤熟。还有一个显而易见的小事，苏子瑶现在才想到，你要吃狼，狼本来也是要吃你的。

一顿吃了一小半，剩下的一大半她扔在雪地里，提剑守在不远处。夜里果然还有匹狼闻着味来了。苏子瑶趴在雪坡上，从这匹狼吃下第一口开始数，一、二、三，跳起来将狼头斩落。把狼皮剥下来，衣帽有了，被褥也有了，将狼牙嵌木棒上，连武器都有了。

有人从沉狮谷出来，带来的消息是昆仑公子娶了乔文君，成了乔帮主的女婿。那个人姓刘，谷里负责食物储备的，从始至终都没有看出苏子瑶是女人。也是她故事编得好，说自己家有妻小，得罪了朝廷，被满门抄斩，来北方只想做一名猎户。那个人带酒来，苏子瑶请他吃狼肉，三五杯下去，得知两人早就有事，乔文君的儿子就是昆仑公子的。苏子瑶醉得更快了，再喝上两杯，就倒在狼皮上不省人事了。

醒来时反倒想通了一些事，好像小五子说过，人是不会变的。她喜欢昆仑公子，不管他做了什么事，昆仑公子还是她的昆仑公子。这么想着，心情反而更好了，她要弄更多的狼皮，不止狼皮，还有狮子皮、老虎皮，再打一把椅子，套上虎皮坐上去，每天威风一百遍。就算只做一名猎人，也要把生活搞起来。

可是打不到狼了，血肉残骸放到雪地上，几天都没人理会。也许要新鲜的、活的。她把自己当诱饵，到处躺，看着白蒙蒙的冬日阳光，躺到手脚冻僵了，也没一个四腿禽兽过来闻闻她。

还要满山寻找猎物，她提着剑，像是找野兽化缘似的，学各种兽叫，低头找脚印。连着三天空手而归，天空中一只秃鹰嘶鸣而过，她仰头看着，再看看周遭漫山的白雪，她明白了，她真的可能是方圆百里唯一没冬眠的动物了。

她把狼骨残骸收起来，化了雪水熬汤喝，算着剩下的这点狼肉狼骨，够不够她熬到正月。事实上她已经记不住日子了，一天又一天，但她知道腊月一定没过去，沉狮谷的灯笼好久不亮了。

要换一个打猎方式，找不到，追不到，就看看有没有死耗子撞到她这只瞎猫。她挖干草，搓成长绳，套一个圈，挂根骨头扔到谷底。悬崖四周她扔了十几根，在屋里造了一个绞盘，十几根绳全都系在上面。只要有动物踩进绳套，绳子动一下，她就使劲收紧。每天醒来第一件事是给火堆续柴火，第二件就是盯着绞盘上的绳子，然后就没有第三件事了，一直到睡觉。

这根本不是办法，你不能钓鱼一样地钓狮子老虎。狼肉早吃没了，那些狼骨也已经煮了三四次的雪水喝汤。是不是要对这个世界说再见了，真是讽刺呢，她五岁练功，练了快二十年，虽不是一流的高手，但行走江湖总不至于是无名小辈，到最后却饿死在这里。

事情总会有转机,如果生下来都是一个奇迹,那么活下去也不应该有多难。这天早上,绞盘终于动了。她抡着胳膊转绞盘,确定是野兽,越转越吃力。有一阵儿,她没力气了,绞盘还往回放了几圈,一直拉到顶,从门缝能看到一个黑影吊在桅杆上。她将绞盘固定,提刀出去。

推开门的一刻她失望了,那是个人,就算饿死,也不能人肉入口。她放下剑,绕着倒挂的男人走了一圈,哭着抱住他,摸他倒着的脸问:"你是怎么跑出来的啊?"

2

看来是要在山顶过年了,大雪封路,一个人出不去,两个人照样没有办法。往大了说,就是来一支军队,一样得在冰天雪地的悬崖上遭罪。

吃的总还有办法解决,雪地上两头狮子,够他们吃一阵儿的。他们挨到天黑,实际上是小五子一觉睡到夜里。苏子瑶把他套绳圈里一点点放下去,小五子卸下绳索,摸黑找了一大圈,希望沉狮谷的效率别太快,别当天就把尸体清理干净。靠近铁笼的地方,他找到了两具尸体,一公一母,也不知道哪头口感好一点儿。公狮子略轻,他拽着尾巴走在雪地上。慢慢看到绳子时,黑暗中一声低吼,月光下一个黑影罩在他头顶。

他们又弄来一头新狮子?在这一点上,沉狮谷的效率够高的,一天没狮子浑身难受。小五子不敢回头,拖着狮子匀速前行,可面前的阴影却越来越大,狮子加速上来了。

小五子右手抓尾巴,左手摸摸身上,没带刀下来,只有两条路可以选择——拖着死狮子逃跑;扔下死狮子,撒腿就跑。赤手空拳,他当然不能做狮子的盘中餐。他脚步加快,还是没能摆脱身后的阴影。他跨着步子往前跑,死狮子在身后的雪地上蹭出一条道,但凡有希望,就不要松开右手的狮子。单脚已经踩进绳套里,左手拉着绳子,冲上面的苏子瑶喊着:

"快拉我上去。"

小五子催她快点,绳子开始往上提,身体一下子倒挂起来,脚套在绳圈里,小五子腾出两只手死命拽着尸体尾巴。追上来的狮子朝倒悬的小五子扑过来。他闪开左手,狮子扑了个空,从尸体上翻了个跟头。等它做好跳跃姿势,再一次扑过来时,只咬到死狮子的头。绳子在一点点上升,狮子不松口,小五子不松手,最后连它都被提了起来。离地面三四十米的时候,这头狮子也害怕了,牙床紧合,四肢在半空中一动不动。

小五子、死狮子,还有这只活狮子,都在这根绳子上一下下地升起来。上面的苏子瑶拽不动了,速度越来越慢,有那么一阵儿还在往下沉,定在半空中一动不动。最后一个办法,你死我活,总不能空手回去,饿死在上面。小五子将死狮子尾巴缠在左手臂上,空出右手,隔着死狮子去戳狮子的眼睛。第一下没有戳到,他左胳膊使劲,把尸体往上拽,伸右手到能够到它眼睛的位置,一下戳上去。狮子紧闭眼睛,不敢咬他胳膊,也许它也清楚,但凡一松口,又咬不到小五子胳膊,自己将跌入深渊。

开弓没有回头箭,小五子自言自语给自己打气,戳不到眼睛,就插它的鼻孔。手伸进去,狮子呼吸的热气从指尖传过来。它发出闷声,仿佛在警告。小五子咽了口唾沫,盯着自己的右手,盯着狮子的牙。

他冲上面喊,指挥苏子瑶将绳子盘住,停下来,看谁能耗过谁。狮子的声音越来越低沉,终于忍不住的一刻,朝小五子手臂咬过去。小五子抽回手臂,眼睁睁看着狮子的两排獠牙在手指前一口咬空,挥舞着前爪坠入深渊。小五子收回右手,抓住死狮子,长吁一口气,冲上面喊了几下,却发不出声音,他一点儿力气都没有了。

狮子肉不好吃,比狼肉还难吃,苏子瑶吃了两顿就上吐下泻。小五子问:"还有狮子头,你吃吗?"苏子瑶弄错了,她以为是扬州的狮子头,可现在能吃的就是血盆大口的狮子头。小五子将狮子头剖开,掏出狮脑烤成鸡蛋一般口感的食物,喂给苏子瑶。他没告诉她这是什么,他明确知道,只有一点一点地吃下这只狮子,他们才能活过这个冬天。

可是哪天过年呢？苏子瑶愈发虚弱，但每天晚上仍坚持着到崖顶，看沉狮谷的红灯笼点起来没有。夜夜都是黑的，是不是难熬的日子就特别漫长。阳光充足的一个正午，小玉突然出现在悬崖上。她和那个少年一起来的，当初和齐师叔把他带进沉狮谷的耿直少年。小五子忘了他的名字，或者根本就不知道他的名字。两个人一人一辆车两匹马，装满了蔬菜和牛羊肉，还有沉狮谷的点心，一股脑儿地卸在他们的小木屋前。

小玉说，他们昨天夜里就出发了，在山上找了一个上午，还一直担心昆仑公子早已经死了，回去没法跟小姐交代。

"小姐也想过来的，怕谷里的人察觉。这不是，一有机会就让我送东西来啦。"小玉讲话的时候一直盯着苏子瑶，她说怪不得拼了命地往外跑，原来山上也有个小姐姐。小五子开始没接茬儿，小玉停不住嘴地夸奖苏子瑶，说她漂亮，说她年轻，说着说着语气都有些酸溜溜的了，说他们家小姐还真没法跟苏姐姐比，也没她这么好的福气，他们家小姐只配给昆仑公子养孩子！

小五子适时打住她，他说："苏子瑶不是我的，你们家文君小姐也不是我的。之所以跑出来，原因不便多讲，但绝没有伤乔姑娘的心。"

不伤乔姑娘，但似乎伤了苏姑娘，一直到他们告辞，苏子瑶都没多说一句话。回去的时候他们只坐一辆马车，留下一辆车两匹马给他们。小五子一路送他们到山腰。他问他们什么时候可以出发，离开沉狮谷。小玉说再等几天，过了正月，雪慢慢化掉，山路就好走多了。

"过了正月？"小五子皱眉问，"现在不是才腊月吗？"

"年早就过啦，今天都正月十六啦！"

"那谷里怎么没有挂灯笼放鞭炮？"

"原来你在等我们。"小玉告诉他，以前年是过的，狮吼帮身处塞北，常年苦寒，年反倒要过得热热闹闹，有滋有味，"今年没张罗，还不是因为你！"

小五子指着自己，瞪大眼睛问："是因为我跑出来，搅了大家兴致吗?"

"要知道你跑了,也就罢了,问题是他们不知道。"

"他们是谁?"

"就是江湖上跟你有仇的那些人,听说你做了狮吼帮的女婿,一个个过来寻仇。我们乔帮主嘴又硬,绝不肯承认你跑了,不在谷里。结果三天两头,一轮一轮地跟这些人比试,弄得帮主伤病在床,大家也就没心情过年了。"

小五子往谷里看去,没有红灯笼,但所幸也没人披麻戴孝。送走小玉和耿直少年,天已经黑了,闭着眼睛也能摸清木屋周围几百米的路。待得够久了,正月都要过去了。去年是怎么过的,在田独,和钱老板、文思清,三个人炒了几盘菜,喝了两坛酒。那时他还有情绪,钱老板不肯说他是谁,他给钱老板下药,把他绑在床上问。现在知道了又如何,昆仑公子的日子可比小五子惨多了。

他们还带来了酒,两口大锅可以炒两个小菜。小五子把饭菜做好,打开一坛酒。喝到第二坛时,苏子瑶也过来陪他一起喝。两个人没话,她还没有痊愈,不敢多喝,但总觉得应该陪着小五子,就当是补过除夕。喝到后来,苏子瑶搬来第三坛酒,问他还喝吗。他摇摇头,大口喝光碗里的酒,看着苏子瑶说:"我想明白了,我不是昆仑公子,以后谁喊我昆仑公子也没用,我就是小五子。"

苏子瑶低头想想,反而给自己倒了一碗酒,喝下一小口,问:"所以,你不会和我再有什么瓜葛?"

小五子没回答,手在双膝间搓着,说:"已经正月十六了,有车有马,准备也有,我们明天就出发。"

"去哪里?"

他不回答,她又问不出口,好像过了一百年那么久,她问:"去找文思清?"

小五子起身去喂马,一直走到门口,才回头跟她说:"对不起,苏子瑶。"

3

到了十一月，即使是河南少林寺也开始飘雪了。这天早上，文思清将积雪清扫干净，照例到厨房去熬粥。两位师父，就算沈师父不喝，八光师父总还是要吃饭的。

八光走进藏经阁的院子，看着四周伸了个懒腰。哈欠打了一半，他半张着嘴低头看地面，仿佛被水浇过一般，院子里一片雪花都没有。他发了一会儿呆，将剩下的一半哈欠打完，冲进厨房。

文思清也在发呆，冲着咕嘟咕嘟的白粥，时不时往炉里扔点树枝，扇两下扇子，火不能太大，但也不能让它灭掉，要用文火将白粥煮熟。

八光在门口站了一会儿，他问："沈老前辈今早出阁了？"

"没有啊。"文思清头也没抬地回答。手里的树枝有点长，她决定掰一半扔进去，估计用不着另一半，粥就可以上桌了。文思清起身拿出三个碗，在桌上摆成一排，计时器一般地默数着"五、四、三、二、一"，端起锅，依次将粥倒进三个碗里。不需要勺子，每次就要溢出来的时候，她手握锅把一收，一碗粥刚好盛满。三碗装满，锅里还剩半碗。显然，文思清有点失望，今天又没算准。

"八光师父，喝完你那一碗，把剩下这半碗也喝掉吧。"她说。

八光点点头，刚才的话还没有问完，他说那院子的雪是谁扫的。

"当然是我扫的，难不成是你早起梦游扫的？"

"真不是沈老前辈？"

文思清抬头笑起来，说他好大的胆子，现在都想要沈老前辈扫院子了。

"你用什么扫的？"

"当然是扫把，难不成……"这次她说不下去了，难不成也得是扫把啊,不然扫雪用什么呢?用抹布?用簸箕吗?

八光没听她说完,就跑回到院子里,低头找宝贝一般检查着地面。文思清端粥出来时,他正用双手撑着地面,趴在地上看。文思清看了一眼,随口问道:"这是练什么功?"脚下没停,走到藏经阁前,将白粥放在门口台阶上,对里面喊一句:"师父吃饭啦!"

沈老前辈没应声,倒是八光站起来,瞠目结舌地看着她,挡住她的路。文思清看他眼神那么痴,像是动了邪念,以为他又犯病了,要他让开。八光咽了口口水,喉结就像是小老鼠走了一圈后,说:"师姐,你现在已经是当世前五的高手了。"

文思清皱眉,喊声师姐,蹭着学艺也就算了,怎么一天比一天狗腿。她绕过傻掉了的八光往厨房走,说:"你先喝粥吧,不然凉了。"

摸到厨房门时,沈老前辈在阁里笑了两声,说:"八光世兄真的是后知后觉,思清的功力,怎么到今日才有所察觉?"

八光面向藏经阁鞠躬说话:"之前只知道师姐功力大涨,方才看院中地面,不曾残留一片雪花,才知师姐已是当世前五。"

沈老前辈沉默一阵儿,不让他喊师父,八光倒是听了,但是老喊文思清师姐,总觉得怪怪的。文思清站在厨房门前,说:"师父快喝粥吧,我又不和人打,排第几又有什么用?"

"真要是排名,倒也未必是当世前五,"沈老前辈说,"我四个徒弟的武功已在思清之上。"

"那师姐不是刚好第五?"

文思清笑起来,说:"八光师父,你这么排,要把师父放哪里啊?"

八光拍了一下脑门儿,纠正说不是第五,是前面有五位高手。

沈老前辈沉吟一阵儿,说还有一个人要在思清前面,百花谷谷主。

文思清直点头:"是啊,小五子可是他们少谷主呢。"

"那就是第七,也不错了。"八光跟领导总结似的,结束了这场排名大会,进到厨房喝粥。可沈老前辈过不去,一整天都在思考这件事,到晚上的时候,他说自己不出阁了,已不算当世之人,不知他的四徒弟向问和有没有练成无为掌,但就算练成了,也不能伤及任何人,总之是"人不犯我,我不犯人"的本事。如此说来,思清确实已是当世前五。

文思清没感觉,但是沈老前辈来了斗志,从此要文思清加紧练习,每日只能睡两个时辰。他自己更是不睡觉,用这两个时辰想想,明日要让她怎么往下练。

八光几十年梦寐以求的就是跟沈老前辈学艺,真到练的时候他反倒退缩了,每天在房间里睡八个时辰都嫌不够。倒不是怕苦,年少学艺的时候,比这个苦多了,他是被文思清打击到了,他发现自己无论怎么练都比不上文思清,一套新学的动作猛练几十遍,都没有文思清刚学打得好。

少林寺也要过年,张灯结彩,净虚、净空兄弟俩忙里忙外,把豆腐青菜做出花来。光是豆腐都要调出各种肉味,素鸡、素鸭、素红烧肉,连豆浆都要反复配比,做出牛奶的味道。主要是因为哥哥悟出了一个道理,做事不在多,黄牛犁地一辈子,也要被杀了吃肉;做事要准,准到让自己无可替代。等到大家习惯了你的厨艺,离开你不行的时候,自然就有人教你功夫了。

可是没人吃,除夕夜做了一桌子菜,太像鸡鸭鱼肉了,闻着就犯恶心。摆出来无所谓,多少有点过年的气氛。沈老前辈还是没出阁,听大家在院子里吃饭闲聊。过了午时,文思清对长辈叩头上香,先是对八光师父,一个头磕下去,急得八光跪下来跟她对拜。之后是对沈老前辈,怕他听不到,文思清有意磕得响一些。最后是对自己的父母,没有牌位,只有那个骨灰盒。文思清磕着头说,父母在上,思清现在过得很好,请二老在黄泉之下不必记挂。

之前的叩头,净虚、净空都跟着,到文思清的父母时,他们就不好磕头了。祭拜过后,哥哥盯着骨灰盒,问文思清:"人家都有名有姓,为什么你父亲这儿写着文宰相啊？"

文思清不说话，八光让兄弟俩赶快把桌上的假鸡假鸭收拾掉，回菜园子。子时已过，丑时钟响的时候，文思清向沈老前辈请安，说自己先回，请师父早点休息。她知道师父不睡觉，但这句话总要说的。换平常，沈老前辈会应一声，表示听到了。这一次，沈老前辈问她："文之兴是你父亲？"

文思清愣了一下，说家父叫文再兴。沈老前辈叹息一声，说原来他连名字都改了，之兴，再兴，极尽讨好之意。文思清想反驳，张了几次口，又觉得没必要争。反倒是沈老前辈关切地问道："他已经过世了？"

两朝宰相，一朝覆灭，那么大的事情，文思清已不知从哪里讲起。她只是点了点头，又怕沈老前辈看不到，便"嗯"了一声。

"也是，我都已经百岁有余。"

"家父在世时，与师父相识？"

"何止认识！"沈老前辈话锋一转，问道，"你既是宰相之女，为何流浪于江湖？"

文思清笑起来，早就不是啦，文家得罪了朝廷，早就没落了。

沈老前辈叹了口气，隔着一道门都能听出他几十年的伤。文思清等了一会儿，说自己先下去了。沈老前辈叮嘱她先回菜园，这几天不用再上来练功，他累了，他要休息几天，等过些时日歇好了，他会让八光叫她上来。

文思清说师父保重，借着夜色出了院子。真的累了吗？下山的时候她想，师父之前可是从来不睡觉的，而且这次一歇就要好几天。他年纪那么大了，死亡那个绕不过的拐角，可能早早就在那儿等着他了。该不会是要去了吧，少林寺的说法叫圆寂。回到菜园，躺在床上，她不免担忧起来，她怕再也见不到师父了。真是的，早知道刚才是最后一面，是永别，她还有好多话想说出来的。

4

这一天在扬州还是喝酒,吴思若知道,就算夜夜笙歌,这也是最后一夜了。师父大漠仙人的计划不是如此吗?让她吴思若去服侍蓬莱阁老,换来一张九宫图,交易完成,一切就可以结束了。

把蓬莱阁老当客人,就照着紫竹院的流程走,敬酒、听曲、相谈甚欢,酒过三巡后扶客人回房,上床一同休息。看起来是顺其自然的结果,只不过客人早就把钱给了老鸨。他们师兄弟有些奇怪,话没讲透,确实也不方便明说,"师兄我要睡你徒弟",或是"师弟,我把徒弟送你睡"。两个人心照不宣,干杯喝酒,讲着不痛不痒的话,看着对方干笑。后来大漠仙人说了一句:"我技艺不精,我徒弟吴思若一直仰慕师弟的身手,想晚点去你房间,跟你学点什么。"

这倒简单了,原来不需要假模假式地培养感情,说"我跟你学东西"就行了。她懒得再喝酒了,只等着曲终人散,去蓬莱阁老房间熬过这一晚。这时蓬莱阁老反倒没话找话,问她多大了,练了几年的功夫,到底是他蓬莱阁老的哪一种本事吸引了她。吴思若不想跟他聊下去,她想一句话结束话题。她说自己其实没学过几年功夫,之前一直在紫竹院来着。

显然知道这里,不然不会愣那么久,他问她去那里做什么。她说赚钱啊。

"赚什么钱?"

"你在装傻吗?"吴思若反问道,"当然是赚客人的钱。"

"青楼的姑娘?"这句话不是问她,是转头问大漠仙人,"你拿青楼女子打发我?"

蓬莱阁老不干了,起身要走。大漠仙人好说歹说,把他留了下来。蓬莱阁老跟他师兄吵了起来,听了几句吴思若明白了,一把年纪,满脸的褶子,他要的是感情,他居然相信真会有年轻姑娘爱慕他,委身于他。吴思若冷笑两声,喝起酒来。大漠仙人还在跟他解释,说吴思若生性是放荡了一些,但是骨子里还是个单纯姑娘,"她若不是打心里爱上了你,怎么可能不收钱,就去你房里?"

"九宫图不算钱?它比钱还值钱,无价之宝!"

妈呀,就这罗圈话,还指望有人爱他。吴思若打断他们的争论,直截了当地问蓬莱阁老:"你是不是嫌我脏?"

蓬莱阁老被问住了,看着她说不知道,多看几眼他也知道,吴思若太美了,闷头喝了一杯酒说:"确实不知道,我没碰过妓女。"

感觉心被扎了一下,吴思若也不说话了,两个人不喝酒也不出声,并排坐着看前方,就好像曲子弹得有多好听一样,直勾勾地看着。不能怪他,谁让自己是紫竹院出来的,血淋淋的事实,没准儿小五子的反应比他还要激烈。

"不然,你从这里面选一个,带走吧。"吴思若指着弹曲的姑娘说。

蓬莱阁老摇着头,目不转睛地看着前方。吴思若笑了,不该笑,但真是有些可爱,这么大岁数了,为人处事竟然还有少年感、孩子气。蓬莱阁老长吐一口气,也不知道对谁说,只说他困了,要回去睡了。

吴思若问:"要我扶你回去吗?"

"随便你。"

这什么意思?看着他起身,她想明白了,蓬莱阁老不是困,是困惑了,他希望她来做决定。吴思若看着大漠仙人,他冲她点点头,说:"拿到九宫图,明天一早我就去竹林,把这些人都埋了。"

"我知道你不会埋的,"吴思若说,"但我那时一定死在你面前。"

"我知道。"

不然就死吧,人生最后一次妥协。她大步跟上去,但没有追上蓬莱阁老,离他几尺远,跟着他走。黑夜里,两个人一胖一瘦,始终保持着距离,穿过整座庭院,直到彻底听不到身后的评弹声。

蓬莱阁老没锁门,进来就开始翻东西。吴思若跟进来之后,把大门锁上。蓬莱阁老将九宫图找出来,扔到她面前。他说:"我答应拿九宫图换你,说话要算数。至于你,拿了这张图,随便你怎么选择。看得上我,就留下来;看不上我,拿上你的九宫图走人,现在它已经是你的了。"

还真有点喜欢上他了呢,你说到做到,我吴思若凭什么反悔?她宽衣解带,蓬莱阁老倒是羞涩起来,打了手势,希望她背过去。外面的衣服是带子,内衣是绳结打的扣子,肚兜褪下,整个后背都露在蓬莱阁老面前。她问可以转过来了吗,蓬莱阁老在身后没说话,只听到他粗重的呼吸声。她说不然就熄掉蜡烛吧,又不好一直这么站着。蓬莱阁老还是没说话,吴思若放下手臂,无所事事地看着大门上的雕文。

"你父母是谁?"

"啊?"

什么意思,这种事情要聊父母助兴吗?她说她无父无母,被师父收养,在大漠长大。蓬莱阁老又不说话了,持续发出奇怪的声音。过了一会儿吴思若反应过来,他是在哭。她转身问他怎么了。蓬莱阁老瞬间崩溃,尖叫着让她穿上衣服。

"是因为我背后那一小块胎记吗?"她问,"要是讨人嫌,我转过来就好了。"

"我让你穿上!"

真没想到,整个晚上羞辱的顶点居然在这里,脱掉的衣服要一件一件穿上。系那些扣子要比解开更烦琐。她咬着牙,是那种忍住痛哭的苦笑表情,背对着他,把衣服穿好。转回身时,她彻底惊呆了,蓬莱阁老的脸已经哭花了,那一脸的褶子都在往外溢眼泪。他睁大眼睛,看了看她,慢慢冷静下来,自言自语道:"我明白了,明白了,他真的是狠毒!"

吴思若问他是谁。

"你师父。我终于想明白了,他这二十几年是怎么折磨我的。"吴思若在他面前仿佛是空气,蓬莱阁老眼神空荡荡的,"你把这九宫图拿走吧。"

"就这样了?"吴思若把那张九宫图折起来握手里,看着蓬莱阁老。

"千万别给你师父。"

吴思若摇头说:"这不行,我要给他,才能换回我要的东西。"

"他根本不是要九宫图!"蓬莱阁老喊起来,"他就是要你和我发生苟且之事。"

"什么苟且之事?"

蓬莱阁老让她赶快走,东南西北,出门随便往哪里,永远不要再和他见面,这个仇他早晚要报。可吴思若来了脾气,就是刚才那个词,整个晚上都在被羞辱,一次比一次狠!她拔剑出来,明知没有用,但绝不想服软。她将剑尖对着他逼问:"什么苟且之事,你把话说清楚。"

吴思若将剑尖往前探,抵住他的喉咙。蓬莱阁老没有躲闪,血顺着剑尖往下流。吴思若摇晃了几下,在烛光里干笑几声。她松开剑柄,受伤一般,一步一步地走向门口。

5

文思清算着日子,说是歇息几天,这都十几天过去了,也不见沈老前辈唤她上山练功。没人管她,她也没放下功夫,一样一天只睡两个时辰,醒来就开始练功。她本来对功夫没什么兴趣,一开始是因为不拜八光为师,谁知道他会不会又变为"扒光",后来跟着沈老前辈,也是八光为了偷师,催着她跟沈师父请教武功。

学了几个月,背了各种武学心法,她知道昆仑公子的功夫是假的。怎么伤的那么多人不知道,但不可能像他们传的那样神乎其神,腾空转一圈,能戳瞎十几双眼睛。不是因为小五子失忆,忘了功夫,是他根本没功夫。这样她反而有了动力,现在是天下第七,以后练到第一第二,小五子就再也不用见他们就跑了。

师父没传话,八光倒是每天下来一趟。他现在逼她喊他师弟,若喊他师父,他跟你急。他说好些时候,他都以为师父在藏经阁里圆寂了,一整天没声音,门口的饭菜一直摆到天黑,也不动一口。有的时候他受不了,担心师父真的不声不响地死在里面,想进去看一眼,可刚一推门,就听到师父"唔"的一声。知道他还有口气,退出门外,把门口摆着的那些换成热饭热菜。

"但也只是有口气,年岁大了,也差不多了。"八光耷拉着脑袋说,"从此以后,你必须叫我师弟,师父不肯收我为徒。倘若哪天他不在了,你喊我一声师弟,江湖上的人也知道,我是沈老前辈的弟子。"

文思清看着他,想不明白他到底图什么。"你也几十岁的人了,在少林寺也待了这么多年,武功再高,每天也只是三顿饭一张床,要那些名分图什么呢?"

再过来时,八光心情好多了,他说今天师父说话了,还一气儿吃了两碗饭。他收回空碗,问师父还要不要加菜时,师父在里面说:"虽然文相负了我,可也是我负文相在先。"

"文相就是你父亲吧,师父想通了,"八光说,"原来他一直在回想这几十年的恩怨。"

文思清睁大眼睛,不明白父亲和师父之间到底有什么恩怨。她没见过父亲几次,父亲快七十才得的她。印象里,父亲就是个老爷爷。所有人都说他一人之下、万人之上,那一人是嘉和皇帝。那师父和父亲是什么关系呢?师父以前也在朝廷里做大官吗?

想不了那么多了,新年过后,少林寺忽然热闹起来,一下子进来好多俗家弟子。最高兴的还是净虚、净空兄弟俩,来了这么多小字辈的弟子,他们就成了寺里的前辈了。他们带着这些师弟们东走西看,每天都把师弟们领进菜园子,拜见武艺高超的小姐姐。他们说,小姐姐本来是昆仑公子的女子,之前一点儿不能打,来少林寺练了几个月,已经是天下一等一的高手。之前那些恶人,现在都不敢来少林寺挑衅了。还好不用她露两手,兄弟俩说什么，那些俗家弟子就信什么，一副高山仰止的表情望着小姐姐。

文思清才不想见这么多人，她躲在房里不出来，已经没法在园子里练武了。有天中午八光过来，说希望文思清去看看师父。可是看什么呢？隔着藏经阁的门，八光还让她不要说话，知道师父在里面就好。

下午文思清上山，搬把椅子对着藏经阁一动不动地坐着。暮色将至时下雪了，一片片雪花落到头顶，落到嘴角，舔起来甜甜的。师父在藏经阁里咳嗽了两声，喊文思清的名字，他说："你功力又长进不少，坐了这么久，我才听出你也来了。"文思清站起来，鞠躬说本来不想打扰师父，看看师父就走。她等了一会儿，觉得该告退了，走到院门口时，沈老前辈说："你进来吧。"

第一次进藏经阁，里面几乎是全黑的，只能看到黑暗深处有些许微光。沈老前辈说："你往里走，我为你点了蜡烛。"

文思清在两排经文之中越走越深，里面的光越来越强烈，原来藏经阁这么深！

走到最深处时，文思清回头看了一眼，从进门到现在，差不多已走了上千尺。她转回头，第一次见到师父的真容。文思清坐下来，等待师父说话。

过了有一会儿，师父说："不必了，你下去休息吧。"

文思清没明白，指着自己问："是说我吗？"

沈老前辈摇了摇头，说："八光奉了茶放在门口，我让他不必麻烦了。"

"刚才有人说话吗？"

文思清向门口方向望去，长长的走廊一片漆黑。哦，她明白了，这么远的距离，她听不到，但师父听得一清二楚。那就能解释，为什么有时师父一天都没声音了，因为他们在外面听不到。只有师父想对他们说话时，他们才能听到师父的声音。

沈老前辈说："知道我叫你来是做什么吧？"

文思清点点头，又摇了摇头。隐约知道，但真的讲不清楚。

"聚散有时，一晃你已跟我学了近百天。适合你的，师父都已经教授于你，接下来就要看你自身的悟性，能把多少变成自己的本事了。"沈老前辈说，"你跟师父师徒一场，总得让你见我一次，知道我长什么样子啊。"

文思清眯眼笑起来，沈老前辈又点了几根蜡烛，把四周照得明晃晃的。

"你坐近一点儿看。"

文思清凑过去，师父着一身灰袍盘坐在地，看起来很高很瘦。原来师父不是和尚，头发还在，最多算是带发修行。全白的头发与胡子连成一片，一双眼睛被烛光映得大大的。

沈老前辈问她看好了没有，因为长期在阁里，眼睛不适应强光。文思清说再等一下，再看五秒钟，就可以永远记住师父了。她一边望着师父，一边在心里数着，果不其然，心里数了五个数，沈老前辈手一挥，连之前的那根小蜡烛一起全给挥灭了。

周围一片漆黑，一点儿光都没有。文思清好半天没说话，沈老前辈问她："怎么了？我不习惯光，你是不是也不习惯这么黑？"文思清说不是，她只是有点好奇，师父怎么会像画上的人物。沈老前辈问她哪幅画。她想不起来了，但千真万确见过这么一幅画。这几个月在少林寺，之前在田独，再之前被卖来卖去地辗转漂泊，要是真有这么一幅画，一定是在文府见过。可是文府挂出来的一百多幅画，她张张了如指掌，绝没有一幅画画的是师父，那是在哪里见过呢？

她问沈老前辈，跟她父亲到底如何相称，"我确定在父亲那里见过您的肖像。"

"如何相称？"他慢悠悠地重复着文思清的问题，回答着，"我与文相早年间以君臣相称。"

"家父既为文相，那师父一定就是皇帝了。"

文思清也没有特别惊讶，她父亲文再兴做过两朝宰相，辅佐过四任皇帝，说起圣上，虽不能说是司空见惯，但起码不会大惊小怪。让她高兴的是，她想起在哪儿见过师父了——仁丰皇帝的画像。当年他们家被抄家，给父亲强加的诸多罪名之一就是私藏前朝皇帝的画像，有逆反谋权之嫌。当然还有其他罪名，当差的李大人宣读"奉天承运，皇帝诏曰"，叽里呱啦地说得父亲浑身都是罪。

师父说了很多，说当时不理朝政，钻研武学，丢了江山，任由孙子林父子一路打进京城。"孙子林就是当今嘉和皇帝的父亲，"沈老前辈说，"他带着他的几个儿子，打得我军节节败退。"

一场恶仗连打三十六日，倘若不是文相死守太原，不要说一个多月，恐怕一个礼拜即被攻陷。眼看气数已尽，他不愿做亡国皇帝，愧对列祖列宗，硬要退位做太上皇，让太子继承皇位。孙子林父子在山西已经势如破竹，他还在给太子举办登基大典，搞退位仪式。

新皇登基不到一个月，孙子林便攻破了太原，一路带兵打进京城。攻城那一夜，紫禁城里乱成一锅粥，娘娘们争着往车里装首饰，太监们搜罗着金银细软。混乱中只有苏皇妃什么都不要，一再地追问皇上去哪儿了。后来有人在后山发现，皇上投河自杀了。

仁丰太上皇看着大家争抢财宝的场面，愤恨羞愧，一气之下将后宫二百五十多人全部击毙，唯独留下一直惦念皇上的苏皇妃。

"我是皇上，他是太子，如果要自杀，也应该是我。"沈老前辈说，"我才该自尽谢罪，可我却以他日复辟为由，带着苏皇妃和孙子逃出京城，苟活了几十年，一直到现在。"

黑暗中，师父叹了口气，说刚逃出来时确实想着王朝复辟，那时还认为，如果武学修为足够，便可以号令天下，一举反攻，剿灭孙子林父子。他收了三个弟子，打算练就断魂掌、仙人掌和蓬莱掌，再依仗九宫图上的路线，打回紫禁城。只是几十年过去了，号令天下还没做到，三个弟子反倒起了内讧。他将弟子赶出师门,明白自己已无力回天,便彻底放弃了江山。

"所以说,我父亲背叛了你。先给你做宰相,后来又给新朝皇帝做宰相。"

沈老前辈点点头,说:"都过去了,我也想明白了,是我有负于文相在先。机缘巧合,又让我收了你做关门弟子。除了无为掌,我已将毕生所学全部教给了你,接下来就看你自己的造化了。今晚所言,你自己知道就好,切不可说与外人。"

文思清明白了,这次是真的永别了。她给他磕了个头,也不知道这头是磕给师父的,还是给前朝的皇帝的。文思清起身朝门口走去,从黑暗走到黑暗,夜空中的点点星光,反倒显得明亮了。

6

冰天雪地的季节,继续往北回田独,小五子也知道不合适。苏子瑶建议先南下中原,一边走一边打听。倘若没有文思清的消息,那么就先到南京百花谷,谷主会给他备好盘缠马车。那时已春暖花开,再做回田独的打算也不迟。

小五子问:"如果我是少谷主,那么百花谷谷主和我是什么关系?肉铺的钱老板呢,也就是你叫常公公的那个?前年冬天听你跟他说话的口气,什么百花谷谷主有令,说明他也是百花谷的,那他为什么把我掠走?他到底是敌是友?大一点儿说,我昆仑公子和你们百花谷又是什么关系,你们是真对我好,还是耍弄我?"

他一气儿问了好多问题,苏子瑶一个都没回答,她说不急于这一时片刻,等到了南京,谷主自然会一五一十地讲给他。

人推车尾,马拉车头,他们大概用了三天才绕出沉狮谷。出去的一刻,小五子不忘回头看一眼,谷底悬崖,被困数月,自己此生应该不会再来了。过去这两年发生了好多事，从苏子瑶出现，到遇见吴思若，到何员外被灭门，他还亲手杀了已经疯癫的何员外，到他成了丐帮帮主，被三王爷、六公子追杀，被马长老控制，参加寻龙屠狼大会，发现自己竟然是当伙计时一直想成为的那个人——昆仑公子，被大漠仙人和蓬莱阁老挟持，从船底逃跑上岸，往北撞到黑白二鬼，被带到沉狮谷逼婚，入了洞房，发现老婆乔文君是假的，儿子是六公子的……他望着越来越远的沉狮谷想，放过自己吧，这下去，真要扛不住了。

塞外没问题，日行三百里，四下荒凉，空无一人，道路畅通；过了嘉峪关，人开始多起来，他们知道不能这么大摇大摆地赶路了。苏子瑶说要进城喂马，顺便装扮布置一下。她把他扔在郊外的一个凉亭，自己驾着马车去了市集。中午出发，太阳都落下去了，还没有回来。小五子一直蜷缩在凉亭里等待，说是凉亭，简直就是一个大风口，夹杂冰雪的寒风将亭子吹个通透。小五子又饿又冷，开始时还在凉亭里边走边跺脚，后来连跺脚的力气都没有了。他将双手插在袖子里，蹲坐在座位旁一动不动。

偶尔有人经过，骑马的、赶路的，也许还有昆仑公子的仇家，往这边匆匆看一眼，见有人冻死在亭子里，事不关己，继续赶路。晚一点儿时，小五子闭上了眼睛，因为睁着眼睛，眼珠子都冻得难受。醒来时天已经全黑了，苏子瑶还没有回来。小五子想站起来，但双脚已经冻得没有知觉。他双臂抱着柱子，一点点往上蹭，站起来后朝市集方向望去。

远处有个大胡子男人赶着马车过来，看眼凉亭里的小五子，扬起马鞭喊了声"驾"。眼看就要和亭子擦身而过，小五子喊住了他："这位大哥，请留步！"

大胡子男人勒住马缰，马前蹄上扬，车停住了。他坐在马车上打量着小五子，小五子把后半句说完，问他有没有吃的，救济兄弟一口。

再简单不过的意思，大胡子男人还是好好琢磨着他的话里是否有话，问他到底有何居心。能有什么居心？就是太饿了。小五子指指自己肚子，表示饿一天了。大胡子男人迟疑了一下，用要扒光他的眼神又打量了小五子一遍,然后掀开帘子对车里说:"娘子,我们就在这儿稍停一下,看看他是否是黑松寨派来的奸细。"

里面的人也不知道说了些什么,大胡子男人连声说好:"你不必下车,在里面歇着就好。若是黑松寨的人,我直接把他解决了。"说完他还转头瞪了小五子一眼。

大胡子男人跳下马车,将马缰绳拴在柱子上,并拿着一个包裹走进亭子,在小五子对面坐了下来。

小五子对他笑笑,极尽讨好之意。大胡子男人打开包裹,里面有一只烧鸡、两斤酱牛肉和一壶捆好的酒。烧鸡还是热乎的,一层层地冒着白气。大胡子男人撕下鸡腿,一口咬下去。

光掉哈喇子可不行,总得说点什么。小五子看看马车,问大胡子男人:"车里面那个是你娘子?"大胡子男人警觉起来,说车里面没有人,整架马车上只有他自己。换以前,小五子一定会怼回去,说车里面坐着的,如果不是人,那就是狗。今天嘴不能太臭,肚子还咕咕叫个不停。他不自觉地蹲到男人身前,往前探个头,就能咬到鸡腿了。大胡子男人当他不存在,每口下去都能咬出油汁。眼看只剩最后一口了,小五子克制不住了,失声叫道:"等会儿!"

大胡子男人停下来,嚼着鸡腿看他,问他怎么了。

"就这一口了,给我行不行?"看他犹豫,小五子补充道,"不白吃你这口鸡腿,等我有了力气,若黑松寨的经过这里,我帮你解决。"

大胡子男人盯着他,说:"你果然认识黑松寨的人!"

"根本就不认识!"小五子激动地站起来,"黑松寨那帮禽兽不如的狗东西,我怎么可能认识!不要说认识聊天,见一次都怕瞎了眼睛,听一次都怕烂了耳朵!"

这可能是他最后的一点儿力气了,他在亭子里绕着圈地咆哮,把话喊完便瘫坐在地上,喘着粗气。大胡子男人公鸭一般地笑起来,有那么一阵儿,小五子还听到了女人的笑声。他朝马车的方向望去,大胡子男人故意咳嗽一声，撕一块鸡肉扔过来，说："好好吃你的东西，不要东张西望！"

小五子接过鸡肉，大口咬下去，三下两下便吃完了手里的肉。身子暖一些了，他坐近一点儿，看大胡子男人把纸袋里的牛肉撕成一条一条的。小五子说黑松寨的人就是一群疯狗，没什么本事，还到处乱吠。

大胡子男人高兴了，递给他一块酱牛肉，说原来兄台是明白人，刚才错把兄台当成黑松寨的人了。小五子说不知者不怪，本来还想客套两句，可是嘴里塞满了牛肉，支支吾吾说不出话。大胡子男人说，这酱牛肉有些冷了，还请兄台不要介意。小五子说太客气了，冷牛肉配烧酒，越喝越有。说着他解开烧酒壶，见大胡子男人没阻拦，咕咚咕咚喝下去半壶。大胡子男人不言语，小五子把手伸进纸袋抓肉，每次伸手，都假模假式地关心打听两句，以转移视线。比如大哥是怎么惹着黑松寨的啊，黑松寨派了多少走狗来杀你啊，你这是打算往哪儿逃啊……一次抛一个问题。大胡子男人沉吟着思考怎么回答，小五子的手快去快回，肉已经从纸袋里转移到他嘴里。

他问一句，吃一口。大胡子男人答了些什么，他一句也没听进去。一只烧鸡、二斤酱牛肉，连整壶酒也基本被他一个人喝掉了。他将纸袋翻过来抖抖，吃掉最后一口肉渣，狠狠地打了个饱嗝，这时才认真听大胡子男人讲述他的故事。

吃饱喝足，该放轻松才是，可是他越听越紧张。其实大胡子男人也没说什么，他说他本来姓齐，是黑松寨的厨子，和黑松寨的大小姐眉目传情，有了感情。别看他其貌不扬，厨艺可是一绝。也许就是因为俘获了大小姐的胃，才进而把她的心也俘获了。后来，他们被黑松寨的刘寨主发现了，刘寨主把他关进了地牢，想要拆散这对鸳鸯。就在要处死他的当晚，刘大小姐假传寨主密令，命人将他放出。两人带上两口锅一口灶，连夜私奔。他们是上个礼拜跑出来的，七八天来马不停蹄，想一路下江南，找个无名小镇隐姓埋名地生活。

大胡子男人说完，还自我陶醉地憧憬着未来。他问小五子去过江南没有。小五子点点头。

"听说那边是鱼米之乡,江南是不是什么都有,河里田里随手一抓,都是下厨的好食材?"

"是吧,我也不清楚,我以前是杀猪的,但是在北方杀猪,更北边,田独。"

小五子说完,往后退了两步。他在看大胡子男人的反应,天下人都知道昆仑公子从田独来。这个大胡子男人有问题,又是大小姐,又是厨子,又是地牢,又是私奔,故事讲得这么俗不可耐,一定是编出来的。黑白二鬼替师父找昆仑派掌门人的故事,编的都比他强。

毫无疑问,大胡子男人是冲他昆仑公子来的,苏子瑶到现在都还没回来,肯定也和大胡子男人有关。小五子一边打着哈哈,一边走出凉亭,说:"我跟大哥投机,聊了这么久,还没见过嫂子呢。"说完,他快步往马车方向走。刚才听声音,车里的女人中气不足,那么近的距离,都没听见她说的是什么。小五子计划先上马车,把那所谓的"娘子"劫持,就算不是娘子,肯定也是大胡子男人心爱的女人,到时候再看有没有活路可走。小五子摸着怀里,两把刀都在,他抓住一把刀的刀柄。

大胡子男人在身后笑他:"那是我的娘子,你急着见什么?"听声音还没追上来,小五子大步走过去。忽然前方传来一阵马蹄声,七八个人骑马过来。小五子回头望,齐大胡子起身从凉亭跳过来,把小五子推进车里,低声说:"先上车再说。"

车里没有娘子,摸起来就是一身红衣红盖头。齐大胡子解开缰绳,坐到前面赶马车。他到底什么来头?讲了半天厨子与小姐私奔的故事,结果连个女人的影儿都没有。大胡子男人驾着马车不缓不急地上了路。马蹄声越来越近,快交汇时,为首的一个人喊住大胡子,让他停一下。听声音很熟悉,小五子知道是他的仇人,追查昆仑公子的。他抓起车里的红绸缎,竖着耳朵听他们说话。

那人问大胡子男人是什么人,这么晚干吗去。

大胡子男人反问他:"是不是黑松寨的人,要杀要剐,你们就地解决,反正黑松寨,我和我娘子是绝对不回去了。"

"你娘子?"

大胡子男人哈哈大笑,说:"你们没想到吧,我和你们刘大小姐早已是生米煮成熟饭啦!"故事这么俗,简单易懂,那人听到这儿,就知道怎么回事了。

那人盯着大胡子男人,说:"我们不是黑松寨的人,但想一睹你娘子的美貌。"

大胡子男人生气了,冷笑道:"我娘子可不是人人都能见得的!"

说完他抽了一鞭子,马嘶长鸣,车却不动。他回身站起来看,一个矮胖的男人抓着车尾。大胡子男人脸色突变,说话也结巴起来,说:"你们到底是谁,想要对我娘子干什么?"

那人笑了笑,忽然拉开车帘。车里确实坐着一位红衣新娘,头上还盖着盖头。他不放帘子,小五子也不敢动。那人点起蜡烛,伸进去晃了晃,最后将蜡烛留在里面,放下帘子说了句:"蜡烛就送给你娘子做贺礼吧。"说完他冲车尾的矮胖子点点头。胖子松开手,马车往前溜了点。

几个人上马继续向北赶路。大胡子男人也不急,慢悠悠地赶着车往南走。小五子揭开盖头,头探出车外,看着大胡子男人的背影,说了句"谢了"。大胡子男人挥舞着鞭子笑道:"没猜错的话,你应该就是昆仑公子,刚才那饿死鬼的样子,可一点儿都不像。"小五子手握刀柄,问他是什么人。大胡子男人又抽了下鞭子,回头说道:"怎么刚分开几个时辰,就不记得我啦?我下午不是跟你说好,去城里装扮布置一下,顺便把马喂了?"

小五子看过去,自己怎么瞎成这样,原来就是那两匹马。他再看看齐大胡子,真是的,粘的和真的一样。只有那双眼睛眨巴眨巴的,还能看出是苏子瑶。

7

文思清和八光坐在港口旁的茶摊前。二月的南京,春寒料峭,但长江上的轮船已经热闹了起来。长工们排着队在码头卸货装货,客船不时靠港离港,上船的人北上中原,下船的人进入南京,更多的是送行、接客的人群。出了少林寺,他们没回田独,文思清说,她要来南京见个前辈。八光陪她等了几天,每天问一百次,她到底要见谁,那个人还在不在南京。

文思清说:"在的,她一定在这里,只是她还没有想好,要以何种理由去拜见这位前辈。"

他们上个星期到的南京,从少林寺出来,走了十几天。本来正月十六时,文思清就要收拾行装上路了,八光手足无措,在藏经阁的院子里打转。沈老前辈让他下山去送文思清。八光说,送不送下山倒无所谓,佛门重地,谅歹人也不敢撒野。不过出了少林寺,江湖凶险,文师姐一个女孩子家,难免会被别人欺负。沈老前辈沉默一阵儿,批准他一路把文思清送到田独,只是八光万不可以淫心大起,破了色戒。

要送到田独,可就得计划计划了。文思清一天就收拾好行李了,八光的行装却三五天都收拾不完。仿佛要出门远行,再也不回少林寺一般。八光把能带的全都装进去,有一块抹布,他实在装不下了。估计也是再也不想干擦桌子的活儿了,他连用了三盆水,把它洗干净,工工整整地叠好,放在桌子上。

文思清见过这抹布,之前是黑的,几盆水洗白后引起了她的注意。她拿起来查看,是一块奇形怪状的羊皮,两个巴掌大,握在手里刚好可以抹桌子。她问他哪儿来的,八光冲藏经阁努努嘴,说:"师父送我的,之前都是布的,一使力就烂。师父送我这张羊皮的,用了好几年了,结实耐用,主要是特去油,不管桌子上有什么油,一抹就掉。"

"这是九宫图啊。"文思清拿着抹布说。

"我当然知道九宫图。"八光笑了,那意思是说,虽然他多年没出少林寺，但江湖上的事，他都知道，如果这张是九宫图，他能拿它当抹布吗？

文思清走到藏经阁，将抹布放在门口台阶上，说："弟子和八光将九宫图奉还给您老人家。"

"你拿走吧。"沈老前辈在阁里说，"我几十年前给过文相一片，不知他有没有传给你。"

原来九宫图是按片算的，文思清说，父亲母亲都没给过她这个，可能家破之时被抄走了。沈老前辈说了声"嗯"，要她多保重，踏入江湖一切小心，如果遇见他那三个心术不正的弟子，不要与他们攀同门交情，也不要和他们有不必要的争执，"你的本事和他们差得还远，我不想日后他们挟持你来威胁我。"

文思清回答："弟子明白。"

沈老前辈说："有两个人你可以信任，一个是丐帮的前任帮主向问和，我授了无为掌给他，你尽可以叫他一声师兄，他也会拿你当小师妹待。另一个人是百花谷的谷主，我之前跟你说的那个发现皇上不见了的苏皇妃，就是她。"

原来苏皇妃是百花谷谷主，而小五子是少谷主，通过她总能找到小五子。文思清冲藏经阁叩首，望师父保重身体，希望有生之年，可以再见一次师父。

"无须再见了。"沈老前辈说，"下山就是去外面的世界闯荡，倘若只为了再见一次师父，那岂不是哪儿也不去，留在寺中即可？"文思清愣在原地，师父在阁里说了最后一句话："去吧。"

8

行到扬州的时候，一脸胡子的苏子瑶遇到了吴思若。那天他们入住当地最大的客栈，还是楼下赌场楼上住宿那种。小五子一身新娘装扮，不方便进赌场,即使只能躺在楼上听,他也坚持住这家。

前几夜有些不愉快的事情,苏子瑶已懒得卸妆了,她就粘着一脸的大胡子,躺在小五子身边。越到夜里人越多,开大开小的声音时不时传到楼上,良辰美景,却和一个假大胡子共处一室,平躺一张床。小五子侧身对着苏子瑶,见她的胸脯一起一伏,便半起身伏在她身上,求她一件事。两人距离不过半尺,苏子瑶眼神慌乱,磕磕巴巴地说:"有什么要求尽管吩咐,压我身上干什么?"

小五子把金条拿出来,放在她胸口:"你去帮我换成银子,在赌场输掉。"

苏子瑶起身,瞪大眼睛看着铜镜,可能全是这一脸胡子惹的祸。

"你输了钱,我就当是过瘾了。"

她拿起金条,穿上外套下了楼。出门之前,小五子还在房间里喊:"不用出去换的,一般赌场都给兑银子!"

还真值不少银子,打杂的小工忙前忙后地把银子搬到赌桌上。那就输光吧,她一把一把地往桌上堆银子。对面有个赌客一直在赢,右手押注,右手收钱。苏子瑶看着脸熟,直到有个献殷勤的小工过来,说要帮他换成银票,他抬起左手让小工走开时,苏子瑶才想起在寻龙屠狼大会上见过这个人,这个人一只手,混在丐帮里,是吴思若的师弟。

反正都是输,她一边押银子,一边四处张望,看吴思若在不在这里。回身看了一大圈,吴思若却从她面前、"一只手"的身后过来了。她喝了不少酒,摇摇晃晃地搂住"一只手"的脖子,坐在他腿上,冲他耳边吹气。吴思若越亲密,"一只手"就越紧张,之前赢家的气质都没了,连续几把押错。看牌的小哥都懒得伺候他了,一个个跑到大胡子男人身后来。

他俩怎么跑到一起去了?苏子瑶皱眉看着吴思若,"一只手"不断劝她:"师姐,别这样,让五帮主看见,我又要欠他一条命。"

吴思若撒娇说:"就是要让他看到,明天我们去南京,要让百花谷的人都看到,我跟你在一起,他小五子永远没戏。"

"一只手"吓坏了,把手头的钱押完,匆匆上了楼。吴思若留在她对面,低头喝酒,偶尔抬头,看见苏子瑶在看她,便指着"他"问:"看什么看?"

苏子瑶冲她笑笑,将桌上的银子兑成银票,剩下的碎银子打赏给小工,起身上了楼。小五子一直在等她,见她进门就夸她,赌技不错啊,一根金条用了一个多时辰才输光。苏子瑶把银票扔过去,小五子看到上面的数字目瞪口呆:"你怎么可能赢,是输了不给钱,反倒打劫了对手吗?"

苏子瑶没回答,说她困了,先睡了。她熄灭油灯,背对着小五子,面朝窗口躺下。小五子兴奋得一时睡不着,拿起银票翻来覆去地看,最后将银票捂在胸口,做起美梦来。

苏子瑶一直没睡,睁眼就能看到窗外的月光。她想吴思若要干吗,就算昭告天下,自己和小五子没任何关系,也不至于找"一只手"那样的做垫背的。快天亮时,小五子反而睡得更沉,呼噜声一次比一次响。有人走出客栈,将马从马厩里牵出来。苏子瑶起身从窗口张望,她看见吴思若上了马,离开客栈,向南跑去。

"一只手"从客栈里追出来,喊着:"师姐,等一下,我陪你去南京,还不行吗?""一只手"掣剑进马厩,随便砍断一匹马的缰绳,骑马追了出去。

睡梦中的小五子"唔"了一声,不知道又梦到什么好事了。马蹄声渐远,苏子瑶躺下来想了想,她摇醒小五子,说:"我们现在出发,去南京吧。"

小五子半梦半醒,说本来就是要去南京。苏子瑶坐起来,看着窗外,"一只手"也不见了踪影。清晨雾气升起来,苏子瑶摇摇小五子,她说:"这次去南京,肯定会碰到很多人、很多事,至于你是做小五子,还是回来做昆仑公子、百花谷少谷主,取决于你自己。"

小五子又"唔"了一声,坐起来揉着眼睛,问她刚才说什么。苏子瑶看着他,笑了笑说:"我说,我们出发吧。"

第十章

CHAPTER 10

1

总要有个人死的。

文思清一整天都在回想这句话。那天早上她做了个梦,梦见有个戴面纱的女人走到她面前,不声不响地,就那么哀怨地看了她好半天,临走的时候说了那句没头没脑的话:"总要有个人死的。"

"谁死,你又是谁?"她追下山去问。可那时她已经快醒了,在快追到她、已经看见她背影的时候,她大口喘着粗气,索性睁开了眼睛,那女人反而消失了。

此时文思清身处南京一家客栈的床上,偶尔有马车从窗外的街上经过。天未亮,她翻个身想继续入睡,找到那个女人,问清楚,要是她不肯回答,就扯掉她的面纱,记住她的脸。

然而一时却睡不着了,她弯着腿,身子蜷成一团,紧紧地抱住被子,直到卖早点的小贩在街上吆喝起来,她才勉强睡了一觉。可惜梦没有续上,这次是一个庆典,一百多个人聚在空场。似乎是过年,放鞭炮、写春联,她在人群中东张西望,看着大家饮酒划拳,乱成一团,居然没有一个她认识的人。

死一个人,一群人搞庆典,一反一正的两个梦,到底在搞什么?那天吃中午饭时,她还对八光说起了早上的梦。他们坐在饭馆门口的方桌前,看着往来的行人,她问:"是谁要死呢?那个女人是谁呢?为什么要对我说呢?"

八光看了她一眼，不知如何接话，权当她是自言自语吧。八光继续揉手心里的鸡蛋，时不时地抬手看看，鸡蛋揉得怎么样了。他已经十几年没吃过这东西了，在少林寺吃青菜豆腐，像鸡蛋、牛奶和韭菜这种不杀生的食物，也算是荤腥。以前吃煮鸡蛋，最重要的是剥皮，像是一种仪式，要先将鸡蛋敲一个小裂缝，然后手心朝下在桌上揉，把鸡蛋皮揉开，但不至于碎掉，最后再像削苹果一般，一圈一圈地剥开，每一层越窄越好，中间还不许断，一个鸡蛋皮能拉成一尺多长，抻直了摊在桌子上。他伸出两手食指，各摁一头，像刚打出一套好拳一般，满意地点着头。

"到底是谁呢？"文思清问。

"啊？"

"总要有个人死的，那是谁要死，又是谁对我说的这句话呢？"

八光眨巴着眼睛，一脸为难，一个梦的事情，至于讨论小半天吗？他拿起剥好的鸡蛋，问她吃不吃。文思清摇头，看到他把鸡蛋放回到碟子里，反问他："既然不吃，为什么要剥成这样？"

"因为仪式感，"他说，"因为无聊，时间又长又难熬。"

这已经是他们守在码头的第五天了，昨天说好不来了，要么去百花谷，要么离开南京，向南出发。早上文思清又临时变卦，拿她荒唐的梦说事儿，她说："今天有大事，不知道多大的事，有人要死，我们先别动，再去码头坐一天。"这次他终于跟文思清明确下来，最后陪她一天，明天要还是坐在这儿，跟个傻子似的守着，他宁愿回少林寺，给沈老前辈扫院子去。

两个人就在桌前那么坐着，看着来往的行人，呼吸着扬起的尘土。下午最困倦的时候，八光玩起了新把戏。他一口将大碗茶喝光，吐出挂在嘴角的茶叶，找块抹布将茶碗擦擦干净，单手抓着空茶碗的碗沿，让文思清看好了。他手腕一抖，茶碗在桌子上转了起来。文思清看了一会儿，没明白，问他到底要她看什么。

"继续看，没完呢。"

那就再看一会儿，除了茶碗在原地打转，什么都没发生。到底看什么呢？她看看茶碗，又看看八光。八光叹了口气，跟她解释起来，那种感觉就像是，你讲了个笑话，还要一本正经地解释，笑点在哪里。

"你看这个碗，它在原地转，跟定住了一样，不乱跑。"

"哦。"

"还有，它一直在转，差不多一炷香的时间了，还没有停下来。"

文思清点点头，又"哦"了一声。八光皱眉望着她，问她老"哦"什么。"没哦什么，你说的我都看到了呀，还有呢？"

"这是手腕上的功夫！"茶碗还在桌子上转，八光把袖子撸起来给她演示，"手腕一抖，茶碗原地打转，转得时间越长，说明手腕越有准头，功力越深。"

"哦！"这回是真心的了，她明白了，说来说去，原来是功夫。

"没有十几年的内力是做不了的。"八光说，"记得分寸感，力大了它会跑，晃来晃去摔到桌子下面；力小了，转几圈它就停了。"

文思清点着头，表示明白他的意思。知道就好，八光长吐一口气，放心了，解释了一通笑点，但起码听懂了，这笑话为什么好笑。虽然现在笑不出来，没准儿日后回想起来，还会隐隐觉得蛮好笑的呢。

八光喊店家，再来一个茶碗，不要茶，空碗就行。他把碗推给文思清，说："该你了。"

"该我什么？"

"练功夫啊，每天坐在这儿无所事事，功夫都荒废了，起码手腕上的功夫要拣一拣啊。"

"手腕上的功夫？"

八光点着头，告诉她，别以为练功就是练内力、练招式，手腕同样要练。武林之中高手对决，二流高手杀人，无非就是一剑把你捅死，但有些人，不但杀了你，还能在你身上刺出一个梅花，或是一个八卦的剑花来，这些就是一流的高手，他们练的就是手腕上的功夫。

文思清听懂了，真是开眼界的一课。原来江湖那么大，什么人都有。那就从现在练起，她右手五指向下，握着空茶碗的碗沿，问八光："这样对吗？"

"没什么对不对的，"他说，"刚开始嘛，就是要试错，错个上百次，自然就知道什么是对的了。"

那就先照错的来吧，文思清倒数三二一，顺时针拧下去。茶碗在桌面上转起来，原地空转，不乱跑，也没有停下来的意思。八光伏在桌前盯了一阵儿，两个转动的茶碗一前一后，文思清的那个比自己的还要稳，看起来一两个时辰都不会停下来。怎么会这样呢？本以为要转个一百来次，结果一次就过了。下午才刚刚开始，接下来要怎么做，才能打发这漫长而无聊的时光啊？

八光把自己的碗停下来，留文思清一个人的在桌上转。他用碗底敲着桌面喊店家续茶，一大口喝下去，又续上一碗。然后他就像个石狮子一样，一动不动地坐在桌前盯着面前的街道。街上的人在动，车在动，他眼珠不转地放空发呆，直到一个稍有姿色的少妇从眼前走过，他不自觉地转头看过去，一直目送到她在路口转弯。

少妇消失，还有少女经过，一个个都盯着看，目送到街角可不行。文思清连咳嗽几声，提醒八光注意，身为佛家弟子，不要忘了淫戒，不要再惹过去的奸淫之乱。八光转回身，满脸通红，他解释只是不小心多看了两眼。在少林寺清修十几年，他早已物我两忘，男也好，女也好，哪怕是猪狗牛羊，对他来说，都不过是一副皮囊。

"真的吗？"文思清反问他。

似乎被问住了，八光一时没说话，低着头，十指交叉在桌下，过了好一会儿他抬头说："确定无疑，他们只是皮囊。"

文思清看着他的眼睛，似笑非笑，抬手随便指了街上一个还不错的女孩，问他这个又算什么。八光顺着她手指的方向望去，只见一个穿紫衣的女孩骑马行进，又盯了有一阵儿，趁她还没有消失，他转头讲："皮囊。"

文思清点点头，又指了一对同行的女孩，问他那两个呢。八光看过去，两个女孩起初并排走在路边，而后在前面的岔口分开，一个往左，一个往右。八光左右都看一看，回答道："皮囊，皮囊。"

于是有了新的乐趣，比转茶碗、剥鸡蛋还能打发时间的新玩法。文思清不断地指着路上的女人，八光一次比一次迅速地回答"皮囊"二字。后来文思清换了个玩法，她不再问这个呢，那个呢，她直接指着女人们问漂亮吗。八光的回答还是不变，依然是皮囊，当然无所谓漂亮不漂亮。

看来真的有进步哦，文思清忽然指着一位赶路的车夫。车夫坐在车前，手握着缰绳，满脸的络腮胡子，她问："这个呢，漂亮吗？"

八光看过去，这次没能第一时间回答。文思清在旁边捂着嘴笑起来，说："终于不是皮囊了，对不对？一脸的胡子，可漂亮了呢。"

八光的脸又红了，盯了一会儿车夫，忽然抽了自己两巴掌，沮丧道："淫心还是未净，漂亮！"

文思清哈哈大笑，看到八光的脸越来越红，她也感觉哪里不对劲了。她看过去，就是一个驾车的车夫啊，就算是漂亮，也只能是坐在车里面的娘子啊。

"你能看到车里的女人，是不是？"

"没有，是赶车的人很漂亮。"

文思清站起来，眯着眼睛盯过去，那么密的胡子，脸上皮肤却干净得要命，手也小，脚也小，好像是女扮男装。假如她是女人，文思清应该在哪儿见过。那个茶碗还在桌子上转，她伸手压住碗边，不自觉地朝她走过去。没看错，文思清认出这个女人了。

2

头天晚上他们还在扬州的客栈，小五子拿根金条，让苏子瑶替他去赌。苏子瑶赢了不少，换了银票上来。小五子本想抱着银票美美地睡上一觉,可一个时辰还不到,苏子瑶就把小五子叫醒,她说:"我们出发吧。"小五子揉着眼睛,问她去哪里。她说:"去南京。"

"我知道的,早就说去南京,"小五子说,"我们最终都要去南京。"

小五子坐起来,打了个哈欠,隔着苏子瑶推开窗户看了看,天还没有亮,月牙还嵌在夜色里。他哈欠打了一半,停住了,伸手将半张着的嘴巴慢慢合上,警惕地看着紧闭的房门,低声问:"有人发现我了?"

"没人发现你。"苏子瑶说,"为什么说有人发现你呢?"

"因为你要拉我赶夜路。"

苏子瑶摇头,确定没有危险,之所以叫他起来赶路,是因为她实在睡不着。"如果你还是困,可以在车上睡。"她说,"反正我来赶马车就好了。"

苏子瑶说完背过身去,扎起头发,套上黑色的男人长衫,将胡子贴在脸上。小五子从后面看着她,右手无名指剜着眼角上的脏东西。苏子瑶催他准备一下,愣坐在床头干什么。

"你在撒谎。"小五子说。

她头也没回,小指在嘴角抹着胶水,拿起假胡子,将铜镜转到能看见小五子的位置,问道:"怎么看出来的?"

"你的背影告诉我,你在撒谎。"

她把胡子对准,一下子贴在脸上,再按按没粘牢的地方,回身冲小五子笑了笑。这算回眸一笑吧,一脸的胡子露出一口白牙,小五子表情僵住,双手搓着脸,下床洗漱。

但真的有问题,白天坐在车里他还在想,之前还在赌场玩得好好的,回来就急着要走,也许是在那里遇到了什么人,追一个人,或是躲一个人。苏子瑶一路扬着马鞭,跑了一早上加一上午都没打算休息。小五子掀开帘子,头伸向车外,只见苏子瑶挥着鞭子,还要留意两侧的路人。他看看前方的路,又看看头顶的日头,路线没有错,的确是往南京去。这是在追人,可昨晚在赌场,她到底碰到谁了呢?

他想，问也没用，以苏子瑶的性格，要是想说的话，她自己就说了。这么快的马车，在路上颠来颠去，左右都没得扶。后来他干脆躺下来，迷迷糊糊地睡着了。大概在下午，忽然一个急刹车，小五子在车里翻了个圈，醒过来。明显感觉苏子瑶在掉头，马车开始往回走。他抓着车桅坐起来，马车速度变缓，慢慢在路边停下来。他听见苏子瑶在车外问："你师姐呢？"

"跟个老头儿走了。"外面一个男人有些虚弱地回答道。

小五子听过这声音，很熟，应该跟他打过不少交道。他手抓着帘子，先不急着掀开，给自己十秒钟，想想他是谁。苏子瑶还在问话："什么老头儿？"

"一个男的，有些年纪，头发都是白的。"

"他跟你师姐走，为什么把你留在这儿？"

"我师姐把我绑起来的，他们俩说是要去南京百花谷，不想让我跟着吧，让我回扬州。是我自己好奇，让我走，我不走，非要一路跟着，逼得师姐又折回来，将我绑在这儿。"

苏子瑶笑了两声，说句"谢了"。小五子在车里感觉马车在掉头，重新面朝南京的方向。

那男的在车外骂起来，嚷嚷着："你问的，我都说了，怎么还不放我下来？"

苏子瑶笑道："你还是留在这里的好，我怕后面还有人要问你。"

"问个屁！本来就是想让我在这儿晒死烤死，能碰着一个你，就算不错了。求求你，放我下来，我欠你一条命还不行吗？"

"一只手"！小五子想起来了，不掀帘子就能听出来，自己这儿还欠着三条半的命，还敢去跟别人赊账？小五子喊着："停车！让我下来，要欠也是欠我的命！"

外面的"一只手"问道："五帮主也在？"

小五子打开车门，看见"一只手"双脚拴着绳子，倒挂在树上。救他下来其实不难，身上还揣着那两把宰过狮子的杀猪刀，随便一把飞出去，砍断绳子，"一只手"就下来了。但那是掉下来的，两人多高的半空中，脸朝着路面，何况他还只有一只手，撑不住地面，救和没救也算是一回事了。

他只好下车，过去绕着树走了一圈。找不到绳头，仰头向上看，绳子收在快两人高的树干处。双手举起来，使劲蹦都够不到。苏子瑶应该没问题，脚尖点两下，就能上去把绳子解开，但他又不想找苏子瑶帮忙。背着手寻思了一会儿，小五子跟他商量道："这样吧，我要爬树上去救你，多少会比较狼狈，算两条命。"

"可你只救我一次。"

"行，那就救你一次，你自求多福。"

小五子掏出杀猪刀，单眼瞄准绳子，举起刀准备飞出去。"一只手"脑子慢，先是催他，看他举刀晃了一会儿，才明白接下来可能发生的事，绳子割断，他从空中掉下来，然后摔死。他连说："别别别，五帮主，您还是上树救我吧。"

"上树救你是几条命？"

"两条，""一只手"说，想了想，他又补充道，"救一次就够。"

"那是刚才，现在我不高兴上去了，要涨价才能上去。"

"那就三条，四条五条六条，都行！"

"说得这么轻松，你原本就打算赖着不还吧？"

"一只手"说："还，一定还，这辈子还不完，下辈子托生到好人家，我继续还。你看我之前也没有躲，没有赖账嘛，江湖之远，人生漫长，总有我还完你五帮主的那一天。"

"一只手"吊在绳子上，还跟他比画着解释。小五子听着听着忽然走神了，叫他等一会儿，跟他确认一下刚才的话："你刚才说，你师姐跟人走了？"

"啊。""一只手"点头，但在半空中看起来，总感觉怪怪的，像是使劲勾头。

"是吴思若吗?"

"奇怪了,我那么多师姐,你怎么知道是她?"

"是她吗?"

"一只手"使劲勾着头。小五子知道那是点头,一刀飞出去,绑着双脚的绳子应声而断,"一只手"下坠,小五子上前几步,逮到什么抓什么。可惜没抓住,最终还是让"一只手"摔在地上。小五子左手握着一把衣服的碎布,右手攥着一绺头发。"一只手"在地上哼哼唧唧。小五子问他,是不是摔得太狠了。

"狠倒是没多狠,""一只手"用他的一只手,捂着刚被薅下来一绺头发的头皮说,"扯得我脑袋疼!"

小五子把他拽上车,让苏子瑶继续赶路,约莫要一个时辰,才能到南京。"一只手"一直想不通,赶车那大胡子怎么是女人。小五子问苏子瑶:"昨天夜里是不是见到了吴思若?"

苏子瑶没回答。

"所以,你在追她?"

苏子瑶还是没出声,但他猜她应该在车外点着头。车轮滚滚,小五子问她:"是什么人劫走她的,为什么要去百花谷?"

"我真的不知道,"苏子瑶终于说话了,过了好半天,她又加了半句话,"回少谷主。"

"是啊,"小五子自嘲道,"我居然还是百花谷的少谷主。"

苏子瑶没接茬儿,"一只手"倒是插话进来,低声对小五子说:"我师姐去百花谷,就是去找你。"

小五子愣了一下,看着他。

"一只手"接着说:"她求那老头儿给你看病,说你可能在百花谷。"

"什么病?"小五子问他。

"断魂掌。""一只手"指着自己的太阳穴说,"脑子不好使的病。"

小五子皱着眉，思索什么人要治他的断魂掌。"一只手"也识趣，不再多嘴。一时间，车里车外三个人，谁也不说话，只听到苏子瑶时不时的"驾"声。

外面熙熙攘攘，声音嘈杂起来，车速也慢了下来，估计是到南京地界了。小五子将帘子拨开一条缝往外看，两三里外横亘一条大江，那就是到长江口了。

苏子瑶说："先到码头，一会儿我们要下车换船，过了长江就是百花谷了。"

"一只手"要探头往外看，小五子警告他，小心把命丢在这儿，也不看看跟谁坐在一辆车上。哦，"一只手"明白了，旁边可是人人得而诛之的昆仑公子。

苏子瑶将马车慢慢停下来，看着江面上的每一艘船和每一个上船下船的赶路人。

扫一眼就知道，茶摊那边有一点儿不对。门口有一个光头和尚和一个女人，先是那个光头和尚老盯着她看，不一会儿他旁边的女人在桌前起身，朝她走过来。远一点儿还看不清，她手握着鞭子，随时准备挥出去。走近一些，她看清楚了，那女人是文思清。在田独见过她一次，当时大雪封山，苏子瑶还喝过她一碗羊汤；在昆仑山庄见过她一面，凑上吴思若，三个女人在台上，被下面的乌合之众审视。

径自走过来，的确是冲她来的，莫非认出她苏子瑶了？她摸摸脸上的胡子，假装不在意，故作轻松地朝左右两侧望去。就这么左看右看，反而有了新发现，目光突然落在左侧一个白发长者身上。只见他跟一个女人同行，从东边往茶摊过来，准备入座；而那个同行的女人，正是她追了一天的"一只手"的师姐。

小五子在车里也看到了他们俩，他失声叫出了她的名字："吴思若。"

3

吴思若以前见过大师伯，不是去南海，是大师伯来的罗布泊。八月盛夏，罗布泊最热的时候，阳光底下晒一会儿，头顶都能冒白烟。出了绿洲，往沙漠走几步，那么毒的太阳，沙子上的光都变形了，骑在骆驼上看人看天，看沙漠里的沙蛇、红柳和仙人掌，一切都是影影绰绰，有些恍惚。

那年吴思若十三岁，去紫竹院，还是第二年春天的事情，那时那刻的她，还分不清什么是愁，什么是悲伤。所有的关于大师伯的记忆，都还在她无忧无虑的年纪里。大师伯是正午到的，一年中最热的一天，一天中最热的一刻。随同他来的还有两个仆人，严重脱水，基本上刚踏进院子，就瘫倒在地上奄奄一息了。即便功力如大师伯，也要连喝几杯水，在阴凉处坐上半个时辰，才能缓过来。

下午她师父大漠仙人吩咐弟子挑了几十桶井水，将冰泉池填满，请他大师兄坐进去，一直泡到日落。晚上他开了酒席，宴请大师伯和他带来的两个仆人。那两个仆人虽然被吴思若和她的师姐们用一瓢一瓢的井水灌活，能走路，能说话，可面对滋着油花的烤全羊和一桌子的葡萄美酒，竟一口也咽不下去。大师伯反而胃口出奇地好，大块吃肉，大口喝酒，喝到兴起时，喊他那两个仆人，去把给二师弟带来的礼物搬上来。

两个可怜的人啊，用了两个月的时间长途跋涉来到这里，一下午没吃没喝，已经两腿发软，虚脱到路都走不动了。他们从外面把礼物带进来，三十张从南海带过来的海龟壳。吴思若这时才知道，原来大师伯从南海来。

可海龟壳算什么礼物呢？是磨了做粉吃，还是背在身上防身？她师父拿起一张掂量了一下，看清楚上面的纹路，点了点头，又拿起第二张，比较过后，问道："大师兄掌力已精进到如此程度了？隔着这么厚的龟壳，竟可以一掌将海龟击毙？"

南海真人叹了口气,摇头道:"也只是击毙,力气大一些而已,若说让我在这龟壳上使断魂掌,就是连打它三掌,对这万年龟也起不到半点作用。"

"再练个十年,你的断魂掌怕是要远胜于我的仙人掌和三师弟的蓬莱掌了。"

"哪里,哪里,十几年不见,二师弟还是这么会捧杀。"

吴思若听不懂,更不明白哪里好笑,能让两个人面对面地哈哈大笑。后面的话,她更加听不懂。大师伯提议:"反正十几年天天只练一掌也无聊,不如咱们两个换掌学学,他日让三师弟见到,羡煞你我二人,如何?"

她师父沉思片刻,举起葡萄酒杯,和大师伯一饮而尽,反复强调:"好说好说,何不在我这儿多待几日,咱们来日方长。"

大师伯果然在罗布泊待了好多天,差不多有一个月,那两个丢了半条命的仆人都已经休养过来,恢复元气了。他们胃口大开,除了吃烤肉、摘葡萄,还能钻到沙漠里捉沙蛇,放在坛子里泡酒喝。师父和大师伯倒是不再进食了,仿佛一顿大餐顶半年,不吃不喝,觉也不睡,每天就在突厥人留下的石头城里切磋武艺。

吴思若不懂,都是大师姐跟她说的。她说:"天下最厉害的三掌,师父和大师伯占了两掌,师父把仙人掌教给大师伯,再换来大师伯的断魂掌,以后他们就是武林中最厉害的两大高手啦。"

"那之前呢,之前是几大高手?"

大师姐瞪着她,仿佛觉得她笨得不可理喻,手指戳着她脑门儿说:"我刚刚跟你讲过,天下最厉害的是三掌,之前当然是三大高手了!"

哦,她明白了,搞了半天,原来是三进二的晋级,最终就是为了淘汰一个。可有必要那么辛苦吗?师父和大师伯没日没夜地在石头城练功,吴思若睡觉的时候,他们在练,吴思若醒来的时候,他们还在练。有时她心疼他们俩,把沙蛇从两个仆人的酒坛子里捞出来,给他们煲汤喝。她小火熬一个时辰,再放一个时辰,等瓦罐凉一凉,捧在怀里给他们送去。可不知道他们练的什么功,刚靠近石头城,她就被一股力道震开了,瓦罐碎掉,蛇汤洒了一身,顺着衣角往下滴,还有一只快熬化了的沙蛇挂在肩膀上。

之后她就不敢去了,远远地坐在自家屋顶上看着。终于有一天黄昏,师父和大师伯突然不练了,两人站起来相互瞪着。先是大师伯发问:"原来你在唬我,教我的仙人掌全都是假的!"

师父冷笑一声,说:"大师兄,你千山万水从南海过来,我还以为你有些诚意,不承想你竟自己编了一套断魂掌,来罗布泊换我的真本事。"

大师伯重重地"哼"了一声,说:"我看你的真本事,编得也不错!"

话音未落,大师伯先动了手。师父向后退三步,侧身闪出右边的半个圈。大师伯及时收手,向左边攻去。这时师父已经一掌击过来,化守势为攻势。两个人此消彼长,一时分不出胜负,在石头城里周旋起来。

仙人教的弟子都爬到屋顶上观战,想不通这么多人上来,屋顶还没有塌。最后上来的是那两个仆人,他们有些尴尬地坐在一角,盯着二人交战,有时为南海真人叫好,有时又忍不住地为大漠仙人喝起彩来。两个仆人那么专注,时不时地大喊着"好",弄得屋顶上的弟子都不看师父和大师伯打架了,看他们俩就已经很有趣了。

大家心里千般疑惑,吴思若先问出口,她说:"你们做下人的,也能跟主人学功夫吗?"

"南海真人不收弟子的,"其中一个回答,"他只招仆人,但又教我们功夫,督促我们练习,实际上跟徒弟没两样。"

"但不许我们喊师父,"另外一个补充道,"只能叫他主人。"

哦,原来还有这样的人。大师姐来了兴趣,她提议:"既然我们师父和你们师父在切磋,不,是你们主人,不如我们做晚辈的也下去比试比试。"

"那为什么要下去呢?"头一个回答的仆人问道,"就在这儿练练手好了。"

"在屋顶?"吴思若惊讶道。

大师姐可不服软,站起来说:"那就在屋顶吧,但先跟你们讲好,谁要是不小心摔下去,有个三长两短,可不能赖上我们。"

"哈,"另外一个起身应战,"听你这口气,好像一定是我们摔下去一般。"

口气都不小,两个人真比起来的时候,可就一般般了。别说是给对方一拳一脚了,站在瓦片上就直打晃。俩人除了用眼神盯盯对方,握紧拳头做做样子,全部精力都集中在下盘,一动不动,生怕比对方先掉下去。也是,两个人都不大,大师姐那年也才十八,那个年纪大点的仆人,也不过十六七的样子。吴思若看看就没意思了,继续看石头城里的对决。

里面还是未分高下,但显然大师伯已多了些疲态,师父劝他不要再打下去了。"你,我,加上三师弟,本来就不分伯仲。"师父说,"如果在中原约个地方,就是打上三天三夜,三年三十年,也决不出胜负。倘若去你的南海,不出三个时辰,潮气和海风上来,我出手迟重,必定不是你的对手。但此时是在我的罗布泊,你早晚会体力不支,完败于我。"

不知大师伯是听进去了,还是没了力气,一掌比一掌缓慢。师父也配合着他,放慢掌势。然而,大师伯终归咽不下这口气,他忽然发力,连攻十几掌,不等师父反击,就跳出石头城,三步两步地上了屋顶,一把抓住刚刚站稳的大师姐,冲石头城里的师父喊话:"我大老远地过来看你,总不能就这么灰溜溜地走,随便送我条人命,让我杀你个徒弟,我自己就走了。我南海真人,永不再踏入你罗布泊。"

大师姐吓得脸都白了,屋顶上的弟子一个个想逃,又不敢直接跳下去,只能坐在瓦片上,屁股一点点地往旁边蹭。唯有师父最为镇定,没有追出来,站在石头城里冲着他微笑,轻吐一口气,提醒他:"你只能灰溜溜地走。"

大师伯的左手抓得更紧一些了,他抬起右手,勾起拇指、中指,扣在大师姐的喉咙上,仿佛随时能把她的喉管整根掏出来。

师父摇着头,脸上保持着微笑,再次提醒他:"你要是动一下我的弟子,我不管你是不是我大师兄,你都别想走出罗布泊了。"

大师伯喘着粗气，浑身发抖，胸中似乎有一团火急着吐出来。他一把将大师姐甩开，大师姐跟炮弹似的朝石头城飞过去。师父上前几步，抱住大师姐。所有人都望着她，看到大师姐还活着，都松了一口气。而此时，屋顶上咚咚两声，多了两个窟窿，碎砖碎瓦从窟窿里掉下去。一转眼的工夫，大师伯已经跳下了屋顶，向沙漠中远去。

那两个仆人呢？教他们武功的主人可没把他们带走。有人趴在窟窿边上尖叫起来。吴思若爬过去，透过窟窿往下看，只见那两个仆人仰躺在屋里的地面上，已经死了，脖子上血淋淋的，而从喉咙里抽出来的，是两根还滴着血的喉管。

4

尽管十余年没见，但在赌场看见他的第一眼，吴思若就认出他来了。为了泄愤，能把自己的两个徒弟杀死，并亲手把他们的喉管拔出来。图什么呢？显得自己本事大吗？告诉对手，自己不是那么好欺负的？这种人，她一辈子也忘不了。

"一只手"先上去的，后来是那个假大胡子，等她离开赌场的时候，南海真人正好进来，头发更白了，但以前也不黑，也不年轻，满头银灰色。吴思若跟他擦肩而过，似乎闻到了他身上的血腥味儿。回到客房，她平躺在床上，思考着应该做点什么。这是个机会，虽然一下子也说不清这是个干吗用的机会。哄他对付师父？求他把竹林的丧尸坑填了？倒是有好多事可以利用他，可这些对她来说都不重要，因为这都是她吴思若自己的事情。是啊，到底怎么了呢？她自己的事情不重要，那还有什么是重要的？

有那么一件事，一定要他去做，解开小五子的断魂掌。她不知道有没有这道理，你给对方一掌，对方深受其毒，再补上一掌，就能把之前那掌消掉。反正仙人掌没有，就是不小心给了亲爹一下，也只能看着他不吃不喝，熬过一天算一天。可万一能解呢？就算解不了，也要问清楚，小五子从哪儿来,做什么的,当初为什么给他这么一掌……把这些捋明白,也算是为小五子做一件事吧。

她站在窗前,盯着客栈门口,隔着一堵墙,都能听到隔壁"一只手"的呼噜声。眼看快天亮了,南海真人没离开,也没上楼,吴思若披上衣服,想下去再看看。刚把门打开,窗外传来声音。她踮脚走过去,从窗口看见南海真人出了客栈,骑马远走。

她去敲"一只手"的房门,告诉他,现在退房,他们出去寻一个人。话刚说完,她就后悔了,此行凶吉未卜,何必拉上他,白搭一条命?她说算了,转身下楼,出客栈牵马。"一只手"反而追了出来,大老远地冲她喊:"师姐,等一下,我陪你去南京,还不行吗?"

根本没有生他气的意思,她等他一起,一直赶到中午,在一家饭馆前,才重新看见南海真人。她装作若无其事,和"一只手"坐在离他不远的桌前,招呼店小二:"把你们家最贵的菜都上来。"

南海真人侧过头冲她笑,说:"跟了一路,果然很辛苦。"

"一只手"回头看看南海真人,又看看吴思若,低声问道:"师姐,咱们一路追的就是他?"

吴思若没理会"一只手",起身走到南海真人面前,鞠躬作揖,说:"弟子十年前曾跟大师伯有过一面之缘,昨日突然遇见,却不敢相认,还请大师伯见谅。"

大概就是这样的开场白,紫竹院的几年不是白待的,跟男人聊天找话,吴思若还是有那么一套的。她先说南海真人去罗布泊的那年夏天,说起他的断魂掌,师父的仙人掌,话锋一转,直接提起九宫图。南海真人来了兴趣,拐着弯地跟她盘道,试探她对九宫图了解多少。

"九宫图,弟子是一点儿都不知道,"吴思若说,"只是刚好有那么几张在身上。"

她不等他质疑,直接抽出一张拍桌上。南海真人拿起那张羊皮,端详了好半天,说道:"这是我三师弟阁老的那张,其余还有哪几张,都在你身上?"

"以大师伯这样的辈分,不会是想强抢我这张吧?"

南海真人打着哈哈,将九宫图放回桌上,说:"你就算有,也不会随身带着。"

"那你就当我只有这一张好了,这张我孝敬您了。"吴思若招手结账,吩咐店小二,"把这两桌全算我账上。"

她放下银子,笑笑起身,没有拿九宫图,回到自己的桌前。"一只手"始终在犹豫,身后是大师伯,要不要去拜见一下。照理说,自己早已被师父逐出师门,此时也不该行同门之礼,何况他们师侄俩已经聊起来了。吴思若刚才点的好酒好菜全都端到他桌上,可却只有他一个人吃。他听到他们聊断魂掌,聊九宫图,好像还聊到了师父,聊到三师叔蓬莱阁老。

吴思若坐回来对"一只手"说:"我今天和大师伯去趟南京,到百花谷会一会昆仑公子,此行凶多吉少,你就不要跟着了。"

"昆仑公子不是你的意中人吗?怎么会凶多吉少?"

吴思若眯眼睛瞪着他,最后冷冰冰地扔下一句:"你走吧。"

嘴上说"回扬州等我",却要他一起出饭馆,把大师伯留下来。一套又一套,把"一只手"完全绕蒙了。刚要走出门,只听到大师伯在身后问着:"我拿你一张九宫图,你要我做什么?"

吴思若转回身,看着南海真人。他把桌上的九宫图扔过来,又问她一次:"要我做什么?"

"先去趟百花谷,"吴思若接过九宫图说,"会一会昆仑公子。"

5

虽然是叫别的女人,喊的是吴思若,文思清听到小五子的声音,心都要化了。她问:"是你吗,小五子?"

小五子沉默几秒,直接从车上下来,望着文思清。这是怎么了,三个人都在。他问她，这段时间都在哪里。文思清回头看一眼，八光从茶摊朝他们走过来。小五子奇怪："这和尚又是谁？"

不等文思清回答，苏子瑶抢话说："那是淫贼田扒光啊。"

"一只手"听说后，掀开帘子朝外面望去，感慨道："原来田扒光就长这个样子，怪不得碰到女人，都是奸淫为主，引诱为辅。可是他怎么出家当和尚了？"

"就是当和尚，也是花和尚吧。"苏子瑶说。

说话间，八光已经走过来，对文思清喊了一声"师姐"。

"这又是怎么回事？"小五子完全被绕迷糊了，他问道，"你什么时候有门派了，田扒光怎么成了你的师弟，那你们的师父又是谁？"

一时间解释不清，苏子瑶见缝插针，说她是百口莫辩。文思清留意到，她刚才把胡子摘了，甚至把盘起的头发都放下来了。她是在嫉妒，不高兴遇见她文思清，可那边还有一个呢？文思清转过去，看看南海真人身旁的吴思若。算上自己，她手指点着，一、二、三，三个女人，是不是太多了？她看着小五子，一下子明白那个梦了。就是那句话，总要死一个的，原来在这里等着她。一妻一妾，齐人之福，才只需两个女人；若是一心一意，一生一世，恐怕死一个还不够呢。

吴思若先看见的假大胡子，坐在马车上四处张望，十有八九是从扬州跟踪她过来的。之后她看到茶摊上的和尚和文思清，这还没有联想到，直到文思清朝假大胡子走过去，两个人并排出现在同一画面时，吴思若算看明白了，那是苏子瑶啊，那是另一个深爱着小五子的女人。好像是多了一点儿，感情也变得麻烦起来。反正她会退出，最后为小五子做点什么，体面地离开这里。过去不体面，难以启齿，她不配，她要让小五子把爱献给匹配的人。她背过身，不去看她们，这时听到了一个声音："吴思若。"她回头望过去，她知道，就在那辆车里，小五子在呼唤她。怎么办？她还在计划体面地离开呢。

有人告诉小五子,吴思若旁边的是南海真人,使断魂掌的那个。小五子一直盯着他,一直盯到自己点头,转身爬回车里,将身上的杀猪刀、九宫图都卸下来,把车里的金条全装上,问"一只手"有没有匕首一类的东西。"一只手"没有,但他早就发现座位底下有一把。小五子抬起座位,捡起那把匕首掂量一下,指甲在刀刃上轻轻划了一个道,好用就行。他把匕首揣进怀里,下车的时候经过苏子瑶,他示意着南海真人,问她:"他跟我多大的仇?"

"你要干吗?"

"跟他聊聊。"

小五子说完朝南海真人和吴思若走去。文思清快步跟上来,小五子转过身,看着她,求她不要动。

"我没那么蠢,不会武功,还赶着过去送死。"小五子说,"原地看着就行。"

文思清看着他走过去,听到他大声打招呼:"阁下是南海真人吧?"

南海真人抬头看他,一时想不起来他是谁。

小五子自我介绍:"在下小五子。"

说说而已,没有作揖,没有寒暄,直接坐到南海真人的旁边、吴思若的对面,喊店家上酒。店家过来解释,说他们家是茶摊,只卖茶,不卖酒。

"那别人家卖吗?"

"别人家当然有的卖,只是……"

小五子掏出金条放在桌上,一字一顿地说:"谁家卖酒,你买过来,卖给我。"

店家领会了,赶到街对面抱了两坛酒过来。小五子把茶水倒掉,往茶碗里斟满酒,将桌上的金条递给店家。南海真人看在眼里,举着茶碗说:"你若有心请我喝酒,移步到对面就是了,何必这么破费?"

小五子也端起茶碗,哈着腰说:"真人千金贵体,怎能随便移步?本来就应该人在哪里,酒到哪里。"

南海真人哈哈一笑,跟小五子碰了下杯,两个人一口喝下去。文思清和苏子瑶见这边没事,也都陆续过来,站在他身后,以免有什么突发状况发生。连干了几碗酒,小五子一句正经话没说过,一直说在田独养猪,怎么赚钱的事情。倒是一坛酒转眼喝光了,小五子抱着空坛子,气不打一处来,一把将酒坛摔碎。一把抽出三根金条,喊店家这次痛快点,一次给他买三坛过来。店家想拿金条,又碍于这么多人看着,说其实不用再出金条,刚才那一根,怕是八十坛、一百坛都够了。小五子要店家收着,请南海真人喝的酒,一根金条只能喝一坛,要是能喝一百坛,他就拿一百根金条来买。

店家把金条收走,叫人赶快搬三坛好酒过来。除了店家,包括围观看热闹的人,谁看着都心疼这金条花得不值。南海真人向后一靠,说:"五公子这么破费,看来不只是找我喝酒这么简单吧?"

"酒是小事,本来就是在下想请真人的,他日还想花重金请真人帮我个小忙。"

不知是对帮什么忙好奇,还是对重金两个字感兴趣,南海真人让他说来听听。

"阁下名号南海真人,自然长居南海,对那里了如指掌,不瞒您说,我前两年在南海购置了一个岛,最近发现……"小五子说到一半,向周围看看,除了苏子瑶、文思清和吴思若这三个女人,还有"一只手"和八光,还有店家和一些围观者等他说出来。小五子跟他商量,能不能借一步说话,近一点儿,只给他一个人听到。

南海真人又是哈哈一笑,连声说"好",身子侧过来,与他离近一点儿。小五子右手捂着嘴,凑在他耳边,轻轻说:"我买的这座小岛,最近发现了……其实我也不知道。"南海真人皱了皱眉,突然感觉有利刃从后背穿过,只听小五子接着说:"现在你已经知道了?一掌之辱,舍生相报!"说着小五子左手发力,又把匕首使劲往里扎,刀尖都快从胸前穿出来了。

南海真人咬着牙,不顾后背涌出来的血,大吼一声,手勾到后背,抓着小五子的手,一把将匕首拔了出来,并将小五子推了出去。小五子将茶摊撞倒,躺在地上,苏子瑶、文思清和吴思若,三个女人,赶到他身边。

看来南海真人没事,从后背扎到前胸,站起来拉伸一下,血似乎就止住了,简直就是怪物。他走到小五子面前,鞋底踩着他的脸,低头看着他说:"留你条性命,是要问你几句话,你中过断魂掌?"

小五子右脸贴着地面,左脸贴着南海真人的鞋底,即便如此,还要努力地轻蔑一笑。

南海真人把脚挪开,蹲下来,摸了摸他的脉,沉思道:"这掌不是我打的。"

所有人都愣住了,小五子睁大眼睛看他。

"我杀你轻而易举,用不着骗你。"

小五子强撑着坐起来。

"还记得打你这掌的人长什么样吗?"话刚问完,南海真人自己都摇头苦笑了,"断魂掌,断魂掌,当然是不记得了。我先不杀你,你给我好好活着,等我查出是谁在冒用我的断魂掌,我再取你狗命。"

南海真人说完,背身走回去,坐在刚才的茶桌前继续喝酒。虽不至于感激,但不能傻到继续跟他搏命。三个女人扶他起来,一步步朝对面的马车走去。南海真人在后面喊住他:"就这么走了吗?"

小五子晃了晃神,想起了规矩,他伸出左手,说是这只手捅的,手背朝下放在桌面上,抄起刚才的那把匕首剁下去。忽然,南海真人拉了一下他的左手,匕首剁了个空,刀尖扎在桌面里。

南海真人举起他的左手看着,就像在阳光底下看一块劣质的玉石,说道:"捅我一刀,一个爪子就还了?"

"那你要什么?"

真南海人朝众人看去,目光落在苏子瑶、文思清和吴思若身上,问道:"三个都是你的大小老婆?"

小五子想了想,点了点头。

"五公子,你挑一个给我杀吧。"

小五子直摇头,指着自己说:"你还是杀我吧,祸不及妻儿。"

"我说了,不杀你,但你现在要还我一条命。"

小五子咬牙瞪着他。

南海真人继续说:"你来选,虽说都是喜欢的,总有深浅吧,选一个你没那么喜欢的。你最好听我的,别逆着我,你如果不选一个,我三个全杀。"

小五子感觉气都喘不上来了,他回头看着吴思若,看着苏子瑶,看着文思清。

八光抢过来说:"你要是把我师姐杀了,我拿命跟你拼。"

"你弄错了,"南海真人微笑着说,"不是我要杀谁,是这位五公子要杀谁,我全都听他的。"

八光转身催促文思清:"师姐,告诉他,你是谁,你是谁的徒弟?"

"你不要管了,让小五子选吧。"

小五子将每个人看过一遍,转回身闭上眼睛,说:"我选不了,你把三个都杀了吧,连我也带上。"

"好像玩法有问题,选一个,让她死,是有点残忍。"南海真人想了一会儿,把规则梳理一遍,说,"这样吧,选一个你最爱的,最舍不得她死的那个,保她活下来,剩下两个我来挑,这样好一点儿吧?"

南海真人等了一会儿,提醒他这是最后的机会,没得换了。他从五开始倒数,之后是四、三、二、一。小五子喊出"苏子瑶"。

"留下苏子瑶。"他说,"我小五子这二十多年,活过两辈子,文思清和吴思若是我这辈子的,我薄情也好,深情也好,我总还记得,能还得上。苏子瑶是我上辈子的,我跟她有过什么感情,我全都不知道,我欠她多少,我也不知道。我要她活着,就算我以后也没法爱她,但起码不再亏欠她。"小五子说完,看着文思清和吴思若说,"对不起,文思清。对不起,吴思若。"

吴思若冲他微笑,文思清早已哭得稀里哗啦。南海真人指了指苏子瑶说:"这两个人,你再挑一个?让她死,或是让她活,咱们把它玩下去。"

"你杀了我吧。"苏子瑶说,"少谷主,你早该选我的,反正我跟你也没什么了,不如放过她们两个。"

南海真人不耐烦了,说:"你们好啰唆,剩下的我来吧。"他让文思清和吴思若上前一步,站在小五子面前,苏子瑶回到他的安全区。忽然一阵狂风大作,小五子头昏目眩,不由得闭上眼睛。大概十几秒钟后,他睁开眼睛,看见文思清和吴思若都还站在面前,一个都没有死。小五子痛哭起来,从来不服软的他,这次跪了下来,连声说:"感谢南海真人,晚辈这次受教,以后再不敢狂妄了。"

南海真人笑了,那神情跟得道高僧一样,他云淡风轻地点着头,临走时说:"这算是个小小的教训,不必感激我,你捅我一刀,我杀你个女人,以后你我还是朋友,随时来南海找我。"

小五子越听越皱眉,转回身,又一次地跪了下来。死掉的是苏子瑶,她躺在地上,一口气都没留,脖子上血淋淋的一团。南海真人硬生生地把她的喉管一整根地摘了出来。

总要有个人死的。

第十一章

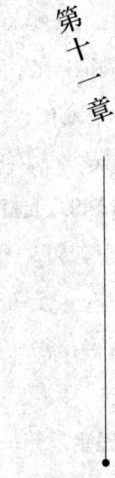

CHAPTER 11

1

吴思若建议下葬,小五子反问:"往哪儿埋,你们要把苏子瑶埋在哪儿?"八光问了一句,这姑娘是从哪里来的,死了,也要送回那里。

"百花谷,"文思清说,"她是百花谷的人。"

是啊,小五子想,从沉狮谷出发,说好终点是百花谷的,你回不去,我就带你回去。从码头过去,文思清和八光打前站。小五子一路抱着苏子瑶的尸体,不上马,也不上车,吴思若和"一只手"陪着他一路走。直到傍晚,小五子才答应把苏子瑶抱上车,自己骑马缓缓跟在后面。走到谷口已是深夜,文思清二人已经通知了百花谷,苏子瑶的两个丫鬟如琴、如诗,正随着她和八光在谷口等候。

如琴好一些,上车见过尸体,确定是苏子瑶,咬着嘴唇忍住不哭,还不忘对小五子鞠个躬,对五帮主表示感谢。如诗则抱着苏子瑶哭个不停。大家在谷口停留片刻,骑马下谷。一行人也没点火把,就借着星光,一点点向谷底走去。夜空中,成片成片的萤火虫在他们身前身后飞舞,隐约还能听见如诗在车里抱着苏子瑶低声哭泣的声音。

如琴、如诗和文思清、八光,为了接他们,走得比较远。如琴说,还要走一个多时辰才能到百花谷的谷口,而且还要走栈道,过栈桥,进洞穴。小五子骑在马上,不时地回头看车里面的如诗和苏子瑶。有那么一两次,他的眼神刚好撞上吴思若和文思清。两个人的反应不同,吴思若是轻轻摇头,文思清是一直望着他,直到小五子的眼神躲开。他明白她们的意思，吴思若摇头，是要他别太难过，而文思清的意思则是，但凡你需要我，我始终在这里。

谁也不需要，之前三选一，现在一拖二，小五子反省自己到底怎么了，前脚还在流亡逃命，活得跟狗一样，后脚就以为自己将享齐人之福，一妻一妾，一妻两妾。他看着面前的萤火虫，看得到星星点点，可伸手去抓，却什么也抓不到，甚至连那一点点的光都不见了。

行了快两个时辰，山路已被堵住，一块巨大的岩石挡在前方，这就是所谓的百花谷的谷口吧？岩石下面留了一条缝隙，人要侧身才能过得去。七八个人下马弃车，如诗抱着苏子瑶的尸体最后一个下来。如琴对如诗低声叮咛几句，小五子听不到，但能猜到是鼓励她振作起来。不管怎么说，都要把苏子瑶的尸体平安地送到谷里。如琴大声问她听明白了没有，如诗擦干眼泪，点了点头。她要如琴帮忙，将苏子瑶的尸体绑在自己后背上，和其他人一起，从岩石下面的缝隙钻过去。

岩石后面是另一番景象，即使天还未亮，小五子也能看到一层层白气从下面升上来。低头看去，白气一直过膝，已看不到脚下的路面。如琴嘱咐大家："先不要动，这白气是从谷底升上来的，我们现在就踩在悬崖边上，如果乱走，说不定哪一步，就从悬崖上掉下去了。"

每个人都站住不动，等如琴的指示。如诗反倒朝东南方走去，那里很明显是一个上坡，十米二十米的样子，她在向上抓。这时小五子等人才注意到，那上面有两根绳索，通往雾气缭绕的谷底。

如诗抓起头顶锁钩，起跳前对大家说："那我们一会儿百花谷见。"说完，她顺着绳索向下滑去，片刻间便消失在白雾之中。

"不是一起走吗？"小五子没明白。

如琴说："不行的，我们还是要规规矩矩地从栈道下去。"

小五子问她："那得走多久？"

如琴看看天色说："最少两个时辰，大家不熟悉路，慢一些，三个时辰也到了。"

"那如诗呢,她多久能到?"

"她现在应该在谷底了。"

"那为什么不走索道,是那个绳索太危险?"八光问她。

如琴笑了,说:"那个索道安全得很,别说各位身怀绝技,就是一点儿功底也没有的人,只要牢牢抓住锁钩,闭上眼睛,心里数二十个数,再睁开眼时,两脚也已经踩在下面的地面上了。"

"凭什么不让我们走,只有你们百花谷的人才能用?"

"倒也不是,只是各位第一次来百花谷,还是照规矩来好一点儿。"

"规矩?"八光嘿嘿笑着,"你这规矩邪门,比少林寺的规矩还没道理。"八光不愿听她的,径自朝东南坡的索道走去。脚下看不到路,走出十几步后,他一步踩空掉了下去,整个人消失在白雾中。如琴急着要去救他,只见八光手一撑,脚在悬崖壁上一蹬,又跳了上来。如琴停住脚步,喊他赶紧回来。八光不理会,一路走到索道下。

"八光师父!"如琴在后面喊他,"你若这么下去,接下来一个月可有罪受了!"

"怎么?我这么下去,百花谷的人还能把我囚禁拷打不成?"八光单手抓着锁钩冲她笑道,之后他招呼文思清,"师姐,要不要一起走?数二十个数的事,总好过再走两三个时辰。"

文思清说:"我们客随主便,还是听如琴的安排。"

倒是"一只手"跃跃欲试,举着他那剩下的一只手喊:"八光大哥,等等我!把我也捎上!"

吴思若低声警告"一只手":"你信不信,你要是敢过去,我就把你踢下去!"

"一只手"愣了一下,看着小五子,等他拿主意。小五子也对他摇摇头。"一只手"又扫兴,又折面子,把那一只手放下,喊道:"八光大哥,我得留下来保护他们!"

八光又等了片刻,确定没人跟他一起走,说了句如诗说过的话:"那我们一会儿百花谷见。"说完脚一蹬,顺着索道滑了下去。

如琴急坏了,八光人都不见了,她还往下面望着,急得跺脚说:"但愿他命大,内力够深厚,不至于命丧谷底。"

小五子问她:"到底什么情况,命都要搭上?"

文思清也担心起来,问道:"下面果真有什么危险吗?"

"一时也解释不清,"如琴转身说,"我们走着看吧。"

说是走着看,其实又看不到,即使太阳初上,众人仍没法透过白雾看清脚下的路。如琴要大家跟着她走,大概走出几百米,脚下一颤一颤的,小五子明白,自己已经走在栈道上了。如琴说,右手边是山体,但不要摸,怕有蛇贴在上面等待觅食。

"铁链在左手边,"如琴说,"尽量离山体远一点儿。"

小五子伸左手摸去,在腰间位置摸到了那根链子。吴思若和文思清悄悄商议了一下,文思清在前,吴思若在后,两人想把小五子夹中间保护他。走几步,小五子明白了,他停住不走。这段时间已经活得很丢脸了,还要被两个女人保护,倘若真从这里摔下去,刚好给他丢脸的人生画上一个羞耻的句号。他站着不动,要文思清先走。僵持了一阵儿,文思清和如琴只好先走几步。目测隔了三十米的距离,前面的人来不及拉住他了,小五子才抓着铁链走起来。

"一只手"就难过了,他走在最后,前面是吴思若,左边是铁链,右边是趴着蛇的山体,可他缺失的刚好是左手,抓不着链子,只能用右手摸山,给毒蛇送过去当早餐。倒着走可以捋着链子,他试了一下,那么窄的栈道,说不上哪脚就踩空了,下面还颤颤悠悠的,倒着走也许死得更快。

倒着走死得快,脑子转得也快,没走几步,他想到一个办法,转回身看着吴思若的背影,跟她商量:"我可以抓你衣服吗?"

"啊?你要干吗?"吴思若头也不回地问。

"我右手闲着,抓你衣服,就好比铁链了。"

"我衣服不结实的,一扯就破。"

"我不扯你衣服。"

"那如果你掉下去呢？你能松手？"

"当然要抓着你衣服……"说着说着,"一只手"就明白了,他如果踩空掉下去,就算抓住了吴思若的衣服,也无非是手里多两块布条,再数二十个数摔死。倒不如保师姐衣衫整齐,美美地进百花谷。

一阵风吹过,栈道有点晃,没处下手的"一只手"只能蹲下来摸着脚下的木板。吴思若回身扔过来一条红色衣带,让他缠在手上。她在这头攥着,万一有什么闪失,她能把他拎上来。"一只手"心头一阵感动,感动到还低头闻了闻带子的味道,连在一起看就有点猥琐了。吴思若眉头一皱,拽了两下带子。"一只手"好不容易拿到救命稻草,怎会让她再抽走？他紧紧攥在手里,快步跟了上去。

第一条栈道的尽头是一个洞穴,鞋底是湿的,有一层积水。里面没那么大的白雾,水汽在洞里凝结成水珠附在岩壁上,时不时地有水滴落在头顶,打在脸上；没有落在身上的水滴就滴在积水上,时不时地"滴答"一声,好像时间发出了声音。小五子仰头看上去,太阳已经升上来了,哪怕在洞里,也能看到光线将水珠照得剔透。

洞穴看不到头,越走越黑。踩着水泊,听着水声,小五子等人走了一炷香的工夫,直到漆黑一片的深处。

"到头了。"如琴在黑暗中说。

几个人停下来,等她下面的安排。如琴蹲下来,在地上划拉一圈,估计东西早放在那里的。不一会儿,她找出一个火折子打火,但没有燃纸,也没有点蜡烛,只是借着一闪而过的光芒,拿出一个药瓶。如琴让大家把手伸出来摊开。

火折子不大,四周又是漆黑一片。如琴在每个人的手心上放了一粒药丸,弹珠那么大。小五子放在鼻前闻了一下,无色无味。他问她这是什么东西,干吗用的。

"就这无色无味,还是谷主研究了十几年才做到的呢。"如琴笑道,"这是将虞美人的根发酵三个月,再捣烂制成的,之前可是恶臭无比,后来加了夹竹桃花和丁香花的花粉,才算把臭味遮住。"

"那要我们做什么呢?"

"当然是吃咯。不然我打开这扇石门,怕你们会挺不过去。"

原来这里有扇石门。小五子把药丸放嘴里,没有水顺服,只能咬碎再咽。原来无色无味只是表面,药丸崩开的那一刻,哪怕是在嘴里,都能感受到一股强烈的恶臭。小五子一阵反胃,忍住没吐出来。如琴蹲下来,拾起一个水瓢,在面前的池子里打了两瓢水,递给他们,让他们就着水咽下去。小五子连喝了两大口,打了个饱嗝。他责怪如琴,既然有水,为什么不先打给他们。

"解药在药衣里面,外面这层药衣很厚的,总要咬开了,才能咽下去。"如琴解释道,"不然一会儿中了毒,怕是都毒死了,这解药还在胃里没有化开呢。"

原来是解药,那又会是因为什么中毒呢?所有人都强忍着把药吃下去。如琴接过大家递过来的水瓢,在面前的石板上敲了敲,然后左右滑动,刚好扣住一个螺旋。原来瓢底是有凹槽的,小五子刚才完全没发现。如琴转了两下,石门打开,出现水帘洞般的景象,一座栈桥斜着向下伸去。不远处是瀑布,飞流直下,落到地上一下子温和起来,汇成溪流从桥下流过。路也安全许多,栈桥宽阔而平坦,两侧有绳索链着。

小五子走了上去,他抬头向上看,上面雾蒙蒙的全是水汽。他明白了,之前的白雾是这瀑布、溪流汇聚形成的。栈桥虽然长,但很好走,可以一路小跑着过去。走到一半,小五子闻到一阵芬芳,没那么重,淡淡的清香一丝丝地透过来。小五子忍不住深吸了两口,问如琴:"这是什么花的味道?"

如琴冲他笑笑,还没有回答,就听见"一只手"在后面赞叹道:"太好闻了!太香了!"说完他大口呼吸,隔着吴思若,小五子都能感觉到后脖颈处一股股的热气。喘着喘着，声音越来越急促，忽然"咣当"一声，"一只手"从栈桥上掉了下去。吴思若马上拉住带子，在"一只手"失去知觉松手前，把他拉了上来。

如琴从队伍最前面走到队尾，她看着昏迷的"一只手"，摸了摸他的喉咙两侧，问道："他没吃解药？"

小五子摇头，不是说没吃，是他也不知道。

如琴在"一只手"身上拍了拍，从他衣服里找到了那粒解药，捏碎，塞进他嘴里。"他把药藏起来了，假装自己吃过。"

"他中的是什么毒？"

"就是你闻的这个花香，虞美人的花香和水汽混在一起，就会产生剧毒。"

如琴说着，小五子还情不自禁地又闻了一下，他看着躺在栈桥上的"一只手"，问："我们要等多久，他才能醒过来？"

"今天是醒不过来了，还好发现得及时，不然怕是要命丧于此。"

如琴说完将"一只手"背起来，又走到了队伍的最前面。这么香的花，却有剧毒！以前总觉得，百花谷有这么好听的名字，一定一片芬芳。这倒也没错，不过现在看来，百花谷也可以叫百毒谷。小五子问："你之前说的八光从缆绳下来，可能会命丧于此，是因为没有服下这虞美人的花香的解药？"

"八光本事那么大，这虞美人对他应该构不成什么威胁，只是谷里的百花的毒却需要闻这一路的虞美人才可以解。"

小五子恍然大悟，点着头。

"八光不一定会死，谷主会救他的，但要遭几个月的罪。"

走到尽头是一片高草，如琴等人从桥上下来，拨开高草走进去，面前是一片花海。各种香气混在一起，一层一层地往脸上扑。小五子有意抬头寻找绳索，绳索的下方，是躺在地上昏迷不醒的八光。文思清跑过去查看。小五子要跟过去，如琴一把拉住他，说："少谷主先别走，沈总管知道你来,早就在前面守候,等着对你宣读谷主指令呢。"

"谁?"

小五子往前方看去,只见花丛深处有一幢房子,门口站着几个人,为首的是个四十岁上下的男人,他双手背在身后,翘首以盼的样子。哈,百花谷的大总管,小五子再熟悉不过了,在田独相处了两年,他是不让他偷吃肉的钱老板,是说话尖声尖气、只能装哑巴的常公公。哦,原来他还有个身份,百花谷的沈总管。

2

小五子向钱老板走去,本来想叙旧,毕竟有两年的情义。如琴提醒他:"到了百花谷,少谷主别忘了行谷中之礼。"

"那要怎么行?"

如琴给他做示范,先朝钱老板走去,双手抱拳,长跪在地,说道:"卑职拜见沈总管!"

小五子想笑,这都哪儿跟哪儿啊,皇宫那一套怎么搬这儿来了?如琴起身后,一直给小五子递眼神。小五子犹豫要怎么做,以前在田独卖肉的时候,也没见他整这一套啊。小五子双手抱拳,身子却一直弯不下去。后来钱老板等得不耐烦了,说道:"免礼,快快起身。"

小五子愣了一下,他什么都没干啊。以前钱老板是发不出声的,这回嗓子好使了,眼神怎么还不行了呢?虽说是免礼,但毕竟当了他两年的掌柜的,小五子还是喊了声:"钱老板。"

钱老板没接茬儿,看着小五子身后的吴思若和"一只手",说:"你们一路过来,辛苦了。"

小五子以为他没听见,清清嗓子,大点声又说了一遍:"钱老板!你好!"

这回听见了,他看了看小五子,生生地不接话,对随行人员一招手,那人递过来一个黄色布袋。钱老板从里面抽出一个卷轴，大声说着：“谷主令到！”

如琴提醒他：“这回得行礼了。”

“怎么行礼？”

“就当你要接圣旨。”

“我又没接过圣旨！”

小五子话没说完，"扑通"一声，如琴先跪下了，额头点着地。这都是干吗呀？小五子皱眉看着她，这帮人把百花谷当皇宫了吗？吴思若也识趣，知道留在这儿左右为难，招呼"一只手"去旁边转转。谷主令是给他小五子的，他还不能走，但他小五子可不跪，跪天跪地跪父母，一个百花谷谷主令有什么好跪的？

倒是钱老板最会解围，朗声道："少谷主不必行此大礼！"然后又低声叮嘱一句，"稍微鞠个躬，我要打开宣读了。"

那就恭敬一下吧，小五子身子不动，只是把头低下，默哀悼念一般。钱老板把卷轴打开，宣读道："谷主有令，从即日起，丐帮帮主五帮主昆仑公子官复原职，依旧为百花谷少谷主！钦此！"

小五子没听错，全都读完了，还加了句"钦此"。他抬头看见钱老板收起了谷主令，向他行起谷中之礼，后面的人跟排练好了一般，跟着钱老板行礼。别人没资格报姓名，只说："属下拜见少谷主！"只有钱老板，终于说出了真名，他说："属下沈志基拜见少谷主！"

啊，原来你叫沈志基。小五子看他作揖鞠躬，有意等了一会儿，说："免礼，快快起身！"

行过礼后，钱老板才像个人，他冲小五子笑道："以后你是少谷主，不再是被我呼来喝去、给我卖肉的小五子了。每次见你，我都要对你行礼。"

小五子眯眼看他，思索钱老板到底有几句实话，先装哑巴，再装太监，这次又是大总管，到底唱的哪出啊？倒是有一件事可以确定，钱老板对他还不错，倘若要坑他害他宰了他，早几年在田独就下手了。

总还是有知遇之恩，小五子拉着他到一边说话，他问钱老板："分别那天，三王爷带着西北六公子和丐帮马长老去钱记肉铺，我和文思清从田独跑了出来，你是如何脱身的？"

钱老板说，当时已经被打伤了，不过他们不是冲自己来的，见小五子跑了，就掉头追了出去。他在肉铺养了几天，是苏子瑶赶来，把他接到了百花谷。来南京的路上，苏子瑶对钱老板承认道，自从那年冬天，她在田独发现了小五子，她就没有走，一直躲在离肉铺不远的房子里，隔三岔五地就过去看看。

"就在附近守着，我这次进了狮吼帮，她也是这么把我救出来的。"说完两人沉默了一会儿，小五子说，"苏子瑶被南海真人杀了，你知道吧？"

钱老板点头道："我也是昨日才得知此事。"

小五子审视着他，忍不住要抬杠，回答的都是什么啊，官话套话也太多了吧？要是早几天得知，苏子瑶还替我在扬州赌钱呢。

可是他说不出口，这不是个开玩笑的日子，这几天都不会有能开玩笑的好天气。抬杠的话到嘴边变成一声叹息，小五子摇头说："是我连累了她。"

钱老板没说话，小五子也讲不下去了，他想说苏子瑶不能白死，早晚要给她报仇。可他知道，这些话说出来，自己心里一百个没底。他是打不过南海真人的，到时自己死了也就算了，怕是连累了文思清和吴思若也跟着丧命。两人一时没说话，时间已接近中午，太阳正当头顶，小五子低头，几乎看不到自己的影子。沉默了一阵儿，钱老板主动讲起苏子瑶，说："那年冬天，苏子瑶找你找到田独去了，认出是你，要把你带走，被我拦住了，我其实当时绝不希望你和百花谷再有任何瓜葛。"

"所以你之前就是百花谷的人？"

钱老板点点头。

"跟现在一样,也是大总管?"

"对。"

"那我也是?我是少谷主?"

"是。"

"于是我中了断魂掌之后,你就把我弄到田独藏了起来,结果你没想到,还是被苏子瑶找到了?"

钱老板没回答,但小五子知道他猜对了。再见到故人,攒了一连串的新问题想要问他,已经不再是在田独时最基本的关于"我是谁"的问题了。新的问题更具体,比如,我为什么能当上百花谷的少谷主?昆仑公子到底是谁给我的身份,是你们百花谷给的吗?昆仑公子结了那么多仇家,但我一点儿武功都不会。我在昆仑山庄见过他们,每一个仇家都认识我,连瞎了的人都说声音一样,那么昆仑公子肯定是我。我没武功,却又面对面地伤了他们或他们师兄。我想只有一种可能,有人在替我,也就是所谓的昆仑公子抓人、伤人,而我,无非就是露个面,告诉他们,这事是我昆仑公子干的。那么替我干这些的,十有八九就是百花谷的人。

"我过去跟你们这么干,到底是为什么?"

一连问了七八个问题,钱老板只是沉吟,一个问题都没回答。但小五子能看出来,这些他全都知情。小五子说:"你过去不讲也就算了,现在就像你说的,我官职比你大三品,我命令你讲出来,总行了吧?"

钱老板反而大笑起来,他说:"你官职比我大三品,可有比你官职更大的人命令我不许讲出来。"

"是百花谷谷主吗?"

"谷主现在在闭关,过几天就会出关,你早晚会见到她老人家的。"钱老板说,"等你见到谷主,还是让谷主给你从头讲起吧。"钱老板说完便往屋里走,走到门口转身看着小五子,招呼他进来,"别愣着了,看有什么要忙的,明天一大早,我们还要把苏子瑶下葬。"

3

灵堂设在百花谷的西北角,门口是一片白玉兰,但苏子瑶的最后一夜,却不是在这里过的。如琴、如诗把她的尸体抬到了她们俩的卧房,又是沐浴更衣,又是化妆梳头,一直折腾到天亮,才踏着白玉兰的芬芳,把她送回灵堂。

那天小五子睡得早,没吃晚饭就上床睡了,以至于次日天还未亮,他就醒了。他坐在床头发了一会儿呆,穿好衣服出门,他想去灵堂看看。晨光中,他看见如琴、如诗抬着苏子瑶的尸体走进灵堂。她们也看到他了,三个人相互看着,都没有说话。他挥手让她们去忙,先不去打扰。他在外面等了一会儿,也不见二人出来,索性去别处转转。

同样是谷底,但百花谷不大,不像地处西北的沉狮谷那般大开大合,四外一片苍茫。这里几乎所有的空地都利用上了,要么种花种树,要么盖凉亭、建回廊,小半个时辰就可以走完一圈。这里大概有二十几间房,他也不知道谷主在哪间,所以尽量轻手轻脚,不出声。再回来的时候,灵堂的大门已被锁上,他坐在门口的台阶上,看着连成片的白玉兰。莫名其妙的,他居然盯着一只蜜蜂,数它到底在几朵花上面采过蜜。

下葬在两个时辰之后,除了谷主,百花谷的所有人都参加了。墓碑上还刻了字,估计是请人连夜赶出来的。也不一定,武功好的人,手指点石头,能跟用毛笔在纸上写字一样轻松。墓碑上写着——苏妃苏子瑶之墓。小五子想,这可能是百花谷的规矩,有官有品,有叩拜礼,还有圣旨一般的谷主令,一切都是按皇宫的规矩,在苏子瑶之前加一个"苏妃"也不算过。

抬棺,下葬,入土,最后将墓碑立上面。一切仪式完成后,小五子叫所有人先走,最后请文思清和吴思若也先离开。临走前,文思清对苏子瑶鞠了个躬,低声道:"苏姐姐,本来应该杀我的。"

吴思若看她一眼,又看看小五子,说:"大家一起死了,总好过现在。"

是啊，一起死了，该有多好。人们离开之后，小五子终于可以和苏子瑶单独待一会儿了。他以为自己能说很多话，像那些话本故事里讲的那样，活人可以对死人讲个不停。事到自己身上，一句话都讲不出来。他在墓前站了很久，最后还是说了一句话："你放心，不可能让你白死，我今天把话放这儿，我小五子早晚替你报仇。"

当然，他心里明白，他做不到，但说出来言之凿凿，掷地有声。他怕苏子瑶真能听见，他怕苏子瑶听出他的心虚，死不瞑目。

其实心里还有好多话，说不清楚，总结出来就是难过。他难过的是，苏子瑶如此爱他，却这般下场；他更难过的是，苏子瑶如此爱他，自己却没办法爱她，哪怕只有一点点。

那么，他爱谁呢？文思清？吴思若？他不敢想，但似乎心里早知道，应该是吴思若。大概七是她，十有八九是她，百分之百，当然是她！为什么爱她呢？那文思清呢？不能想，没法面对。真像文思清说的，早点死了就好了，把这些难以启齿的秘密，和他这条贱命一起，挖坑埋了吧。

不能厚此薄彼，也没任何谈情说爱的念头，之后小五子干脆两个人都不理会，偶然碰到也是客客气气，毕恭毕敬。百花谷的人，他倒是认识了不少。谷中多为女子，而且都是宫女的打扮。为数不多的几十个男人，说起话来，也都是太监的腔调。小五子有天想明白了，钱老板那个沈总管，其实就是太监总管，这些男人应该是真太监。

沈总管时不时地会给他介绍谷中的情况，他先说百花谷的环境，从沈老前辈说起。他说，虽然沈老前辈只将断魂掌、蓬莱掌、仙人掌，教给了三位徒弟，但百花谷谷主还是学到了花卉培育技巧，并以这些花粉花香制作了毒性成分不一、解药只有百花谷才有的各种毒药。

沈总管掏出一束植物，说："这些都是以前宫中才有的奇异花卉，这是天竺进贡的彼岸花，它的花粉含有剧毒，只要吸入，便从口舌开始生疮，直至全身，溃烂而死。"

说着说着，似乎担心小五子不信，他还深深吸了一大口，吐出舌头给小五子看。什么事都没有，口舌没生疮，没溃烂。

"为什么说只有我们百花谷能解这一味毒呢？"沈总管又要讲课了，"因为毒药源自彼岸花，解药自然也要在彼岸花身上找。将它的根部捣成泥，敷在生疮之处，可以愈合并抑制溃烂蔓延。"他把根部揪下来，放嘴里嚼起来，咔哧咔哧地说，"倘若像我这样嚼，也相当于捣成泥了。而且我从小吃到大，早可以抵抗彼岸花的花香，再吸一大口，也没关系。"

钱老板果然又吸了一口，这口更大更长，仿佛在显摆内力，让小五子见识一下，他一口能吸多少气。然后他又吐出舌头，除了彼岸花的根嚼烂后红彤彤的一片，确实没疮。

真羡慕你能抵抗剧毒之物，但不管怎么说，你的生殖器还是被切了。小五子装作若有所思，假模假式地问道："宫中的奇花异草源自沈老前辈，前朝也曾是沈家天下，那这个沈老前辈应该就是皇帝或太子吧？"

钱老板顿了一下，装作彼岸花的根太难咽的样子。他盯着小五子，嚼了十几下，承认道："实不相瞒，沈老前辈做了三十年的皇帝。"

小五子回想着，问道："我以前在田独，听说书的讲，近百年来，做了三十年皇帝的只有沈成浩一人。而且史书记载，他已经驾崩发丧了，怎么会是沈老前辈呢？"

钱老板意识到自己讲太多了，他好为人师，但小五子不是好学生，跟他讲点知识，总能找各种证据来论证。钱老板忽然换了张嘴脸，赔笑道："祖师爷的事情，我怎么敢乱说，这里面是真是假，还是由少谷主你日后慢慢探寻吧。"

钱老板想假惺惺地结束对话，但小五子不干，揪住这一话题追问："钱老板，不，常公公，不不，沈总管，你本名叫沈志基，同样姓沈，你不会是沈老前辈的后代吧？"

钱老板笑了，说："我这是沈老前辈赐的国姓，我要真是太子皇帝什么的，怎么还在这里当太监？哎呀，我的事情少谷主也可以日后慢慢探寻。"

整不了,官腔打得贼好,他那种好,是假得恰到好处。每回话题聊尬了,钱老板被逼问到死角,他就玩这一套,摆明了告诉你,我不想跟你聊了,别再烦我了。但小五子还挺喜欢跟他聊的,他知道得多,说话还有漏洞,每聊一次,都能推出一两个真相。如果能聊个一年半载,小五子一定可以把自己的过去全推导出来。

有一回小五子催他,什么时候能见谷主。钱老板口误,说出了"母后身体有恙,要迟些时日相见"的话。话刚说出口,就意识到不对,随即改说"谷主身体不适",等等。小五子装作没听见,但对谷主和面前这个太监的关系已经掌握了七八分,他确定他们是跟本朝作对的前朝余孽。

有天联想到沈总管沈志基这个名字,小五子打趣道:"志基志基,这名字起得好,志在登基吗?"

沈总管连忙打哈哈,说:"我一个太监,连后都没有,还想着什么皇位啊?"

小五子能听出来,钱老板这话,算是有意无意地默认了。他和谷主很有可能是太子和皇后的身份,把百花谷搞成这样,宫女、太监,行大礼,心里盼的肯定是复辟。

小五子问沈总管是在哪儿出生的,其实他想知道的是,钱老板是生在皇宫,还是平常百姓家。

沈总管环顾百花谷,说:"我就长在百花谷。"

小五子点点头,跟随沈总管的视线,一起巡视百花谷的二十多栋房子,直截了当地问:"那我生在哪幢楼?"

沈总管皱眉看他,他明白了,这么问是在诈他呢。他摇摇头,又打起官腔来,笑道:"少谷主这样的富贵身份,百花谷怎么能容得下?"

"那我到底是在哪里长大的?"

"你长大的地方,可比这里好太多了。"钱老板伸出食指,指向一个方向。小五子看看日头,知道他指的是西北方向。钱老板说:"你是在山西太原长大的。"

"太原，哪里就比百花谷好了？"嘴上这么问，小五子却想着，这不是他预设的答案，说皇宫，说百花谷，怎么又跑出一个山西太原？他问："江湖上人人叫我昆仑公子，我本家姓什么？"

"我听说你姓孙，叫孙天奇。"

"我叫孙天奇？"小五子慢慢说出自己的名字，似乎想在这三个字里找到和自己有关的东西，"听说？你听谁说的？"

钱老板似笑非笑，含糊其辞地说："我听天下人说的。"

"谁又是天下人？"愈发接近真相，小五子愈发着急，"我父亲是谁，母亲又是谁？"

"我实在不能讲，"钱老板想了想，长叹一口气，说，"我只知道，你母亲早已不在人世，她被你父亲杀死了。"

钱老板说完离开，小五子追出去。他背对着小五子，摇了摇手，要他别跟过来。小五子看着他的背影，如鲠在喉。

"我爹为什么会杀我娘？他究竟是什么人？"

4

孙天奇。

原来他叫这个。没有钱老板，不好接近吴思若和文思清，八光还躺在床上治疗花毒，只有"一只手"能陪他解闷。

午后，小五子拉"一只手"玩一个无聊的游戏，他让"一只手"反复问他："你叫什么名字？"小五子依次回答，小五子、少谷主、五帮主、昆仑公子，这回又有了一个新名字，孙天奇，可能这才是他真实的名字，不会再变了。

半个多月后，小五子终于见到了百花谷谷主。也不算见到，隔着一道纱帘，隐约能看到对方的轮廓。前五分钟，小五子一句话也没听进去，一直有种冲动,他想把纱帘拽下来,好好看看。如果换作别人,纱帘早被他扯下来了,可是谷主有一种说不上的威严,让小五子不敢轻举妄动,第一次这么安静。

谷主说着说着,忽然问道:"少谷主,我刚才说的话,你都听进去了吗?"

小五子想都没想,直接回答:"都听进去了。"

"好,听进去就好。"谷主说,"我年纪大了,忘记刚才说什么了,你能不能把我说的话重复一遍?"

一句话也没听着,但这种长辈对后辈的叮咛,总是有标准答案的。小五子挺直身子,朗声回答道:"谷主刚才说,希望我孙天奇,好好练武用功,日后带着百花谷的人涉足武林,救各路英雄于危难之际,重振百花谷的门威!"

谷主叹了一口气,颇为赞许地点了点头,说:"你能从我的话里,领悟到这么多,也真是难得。我刚才只是说,我这几天身体不好,没能早点见到你,我问你在谷里住得可还舒适。"

没法辩解了,再耍小聪明,就成泼皮无赖了。小五子干脆承认,鞠了个躬,说:"谷主果然洞察了我的心思,说实话,我刚才一直好奇,纱帘后面的谷主是何种样子。"

"我自然明白你的心事,也难得你今天这么稳重,倘若你真的扯开了纱帘,你的双手恐怕已经不在了。"

小五子摊开自己的双手看,两只都被剁,那岂不是连"一只手"都看不起他了?忽然起了一阵风,纱帘在下面露出一个口子,谷主说:"那你就把手伸过来吧。"

小五子愣住,下意识地把手缩了回去。谷主又说了一遍:"我现在命令你把手伸过来。"

似乎难以拒绝,小五子往前坐了一点儿,身子前倾,双手从纱帘下面刚吹开的口子伸过去。

"我要看看你中断魂掌的伤。"

原来只是号脉。谷主手指冰冷,刚碰到他手腕时,小五子还打了个冷战。不同于郎中号脉,谷主的手指压在手腕上一动不动,一炷香都要烧完了,她没说话,也不抬手,手指还是那么冷。小五子大概能感觉到,她的指甲很长,估计有半根手指那么长。

差不多都要睡着了,谷主说话了,她说:"你是三年前中掌的,大概八月中,两日后,你完全失去记忆,有长达半个月的昏迷期。你现在所能想起的,最早到那一年的秋天。"

"对,我能记起的就是在钱记肉铺醒过来,睁眼看到的是钱老板。他当时是哑巴,写字告诉我,说是山上采草药时发现了昏迷不醒的我,然后把我带了回来。"小五子说,"当时也是傻,这都能信,他一养猪的,采什么草药!"

谷主笑了,说:"也难为他了,你只昏迷半个月,他不单要把你带到田独,还得抓紧时间,在你醒来之前,把钱记肉铺开起来。"

"我当时应该发现的,牌匾、杀猪刀、案板都是新的,连猪都是小猪崽儿,生生被我养肥的。"

谷主放开小五子手腕,说:"我没有能力医好你的这一掌,还好沈总管没有让你习练任何武功,引你走火入魔。"

"那我以前有没有武功?"

"你没有武功。不过,在你刚出生的十二个时辰内,有人给你输了一股真气,成了你的内力。"

"我也想到过,自己应该没半点功底。只是,我作为昆仑公子,结了那么多仇家,得罪了那么多人,到底是怎么回事?"

谷主回答他:"你能得罪那么多人,是因为你带着兵,你手下有高手,他们帮你抓了这些武林人士,带到昆仑山庄,再由你慢慢审讯折磨。"

"我哪儿来的兵?"小五子问,"我为什么要审他们呢?"

"因为你要别人为你所用,达成你的目的。"

"我为百花谷做事?"

"不为百花谷,"谷主停顿一下,说,"是为你自己做事。"

"我自己要做什么?是为了九宫图吗?"小五子跟她讲临走的时候,沈总管给过他一张九宫图,上面什么也没有,就是一张破羊皮,"谷主若需要,我把九宫图拿给你。"

"不用了。"谷主说,"九宫图的事情,我早听说过,怕只是以讹传讹,没有实际用途。我几十年前见到过其中的一张两张,知道上面毫无内容,只是担心武林人士为争夺它,拼个你死我活,死伤无数。"谷主希望小五子能尽快把这些集全,当着武林人士的面销毁,以免他们互相残杀。

一席话把小五子讲得热血沸腾,他拍胸脯立誓,要把这些图集全,献给谷主,届时由谷主当众销毁。

谷主又叹了一口气:"谁来销毁倒不重要,我只是希望,以后武林少些祸事。"

"已经有些祸事了。"

小五子说了田独何员外的灭门惨案,他讲了那天在后厨目睹的一切,他躲在猪肚子里,才逃过一劫。他讲了何员外提剑把那些中掌的人全部砍死,之后又把碗托付给他,求他去救向老帮主。最后一段讲起来有些难过,何员外越来越疯,以至于后来没有办法了,小五子在河边请他吃了最后一顿烤肉,然后亲手把他捅死了。

"我没本事,"小五子说,"杀了两回,才把何员外杀死。"

"这不怪你,南海真人、大漠仙人、蓬莱阁老,不知是哪一个下的毒手。"

"不管是谁,反正我看那人是三掌都练成了,以后谁也打不过他了。"

"那倒未必,我向师弟练成无为掌后,自然不会怕他。可不知他现在身在何处,是死是活都不清楚。"

"何员外说,他在京城,让我拿这个碗去救他。"小五子掏出碗递给谷主,"就是这个奇怪的说不上是铁还是铜的一个碗。谷主,你看看这里面有什么玄机?"

百花谷谷主接过来查看一番,还给他,说:"你赶快拿回向师弟的镇帮之宝,我不想睹物思人。"

小五子把碗接过来。

谷主问道:"何员外当时有没有跟你说过,向师弟出关这一天,要顶住他的百会穴,再取膻中穴?"

小五子恍然道:"的确说过,你不提,我都差点儿忘了。"

"这次你一定要记住,千万不要弄错顺序了,否则将心血倒流,经脉尽断。向师弟一世英雄,可不能被你害死了。"

小五子点点头,表示记住了,这次牢牢记住,绝不会忘记。

谷主又补充道:"一方面,何员外委托过你,找到向问和,带他出关;另一方面,我在百花谷也担心他的安危。你既然是百花谷的少谷主,总要为谷里做点事情。当前百花谷最重要的事情,就是救出向问和。"

这是要出发的意思了,离开百花谷。在这里待了十几天,没想到跟谷主的第一次见面,竟是告别。忽然还有点感伤,小五子深鞠一躬,对谷主说请多保重,转身出了门。

他出门右转,大步朝苏子瑶墓走去,"一只手"一路在后面跟着他,小五子让"一只手"离他远点,他要去跟苏子瑶说两句话。"一只手"停住脚步,看着小五子上山走到墓前,徒手挖墓碑下的泥土。

一直挖到天黑,苏子瑶的棺材才露出来。小五子抬起棺材盖,看着躺在里面的苏子瑶。百花谷的人事先放了些防腐的奇花,使得苏子瑶的尸体比常人还光泽亮丽。小五子俯身贴近,对她的尸体说:"我手太脏了,就不碰你了。你果真还是死了,下葬那天,我还以为你能像田独说书人讲的那样,闭气十几天,没心跳,没呼吸,看起来死了,半个月之后睁开眼,就像刚睡醒一样,活蹦乱跳的。你下葬那天我守着你,让所有人先走,然后把棺材的钉子拔掉。因为我害怕万一你醒过来,漆黑一片,出不来怎么办?今天已经是第十七天了,还是没有奇迹发生。我今天就要走了,从这里出去,离开南京,往北去京城。在这里你要,你要……"

小五子说着说着哽住了,连说了两遍"你要",一着急眼泪掉了下来,最后带一点儿哭腔地说:"谢谢你。"

小五子将棺材盖合上,并用土埋起来,他站起来对一直在远处观望的"一只手"喊道:"叫上所有人,我们出发了!"

第十二章

CHAPTER 12

1

小五子决定去京城,想带走的人不愿意北上,不想带走的人,却时时磨着小五子,想要跟他一起走。八光就是这样,去不去京城不重要,但他一定要离开百花谷。只要能远离这儿,随便去哪儿都行,回少林寺他都愿意。

小五子就不明白了,百花谷,顾名思义,全是女人,他要真是和尚,离这儿远点,小五子敬他一句"得道高僧"。可他是八光啊,田扒光啊,在这百花丛中,好比鱼儿回到大海,为什么还要走呢?

小五子把八光问住了,他瞪大眼睛,跟入定似的一动不动,过了好半天,才结结巴巴地辩解:"我现在真的是和尚了,就算之前六根未净,但来百花谷之后,我完全能做到清心寡欲了。"

八光是通过索道下来的,他中了百花谷的花香之毒,静养了一个星期才苏醒。刚睁开眼睛的时候,他发现自己动不了,但这还不算意外,房间里处处透着不对劲。为什么这么香?连蜡烛都能烧出香薰的味道?为什么床这么软?为什么帷帐是粉色的?除了自己一动不能动,其他都似曾相识,好熟悉啊,这不就是他以前经常去的地方吗?瞄准一个目标,锁定她家的位置,等到华灯初上,从窗口溜进去,这就是女人的闺房啊。

他听见门口有人笑,两个女人的笑声,也不知道头一个讲了什么,那么好笑,另一个姑娘笑个不停,最后竟然笑得上气不接下气,发出娇喘之声。隔了一个帷帐、一扇屏风,再加一道门,八光都能看见那姑娘花枝乱颤的身影。

笑声越来越近，两个姑娘甚至推门进来了。八光意识到自己只有两个小指能动，他咬牙屏息，用两个小指发力，硬生生地将自己的半个身子撑了起来。他向后靠在床头，大口喘着气。两个姑娘说着话，收起屏风，走到床前，看到八光满头大汗，一副无助又惊恐的表情。

"八光师父，你醒啦？"

"你赶快休息，"另一个说，"我们来帮你上药。"

她们俩一人抓着八光的一只脚，把他从床头拽了下来。那可是他借助两个小指的力气，一点点蹭上去的。感觉就像是一只乌龟爬了一个冬天，终于从院子的这一头爬到了那一头，结果过来一个孩子，简单粗暴地把它又拎回去了。

他八光也有这般无力的一天，也许是死了。脑子里有这种念头，两个姑娘的样子也变得模糊起来，声音也模糊，喊喊喳喳的。头一个女孩打来一盆水，另一个女孩将一壶药液倒进去，洗好毛巾，先擦他的脸、耳朵、脖子，然后把扣子解开，脱掉他的衣服裤子。头一个女孩也拿出一条毛巾，两人一上一下，分工明确，像擦桌子一样，在他身上抹了起来。可他毕竟不是桌子，看着面前的女孩，他大口喘气，大口咽口水，一时间所有的羞耻感都浮上心头，急得晕了过去。

再睁开眼，还是在床上，看窗外，天已经黑了。他检查了一下，不只是小指，整只手都可以动了，脖子也能扭了。两个女孩眨巴着眼睛看着他，问他："八光师父，好些了没？"

八光皱着眉，发力将自己撑起来，打量这两个女孩，问道："我是活着，还是死了？"

"当然是活着，"一个姑娘说，"如果你死了，我们还有必要天天给你上药吗？"

另一个姑娘只是笑，回味着："怎么会以为自己死了？"说两句又愈发觉得好笑，一时半会儿都没法停下来。

八光想起来了，刚才就是这姑娘，花枝乱颤的，从头笑到尾。之前还以为她是听到了多好笑的笑话,原来是笑点真的低。八光问:"这是哪里,我躺在这里多久了?"

头一个姑娘说:"八光师父,这里是百花谷啊。你中了花毒,已经有一个星期没下床啦。"

他想起来了,是自己莽撞,贸然入谷,才有如此下场。八光点点头,也不知道说什么,只说:"你不用说每句话时,都叫我八光师父的。"

"知道了,八光师父。"

之前笑点低的姑娘笑够了,这句话倒一点儿没听出好笑,她拿起一个药壶,说:"差不多了,我们得帮你上药了。"

八光连忙做出打住的手势,让她等会儿,问她这是什么药。

"八光师父,这是解花毒的,防止你全身麻痹而死。"不怎么笑的姑娘说,"我们把毛冬青和威灵仙捣在一起,再调和薄荷和樟脑,混在清水里揉搓擦拭。"

"每天都搓?"

"当然每天都搓了,一天还要三次,每次要小半个时辰呢。"

"都搓哪里?"

"就搓你啊,还要搓哪里?"笑点低的姑娘把话接过来,自己笑起来。

"全身都搓?"

头一个姑娘点点头,说:"八光师父,你这状况是全身麻痹,我们肯定不会漏下任何一个部位。"

八光还有话要问,想了半天,实在问不出口了。

爱笑的姑娘打来一盆清水,将药液倒进去,洗着毛巾说:"问那么多干什么,正好你现在醒着,我们擦拭一遍给你看不就完了吗?"

说话间,爱喊"八光师父"的姑娘又拽起他的双脚,把他拖回床上,脱下了他的衣服。几乎全裸的时候,八光无力反抗,他大口呼吸,任凭她们擦拭揉搓,任凭自己老迈的躯体展现在她们面前。前后持续半个时辰,两个姑娘有说有笑,全然无视面前的肌肤,好像那不是男人身体,好像那真是一张桌子一面墙,完全是在劳动。八光仰躺在床上,看着棚顶,眼泪从眼角流出。他在少林寺待了十几二十年,也未能铲除邪念;而此刻,在这两个姑娘面前——一个爱笑,一个爱叫八光师父,在她们摘果子、挤羊奶一般的劳动氛围中,他的淫心彻底戒除了。

2

"一只手"当然要和小五子在一起,欠了那么多条命,跑了找谁索命去?主要是"一只手"自己要跟过来。江湖险恶,这个五帮主,又是昆仑公子,又是少谷主的,那么多人想要取他性命,他倒是福大命大,一路活到现在,别说是被剁手,连根手指头都没掉。吴思若和文思清也一起上路,先别问选谁,走一步看一步,大不了将事情料理完就近找个地方出家,小五子想。

临出发的时候,小五子去见了钱老板。两人一时没话,钱老板叫人准备酒菜,说是要给小五子送行。小五子让他别忙乎,他们一会儿就要出发了。"而且,我不是来跟你告别的,"小五子说,"我是来叫你跟我们一起走的。"

钱老板干笑,那种一看就是在朝廷混了几十年的假笑,他说:"少谷主,你就别逗老夫了。我一把年纪了,在百花谷混混还行,偌大的京城,可不得把我走迷路喽?"

小五子没说话,他叹了一口气,斜眼看着钱老板。知道你在敷衍,可你稍微,稍微认真一点儿敷衍啊。你说你在京城会迷路,跟我在这儿装乡巴佬,可你是常公公啊。钱老板也反应过来,自己这谎撒得不接上下文。他躲开小五子的眼神,转头往门口看,找话题说:"怎么风这么大,大太阳还顶在头顶。"他说了半天,小五子也不接茬儿。他转回身,看着小五子,有些为难地挠了挠头,"唉"了一声,说:"算了算了。"最后他冲厨房的方向喊,"别准备了,没有饯行饭,少谷主一会儿就走!"然后他顿了顿，尖着嗓子喊道，"我跟他一起走！"

小五子、文思清、吴思若、"一只手"和八光，以及嘴碎的钱老板，分坐三辆马车。当晚他们就出了南京，不到十天就出了江苏，然后再往北进了山东，经过泰山、德州，转眼就进了济南府。本来是不打算多待的，住上一两天，在周边转转就直奔京城。

可能是济南府太好玩了，大大小小上千个泉眼，就算是周边，一时半会儿都转不完；再加上鲁菜是八大菜系之首，吃一顿就走，大家都觉得不过瘾。小五子决定多待两天，反正离向老帮主出关还有些时日，与其在京城瞎转，不如先在济南府玩个够。

旅行是别人的事，要说小五子最喜欢的，还是去赌两把。第二天，他就摸到了当地最大的一家赌馆。走到门口，他却有些怯了。他想起苏子瑶了，想那时自己不敢下去赌，让苏子瑶替他赌了半宿。他不能再碰这个了，哪怕只是为了悼念苏子瑶。可他又舍不得走，站在门口，听里面哗啦哗啦的色子声，那简直是人间最美好的声响，声声打在他心上。

他回去找"一只手"，拿出赌本，叮嘱他不许出千，替他去玩几把。"一只手"伸出他的左胳膊，小臂到头，光秃秃的，不见手掌。这几年怕被人嘲笑，"一只手"永远都是左手插兜，不让人看出来自己哪有问题。他对小五子挥了挥左臂的袖子，说："五帮主，我都这样了，人家不要我，就已经烧高香了，我还能出什么千啊？"他其实不想玩，跟小五子恰恰相反，"一只手"一点儿赌瘾都没有。当初在田独，不是为了赌，是为了赢钱骗钱才去的赌坊。

"一只手"被拉到赌场，满脸的不情愿，小五子说："你进去不要贪心，不多玩，就押十把，一把二十两银子，前五把跟庄，后五把跟闲。"小五子拿出二百两银子，再次叮嘱他："老老实实的，只押十把，不涨注，也不减注，每次只用二十两。看你一会儿出来是四百两，还是一文都不剩。"

"一只手"脸上没有一丝兴奋,他木然地点着头,进去了。小五子在外面听声数着,每次开色盅,都有人兴奋欢呼,有人发火骂娘,各种声音一起冒出来,唯独听不到"一只手"有什么动静。以前真没看出来,小五子想,他这么淡定。数到第十把开色盅,"一只手"出来了。

小五子问他:"怎么样,输了赢了?"

"输了。"

"输了几把,还剩多少?"

"全输了,""一只手"摊开右手说,"一两都没剩。"

小五子皱着眉,转着眼珠问:"十把全输了?"

"对,十把。"

"每把二十两?"

"对,就照你说的,不押二十一,也不押十九。"

"是前五把押庄吗?"

"嗯。"

"后五把押闲?"

"没错。"

"那不应该啊?这么巧?"

小五子有些怀疑,他审视着"一只手",不自觉地上前搜他的身。在他衣服上拍两下后,"一只手"来情绪了,大声质问小五子:"是不是觉得我没押,一把没玩,直接把你的银子匿下来了?"

"一只手"甩开小五子,转身往大路上走。小五子跟在后面,反而不好意思了,解释说自己错了,他才想明白,真要骗他钱,也得剩个二十两、四十两,一两不剩,有点假,肯定不是骗子能干出来的事。"可是,十把全输,这个更假,而且还是换着押的!"

"一只手"停下来,表情跟小五子一样困惑,说:"我是想骗你钱来着,赢了多要点儿,输了就少拿点儿。可是我也没想到,开十把色盅,一把都不出啊。"

这应该是真话了，小五子看着他笑了，问他："你本来要骗我多少？输了你也拿，要不要脸？"

"输了，我就少抽点儿，肯定给你剩二十两。"

"如果赢了呢？"

"给你剩四十。"

"哦，你赢钱，最后还算我输一百六？"

说完，两人哈哈大笑。接近中午，他们找酒楼吃饭。上了二楼，小五子又掏出一张银票，叫店小二准备一桌上好的酒席。"一只手"问他："输了那么多，你还能吃上好的酒席，你是把棺材本都用上了吧？"

小五子愣了一下，回答他："还真是棺材本，只不过这是劫来的棺材本。"

本来他想讲当初他是怎么被大漠仙人和蓬莱阁老挟持，怎么劫了一支丧葬队，怎么把他关在棺材里，怎么在棺材夹层处发现三十多根金条的。可是"一只手"不打听，眼神飘忽，在想事情。店小二每上一道菜，还报一次菜名，不一会儿，整张桌子都摆满了。小五子拿起筷子，在桌子上磕齐，跟"一只手"说："别想了，吃饱了再说。"

可"一只手"还在想，想了半天，他告诉小五子，刚才在赌场，他对面一直坐着一个人，两个女人坐那人旁边，左拥右抱的，看起来是个当官的，一个叫他李大人，另一个又叫他李驸马，没准儿还真是娶了公主，成了驸马爷。

"驸马爷调戏民女？"

"那不重要，主要是他也在押，一次押五百两，跟我押的刚好相反，"一只手说，"我是先五把庄，再五把闲，他是先五把闲，再五把庄。"

"你要说什么呢？"小五子问。

"我要说的是，他十把全中了，而我十把全赔了。"

"所以呢？他五百两，你二十两，你觉得他在弄你？"

小五子夹着菜，嘴里咔哧咔哧的，他示意"一只手"吃东西，这事就算过去了。但"一只手"不甘心,筷子都不拿,努力回想,似乎要把赌场的十把赌局全过一遍,最后得出结论说:"有人在帮他捣鬼。"他身子前倾,看着小五子,"他看起来是一个人,其实不是,后面那些押注的、看热闹的、跟着起哄的,都是他的人。"

"他不是左拥右抱吗,怎么又是一个人了?"

"不是这个意思,我是说,他不是单枪匹马地来。"

小五子对他笑笑,摇着头,不知道"一只手"怎么了,钻到里面出不来了。

"你想啊,他是李大人、驸马爷,怎么可能自己跑过来赌?况且我明显能感觉到,这些色盅在摇色子的时候,被人动过。"

"怎么动?"

"吹气,从桌板下面震桌子,用暗器击打色盅,反正他们都是高手,用的手段比我们当年在田独用的,高明多了。"

小五子撇撇嘴,任由"一只手"讲述赌场里的各路神仙。一桌子饭菜被他吃了一大半,最后他拿起毛巾擦擦嘴,下楼结账。走出酒楼的时候,他说:"说得这么神,那就去看看?"

"可是,""一只手"为难起来,"我还没吃午饭呢。"

3

一进门,小五子就看见他了,坐在一把红木椅子上。那两个女人果然在他旁边,一口一个"李大人""李驸马"地叫着。小五子示意"一只手"别过去,找个角落观察一下。确实是他"一个人",旁边的几个人都不正常。拿扇子的、扛镐的,好像真是传说中的"渔樵耕读"。还有他坐的那把红木椅子,跟别人的也不一样,两侧带扶手,他跟个太师一样地靠着。

小五子拿出一沓银票,交给"一只手",跟他说:"你先上去,跟他反着押,等你输光了,我再过去。"

他让"一只手"快去,自己坐在原地看着。显然,李大人不记得"一只手"之前玩过,或者是不在乎,除了专注收银子,他眼里面没有任何人。荷官举着色盅在身前转了几圈,放在桌上,告知在场的人开始下注。绝对没错,那几个"渔樵耕读"全在"看热闹",没一个往上押的。"一只手"离老远看看小五子。不想暴露,小五子故意挡住脸,往别处看。直到"一只手"抽出一张银票押上去,小五子才看回来。

荷官等了一会儿,差不多的时候,喊了一声:"买定离手!"他摇了一下色盅上的铃铛,掀开罩子,把点数展示给众人。有人欢呼雀跃,有人捶胸顿足,那几个假冒的书生、农夫也跟着起哄,可是他们一文都没下嘛。李大人赢,从红木椅上起身,把桌上的钱全都揽在怀里。两个女人叽里呱啦,说:"你这把赢这么多,也不分我们姐俩儿一点儿?"

李大人不高兴了,怒斥她们:"钱都给过了,还好意思跟我张嘴要,叽叽歪歪!再多嘴,把你俩卖青楼去!"

两个女子说:"李大人,我俩本来就是青楼女子啊。"

李大人挠挠头,想说点更狠的吓唬她们俩,他指着对面的"一只手"说:"再说话,把你俩从青楼赎身,再卖给他!"

两个女人吓坏了,有一个看了两眼"一只手",吓得哭了出来;另一个年长些的,一声不敢吭。没人说话,摇色开盅也来得快一些。转眼,"一只手"又连输了三把,加上李大人旁边的女人还在哭,他有点急了。五帮主说的,把这点银票输完,他就过来。"一只手"数数手里的票子,还有七八张,一股脑儿地全拍在桌上。李大人摸了摸银票的厚度,冲他笑了,说道:"就这点儿了吧,要不然你跟我一起押?"

"不必,我偏爱跟你反着来。"

"那我押闲。"

李大人嘴上说押闲,却把银票放在了庄上。"一只手"拿起银票,正要落闲位,小五子过来了,拽把椅子在"一只手"旁边坐了下来,假装不认识他。小五子跟"一只手"说："这位兄台，不要这样，赌牌摇色子嘛，最怕有牌气，有色子气。要不然这样，我们合作一下。不瞒你说，我其实研究色盅很多年了，可惜一直没有赌本，今天我就拿你这几张银票做赌本，赢了钱，咱们二一添作五，怎么样？"

"一只手"拿着银票，瞪大眼睛看着小五子，估计以他这样的智力，得反应一会儿才能明白，小五子是在假装跟他不认识，他要配合着把这场戏唱完。"一只手"想了想，中间还皱了皱眉，最后说道："不行，你爱找谁找谁去。"

小五子满脑子问号，心里说了一万遍：在座的谁帮个忙，帮我把这货打死。他冲"一只手"眨巴着眼睛，赔笑道："给个面子，哥，借小弟一半？"

"一只手"轻蔑一笑，还哼了两声，说："没面子，谁认识谁啊，跟谁套近乎呢？兜里没钱，你他妈凑过来干吗呀？"

小五子深吸一口气，抬屁股让椅子离"一只手"远点。他伸自己怀里摸了摸，就一点儿碎银子，一张票子都没有了。那点碎银钱加起来没一两，他有些自嘲地问荷官："这点不让押，是吧？"

荷官没说话，"一只手"抢话道："别说押不了，没钱，你就不该坐在这儿。"

小五子又摸摸怀里，后悔没带杀猪刀来，不然就把他的另一只手也给剁了。起身就走，又不甘心，小五子只好坐在桌前搓着双手。

折腾一圈，"一只手"反倒冷静了，手头的银票，不但不全下，还抽出两张，让人换点小票子来。这是在磨小五子呢，一次押个二三两，看他能在这儿坐多久。小五子坐在旁边，搓了几下手，也不在乎谁赢谁输了。他起身准备先撤，背对赌桌的时候，李大人喊了声："少侠，请留步。"

小五子站住不动，看看在场的所有人，起身的就他一个，况且，全场他最年轻。但是，少侠？打从记事起，从田独到济南府，还没人这么叫过他。他转回身看着李大人，指了指自己，问道："是我吗？"

李大人点点头，伸手示意他先坐。小五子慢慢坐下来，眼睛不离开他片刻。李大人拾起一沓银票，推到小五子面前，笑道："少侠若有雅兴，尽可拿属下的银票去玩。"

他身边的两个女子不干了，头一个也不哭了，说："你好偏心哦，我们在这儿陪着你傻坐了一天，竟没有一个陌生人拿的钱多！"

头一个连撒娇带抱怨，另一个就放肆多了，握紧拳头，要去捶打李大人胸口。李大人一时间羞得满脸通红，连喊几声："住手！"

青楼女子才不管这个，一个捶胸，一个去拿赌桌上的银票，赌馆似乎成了窑子。混乱中李大人清咳两声，小五子能听出来，这是个暗号或是指令。果然，之前拿扇子的那位丑公子从后面蹿出来，一手一个，抓着两个姑娘的后脖颈，把她们拎出了赌场。

李大人看着他们出门，确定没人再烦他，又开始盯着对面扛镐的农夫。也不咳嗽，可能扛镐的也不会了，盯了好半天，才知道是在叫他，那就暴露吧。农夫走到李大人身前，放下铁镐，躬身等李大人指示。李大人低声跟他说了几句话，农夫点头说"明白"，起身也离开了赌馆。

农夫出去后，小五子注意到，他把镐忘在了桌前。反正暴露了，也不用装种地的了，可是李大人到底要他去干吗？他冲小五子微笑，说道："那少侠就收下银票，咱们玩上几把？"

小五子拿过银票，扫了一眼，五百一张，差不多小一万两。小五子抬头看看，银票给了他，李大人桌前是空的了，他笑着说："那怎么行，钱都给了我，您拿什么玩啊？"

李大人怕他有所顾虑，弯腰拽了一下红木椅子上的坐垫，原来下面还有一个暗盒。他抽出来厚厚一沓，全都是大数额银票。虽说是驸马爷，可你这是把国库搬来了吧？李大人拽出十几张，说："您尽管放心玩，属下这边有的是。"

为什么自称属下呢？小五子打量着他，基本可以确定了，李大人认识他，以前认识，没中断魂掌的时候。可是，他认识的是昆仑公子，还是百花谷的少谷主呢?

"那我拿您李大人的钱玩,赢了怎么办,输了又怎么办?"

"赢了,您尽管拿走,如果您不小心输了,属下再给您一些钱,做回去的盘缠。就当是属下攀高枝,跟您交个朋友。"

言必称属下,那就先玩着。李大人抬手让荷官摇色盅,色盅放下,众人押注。李大人问他:"少侠想押哪里?"

刚一上手,也听不出色子点数,小五子抽出一张五百两的银票,押了个闲。

"那我就押庄,免得您中了,没得抽。"同样五百两,李大人放到"庄"字那一处。

"一只手"这回打算多押,拿三张二十两的银票在算。一阵思量后,他决定跟李大人,把银票放在他那五百两的上面。

荷官喊着"买定离手",然后摊开双手,给大家看一眼,证明自己手上没活儿。他拨了一下色盅上的铃铛,揭开罩子,所有人看过之后,大声喊了一句:"闲中!"

在场的全都跟着李大人押,这是他今天第一次输。小五子反倒兴奋不起来,转着眼睛思索问题出在哪儿。

"愿赌服输。"

李大人笑着把银票推过去,这笑容有点假。小五子想了有一会儿才绕明白,他在假装强颜欢笑,就是说,他输得可开心了。第二把还是输,第三把也输。既然李大人能故意赢,自然也能故意输。小五子全听过一遍,摇色盅没问题,放色盅也没问题,大家押注的时候,没人碰过那东西,荷官喊过"买定离手",摊手给大家看,也是干净的,然后他拨了一下色盅上的铃铛。停!这个铃铛有问题。

小五子伸手示意,先别揭罩子,他把押注的银票拿起来,跟对方商量:"李大人,这样,我改主意了,我们两个对调一下,怎么样?"

李大人哈哈哈地假笑,说:"少侠说了算,属下怎样都好。"

小五子把两张五百两的票子换了位置，让赌局继续。李大人冲荷官点点头，荷官又要去碰那个铃铛。小五子抓住他手腕，叮嘱他："别碰铃铛，直接揭罩子。"

荷官为难，手停在色盅上方等待指令，直到李大人又点了点头，他才揭开罩子，喊了声："庄中！"

果然如此，玄机就在铃铛上，第四把小五子终于输了。李大人收下银票，一副假开心的样子，还冲小五子竖拇指，说道："少侠果真了得，这么多把，才让属下侥幸赢了一次。"

难过的是"一只手"，前三把都跟着李大人押，一直输；第四把看出门道了，要么是五帮主厉害，要么是李大人故意输，反正他改跟五帮主，把钱全投了进去，一把输没了。接下来换他搓手，搓完手心搓手背，连看好几把，鼓起勇气，跟小五子商量："少侠，借我点银子使。"

"你谁啊？"

"我？"他看着小五子说，"我是'一只手'啊。"

小五子拉起他左臂，把袖子撸上去，没有手的手臂萎缩得像个小拳头。小五子跟没见过似的，大惊小怪："还真是一只手，哪儿去啦？"

"那个，被你剁了。"

"开什么玩笑，我都不认识你。"

小五子说完，就不再理他，继续跟李大人赌。"一只手"跟挂在阳台上的咸腊肉一样无所事事，在旁边看了几把，默不作声地起身走了。

"一只手"走后，小五子又玩了半个时辰，他知道李大人有问题，是冲他来的，只是想不通，为什么要故意输钱给他。反正先赢着，有钱拿，他也懒得戳穿铃铛的问题，只是寄希望于"一只手"能聪明点。那么明显的事情，把他支走，就是要他回去搬救兵嘛。

半个时辰过去了，不见"一只手"回来；一个时辰过去了，还是不见他带人回来。倒是之前出去的农夫回来了，把立在赌桌旁的镐扛起来，跟李大人说："事情都办好了。"

什么事情呢？小五子跟着李大人，往门口看去。外面多了个侍卫队，十几个人的样子，背对着大厅守在门口。透过人缝，还能看见一顶红轿子停在街面。又是这一套，他小五子太熟悉了，点了穴，或是绑了人，塞进轿子里劫走。

可这把还是赢，小五子把钱揽过来，抽一张五百两银票，随便押个庄、押个闲，然后一张一张数着桌面上的盈余，把一厚沓银票揣进怀里。荷官摇色，放盅，喊注，拨下铃铛，开色盅，管它庄中闲中，想都不用想，小五子中。流程走完，小五子突然起身往外走，头也不回地边走边说："这把不要了，改天请你吃饭。"话还没说完，他已经走到门口了。十几个侍卫跟一群石狮子似的，双手背过去挡着道。小五子装作跟自己没关系，怼着胳膊肘往外挤。居然没人要拿下他，还真被他挤出去了。他再往前走几步，绕过红轿子，拿扇子的那个丑男人不知道是从哪儿冒出来的，一下子挡在了他前面。小五子想想，转身往回走，扛镐的农夫又一次挡住他。

李大人小跑着出来，满脸热情地说："这位少侠，您急什么，先吃个饭再走。"

小五子看着他，质问道："怎么，李大人，赢了钱，就不让我走吗？"

"哪里哪里，就是觉得少侠一表人才，属下想让少侠去我那里小叙一下。"

"改日再说！"

小五子转向找出路，自然又有人挡面前。看样子跑不了了，束手就擒吧。奇怪的是，他们又不抓他，只是背着手挡着，一步步地逼着小五子后退。他再转身，其他人也围上来了，众人把小五子围成一个圈，只留一个豁口是通往轿子的。小五子先顺着退几步，再试试脚下不动。这些人就像移动的墙，用胸膛顶着小五子走。要不然打一下看看呢？反正被掠走，按李大人这种把人卖到青楼的喜好，他小五子往后也没什么好事。

小五子深吸一口气，右手握拳，一拳打在面前的侍卫身上。他没武功，自然也谈不上内力，这一拳打下去，能不能打青都不知道。这时奇迹发生了，被打的那个侍卫"啊"的一声惨叫，飞出去十几丈远，结结实实地摔在地上。小五子惊到了，抬手看着自己的手心，这是怎么了，神龙附体吗？还是吃了什么大力丸？

他再试一次，这次换左手出拳，第二个侍卫飞得更远，叫得更惨。他两手摊开一起看，一定是百花谷。他想明白了，在那里住上十多天，闻着沁人花香，相当于别人苦练十多年。感谢谷主，小五子微笑着想，从此以后，我也不讨厌你常公公了。

"那就对不住了！"他一下子信心爆棚，握紧双拳，一拳一个，将两人打飞，转身又去打身后的几个人。只是他们人太多，每打倒一个，就会有新的人进来补位。但这很过瘾，小五子跟踩了风火轮似的，在人群里忽左忽右，一挑三四十人。他一边出手，一边咆哮："还有谁？"

可是人怎么打不完？打倒那么多，剩下的还是能把他围成一个圈，似乎还越打越多。直到一拳已经打出一半了，他忽然停住，看着侍卫的脸，问道："我见过你。"

侍卫蒙在原地，踮着脚尖，不知何时跳出去。

"我打飞过你，是不是？"

侍卫点着头，有些含糊地"呃"了一声。

"我打飞过你几次？"

"这次能飞，就是第八次。"

小五子放下拳头，叹了口气，转半个圈，把侍卫的脸都看过一遍。确实，个个都被他打飞好几次，他让面前的侍卫让让，要看看周围的街面。打飞那么多，现在地上却只有一个侍卫，他正拍着屁股上的尘土，一路小跑着，往这边赶呢。

小五子在人群里找到李大人，皱着眉问道："你到底是什么人，谁的驸马爷，摇色子陪着我输？在这儿陪着我打，你到底在跟我玩什么？"

4

"一只手"确实傻,完全不知道小五子身陷险地,看不出李大人另有所图,一路骂娘地回到住处,刚好赶上他们在吃晚饭。文思清跟客栈借的厨房,做了一桌子饭菜。他找副碗筷,盛满白饭,坐下来跟他们一起吃。

中午就没吃,光琢磨赌馆作弊的李大人,饿了一下午,此时胃口大开,三口两口吃掉一碗。他端着碗去厨房转了一圈,回来说:"锅里没有了,哪儿还有饭?"

吴思若看着他,越看越不对劲,问道:"你自己回来的?"

"是啊,怎么了?"

"小五子呢?"

"他有钱不借我,我又没钱,我就自己回来了。"

"以后你跟我说话,带上师姐两个字,记住了吗?"

"记住了。""一只手"心不在焉地回答,忽然又想起些什么,补充道,"师姐。"

文思清挺好奇的,跟他打听:"你们去哪儿啦,他不借你钱?"

"一只手"本来要说赌场来着,脑筋一转,觉得可以小小报复一下,他说:"逛窑子呗,不然什么地方还用得着花钱啊?"

吴思若问他,哪家窑子。"一只手"也不知道济南府哪家青楼有名,他先说虚的,说里面姑娘好看,一个个可有风情了,门脸还特别大,镇宅的东西也奇怪,东边立一石狮子,西边立一关公。

八光打断他,问道:"醉生楼,是不是?"

"什么?"

"那家店是不是叫醉生楼?"

"真有啊?""一只手"随便说的,被这么一问,反倒含糊起来。

"是醉生楼。"八光回想着说,"但你把方位弄错了,不是东西向,门口的南边是关公,北边是石狮子。"

大家都停下来，看着八光，弄得他有点难为情。最后八光自己给自己垫了句话下台阶，他自言自语说："没想到这么多年了，醉生楼还没变。"

既然真有醉生楼，"一只手"索性放开了编，他说："门口看着豪华，里面其实不贵，一个姑娘五两银子。我跟五帮主借五两银子，他不给，我说二两半也行，我就一只手摸姑娘，跟她们商量商量，只付一半的钱。二两半，他也不借。你们知道他说什么吗？你们知道他说什么吗？"一只手问两遍，也没人接茬儿，他干脆自问自答，"他说，他多五两银子，宁可找俩姑娘，也不借我。"

"那是他为你好。"八光宽慰他。

"哪儿为我好了？"

"有些事开了头，就一发不可收拾了。"

文思清咳嗽一声，八光识趣，不言语了。吴思若似笑非笑，看着文思清说："我不知道妹妹怎么想，我的建议是，先让小五子回来。当然，你做主。"

文思清也这么想，可是她一女孩子家，进窑子找男人，那不是肉包子打狗吗？让谁去合适呢？她跟钱老板商量，说："钱老板，您最年长稳重，小五子以前也是您的人，就拜托您跑一趟吧。"

钱老板提醒她，肉铺钱老板是假的，自己只是个宫里的，进去一张嘴，人家龟奴、老鸨都得把他赶出去。文思清转身求"一只手"，说："不然，我借你五两银子，你去把小五子找回来？"

"这才是肉包子打狗，有去无回。"吴思若说，"你给他拿五两，明天他都不一定回来。"

"那找谁呢？"

吴思若对八光撇嘴，说："这不是现成的吗？连醉生楼的石狮子都知道。"

八光连忙摇头，往后退。文思清也觉得这是个好办法，说："那就你去吧，正好这也是一次难得的考验。你要是经受住了，以后也不用怀疑自己了。你要是没经受住考验,那就放弃吧,以后也不用老折磨自己了。"

两个女人劝了八光好半天,吴思若说:"我们不聊考验、劫难什么的,你就是去找小五子回来,有这么费劲吗?"

"一只手"乐呵呵地补充道:"你快去吧,一会儿五帮主都完事了。"

钱老板在一旁看热闹,八光被说动,决定出门的时候,他还赶过来塞给八光五两银子,说:"高僧,你要是实在忍不住,就把这五两银子花出去。"

当然不能花,八光攥着银子,推门出去。闭着眼睛,都能走到醉生楼。他在门口徘徊了一阵儿,从石狮子和关老爷之间走了进去。

他站在大厅中央往上看,从一楼到三楼,莺歌燕舞,打情骂俏,那么熟悉,这就是田扒光的舒适区啊。他不断提醒自己,他是来找人的,把小五子找出来,他就离开这儿。这么暗示果然有用,他一路向上,把每个房间都过了一遍,没见到小五子,那就赶紧走吧。下楼的时候,有个姑娘倚在门口冲他笑,问他:"你怎么了?"

"没怎么?"

"那你这么慌张,干什么呀?"姑娘说,"没怎么,你就慢慢下楼啊。"

八光放慢脚步,一步一个台阶地往下走。后面的姑娘还在笑,声音传过来轻飘飘的:"不然进来喝壶酒,歇一下吧。"

好像有回声,似乎是从山谷里传出来的声音,在他脑海里荡来荡去的。楼梯一节节往下,就要到一楼时,他忽然折回来,走到姑娘面前,把五两银子交给她,歇一下就歇一下,怕什么呢,进去喝壶酒。

姑娘等八光进来后把门关上,还是倚在门口,只不过这次在门里,八光在房间里。她笑着说:"我没和和尚同房过,看你的样子老当益壮,让人期待呢。"姑娘说着开始脱衣服,就在八光面前,一件件地把衣服脱下。八光望着她直咽口水,脸上却痛苦得满眼含泪。

就让时光定格在这里吧,后续的发酵要到两天之后,文思清再次见到他。她问八光,那天经受住考验了吗。八光点点头,也不多说话,像是回避这一话题。

文思清当然很高兴,说:"那天钱老板给你五两银子的时候,我担心坏了,生怕你破戒,挺过来就好,那你现在把银子给我吧。"

八光看起来悔恨不已,低声说:"我花了。"

"花哪儿了?"

八光不说话。文思清生气了,指着他的鼻子怒斥道:"那你还跟我点头?当初下山的时候,你是怎么跟师父保证的?师父说你还得五十年,才能六根清净,我看你啊,一百年都不够。你还是别当和尚了,继续当你的田扒光得了!"

八光低着头,只说:"不是这样的。"

"那是怎样的?"文思清问,"你倒是说啊。"

他没办法说,"但那一天在醉生楼的情形真不是这样的,以后可能讲给你,可能永远不会讲出来,但我现在只能说,事情绝不是你想的那个样子。"

5

八光去醉生楼找小五子后,"一只手"越编越亢奋,最后把青楼描述得漏洞百出。最早当然是吴思若发现了问题,这里面她再熟悉不过了,"一只手"连青楼和窑子都分不清楚,追问两三句,就问出来了。

"一只手"只好承认,跟青楼没关系,他和五帮主一天都在赌馆,里面有一个自己带椅子来的驸马爷,带了几个人故意输钱给五帮主,一把就是五百两,十把五千两,按八光的算法,是一千个姑娘。"姑娘真有那么便宜吗?""一只手"问。

"这么大的事情,"吴思若质问,"你说他去逛窑子了?"

"是他赶我走的,赢了那么多,一两都不借,硬生生把我赶了出来!"

"他是让你回来通风报信!"钱老板急得喊了出来,"故意输那么多,肯定有问题!"

他们赶车过去,到赌场的时候,天已经有些黑了。离老远就看见小五子在赌场门口,一个一个地打身边的侍卫。每一下都是刚刚碰到对方,对方就像小五子有多高深的内力一般,弹出去老远。

打了一个多时辰,这些人还在配合小五子。既然请不动,又不愿强行把他绑走,这似乎是最好的办法,配合他打来打去,待他筋疲力尽倒下来,再把他抬到轿子里。小五子明显累了,之前还是碰一下,再弹出去,现在出拳无力,隔着空气侍卫们就往外蹦。小五子大口喘着气,给自己打气一般,凛然道:"还有什么人,都给我上来!"

几个人都挺纳闷儿的,小五子什么时候有这么大本事了?这么好打,"一只手"也想上去过过瘾。跑进人群里,看准一个侍卫,使足力气,一掌击过去。哎?他没飞出去,脚都没移动一下。可能发力的方式不对,"一只手"蓄力,再打第二掌。

这些侍卫陪小五子玩了一个多时辰,摔了百十来次,正愁有气没处撒呢。不知从哪儿冒出来的"一只手",简直就像自己跑进来的出气筒,侍卫们总算可以正常地打上一架了。侍卫侧身躲过"一只手"的第二掌,一掌击在"一只手"的后背上。"一只手"晕晕乎乎地就要倒在地上了。旁边另一名侍卫急忙喊道:"别把他打死了!"

是啊,打死他,就没出气筒了。侍卫亡羊补牢,在"一只手"就要倒下去的一刻,一把把他从地上捞起来,对着他的前胸又来一掌。这次"一只手"是要仰躺下去,但还是被侍卫提了起来。前胸后背都打过了,换个新鲜的玩法,侍卫把他抛到空中转圈。

转圈也分好几种,抛得低,但转速快的;转速没那么快,但是抛得很高,一时半会儿下不来的;最刺激的是第三种,高空大风车,抛得又高又快。当"大风车"的过程中,"一只手"一阵阵恶心,感觉自己有好几次还没来得及吐出来,就又给咽下去了。有时在空中还能看见小五子犹如盖世英雄一般,轻描淡写地将这二十多名侍卫一一击倒在地。这不符合武学精神啊，"一只手"想不明白，怎么五帮主今天运气这么好，赌桌上大小通吃，出来打架，也能一拳干倒一大片？

李大人一再地拍手，那口气听起来就是阿谀奉承，他说："少侠果然是少年英雄，属下这二十多位侍卫，还不比少侠的一根小指头。"

"照李大人这种打法，别说二十位，"小五子边打人边说，"就是两百位、两千位，我也一样给你打倒！"

李大人对小五子行礼作揖，恳求道："属下在这里替我的这些下人们，谢少侠不杀之恩！"

我倒是想杀他们，小五子想，个个跟能无限复活、几百条命一样，反反复复地折磨人。他看到大家都来了，忽然感觉很露脸，很想显摆一下，一拳一脚出得还挺像那么回事，那些侍卫似乎飞得更远了。

文思清和吴思若看着很不解，不知道这个李大人的葫芦里装的是什么药。钱老板倒是一直在皱眉，他认识这个李大人，其实他再熟悉不过，只是没听说他娶了公主，成了驸马爷了。哦，他叫李准驸，据说名字是自己改的，原名好像叫李准基，要么就叫李准隆。改成"准驸"，那是下定决心要娶公主了，估计这几年已经实现了，只是不知道娶的是嘉和皇帝的哪位公主。

钱老板不想他认出自己，也看出李准驸没有伤害小五子的意思。他正转身要走，李准驸却认出了他，在后面喊他："常公公，请留步。"

钱老板只能回头装糊涂，问："这位大人是？"

李准驸毕恭毕敬地跑过去说："常公公，您贵人多忘事，我是九门提督小李子，以前每个月都给您上两回贡的。几年不见，这笔钱花不出去，我都给您留着呢。"

钱老板想想，也没法否认，他不说话，算是默认了。李准驸笑眯眯的，继续说："我以为当年中秋之乱，您惨遭不测了呢，没想到您施的是金蝉脱壳之计。"他说着，看了看正在激战的小五子，低声说，"太子这几年一直跟您在一起？"

"当年昆仑公子把太子从宫里挟持出去，"钱老板问道，"你一定知道吧？"

"当然，当然，不瞒您说，我找了近三年，今日老天有眼，终于让我找到太子。"

钱老板看看赌场，笑道："这几年一直在赌场里找，一定很辛苦吧？"

李准驸有些紧张，辩解道："都知道太子好这一口，当初离开京城的时候，我就下令说，别的地方不用寻，去哪儿守着赌场就对了。那常公公您呢，太子怎么一直在您身边？"

"我一路追踪，最终从昆仑公子手里救下了太子。当时想过送太子回去，但宫里的三王爷，你也知道，一直觊觎皇位，再加上太子，"常公公说着，指了指自己的太阳穴，"这里受了点伤，怕敌不过三王爷。"

李准驸回头看看小五子，说："我见他第一眼就看出来了，想请太子回宫，又不敢动强，只能先这么耗着。"

"我当时也是跟你这般为难，又没有李大人这么大的本事，只好在暗中保护太子，只等见到李大人，由你迎太子回宫。"

几句话说得李准驸飘飘然，频频点头道："以后还需要您在皇上身边多替微臣美言几句，虽然圣上现在听不着，但总有醒来的那一天，还要您继续提携小李子。"

"我年事已高，只想在江南养老安乐，宫里恐怕是回不去了，以后太子还需要你来辅佐。"

李准驸回头看着激战正酣的小五子，问钱老板："那微臣现在如何是好，还请常公公指教。"

"事到如今，不如就把真相告知太子。"

李准驸点头称是，朗声要众侍卫停战退下。小五子早看见他在和钱老板说话，知道他们认识。李准驸朝他走过来，忽然下跪叩首，大声道："九门提督李准驸，叩见太子！"

小五子有点蒙，他看着李准驸后面的钱老板，谁知他也跟着跪下了，说:"太监总管常公公,叩见太子!"

脑子嗡嗡作响,他看看文思清,看看吴思若,看看"一只手",大家的表情里都有震惊。小五子一直在想,我是太子,又是昆仑公子,是我弄错了吗?三年前中秋夜,太子不是被昆仑公子劫走的吗?

第十三章

Chapter 13

1

那就别打了,小五子一停手,二十几个侍卫跟着一起停,之前摔出去的也都爬起来,原来都是陪太子殿下玩的。小五子左右看看,街对面有一家文相居,看起来不错,两亩地大小,三层楼高,估计是设宴请客的地方。小五子指指文相居,按他的意思是在这儿设个宴,摆上一桌菜、两壶酒,互相先盘盘道,看看自己这个太子是真是假,这个李准驸是什么来头。大家边吃边聊,边喝边观察。谁承想自己话都说出口了,李准驸却摇头,他说:"不用了吧,太子殿下有所不知,臣走南闯北,找了快三年,好不容易找到了,咱们就赶紧回京城吧。"

小五子看着他,不说话,张了两次嘴,继续看着他。他在想,太子对臣子应该什么样,尤其是在被下面的人拒绝的时候,应该说点什么好。他还没想好怎么说呢,李准驸马上又改口了,他说:"太子殿下,不然咱们边赶路,边设宴?"

小五子上身向后靠,眯着眼睛看他,问:"怎么边赶路边设宴?"

李准驸拍了两下手,对面文相居传来轰隆隆的下楼声。大门推开,上千个手持兵器的侍卫从里面出来。这么小的门,这么多的人,全出来还得一炷香的工夫。文相居有四个面,一千多个侍卫从大门出来后分向左右,让出正门,将另外三面围住。

小五子看看李准驸,不知道他弄这么多人,到底要干什么。又回头看看文思清、吴思若、常公公和八光,他们都跟他一样困惑,都震惊于这闻所未闻的铺张。

"准备吧。"李准驸说。只见他伸出手掌，对着近前的几个侍卫，手心向上抬了抬。刚才在赌场扛镐的农夫，也是跟小五子搏斗时摔得最狠最远的那个，竟然是他们的队长。他看到李准驸的手势，点点头，向前走几步，站在李准驸和侍卫们之间，高喊道："起驾！"

"唰"的一声，所有人整整齐齐地跺了下右脚。队长喊："一！"侍卫们统一蹲下，左腿朝前，右腿向后下弯撑着地面。队长走过去，将文相居的大门关上，然后退后几步，对准备好的侍卫们喊道："二！"小五子看见侍卫们好像从地上捡起了什么东西，之后都用力抓着。队长喊："三！"这声"三"长一些，似乎也更用力。侍卫们铆足劲地嘶吼一声，一个个努力地站起来。紧接着，让小五子瞠目结舌的画面出现了，那幢三层楼的文相居，居然硬生生地被这一千多个人抬了起来。

队长做了个往这边来的手势，一千多人扛着文相居朝他们走来。凑近一点儿，小五子看到每个侍卫都扛着一根铁杆，而这根铁杆正是从楼底板伸出来的。一千多根铁杆在楼底板下纵横交错，刚好能撑住整栋楼，也能令侍卫将整幢楼扛走。但还是太沉了，那可是三层楼啊，小五子感觉他们每走一步，都能在地上砸个坑出来。离小五子只有两三尺远时，队长喊了声："落轿！"这些人慢慢蹲下来，弯腰将铁杆卸下来，一寸一寸地下移，直到将文相居稳稳地放置在地上。

李准驸将文相居的大门打开，右手向前，请小五子进去。当然，现在不是小五子了，是太子殿下。小五子回头看看，示意文思清、吴思若她们一起来。文思清的表情有点不对，她抓着门环，满脸通红，气都有点喘不匀，随时要晕倒的样子。

小五子向前要扶住她，旁边的吴思若抢先将她搀了起来。文思清好像哭了，脸上有泪水。是不是不接受我做太子？小五子想，可我又不是故意的，况且我现在是真是假都不知道。但也来不及多想，李准驸高声喊道："有请太子殿下入座！"

这么有仪式感，这几年做梦，哪怕是做白日梦，也不敢想自己会是太子。所有礼仪他都不懂，他站在门口不知道太子进殿是先迈左脚，还是先迈右脚。反正不会是两脚一起跳进去，对吧？常公公走过来，搀住他，几乎两脚腾空一般，大步走了进去。双脚下落时，他的双腿有些发软。文相居哪里只是个饭堂，里面雕梁画栋、长桌御宴，这简直就是宫殿，一个可以行走的宫殿。现在想一想，李准驷把红木椅搬到赌场算什么呀？人家可是带着一幢三层的文相居走来走去呢。

吴思若和文思清跟在后面进来，吴思若左顾右盼，和小五子一样，一时无法看懂这李大人是什么路数。文思清那股难受劲儿还没缓过来，虽然也是左右地看，却越看越深情，越看哭得越厉害。最后进来的"一只手"可就完蛋了，一副没见过世面的样子。八光也挺惊讶的，但没"一只手"那么没出息，毕竟前几年走南闯北，大家闺秀、小家碧玉的闺房宅子都去过了。可是这里比那些要大气，这么大的房子，盖起来都得三五年，更别说没轱辘，全靠人扛着走了，这可不是一个小工程。"一只手"还在惊叹，甩着他那空袖子指手画脚、一惊一乍地说："五帮主，我跟你混就对了！我早就知道，我没跟错人。说实话，能有本事把我降服的，肯定不是一般人，不是天子，就是太子！"

"一只手"大惊小怪的，小五子也不让他闭嘴。有这样一个人挺好，自己不知道说什么了、心里有一百个问题解答不了、还需左右观察的时候，"一只手"可以说个不停，避免冷场。

李准驷请每个人入座，小五子自然坐主位，李大人坐他左边，常公公坐在他右侧，至于文思清和吴思若，都坐在他对面。李准驷招呼人给大家倒茶，之后拍了两下手，侍卫队长小跑着出去，很快传来"起驾"的口令，接着是一、二、三。

小五子坐在位子上，感觉整个房间都被抬起来了，但又那么稳，根本就没有一颤一颤的摇晃感，茶杯里的水都看不出晃动。他起身走到窗前，窗外的景色一点点往后退，房子确实在移动。李准驷走到他身后，弓着身子陪他看窗外。小五子看着窗外的暮色,头也不回地问道:"李大人,整幢文相居都是你从京城带来的?"

"正是。"

"够稳的,运这幢楼,花了你不少功夫吧?"

"这都是臣应该做的。"李准驸说,"这一千多人都是精挑细选出来的,不只是力气大,还要耐力好,有常性,更重要的是……"

"身高还要一样,丝毫不差,是吗?"小五子关上窗户,转身打断了他的话。

"太子殿下所言极是,只是……有些许的……"

李准驸支支吾吾的,就是不说出来。刚做太子不到半个时辰,小五子就明白了朝廷里的生存法则,从下往上论,说你"所言极是",其实就是说,你说的不对,至于什么是对的,下面的人也不敢轻易说,就给你留一口子,"只是""有些许的"什么的。你要是追问,他就讲出来;你要是不问,起码做臣子的没犯错。换平常,以小五子的性格,他肯定不问,憋死你。只是这次他真挺好奇的,头两条是力气大、耐力好,这第三条倘若不是身高一样,那又是怎样做到这么稳的呢?他让李准驸说出来,别支支吾吾的。李准驸低着头只说"是,是,是",就是不往下说。小五子让他快点,后来提醒他:"你平常做官,怎么说是你的事,但别跟我来这一套。以后在我这儿,要是再这么含糊不清的,小心掉脑袋!"

"是,是。"李准驸低着头,舌头都打结了,他抢在小五子发作前,抢在小五子喊"拉出去斩了"之前,赶快说出真相,"太子殿下,您其实是对的,就是身高一样。选出来的这一千多人,他们的身高是一模一样的。"

小五子背着手看他,摇着头:"不对,肯定不对。傻子都能从你的表情中看出来,我刚才说错了,你现在又反口说我讲得对。只要是太子讲的,就都对,是不是?"他不想聊了,转身问房间里的几个侍卫:"这里除了李准驸,谁还能管事?把他给我替下来!"

李准驸赶快在小五子身后跪下来,求太子饶他一命,他说就是。小五子已经不指望他再说什么了,继续问侍卫:"这里谁管事?"

李准驸跪在地上连珠炮似的回答:"其实开始选的标准是身高都一样,可是您坐在里面有些颠,后来您提拔了微臣,微臣苦想了三天三夜,终于想明白了,光是身高一样还不行,主要是肩膀要一样高,毕竟要把铁杆扛在肩上行进。"

早说不就完了吗,弄得这么费劲。侍卫群里站出来一个小伙子,毛遂自荐说:"太子殿下,我行,我能替李大人把事情做好。"

小五子面带笑意地看着他,话确实是自己问的,他一时半会儿还不知道怎么回复。小伙子以为自己说错话了,指着李准驸补充道:"我说错了,不是李大人,是这个姓李的蠢货!我肯定能干得比他好。"

这回小五子知道怎么讲了,他笑着重复小伙子的话,问道:"你肯定能干得比他好?"

"肯定比他好。"他拍着胸脯保证,"说实话,这姓李的啥都不干,说是找太子,找殿下您,可是这三年,每天就是游山玩水,扛着这房子跑东跑西的,穷折腾我们。"

小五子点点头,说:"你很好,还能做李大人的事,那一会儿就看看,李准驸肯不肯让你替他做事吧。"

小伙子没明白,李准驸听出来了,小五子这是要放了他,他跪地上咚咚咚地磕头谢恩。小五子转身,让他起来,说:"这事其实干得不错,只是有点铺张了。"

"是,是。"李准驸忐忑地回答,"所以只带了一栋楼上路,文相家里的花园和池塘就没有抬到江南来。"

"什么文相?"

"就是京城,朝廷里的……"

李准驸这次没想遮掩,张嘴就要回答,不过被"一只手"的尖叫声打断了。厨房陆续上菜了,一盘盘菜由侍女端上来摆在桌上,"一只手"

惊呼道:"这里还有厨子!"他拿起筷子,站起来夹了一块蜜汁蹄髈,感觉嚼得嘴里直冒油。他看着摆盘的宫女又尖叫道:"还有宫女!"之后又看了看常公公,深吸一口气,说,"还有太监!全了!宫里有的,这儿都有!"

常公公想让他闭嘴,可是一张嘴,又是尖声尖气的,貌似是在证明有太监这事,"一只手"说得对。常公公叹口气,拿起筷子夹了一口藕夹。

"一只手"凑过来,笑眯眯地问:"常公公,这菜我都没吃过,你之前在宫里应该常吃吧?"

常公公憋着一口气,他右手拿筷子,左手握着"一只手"椅子的扶手。感觉他把气全撒在椅子上面了,弄得"一只手"的椅子咔嚓咔嚓响。他强颜欢笑,示意"一只手"坐下来说:"想吃什么,够不到的,常公公给你夹就是。"

"一只手"笑嘻嘻的,自言自语道:"果然是太监出身,就是会照顾人,回头我……"话说一半,他又尖叫起来,想往上蹦,屁股却粘在椅子上抬不起来。

小五子走过去,见椅子上没东西,也不知道"一只手"到底喊的是哪出。他问"一只手":"怎么了?"

"一只手"额头上直冒汗,跟要断气了似的,磕磕巴巴地说:"烫……烫!"

小五子注意到,常公公握着"一只手"的椅子的扶手,那就是在发内力,把椅子逼热逼烫。常公公甚至还逼出吸力,"一只手"几次想逃都不得,喘着粗气呻吟。

小五子问常公公:"会死人吗?"

"会。"

小五子愣了一下,问道:"所以,你不是跟他闹着玩呢?"

"没闹着玩,我想弄死他。"

这么搞有点大,小五子挠挠头,他替"一只手"求情:"挺好的孩子,就是嘴欠了点，差不多就放了吧。"

"一只手"也哀求道："对对对，常公公，不不不，钱老板，我对您也没恶意，就是开个玩笑，您就把我当个屁，放了吧？"

过了好半天，常公公才点了点头。小五子端起茶水，倒在"一只手"的椅子上。水刚落上去，椅面上就"吱吱"地冒着白气。温度降下来了，可是"一只手"还是起不来，直到常公公把手拿开，一只手才"噌"地一下从椅子上跳起来。他离开饭桌，推开文相居的大门，跳了下去，和扛房子的侍卫们一起步行去了。

大门打开，大家才看到，天色已晚，再不吃晚饭，可就要入夜了。很快就有宫女将"一只手"湿漉漉的椅子抽走，换了把新椅子放在原位。小五子也不想回他的太子主位了，索性坐在这把椅子上。

刚才"一只手"被烫的时候，李准驸已经将那名积极踊跃的小伙子处理掉了。他把农夫队长叫过来，低声吩咐他把二五仔带到厨房，处理掉后，直接从窗口扔出去。农夫队长多问了一句："怎么处理掉？"

李准驸盯着他，嫌他脑子太笨。他让队长凑过来，耳语道："这种事情，你要让我讲那么明白吗？我让你把他带到厨房，我还说了，处理完从窗口扔出去，你还问我怎么处理？怎么处理，你去问厨子。"

队长恍然大悟，表示他明白了，刚才是想多了。他冲李准驸眨了眨眼睛，一脸坏笑地说："简单直接最好。"

"对，简单直接最好。"

队长揪着小伙子的头发就往厨房走，小伙子求李准驸饶他一命。见姓李的不说话，他又求太子殿下救命。可是小五子正忙着救"一只手"呢，根本不知道身后发生了什么。农夫的力气很大，揪着头发，能把小伙子提到半空，三步两步就离开了大堂。之后厨房里一阵惨叫，当然，全被大堂中"一只手"的叫声湮没了。

"一只手"逃出去的时候，农夫队长也回来了，他俯身在李准驸耳边向他报告:"全都处理好了,他现在留在厨房,给厨子改刀、择菜。"

李准驸笑笑,拍拍农夫队长的肩膀,夸道:"很好,非常好。"

队长貌似很得意:"就按照您的意思,简单直接地把他处理掉。"

"对,简单直接。"李准驸笑笑,忽然变脸,质问道,"按照我意思?我他妈是这个意思吗?"

队长蒙了,回忆道:"您说的,怎么处理,让我去问厨子。"

李准驸无奈地叹了口气,指了指他,说:"把你这身皮扒下来,你也去厨房摘菜、改刀吧。"

队长想多问两句,他真心想知道自己到底哪里错了,可是李准驸不给他机会。李准驸走到小五子面前,又一次变脸,满面春风地从桌下拿出两坛酒,说自己在找太子的过程中收藏了一些好酒。两个坛子一模一样,都是陶罐红盖,他仔细辨认了一番,指着左手边的那坛,说:"这两坛都是绍兴名酒,这坛是女儿红,女儿刚生下来的那天,当父亲的就酿下这坛酒,起码要等一十六年,女儿出嫁那天,才能打开品尝。"

李准驸介绍完第一坛,准备介绍第二坛,谁知被之前不吭声的八光抢了白。八光靠着椅背,扯着嗓子问:"那第二坛一定是状元郎了,是不是?"话到嘴边,被人堵住了。李准驸摸着坛子上的红布,卡在原地。八光接着抢话:"那一定是,儿子刚生下来的那天,当父亲的就酿下了这坛酒,本来要等到儿子考上状元后再打开来庆祝。可是这一等,可不止十六年,没准儿要等上二十六年、三十六年。要是他的子子孙孙都不争气,不学无术,等上六百年,这坛酒都不一定喝得上。"也不知道哪里好笑,八光说完,还自带音效一般,"哈哈哈哈"笑个不停。

李准驸的脸都绿了,他迅速调整状态,仍然面带笑意地请示小五子:"太子殿下,那咱们就打开喝吧。"

"李大人,先别急着开酒!"八光说,"我刚才说的对不对啊?"

李准驸皱着眉头看八光,不知道自己哪里得罪他了,他这明显是在故意找茬儿。能看出来,这假和尚武功不错,应该比刚刚把椅子烧烫的常公公还要好，真要是打起来，他李准驸倒也不怕。首先，他做了几年的九门提督，可不是白练的；再就是这千人侍卫中起码有几十名好手，真要围攻这和尚，可不是刚才对太子殿下那种闹着玩的把式了。可眼下不宜发作，这么多人看着，更何况他是太子带来的人。他"哈哈哈"地干笑几声，吹捧道："这位高僧果然见多识广，李某人着实佩服。"客套话起了个头，他也讲不下去了，干脆强行结束话题，"对，你说得对。"

"虽然我说得对，可酒是你的，打开之前，你总得给五帮主介绍一下啊。"

还没完没了了，这是要逼我动手吗？李准驸愣了愣，再次调整状态，摸着第二坛酒说："这第二坛呢，叫状元郎，如果生下来的是儿子，当父亲的就酿下这坛酒，等儿子日后……"他说了一半，实在不想重复下去。

小五子把酒坛拽过来，拿下红盖子，示意大家就这么喝吧。小五子拎起酒坛，给每个人都倒上。别人都已经习惯了，酒在面前的杯中倒满，"谢谢"都不用说。他不就是小五子嘛，田独肉铺的伙计出身。唯有李准驸诚惶诚恐，受之不恭的样子，恨不得跪下来接酒。

菜也陆续上齐了，小五子看着一桌子饭菜，还愣了一下，说巧不巧，居然全是自己爱吃的。就算有些年没吃过了，但一看菜品的成色，就知道合自己的胃口。李准驸谄媚说："太子殿下，这都是按您的口味准备的，厨房里的四位厨子，都是您之前的御用厨师。尽管您消失了几年，可我把他们都留住了，就等着您回来呢。"

"这都是我之前爱吃的？"小五子指着这些饭菜问。

李准驸点了点头，似乎很得意。其实不问，小五子也知道，不管吃过没吃过，都是他的菜。那么他和李准驸一定很熟，而这个李准驸自然是朝廷大臣，他说自己是太子，十有八九没跑了。

小五子瞪了一眼常公公，倘若我是太子，失忆之前在宫里，他就认识我。这几年，又是装哑巴的钱老板，又是尖声尖气的太监，又是百花谷的沈总管，讲了那么多，没一句实话。那就先吃饭喝酒吧，小五子端起酒杯，谁知道里面盛的是女儿红，还是状元郎。举杯的时候他开了句玩笑，说："那这房子呢，也是我喜欢的，给我留的？"

这有点像抬杠，也没指望对方回答，可是李准驸居然又点头，他说："当时您说喜欢文府，便责令章武水章大人连根把文相居拔起，之后几次出京，住的都是这幢房子。"

小五子的酒杯已经在嘴边了，他停下来，盯着李准驸，问："谁是章武水？"

"以前的九门提督，过去一直跟着您干来着。"

"现在呢，人在哪里？"

李准驸犹豫不决，小五子呵斥他，快讲出来。他说："章大人以前官运很好，顺风顺水，一路高升，后来因为办事不力，出了点差错，被您治罪斩首了。"

小五子追问："他出了什么差错？"

这下不隐瞒了吧，索性全讲出来，但还是要跪下来说。李准驸说："太子殿下明察，所谓差错，就是这幢房子，就是您刚才问我的问题，是身高一样，还是肩膀一般高。章大人老糊涂了，找了一千多个身高一样的侍卫，但肩不一样高，行进起来自然摇晃。有一次，这房子颠得实在厉害，桌上的茶都洒出来了。您当时大怒，问我们这些做下人侍卫的，谁能替章大人做事，您当时问了三遍。微臣那时还只是章大人的副手，可是太子殿下有困难，自然要赴汤蹈火。于是微臣站出来，表明我可以胜任，保证您在里面可以四平八稳地到达目的地。"

"然后呢？我怎么处置章大人的？"

"跟平常一样，找个理由把章大人问罪斩首了。"

小五子深吸一口气，他是个什么样的太子啊？尽管这几年，他并不觉得善良是美德，可他也从来没想过，自己会是个坏人，一个十恶不赦的恶人。那就把酒喝了吧，希望这一切都是假的。然而就算他不是太子，他也是昆仑公子，也是个人人喊打的过街老鼠。

他仰头将杯中的酒一口气喝掉,猛地把酒杯摔在地上,然后他一一望着与他同行的这几个人。常公公面无表情,看起来这些他早就知道,见怪不怪。八光和尚是刮目相看的表情,没想到你小子比我狠多了,去少林寺的,应该是你才对。小五子看看吴思若,她则和他一样恍惚疑惑,只是比他多了一丝心疼。小五子没法心疼他自己,吴思若却比他还要难受。他又看看文思清,她还沉浸在悲伤之中,不是为小五子,是莫名其妙地自我感伤,看着桌上的碗筷掉眼泪,似乎是在睹物思人。

小五子忽然想起了些什么,他走出几步,推开大门,手抓着门环,上身后仰,看房外的牌匾。李准驸还在喊着:"殿下,小心!"小五子已经走回大堂,他问李准驸:"这幢楼叫文相居?"

"对,文相的府邸。"

小五子走到桌前,拿起文思清面前的碗,看了看碗底,上面写着"文相府上"。他浑身发抖,坐到文思清旁边,双唇打战地咽了两口唾沫,眼泪就要溢出眼眶了。他哑着嗓子问道:"思清,这幢房子是不是你家的?"

2

文思清是在天快亮的时候离开的。他们喝了一整夜的酒,女儿红,状元郎,两坛酒喝完,又换上汾酒、米酒。原来不只有绍兴名酒,寻找太子的这几年时间里,李准驸走到哪儿,都会搜罗当地最好的酒带上。房子在夜里持续行进,众人推杯换盏,最后是房子不晃,人开始晃起来。

以前文相府的人不喝酒,无论是车夫、伙夫,还是管家,只要进了大门,都是滴酒不沾的。文思清的祖父和父亲几代为官,家族的规矩如此,不可以贪杯误事。连根拔起,抬出京城,变成了文相居,反倒是觥筹交错,一醉方休了。

是啊,文相府怎么改成文相居了呢?可能是不想太惹眼吧。以至于在赌场门口,文相居就立在街边,她都没看出来,这三层楼竟是自己的家。

直到她走进去，房间里的陈设格局都没有变，她仿佛能看到自己童年少年时的痕迹——在这张桌子吃饭，在那扇屏风后面玩耍，从楼梯上跑下来，一路欢笑着跑出大门。那时祖父还在，父亲还在，母亲还活着。她呼吸急促，险些晕倒，吴思若扶着她，找张椅子坐下。桌上已经摆好碗筷，还是熟悉的花纹图案。她拿起来，看看碗底，绝对没有错，是自己的家，是她长大的文相府，连碗筷桌椅都保持原样，那碗底上写着"文相府上"。

倘若小五子没发现，文思清永远不会说，她不知道自己家族的灭门跟他有什么关系。眼前这个失忆的、没有身份的男人，以前是小五子，后来成了昆仑公子，这次摇身一变，又成了太子，一人之下，万人之上，他到底对文家干了些什么，这些她都不确定。

坐在长桌一角，她尽量克制，可眼泪还是止不住地往外流，想的越多，越悲伤。后来，小五子看出来了，拿起她手上的碗，问："思清，这幢房子是不是你家的？"

她大概愣了几秒钟，硬挤出一丝笑容说："哪有，我家哪有这么气派？"

小五子还在看她，显然，他不信文思清的话。文思清端起酒杯，高声建议大家先吃饭喝酒。"折腾了一整天，我都快饿死了。"她说。

小五子不动，其他人也不好起身举杯。文思清俯身贴着小五子耳朵低声讲："家里出事的时候，我还小，又是女流之辈，我什么都不知道，所以不要再问我了。何况，你也什么都不记得了。趁我们现在还一无所知，把这顿酒喝完吧，他日再见，你我还不知道如何面对呢。"

小五子没吭声，他不敢看她。文思清再次端杯站起来，说："在座的都是我新认识的朋友，大家为了小五子，东奔西跑地漂泊了这么久。现下终于知道，他是太子，是皇宫里的人，又有御前侍卫保护，以后大家再不必躲躲藏藏了。就算诸位心性清高，不愿去讨荣华富贵，也至少能过上太平日子。我先替小五子把这杯干了。"

文思清说完，将杯中酒一饮而尽。所有人都看着小五子。八光等不及了,他可不管这些,文思清怎么着也算是他师姐,他第一个站起来捧场,喝掉。之后是常公公,表示田独承蒙她的照顾,虽为长辈,也要敬她这一杯。再后来是吴思若,也没多余的话,说喜欢不喜欢,总还是跟她在昆仑山庄面对过生死、在茶馆亲历了苏子瑶被杀,无论如何,也要把这杯酒喝掉。

只剩下小五子了,他没有起身,但把酒倒满,一口喝掉,紧接着又倒第二杯、第三杯。太子喝酒,李准驸哪敢干瞅着,你一杯,我三杯,你三杯,我九杯。九杯酒下肚,他满嘴的酒气,招呼厨房:"把这一桌子饭菜撤掉,换上新烧的菜。"

小五子让他等下,问他:"这些菜不是刚上来吗?怎么要换掉?"

"上来个把时辰了,太子殿下。"

"可还没有凉啊。"

"是,可是您摸一摸,已经温了。"

小五子碰下盘子边,基本还算是温热。他想了想,问李准驸:"所以,我过去是这样的?这么多菜,稍微一放,我就让人重做?"

李准驸点了点头。

"以后不必了。"他说。

"本来就该换的,您是太子,又不是寻常百姓,怎么能吃剩菜剩饭?"

"我说,以后不必了!"小五子打断他。他又喝掉一杯,李准驸这回不敢跟着喝。小五子放下酒杯说:"不用重做,以后连做都不用做了,叫厨子们先回京城吧。"

"那您以后吃饭怎么办?"

"走到哪里,吃哪里!"小五子走到窗前,推开窗户,冲李准驸吼道,"你往外看看,天天有赶路的,有饿死在路上的吗?"他指着外面扛着房子的侍卫说,"我跟他们吃一样的。"

李准驸明白了,但着实为难,太子怎能跟侍卫一样吃糠咽菜?所以反过来理解,这一千多名侍卫,吃的要和太子一样,大鱼大肉,山珍海味。

这么一来，伙食费肯定不够了。李准驸说："我着手去办。"

李准驸走进厨房，又看见了那个要顶替他的小伙子，小伙子正在菜板前一边抱怨，一边切着芦笋。本来就一肚子气，眼下正好可以拿他撒气。李准驸走过去，左手抓着他头发，右手夺过他手里的刀，在小伙子的右腿上扎了一下。然后他伸手要，一个看懂了的厨子递过来第二把。李准驸瞄准后，在他左腿上又扎了一刀。右腿那一刀，好像触及了动脉，血喷出来，溅到了李准驸的脸上。两刀一左一右插在小伙子腿上，他要死不活地躺在地上哼哼唧唧。李准驸伸手，始终没表现的农夫队长递给他一条白手帕。李准驸接过来，擦了擦脸上的血，命令所有人："刀就这么插着，谁也别给他拔下来，谁要是想拔，就插自己身上！"

没人敢出声，李准驸要求厨子把衣服脱下来，换上侍卫的衣服，同时将厨子的白衣服交给农夫队长，让他挑几个不中用的侍卫，穿上这些衣服，一会儿到太子面前晃一圈，说自己是厨房的厨子，给太子跪下来谢恩。他指着脱下来的衣服说："领赏之后，就早点滚回京城吧。"

队长接令要走，李准驸叫住他："等会儿！我话还没讲完呢，你走什么走！"

农夫队长愣在原地，搓着双手，也许真是农民出身，此时要是给他一把镐，他还能自在点儿。

李准驸交代第二件事，"现在是盘缠不够用了，"他说，"需要派人快马加鞭向朝廷要些银票来。可是朝廷也不好去。"话说一半，他又把自己否定了，找到了太子，挺大的一份功劳，人还没见着，就伸手要银子，到最后立多大功都被抹平了，"这样，你带几个侍卫扮作强盗，看沿途哪家宅子大，富得流油，去抢他几票回来！"

农夫队长问："抢多少？"

李准驸笑了："这话说的，你得看他们有多少啊。要是家底就一万两，你能抢出三万两？"

"全抢光？一文钱都不给人剩？"

"当然抢光!"李准驸又乐了,不是有多好笑,而是这农夫出身的队长好用是好用,可总问一些不可理喻的问题。还剩不剩钱给人家,为什么要剩呢?奇怪了,钱这么好的东西,没有理由剩下来一些啊。

虽然不认同,但农夫队长懂了。他接令离开,李准驸再次喊住他:"等会儿!我跟你说了多少遍了,等我把话说完,你再走!"

农夫队长一脸无辜,还是搓着手,低声解释:"我以为你说完了。"

不解释还好,解释两句,把李准驸的怒火勾起来了。他路过躺在地上的小伙子,将插在他腿上的刀子拔了出来,对着队长比画。小伙子双手掐着大腿根惨叫,这叫声似乎让李准驸冷静了下来,真把队长杀了,他就无人可用了。他慢慢压住怒火,说:"我这回说完了,你去办吧。记得,每次都要听到我告诉你,我说完了,你才可以走。"

队长俯首致意,面朝李大人,一步步退出厨房。李准驸经过惨叫的小伙子身边时,又将刀插回到他的腿上。这次他已叫不出声了,只有微弱的气息。趁自己还没晕过去,小伙子得想想为什么,可能是位置不对,好狗不挡道,躺在这一走一过都能经过的地方。他双臂撑着地面,拖着全是血的双腿往墙边移。

李准驸懒得管他了,转身对那几个已换上侍卫服装的厨子交代:"以后就穿这身衣服,该下厨就下厨,如果有人来打听,你们就说是驻扎在厨房的侍卫。"这次不等厨子走,李准驸说完就要离开厨房,走到门口想起来,补充道:"对了,从明天开始,饭菜要做一千份,不单我吃,太子要吃,咱们这些兄弟也要吃到你们做的鲍鱼龙虾。"

"但我们是御厨,我们只给宫里做宴,"一个貌似有风骨的御厨站出来,反驳道,"我们不伺候下人。"

这事是让人生气,但怎么着也不能杀厨子,一路上的饭菜还得有人做。就算往菜里面擤鼻涕、吐痰,也防不住啊。能怎么办呢?衣食者为大,李准驸挠头看着他,好一阵儿才找到说辞:"他们也是宫里的人,他们都是皇上的左膀右臂!"

他可不能再等反驳了,说完就出去了。来到大厅,又是另一番景象。刚刚进厨房,也就两炷香的工夫,外面的人已经干掉了五六坛酒。有人已经喝倒,伏在桌上;有人拿着酒坛,只要碰到还醒着的,就一定要碰坛喝。

"五帮主带头喝的,他喝得最多,""一只手"提着酒坛,站在李准驸旁边说,"他一个人就干了三坛酒。"这时李准驸才意识到,"一只手"上来了,他不跟部队行军了。

李准驸朝太子走去,此时小五子已经喝多,靠在座位上,不省人事。他要扶太子就寝,转身又问吴思若和文思清:"你们两个,谁是太子妃?"

两个女人瞪大眼睛,回避了那么久、那么敏感的一个话题,被李准驸这么不经意地带了出来。李准驸又催问一遍:"快点!谁是太子妃,准备侍寝啊?"

吴思若看着文思清问:"侍寝,是洞房的意思吧?"

文思清摇着头,并非不是,而是不知道。李准驸问了两遍,也不见有人应声,他自言自语道:"真是的,机会来了,也不知道把握。"

李准驸蹲下来,后背对着小五子,双手从身后抱住小五子的腰,一挺身就把他背了起来。李准驸踏上楼梯,把小五子往卧室里背。有两个侍卫赶过来,说是要搭把手,被他一个眼神撵了回去。

说实话,在把握机会这一点上,没人能比得上他李准驸。想顶替他的位置,开玩笑,过去十年,净是他顶别人,可不见谁有本事把他替下来。李准驸这名字,可不是盖的,状元中榜的文章,都不比他这三个字来得巧妙。他研究了很久,飞黄腾达的最高级别在哪儿,皇上天子,就不用说了,这要看命。别说平民百姓,有些皇子就算生在皇宫,都不一定能坐上龙椅。宰相、钦差呢,这要看运,运势好时,权倾朝野;但要是走背运,站错队,一个不小心就被满门抄斩,九族都跟着遭殃。权高且牢固,思前想后,最稳的就是驸马爷了,跟朝政党争无关,谁来做皇帝,驸马爷都享荣华富贵。只要公主活着,驸马爷就没法被罢免;就算公主死了,驸马爷的儿子还是皇上的外孙。再说了,他也没本事做宰相。驸马似乎不需要真才实干,但其实要学要练的可多了。楼下那两个小妞,根本不行,机会都到眼前了,不知道该干什么、该怎么样把太子的心抓住。他李准驸什么样呢?一个公主都不认识,长得肥瘦美丑都不知道,但照样敢叫这个名!慢慢来呗,老皇帝二十七个公主呢,早晚有一个是他的。可惜自己是男的,不然此时对太子下手,一保一个准儿,现在是太子妃,过两年就是皇后、皇太后了。

李准驸把小五子扶上床,犹豫要不要帮他更衣沐浴。他去脱鞋子、扒衣服,衣服脱到一半,想想还是算了,反正再殷勤,也当不上太子妃。被人当场抓包,别说是驸马爷、九门提督,怕是脖子上的这颗脑袋瓜都保不住。

他给小五子把被子盖好,吹灭蜡烛,黑灯瞎火的,还不打算离开。万一太子做噩梦唤人,或是忽然醒来要喝水呢,做奴才的,要心细一点儿才是。摸着黑,他在一把太师椅上静坐,脑袋不断下沉,竟睡着了。

他是被呼噜声吵醒的,一睁眼,呼噜声就听不见了。闭眼刚睡一会儿,轰隆隆的呼噜声又吵得要死。试验几次,他确定那是自己的呼噜声。那就是犯了大错,呼噜声洪亮不说,还时不时地转调,呼噜噜变成呜呜呜,转眼又变成呵哈哈。以前在京城,干活累身体疲,还能睡得实一点儿。这几年出来找太子,不是在赌场坐一天,就是躺在这行走的房子里,跟姑娘们学讨女孩喜欢的话术,居然把打呼噜这臭毛病给惯出来了。

还好太子没醒,毕竟喝了不少酒。李准驸喝一口茶,掏出手绢,擦擦额头上的汗,黑暗中闻到一股血腥味。手绢放在鼻子下面,深吸两口,是血的味道。估计是在厨房时用来擦脸的手绢,那额头上应该是红的,手上也是红的。这时他愣住了,不是为这血,是想到了一件更重要的事情,关乎一生的大问题,这么大的呼噜声,哪个公主敢嫁给他啊?

李准驸又静坐了一会儿,这次没睡着。下楼之前他想明白了,要是真娶不到公主,没人敢嫁他,那就再改一次名字——李准富,反正发音都一样。改名这事，越改越有前途。李准驸之前，他爹妈给的名字还是李准福呢。再就是他想明白了，当不上驸马爷，他就跟太子混，鞍前马后做奴才。以后他登基了，也不用封自己什么官，免得给了乌纱帽，又找机会把乌纱帽摘下来，给钱、给田、给女人就行。不当驸马，他反而可以活得更风流。

他下来的时候，酒都喝完了，一个喝得比一个多，瘫在地上、椅子旁。他招呼侍卫过来，把他们扶上楼，照顾好他们，不然明天太子醒来，看到这样子，成什么体统！

果然是豪宅，一楼吃饭，二楼做菜，三楼全是客房。侍卫们两人一组，将醉酒宾客一个个往楼上背。李准驸看着他们忙乎，忽然问道："少个人，那个姓文的小姑娘呢？"

3

小五子再醒来时，发现文相居少的已不是文思清一个人了，八光和尚和常公公也在夜里离开了。他猜测，应该是文思清先走的。待众人酒醉，她推开门，从行进的房子里跳出去，逆着人流往南走。他不知道她要去哪儿，也许她自己都不知道，但肯定不是田独，那已是所有憧憬承诺破碎的地方。这文相居就是她儿时的家，她从这里离开，无处可去，无家可归。

可能走出两三里路，八光追上来了。他和她一起离开少林寺，一起来的南京，当然要跟她一起走。常公公，小五子在琢磨这个人，他为什么要走，他们是去京城，皇宫啊，那里不是他待了二三十年的地方吗？或许是怕小五子追问吧。没别的理由了，常公公知道太多，却一句话都不讲，同去京城的话，架不住小五子一路的盘问。还不只是问话这么简单呢，他现在已经是太子了，倘若他还是满嘴胡话，没半点诚意，小五子当然要把他关入地牢，反复折磨。如果是我，小五子想，也会跑得远远的。

还好，吴思若还在，"一只手"出出进进，蹿上蹿下，也没有不告而别的意思。中午，小五子到吴思若的房间坐了一会儿，也没多说话。这时候也不便多说什么，哪怕只是露出一点点欢喜的情绪，都显得他俩是狗男女。他坐在桌前，看她读书，若不是窗外的景色不断移动，怎么看，这都不像是一幢移动的房子。坐了一下午，看了一下午灰尘浮在阳光里，到最后他说出五个字："你不要走了。"吴思若放下书，望着他，没有答应，也不是拒绝。小五子继续说："起码等我查到我到底是一个什么样的人。"

小五子说完下了楼。李准驸正躲在厨房里，一个上午都在忙着数银票。昨天夜里，农夫队长带人打劫了一家盐商，掠来三万多两的银票。李准驸数了一遍又一遍，就仿佛那不是抢来的钱，是刚从钱庄取回来的自己的钱一般。农夫队长站在他面前，等他数到第三遍时问道："李大人，这些钱够了吧？兄弟们做没本钱的买卖，把人家洗劫一空，还想着送回去一些。"

李准驸没应声，他还要数一遍，这次确切的数字是三万五千六百七十七两。他的眼珠转了两圈，盘算了一下，又数第五遍，然后将钱分成两堆，每堆是一万七千八百三十八两。多年的老规矩了，一半留作公用，一半留给自己。可多出来这一两怎么办，规矩就是规矩，放在自己那堆就是贪污了，可不是好官，那是昏官、贪官；可是放在公用那一堆，他又觉得吃了大亏。思前想后，面前的农夫队长让他灵光一现。他把这一两银子扔给他，说道："拿去，跟你的兄弟们分一分。"

队长接过这一两银子，在手里捏了捏，为难道："李大人，您赏得太多了。"

李准驸了解他的为人，知道他是真觉得多，绝对不是讽刺。这种农民出身的武将好养活，肥都不用施，浇浇水，晒晒太阳，就能长出沉甸甸的麦穗。李准驸头也不抬，他打算再数一遍，别出什么差错，一世英名，毁在这点银子上。

农夫队长还捏着那一两银子，说："以前都是多出几文给我们，这次是一两，实在是有点多。"

"那就带你的兄弟们去吃点好的,李大人赏你们的,哪有要回去的道理?"李准驸说着把钱收起来,一半交给账房先生,作为这几天的开销;一半揣进自己兜里,多出来那一两,还卖了个天大的人情。这么聪明的头脑,说实话,他只想做驸马,不做宰相,主要是为了让那些大臣们有路可走。

房子继续前行,昼夜不停。跑了快十个时辰,转眼就要出山东了。下午时分,有官兵堵住了行进的道路,为首的王姓武官骑在马上,挥舞着大刀喊着:"捉拿歹人。"

其他士兵跟着帮腔,话音不齐地问道:"昨晚临净县内的盐商张老爷家遭洗劫,是不是你们干的?"

李准驸吩咐众人保护太子,他出去看看。三两句话就搞清楚了,大家是一起的。太子被找到的事,先不用说,重要的是,李准驸要让他明白,站在他面前的可是九门提督李大人。武官的反应还可以,他马上换了副嘴脸,说:"昨晚临净出现了歹人、强盗,下官心系李大人,是前来保护李大人的。"

那就敲笔竹杠吧。李准驸表示,昨晚不止那个姓张的盐商被劫,他也被抢了不小的数目,不知道他们把案子办得怎么样了,钱有没有追讨回来。武官愣了一下,很快明白过来,这是在要钱,就看他要多少了。武官请示道:"请问李大人,歹人抢走了多少?"

就还是三万多吧,搞太大也不合适。李准驸这次说双数,二四六八十一类的,免得一会儿拿到手,又是一笔烂账。武官想了想,回复道:"下官今天中午抓了一伙强盗,刚好抢了这些数目,应该就是从李大人这里抢的。"

"人,我就不要了,给他们一次改过自新的机会。"李准驸说,"可是这钱呢,还要麻烦王大人多出力了。"

武官明白了,说:"李大人,您先赶着路,下官这就去取,一会儿给您送过来。"等到李准驸点头,武官喊了声:"收队!"两千人的队伍,整齐划一地把道路腾出来。

下午时,钱果然送来了,二一添作五,一人一半,谁也不要占谁便宜。之后他便一直陪太子,他能看出,小五子情绪不对。为官这么多年,这点察言观色的本事当然要有。于是他扯闲篇,什么离谱,什么好听,他就扯什么。他说:"太子殿下,您失忆的原因主要是白龙马下凡,教了您十二字神功,神拳神腿,神枪神棍,神掌神力,这项神功练得越深,能记起的天上的事越多,能想起的地上的事越少。"

这马屁拍得真可以,小五子听后都想笑。呀,这不就是所谓的"龙心大悦"吗?他得多问两句,说:"我都这么大本事了,以后天下都是我的,为什么还要吃苦练功啊?你这话不可信啊。"

李准驸被问得满脸涨红,换别人,就可以说"我又不是你肚子里的蛔虫,我哪知道你是怎么想的"。跟太子可不行,他先打太极,挠着头说:"您讲过来着,下官记性不好,一下子给忘了。"

"记性不好就不要做官了,回去种田吧。"小五子轻描淡写地说,"种田再种不好,那活着都是累赘。"

李准驸苦着脸,忽然激动起来,叫道:"您苦练十二字神功,是为了一件大事,而武林中,没人有本事干这件事,您只能自己修炼!"

"什么大事?"

"飞到月亮上,把嫦娥接回来,把那只兔子也带回来。"

小五子看着他,也是够蠢的,刚才差点儿信了,真以为有件大事要办。他不想再跟他贫了,叹口气说:"我这太挤了,让我透口气。"

李准驸看着两亩大的大堂,皱眉想着,这里还挤?

"就这么一栋房子,我那些朋友都没得住,看到你能够占一间房,我很是欣慰啊。"

这回他明白了,这是要撵他走。李准驸连滚带爬地跳出去,说:"属下去给太子殿下抬楼!"

小五子坐到窗口,看到李准驸果然替下了一名侍卫,跟着一起抬。小五子说:"李大人,等到了京城,就把文相居迁回原址,改回文相府,物归原主吧。"

李准驸肩上扛着铁杆,很是吃力,好半天回复一句:"遵命!"

小五子躺下来,看着天花板,隆隆声中,房子依然在前进,最多三天,他将抵达京城,一切答案就将揭晓。先闭会儿眼睛吧,睡一觉,再睡一觉,等睁眼时就是皇宫了,到那时自然水落石出,他也想知道,他小五子,到底是个什么样的人。

第十四章

CHAPTER 14

1

　　进京那天，小五子在那间移动的房子里，在三楼卧室的大床上，摇摇晃晃地做了个梦，他梦见文思清回来找他了。文思清上了三楼，见小五子在熟睡，也不着急叫醒他，一声不响地等他醒过来。见他睁开眼睛，文思清说："我还是舍不得你，回来看看你。"小五子连忙下床，拉住她说："我们一起回京城，跟我去皇宫吧。"文思清摇头，对他微笑，手指冰凉，任他攥着，她说："你还是先带吴姐姐回去吧，我爹爹、爷爷，都是被官里的奸人所杀，我还不知道是谁，要是让他看见我还活着，而且跟你在一起，我怕他在背后使坏。"小五子说："怕什么，我现在是太子了，又不是人人喊打的昆仑公子，谁要是敢给我使坏，我把他满门抄斩。"最后四个字让文思清顿了一下，她把手从小五子的手里抽出来。小五子也知道自己说错话了，他马上转移话题，说："这样吧，我回京第一件事，就是养二十条狼狗，天天不喂食，就让它们饿着。等我把这个人查出来，逮住他，直接扔进狗屋，我让他连骨头都不剩！"文思清听着头皮发麻，劝道："你现在是太子了，不用那么残忍吧。真查出来是谁，把他赐死就好了。"小五子摇头反驳道："你十几岁就没爹没娘了，被卖来卖去，换着主子伺候，想到这些，我比你还难受。"小五子噙着泪，继续说："我过去是有点轻浮，说话做事不过脑子，有时候伤了你的心。但我今天告诉你，你那骨灰盒不用成天抱着了，父母不在，你还有我呢，你可以信任我，我会永远永远地把你当作我的亲人来对待！"文思清后退一步，抱紧骨灰盒，说："你不要碰，我会把他们葬了的，我也不会一直依赖他们，像个长不大的小姑娘。我就不跟你去皇宫了，我要去少林寺，把骨灰交给我师父，葬在嵩山上。"文思清说完，面对着小五子往后退，到门口时，转身下了楼。小五子光着脚，一路追下去，看着文思清从大门跳出去，小五子打开窗户冲文思清喊："你也怀疑是我，对不对？你害怕杀死你全家的那个恶人是我！"文思清回头望着他，冲他摇头，声音哽咽地表示："不会的，不会是你，老天爷不会对我这么残忍。"说完她离开了，小五子看着她的背影消失在千人的行军队伍之外。他的身体开始发烫、摇晃，眼看就要从房子里摔出去了，这时他醒了。

真讨厌，还没死，继续活着，还要面对这些死结一般的问题。醒来后，他一直在回想，好像不仅仅是梦，以前在田独，傍晚时分，和文思清在山坡看着日落烤肉的时候，似乎也说过这番话，找到你仇家，我一定帮你报仇，杀他全家什么的。可那时还没有吴思若啊，两个人都不知道，小五子有天会成为太子啊。

"哪是有天会成为太子？"他自言自语，"一直是太子，我是有天知道了，自己过去是太子。"

正午时分，小五子他们终于到了京城。街上的人也多起来了，这么大的房子在闹市区闪转腾挪，竟然可以毫无阻碍。小五子在窗前看了一会儿，明白有人在前面清路，前方道路上的行人及摆摊的商贩，早就被这些侍卫赶走了。小五子皱皱眉，疑惑自己过去是不是也这般蛮不讲理。

楼梯上传来脚步声，李准驸上来请示："太子殿下，要不要在入宫之前准备一下？"

"准备什么？"小五子问道。

李准驸没敢说，一如既往地支支吾吾。

吴思若在旁边打量着小五子，出来这么久，一身破烂衣裳，补丁都不知道打了几个了。"可能是要你换身体面点的衣服吧。"她说。

说到李准驸心里去了，他连连点头。

小五子抬起双臂，看看自己这身衣服，说道："既然这样，那就先不进皇宫了，先去文相府看看吧。"

李准驸愣住了，问道："我们不是一直在文相府吗？"

"我说的是真文相府，去这房子应该在的地方！"小五子喊了出来，又冷静一下，说，"我要去那儿看看。"

李准驸命令农夫队长朝文相府开拔。差不多过了半个时辰，小五子感觉房子下沉，文相居停在街右侧，对面就是以前的文相府。李准驸陪着小五子和吴思若下来，站在街道中央，他看着曾经的文相府。本来是想找到文思清的痕迹的，真到了原址，他发现也没什么好看的，几年没人打理，宅子都荒废了。

小五子往里走去，园林里都是老树上的枯枝和疯长的野草，林子深处的凉亭断了一根柱子，亭子顶斜扣在石桌石椅上。穿过园林是一个池塘，很意外，里面居然还有水，水面漂满泛黄的落叶和翻着白肚的死鱼。时不时有野猫探出前爪，想捞两条死鱼吃。

目之所及，皆是破败景象。小五子在里面转了一圈，出来之后又对着文相府看了半分钟，回身指着那栋房子，吩咐李准驸："把这房子移回去，原封不动地摆到原处。"

李准驸弓着身子说是，随后低声让人备一辆四匹马的马车，轿子要够大、够宽敞，再备一身华服。受命的侍卫小跑着去准备。小五子眯眼想了想，让李准驸把房子放回去之后，将园林、池塘都打扫干净，那些死树、死鱼都换掉，再重新盖一个亭子。

李准驸重复了两遍，说盖最好的，一定要挡雨遮阳的。最后他忐忑地问了一句："太子殿下，把文相府打理好，您是要住进来，还是给谁留着？"

"谁也不进来，"小五子说，"在里面养二十条狼狗，把他们训练得凶狠一点儿，要到咬人吃人的程度。"

李准驸寻思片刻，脸上挂着笑，一副我懂你的表情。小五子没看明白，但实在懒得多问，免得他又"这个""那个"的支支吾吾。

之前去筹备的侍卫把马车赶了过来，并双手奉上华服。李准驸请小五子上车更衣，并宣布太子要起驾回宫。

小五子没接衣服，看着马车的棚顶，说："就用这架马车，先带我去趟少林寺。"

李准驸吓了一跳，赶快提醒他："太子殿下，少林寺在河南。"

"我知道。"

"往返一趟，又要耽误些时日。"

"我知道。"小五子看着他，问，"怎么了？"

李准驸磕巴了半天，说："那咱们先回宫，见过皇上和五公主，让他们知道太子找到了。您歇上几天，再南下少林寺，怎么样？"

小五子斜眼看他，质问道："我要怎么样，需要你教吗？"李准驸吓得低头，不敢吭声。小五子又补了一句："我就是不想这么快进宫，我还没想好当上太子后该怎么办！"

2

李准驸十四岁进侍卫队，没读过什么书，从站岗放哨的扛刀小兵做到九门提督，摸爬滚打了快十五年，做官的道理早就烂熟于心。他知道想往上爬，光是谄媚肯定不够，那只能让龙心大悦。说不定皇上哪天心情不好，正反话一想，断定你是个马屁精，你的为官生涯可能就到头了，没准儿命都到头了。那还得靠什么本事呢？具体方法说不清楚，简单点说就是，你得让主子觉得你好用。李准驸是个好使的家伙，说话办事能做到人家心里去，这便是常言说的"察言观色，揣度圣意"。其实这东西最不可信，"察言观色"，就是看眼神啊；"揣度"更不靠谱，完全靠猜的，猜中了,飞黄腾达,猜错了,脑袋都不够赔。

李准驸才不信这个,他要暗中做调查,比如这一次,太子说要去少林寺,那他是寻仇还是报恩,杀敌还是会友呢?他可不敢察言观色地猜,他派几个人先跑一趟,四处打听。打听到少林寺的方丈去过昆仑山庄,参加了寻龙屠狼大会,会后还把文思清掠到了少林寺。文思清他见过,当晚不告而别的那个女孩,据说文相居就是他们家的。看太子那副魂不守舍的样子,应该很爱她,为她着迷。

"那方丈掠走了她,把她关了起来……"李准驸自言自语,他还没捋清楚,为官的心思用得太多,智商这一块就成了他的短板。他捻着手指算,文思清是太子的朋友,方丈是文思清的敌人,那方丈就是太子的——他忽然惊呼起来:"太子这是要去少林寺杀敌寻仇了!"明白这一层,就可以做万全的准备了,他让农夫队长就近找三千精兵。

队长望着他:"三千兵力,到哪里去找?"真是的,打劫派他去,调兵这种事,也要他来干。

李准驸说,去找当地的知府县令,就说太子从京城前往少林,让他们派些兵力保护。队长都接令出去了,李准驸又叫住他,让他别提太子,就说是朝廷大员出巡。

"仅是朝廷大员还不够,"队长为难道,"知府县令都不听的。"

"那你就暗示他,"李准驸说,"你暗示他,来的是太子,是五公主,但别说是他们。"

"怎么暗示?"

"笨死了!你就说,"李准驸有点急,智商虽然不高,武功虽然不高,但是说话技巧上,他可是信手拈来,"你就说,具体是谁要保密,不方便明说,但一定是太子、五公主这个级别的人物。"

原来还可以这样讲,农夫队长反应片刻,恍然大悟地笑起来,真是跟着李提督,每天都能学到新东西呢。这么说话,调兵也便利,面对太子、五公主这个级别的主子,那些知府县令恨不得自己带兵,前来支援。

"兵马银票送过来就好了,"农夫队长学会了,举一反三,和本地官员打官腔,"到时候我自会多提携你几句。"

事情办得顺利,去少林寺的队伍一天比一天壮大,每天都有新兵加进来。有一天吴思若骑在马上回头看,浩荡大军行在崎岖山路上,从山头一直连到山尾。是看错了吗?吴思若揉揉眼睛,瞪大双眼想看得再真切一点儿,从京城过来时只有二百人啊,怎么现在一看,两万人都不止呢?

李准驸跟她解释:"太子是什么人,皇上的儿子,日后的天子,那自然是皇恩浩荡,人人都想加入了。"

原来小五子这般厉害,她看看小五子,以后还真不能总欺负他了。

人凑齐了,接下来就是探口风了,看看太子对少林寺到底是什么态度。他找人做好文章,历数少林寺这几年犯下的八宗罪,找机会读给小五子听。当然都是编的,只不过编得还不够过分,他添油加醋,全换成杀人放火、强抢民女的罪。扣这一顶帽子还不够,行至嵩山脚下,他又安排人哭丧挡路,说是要管事的下来,听她讲一讲冤情。小五子从轿子上下来,示意她讲出来。为首的女人满腹委屈,她说,少林寺最近扩建修庙,要把他们家的房子拆掉,把种小麦的一亩二分地占了。当家的男人不让拆,请村民帮忙守家护院,结果昨晚少林寺十八罗汉下山,用大力金刚指把他们当家的给打死了。

事情不算复杂,欠债还钱,杀人偿命,哪个和尚下的手,把他拎出来,还你条命就是了。主要是他们哭得小五子头皮发麻,毛骨悚然。讲话的是个女人,穿着白孝服,看起来是当家的老婆,每说半句话都要顿一顿,哭号一通再往下说。后面是两个七八岁的孩子,一儿一女,没准儿是两个儿子,或是两个女儿,谁知道呢?孝帽做得太大,完全看不到脸,就一个大大的白帽子套在头上。母亲在前面哭诉冤情时,他们在身后挥着小手,一把一把地撒纸钱,有几张还飘到了小五子头发上。真是六月沉冤,飞雪连天。

小五子劝他们别着急，他虽不是少林寺的，但肯定帮他们讨个说法。他回到轿子里，把李准驸叫到窗边，问他申冤的事情应该怎么办。李准驸拍着胸脯说："太子殿下，您尽管放心，交给我来办。"

小五子想了想，寻龙屠狼大会时方丈也出席了，西北六公子、丐帮长老，在他面前都是小角色，好像他一出手，就把那两个人摁住了。而且，听说方丈在少林寺还不算一流的高手，罗汉堂的十八罗汉各个都要比他厉害。

小五子只是在回想，李准驸以为太子还在犹豫，再次力荐自己。小五子说："不是我信不过你，只是少林寺高手如云，我怕咱们不能全身而退啊。"

"太子殿下，您多虑了。那方丈就是吃了熊心豹子胆，也不敢和朝廷作对啊。"

李准驸这段话说得颇有表演性质，他一边说，一边转身，朝队尾眺望。小五子随着他的眼神看过去，吴思若跟着一块儿看，浩浩荡荡的队伍一直连到河水的那一边。吴思若睁大眼睛，这时才反应过来："呀，李准驸，原来你早都准备好了！"

李准驸的意思是，别看少林寺都是和尚，其实皆为巧言令色之徒。无论犯下何种罪行，都有可能被他们搪塞过去，所以要先给他们一个下马威，之后再慢慢地审。小五子表示可以，就按他说的办。

李准驸拍了拍胸膛，抿着嘴"嗯"了一声，接着像一只骄傲的公鸡往山上走了几步，他冲队伍大喊："三军将士听令，包围少林寺！"

哪来的三军将士，就是叫起来有气势吧。真要是三军将士，也轮不到他一个九门提督来指挥。

不到半个时辰，两万名将士把少林寺围了个水泄不通。可是奇怪了，一个露面的和尚都没有。不都是高手吗？内力深厚，一只蚊子飞上山都能听得见，怎么两万多人都爬上来了，里面也没个动静？李准驸看着少林寺死气沉沉的大门，说："太子殿下，您先按兵不动，让我来！"

他走到门前,闭着眼睛推开门,进去就大喊道:"把你们这儿所有喘气的都给我叫出来!"

李准驸睁开眼睛,吓了一大跳,和尚们都聚在大堂内,个个掌心向上,拇指掐着食指,观音坐莲一般地盘坐在蒲团上。他们都目视前方,一动不动,也不看他。李准驸深吸一口气,别害怕,双腿不能抖,太子还在外面看着他呢。他握紧双拳,又叫了一通:"方丈呢,给我滚出来!"

一个个都在装死,李准驸都这么找打了,少林寺的一众僧人还能容忍他。这时,人群后面有人微微动了一下,方丈从墙边站了起来。他神情困倦,跟刚醒一样,问题是脸色还蜡黄,看起来体力不支,晃晃悠悠地走过来。

那就不怕了,"骄傲的公鸡"又挺起胸膛,冲方丈怒斥道:"整个少林,就你一个会喘气的吗?"

方丈承认道:"确实就我一个喘气的。"

"那这些都是死人不成?"李准驸走过去推了几个和尚,可是个个定住了一般,一动不动。他又试了几个人的鼻息,果然都不带喘气的,但是脖子上有温度。这就有点瘆得慌了,他指着那些和尚问方丈:"这是活人,还是死人?"

"活人。"

李准驸皱眉想想,有些结巴地问道:"那怎么都不喘气?"

方丈解释:"本寺的弟子正在修炼闭息大法,所谓闭息,自然是不呼,也不吸了。"

李准驸手指点了半天,一句话也问不出来。他回头看了眼轿子里的太子,知道可以问什么。他说:"你可知道我是谁?"

方丈走近来看,他不认识李准驸,就是看一百年也没用,但看这架势,应该是朝廷派来的钦差。李准驸身后的农夫队长这几天开窍了,知道倘若方丈直愣愣地说不认识,李准驸的脸面肯定挂不住,便在后面用口型提示他:"李……大……人。"

方丈看懂了，双手合十，喜笑颜开，说："原来是李达仁大人。"

"算你识相，也还记得我。不过，你说一次大人就行了，不用说两次。"

方丈愣了一下，又看看李准驸后面扛镐的那个人，这次他没给口型提示，不知道接点啥。可他是和尚头子啊，打从进寺修行那天，他就知道，冷场的时候说这四个字最管用了："阿弥陀佛。"

"大概三年前，我和你在皇宫里有过一面之缘。"李准驸说，"你当时被五公主召见进宫，就在五公主面前，你接下投名状，应下来的是什么，你可还记得？"

"阿弥陀佛。"

"我问你，是否还记得！"

"善哉善哉。"

"你当时说了什么，请回答我！"

方丈咽了口唾沫，不是健忘，是真的不知道。自从中了南海真人的断魂掌，谈未来还好，一旦聊过去，就神情恍惚。他双手合十鞠躬，请李准驸稍做歇息，他去去就来。

李准驸以为他要出去，结果他哪儿也不去，就穿梭在闭息的和尚里寻找。这种情况方丈早有准备，想不起来的地方就问慧根。倒不是因为慧根跟他年头久，而是他记性好，虽然不识字，看不懂书，写不了信，但是过耳不忘。只要是谁无意中提起过，哪怕是最无聊的家长里短，他都能记得明明白白的。可是，慧根长什么样，方丈此时却忘记了。他一个个贴近了看，脸都快贴上了，也想不起来慧根的样子。

实在没办法，方丈摇醒一个小和尚，问他："慧根呢？"

小和尚揉着眼睛，看到这么多官兵，吓了一大跳。他起身穿过几个和尚，指着一个已经长出头发的和尚说："这就是慧根。"

李准驸不耐烦了，他在等，太子也在等啊，他说："我问你话，你老找什么慧根？"

"阿弥陀佛。"

方丈争取时间，赶快把这个长了头发的和尚叫醒，低声问道："慧根，三年前，我在皇宫接的投名状是什么？"

有求必应，最喜欢别人跟他打听事了，慧根说："方丈，这个投名状我再熟悉不过了，前前后后你一共提过四次，第一次是刚从京城回来时，你给沈老前辈过生日，从京城带来定福居的点心，最上面那几块还被压碎了。"

"你就直接说是什么吧。"方丈打断他。

慧根眨巴着眼睛，不怪方丈记性不好，细节都不关心，怎么可能记得住。他叹了一口气，直截了当地回答他："玫瑰糕。"

"这是什么暗语？"

"你从京城带回来的点心。"

"你弄错了，我问的是，我从京城领的投名状是什么？"

慧根说："你答应五公主，三年之内把昆仑公子抓到。"

原来跟昆仑公子有关，这个人耳濡目染，方丈不用多问。他转身，看着李准驸，朗声说："李达仁大人，我接的投名状是，三年之内把昆仑公子抓到。"

李准驸也蒙了，刚进来时还一副活死人墓的样子，说是闭关闭息。问两句话，又要叫醒一个人，让这个人把慧根找着，再跟他打听。这都是怎么了？李准驸挠着头，说两句话，情绪接不上，刚才那点气势都没了。他要重来，朗声提气问道："请再说一遍，你答应五公主什么了？"

"我答应五公主，三年之内，抓到昆仑公子。"

"如今，期限已近，人呢？"

方丈低声问慧根："昆仑公子他人呢？"

"你根本没抓着，"慧根说，"他在昆仑山庄被大漠仙人和蓬莱阁老抢走了。"

方丈额头冒汗，知道不能照慧根的原话回答，记性虽然不好，但这点人情世故总还是懂的，说了那些话，就是承认少林寺武艺不精，矮人一头了。

李准驸摇头道："你们这帮和尚啊，一个个好吃懒做，干什么都不积极。你知道本大人这几年来日夜兼程，办成了什么大事吗？我把太子找回来了！"

把太子找回来了？方丈一头雾水，太子是走丢了，还是离家出走，为什么要找回来？慧根拉拉他袖子，提醒他："太子是被昆仑公子劫走的。"

脑子转三圈，这里面的因果他想明白了，怪不得要抓昆仑公子。接下来就是表演了，方丈先演大惊，随后又大喜，感慨道："善哉善哉，太子还活着，是吗？我以为太子早被昆仑公子杀害了。李达仁大人真是神通广大，令老衲刮目相看。"

"太子不但活着，此刻还到了少林寺，就在门外等候。"

"太子来了？"方丈惊道，"老衲现在就去迎接太子！"说完，他转身对和尚们大吼一声，"出关！"

所有闭息的和尚全都站了起来，大口呼吸，仿佛要把这段时间闭息丢掉的气，全给补回来。

李大人点头道："你们少林寺，真不把我李准驸当回事，原来是说醒就能醒的。我李准驸来了那么久，也不见你们醒来迎接。"

方丈连忙解释："我们少林寺人口众多，每天的伙食开销就是一大笔钱。五十年前，前辈高僧为了解决生计问题，创立了这一套闭息大法。每当香火钱紧张的时候，就让众弟子修炼这闭息大法，挺过这青黄不接的几个月。"

这倒是新鲜，以静制动，一睡几个月，钱都省下来了。方丈说话时，李准驸朝出关的和尚们望去，只见他们乱作一团，把能找到的干粮，使劲往嘴里塞，比丐帮的吃相还难看。方丈也觉得丢人，一声怒吼，让他们把干粮都放下，列队集合。

虽是几月未进食，但还有点名门正派的样子，大家强撑着站起来，在门前排成两列。方丈跨出门，冲小五子的轿子喊道："少林寺恭迎太子驾临！"说完他带头叩首。

小五子从轿子里出来，带着吴思若往寺里走。跨过门槛时，方丈抬头看了一眼，让自己牢牢记住太子的样子。慧根却看痴了，他拉着方丈说："不好了，太子被调包了，这是昆仑公子。"

方丈警告他，不要开玩笑，祸从口出。旁边的小和尚帮腔道："这就是昆仑公子，我跟您在昆仑山庄见到过。"

方丈看看别人，还有几个和尚也在点头。那就是出大事了。他忽然跳起来，命令所有和尚摆开罗汉阵。

"将昆仑公子拿下！赶快救太子！"

和尚们手持棍棒，将为首的小五子和吴思若围住，他们互相看着，昆仑公子拿下了，太子又在哪儿呢？

3

达摩堂一片混乱，人群中李准驸喊了声："住手！"之后他做了个手势，农夫队长一声令下，两万散兵大踏步向少林寺靠拢，把少林寺包得更紧了。

方丈不记得李准驸，但确定他是朝廷命官，先抓昆仑公子，还是先保太子，他自有轻重，听他的就对了。方丈命和尚们停手，看李大人怎么说。

可李大人没好话，上来就是一顿痛骂，他呵斥每一个和尚："你们这帮社会闲散人员，朝廷把你们组织到这个庙里，每年拨三千两银子供你们吃，供你们喝，可你们不但不知道感恩，还敢对太子动粗？"

"我们是保护太子。"方丈辩解道。

"怎么保护的？我问你怎么保护的！"李准驸说着小跑过去，毕恭毕敬地把小五子扶起来，替他掸去身上的灰。

眼前的这个人就是太子？方丈用力回想着，他低声问慧根："是不是搞错了？"

慧根也糊涂了，自己最引以为傲的记性竟然出了错，他自言自语道："明明是他啊。"

"数百年来，你们少林寺一直是武林第一大门派。"李准驸指着和尚的光头说，"我跟你们说，朝廷早就看你们不顺眼了，一直想把你们这武林第一门派的招牌扯下来，再召集各门各派，重新竞标。你看看人家丐帮，比你们少林寺的人还多，但人家不花朝廷一分钱，每年反而向朝廷上缴五千两税银！"

方丈连忙辩解道："丐帮的人衣不蔽体，浑身恶臭，他们那副样子走街串巷，实在有损国威，圣上脸上也无光啊。"

李准驸叹了口气，说："我又何尝不知，这就是朝廷这几年一直在争论的焦点啊！"

小五子左右看着，开始时还火药味十足，但很明显，李准驸演不下去了，他没力气了，发火也是很耗体力的。那就我来吧，小五子清清嗓子，指着方丈叫嚣："少废话，赶紧给我把昆仑公子交出来，三年前我假装不会武功，跟他出皇宫，就是为了探寻他的底细。昆仑公子这小贼武功是强，可跟我没法比，三下两下，就被我打得落花流水，仓皇而逃。我听说，他就躲在你们少林寺，快把他交出来！"

方丈说："昆仑公子不就是……"

"你还敢顶撞我！我问你什么，你就给我答什么。"小五子说，"你是否曾亲赴昆仑山庄，见过昆仑公子？"

"话虽如此，但我可不是为了见他，才去的昆仑山庄。"

"我问你什么，你答什么！是，还是不是？"

"是。"

"你承认就好。我问你，昆仑公子有一个老婆，叫文思清，是，还是不是？"

小五子问完这句，没看方丈，而是先回头看了看吴思若，生怕她不高兴。还好，吴思若心眼没那么小，她双手上扬，笑着让他问下去。那就好，他先玩一会儿再说。他转回身看方丈。这问题没坑，方丈没犹豫，说："他是有个老婆叫文思清。"

"说是或不是就行，大家都赶时间，不用讲那么多。"

方丈点点头。小五子接着问："离开昆仑山庄，你是不是把她请到少林寺来了，安置在菜园子里，还让两个和尚好吃好喝地供着她？"

"是。"

"你是不是跟她说过，要等昆仑公子过来接她？"

"是。"这次回答的是慧根，答过后，他低声对方丈解释，"这件事您不知道，但我都记得。"

方丈瞪了他一眼，对小五子点头道："是。"

"昆仑公子乃是本朝第一逆贼，你少林寺为本朝第一大派，窝藏昆仑公子，不正是与朝廷为难，和我这个太子作对吗？"

方丈答不上来，慧根对他咬耳朵。他听完学话讲给小五子："我拿下昆仑公子的老婆后，已第一时间通报五公主，请她派人埋伏在周围，活捉昆仑公子。"

"我只问你，是，还是不是，不用讲道理教育我！我再问你，你以前是否见过我？认识我？"

"见过，认识。"

"在哪里见过？"

"在昆仑山庄。"

小五子又问："在昆仑山庄，你见到了我，也见到了昆仑公子，还抓到了昆仑公子的老婆。本朝皇帝常年昏迷，此等要事，你该通报于太子我，为何舍近求远，偏要请命于远在京城的五公主？"

方丈回答道："我那时不知你为太子，只以为你是……"

小五子又打断他，追问道："你见到我了，不知道我是太子，你以为我是谁？"

"你是……"

"不要狡辩了。李大人！"

李准驸赶紧过来，躬身道："微臣在。"

"李大人，你是什么时候认出我是太子的？"

李准驸回答："属下见太子第一眼，便已认出。"

"你我以前素不相识，你是怎么认出我的？"

素不相识？李准驸这就不会答了。他为难几秒，说道："太子有真命天子之相，身上散发的光芒，非寻常可见。"

李准驸说完长呼一口气，在心里夸自己一百句"好样的"。谁知那口气只吐出来一半，小五子接着又问："还有呢？"

"还有，还有，"李准驸把那口气憋回去，翻眼皮沉思着，他灵光一现，补充道，"还有，属下这几年来日日夜夜心系太子，见到太子时，自然是喜出望外，哪有照面不识的道理？"

"说得好！"

这回总算放心了，把那口气吐出来吧。

"哪怕是普通百姓，一眼即知我是太子，可这少林寺高僧，与我长谈数日，却假装不认识我，不知我身份，李大人如何看？"

隔山打牛，隔我李准驸打方丈，这我最拿手了。李准驸谄媚道："太子殿下有所不知，少林寺除了闭息大法这一套神功外，还有一套绝学，练到最高境界就是装聋作哑，我看方丈已然修炼到深不可测的程度。"

小五子摇头道："何止是深不可测，简直是深不见底、高山仰止，方丈怕是已经练到了指鹿为马的境界。我说完了，方丈你请讲吧！"

小五子说完向后退一步，还真是把舞台中央留给了方丈。方丈双手合十，满腹委屈，憋了好半天，终于说了一句："阿弥陀佛，善哉善哉。"

那该怎么办呢？少林寺这么多人，连同方丈该怎么弄呢？说实话，小五子也不知道。这时外面传来一声怒吼："昆仑小贼，你害老夫几个月说不出话,今天老夫要拿你开开嗓!"

这是谁啊,哪来的葱姜蒜?李准驸守护到小五子身前,冲外面喊着:"你要找的昆仑公子早就藏起来啦。再说,你又是什么人,敢来我们这里撒野!"

他不说少林寺,说我们这里。方丈也听出,李准驸言语里已经把少林寺看扁了。乍一听,方丈也没听出对方是谁,犹豫要不要把这场子找回来。

李准驸站在小五子前面,跟个大雕似的张开双臂,挡着小五子左右看不着。小五子把他踹开,走到门口,外面还是那两万散兵,也没见谁在门口。他回想着,弄得人家几个月说不出话,自己也没这本事啊。有两个词倒要想一想,"老夫",那说明年纪不小了,老头子了;"开开嗓",这个很奇怪,吟词唱戏吗?还要吼两嗓子开一下。未见其人,先闻其声,对啊,这是狮吼帮的乔帮主啊。

小五子走到方丈面前,大声问道:"你们少林寺和昆仑公子内外勾结,该当何罪?"

方丈擦擦脑门儿上的汗,低头道:"是。"

"我没问你,是还是不是,我问你该当何罪?"

"全凭太子处置。"

小五子指了指门外,说:"我现在给你一个将功补过的机会,你该怎么办?"

"明白。"方丈对众弟子命令道,"堵住来客!"同时不忘加一句,"你们要拼尽全力,只要能保太子平安,朝廷自然不会亏待我们!"

这些和尚听明白了,方丈话里有话,他这是要见机要挟朝廷,逼上面多发些好处。他们有气无力地站起来,更夸张的是,有十几个站都站了,双腿一软又倒下去了。小五子没那么有经验,李准驸自然一听就懂。他看着这些出工不出力的和尚,又看看一脸无辜的方丈,质问道:"你这是在威胁朝廷吗?"

方丈瑟瑟发抖，直摆双手，上下牙打战地回答道："阿弥陀佛，我们少林寺哪敢跟朝廷谈条件？只是大家连饭都吃不上了，所谓闭息大法，也只为苟活，不知道能不能保护得了太子。"

"这还不是要挟？赤裸裸的要挟！这简直就是拿太子做人质的要挟！"李准驸怒不可遏，前倾着身子咆哮，按照他的性格，哪怕自己的老婆孩子在方丈手上，他都不惯着方丈。

小五子奇怪了，他问李准驸："就算方丈不肯帮咱们，山上山下不还有两万精兵吗？"

精什么兵，李准驸有苦说不出，那都是跟当地知府县令要的，领盒饭过来凑数的。他当然不能说，这可是欺君之罪，只能寄希望于给方丈施压。一直没说话的吴思若笑了出来，她对方丈说："方丈大师，你听我说一句，我是个外人，还是个女施主，朝廷能不能拨款的事，我说了当然不算。只是我觉得呢，倘若太子真的是在你少林寺出了事，别说以后能不能跟朝廷要到银两，只怕五公主啊、老皇帝啊，会挥兵南下，铲平了这嵩山少林。这闭息大法，你们怕是也练不成了。"

这番话方丈听进去了，确实不能死在他这儿。他命令众弟子摆罗汉阵，等候强敌。小五子提醒方丈，可能是狮吼帮的乔帮主，大家用棉花塞住耳朵。

大概等了一炷香的工夫，乔帮主终于上山来了。他是一个人来的，见到方丈，先是寒暄两句，"一日不见，如隔三秋"之类的，然后又问满山那些生火烧饭、打盹儿睡觉的官兵是怎么回事，不是朝廷的狗官又来找麻烦吧。李准驸脸色不好看，但忍着没发作。方丈装糊涂，说："我不知道啊，我今天醒来之后，就一直没出门。"

乔帮主愣了一下，说："好几万人，把山都围死了，你不知道？"

"不知道，确实没出门。"

乔帮主四周观察了一下，见这些和尚摆着罗汉阵，耳朵里都塞着棉花，小五子被奉为上宾的样子，估计他们要联合起来对付他狮吼帮了。

可狮吼帮就来了他一个人，一对这二三百，下面还有两万，一对这两万零二三百，还是先讲道理吧。他巡视一圈，怒视着小五子，质问道："昆仑小贼，老夫今日来就是跟你讨个说法的。我花重金好心请你回沉狮谷，你若天性放浪，难以管教，那跑则跑已，我也不强捉你回来。可你为何去而复返，还对我下毒，令我失声？"

说话前，小五子就在对他微笑，这番话讲完，小五子还在对他笑。乔帮主想起来了，他戴着耳塞，啥也听不见。他冲小五子做了个手势，两个食指贴在耳边向外扩，那意思是，你把耳塞拿出来，我跟你说两句话。

小五子其实全听见了，耳塞一点儿不管用，他一个字都没落下。他虽然在僵笑，心里却在想乔帮主的问话。自己搭了半条命从沉狮谷跑出来，就是给他俩胆儿，他也不敢再回去。再就是哪来的毒药，好像还是哑药。给别人下就算了，可这是狮吼帮当家的啊，人家是靠嗓子吃饭的，确实有点过分了。

那能怎么办呢，小五子想，摘下耳塞说，这事不是我干的，肯定没用，没准儿人家还觉得我在狡辩。那就别摘了，既然能装听不着，那么也能装看不着。他心里直摇头，脸上保持笑容，双目无神地看着乔帮主。

见小五子不配合，乔帮主又做了一次拔耳塞的手势。小五子无动于衷。那就跟方丈谈谈，他能听得到。乔帮主冲方丈双手合十说："方丈大师，请昆仑公子把耳塞摘掉。"

"阿弥陀佛，有什么话，你跟我说就行，"方丈说，"等你下山，我自会转达。"

那就是不肯摘，你不摘我摘！乔帮主大步朝小五子走去，这时有两个和尚跳过来，挡在他和小五子之间。乔帮主伸出左右手，和两个和尚各对一掌。本来狮吼帮也不是以掌力见长，而这两位僧人也不是少林寺一等一的高手，双掌对双人，竟然打了个平手。又不是跟少林寺有过节，纠缠下去没意思，乔帮主脚下腾挪，想从左侧绕过去，却发现身后有三个和尚扯住了他的衣摆，令他转不过去。

"想以多打少吗？"

"阿弥陀佛，只想请乔帮主收手，咱们有话可以从长计议，细细道来。"

"我是想跟你们好好说，可你们全装听不到，看不着，把我当傻子！"

乔帮主吼了两嗓子，但不是狮吼功，只是嗓门比较大，完全是因为太憋屈了。他双拳对四脚，被这一帮和尚打得手忙脚乱。乔帮主心想，这是要逼他使狮吼功了。

乔帮主向后跳了一大步，运气发力，全身被热气笼罩，周遭的几个和尚已无法近身。唯有方丈等几位高手可以与之抗衡，但已来不及赶过去，只得反向保护小五子。方丈站在小五子身前，屏息相抗。只见乔帮主张大了嘴，等了一会儿，只是发出沙哑的吱吱声。半分钟后，乔帮主似乎也没力了，全身的热气散去，瘫软在地上。

这就是威震两江的狮吼功，李准驸半张着嘴巴，看着瘫倒的乔帮主。今天他算是长了见识，原来武林的门槛这么低，谁都能搞点威震江湖的东西出来。以前总说朝廷与武林是相互忌惮的，武林忌惮朝廷七八分，朝廷也忌惮武林二三分。现在看来，武林里要都是乔帮主这种人，那么朝廷的这种忌惮也就是在自己吓自己。

那就不劳方丈大驾了，他九门提督李准驸可以空手擒拿狮吼帮帮主。他跟农夫队长要根绳子，走过去将乔帮主的双手捆在后面，打了个猪蹄扣。

猪蹄扣也叫双环结，小五子再熟悉不过了，那是杀猪的标准打结方式，一只手腕套一个环，中间伸出一根长绳，可以把人像待宰的猪一样吊起来。慧根还在跟方丈补着课，他说："以前狮吼功不是这样的，很厉害的。"

方丈狠狠地瞪了他一眼，冷冷地说："我知道，我只是记性不好，我不是傻瓜！"

按照慧根的理解，记性不好和傻子是一回事，但他没有争辩，吸一口气，沉默抗议。方丈此时脑中全是谜团，但起码有一件事能确定，这个"初次见面"的乔帮主算是彻底废掉了，而且估计就是被冒充太子的昆仑小贼所害。

昆仑小贼在干吗呢？小五子也有点难受，眼前这个无力的老人，怎么说也是自己拜高堂时喊过爹的，他不能看乔帮主身陷如此境地。他让李准驸给乔帮主松绑，解开猪蹄扣。

"太子殿下，怎么处置这个乔帮主？"李准驸问小五子，"是活捉回京城，还是就地处决？"

"也不用捉，也不用杀，放他走吧。"见李准驸还不明白，小五子补充道，"他就是要抓我回去做女婿。"

李准驸眼珠转三圈，颇为诡异地笑了，说："这事好办，他之前抓你回去做女婿，咱们这回以牙还牙，把他女儿抓回宫里做太子妃。"

吴思若看看小五子，揶揄他："你可以啊，太子还没当上呢，倒是预定了好几个太子妃。"

小五子想反击，看乔帮主的样子，也不想在他面前太轻佻。这时传来清脆的声音，一个孩子喊着"爹爹"，摇摇晃晃地跑过来，抱住小五子的腿。

李准驸见小五子没抗拒，反而把孩子抱了起来，赶紧拍马屁，直接叩拜两三岁的彬彬："属下李准驸叩见，叩见……"他转身问身旁的亲信，"我叩见谁？太子的儿子，我应该叫什么？"

亲信哪里会知道，连连摇头，跟着李大人做就是了。这几个亲信，加上农夫队长，跟着李准驸跪了下来。李准驸带着他们，叫不出彬彬的称谓，干脆连磕三个头，默默起身。

"真是笑话！到底谁是太子？"

外面传来男人的声音，一男一女走了进来，男的是西北六公子，而他身旁的女人则是乔文君。她看见地上的乔帮主，赶快扶他起来，跟方丈讨了碗水,喂给乔帮主。有些气力后,乔帮主盯着小五子问:"昆仑公子,你为何如此阴毒,废我狮吼功?"

这回小五子不能装听不见了,他看着乔帮主,想真诚地解释,但他发现乔文君在对他微微摇头,又轻轻点点头。小五子没明白,左右看看,这边是西北六公子,那边是乔文君,自己怀里抱的是他们的儿子,那么这位父亲中的哑毒……他大概明白了,这对狗男女。

第十五章

CHAPTER 15

乔文君跟六公子说，我不想跟你吵架。但实际上，那天晚上的吵架就是从这句话开始的。说完"我不想跟你吵架"，他们就开启了吵架模式。吵架是没有逻辑的，一个话题说不过你，就换个话题，挑个新毛病继续吵。他们从东吵到西，从傍晚吵到入夜。说来说去，核心问题还是，那包哑药是怎么回事。

那是正月之后的事，小五子逃跑后，沉狮谷虽不至于春暖花开，但总算是冰雪融化，可以出去转转了。经父亲同意，乔姑娘坐上马车，一路往上，出了沉狮谷，准备去集市买点布料首饰。其实这些都是让小玉去买的，她直接去见了六公子，在集市尽头的来祥客栈。大堂的店小二没有多嘴，问她"打尖还是住店"什么的。她直奔二楼，呼吸急促，一路走到拐角的房门前，六公子已经打开房门等着她。一进门，她就扑到六公子怀里。也许是因思念，她在他怀里放声哭出来。六公子左臂抱着她，伸出右手，在里面把房门关上。

一直到傍晚，夕阳西下，乔文君才从床上坐起来。她拨开窗子往下看，小玉已经替她买好了东西，马车停在客栈门口，等她出来一起回沉狮谷。

"我得回去了。"她说。乔文君关上窗户，背对着六公子穿衣服，之后等了好一会儿才转回身看着他，长叹一口气，"太晚回去，我爹又要疑神疑鬼了。"

六公子没说话，就那么深情地望着她。乔文君舍不得，但必须要离开。她尽量把衣服穿慢点，再慢一点儿，最后连大衣都已经穿好了，又解下来重系里面的扣子。

"不然，你跟我走吧。"六公子在身后说。

乔文君苦笑，摇头道："我爹什么样子，你又不是不知道，他要是不管我，我早就跟你走了。"

"那就别让他管你了，我带你走。"六公子递给她一包药，说，"你回去就收拾行李，今夜子时就动手。入睡之前，你把这包药放到茶里，给你爹喝了，让他安心睡到天明。我夜里去沉狮谷接你，带你离开。"

乔文君不接，问他："这是什么药？"

"这是哑药。"六公子说，"但你放心，药效只有八个时辰。等他恢复功力，我们已经逃得远了，这事就成了。"

"这不可能，那是我爹。"

乔文君拒绝了他，弯腰把鞋子穿好，准备出门。六公子显然不高兴，忽然来了一句："那我先杀昆仑公子好了。"

乔文君站在门口，皱眉看着他，奇怪他为什么这么说。

"你还是不想出来，毕竟嫁了昆仑公子，只想在沉狮谷厮守，等他哪天回来。"

"你怎么会这么想？我跟你有彬彬的，这婚姻跟小五子一点儿关系都没有。他完全是为了你，背了这黑锅。"

六公子冷笑，说："真是一日夫妻百日恩啊！你俩才睡了几天啊，就已经叫他小五子了，就开始帮着他说话了。"

乔文君眼神坚定地告诉六公子："我俩没事，你别多想。"

六公子只是笑，满脸的讥讽，他语气刻薄地说："你们俩有没有事，是你们俩的事，和我没有任何关系。"

乔文君急了，还嘴道："跟你没关系？这孩子是不是你的？当初是不是你找了一大堆理由，说娶不了我？当初是不是你让我说，这孩子是昆仑公子的?你说昆仑公子消失了一段时间,可能是死了,现在人家出现了,你倒是吃起醋来了?你让我怎么办?你当我想嫁给他吗?我想嫁的人是你啊!"

连发一通火,她眼泪都掉下来了。她抹掉眼泪,走到窗前,推开窗户往下看。小玉等得无聊,已经从马车里出来,站在雪地里直跺脚。

六公子心软了,安慰她几句,说:"我当时是这样说的,我说时机一到,我肯定会娶你。可是现在要娶你时,你却推三阻四,我才会多想。"

乔文君想了想,是啊,等了好几年,不就是在等这一天吗?可为什么当这一天来了,自己反而会有点不舒服呢?她走到六公子身前,接过他手里的药包,说:"你要答应我,别杀昆仑公子。我跟他没什么事,你放心吧。"她说着话,一路走到门口,关上门之前,六公子听见她说,"你二更时分过来接我。"

2

小五子和吴思若趴在泥地里,听着远处乔文君和六公子吵架,只言片语逐渐让两个人清楚了乔帮主哑掉的来龙去脉。显然,吴思若更震惊,原来乔文君不是小五子的老婆,原来他只是替别人养孩子。吴思若凑到小五子耳边,低声问:"是谁把你绑过来的?"

小五子不敢出声,只是冲百尺之外的六公子努了努嘴。

"为什么要绑你呢?"吴思若问。

还是不能说话,自己满嘴的泥巴,要吐出来,才能把话讲清楚,但这"呸"的一声,别说六公子,武功弱点的乔文君都能听得清清楚楚。他用手抹了一下脖子,那意思是,他绑我,是要杀了我。

吴思若看明白了,接着往下问:"他干吗要杀你啊?"

天啊,这让我怎么不出声就跟你讲清楚?可能想杀我灭口吧。比如那哑药,明明就是六公子的,假借乔文君之手,非要嫁祸给我,让乔帮主这个老糊涂对我恨得咬牙切齿。到底怎么弄的呢，以后有机会还是要问个明白。但现在还不是听故事看热闹的时候，趁他们吵得凶，咱们先想办法逃命。小五子指指左边，又指指右边，示意从哪条路跑出去。

吴思若这才意识到，是哦，他们得想办法逃出去。她挺起身，左右看看，两边都不太好出去，无论上山还是下山，都要惊动那对狗男女。吴思若想了想，建议他们往后挪，换个地方，至少别在原地待着等死。可又不能站起来走过去，两个人匍匐在泥浆里，一点儿一点儿往后蹭。小五子无所谓，可惜了吴思若一身的白衣服白鞋。往后蹭了几十米，一棵砍倒的大树横在后面，挡住去路。但也差不多了，已经听不到那边的吵架声，意味着这边小声说话也没问题了。风吹过树叶沙沙作响，小五子借着风声把泥巴轻轻吐出来，大口喘着气。吴思若让小五子帮忙，弄些泥巴糊到她后背的白衣上。小五子也不客气，双手捧着泥浆，把她后面抹了个遍。然后他趴下去，让吴思若给他也在后背上抹一抹。

"你本来就是泥人了，还抹什么？"

也是，看看袖子前襟就知道。他叹口气，看着前方。吴思若还是想不通，用胳膊肘顶了顶小五子，问道："他们俩弄出来的孩子，为什么说是你的呢？"

"当年以为我死了吧，说是昆仑公子的，死无对证。"

"可你早知道，是吗？"

"拜过堂之后知道的。"

"那你早讲啊。"

"人家的事情，我讲出来干吗？"

"那是人家的事情吗？你跟人家拜堂，那是我和你的事情。"

还好声音不大，不然喊出来，像是这边也要吵一架。六公子似乎听到点动静，转身往这边看了一眼，一片漆黑，也不见有人经过，便转回头继续跟乔文君解释。这边的两个人不说话了，撑起下巴并排看着前方，看着那两人头顶上的月亮，仿佛他们不是趴在泥浆里，而是坐在屋顶上荡着腿相互依偎着赏月。那些风也变得暖了，泥土也变得芬芳了，情不自禁地要把手从泥浆草根里穿出去，去握对方的手。

这边如此美好，那边却越吵越厉害，最后六公子撂了句狠话："既然他是太子，那你快早早跟他进宫，日后做你的皇后吧！"

乔文君"你你你"地说不出话来，负气跑下了山。六公子要追下去哄她，下山之前，他还是要来这边看看，嘴上说"文君别走"，脚下几个大步跨过来，拔剑朝小五子刚才躺倒的地方扎下去。上来就下死手，对小五子杀之而后快，吴思若脸色都变了，小五子把她的手握得更紧一点儿，仿佛六公子要杀的不是他，而是吴思若。

两剑下去，六公子也知道这泥巴里没有人，他剑尖朝地，在周围十步见方的地方平蹚了一遍。他停下来，四处张望，目光扫过这边时，并没有看到月光下的两个泥人。乔文君已然下山，渐渐消失不见。六公子只好放弃这一片泥地，提剑追了下去。

小五子和吴思若听见他的脚步声越来越远，看样子已不会再回少林寺。小五子拉着吴思若从泥浆里站起来，双腿早就发麻，一下子站立不住，一个踉跄，用手撑住地。吴思若在身后问道："他为什么要杀你？他绝不至于蠢到怀疑你，嫉妒你，要把你杀死的程度。你和他到底有什么过节？"

"我不知道。"小五子朝东边望过去，天已泛白，朝阳之下，露珠化成一层层的水气往上升。他抹了抹被泥巴糊住的脸，说道："叫上李准驸，我想早点回皇宫看看。"

3

到了京城，小五子要送吴思若一套好衣服，作为少林寺泥沼相救、把白衣弄脏的补偿。千挑万选，吴思若在集市选中了两件，再往下就不知道哪件好了。小五子说："两件都要了，这件你见五公主穿，这件你见父皇穿。"

吴思若吓了一跳，原来在这儿等着她呢，她坚决不跟小五子进宫。小五子说："那不行，文思清没跟我去，你吴思若再不跟我去，显得我小五子出来这几年，一个女人都没捞到。这就不是面子的问题了，这是有损国威啊。这事要是传到天竺、东瀛、高丽，会被诸国王子取笑的。"

明白他在开玩笑，吴思若也没法跟他较真，原则性地直说不去。小五子悄声问她："是不是顾虑守宫砂的事情？我小五子从来就没往心里去。"

"你真从来没往心里去吗？"吴思若反问，

"那又能怎么样？"小五子承认有，"我恨自己没早点碰上你，这怨不了你。"

吴思若道："总有一天，你的后宫佳丽越来越多，你就犯不上在我这里遭这份心罪了。"

小五子坚持要带她，一激动还说出了直接封她为太子妃这种话。吴思若急了，吼道："我吴思若配不上你，行不行？"

小五子撂下狠话："哪天要是让我看到你配上谁，我就杀了那个人。我把你能配得上的男人全杀光，让你今生今世，只能找我小五子一个男人。"

吴思若还是摇头，跟他讲："你要是要的话，我现在就给你，但是别让我跟你回去了，不然哪天真有太多的事传到你耳朵里，那可真是有损国威了。"

小五子眨巴着眼睛看她，他当然想不到，吴思若在讲自己的出身。他只说："你要是不跟我进宫，咱们就在这儿耗着，我也不去做太子了。"

说到做到，小五子果然不提进宫的事了，他叫李准骓备了些家伙什，每天跟个纨绔子弟一样遛鸟、斗蛐蛐。吴思若开始以为他在赌，赌谁先服软。后来发现，他真的不在乎要不要当太子。她想到权宜之计，先跟他进去看看，等小五子跟五公主、皇上相认了，她再找机会溜出来。

吴思若把改主意的事告诉他，小五子要把鸟笼蛐蛐笼砸了。

五公主知道李准驸回来了,想在宫中秘密宴请他。李准驸荣幸之至,觉得这是驸马的待遇。小五子觉得这样有意思,他要吴思若和"一只手"化妆成李准驸的跟班,混入皇宫,先偷着乐一般地观察,找好时机,再给五妹一个惊喜。

几个人照小五子在丐帮的方法化,脸上涂上黑泥,黑黢黢一片,要是不动,都不知道那几个是人。

进了皇宫,他们开始好奇张望。门口一个太监不让李准驸带随从进去。小五子不忿,也是有恃无恐,跳起来跟太监打了起来。公主在里面传唤道:"既然是李大人的亲信,就让他们进来吧。"

打从进门,小五子就盯着五公主,自己的亲妹妹,果然好看。就是不在皇宫里,不说她是五公主,放诸四海,她也是一等一的漂亮女人。李准驸也意识到,小五子可能失礼了。他忙向五公主介绍:"此人跟我南征北战,东伐西讨,立下了汗马功劳。"

公主冷笑道:"你个九门提督,有什么南征北战、东伐西讨,最南是前门,最北是安定门,最东是东直门,最西也就是西便门。"

说话间,小五子还不时偷看公主,觉得李准驸所言极是,就那四个字——貌若天仙。

五公主问李准驸:"昆仑公子可带回来了?"

李准驸答道:"小人不才,让昆仑公子从少林寺跑掉了。"

"让你去押一个人,出去一晃,几年才回来,人还跑了。"五公主大怒,"我看你这九门提督是不想干了吧?"

李准驸低头,不敢吭声,时不时偷看小五子,心想你倒是帮一下啊,我这都要被拖出去斩了,你还在旁边看热闹?

五公主又问:"可否有太子的消息?"

李准驸又看看小五子。他冲李准驸眨眼摇头,也是,太子当然比公主大,他让你演,你就放心大胆地发挥吧。

李准驸鼓足勇气，卖了个关子，他说："江湖上传言，太子已为百花谷的少谷主昆仑公子所杀。"

"你这个人真是糊涂至极，还是没有看出其中的蹊跷。"五公主说，"我今天告诉你个秘密，太子和昆仑公子本来就是一个人。几年前，太子卧底到百花谷，就是为了查清前朝余孽。我听说那个百花谷还在惦记着他们的沈家天下，谷中依然养着大量的宫女和太监，我们的太子就是化名为昆仑公子进入武林的。"

李准驸问道："那么，百花谷的人到底是敌是友？"

公主把他面前的盘子推到地上，怒道："你这个饭桶，别吃了！"

小五子这时接话："李大人，公主的话我都听明白了，我早跟你说过，进宫之前，先填填肚子，你以为朝廷的饭碗那么容易端啊？"

公主瞪大眼睛，问道："什么人，这么大胆！我和李大人说话，轮不到你插嘴！"公主继续问李准驸，"既然昆仑公子和太子是一个人，你跟我说一个死了，一个跑了，你到底还想不想要这个九门提督的位子？"

李准驸不敢回答，偷看小五子，想要不想要，那不是你太子说了算的吗？小五子拍拍胸膛，意思是我来。他往前走两步，故意插科打诨，言语放肆，后来甚至还说自己饿了，伸手过来抓肉吃。

五公主被激到大怒，让人把这个人拉出去斩了。小五子觉得可以与公主相认了，他把脸上的泥抹掉，说："五妹，你这是想杀昆仑公子啊，还是想杀太子？"

五公主愣了一下，仔细看着小五子，忽然眼泪都掉下来了，她摇头道："我想了你三年，你还这么戏弄我？"

这不是闹着玩嘛。之后小五子给她介绍了"一只手"和吴思若。吴思若把长发落下，露出女容。见五公主情绪稳定了，小五子又开始胡编乱造，他说："我已经和吴思若拜堂成亲了，只等着见过父皇，便可以册封她为太子妃。"

五公主听得直皱眉，故作微笑，上前和吴思若寒暄，忽然之间变脸，喊道:"来人哪,把这些冒充太子的反贼给我拖出去!"

小五子以为她也在开玩笑,没当回事,说:"五妹,你别闹了,叫人加菜,是吧?这菜已经够了,不用再加了。"

五公主干笑一声,说:"那你就多吃点,以后可就吃不着这么好的饭菜了。"

小五子这时才有点蒙。公主接着下命令,说:"这几人妖言惑众,全部押入大牢!"

太子原来不行,管事的还是五公主,李准驸这墙头草左右看看,虽然不明就里,但是立即转变态度。他对五公主说:"不用再叫人上来了,这事我九门提督最在行!"

"一会儿有你更在行的事呢。"五公主冲他笑笑,点点头,"你也一起去地牢,陪陪他们吧!"

顷刻之间,到底怎么了?小五子自以为聪明绝顶,此时也摸不清五公主到底是什么情况了。他低声问:"李大人,我这个太子是真的吗?"

"是真的。"

"那她这个五公主是真的吗?"

"是真的。"

"那押我们去大牢这事也是真的吗?"

"我看不假。"

没等小五子想明白,他们已经被五公主的侍卫拿下了。五公主问身边的太监小顺子:"李大人这次过来,都有谁知道?"

太监小顺子答:"只有李大人的随从,和门口的几个太监宫女。"

公主对小顺子说:"半个时辰内,把这些人全找到,杀掉。"接着她问小顺子,"什么该说,什么不该说,你都知道吧?"

"出了这门,我就是个哑巴。"

"也不用,"五公主说,"有人问起,你就说,李大人接回一个假冒太子的人,已经被我处决了。"

4

小五子在牢里仍然想不明白，五公主已经在外面忙着给他这次的冒失擦屁股了。

关进大牢的第二天，三王爷就进了一趟宫，他如野兽般闻到了猎物的气息。三王爷带人在宫里转了一圈，没看到小五子。他找到五公主，打着哈哈，刚泡好的茶，还没喝下第一口，就忙不迭地问："听说太子回京了，你们兄妹团聚，我这做皇叔的很是高兴，给你们送份贺礼。"

五公主倒是不着急，慢慢喝两口茶，告诉三王爷："三皇叔的消息果然灵通，的确来了一个冒充太子的小贼，我估计他就是奔着三皇叔的这份重礼来的。此人被我当场戳穿，就地处决了。三皇叔有空也帮我查查，这些人什么来头，谁在给他们撑腰？"

三王爷脸色大变，说："我哪有时间去查五公主要找的人啊？"

"我听说，这几个小贼是从西北方向过来的，那不正是三皇叔您的地盘？"

"西北大了，要是各个为非作歹的人，都找我来是问，怕是皇兄醒来，也不肯啊。"

茶果然一口没喝，三王爷带人离开了。他碰了一鼻子的灰，出宫后就让亲信查明，当天出了什么状况，这几人身在何处。

查也是白查，亲信到晚上回报说："宫中的太监和宫女全部被换掉了。"

小五子这几天一直在地牢，出来这几年，他早就习惯被关起来了。三间联排的大牢，小五子在最中央，左边是"一只手"，右边是李准驸。彼此看不到，但说话能听见。小五子对他们吩咐："在地上掘个洞，够你们钻过来的，两个人往中间会合。"

他一边命令他们快点挖，一边催问道："吴思若在哪间牢房？"

他知道问了也白问,他们是被一起关进来的。小五子不知道,他们俩当然也不知道。小五子喊了几声吴思若,不见她应答。此时小顺子带领一帮侍卫进了地牢,一路走到小五子的牢房前。挖洞的两个人也停了手。

虽然是小顺子,但他年纪也不小了,起码在宫中待了十年八年了,自己是真是假,他该知道。小五子上前走几步,问道:"你可认得我?"

"自然认得。"小顺子倒是没隐瞒,"但我劝太子啊,最好不要再跟奴才多说话了,要不然这些人全得死,我小顺子也性命不保。"

说完小顺子毕恭毕敬地站在牢门口,貌似在等一个大人物。过了一炷香的工夫,地牢铁门打开,五公主走了进来,她让狱卒打开牢门,进了小五子的牢房。

五公主看看地上的残羹剩饭,问:"这是你一天的伙食?"

"你还有脸问我?"小五子哭笑不得,"我们丐帮的伙食都比这强。"

"那你就别吃了。"

五公主一脚把地上的残羹剩饭踢翻。她把门口的两名狱卒叫到跟前,问其中一个:"这饭菜都是你送的?"

狱卒点点头。

五公主给他左右脸各一个耳光,转身又问另一个狱卒:"他这身囚服,是你给他换上去的?"

另一个狱卒也点点头。

公主再来两个耳光。

两个狱卒不解,嗫嚅道:"启禀公主,地牢就是这样的饭菜,关进地牢的人也都得穿这套囚服。您这是说,伙食好还是不好啊?"

"你们知道这里关的是谁吗?出了地牢,我都得给他下跪叩首!从现在开始,他一天的饭菜由御膳房供给,把这身囚服给我换了。要是这人在牢里出了一点儿毛病,你们谁都别想活!"

小五子问道:"你想把我伺候到什么时候?我在钱记肉店的时候,也是这样对待将要上砧板的猪的。"

"那哥哥就在这儿一直待到过年吧,"五公主似乎被逗乐了,她忍住笑,一本正经地说,"等要杀猪的时候,我再请哥哥出去帮忙。"

"既然你肯叫我哥哥,我也就斗胆问一句,"小五子提议道,"你把我的夫人吴思若跟我关一块儿吧。"

"吴姑娘我有更好的安排,"五公主笑道,"哥哥就不要操心了。"

她转身对小顺子说:"把吴姑娘推到午门问斩,这点绝无半点虚假,立即斩首!"说完她对小五子笑笑,那表情似乎还有些许妩媚,她说,"你确实是太子,以后要做皇帝的,我杀了你的女人,那时你尽可以报复我,但现在,还是我五公主说了算。"

5

李准驸和"一只手"连夜挖通地道,把三间牢房打通后,三个人一起进了西面"一只手"的牢房。

"一只手"说:"我早已察看好地形,把西侧的墙打通,我们就可以逃出地牢。"

小五子问李准驸:"一般要犯在午门是几时问斩?"

"午时居多。"

小五子让他们抓紧往西边挖,说一定要在午时之前逃出去,拼了命也要救吴思若。他一直惦念着这件事,充满愧疚,要不是他逼她一起进宫,她也不会遭此大难。他只能抠着手指数数,盼望早一点儿出去。

"一只手"喊着"挖通了",小五子急忙钻过去。等到过去,才发现这又是一间牢房,小五子让他们继续往西挖。

李准驸提出一个问题:"你说,我们午时之前要赶到午门,但问题是,我们在里面也看不到天色,现在是什么时辰都不知道,没准儿吴姑娘早死了。"

小五子瘫坐在地上，大概几秒钟之后，吼着叫他们快点挖："活要见人，死要见尸。"

而那边，小顺子已经在跟两名太监交代，把吴思若的头蒙上，带到午门按期发落，一会儿把人头提回来。

两位刽子手看着沙漏，摘下吴思若的头套，说："时辰差不多了。"

另一个刽子手拿出纸笔，问她还有什么要说的。

"我们哥俩儿当了十年刽子手，杀人无数，我们得让每一个死在我们刀下的人，明白你的死跟我们哥俩儿没关系，以后做鬼，也别来找我们麻烦。"

吴思若没什么想说的，要说也是心里话，也许跟小五子真的是相见恨晚，没能让他喜欢上一个干干净净的自己，要是还能有下辈子，她肯定在茫茫人海里早早地把他找出来，一辈子跟着他。头一个刽子手又问一遍，有没有什么要说的。吴思若摇头道："无话可说。"

另一名刽子手接过纸笔，在纸上写了几个字，说："这是你讲的，按个手印吧。"

吴思若看到纸上面有四个大字——无话可说。将死之人，却忍不住笑了。吴思若手指伸嘴里，使劲一咬，用血按了个手印，眼泪也滴在了纸上。

拿着头套的刽子手问："那就让我们给你戴上头套吧？"

吴思若说："不必了，能否劳烦大哥拿个铜镜，摆在我面前，我想看着自己死。"

奇怪的要求，但还挺特别。铜镜递过来，放在地上，吴思若低头看着镜子里的自己，等刽子手举刀下刀。忽然镜子里出现一个蒙面人，对着持刀的刽子手拍了一掌，刽子手手起刀落。吴姑娘一闭眼睛，再睁眼时，一个人头滚到了她的身前。

另一个刽子手慌了，扔刀就跑。蒙面人一跃而上，在身后一掌将他击毙。吴思若明白此人要救她,她刚要说话,蒙面人冲她摇了摇头,替她松绑后示意她快走,走得越远越好。吴思若原地站了一会儿,扭头离开了午门。

连续挖了几个牢房,每个牢房里面都关着一个或是神志不清或是早已绝望的重犯。"一只手"后来提醒小五子:"我师姐可能早就死了,而且这个牢房没个头,我们还是想别的办法吧!"

小五子问:"你告诉我有什么办法?你告诉我,有什么办法!"

"一只手"无奈不语。小五子趴在地上,徒手往前挖。外面有狱卒进门的声响。李准驸建议:"咱们还是快点回去吧,他们要是看你不在牢房,不定会出什么事呢。"

小五子不愿前功尽弃。剩下两个人对了下眼神,明白进来的狱卒是送饭的。太子的饭菜比他们的好得多,挖了这么久,早已饥肠辘辘,不然等吃饱了,再回来继续帮他干活吧!

想想而已,太子在上,李准驸怎么敢抗旨?三个人一句话都不说。李准驸忍不住了:"好吧,我去挖。"

小五子回头看看"一只手",最后他也顶不住了,趴下来帮忙。"一只手"和李准驸一边挖,一边低声抱怨:"这一夜加一天,我们挖了六十多间牢房,整个地牢都快被我们打成一个大通铺了。"

"我怀疑它是圆形的,"李准驸说,"再挖几天,估计咱们就能回到最初的那个起点,吃上好的饭菜了。"

那为什么不直接回去等饭菜呢?这问题像咒怨一样,一直缠着他。忍不了的时候,李准驸一推手,说:"我不干了,你们爱谁干谁干!"

"我命你继续挖,你在违命抗旨?"小五子反问。

"你算什么啊,命令得了我吗?我跟你说,我早就在外面找人托关系了,没几天就能被放出去,用不着在这里给你当苦力了!"李准驸喊道,"像你们这样,打通里面没用,打通外面才是王道!"说完,李准驸撅着屁股一间一间地往回爬。

"一只手"瞠目结舌,指了指李准驸离开的那个洞,说:"五帮主,那你也别可着我一个人一只手使唤了,我房里有牌九,我去拿回来,以后谁输了谁去挖。"

说完他也钻过去了,一时半会儿没回来。小五子知道只剩下自己了,他开始一点点地挖。为了解闷,他不断地自言自语,然后忽然站起来,这些话都是以前对吴思若讲的,可是,世界上再也没有她了。后来挖不动了,他就坐在原地,像个孩子一样哭了出来。他的记忆只有三年,那么他是不是也像个三岁的孩子一样,一下子承受不了这么多的劫难。

放声大哭以后,他感觉好多了,更加拼命地往前挖,挖到最后一间,牢里坐着一个活死人,披头散发,双目紧闭,地上的饭菜早已发霉,看来已多日没有进食。小五子急着出去,也没有搭理他,继续挖了两个时辰,土已经挖光了,露出坚韧无比的花岗岩,这应该就是牢房的尽头了,可是他却一点儿办法都没有,他挑着地上发霉的饭菜吃了个精光。吃完摸摸老头儿的鼻息,自语道:"有吃有喝的,你练什么闭息大法啊?"

没有任何回答。过了一会儿,小五子觉得此人面熟,想了半天才记起,此人是何员外家的老管家。小五子对他说:"你怎么躲这儿来了?不管你为什么在这儿,我正好想跟你打听个人,你们何帮主的师父向问和长什么样?现在在哪儿?"

小五连续用了几招,揪他耳朵,冲他耳朵眼号叫:"饭菜来了!"此人还是一动不动。小五子开始把他当沙袋练拳脚,但他就是坚如磐石,雷打不动。到后来,小五子都折腾困了,躺他旁边睡了一觉。

睡到半夜,小五子忽然想通了,拍着脑门儿说:"我笨死了,你就是向问和。"

之后几天,小五子出奇地兴奋,对着狱卒每天送来的饭菜查日子。八月十五那天,小五子觉得向问和的身体出现了异样,他浑身在抖,且越来越厉害,整个牢房都跟着颤抖了。小五子记起谷主告诉他的两个穴位,按着次序点下去，大概一炷香的工夫，向问和忽然倒地。小五子以为记错顺序了，不小心错杀了向问和，随即跪地，磕了几个头："我小五子既然犯下弥天大错，就在此为你守灵三日。"

守到第二天，小五子挺不住了，竟然睡着了。再醒来时，他看见地上几十碗饭菜全都成了空碗。向问和早已醒来，自言自语说自己没吃饱。小五子激动了半天，说："前辈，我真担心您好不容易活过来之后，再撑死了。再说这些饭菜都馊了，就算没撑死，也得丢半条命。"

向问和打了两个响嗝，盯着这个年轻人，问穴位是不是他点的。

小五子讲了何府灭门的事情，讲了百花谷谷主教他的点穴顺序。向问和沉默许久，连叹几口气，询问小五子，是何人灭了何员外一家。

"那人蒙着面，"小五子说，"其实你的三位师兄我都见过，跟他们说过话，但是仔细想想，我还是无法判断出是哪一位，因为当时蒙面人说话的时候压着嗓子。"

向问和问他是怎么讲话的，小五子学了几句，向问和说，此乃气声。说话时声带未动，连是男是女都无法分辨，更别说分辨出是哪位师兄了。说完这些，他不想再提何府了。向问和说，神功练成之后，他还需要些时日恢复元气，现在体力与常人无异。等恢复后，他就能把小五子从这深牢大狱中救出。

6

小五子在牢里面待着，陪着向老前辈。三王爷当然不放心，都说在宫里见到了太子，总不至于是捕风捉影。没隔几日，他又带人去宫里转了一圈，后来找到五公主，跟她商量道，倘若太子在宫中，就让他见一面，叔侄二人聊聊登基大事；倘若太子不在宫中，下落不明，那么三年之约也已到期，天下人可说不得他三王爷是夺权篡位之人。

"太子武艺微末，怕是早被三叔借机杀掉了吧，何必来找我要人？"

公主讥讽道,"至于登基的事情,我五公主说话算话,父皇三年未醒,太子不见踪影,自然该由三叔料理朝政。只是我劝三叔不必心急气躁,一副胜券在握的样子,七日后,我自会安排登基大典。"

听起来话里有话,那就更加不放心。三王爷派人打探,得来密报,皇宫地牢的某间牢房里,关押着一个穿华服的男子,饭菜异常丰盛,是每日从御膳房端去的,此人可能是太子。

三王爷眉毛一挑,连夜派人把此人秘密押回王府。抓捕持续了一夜,次日,见到此人,三王爷愣在原地,被抓来的是九门提督李准驸。

"一只手"是看着李准驸被带走的。本来是"一只手"暂住在小五子的牢房,每日有御膳吃,每天有新衣穿。李准驸过来把他赶走了,让他回自己的牢房,说:"你要是听话呢,等我出去后,自然会把你带走。不然,小心我出去以后弄死你。""一只手"没办法,只能钻回自己牢房,每天再有御膳,也就是闻闻味儿,从洞里看看,今天又是什么好吃的。

李准驸被带走那晚,"一只手"在隔壁听到一阵骚动,牢门打开,几个狱卒把李准驸提走了。"一只手"那时还自言自语道:"果然把外面打通,要比把里面打通好使。"

五公主是第二天听说的,三王爷从牢房押走了一个人。她赶紧派人去看,回报说,太子依然在牢中,只是他们误抓了李大人。其实,目前牢里的人也不是太子,而是"一只手",小五子正在向问和的牢房里,跟他谈天说地呢。但五公主不知道,她惦记着离登基之日只剩两天了,她命人把太子带回宫中,沐浴更衣,准备登基。

"一只手"是第二个被带走的,他想李准驸果然讲信用,派人救他来了。只不过救他来的是一帮太监宫女,他们把他抬出牢房,并好吃好喝地伺候着,直到换上龙袍的时候,"一只手"吓坏了。再傻他也知道,这是皇帝的衣服,龙袍加身,难道他才是太子?

"一只手"仔细回想了一下自己的过去,不像小五子,所有的事情,他都记得清清楚楚。后来他认定,他的爹妈一定是养父母,老皇帝定是有什么难言之隐,把他寄养在那里,现在是回宫登基的时候了!他将双臂从龙袍里伸出来,看着自己仅存的一只手说:"原来这才叫一手遮天啊!"

有太监过来禀报,说五公主在外面候着,准备向他请安、请罪,顺便告诉他,明天的登基大典事宜。"一只手"想到五公主阴晴不定、心狠手辣,连忙让太监回复说:"你回五公主说,太子累了。"

可是"一只手"却睡不着,可能是这辈子也没睡过这么好的床,他把伺候他的小太监叫过来,说:"咱俩换床睡呗,太软的我没法睡。"

小太监诚惶诚恐,跟他换了房。当晚"一只手"听到一阵窸窸窣窣的声音,有人密报,小太监死在了太子房里,凶手已不知去向。"一只手"知道是冲他来的,他让知情的人先瞒着,谁也不许说出去。

这些小太监吓死了,他们早听前辈太监讲过,听了不该听的、见了不该见的,必死无疑。其中一个争宠的小太监主动过来对"一只手"说:"太子,您应该把知情的人全杀掉灭口,这事由我来办,我出了这个门,保证就是个哑巴。"

"一只手"看看他,又看看诸位宫女太监,对众人道:"你们把他杀了灭口吧。"

宫女太监的火早就憋大了,一起扑上来,捂死了这个小太监。

经历这一番风波,"一只手"冷静下来,他传密旨,说要见见他的五帮主。他知道说他"一只手"是太子,就是自我欺骗,他只是住在五帮主的牢房,吃着他的御膳,穿着他的华服,被人错认为了太子。大难不死,他明白了,太子皇帝这差事,也不好干。

天亮之前,"一只手"带侍卫进入地牢,走到最深处的牢房。小五子看见他的服饰吓了一跳,问道:"你别说你这太子之位,是玩牌九赢回来的。"

"一只手"叹了口气,让侍卫打开牢房,跟他说这几天遇到的蹊跷之事,想跟小五子换衣服。"一只手"这边脱下来,小五子那边还没来得及穿上呢,又一帮侍卫进了大牢,把被打了个半死的李准驸送了回来。

五公主这边找疯了，登基大典马上就要开始了，却不见太子的踪迹。五公主命小顺子，就算把京城翻个遍，也得把太子给她找出来。小顺子提醒公主："不管怎么说，您得上朝了。"

五公主是硬着头皮进的大殿。文武百官到现在都不知道，今天谁当皇帝。没看见太子，自然是三王爷坐定了皇位。其中一个大臣，洋洋洒洒地宣读了一个多时辰的老皇帝的丰功伟绩，而老皇帝却一直睡着，不省人事呢。

有人喊着："时辰已到！"

那个大臣也真是厉害，文章还剩那么长，说收就收，一句话简短总结，说臣子们拥护当今圣上为太上皇，万岁万岁万万岁！众人也不能反驳，跟着一起山呼万岁。五公主不干了，说："我父皇鞠躬尽瘁，岂能三言两语就概括？不行，把文章读完！"

大臣愣了一下，继续读稿子，又读了一个时辰，百官皆已困倦，哈欠连天。令官又一次喊："时辰已到！"

那位大臣的文章再次卡在了嗓子眼，他重复总结道："臣子们拥护当今圣上为太上皇，万岁万岁万万岁！"然后众人再次山呼，声音却比之前微弱了许多。

五公主再次反驳："我父皇执政近三十年，岂能为三两个时辰所概括，不行，必须把这些全部宣读完！"

大臣继续宣读，"嘉和八年，二月初五，圣上赏菊，赞菊花之美，乃为天下花卉所难及。嘉和八年，二月初六，圣上探望赵贵妃，说，希望你身体能快些好。嘉和八年，二月初六下午，圣上赞御膳房厨师做的一道新菜，并命名为鸡跳墙。嘉和八年，二月初六傍晚，圣上二次探望赵贵妃，并送去一朵菊花，及鸡跳墙；赵贵妃病情仍未有好转，一刻钟后，圣上去王贵妃寝宫过夜。午夜过半，圣上兴奋至极，把王贵妃、李贵妃、杨贵妃召入房中，共议国家大事。嘉和八年……"

"差不多够了。"三王爷起身打断大臣,说,"早上天没亮就开始大典,现在天都黑了,皇兄的丰功伟绩还没讲完一半。"

公主接话道:"那就让文武百官早些休息,明日继续。"

"说好今日登基大典的,五公主为何频频拖延?"

双方党羽,争执不下,五公主知道今天是顶不过去了,只好宣布大典开始。

传令官喊道:"恭请皇上登基!"

三王爷整整衣衫,缓步走到宝座前,转身对文武百官朗声说道:"今天大典,辛苦各位爱卿,这皇位我三王爷受之有愧,实乃我皇兄膝下无子,顺位于我。"

众人皆下跪,山呼:"万岁万岁万万岁!"

三王爷第一次被如此欢呼,有意拖延了几秒,整整衣衫又喊了句:"列位大臣平身!"

可是百官仍长跪不起。

三王爷整整衣衫又说一次:"众位爱卿平身!"

百官还是不起。

三王爷脑后冒出一个声音:"平身!"

百官齐声答:"谢万岁。"

然后他们纷纷起身。三王爷以为劳累一日,出现了幻听幻视。他回身一看,只见小五子身穿龙袍,早已坐在九龙宝座上。

7

小五子登基后,立即办理了两件事情:第一件事是,查寻当年害文宰相被灭门的罪魁祸首;第二件事,尽快集结兵力攻打海南岛,捉拿逆贼南海真人。这两件事中的第一件,是为文思清所办,后一件是为苏子瑶所办。唯有吴思若被问斩之事,小五子无法立即复仇,思量着如何进展。

向问和老前辈已被接入宫中,小五子封他为御前大将军。这官职具体要干什么,向问和也不知道,但御前两个字他明白,就是在皇帝身边待着。小五子有时候想和向老前辈学武功,向问和跟他说,当年师父教他无为掌的时候,第一件事就是让他自废武功,心无旁骛,方可继续往下练,"那么,陛下之前练的是什么功呢?"

是啊,什么功呢?小五子随口一说,说是神掌神力。向问和好奇,那是什么。问题是小五子也不知道,他说今日太晚了,明天展示给他看。

晚上,小五子命人将桌子锯掉一角,再稍许黏合。第二天拉来向老前辈,要跟他比,是他的神掌神力厉害,还是向老前辈的无为掌厉害。小五子先一掌劈下那个桌角。然后轮到向老前辈使用无为掌,一掌劈下去,桌面晃动,地上都震得起了尘土,感觉要山崩地裂了,抬手时桌子却纹丝不动。两个人屏息等待,一般不都是这样吗?看起来没变化,等上个一分半分,整个桌面会突然崩塌。

可是这次没变化,一顿饭都吃完了,桌子还完好无损地立在那儿。向问和自己都不敢相信,自己花费近十年练成的掌法竟毫无威力。他一再地摇头,又反复说,师父一定另有深意。

小五子也够讨人嫌的,从地上抓只活蚂蚁放到桌面,说:"我知道,这劈桌子也实在是难为你,咱们先拍死只蚂蚁,怎么样?"

奇耻大辱,向问和苦笑一下,一掌拍下去,一样的山崩地裂,手掌一开,那只蚂蚁在桌面上一动不动,没一会儿,竟毫发无损地爬走了。向问和看着自己的手心,半天说不出话来。

小五子哈哈大笑,道:"你这无为掌果真是无所作为呢。"

向问和苦思冥想,一夜之间,竟然满头白发。他把自己关在小黑屋里苦苦练习,练到深处,不止桌子,甚至连一张白纸都无法击碎。他觉得自己废了,主动找到小五子,辞去职务,他说:"别说是在御前保护皇上了,我连个手无缚鸡之力的书生都不如,连个御前侍郎都不配。"

小五子说:"向老前辈,你为人忠厚,出去后,别把失掉武功之事告知旁人。武林人士忌惮无为掌之名，谅他们也不敢与你为难，这样可保住性命。我小五子行走江湖数年，你见我会武功吗？不会。我跟你说实话，我之所以能坐上皇位，是因为我有自己的处事原则——嘴上凶一点儿，能吓走对手最好，吓不走对手，就赶紧跑路。"

把向老前辈送走，小五子要找点新乐子了。虽然李准驸和"一只手"都不怎么样，但总算是同甘苦一起过来的。他想给他们加官晋爵，李准驸原来是九门提督，升成什么好呢？有天小五子忽然有了灵感，让人在京城又开凿四扇城门，命李准驸为十三门提督。李准驸似乎也没那么高兴，九门、十三门，不都是北京城吗？

可实在不知道该给"一只手"什么官位好。小五子想到可以成立一个反赌协会，让他做会长。小五子命他以后再对赌徒讲赌博的危害时，不要再伸出他有手的那条胳膊，要将他断了的手的手臂挥舞给大家看。荣升会长后，"一只手"办的第一件事，就是在宫中成立了第一家赌场。他为官执政的思路很清晰，先用三个月把那些太监宫女培养成赌徒，再大刀阔斧地反赌。

五公主还是隔三岔五地来给小五子请安，这次行君臣之礼后，小五子迟迟不喊平身，就让五公主跪着。小顺子在旁边劝道："公主最近身子不大好，陛下就让公主起来吧。"

小五子笑道："你这小顺子倒是够忠心的，但是我听说啊，我不在的这几年，京城百官送你的银子也有十万八万了吧？"

然后他递给小顺子一张名单，小顺子跪着爬过来接住，他看也不看，直喊冤枉。小五子对公主道："他说冤枉，难道是我查错了？要不五皇妹，你来查查？"

公主依然跪着回答："小顺子跟着我多年，一、我信得过，二、就算他真的拿了点碎银子，也不是什么大事，还请圣上放他一条生路，我让他把银子全退回去就是了。"

"皇妹快快请起,一时间跟下人动气,竟然忘了你还跪着。"小五子说完吩咐人过来,同时做了个手掌下劈的手势,说,"斩了,就在这儿给我斩了,让我和公主都看着。"

侍卫抽刀而出,刀起刀落,小顺子人头落地。小五子让侍卫别把尸体拖走,先留在这儿,他还要和公主聊几句。侍卫退下,小五子和公主之间隔着尸体。公主不敢直视小顺子的人头。小五子问道:"处斩吴思若的事,是他办的吧?听说办得还不错?"

"命令是我下的,跟小顺子没有关系。"

"皇妹不是生气了吧?你杀我夫人,我动你一个下人都不行吗?我在牢里面天天想,穿着这身龙袍也在想,吴思若怎么着你了,二话不说,你就问斩?"

公主回答:"过去的事,你都不记得了。"

"记不记得,关吴思若什么事?"

"刚才你跟小顺子算了一笔账,那我也跟你聊聊吴思若。嘉和二十年七月,紫竹院招进来一个十四岁的小姑娘;嘉和二十二年,她成了紫竹院的头牌,甚至在整个扬州城都赫赫有名。你要是想知道这个姑娘是谁,也不用问我五公主,要是圣上有机会下一趟江南,找人打听一下,就知道我为什么要杀吴思若,为什么觉得她配不上你了。"

小五子瞪大眼睛看着她,好半天没说话。他喊人进来,让他们把小顺子的尸体收了。他看着下人清理尸体,转身对公主说:"我们俩配不配的事,你说了不算,但是你和谁配不配的事,却是我这个做天子的说了算。你也不小了,我不在的这几年,你代父皇治理朝政有功,现在我回来了,登基了,你也该找个人嫁了。"

那么嫁给谁呢?得给五公主找个最"般配"的人,最好能恶心她一辈子。早朝结束后,小五子调侃李准驸说:"李大人,我第一次见你的时候,你身边的跟疯子似的一妻一妾哪儿去了?"

李准驸愣了一下,义正词严道:"那是朝廷要犯!她们是罗刹国派来的女间谍,意在腐蚀我朝官员,密谋里应外合颠覆政权!"

小五子笑问:"罗刹国来的金发碧眼,怎么长得和我们一样啊?"

李准驸说:"她们自幼学习中原文化,潜入我国已久,所谓近朱者赤,耳濡目染,不但说话口音改了过来,长得也和我们越来越像。"

"你觉得我会信吗?"小五子说,"我就是告诉你,以后要注意,因为你不再是十三门提督了,你的这些问题,整个朝廷的文武百官都会盯着,你就要当驸马了,我准备把五公主许配给你。"

李准驸扑通一跪,谢主隆恩。

翌日早朝,小五子宣布两件事,一是不顾百官的劝谏,追封吴思若为皇后;二是择吉日,将五公主嫁给十三门提督李准驸。五公主得知消息后,在宫中闹了一通,堵住小五子道:"我等你三年,你这么对我?"

小五子让太医开些镇定的药方,让公主服了之后早些休息。公主在夜里几次哭醒,却没有力气起来。礼官过来问公主的出嫁日期,小五子问他该是什么日子。礼官拿起皇历,挑了几个良辰吉日。

小五子打断他:"良辰吉日,不应该由我来定吗?我觉得哪天好,难道有错吗?"

礼官低头,连说:"陛下说得是。"

"那就通知五公主,明天出嫁。"

第十六章

Chapter 16

1

出嫁前夜，五公主在宫中大闹，小五子让太医开些镇定的药方，让五公主服了之后早些休息。她在夜里几次哭醒，却没有力气起来，据说连上出嫁的轿子，都是被太监宫女们抬上去的。

秋去冬来，乔文君带着彬彬来了一次皇宫，她还带来了一个消息，乔帮主上个月病故了。正是六公子那包所谓的哑药，折磨了乔帮主大半年之久，终于令他撒手人寰。虽然只是做过假夫妻，小五子还是要求后宫对乔姑娘行贵妃之礼，对彬彬行太子之礼。

当然，二人没有同房，以礼相待。有一次乔文君问小五子，他是怎么从沉狮谷跑出来的，那个乔装的猎人又是谁。

小五子叹息不语，又开始想念苏子瑶了。想到自己的断魂掌和苏子瑶的死都是拜南海真人所赐，一气之下，他把那个桌角又拍掉了："我过去见这个老贼只占口舌上的便宜，三个姑娘哪个死，让我来挑。我跟个孙子似的，闭着眼睛让他杀。七日内，我必然南攻拿下海南岛，为苏子瑶复仇！"

小五子知道乔文君的难处，一个女人带着孩子，不好行走江湖。他有个想法，把彬彬留下来，自然不是做太子，先养大了再说。他承诺给彬彬找最好的太傅，定会把他抚养成人。几番承诺，乔姑娘含泪告别自己的亲生儿子。

送走乔文君，他要"一只手"去请个太傅来。刚过半个时辰，就又传唤"一只手",问他太傅找得怎么样了。

"一只手"完全蒙了,他辩解道:"这不是你才跟我提的事情吗?"

"都过去半个时辰了!"小五子发飙,"现在就给我去找,我再给你半个时辰。"

半个时辰后,"一只手"领来一位老先生。小五子简单询问几句,封他为太子太傅,从即日起,不管太子身在何处,需每日伴读。

狮吼帮的人还在京城等着乔姑娘。他们对乔文君说:"没了乔老帮主,我们这些乔帮主的弟子最后的任务就是,把你平安送回沉狮谷。以后我们弟兄几个,混迹江湖,各安天命,就不再麻烦乔姑娘了。你若是有事,只要在沉狮谷插一面狮吼帮的旗子,我们就算赴汤蹈火,也会赶来相助。"

乔姑娘劝大家别走,她说:"我爹我娘创建的狮吼帮绝对不能毁在我的手里,我们现在就一起回沉狮谷。"

出城的那天,京城下雪了,乔文君回头望着漫天飞雪,心想这段时间经历了多少的事情。她盼望往后的日子能安生一点儿。

2

吴思若被救出来以后,一直跟着救她的那个蒙面人。一连走了几日,蒙面人很少说话,一直未向吴思若表明身份。有几次他赶她回去,让她不要跟着自己。吴思若说:"你救我一命,起码得让我知道你是谁,以后有机会,我才能报答你。你要是什么都不说,我就一直跟着你好了。"

有两回蒙面人试着甩掉她。吴思若都想尽办法跟上了,甚至还用上了在街上喊抓贼的手段。

蒙面人一路向南,一直走到大路尽头,坐上了海边的客船。吴思若让后面的渔夫开船跟着他。

行船三个月,两艘船停靠在海岛,蒙面人眼看甩不掉她,反而要她跟自己去个地方。之后穿过两座山,差不多日落时分,他们来到山脚下的两座墓前。蒙面人揭开面纱,此人正是蓬莱阁老。

蓬莱阁老指着一座墓说:"跪下来磕头,这是你娘。"

吴思若看他眼神坚定,知道所言应该不假,跪下来恭敬地磕了三个头,记住了墓碑上的名字——吴淑珍。

她说:"我跟我娘一个姓,这我从来没想过。那我父亲呢?"

蓬莱阁老不语,吴思若看明白了:"你认识我父亲,所以那天你害怕了,你怕你以后见着我父亲不好交代。"

蓬莱阁老令她以后不准再提这件事。吴思若问他:"旁边那个小墓叫章志瑶的是谁?"

蓬莱阁老沉吟道:"是你。"

吴思若有些蒙了,看着上面的日期,转身问道:"我二十多年前便已经死了?"

说完这句,树林里传来一阵笑声。蓬莱阁老对着树林喊道:"你也跟了够久了,该出来了吧!"

是大漠仙人,吴思若出于惯性,正要叩拜师父。蓬莱阁老扶住吴思若的肩膀,内力传来,令吴思若的身子躬不下去。

大漠仙人笑道:"三师弟的内力果然日益精进。"

蓬莱阁老道:"我和你以后不再是师兄弟的关系。"说完又对吴思若道,"以后你和他也不再是师徒关系,再也不要叫这个禽兽师父。"

大漠仙人哈哈大笑,自谦道:"说我是禽兽,可我与三师弟相比还差得远呢!上一次我把我最美的女弟子献给三师弟,本来想问问这个吴思若伺候得是否到位,但是见你从法场救她,又把她一路带到海南,便知你们真的是处出感情来啦!"

蓬莱阁老闻言,向前拍出一掌。大漠仙人闪身一躲,道:"伺候得好不好还没说呢,别忙着灭口啊!"

二人越打越凶,但是彼此都顾忌对方的神掌,并未拼尽全力。

树林里传来内力深厚的声音:"两位师弟,跑到海南来,也不到我府上坐坐,忙着在这儿切磋什么功夫?"说着,一个人影飞了过来,拉起两人的左右手将二人分开。

见是南海真人,吴思若"啊"了一声。南海真人冲她笑了笑,说:"上次在南京没杀你,这次又惹得我两位师弟大动干戈,唉,那位苏子瑶死得可惜啊!"随后南海真人冲着墓园朗声道,"向师弟,你也看了很久了,快出来吧!"

向问和拍拍手,走了过来。

南海真人问道:"我刚才一直在寻思,要是他们俩真的出了杀招,我若不跳出来,向师弟是否会出手相拦?"

向问和笑道:"二师兄和三师兄平日关系那么好,肯定打不起来。我刚练成无为掌,想借机观摩一下仙人掌和蓬莱掌的精髓,要不大师兄你也跟他们玩一会儿,小弟再观摩观摩断魂掌的精髓?"

南海真人说:"咱别耽搁时间了,师妹还在我府上候着呢。她知道你们今天要来,让我出来迎接你们。"

几人施展轻功先行离去,吴思若施展不出,落在了后面。向问和说:"我陪姑娘慢慢走。"

蓬莱阁老信得过向问和的人品,便说:"在寿南山下万龟滩等你们。"

吴思若虽然到得最晚,但是见到南海真人的第一句话就是:"你还真在这儿养龟,生意越做越大。"

蓬莱阁老提醒吴思若:"别乱说话,这些龟都是大师兄用来练断魂掌的,一只乌龟活了一二百年,被大师兄在壳上拍那么一掌,昨天在哪儿下的蛋都想不起来了。"

最后一个见到的是百花谷谷主,吴思若见过她,只是从未猜到,自己与她还有这样的渊源。

吴思若看到祠堂中的一个牌位上写着——爱妻吴淑珍之位,忽然激动不已,问:"南海真人,吴淑珍是你过世的夫人?"

南海真人点点头，不愿与她多答。

吴思若接着问："那章志瑶是你的女儿？"

南海真人又一愣。吴思若马上说："我就是章志瑶。"

能看得出来往事翻涌，南海真人都要哭了。吴思若扑上去喊了一声："爹！"

南海真人忽然抬手要劈下去，吴思若身前冒出一个人替她挡了一掌。此人是蓬莱阁老，中的正是南海真人的断魂掌。

他们并不如何地担心，师父当年之所以将这三掌分别教给三个弟子，就是因为他们可以互相牵制。本门弟子中了掌，休养些时日即可恢复内力，并无性命之忧。但是，如果中了断魂掌，又接着中了其他任何一掌，就会有生命危险。沈老前辈为防止弟子叛乱造反，可谓用心良苦。后来有人偷走了《三藏经》，沈老前辈又潜心自创无为掌，收向问和为弟子，以制衡这位尚未查出的逆徒。

南海真人发现受掌的是蓬莱阁老后，警告大漠仙人："三师弟恢复内力之前，你不得靠近他半步。"

大漠仙人反击道："大师兄说得真好，你打了第一掌，就想诬陷我打第二掌。倘若偷学三种掌法的人是你，回头你再对三师弟拍个仙人掌，那我找谁说理去？"

百花谷谷主表示："我本来想说，在这十二个时辰内，我可以看着三师兄。但我乃一介女流，既然是在大师兄的府上，还是由大师兄做主吧！"

南海真人安排道："向师弟，你与三师弟同住，我和二师弟一间房。"然后转身向蓬莱阁老赔了个不是。

蓬莱阁老并不领南海真人的情，直接质问道："大师兄你那一掌要是冲我来的，我做小的，绝对不生你的气。可你那一掌打的却是爱女，这个事我跟你没完。"

吴思若指着蓬莱阁老问："你？你是我爹？"问完她想了好半天，自言自语道,"我现在明白你为什么怕见我了,从古至今,就没有你这样的爹。"

南海真人问大漠仙人:"这个姑娘之前叫你师父,原来那晚是你把她抱走的。"

大漠仙人倒是邀功道:"怎么样,大师兄,看我把这姑娘养得又漂亮,又水灵,三师弟第一次见她的时候眼睛都直了,那我能违了他的意吗?当即就把她送给三师弟做贺礼了。"

大漠仙人自鸣得意,说话间被抽了一巴掌。打他的是百花谷谷主,她呵斥道:"够了,你别再讲了!"

几人聚在这儿,本来是要商量如何应对皇帝带兵攻打海南岛一事,因为吴思若,几十年的恩怨情仇全都摊开了。

六个人中最年轻最痛苦的是吴思若,她瘫坐在椅子上,情绪濒临崩溃。她对蓬莱阁老说:"你那夜说过,让我走得远远的,再见到我,一定会杀了我。你现在就说到做到,杀了我吧!"

蓬莱阁老不语。吴思若跪地请求蓬莱阁老杀了她,百花谷谷主把她扶起来说:"既然躲也躲不过去了,索性全都说给你听。"

3

南海真人是沈老前辈的弟子中成家最早的,他和吴淑珍生了一个女儿,沈老前辈为她取名为章志瑶,小名灵儿;大漠仙人是三个弟子中练功最刻苦的一个;蓬莱阁老风流成性,四处拈花惹草;百花谷谷主不算是师父的弟子,只专心培育奇花异草。

一日,这样平静的生活被打破了。先是大漠仙人发现了这个秘密,他偷偷告诉了南海真人,并在后山的隐蔽山谷,撞破了蓬莱阁老和吴淑珍的奸情。一开始他们三兄弟商议,先不让师父知道,直到大师兄察觉,章志瑶并不是他的亲生女儿,吴淑珍才承认这孩子是她与蓬莱阁老的骨肉。

沈老前辈知道此事后勃然大怒，他将章志瑶抱走，道："真人想杀了这个女孩，阁老想把她养大，我现在就算强迫你们师兄弟重归于好，随着这个女孩一天天长大，你们的嫌隙仍会越来越深。"他对众人说："我现在就把这个女孩从悬崖上扔下去，生死有命，富贵在天，你二人再也不许提这件事了。"

几名弟子跪地聆训，师命不可违，他们眼睁睁地看着女孩被师父抛下悬崖。吴淑珍发疯了一般，跟着跳了下去。沈老前辈令南海真人与蓬莱阁老跪到次日天亮，不许下山。

其实，沈老前辈早已算好用多大的力气可以将孩子挂在悬崖下的树枝上，不至于摔死。他想趁两弟子跪地反省之时，将章志瑶找到，送到某户人家寄养，以了结这段恩怨。可是当夜，他只发现了吴淑珍的尸体，襁褓中的孩子已经不见踪影。

谷主对大漠仙人道："没想到是你将孩子抱走了，有人阴险一时，真没想到，你能阴险一世。"

南海真人表示："几十年前没能解决的恩怨拖到了今天，我还是一样的看法，我要杀了她。"

蓬莱阁老哀求南海真人："如果大师兄心中还有怨恨，那我愿代小女一死。"

吴思若冷冷地笑道："我用不着你替我死，你还得好好风流呢！"

此言似乎比那一掌还要痛，蓬莱阁老像泄了气的气球，反复重复道："爹替你死……"

"这事我也有责任，"大漠仙人说，"当年我不该告诉大师兄，三师弟和嫂子相好的事。吴思若这个事，小弟做得也有点过了。我有一个两全其美之策，既然大师兄练的是断魂掌，不如给吴思若一掌，让这几十年的恩怨就此了结。"

乍一听，此法有些突兀。仔细想来，似乎不无道理。吴思若此时已经生不如死了。

谷主说:"当年吴思若是个婴儿,死也就死了。现在她已二十多岁,是咱们师门的后人,而且她也没做错什么,不能说打就打。"她又问吴思若,"大多数人的一辈子,一半是痛苦,一半是快乐。有人好一些,有人坏一些,但是从来没有人像你这么不幸,九成的苦,一成的甜,可能你自己也是这么想的吧?"

蓬莱阁老伤感道:"就那一成的甜,还是对你们那少谷主昆仑公子的单相思,她为他差点儿被斩首!女儿,爹也想通了,可能,大师兄给你这一掌,对你对我都好,你以后都不会再怕面对我了。等你重新开始的那一天,爹把前半辈子欠你的债一点点还给你。"

百花谷谷主提醒道:"姑娘你要想清楚,挨了这一掌,你这二十多年的恩怨情仇就全了了。如果你不愿接受这个结果,虽然我武功不如他们,但依然会鼎力相助。"

向师弟接话道:"我和谷主立场一样,当年师父教我无为掌就是为了避免同门相残,大师兄要是执意劈下这一掌,我定以无为掌奉还。"说完他回想了下小五子的做人道理,偷看了一眼自己的手掌。

大漠仙人也劝吴思若:"你就不要再做皇后梦了,皇上已经册封了皇后。"

"果真有此事?"其他人问道。

"确实如此,不信你们去打听,我若有半句虚言,让我也中大师兄一掌。"

这是吴思若遭受的更大的一次打击,听完大漠仙人的话,她涌着眼泪摘下小五子送她的银镯。蓬莱阁老问她:"这是为何?"

"他既然有了皇后,我失忆之后也要重新做人,不用再拿这个镯子睹物思人了。"吴思若转身对南海真人说,"大师伯,你动手吧!"

吴思若看着南海真人发力,掌就要劈过来的时候,她隐约听到大漠仙人说了一句话:"我说小五子册封皇后,半句不假,但是他册封的是你。他以为你死了,所以他追封你为皇后!"

吴思若忽然后悔，想要躲闪，可已然来不及了。她感到头晕目眩，想起了小五子所有的好，说了句："小五子，我对不起你！"泪如泉涌，倒在了地上。

4

小五子力排众议，挥师南下。此次讨伐海南岛的开路先锋是李准驸，小五子命五公主作为将军家眷随军督战。因为吴思若，他一直记恨着她。路上，他对五公主笑道："我就是想让你亲眼看见，你是怎么变成寡妇的！"

"你现在就可以杀了他，就他这个窝囊废，何必让十万将士给他陪葬？"

小五子叹了口气说："哎呀，你这么一提醒我，我倒是舍不得杀他了。"

行军途中，小五子找机会又问了李准驸："我让你查的文宰相灭门一事，可有眉目？"

李准驸回道："文宰相一案，朝廷并没有备案，相关人员都已离世，线索全无，无从查起啊！"

"可文思清活下来了！"

李准驸接不上话。小五子提醒道："赶快查吧，我怕你这回是有去无回啊！"

李准驸吓得从马上摔了下来。

小五子瞅着他一身戎装，说："李将军，这还是我第一次看你穿这身衣服。"

一路上，各种困难险路，小五子都让李准驸先走，每回还都笑道："这可是李将军立大功的机会啊！"

李准驸次次都硬着头皮说："谢主隆恩，属下在所不辞。"

当夜，小五子、李准驸及五公主三人在大营商定进攻之事，小五子讲："我虽是当今圣上，但是此次前来只是督战，一切由李将军说了算。"

李准驸一本正经地说："最好的战术是敌不动我们就按兵不动。"

见小五子不信，他又讲了一大堆狗屁理由，气得小五子急了，一脚把他踢开，说："你以为我们带十万大军，拿着军饷来海南岛旅游啊！听说南海真人能以一敌万，那几大高手好像都在山上，我觉得你这按兵不动的计策很好。这样吧，我留九万九千五按兵不动，你带五百人抄小道前去寿南山探探路。万一你全军覆没了，咱们还能保存实力。"

李准驸知道此战必死，直看公主什么意思。五公主说："这是皇上给你立功的机会，还不赶快谢主隆恩？"

李准驸跪下来哆哆嗦嗦地讲了一大堆马屁话，领命前去。

公主冷冷道："我记得你曾经说过，你不舍得杀他，想让这个废物陪我一辈子？"

小五子说："但是我现在明白了，我要是舍得杀你，也就舍得杀他了。五公主听令，命你带五万大军从正面进攻万龟滩，拿下南海真人的老巢。"

公主咬牙盯着他，最终还是领命而回。

5

大家本来是为了商讨应对皇帝南征的对策，经过这场变故，似乎每个人都很疲惫。百花谷谷主有气无力地问南海真人："十万大军来袭，该如何应付？"

南海真人说："我早已布置妥当，大家今天可以放心休息，明天起来，我给大家分配任务。"

几人知道大师兄向来言出必行，也都放心回房睡觉了。

谷主和吴思若住一间，大师兄说过，两日后，吴思若醒来，将跟个全新的人一样，所以不必操心。

向问和与蓬莱阁老住一间，蓬莱阁老晚上几次想要去探望吴思若，都被向问和劝住："吴思若是你女儿，但是谷主也在那房间睡着呢，你这么过去，算怎么回事？你急什么？"

但是这天晚上，向问和醒来，发现蓬莱阁老还是出去了，估计是看吴思若去了。等了一会儿，蓬莱阁老悄悄回来，躺在床上。向问和说了一句："要是再出去，小心师弟对你施无为掌了。"

蓬莱阁老"哦"了一声，一觉睡到天亮。

南海真人和大漠仙人一间房，他看大漠仙人坐立不安，便嚷嚷道："你今天不睡，弄得我也不能睡，明天没法面对大敌。"

大漠仙人还是来来回回地在房间里走。

后来南海真人干脆醒过来说："你要是睡不着，咱哥俩儿喝两杯。"

倒酒时，南海真人悄悄在酒里下了点蒙汗药，此细节被大漠仙人发现，趁南海真人取下酒菜的时候，调换了酒杯。

南海真人回来后也察觉到了，便故意把大漠仙人的筷子弄到地上，趁大漠仙人拾筷子之时，又调了酒杯。

大漠仙人弯腰，偷偷震了一下桌角，将对方的筷子震掉，说："大师兄，你的筷子也掉了，有点远，你自己拾吧！"

南海真人说："掉就掉吧，我干脆用手抓算了。"

大漠仙人急了，快速调换酒杯，后来谁也分不清哪杯有药哪杯无药了。他们哈哈大笑，举起各自的酒杯，南海真人说："喝了吧，大师兄还能害你啊！"

"我怕大师兄害了你自己。"

"那咱就赌一赌。"

俩人说罢，一饮而尽。

6

次日,百花谷谷主被远处山下的雷鼓声震醒,她顾不上吴思若,直接去敲南海真人房间的门,结果半天不应。蓬莱阁老和向问和也闻声赶来,推门而入,发现俩人还躺在床上呼呼大睡,便上前把他们摇醒。南海真人先醒,起来之后有些亢奋,大家察觉到可能出了事。大漠仙人缓缓醒来,说起昨晚蒙汗药的事情,自己一觉睡过去,毫无察觉。

看南海真人的表现,是中了蓬莱掌和仙人掌两掌。大军压境,众人也无暇查明真相,便趁南海真人短暂清醒时,问他怎么安排。

南海真人说有一条小路可以逃走,叫众人随他前去。

蓬莱阁老背着吴思若,南海真人不高兴了,说:"我就带你们去,不带这个人去。"一时疯疯癫癫地坐在地上撒泼。蓬莱阁老让大家先走,不连累他们,自己留下来保护吴思若。

百花谷谷主说:"我不知道偷秘籍的那个人是不是你,你会不会用三掌。如果不是你,说明你是真伤了,你留下来毫无用处,以后你想疼,也没处疼吴思若。而且你忘了吴思若是什么身份?皇后!你守在这儿必死无疑,还是跟我们先走吧!"

这时候"嘭"的一声,蓬莱阁老中了一记闷棍倒地。向问和扔掉棍子,拍拍手,对谷主说:"师姐,别怪我鲁莽,事出紧急。现在大师兄性命堪忧,不能再让三师兄束手就擒了。"

大漠仙人架起蓬莱阁老,跟着南海真人往悬崖上冲。山路越走越窄,大漠仙人质疑,这根本不是逃生之路。中了掌的南海真人可不管,一路冲到悬崖边,先是喊着:"冲啊,跑啊!"最后来了一句,"吴淑珍,灵儿,我也来找你们了!"说完纵身跳了下去。

名震江湖的南海真人就那么摔死了。蓬莱阁老醒来,知道大师兄跳崖之事后,叹息道:"他昨天打我的只是普普通通的一掌,逆徒不是他。"

向问和质疑道:"昨天晚上,你趁我睡着出去了一趟,到底去哪里了?"

蓬莱阁老解释,他只是想看女儿,在门口站了一会儿没有进去,估计谷主也在房间。

谷主瞪了他一眼,警告他:"还好你没有进去,否则我跟你玉石俱焚!"

蓬莱阁老马上说道:"仙人一直睡在大师兄的身旁,有什么异动你该知道吧?现在大师兄死无对证,你这么厉害,居然拿蒙汗药哄骗我们?"

感觉蓬莱阁老和大漠仙人都在贼喊捉贼。向问和说:"我现在不想错杀你们其中一个,我们先找路逃出去。回头找到叛徒,我必代师父清理门户。"

7

李准驸出征那天战战兢兢,他骑在农夫队长的马上,像个女人一样抱着队长的腰,向着山谷进军。骑出去没多远,李准驸就说:"大家跑累了,稍微休息一下吧。"

队长质疑道:"李将军,十里路,我们已经休息五回了。"

李准驸引用了一大堆兵书上的古句,向他阐明保存体力的重要性,反复强调道:"你们死不足惜,还有九万九千五百的大军,等着我李准驸来统帅。"

说着,上面掉下来一个人,李准驸喊道:"有暗器!"

众人后退十余米。队长看清楚掉下来的是个人,感慨道:"李大人,他们居然拿人当暗器袭击我们!"

李准驸让大家不要动,等敌人暗器用光,他们再过去。许久不见上面再扔人,他让队长过去瞧瞧是什么人。队长汇报说,是南海真人。

"死了没有?"李准驸低声问。

队长回答:"已死。"

李准驸大喊:"小心南海真人,快快撤退!"自己却持剑冲了上去,对着尸体一顿乱砍,手忙脚乱中,还割到了自己的腿。

五公主这边损伤最多,几位高手不识小路,都是从五公主这边突围。大漠仙人和蓬莱阁老即将擒获五公主时,百花谷谷主上前说:"此人与我有旧交,且是昆仑公子的亲妹妹,二位交给我来处置吧。"

二老放下公主,继续杀敌。百花谷谷主对公主道:"我心中一万次地想杀你,但此时昆仑公子在宫中,仍需要你多多扶持。我先留你一条性命,待昆仑公子坐稳了皇位,再杀你不迟。"

五公主冷笑道:"他已把我许配给李准驸,我已无法继续扶持公子,留我何用?"

"五公主手段高明,不管如何打压,相信你总有翻身夺权的那一天。"谷主说完,一掌将公主推了出去,公主稳稳地落在马上,上山而去。

五公主继续赶路,带人行至寿南山,仅剩空城一座。得到禀报,有一女子昏倒在后院厢房。公主过去一看,正是那个死而复生的吴思若。她让人把吴思若抬回陛下的大营,走至一半,她改了主意,让人把她送回自己的大营,并封锁消息。

李准驸带着五百士兵诛杀了南海真人,一进大营,他就眉开眼笑,时不时地暗示小五子,自己有多厉害。这时,一个快马加鞭赶来的密使进了大营,递给小五子密奏,上面写着:"当年抄斩文宰相一家的乃……"

李准驸好奇,问道:"陛下,难道我夫人也传来捷报?"

小五子摇摇头说:"不是,这上面写的是,我该怎么赏你。"

"赏什么啊,"李准驸自言自语,随即醒悟道,"平定南海,乃国家之大计,臣之责任,微臣不该领陛下赏赐。"

小五子赞赏道:"李大人,自从你娶了五公主,是越来越有见识了啊。那就照你说的,不赏了,退下吧!"

李准驸迟迟不起，忍不住问道："陛下真不赏啊？"
"赏！朕不但要赏你，还要重重地赏你。等你跟朕班师回朝，朕把二十件宝贝全都赏给你。"

小五子带着"一只手"去搜查寿南山，"一只手"因贪吃，在乌龟窝里翻了半天，最终在乌龟蛋下找到了一张九宫图。想起小五子一直在收集这东西，他随手拿回去请功。

清缴的时候，小五子在一间房子里发现了他送给吴思若的银镯，并在祠堂和厢房查看了一番，断定吴思若没有死。她在这儿住过，小五子想。

公主从吴思若身上搜出一张羊皮，私自存了起来。吴思若醒来后，公主发现她前言不搭后语，完全不知道自己的过去。公主明白，她中了断魂掌。施掌之人南海真人已死，吴思若再没有治愈的希望，公主犹豫不决，此时，外面有人传令："皇上驾到！"

公主让人将吴思若安顿好，然后慌忙起身迎接。

小五子没好气地问公主："吴思若到底有没有被斩？"

公主本来想将吴思若送还给小五子，但这句话将她激怒了。公主反唇相讥道："如果我问你，小顺子死没死，你怎么回答？死了就是死了！"

公主回房对吴思若说："你就是我的宫女，名叫子柯，这次随我出行摔了脑袋。以后你还得在我身边伺候着，随叫随到，不得离开我半步。"

公主出门之后，吴思若自言自语道："我还以为我是什么富贵命呢，原来就是个伺候人的宫女。"

8

班师回朝，途经百花谷，小五子现在已经是皇帝了，不便去百花谷。谷主待他的态度让他一时难以分辨是敌是友，但总还有潜在的危险。他下了一封诏书，命百花谷在一个月内解散，谷中的奇花异草尽献于皇宫。否则，百花谷会是第二个寿南山。

回到宫中，小五子就本次征讨论功行赏，唯独没有赏李准驸。小五子在早朝上说："退朝以后，朕要亲自赏你。"

李准驸兴高采烈，心情大好。退朝后，小五子将他带到了文相府。听到屋内传来的狗吠声，李准驸还一再地吹捧，说皇上有远见，二十个宝贝由二十只狗守着，很是稳妥。

"数是没错，但你没弄明白宝贝是什么，这二十只狗就是二十件宝贝。"

小五子让人打开门，一脚把李准驸蹬了进去，然后关上门，里面传来阵阵惨叫。两分钟后，小五子让人看看，这人死没死。李准驸被架出来时血肉模糊。

小五子恨恨地说："你这个人挺好玩的，我很喜欢你，无意杀你，只是深仇大恨，我保不了你。我问你一个问题，你若如实回答，我就赐你死个全尸。你要是胆敢骗我一句，以后公主跟我要你尸体时，就到这二十只狗的肚子里找去吧！"

小五子继续说："文府被抄家时，抄得的财产两万四千两，都到哪里去了？你当时只是一个小小的九门提督，谅你吃了熊心豹子胆，也不敢这么对文家。你现在告诉我，是谁指使你干的？"

李准驸在被咬烂的衣服里掏出一张手谕，他说："陛下，上次您让我查文家的案子，我便整日坐立不安。这道手谕，我一直随身带着，我确实是受了宫中贵人的指使。您可能贵人多忘事，但是您看看这道手谕，您自己的字迹，您总该认得出来吧？"

小五子双手发抖地接过手谕。

李准驸跪在地上说道："文思清的父亲与三王爷结为同党，不断地质疑您的太子身份，企图废储，甚至宣称找到了您本非皇子的证据。后来，您连夜下了这道手谕给我这个最不起眼的九门提督，我以山匪的身份洗劫了文家,得到了陛下的赏识,至此,平步青云,一路做到了今天的驸马。"

小五子看着他,手中的剑依然没放下。

李准驸跪地讲述:"当年文武百官多反对立储,因为您只是老皇帝在山西征战时的私生子。朝中多数官员收受了三王爷的贿赂拉拢,形成三王党,其中文家势力最大。我李准驸虽懦弱无能,但是得到了您的信任,在您处于风雨飘摇之际,为您清除了异己,扩张了势力,铺平了登基之路。"

小五子见手谕落款处为昆仑公子,问道:"所以当我要报复和残杀这些人时,不方便说自己是太子孙天奇,只落款为昆仑公子?"

李准驸点点头。

小五子想到自己曾对文思清说,当上太子的第一件事就是养群狼狗,天天不喂食,就让它们饿着,等他把害她全家的人逮着,直接将其扔进狗屋,让那人连骨头都不剩。

小五子提着刀,让人把小黑屋的门打开。众人劝阻,连李准驸都求道:"陛下,让我替您一死。"

小五子让众人退下。狗在小黑屋里叫个不停,小五子把门打开,进了小黑屋。

过了许久,里面的狗吠声停止,小黑屋的门被推开,小五子浑身是血地拎着刀出来,对跪地的李准驸说:"你去养伤,朕错怪你了。"

小五子回想起那一天,他把文思清从老虎洞中救出来,对她讲,自己这个也不知道是什么本事,两条腿的都打不过,四条腿的,哪怕狮子老虎,他都不怕。那时候真好,那天真好,路虽然泥泞,但走着走着,文思清就趴在他背上睡着了。

9

公主几次求见,都被小五子拒之门外,于是对吴思若(也就是子柯)更加苛刻。

有几次子柯顶嘴，被公主体罚。子柯养好身体后，试图逃出皇宫。她在皇宫里走啊走，迷路了，甚至与皇帝擦肩而过。小五子只看到她的背影，并没看到她的脸，他对身边的太监吩咐道："这个宫女是新来的吧，一点儿礼数都不懂，问问主子是谁，让主子好好管教。"

子柯这次受的体罚更加严重，她始终想不明白一件事，她问其他的宫女："我们为什么要一直留在宫里伺候这个主子？"

一个宫女回答："因为我们从小就被送进宫里伺候公主。"

子柯继续问："那你要永远在这里伺候公主给人家当奴才吗？就没想过出宫，自由自在、随心所欲地过日子吗？"

很多宫女从小就被告知，你要一辈子伺候主子。乍一听子柯的问题，还真的让她们思考了一下，自己这辈子该干吗。想得脑壳疼，她们的回答是，把公主伺候好了，就有机会伺候皇上；把皇上伺候好了，就有机会被宠幸；被皇上宠幸了，就有机会升为贵人；贵人做好了，就有机会做妃子；妃子做好了，就有机会做皇后，那就是一人之下万人之上了。

一番话听得子柯脑壳疼，她目瞪口呆地叹息道："加油吧，祝你们成功！"

大家拼了命地想当皇后，谁能想到，这个饱受公主凌虐的子柯就是当今被追封的皇后啊。

公主本来想折磨吴思若，结果不到一个月，吴思若就搅得众宫女情绪不稳定，公主宫中乱作一团。有一天，公主在后花园里怒斥吴思若，吴思若早就学会了左耳进右耳出的本事，瞪大眼睛诚恳地望着她，其实一句话也没听进去。公主远远看到皇帝过来，便让众宫女带着吴思若赶快走，自己迎上去请安。

小五子问五公主："李准驸的伤好后，你就应该离开皇宫了吧？"

"我家夫君不知道得罪了谁，被人放疯狗咬了个半死。他怕那个人再放疯狗，便叫我在宫中避避风头。"

小五子装糊涂问:"这是谁干的?竟敢对驸马爷下毒手,哥哥帮你好好查查。"说完他岔开了话题,问道,"刚才那宫女远远一看,感觉挺熟悉的,叫什么名字?"

"这个丫头叫子柯,哥哥后宫佳丽三千,该不会连我的宫女也要抢走吧?"

小五子叹息道:"都说皇上嫔妃无数,我就没碰上,妃嫔悉数从我身边离开了。"

10

那日几大高手下山后,谁也没先走,在山下静坐了几天几夜,等待蓬莱阁老将伤养好。百花谷谷主说:"就这么无所作为地查下去,也不是办法。不如大家先各自回去休息,总有一天,叛徒会露出马脚,我和向师弟肯定要诛杀此人。"

大漠仙人和蓬莱阁老彼此咬定就是对方,向老前辈却想着,可不要查出来,待我回去好好研究一下,无为掌到底是怎么个无为法,再来清算这一切。

百花谷谷主则刚接到谷中信使的密报,当今圣上勒令百花谷解散,将谷中那些剧毒无比的奇花异草统统上交。其他人表示,南海真人已亡,在叛徒查出来之前,谷主千万不要跟朝廷对着干,况且皇上是百花谷的少谷主,有事还好商量。

"听说向师弟就是在小五子的帮助下出关的,"百花谷谷主说,"如果方便的话,请向师弟做个人情,帮去说说话。"

向问和婉拒,说:"不管怎样,咱们在皇帝眼里,都是江湖中人。我这人情再大,也大不过孙家的天下。"

百花谷谷主点点头。

下山时,向问和特意找了根结实的木棍,其他人惊异:"丐帮又不是当年的丐帮了，何必东施效颦，学洪七公弄一个打狗棍。"

向问和无奈道："自从练就了无为掌，出手必是杀招，但是有些人罪不至死，拿根棍子教训一下足矣。"

向问和向众人告辞，打算集结丐帮弟子前往田独镇，祭奠前任帮主何振生。

蓬莱阁老一路北上，查到吴思若在宫中给公主当宫女。他觉得自己的闺女怎么能被人当下人使唤，传出去，他的脸往哪儿放？于是进了京城后，他每天都在皇宫外的大树上，像猴子一般蹿来蹿去，查看宫中地形，并寻找女儿的位置。

有一回，他见到公主训斥自己的女儿，很是心疼，于是偷了套太监服，混入宫中，每日在宫中赌场寻找机会打探消息。宫内高手如云，但更难的是，那个叫子柯的宫女根本就不知道自己就是她爹。策略一时没想到，屈辱倒是受了不少，那些小太监嘲笑他，得活得多没出息啊，一把年纪了，还跑到宫中当太监。

有回给皇上请安，他有想过跳出来跟皇上讲，你要找的皇后正给公主当宫女呢，但随即想到，这么大的事情，公主可不敢瞒着，肯定是皇上嫌弃吴思若的身世，下放到公主身边。没有办法，蓬莱阁老天天买醉度日。

父女俩就这么误打误撞，一个当了太监，一个当了宫女。不同的是，吴思若一心想着出去，带着希望；蓬莱阁老早已绝望，醉生梦死，每天能看上女儿两眼已经足够了。

有天蓬莱阁老喝多了，瘫倒在花园的灌木丛里，一个相识的小太监路过，要拉着他的腿拖回房。稍一使力，竟拽掉了蓬莱阁老的裤子，然后他冲着太监房大喊："快来看啊，原来他是带把儿的！"

蓬莱阁老惊醒，一掌击向小太监，小太监顿时疯掉。更多的太监赶来围观，见小太监疯言疯语，起哄让蓬莱阁老脱裤子验明真身。蓬莱阁老一着急连给这些太监一人一掌,没被打到的人一边跑一边喊有刺客,蓬莱阁老忙向公主寝官方向跑去。

大内侍卫好几百号人,将蓬莱阁老困在吴思若的房间内。吴思若被蓬莱阁老拿住,一开始还说:"你拿我当人质是没用的,他们早就烦死我了,我又没犯死罪,杀又没借口,所以你要是杀了我,等于帮他们办了件好事。"

蓬莱阁老心中一动,望着她,觉得此时她还是那个嘴上不饶人的吴思若。他要抱着她,吴思若却东躲西藏,问他一掌把人打疯掉是什么功夫。蓬莱阁老哭道:"我就是来把你带走的,你是我女儿!"

大兵破门之前,她终于相信面前这个老头儿就是她的父亲了。

小五子早朝时听说宫里抓了个刺客,便命人带上来审问。小五子一看是蓬莱阁老,乐了,看他一身太监服,打趣道:"阁老还真是煞费苦心啊,潜伏几个月啦?现在都不会站着尿尿了吧?"

"一只手"禀报,蓬莱阁老是来宫中抢一个宫女的。小五子听说蓬莱阁老要找的是自己的女儿,问道:"阁老的姑娘在我的宫中?真是让我蓬荜生辉!"

蓬莱阁老呵斥小五子,说他忘恩负义,见异思迁。小五子没听明白,就说把蓬莱阁老的姑娘带上来,让他瞧瞧长什么样。

带上来之前,"一只手"对小五子说了几句悄悄话,说一夜之间,宫里多了十多个疯太监,问他该怎么办。小五子说:"你既然能开个赌场,那就再开个疯人院吧!治好了算你大功,治不好,你也住进去吧。"

这时候听到一个熟悉的声音:"奴婢子柯叩见皇上。"

一时间,吴思若以前说过的所有话,和这道声音混成一片。小五子忙让她平身。子柯迟迟不肯平身:"家父罪大恶极,奴婢不敢起身。"

小五子的声音都颤了,他几乎可以确定她就是吴思若,连喊几句:"平身,平身!"后来他干脆把她扶起来,含着眼泪抱着她,带着哭腔喊着:"吴思若,是我啊,小五子啊。"

吴思若慌慌张张地问:"小五子是谁?您不是皇上吗?再说,谁是吴思若啊,我是子柯啊!咦,我怎么连个姓都没有啊,爹,我姓什么啊?"

"没事,我以前也没姓,就叫小五子。"随后他明白了,转身问蓬莱阁老,"断魂掌?"

蓬莱阁老点了点头,那些士兵还在压着他。小五子反复走了几圈,对那些士兵喊道:"放了!把国丈给我放了!"

小五子和蓬莱阁老在议事房议事,小五子还是像刚才那样反复踱步,问道:"谁干的?"

蓬莱阁老回答:"南海真人。"

"你当时在场?"

蓬莱阁老点点头。

"那你让他打这一掌?你是她亲爹!"

蓬莱阁老回答:"她当时想挨这一掌。"

"吴思若挨掌之前说过什么?"

"她说告诉小五子,我对不起他。"

"她是对不起我!"小五子冲蓬莱阁老吼,"你们在场的,谁他妈对得起我了?要不然你们就把她杀了,我也就死心了。弄成这样送到我面前,算怎么回事!"小五子撸起袖子,给蓬莱阁老看,"你看看这些,这是我怕自己忘了,以前刻下的字。看看这个瑶字,苏子瑶!我对她毫无感觉,谁知道我们俩以前什么样!"

小五子冲蓬莱阁老喊了一通。蓬莱阁老问:"陛下要是看着心烦的话,请允许我把她带回去。"

"你敢!我这个月就娶她。"

小五子找公主发了一通火,他说:"吴思若没死,是我错怪你了,但是你他妈把她藏起来做宫女！"

公主冷冷道："你满口除了文思清就是吴思若，你从来没有考虑过我的感受，是吗？"

"我他妈凭什么想着你啊，我他妈二十七个姐妹，你以为你是谁啊！我大婚之后三日内，你就跟李准驸去南海。"

"去南海干吗？"

"我封他为南海王了，行不行？我现在就封他，你立马给我滚蛋。"

公主要哭了，看着他说："你怎么可以对我这么狠？"

小五子说："哭什么哭，赶快给皇后请安去！"

宫女正在给吴思若试皇后的婚装，帮她试衣的两个宫女，一个是要从公主的宫女一直做到皇后的"励志姐"；另一个是以前常常被吴思若质问"你凭什么要永远伺候你的主子"的那个宫女。感觉这几个宫女的精神都恍惚了，一个认为，公主的宫女怎么可以一下子做了皇后；另一个认为，子柯怎么可能一翻身比她的主子都高上一级。

大家都恭喜吴思若，可她此时还如在梦中，她想不通，事情怎么会变成这样。那个皇帝才见她一面，就要强制她嫁给他。

宫女劝道："那可不是一面啊，你可是被追封的皇后啊！"

吴思若眯着眼睛，左思右想，怎么也找不到那种兴奋的错觉。

公主向她贺喜，做宫女这段时间，子柯还是头一回见公主对人家行礼。两个女人假意寒暄了一阵儿，把宫女支走。吴思若问道："你早知道我是皇后，以前我就想不通，你警告我，千万别让皇上见着我，你说，我脑子摔坏之前惹怒过皇上，是你拼尽全力保住了我的性命，如果皇上再见到我，非斩了我不可。这些是不是你讲的？"

公主没否认。

吴思若问她为什么："你是不是一直想杀我，我失忆是不是你弄的？"

"我要想杀你，就直接把你弄死好了，何必还让皇上有机会认出你。

至于你失忆是谁弄的，我也听说了，是你自己，你想忘记过去的一切。"

11

婚礼大典。除了文武百官，小五子还请了些武林人士。做了皇帝后，再看到这些人，不禁感慨万千。三王爷带着六公子送来贺礼。

众人其实近不得皇上，都是远远地望着，能和皇上说上话的也就吴思若一人。小五子一直想不通，为什么现在跟吴思若在一起的感觉，与以前跟她在一起的感觉，那么不一样。后来他想明白了，不用担心，不管记忆失去多少，人还是没有变的，他们就是天生一对，她总会爱他。

婚礼开始时，有侍卫通报，百花谷派人送来贺礼。小五子问，什么贺礼，来了多少人。侍卫回答，都是些奇花异草，来的只有一个女人。小五子心中大喜，回宫前，要求百花谷解散和将植物上交的事，谷主都照办了。他问侍卫来的这个人年纪有多大。侍卫回答说是年轻女人。小五子明白了，那就不是谷主。他让侍卫把花草存放在稳妥的地方，搜搜这个女人身上是否有武器和毒药，再放她进来。

进来的女人让小五子大吃了一惊，乔姑娘、方丈及三王爷也都吃了一惊，此女正是文思清。

文思清恭敬叩首道："听说陛下今日大喜，百花谷香主文思清代谷主前来贺喜。"

小五子愣了一下，问道："你怎么来了？我找你找得好辛苦！"

吴思若低声问小五子："既然你找她找得那么苦，我这时候是不是应该装作吃醋的样子啊？"

小五子没回答她，吴思若觉得有点折面子，高声道："皇上皇后已领百花谷的心意，文姑娘请回吧。"

文思清看了看小五子，说道："那在下就告辞了。"又对吴思若说，"吴姐姐，你赢了，我这就回去。"

小五子失声叫出来："你别走。"

吴思若偷看小五子，发现他的注意力都在文姑娘身上。奇怪了，你这个皇帝怎么这么苦情呢？前两天你看我就是这表情吧，你怎么瞅谁都这样啊？文思清仍继续往宫外走。

吴思若低声跟小五子说："你看她根本就不想走，进来的时候一眨眼，出去的时候得一炷香，现在还没走到第五根柱子呢。"

吴思若朗声道："文姑娘，先不要走，姐姐记性不好，想问问你，陛下还认识几个像你这样的姑娘？"然后又低声对小五子道，"你看，唰地一下，又回到第一根柱子了。这姑娘真好玩，我帮你把她留下吧。"

小五子和吴思若即将洞房，见小五子要解她衣服，吴思若一下就慌了，羞涩地说："陛下，差不多就可以了，还要来真的啊？我现在也就见过你两三面，何况你还是当今圣上，我这心态还没从宫女调整过来呢。你要是个杀猪卖肉的，我觉得咱俩还挺般配的，没准儿就从了你。"

"我过去就是杀猪卖肉的。我跟你一样，也中过断魂掌。你睡一觉醒来，发现自己是个宫女。我比你还惨，我是一觉醒来，我老板催我去杀猪。"小五子把备好的银镯子拿出来戴在吴思若手上，说，"这是我过去送你的。以前也有个姑娘，像我苦恋你这样苦恋着我。我对那个姑娘什么感觉，我全记得，所以我理解你对我的感觉。听你的，咱慢慢来，一切都会好起来的。"

当晚两人和衣而睡，吴思若想着小五子的话，想恢复哪怕一丁点儿关于他的记忆，可她什么都想不起来。

次日，小五子见文思清，问她百花谷的情况，怎么忽然间成了百花谷的香主了。

"百花谷已经解散了，这是沈总管给我的封号，他说……我来见你，不能比苏子瑶苏姐姐的职位低。昨天你要是真让我回去，我都不知道去哪儿。我在百花谷等了你那么久，都不见你来接我，我没有怪你，全天下人都知道你很忙，你在忙着追封吴姐姐为皇后嘛，忙着替苏姐姐报仇嘛。"

小五子知道她吃醋了，过去哄她两句。文思清问他："你一个封皇后，一个替她报仇，皇上你答应我的事可还放在心上？那个人查出来没有？"

小五子脸色大变，结结巴巴地给文思清编了一个故事，说那个人早就被他五马分尸，恶狗分食了。也不知道文思清信了没有，反过来撒娇问："陛下什么时候册封我为皇妃？"

小五子以为撒个谎，会让一块石头落了地，没想到心里更难受了。他许诺即日就册封。

12

转眼半年有余，武林中风平浪静，只是宫中接连出现怪事，大公主、二公主、三公主、七公主、九公主，十一公主直至二十七公主，接连有十三位公主意外死亡，她们或是出外巡游遇险，或是睡觉时心脏骤停，或是骑马打猎时被山贼乱箭射死。小五子苦苦追查，没有任何线索。本来是一个个意外事件，但是集结到一块发生，这其中必有玄机。小五子加强对其他公主的保护，之后一个月内，竟没有意外发生。如果是有意为之，必然还会继续作案，就此停手，导致宫中出现了各种鬼怪传说。

小五子曾召集武林的一些前辈来宫中商议，并向他们说明各个公主的死因。向问和对其中五个公主的死因沉思不语，小五子单独留下他。

向问和讲道："令我百思不得其解的是，这些都是沈老前辈的功夫，早已失传，连我这个关门弟子也没有学到。"小五子问了他三遍，向问和十分肯定。

临别前，小五子问他，无为掌练得怎么样了。向问和沮丧地说，此掌法练得越深，功夫越弱，现在连个蚂蚁都拍不死了。小五子叮嘱他："记住那八个字，嘴上高调，手上低调。你不能死，也不能示弱，那个逆徒，全江湖唯一惧怕的就是你。"

前往南海的五公主像个不速之客一样，忽然回到皇宫。小五子虽然不时地嫉恨五公主，但心里总是觉得对她有些亏欠。生活在李准驸这样的窝囊废身边，五公主一定度日如年。就在五公主回来的前一天夜里，他还梦见五公主杀了李准驸，以至于第二天见到五公主时他还神情恍惚，直接问她："你真把他杀了？"

公主盯了他几秒，点了点头，道："杀了。"

小五子很懊恼，叹息道："李准驸虽然笨了点，窝囊了点，马屁拍得也有点甜得齁嗓子，但对我还是有十二分的忠诚的。你把他杀了，不就等于是我害了他吗？"

公主和皇帝冷了几日后，主动询问那些死掉的十几个姐妹是怎么回事。小五子表示，记录都在刑部，还找他问什么。

"你离开那三年，宫中没有出现一次这样的事情。自从你娶了皇后和妃子，便接二连三地出意外，你不觉得该查查这两个女人吗？"

吴思若当时就在他身边，皇帝帮着皇后，公主碰了一鼻子灰，悻悻离开。

公主自回来，便碰到了一系列的意外事件，比如房梁掉下来险些把她砸死，比如乘坐的马车，马儿受惊，拉着马车在街上横冲直撞……公主因此加强戒备，让人秘密跟踪吴思若及文思清。

吴思若最先发现自己的宫中出现了奸细，问清楚后联合文思清到小五子那里告了一状。小五子把公主叫来，狠狠地训斥了她一顿，让她回她的海南岛当她的寡妇。公主无奈，只能接旨离开。

刚出城门，小五子跟"一只手"就骑马带人追了上来。小五子把公主拉到一边悄悄讲："我知道你是对的，我也知道有人要杀你，所以我必须把你骂走。你现在回海南岛也是无依无靠，我让人给你找了个地方，你先安顿下来。一旦查出凶手,我会立即接你回宫。"

快马加鞭,两天一夜,三个人行至汴梁。小五子对公主道:"我的记性不好,他们告诉我,这是我过去的藏身之所。其实我也不记得,哥哥过去是怎么待你的。我们俩产生过一些误会,我有待你不好的地方,原谅哥哥,毕竟是亲兄妹,我不会抛弃你的。"

公主有些感动地对他说:"岂止是兄妹这么简单。"

小五子不解,带她先进了昆仑山庄,并翻出之前藏下的九宫图。小五子没来过几回,公主倒是轻车熟路,就像在自己的寝宫一样。

小五子问她:"我的藏身之处,你为何如此熟悉?"

"我过去经常来,和你一起来。"

小五子让"一只手"留下来照顾公主,有什么消息可直接密报他。

公主送别他时,掏出一张羊皮说:"这是当时在寿南山,吴思若受伤时,我在她身上找到的。其实本来想马上给你,连吴思若一块给你。只是,我一时无法说服自己接受,再加上你的态度,就全压了下来。我知道你一直在收集这个,你要集全了拿它做大事。"

小五子接过来说:"其实这东西没用,我有好几张了,拼来拼去还是一片空白。"

"也许收集全了,你就知道了。你要相信我,昆仑公子,过去的事,你都不记得,但是你要永远相信我,我五公主绝对不会伤害你。"

小五子开玩笑说:"你这个妹妹真有意思,我对你软一点儿、好一点儿,你就对我梨花带雨的,你是典型的吃软不吃硬啊。"

"你为什么叫小五子?"

"因为我失忆前在手臂上刻了个'五',还有'百花''瑶'这些字。那这个五字肯定是我的名字,小五子嘛。"

五公主盯着他的眼睛,一字一句地问他:"你有没有想过,你这个五,是我五公主的五?"

13

小五子回宫之后，贴身太监给了他一张红布，上面是一些数字。小五子盯着这些数字，问太监哪儿来的。太监见其他宫女太监在场，悄悄说了一句话。小五子说知道了，然后一个上午都心事重重。

小五子先到吴思若房里走了一圈，全程一语不发，直勾勾地盯着她。吴思若问他怎么了，神神道道的，"就你这个样，我过去怎么会喜欢上你啊？而且还是个杀猪的？"小五子说今天累了，他先去休息了。

小五子进了一间寝宫，对着纱帐里正在睡觉的女人道："我知道你根本没睡，我这有一张红布，上面有一些数字。这上面画了叉的数字是一、二、三、七、九、十一直至二十七，一共是十三个数。这半年里，依次死掉的公主是大公主、二公主、三公主、七公主、九公主、十一公主直至二十七公主，共十三位公主。这其中还有一个没有画叉的，你在上面画了无数个圈，就是画不了叉，这个数字是五。起来吧，或者就躺在那儿，给我讲讲为什么。"

小五子把红布还给她，问文思清："十三个，我以前就有疑惑，拿到这组数字，我就更不明白了，我二十七个姐妹，为什么单单挑这个数字的公主来杀。"

"因为这十三个，加上五公主，她们都姓孙。"

小五子苦笑道："这些姓孙，其他的不姓孙吗？"

文思清肯定地回答："不姓孙。你有二十七个姐妹，没有哥哥没有弟弟，你知道为什么吗？"

"我知道，因为老皇上无子，才把我从太原召回来当太子的。"

"嘉和皇帝在外面生了个你，就是个儿子，回到宫里，却生了二十七个女儿，你难道不觉得奇怪吗？她们都是被常公公，也就是你的钱老板，掉过包的平民家的女婴。"

小五子下意识地重复了句："掉了包？"

"这些名单上没有的数字,四、六、八、十,一直到二十六,这些本应该是皇子的。当年常公公为了保你做太子,自宫来到宫里,一路做到了太监总管,成了皇帝最信任的人。每次有妃子怀孕,太医都会在常公公的授意下诊断为女胎。临产期一到,生下来的男孩即被抱走埋掉,同时送进来早已备好的女婴替换。"

小五子问:"那你为什么单挑真公主来杀?单挑姓孙的来杀?你杀的都是我亲姐妹,我叫什么?我叫孙天奇,我也姓孙。"

"你真以为自己姓孙啊?二十七个公主,不管是真是假,都不是你的姐妹。"

"那我是谁?常公公为什么要保我做太子?"

"你是昆仑公子。"

小五子叫道:"我知道我是昆仑公子!常公公为什么要保我,他跟我是什么关系?"

文思清告诉他:"常公公叫沈志基,当年孙家打入皇宫的时候,他还是个孩子,是被苏皇妃,也就是百花谷的谷主带出了宫。沈志基成长于南京,后来生了一个儿子,叫沈辟朝,也就是复辟皇朝的意思。次年,他听说孙家皇帝在太原与一余姓女子生下一名皇子,且嘉和皇帝尚无其他子嗣,于是便收买了太医,将男婴与自己的儿子沈辟朝调包,并杀掉了余姓女子,谎称其暴毙。沈志基也下狠心阉掉了自己,去宫中当了太监。二十余年间,他成了皇帝最亲信的人,并联合太医将每一个出生的男婴调包为女婴,保你做太子直到皇帝。"

小五子过了半天才缓过神来,问:"那我是孙天奇,还是沈辟朝?"

"你也知道,早几年你做太子的时候,以昆仑公子的名义冷酷无情地杀人无数,你为什么这么做呢?如果你是孙天奇,是嘉和皇帝的亲儿子,你便用不着心虚,不必害怕。正因为你不是孙天奇,你是沈辟朝,才不得不有众多恶行。你问我常公公是谁,那我告诉你,他是你父亲,确切点说,是你的父皇。"

"你是常公公派来的？百花谷派来的？你怎么可能在一夜之间对我一点儿感情也没有。"

"就算我对你没感情，但是也没杀了你，对不对？"

小五子盯着她，问道："你家的事情，你全知道了？"

文思清回答："你都不敢跟我承认，我是百花谷派过来的第二任香主。"

小五子问："第一任是谁？"

"南海真人让你选一个你最爱的女人，并且把她杀掉的苏子瑶。你真以为你俩青梅竹马？你真以为她爱你爱到不惜为你去死？她是可以为你去死，因为你就是她的任务，你没欠她那么多，她一生都是为了复辟而活。"

小五子仔细回想了一下，自语道："那她多少对我还是有些感情的，有些事我能看出来，但是你已经变得很冷酷。来这边，杀了所有姓孙的人，再想办法让我知道，我就是沈辟朝，让我安心地做沈家的皇帝，就是你的任务？"

"我还有第二个任务，谷主怕你像过去一样不肯当皇帝，已留了后手。"文思清说着指指自己的肚子，低声道，"我替他们怀了沈家的龙子，也就是你的儿子。"

第十七章

CHAPTER 17

1

  小五子拽着文思清来到太上皇的寝宫，对着昏迷不醒的嘉和皇帝说："我跟你没血缘关系，我有记忆这几年，还未能和你说上一句话。但不管怎么说，我叫了你几年的父皇，骗了你几年，我们沈家的人还杀了你的儿子孙天奇。当年，你灭了我们沈家王朝，留下我一个独种，现在我们沈家让你断子绝孙，我们两家也算是扯平了。"

  他转身问文思清："他是怎么受伤的？我是怎么受伤的？"

  "你那夜忽然要拜见嘉和皇帝，想把全部实情告诉他，请求他降罪于你，废掉你这个假太子。当时苏子瑶是你的太子妃，发现你已将事情全盘托出，便出手想要杀了嘉和皇帝。"

  小五子听后，对嘉和皇帝说："不管怎么讲，我还是你的儿臣，我总得尽孝。"他跪下来，磕了三个头，让文思清拿来纱布，"我给父皇换一次药。"

  小五子将皇帝陈旧的、绑了好几年的纱布一圈圈地打开，皇帝的头部已血肉模糊。文思清说："这是宫里的规矩。当年那个太医说，嘉和皇帝醒来之前，不得打开纱布，以免动了真气。"

  小五子说："作为儿臣，我总要做些什么。"

  纱布打开之后，小五子发现其中有一块有些异常的白布，原来是一块羊皮。小五子转身问道："这个太医是什么人，他怎么会有九宫图？"他把羊皮收好，给嘉和皇帝换了新纱布，继续问道，"我当时为什么要找嘉和皇帝请罪？这是死罪，就算我不要天下，他也不会放我出去的。"

文思清说："你着了魔了，为了一个女人，或者死，或者得到嘉和皇帝的特赦，与她私奔。"

小五子摇头，说："我是太子，想和那个女人在一起，我父皇也管不了，你别拿这个骗我！"

"你是娶天下女人都行，唯独这个女人不可以。"文思清跟小五子要那块红布，展开了对小五子说，"你拼死拼活，要么死，要么和她在一起的那个女人，就是五公主。"

小五子要慢慢捋一下和公主这段时间的种种过往，公主第一次见到吴思若时的那个表情，和恨不得挖了她心的嫉妒心；公主那么熟悉昆仑山庄的构造，和他分别时，难舍难分的样子。而他呢，却把她嫁给了窝囊废李准骅，去南海打仗的时候还把她派为先锋，希望她去送死。

小五子在房间里连走了几圈，外面有太监通报："圣上今天不要早朝了，三王爷带着重兵将皇宫围了起来，看来是来者不善。"

小五子笑道："去，肯定去，我小五子半点武功不会，也绝没在任何高手面前厌过，何况我现在做了皇帝，还怕他一个三王爷？"

早朝，文武百官进殿。除了城外的大军，小五子发现殿中也多了几个人。六公子带着太医站在三王爷的后面，三王爷还牵着一个女孩。小五子先是问六公子，最近和乔姑娘可好，又转而问太医，太医是不是很挂念嘉和皇帝的伤势，上次太医替嘉和皇帝包扎后，都还没有人动过呢。

太医结结巴巴地说："卑职医术不精，只是怕其他人不小心伤了龙体，没有别的意思。"

小五子转而问三王爷："你这么一大把年纪了，还贵为王爷，这么早起来上朝，所为何事啊？还是在家里遛遛鸟，逗逗蛐蛐，哄哄孙子孙女，享受天伦之乐比较好。"小五子继续说，"三皇叔，那是你的孙女吧，那朕得叫她一声侄女。"

六公子接话道："侄女倒不用叫了，你喊她一声女儿才对。"

447

小五子坐直，喊了一声："放肆！"

其他官员恭敬道："陛下息怒。"

六公子道："这的的确确是陛下您的女儿，难道陛下不认得了吗？这是属下在汴梁的一处农户家里找到的，这个女孩小名叫甜甜，是五年前陛下与一位女子在昆仑山庄所生。当时陛下您还是太子，怕嘉和皇帝知道，故而将其寄养在那户农家。"

三王爷仿佛排练话剧一般，转身问六公子："那孩子的母亲是谁呢？甜甜已经五岁了，她不知道自己的母亲是谁吗？"

有人问甜甜，小女孩回答道："我娘是苗翠花，我爹是刘大柱。不是，不是上面的那个皇帝。"

六公子继续道："那就对了。陛下，您当时和那个女子知道事态严重，给了些银子，让苗翠花和刘大柱代为抚养，并不得告诉孩子自己的亲生爹娘是谁。"

小五子道："朕多年前中了断魂掌，当然，南海真人这个老贼已经被朕除掉了。但是这几年，朕发现一件怪事，朕做过的不记得的事情，有人找朕；朕没有做过的事情，还是有人找朕，或者捞点银子，或者强塞给朕一个儿子。你们都别笑，朕经历过，相信六公子比谁都清楚，现在六公子又要强塞给我一个女儿？"

众人一阵哄笑。六公子恭敬道："这个女孩确确实实是皇上的骨肉，微臣辛苦找到，不图有功，但求无过，好弥补上次的过错。"

"好啊，那你讲出来，孩子的母亲是谁，她娘在不在朕的后宫。在的话就让她娘把她带走，朕重重赏你。"

"臣不敢讲，怕陛下怪臣妖言惑众，当场斩了臣。"

"你尽管讲，文武百官都在，"小五子说，"只要你说得有理有据，孩子的母亲也认，朕怎么可能杀你？"

六公子道："孩子的母亲是……"

此时太监喊道："五公主驾到！"

公主见到孩子悄然一惊，随即对孩子摇摇头，过来向陛下请安。小五子说她旅途劳顿，赶快回去休息。

五公主道："听说三王爷又把兵带来宫外救驾，三王爷的这番好意，打我替父皇代理朝政的时候就领过几次了。皇兄就让我在旁边听着，或许我有些经验可以分享给你。"

"朕正在问六公子那孩子是谁的呢，那皇妹也一起来听听。你见过这个孩子吗？听说叫甜甜。"

五公主凝视孩子，说不认识。

六公子转身问甜甜："你可认得她？"

五公主悄悄对她使眼色。甜甜先说了个认，又说不认识。小五子问："刚才不是让你讲出来，孩子的母亲是谁，你现在又让孩子指认五公主做什么？就算她是朕的孩子，五公主可是朕的亲妹妹，你这是唱的哪出戏？你要是再讲下去，朕可真要怪你妖言惑众，当场斩了你了！"

六公子赔着笑，说："臣可能真的弄错了，山村野夫的孩子，被人抱过来，冒充陛下的骨肉，我太轻信那些小人了，臣向陛下请罪了。"说着拽着孩子的手腕，扑通一声跪下。

小五子虽然功力尚浅，但是知道六公子对孩子使了内力。他看见孩子忍住没哭，但是已经开始浑身颤抖。此时最心痛的是五公主，她正要起身跑过去，就被小五子拉住，小五子低声说："先忍一下，我大概知道了。"

小五子朗声道："平身！"

六公子拉着孩子站了起来。小五子知道，孩子虽疼痛不已，却忍住没有喊过一声疼。五公主在他耳边带着哭腔低声说："我们的女儿，救她。"

小五子点头道："我知道，这孩子太像你了。"

六公子说："几日前，有奸人将这孩子送到臣的府上，说是陛下您的骨肉，并从我这儿骗了些银两。现在看来，这孩子和那些坏人是一伙的。上天有好生之德，不如让臣替陛下动手，以绝后患。"说完一掌拍了下去。

小五子起身时已来不及，孩子倒地身亡，一个女人疯疯癫癫地扑了上去,哭着说:"娘对不起你!"

此人正是五公主。

六公子在旁边帮腔道:"五公主不要吓唬在下,您冰清玉洁,贵为公主,怎么可能生下这山野孩子。"

五公主上前要与六公子动手,可她的武功远不及他。五公主回头对小五子哭道:"沈辟朝,他杀了我们的女儿!是你不让我救她的!"

小五子让侍卫将六公子押下去,但此时侍卫皆换成了三王爷的人,他们只是靠近,并不听令。六公子问小五子:"陛下,我只问您一句话,您是姓沈,还是姓孙?前朝余孽沈志基是您什么人?他挥刀自宫,混进皇宫,做了二十几年的太监,相信在场的文武百官都与他略有交情,此人便是常公公。"六公子走近些说,"你就是沈志基,也就是常公公的儿子,沈辟朝。相信各位大臣一时无法想明白这其中的蹊跷,前朝余孽跑到我们孙家的朝廷潜伏了二十几年,并且将自己的儿子送进宫中当了太子。我今天带来了一个人,可以让他给大家讲讲,这二十几年来都发生了什么事情。"

2

二十多年前,年轻时的太医忽然被人劫走。在一个偏僻的小黑屋里,他的头罩被取下来,眼前的人便是沈志基,也就是后来的常公公。沈志基跟他说:"皇上在这边逍遥快活,留下了一个孩子叫孙天奇。为了弥补皇上的愧疚之情,他把你留下来照顾他们母子俩,没带你回宫,你是不是很失落?我现在给你指条明路,你若配合我,我保你享受荣华富贵,成为本朝第一太医。"

太医问他什么事,沈志基继续道:"下药毒死那个余姓女子,写折子称她暴毙。然后将皇子孙天奇杀掉,我给你一个男孩换上。你若不同意,既然你已经看到了我的样子,那我自然不会让你活着回去。"

太医本来言语流畅,自此一吓,变得结结巴巴。

由于太医手里有两条人命,沈志基便对太医放了心,他吩咐太医:"以后再见到我,要称我为常公公。开局不错,我要去宫里跟他们磨上二十年。"

沈志基站在宫门前的太监招募处,纠结了许久,一咬牙一跺脚,还真的进宫做了太监。

在宫里稍微站住脚后,沈志基以常公公的身份对皇上说:"太医这些年照顾皇子孙天奇有功,可否调回宫中?"

嘉和皇帝一拍脑门儿,说:"朕差点儿把他给忘了,赶快召他回来,朕要重用。记着,将皇子安排好,不许带回宫中。"

适逢妃嫔临产,常公公都会带着太医去做诊断。太医对妃嫔们讲,恭喜,是一个公主;出门后又对常公公说,这胎是皇子。

这么多年报喜的声音不断地传入嘉和皇帝的耳中,"恭喜陛下又添了一位公主"。嘉和皇帝与常公公述说苦闷,说自己尚无子嗣,三弟又对皇位觊觎已久,该如何是好。常公公提醒:"陛下在太原不是还有一位皇子孙天奇吗?"

皇上又是拍拍脑门儿道:"瞧朕这记性,睡死得了!"

常公公于是去了太原,在赌场待了两个时辰,看着小五子输个精光。他说:"公子要是还没有尽兴的话,我这还有十两银子,拿给公子耍耍。"

小五子面对这么善心的陌生人,贫嘴道:"我跟你说啊,真输光了我也还不起,你也别惦记着拉我去皇宫里当太监。"

"这十两银子赢了尽管拿走,输了我一分不要,只是买你两个时辰,听我跟你讲几句话。"

小五子伸手说:"你再给我十两银子,我听你讲四个时辰。"

二十两银子输光,小五子听他讲了四个时辰。天快亮时,小五子坐在窗前一时回不过神。常公公道:"这由不得你做决定,我们忍了十几二十年,就等这一天了。走吧,跟我上路,去京城做太子。"

3

三王爷下令拿下本朝第一逆贼沈辟朝、皇后吴思若、皇妃文思清、太医,以及五公主,并将文思清打入地牢,细细审问谁是真公主,谁是假公主;至于沈辟朝、吴思若、五公主,推出午门立即斩首。

六公子请愿道:"太医坦白有功,先不要动大刑。五公主很有可能是嘉和皇帝唯一的子嗣,是您的侄女,可否留她一命,先押入地牢?"

"也好,免得天下人说我六亲不认。但是我的登基大典今日就要举行。"

上次登基大典,念的是嘉和皇帝这么多年的政绩,这次三王爷接的是小五子的位置,文官又改读小五子的劣迹。三王爷已没有了竞争对手,想慢慢享受这一刻,他找出昨夜备好的文章,让文官一个字一个字地读,读他一天一夜才好。文官大声读着,内容无非是小五子对一个人封了两回皇后的小事。

而此时,小五子和吴思若被押上了囚车,奔向午门。小五子对吴思若愧疚道:"太子妃时让你死了一回,当上皇后又要让你死一回,朕对不住你啊。"

吴思若笑道:"你还朕朕朕的呢,要不要点脸?你早知道自己是个假皇上,还逼我成亲啊?为你死两回,好像我多爱你似的。"

小五子和吴思若已并排跪在断头台。吴思若说:"这一幕我见过,我当时说的好像是要一个镜子。"

小五子问:"你以为化化妆,漂亮一点儿,阎王爷就能让你投个好人家?"

吴思若若有所思,说:"不是,我记得好像是要照镜子,说要看着自己死。"

小五子叹息道:"上次是公主的手下小顺子杀你,还能让你死得痛快,这次他们不会让你死得那么顺心了。"

吴思若道："你真行，跑过来装太子，还把人家公主勾到手了。你这辈子还能不能干成点正事？"

小五子道："你觉着我不行，有一个人对我佩服得可是五体投地，那就是你师弟'一只手'。我去哪儿他去哪儿，我进官他也进官，我赌大他也赌大，就连我去丐帮要饭，他也跟着。"

吴思若又想了一阵儿，问："碗呢？"

"什么碗？你还没死呢，你再坚持着清醒一小会儿行不行？"

"我醒着呢，五帮主，我碗呢？现在丐帮可是我吴思若做主！"

小五子看着她，眼泪哗地就掉下来了，他问吴思若："你回来了？我是小五子呀！"

"我知道，你哭什么呀？哎？谁把咱俩绑这儿的啊？你又干什么坏事连累我了？"

小五子望着她，刽子手的刀向吴思若脖子挥去，小五子"哇"的一声痛哭出来。

宫里，三王爷趁文官宣读小五子恶行的空当儿换上了龙袍，他自语道："那个逆贼比我瘦，回头得把咱府上早做好的那一套拿过来。"

几个亲信跪下道："王爷英明，王爷有先见之明。"

三王爷冲他们一人踹了一脚，道："王爷？你他妈才是王爷呢！"

几个人修正道："陛下英明，陛下有先见之明。"

龙袍穿好后，三王爷也等得不耐烦了，他让文官别读了。文官总结道："于是我们将本朝最大的逆贼绳之以法，午门问斩。"

传令官宣布，新皇登基。文武百官跪地，山呼："万岁万岁万万岁！"

三王爷特意等了十几秒，挥手道："平身。"众人未起，三王爷再说一次："众爱卿平身。"他感觉事情又有些不对劲儿，惊慌地回过头，皱眉道："你怎么坐在这儿？"

一个声音道："众爱卿平身。"

坐在九龙宝座上的是六公子。

刽子手刀落之际,一个色子打到他的刀面上,刀被震飞。"一只手"与众人冲了上来,他还特意去看了眼落地的色子,欢呼道:"果然是六!这宝刀我要了。"说着一掌将刽子手劈死,夺下宝刀。

蓬莱阁老上来对"一只手"吼了一声:"色子是我打的,你有个屁本事,我是来救我女儿的。"

"一只手"纳闷儿道:"我的色子去哪儿了呢?"

随后,大漠仙人也冲了上来,他干掉了另外一个刽子手,为小五子松绑。

蓬莱阁老骂道:"我就知道你不安好心,一路上都跟着我。"

向问和带着丐帮弟子也来救驾,小五子问:"那个瞎子关长老呢?"

向问和回答:"那个逆贼不知怎么看出我的无为掌真的是无所作为,要把我这个前任帮主废掉,我只能带着几个弟子跑出来了。"

"我不是告诉过你八个字吗,怎么露馅了呢?"

"我记着呢,就是关长老逼着我,让我露两手给弟子们看看。结果我连个蚂蚁都拍不死,实在是撑不住了。"

小五子道:"我知道这货,就知道让帮主露两手。"

来的人虽然都是高手,但是官兵也有五百人左右,缠斗半个时辰,才得以脱身。大家跑出去几里路,进入一片荒林稍作休息。

蓬莱阁老神情严肃,对众人道:"容我和我女儿讲两句话。"

蓬莱阁老走过去,对吴思若说:"爹也老了,可能见你的机会越来越少了,让爹再好好看看你。"蓬莱阁老心中五味杂陈,忍不住将吴思若抱在怀里。

吴思若推开他:"阁老,你还是好自为之吧。"

蓬莱阁老一步步向后退,含泪道:"爹真没几天活头了,你就原谅我吧。过去所有的事,都是我的错,你一点儿错也没有,永远不要怪自己。爹欠你的太多太多了。"

"蓬莱阁老，你帮我办一件事情，事成之后，你便不再欠我的。"

蓬莱阁老怕忘记，咬破手指，撕下一块布，慌张地讲："你说，爹记下来。"

吴思若道："扬州城往东三十里有一个庄园，庄园里有一个坑，你帮我把坑里的人都杀了，我认你作父亲。"

蓬莱阁老在布上写下的几个字是：扬州，东，三十里，坑，杀。

蓬莱阁老指着小五子道，"你……照顾我……照顾……照顾好她。"

向问和来了一句："师兄你怎么了？"

蓬莱阁老自语道："谁？师兄？"然后指着大家问，"你们刚才谁对我下了断魂掌、仙人掌两掌？"

向问和喝道："二师兄！"

蓬莱阁老问："他是谁？"

向问和正要出手，大漠仙人落荒而逃，蓬莱阁老看看布上的字，看看日头，向反方向跑去。

六公子坐在龙座上，让人给三王爷赐坐，并请出太医。赛扁鹊胜华佗战战兢兢地走出来。六公子对三王爷笑道："刚才太医并没有把故事讲完，还有那么一点没来得及说。所以三王爷，你先不要急嘛，等太医讲完了，我们再慢慢商议。"

又回到二十多年前，太医将常公公指定要杀的孩子放进摇篮，将摇篮里的孩子抱在怀中，凝思了很久，然后他抱紧孩子，冲进了雨中。

他要去西北镖局找镖头，也就是六公子后来的养父。太医与镖头坐在客厅。太医跟他讲："我是官中来的太医，你一家几十人的口粮不必顾虑，你若将这个孩子养大，并将你一身的本事教给他，不只我保你，当今圣上也会保你一生荣华富贵。"

镖头问道："难道他是皇子？"

太医道："这我就不能说了。如果走漏了消息，不但荣华富贵，就是你们西北镖局也将在武林中消失。"

镖头点点头："老夫明白了，太医请放心。"

倏忽二十几年，这个孩子已成为西北镖局的第六个公子。他和五个哥哥离开西北，投奔三王爷。一日骑马射猎，六公子百发百中，几位哥哥抱怨："父亲对你如此偏爱，将一身的武艺悉数教给了你。"此时太医的马车停下，他掀开车帘问道："阁下可是六公子？在下有些事情要和六公子商量，可否上车同行？"

密室中，太医对六公子道："我暂且没有办法将你的身份向嘉和皇帝全盘托出，他太信任那个常公公，弄不好我们两人都要被杀。六公子暂且忍一忍，争取拉拢三王爷为你铺路。总有一天，天子之位是你的。"

六公子登基后要杀三王爷。三王爷骂道："沈辟朝一个外姓人，登基之后也没有杀我；你一个孙家的子孙，登基之后反而要赶尽杀绝！"

百官跪地为三王爷求情，六公子只好留他一命，将三王爷的兵权夺下，并许诺买下上好的金丝雀和京城最好斗的蛐蛐，送给三皇叔，让他颐享天伦之乐。

其间六公子听说法场被劫，他面无表情，知道小五子也没有能力打回京城，便宣布退朝了。

4

小五子一行人无处可逃，便前往昆仑山庄附近的苗翠花、刘大柱家。两位老人得知甜甜已死，痛苦不已。小五子想去牢中救回五公主和文思清，其他人劝他，倘若几大高手都在，也许还有希望，现在比如向老前辈，除了无为什么都没有，去了地牢也是送死。

吴思若恢复记忆之后，觉得和小五子在一起挺好，但总是有些自卑。小五子极力开导她："前段时间，皇后你都当了，让你做个农妇反倒不好意思了。"

吴思若自语道:"也不知道扬州城的事办得怎么样了。"

文思清在牢中不断地被六公子审讯,六公子问她:"所有的公主里,哪些是孙家的,哪些不是。"

文思清说:"所有的都是孙家的,只有五公主不姓孙,你去把她杀了吧!"

六公子一气之下把除了五公主之外的剩下的所有公主都杀了。文武百官纷纷上折,六公子把带头的几个官员斩首抄家,百官不敢言语。

文思清有天被两个狱卒的抱怨声吵醒:"你一个和尚,跑到大街上奸淫妇女,还要不要点脸?"

文思清冲到门口一看,两个狱卒正架着一个和尚往里走,那和尚正是八光。文思清问道:"师弟,你又犯淫戒了?"

八光叹着气,摇摇头,被狱卒扔进另一间牢房。

蓬莱阁老站在坑前发呆,下面的人都伸着手等着发食物。蓬莱阁老看着手中布上的血字,想不明白自己来这儿干吗。大漠仙人在他旁边说:"三师弟,你来这儿几天了?"

蓬莱阁老一脸茫然地看着他,问:"三师弟?你是谁啊?"

大漠仙人没回答,接着问他:"你在这儿干吗呢?"

蓬莱阁老拿出手上的布给他看,说:"这是我的字,我站在这儿已经十天了,还没想明白我为什么要杀死他们。"

大漠仙人道:"你十天没吃没喝吗?"

"是啊,怎么一点儿都不饿呢?"

"因为你中了一掌仙人掌,中了一掌断魂掌。仙人掌我倒是很精通,至于断魂掌,小弟可就不懂了。"

蓬莱阁老很感激,说:"谢谢,你分析得很有道理。那我再问你,我为什么要杀这些人?我在替谁办事?"

大漠仙人又一通大笑，道："你在替你女儿办事。你有个女儿，小的时候被我偷走了。我把她养大，养得可漂亮了。后来我把她卖到紫竹院，她花名在外，全扬州的人都知道你女儿。而这些人呢，都是以前点过你女儿的，都是你女儿的常客。我后来想想，不能让他们把这个事传出去，毁了你女儿的名声，便帮你把他们全都抓到这儿来了。"

蓬莱阁老此时似乎恢复了神志，转过身来问他："我女儿是吴思若？你要毁她一辈子？"说着一掌击向大漠仙人。可是以他此时的功力，根本打不着大漠仙人。

"你清醒了，说明你就要完了。看看你那张布上写的是什么，先把你要办的事办了吧。"

蓬莱阁老又看看布，大喊着："爹替你报仇了。"

说罢，他跳到坑里，对着每个人连拍几掌。随着他的伤势越来越重，掌力也越来越弱，那些人逐渐围住他，向他压去。

大漠仙人一通大笑，用脚拨着旁边的土，后来干脆拿着铁铲，一锹锹地把坑埋上。

小五子那日正在午睡，吴思若披头散发地闯了进来，坐下来就开始大哭。小五子问她怎么了，她只是哭，哭到上气不接下气的时候，她抽噎着说："我梦见我爹死了。"

小五子说，做梦而已，干吗当真。他花了一下午的时间，才把吴思若哄好。

5

六公子问太医："我父皇当年留给我母亲的那块羊皮在哪里？你一直说在你身上，该还给我了。"

太医保证道："我没什么武功，生怕被人家抓住搜出来，我把它藏在了一个特别稳妥的地方,陛下请随我来。"

打开嘉和皇帝头上的纱布,发现里面什么都没有。太医解释不清,然后仔细地看那块纱布,惊道,有人换药了,把那块羊皮取走了。

六公子变脸问太医:"我娘当年是被你杀的吧?"

太医慌张下跪:"那真是身不由己,我已经尽力保陛下到今天了。"

六公子叹息道:"我也是身不由己啊,杀母之仇怎能不报?"

隔天,六公子便将太医处死。之后,他把乔姑娘接到了宫中。六公子对乔姑娘说:"你一直问我要办什么大事,我什么时候才能娶你,你现在也看到我办的大事是什么了,你就等着当你的皇后吧。"

乔姑娘这一次却不想嫁给他了,她说:"你要当你的皇帝,为什么要杀我爹?"

六公子盯了她许久,最后扔下一句话:"你不做皇后也可以,我追封你为皇后。"

大漠仙人给蓬莱阁老立了根小棍,上面刻着"蓬莱阁老之位",想了想又弄了一个小棍插在旁边,写着"南海真人之位"。他跪下来给他俩一人磕了一个头,说:"不管怎么说,你们俩一个是我大师兄,一个是我三师弟,咱们三个斗了几十年,一晃你们俩都没了,我留在这世上也没什么意思。说来也好玩,有人一生享荣华富贵,有人一生纸醉金迷,有人一生声色犬马,我大漠仙人一生不图这些,我就想看你俩过得不好。结果你俩说没就没了,我活着都没什么乐趣了。"然后他又找了根木棍,上面写上"大漠仙人之位",插在他们俩后面,跪地道:"我大漠仙人也想死,但是你俩死后再也没人打得过我了,我胆子又小,不敢自杀,弄个小棍,陪你们俩得了。"站起来后,他又补了一句,"别总来找我,我长年不在家。"

刚一转头,有人在他胸口拍了一掌,大漠仙人目瞪口呆,道:"不可能是你,不可能!"然后倒下来将那三根木棍压倒。

六公子见文思清,问她那张羊皮是不是在小五子那里,并且直言道:

"我知道你俩没感情,他杀了你全家,你搅得他坐立不安,杀了我十几个姐妹。你告诉我羊皮在哪儿,你这样的人我要重用,不会让你死。"

文思清跟他绕了一圈,她知道他要的是包皇上脑袋的那张羊皮,于是骗六公子说:"三王爷有一次来看皇上,带着一大捆纱布在里面待了半天。你去问问他吧,嘉和皇帝总不能自己把那块羊皮消化吸收了吧?"

三王爷有苦说不出,他说:"你看我这天天忙着养鸟、养蛐蛐的,哪敢搞什么羊皮呀?"

"给你三个时辰送到皇宫,不然你也知道,你侄儿是什么性格。"

"你杀了我得了,我真没有。你瞧我这点本事,养几个家丁,还被你策反了。我院里还有一套龙袍,估计这辈子穿不上了,就送给陛下了,那个能比羊皮值点钱吧?"

六公子冷冷地看着他,不说话。三王爷试了各种方式,他跪下来献龙袍,六公子不接;他让人当场把龙袍烧了,让人把鸟和蛐蛐还给六公子,六公子不要。三王爷扑通跪下,哀求道:"你还是杀了我吧!"

六公子拂袖离开。回去见文思清,到那儿一句话不说,坐了一会儿又准备走了。狱卒问:"陛下今天还要动刑吗?"

"今天不用了,给她三个时辰,好吃好喝地供着她。要是她还是什么都不讲,也别推到午门了,就在这儿斩了。"

狱卒得令,打开牢门,他要动手了。文思清被手镣脚镣铐住,无法施展功夫。进去的刽子手也不多说废话,拔起刀就要砍。此时,一和尚从之前小五子挖的洞里钻出来,推开刽子手,牢中大乱。

半个时辰左右的缠斗后,八光身负重伤,被文思清背着逃出皇宫。文思清哭着说:"师弟,我这就带你回少林寺。"

八光摇摇头说:"不必了,我永远也无法修炼成佛,就让我死在这儿吧。"没一会儿,八光就晕倒了。

文思清上山采些野菜,想了想,摇醒他问:"你要是想吃荤的,咱们今天就破一次戒吧。"

八光摇摇头，喃喃自语道："我一直在找你，听说你被关进了地牢，我就想尽办法也进去了。我偷人家的钱财，人家见我是和尚，挥挥手让我滚蛋，就当是香火钱了。我去饭店吃白食，老板一见我是和尚，就说放他走吧，反正那些素菜也不值钱。但我得进来救你，没办法，拿出最擅长的本事，找一个姑娘把她扑到。其实我什么也没干，那姑娘尖着嗓子喊，救命啊，强奸啊，那些当兵的一下子就全部来了。我奸淫过那么多女子都没被抓住过，这次我还没碰那姑娘呢，就乖乖地跟官兵走了。我走得比他们还急，就想看看你在牢里好不好，过得怎么样，有没有人欺负你。"

说完八光又昏迷不醒了。文思清在旁边吃着野菜，自怨自艾地说，苦死了，她越说，吃得越多，最后苦得她泪流不止。

6

三王爷和五公主不好杀，六公子要把他们流放到北方。路上，这两人各怀心事，三王爷惦记着什么时候能把五公主甩掉，自己往南跑。五公主惦记着什么时候能把三王爷甩掉，自己往汴梁跑。

行至内蒙古，北风夹杂着雪花，异常寒冷。三王爷看自己的鸟和蛐蛐都被冻死了，伤心起来，他说能不能绕道去南边，再去买些鸟和蛐蛐。公主知道他也不愿北上，便花钱买通了押送人员，两人带着车队，向南而去。

行至河南境内，二人对各自的目的心照不宣，公主对三王爷道："三皇叔，从我父皇，到我，到小五子，到六公子，你算是斗了四任皇帝，其实也累了吧？"

三王爷表示，到今天才发现，遛鸟和斗蛐蛐是怎么有意思，当皇帝有什么好的啊，天天都担心被人推下去。

"既然皇叔已经打算与世无争地过太平日子，那侄女就给你指一个好地方，那边四季如夏，有阳光、沙滩、椰树、海浪，还有无数找不着家的乌龟，皇叔可以去那边尽享天伦之乐。"

三皇叔问她在哪儿。

五公主答道："我不是在海南待过一阵儿嘛，随便找一个海岛住下，六公子都没兴趣带兵去打你。"

一眨眼，小五子与吴思若等人已在农家生活了半月有余，有时候帮苗翠花与刘大柱做些农活。"一只手"时不时地跑到农村夫妇那儿吹嘘，说他们的主子小五子可是上一任皇帝。这对夫妇竟然没有反应，"一只手"问他们："你们知道上一任皇帝叫什么吗？是什么年号吗？"

别说上一任，就连这一任，这对夫妇都不知道。"一只手"气得冲他们大叫："你们这帮小民、草民，就知道放牛种地，天大的事都不知道，还能有什么大出息！"

"一只手"非常想给他们讲大道理，可是这对夫妇只知道忙自己手里的活儿，无暇听他教育。小五子把"一只手"叫过来，说不帮忙就算了，还耽误人家干活。

傍晚时，小五子对吴思若叹息道："我们沈家的天下，先是被他孙家夺去，然后我们又杀了他们孙家的太子，之后他们又要将我斩首示众。上面打打杀杀，你看这些百姓，还是一如既往地耕种、吃饭。我们沈家和孙家这样抢来抢去的，到底有什么意义呢？"

远处一阵马蹄声，几个人迎出去，是五公主来了。

可能是嫉妒，吴思若看见她很不乐意，讽刺她："是不是你皇兄让你带路过来找我们啊，我猜啊，明天就得有百万大军杀过来了。"

公主看了眼小五子，转身要离开。吴思若怕小五子回头怪她，嘴上又不服软，继续说："你现在走也没用啊，人家都知道我们住这儿了，你任务完成了就要跑，是吗？"

公主这几个月，又死女儿，又被软禁，一路上颠沛流离，早就气坏了。她转身大骂吴思若："你到底想怎样？你就是一奴才，伺候我的宫女！"

吴思若笑道:"哟,拿宫里说事了?那还不赶快拜见皇后?"见她不拜,吴思若等了一会儿又说,"你倒是快点拜啊,这'平身'俩字我憋了半天了。"

小五子让吴思若闭嘴:"行了,朕来了。"

八光伤势越来越重,他执意不回少林寺。有一天他向文思清请求,说:"总看你抱着那个盒子,我也给你带过来了。我一直想,我死后能不能也烧成灰装在盒子里,让你也这么成天抱着。"

文思清瞪大了眼睛,仔细想了想,盒子里面装的是她爹娘,把八光放进来算怎么回事。

"是这么个道理,"八光问她,"那你以后就抱俩盒子?算了,不够麻烦的了。"之后就不再提这件事了。

有一次,八光觉得自己不行了,就要死了,他说有件事压在心底,一直想跟她讲,但是不敢说。文思清问他什么事,八光想想,摇摇头说算了,他还是把这些话带到地下去吧。

文思清生气,威胁他:"你要是不讲出来,你死了我也不给你烧纸,我永远都不会再想起你。那些想着你的,也都是恨你的,被你欺负过的女人,你自己看着办吧。"

八光缓缓地说:"那天我去妓院找小五子。"

"这事你讲过,你还说,全天下的女人在你看来都是皮囊。但是我一直不明白,既然你已经觉得全天下的女人都是皮囊了,那为什么还认定自己无法修炼成佛?说自己愧对少林寺,就是不回去呢?"

八光道:"我已戒了淫戒,可是我又破了情戒。我不敢说,我一直觉得我不配说这个,也不配破这个情戒,喜欢上这个人。我那天是觉得全天下的女人都是皮囊,但我没说全,我想说的是除了你,全天下的女人都是皮囊。"

文思清没接话,她不知道怎么应对。她背身过去,说自己要睡觉,其实泪眼蒙眬地看着身边的草地。过了一会儿，文思清以为八光睡着了，便打开盒子，将她父母的骨灰一点点地撒了出去，她说："爹，娘，你们放心走吧，有一个人会一直陪着我，一直对我好的。"

八光拦住她，问她在干吗。

"你死了之后，我就把你的骨灰放在这盒子里，天天捧着。"

八光这辈子也没有感受过这种温暖，震天响地一般哈哈大笑，随后气息更加微弱了。

文思清在盒子的底部看到一张羊皮，掏出来。八光笑了，说："我就知道世界上的抹布都是一对的。"说着拿出自己的羊皮，"沈老前辈曾说，本来无一物，何处惹尘埃，便把它给我了。"

文思清说："我去过他的藏经阁，除了尘埃就是尘埃啊。"

八光哈哈大笑，一阵儿过后，断气圆寂。

文思清将八光火化，装进了盒子。

夜里，大军压境，小五子将所有的人叫起来。众人想尽办法杀出一条血路，最后从山路逃跑。他们知道过不了多久，官兵就会找到这边来，此地不宜久留。吴思若说："昨天猜得真准，就是五公主把官兵带过来的。"

众丐帮弟子也跟着起哄，让五公主受委屈。小五子急了，警告所有人："从现在开始，你们有谁再敢怀疑五公主，我就跟他以命相拼。"

大家不知道到哪里躲藏，吴思若说："你还记得当年方丈夸下海口，说把昆仑公子放在少林寺，整个武林都打不进来吗？"

"那是他吹呢，少林寺什么本事，我还不知道啊！一个李准驸就能把他们吓得半死，个个去练闭息大法。"

"去试试吧，万一真有本事呢？"

众人隔天便逃到了少林寺。方丈不让上山，一再跟大家解释，此为香火淡季，没什么粮食，还是请各位施主另投别处吧。

小五子道："不就是钱的事吗？"他摸摸自己全身，转身问吴思若有吗。

吴思若笑道:"后宫开支紧张,我也没有啊,公主总有吧?"公主又摸了摸自己浑身上下。向问和慌了,总不至于向丐帮拿吧?

众人既然上来了,一时也不愿下山,那就守在门口。一日一夜过去,大家明白不拿出银票,方丈是不会开门的,便决定退去。这时候过来一批人马,大概有千八百人,为首的人喊:"冲啊!杀啊!杀啊!"

一行人知道已无处可逃,小五子仰天长叹:"我今日将命丧于此!"

7

眼力比较好的"一只手"喊道:"这不是李准驸吗?"

小五子气得跑了过去,一脚把李准驸踹下来骂道:"你什么玩意儿,你整我是吧?"

李准驸赔笑道:"我这不是开玩笑呢吗?"

小五子道:"你看我笑了吗?你仔细看看,我笑了吗?"

"我把银票带来了。"李准驸说,"你当年不是问我,抄没的文宰相家的那些银子哪去了吗?我哪敢承认都被我这天下第一贪的李大人搜刮来了。我告诉你,我在南海也搜刮了不少,那些草民被我搜刮得一个个都想跳海自杀。我沿着海岸线修了一千里长的铁栅栏,谁都不许给我自杀,都给我活着干活!"

小五子接过银票,问他:"公主不是说你死了吗?"

李准驸转过去质问公主:"你说我死了?我成全你们俩,让你去找那兔崽子,你说我死了?"

小五子踹他一脚,问他:"说谁呢?"

李准驸不敢回答。小五子问公主:"当时你是怎么讲的,你明明说你杀了他的。"

"你想想你当时怎么问的?我能怎么答?"公主说。

隔了几日，六公子领五千精兵打到了少林寺。李准驸带兵和那些人厮杀，最后被杀得片甲不留。五千精兵围住少林寺，逼他们交人。方丈过来劝他们："这回不是银子的事，你们还是赶紧出去吧。"

下午时分，文思清一人失魂落魄地回到少林寺。小五子希望她能够求情，让方丈多留他们几日。文思清一声不吭，也不理会小五子，只是将两张羊皮扔给他。小五子追上她，文思清警告说："不要再跟过来，否则我不客气了。"

九张羊皮已经收集到八张，小五子让吴思若帮他把羊皮缝合成一整块，只差最重要的一块。到目前为止，大家还不知道这张图到底是用来干吗的。如果是神功秘籍还好，练成了就打出去；万一是张藏宝图，搁手里也没有用，方丈现在连银子都不要了。

翌日，那些官兵又打进来，钱老板带人过来解围。

钱老板道："这次除了来解围，还有就是将这张羊皮送过来。"

小五子问他羊皮从哪里来的，钱老板的回答前言不搭后语。虽然已是父子，小五子却不得不怀疑他的目的。

九宫图拼好之后，上面什么也没有，一片空白。小五子用尽办法，火烧、洒血、泡酒里、泡米汤里，都不管用，只是一张缝好的羊皮。小五子对着它发呆，外面传报，六公子的兵又打来了，这次真的是十万大军。

十万大军已经杀进少林寺，少林寺的所有人都往后山转移。危急时刻，藏经阁里传出震耳欲聋的诵经声，方丈都没有听过此文，十万官兵纷纷倒地不起。

众人将少林寺收拾干净，小五子带着吴思若、五公主，与文思清长跪在藏经阁的门前。沈老前辈在几个时辰后说了第一句话："请门外的沈公子进来。"

沈公子就是小五子了，他推开藏经阁的大门走进去，走的正是当年文思清走过的那条路。他跪倒在沈老前辈面前，问他这是何种功夫。沈老前辈表示这是无经咒，不立文字，见性成佛。

小五子觉得奇怪，打从进少林寺，人人都叫他小五子，沈老前辈是怎么知道他是沈辟朝的？

沈老前辈缓缓说道："贪恋红尘也惭愧，但总得让你知道，我就是你的太爷爷。"

当年，沈老前辈逼他的儿子即位，并为自己办了一场假国葬。亡国后，他带着苏皇妃与孙子沈志基从地宫逃出。后来，他招了三个弟子，教他们断魂掌、蓬莱掌、仙人掌。由于他只想着复辟王朝，缺失了对弟子的管教，使得他们兄弟不和。他一生做错过两件事，第一件事是贪生怕死，弃了朝廷，弃了天下；第二件事便是没教育好弟子。晚年，他又收了向问和，将无为掌教给了他，自此闭关。

小五子问："那向问和就是您最后的弟子了？"

沈老前辈说："还有一个弟子学了不少本事，此人便是文思清。"

小五子明白了。当年向问和说有些公主死于沈老前辈的手法，也就是说，文思清学了沈老前辈的功夫，杀了她们。

小五子问道："既然你知道地宫之路，能不能带我们打回去？"

沈老前辈婉言拒绝。

小五子又问："九宫图怎么看，总得告诉我吧？"

沈老前辈说了几句禅宗的话，让他自己去琢磨。

小五子没事就盯着那张九宫图看，而且不让任何人进他的房间。一日，李准驸冒冒失失地闯进来，小五子把他痛骂了一顿。李准驸一脸委屈，瞅瞅桌上的图，抱怨道："又不是看见你什么秘密，不就是一张地宫图吗，有什么好看的？"

小五子警觉地问道："你怎么能看出它是地宫图？"

"你也不想想我是干什么的，我是九门提督啊，天天就守着宫门。但是我就是感觉它像地宫，里面什么样我从没进去过。据说里面有各种机关暗器，稍有不慎，可能全军覆没。都不用别人埋，直接死地底下了。"

小五子问他："这就是一张羊皮，什么都没有，你怎么看出它是地宫图的？"

李准驸接过来一看，说："原来这是缝线啊，我刚才眼花了，以为是画的呢。当我什么都没说，那这肯定不是地宫图了。"

李准驸说完就出去了。小五子盯着这张羊皮，专门看缝线处，他忽然明白了，这些缝线就是通往宫中的路线。一时眼花，这些缝线慢慢有了颜色，羊皮仿佛着了色的一幅画，展现在小五子面前。他一下子想明白了，这些羊皮不是随便扯的，他们是按照线路裁下来散落在江湖的。

8

李准驸拿出搜刮来的金银财宝招兵买马，凑齐十万大军，浩浩荡荡地向京城进发。六公子不得民心，他的军队屡战屡退，最后只能退守皇宫，负隅顽抗。

李准驸依据羊皮上的线路，兵分九路从九门地道攻进去。

皇宫里，六公子不断地接到败讯。百官商议时问："陛下，还有什么良策？"

六公子沉吟许久道："明日诸位守住要塞，我要册封皇后。"

百官皆惊，劝皇上不要胡来，国难之际，怎能轻举妄动。

六公子反问："有谁觉得这场仗我会胜？"

百官沉默。

六公子道："那便是我必败。我六公子绝对不会向他投降，你们诸位中任何人有疑虑，我即刻准你们返乡。我六公子既当上过皇帝，若我没能娶乔文君为皇后，那就是白活了一回。"

乔文君直至今日才知，这样的男人没有嫁错。

隔日，六公子问亲信："这些都是请求返乡的奏折？"

亲信回答道："自有了您的那句许诺，一半以上的官员都递了奏折。"

六公子站起来，命令亲信把这些人杀掉，将尸体堆在地宫的门口。

李准驸作为开路先锋，走在十万大军的后面。地宫大门被攻开之后，副将报告说，门口只有尸体，没有一兵一卒。李准驸让十万大军让开一条路，冲到最前面，对着尸体一阵砍杀。看到都是他熟悉的官员，李准驸收剑入鞘，叹息道："张大人、王大人，我过去没少给你们塞银子啊，还想着以后你们能提携我呢，怎么死到我李准驸前面去了？"

册封典礼如期举行。小五子带着几位高手冲了进来，六公子道："小五子，当年你册封吴思若的时候，我对你可是行的君臣之礼啊，而且安安静静地把大典看完。现在我封乔文君为皇后，礼尚往来总可以吧？"

小五子看到嘉和皇帝也被打扮了一番，抬到了现场。小五子让众人放下刀剑，向太上皇、皇上行最后一次君臣之礼，并等待典礼完成。

整个过程中，乔姑娘都眼含热泪，她等这一天等很多年了。册封典礼即将结束的时候，乔文君忽然拔剑刺入六公子的心脏，对六公子含泪道："我杀了你，是因为我要给我爹报仇。"同时拿出贴身的匕首，插入自己的心脏，继续说："可是我太爱你了，我还要为你报仇。"

彬彬冲过来抱住妈妈的腿痛哭，六公子奄奄一息道："彬彬来，喊声爹。"

彬彬结巴半天，只喊了一声"父皇"。乔文君对小五子说："我只求你们一件事，不管你们谁做了皇上，留我们彬彬一条性命。"

说完，乔姑娘随六公子而去。

几年前，昆仑公子在昆仑山庄，恭敬地递给被他打残的少林寺弟子一张请帖："刚才就顾着跟你们玩耍了，都忘了说正事了。劳烦你们回去请你们方丈于八月十五日夜来昆仑山庄小聚，我有九宫图要和大家一起赏赏。"小五子又喊道,"把狮吼帮的人带上来!"

李准驸拖着狮吼帮的几个弟子及乔姑娘进来了。小五子道:"我就不动手了吧,你们来吧。我这出手必伤人,万一死了怎么办,伤了和气。"

李准驸像放出来的狗一样,对着几个人开始打。小五子忽然冲上去踹了一脚李准驸,骂道:"让你打这个女人了吗?你瞎了眼啦,这么漂亮,你也下得了手?把其他人都给我拖走,我要好好审审这个姑娘。"

小五子打量了她一番:"真可惜,这么好的姑娘早早就嫁人了。"

乔姑娘脸上一红,道:"公子不要乱说话,我还身居闺中。"

小五子道:"那就奇了怪了,你怀孕的事情,你们乔帮主不知道?"

"还请公子保密。"

小五子道:"我是能保密,你这肚子不能保密啊。孩子他爹呢?死哪儿去啦?"

乔姑娘忽然有一种幸福的感觉,她说他办大事去了,等他把事办完,他就来娶她了。

"他真的娶你?"

乔姑娘肯定地说:"当然会娶我!"

"你早点回去吧,把请帖拿上带给你父亲,别动了胎气。"

乔姑娘手持请帖走到门口,转身问道:"公子,我能求你件事吗?你走南闯北,而且……心狠手辣,如果有天你见着他了,能否别伤他,留他一条命,好来娶我。"

小五子问道:"说吧,他叫什么名字,我答应你。"

乔姑娘对他深鞠一躬,又一次满脸通红地说:"西北的六公子。"

六公子咽气之时,嘉和皇帝连咳几声醒过来了。众人目瞪口呆,嘉和皇帝瞅了一圈,指指小五子,指指五公主,就这俩人他认识。小五子连忙携五公主向嘉和皇帝请安。嘉和皇帝先对五公主扬扬手,让她起来,然后对小五子说出了醒来后的第一句话:"别叫朕父皇,沈辟朝,朕不是已经批准你带着五公主走了吗?"说着他看了看宫殿四周的装饰,说,"你们俩在这儿成亲,成何体统!"

小五子疑惑道:"你当时批准我带着你的五女儿私奔?"

当年小五子要去找皇上,公主在后面拉着他,说:"我错了,你说得对,我们应该再忍一忍的。"

小五子道:"我忍不了了。我就是一枚棋子,我太累了,我想马上带你走。"

公主哭喊道:"你不可能带我走的,说完你就会死在这儿!"公主还要拉他,小五子使劲把她推开,问她备好马车没。公主说:"备好了,其实我们现在就可以逃掉的,用不着跟父皇讲。"

"敢做不敢当,那不是我沈辟朝。"他在进尚书房前对公主说,"如果我半个时辰后还没出来,你就赶快逃。"

公主转身泪眼蒙眬地离开。她碰到了太子妃,此人是苏子瑶。苏子瑶客客气气地问她:"太子去哪儿了?"

公主回答:"太子去找父皇了。等太子出来,我让他去见你。"

苏子瑶笑道:"太子去找父皇,五公主您哭什么呀?"

"可能是刚刚看一个话本太入戏了吧。"五公主说完,便借故离开。

苏子瑶猜想到有大事发生。

小五子跪在皇上脚下,道:"叫您几年父皇,心中万分对不住您,我沈辟朝,敢进这个门,敢跟您讲这些事情,就没有打算活着出去。一切听从父皇发落。"

皇上说:"朕舍得你死,五公主也舍不得你死啊,沈辟朝。"

小五子一愣。皇上从龙椅上起来,小五子欲起身扶他,皇上让他继续跪着。

"你当朕今天才知道?朕自己的儿子朕能不认识?打朕见你第一眼,

朕就知道，朕的儿子肯定不是你这副德行。朕有二十七个女儿，却没有儿子，这事太医肯定掺和进来了。衣、食、住、行，朕就连喝碗粥都有可能被你们毒死。即使把你们除掉，朕那三弟还虎视眈眈。朕能怎么办？朕一个儿子都没有了，朕只能看着你们作。还好你这孩子本性不错，知道让朕颐养天年，没急着杀朕，朕也就认你这个儿子了。你就这么走了，朕怎么办？你在皇宫，还能帮朕稳住常公公、太医这些人，三王爷那边也不敢轻举妄动。你先把公主安顿到一个稳妥的地方，三日后，朕发国丧吊唁五公主，然后你给朕几年的时间，让朕把他们一个个都除掉，之后再封你个南海王西北王什么的，你就和朕的五女儿幸福地生活吧。朕呢，太医一除，再想办法生个一儿半女，也用不着你来接班。"

小五子感激出门，刚一出去，就听到身后有人给了皇上一掌，回头一看皇上已倒下，头部受到重创。小五子过去救皇上，又来了一个人，对小五子说："让开！"

小五子跪下来求道："你放过他吧。"

那个女人道："这不是你说了算的，一掌打死他，你来做皇帝。"

小五子摇摇头："我不能做皇帝，愿意的话，你就做你的皇太后，垂帘听政好了。"

那人看了苏子瑶一眼。苏子瑶摇头道："我没有身孕，太子根本不理我，天天和那个五公主腻在一块儿。"

那个女人说："如果你执意如此，我愿意等，等你从头再来。"

小五子绝望地摇头："不要给我断魂掌，五公主还在马车上，我不能忘了她。"

那人走过去，给了小五子一掌，小五子登时倒在地上。她对苏子瑶吩咐道："把他带回百花谷。"

常公公背太子出宫时，被一个太监认出来了。常公公杀了那个人，并将他的脸划花，扔进了池塘里。宫门口，常公公遇见了一个老熟人。那人将其他侍卫杀死，打开宫门，放出了常公公。他嬉笑道："常公公眼力果然厉害，隐藏这么多年，还能知道我是三王爷的眼线！"

躲在箱子里的太医慌乱中将身上的羊皮拿出，为皇上包扎头部。

公主在宫外的马车上，小顺子对她说："主子，都快一个时辰了，你要等的那个人还没出来。到底是谁啊，让我们五公主等？我去把他揪出来。"

有人密报，宫中大火有刺客，公主换回衣服，跑回去招呼众人救驾，问太子在哪儿，皇上在哪儿。

皇上问过沈辟朝后，让他们平身："你们都是谁啊，都几点了，跑这儿来撒野？"

五公主说："父皇，您已经昏迷了好几年了，中间已经换了两任皇帝了。"

"那三王爷呢？"

五公主回答说他没当上。皇上说："那就好，现在谁当政啊？"

众人指了指地上的六公子，半个时辰前他是皇上。

嘉和皇帝眯眼看了看，说："有点眼熟，这不是三王爷的人吗，他都当上皇上了，三王爷还没当上？现在还是不是孙家的天下啊？"

一个女声传来："今天是，明天就不是了。"

嘉和皇帝一回头，被击了一掌，这回他是真的死了。

文思清收掌后，说了一句："谷主请。"

向问和对百花谷谷主说："原来逆徒是你。"

谷主说："你知道得有点晚了，这样很好，至少没耽误我的事。"

小五子问道："何帮主一家三十多口人都是你杀的？"

百花谷谷主点头。

"当年我那一掌也是你打的啊？南海真人是你杀的？"

谷主都点头承认。

文思清走上前来，她已经显怀了，手中依然抱着盒子。

吴思若问小五子："肚子里的孩子是你的吧？"

谷主对文思清交代道："已经有一个太子了，就是你肚子里的这个，去把那个太子杀了。"

文思清面无表情地向彬彬走去，小五子要挡着她的路。谷主命令道："谁挡你的路，你就杀谁！"

小五子断定文思清不会下手，可是文思清手掌一劈，痛下杀手。

小五子以为自己死了，看见面前倒下的是钱老板。钱老板奄奄一息地对谷主道："母后，你毁了我一生，我把命都给你，求你放了我的儿子吧。"说着他去抱文思清的腿。

谷主道："杀了他，把他们父子俩都杀了，你肚子里的那个才是太子，他们俩不当皇上，我还要当我的太后。"

文思清又下一掌，杀掉了钱老板。当她面对小五子的时候，她却迟迟无法下手，往事浮在眼前，虚劈一掌后，她掩面而去。

谷主道："那我只能自己来了。"

此时，向问和跳了出来。

谷主喝道："向师弟的无为掌就不要出来献丑了吧，无为，无为，无所作为，连你们丐帮都知道，你就苟活到死算了。"

向问和表示："虽然我资质差，师父教的功夫我越学越差，但总得接你一掌再死，否则无颜面对三位师兄和师父啊。"

谷主使出三掌合力向向问和打去，向问和伸出双手迎掌。两人对掌半分有余后，谷主忽然癫笑起来，她跑过去抱起沈志基，疯了一般地说："孩儿啊，娘对不起你，娘给你唱歌。"

向问和看着自己的双手说："师父果然英明，这无为掌本不能杀害任何生灵，却可以将任何打你的掌原封不动地还回去。无为，无为，无所作为，又无所不为。"

谷主抱起沈志基进到大殿。大家跟了上去，谷主阻拦说："你们别进来，我一会儿就好，我一会儿就好。"

大家等了有一刻钟，忽然谷主说道："我好了，你们进来吧。"

小五子手臂下压，他一个人先过去，他看到谷主已换上皇太后的服装，怀里抱着已换上龙袍的沈志基。

9

几年后，小五子向少年皇帝彬彬请求，带五公主和吴思若出关重归故里。少年皇帝问垂帘听政的五公主："姑姑，你说呢？"

五公主道："既然跟我有关，那还是请三王爷做决定吧。"

三王爷忙道："你们说了算，准准准，都准。"然后低着头看从南海带回来的乌龟在地上乱爬，"你们可不准回南海，都在这儿陪着我。"

小五子带着吴思若及五公主回到了田独镇，小五子指着面前的店说："那就是以前的钱记肉铺，现在连牌子都没了。"

几个人进入院子，荒草丛生。一个穿龙袍的小男孩从里面跑了出来，后面还跟着一个疯癫的女人。小男孩说："大热天的，我不想穿这么多，热死了。"他的娘就是文思清，此时已经疯了，完全不会在意身边多了几个人，只是呵斥她儿子道："沈定坤，你要记得，你是太子，一定要扭转乾坤。"

几人看着有些心酸，吴思若说："要不然跟她商量一下，把孩子抱回来吧？"

公主道："孩子没了，他娘怎么办？"

小五子叹了口气，说："咱们谁要是会断魂掌就好了，一切可以从头再来。"

- 完 -